GÉRARD MORDILLAT

Notre part des ténèbres

ROMAN

CALMANN-LÉVY

ISBN : 978-2-253-12636-2 – 1re publication LGF

Pour Clément.

J'ai faim de vengeance et je me rassasie de la contempler.

William SHAKESPEARE
(*Richard III*, acte IV, scène 4).

Ils n'ont pas aimé leur vie jusqu'à craindre la mort.

Apocalypse 12-11.

Il pleuvait.

Mondial Laser était occupée depuis près de trois mois. Les employés, les ouvriers et les cadres de l'entreprise résistaient. Ils voulaient ignorer la décision du tribunal de commerce qui ordonnait la cessation définitive de l'activité. Ils tenaient bon, malgré plusieurs injonctions d'évacuer les lieux, malgré les pressions des avocats des nouveaux propriétaires, celles des juges, celles de certains parlementaires, comme le sénateur Jeanvrain, qui déclarait au *Figaro* : « Il serait temps de faire respecter les décisions de justice, par la force publique si nécessaire. »

Pourtant, la police hésitait à intervenir par crainte d'un scandale politique à quelques jours des fêtes de fin d'année. Le ministère de l'Intérieur avait transmis des consignes de prudence, de patience, pariant sur la lassitude des grévistes. Selon *Le Canard enchaîné*, Claude Volumster, le ministre de l'Intérieur, avait confié à son entourage : « Pas d'affolement, laissons les vacances scolaires et le réveillon en famille les faire craquer. »

L'attaque eut lieu vers trois heures du matin.

Par une pluie battante, sous un ciel lacéré d'arcs électriques, une quinzaine d'hommes, peut-être une vingtaine, armés de barres de fer, de battes de base-ball et de cocktails Molotov pénétrèrent dans les ateliers, les zones de stockage, les bureaux, les laboratoires où les grévistes dormaient. Un car de CRS stationnait à proximité de l'usine. Mais, au milieu de la nuit, ceux qui ne somnolaient pas sur leurs sièges étaient trop occupés par leurs parties de cartes pour entendre les hommes de main envahir le site.

D'ailleurs, comment les auraient-ils entendus avec ce qui tombait ?

Un vrai temps de chien.

Un temps idéal pour des nervis sans foi ni loi dont le chef aboyait ses ordres en dispersant ses hommes :

— Démolissez tout ! Pas de quartier !

Dans l'atelier de recherche mécanique, Gary fut le premier à donner l'alerte :

— Qu'est-ce que c'est que ce bordel ?

Un coup de barre de fer fit voler en éclats une lampe au-dessus d'une perceuse à colonne :

— Tirez-vous ou on vous défonce la gueule !

Tout de suite après, ils entendirent le sifflement feutré d'un projectile avant que le cocktail Molotov explose sur un tour de précision Vuilleumier.

Suz, Doc et le grand Schwartz se levèrent comme un seul homme.

— Ils foutent le feu !

Dargone mit plus de temps à se dégager de son sac de couchage que le jeune Arno. Quant à Amos, enroulé dans une couverture, à l'abri sous un établi, il ne bougea pas, retenant son souffle, cherchant à deviner dans l'obscurité combien et où étaient ceux qui les attaquaient.

Il n'y parvint pas vraiment.

Étaient-ils quatre ?

Étaient-ils cinq, six ou plus ?

Impossible de savoir au milieu des injures, des menaces des assaillants et des appels de Gary qui cherchait à regrouper tout le monde près de lui.

— Par ici ! Tout le monde avec moi !

Un deuxième cocktail Molotov fut lancé, enflammant un panneau d'outils près de la grosse fraiseuse Huron.

Un troisième allait partir quand, détendant sa jambe, Amos fit trébucher l'homme qui tenait la bombe incendiaire. Le nervi jura, plongea la tête la première et alla s'assommer contre le coin d'un massicot. Amos sortit vivement de sa cachette pour tenter d'éteindre le feu qui prenait devant lui, mais une cavalcade l'alerta et il eut heureusement le temps de déguerpir, esquivant de justesse un coup de batte de base-ball.

— Enculé de négro, reviens si t'es un homme !

Gary fonça dans son bureau, « l'Aquarium ». Il appela :

— Gigi ?

Mais il fut obligé de sortir rapidement de la pièce où la fumée, déjà, rendait l'air irrespirable.

— Où est Gigi ? demanda-t-il à Suz qui cherchait une arme pour se défendre.

Le grand Schwartz répondit à sa place :

— J'en sais rien ! Elle s'est tirée !

Ils crièrent :

— Gigi ? Gigi ?

Elle n'était pas là.

Trois hommes fondirent sur eux, décidés à cogner.

Suz et le grand Schwartz firent face, l'un avec un marteau, l'autre avec une lime effilée comme un couteau. Gary refusait qu'ils prennent des risques.

— Suivez-moi ! ordonna-t-il. Laissez tomber, merde !

Suz et le grand Schwartz se consultèrent du regard. Avant d'obéir, ils basculèrent la chaîne du palan pour forcer leurs assaillants à reculer.

— Prenez ça dans la gueule !

Les trois nervis esquivèrent de justesse l'énorme crochet.

Suz et le grand Schwartz se replièrent sous les quolibets des sbires cagoulés de tissu noir, chaussés de Doc Martens garnies de bouts en fer, les mains gantées :

— Revenez, bande de tapettes !

— Connards d'ouvriers !

— Il est où le bamboula ?

Le feu s'étendait, faisant éclater les vitres, léchant les ferrailles, cernant les machines, les râteliers de stockage, les armoires à visserie. Les bouteilles de gaz du labo de verrerie explosèrent. La température montait dangereusement. L'atmosphère était pleine de crépitements, de craquements lugubres, de souffles étouffants. Il pleuvait des pointes incandescentes, des flèches électriques, du plomb fondu des tuyauteries. Les fumées s'enroulaient sur elles-mêmcs et se déployaient d'un coup comme un bras se détend pour frapper.

Plus personne ne savait à qui les voix s'adressaient, perdues dans l'air bouleversé.

— Gigi, merde, réponds !

— Arno ?

— Ça va chier !

— Enflures !

Les habits de l'homme assommé contre le massicot s'embrasèrent, lui arrachant un terrible hurlement de douleur. Il se mit à sauter, à se retourner, à tenter d'éteindre le feu en se roulant par terre, en se frappant à grands coups plats, sans cesser de crier, de geindre. Les nervis renoncèrent à poursuivre Gary et les autres pour lui porter secours.

Amos en profita pour rejoindre Doc.

Ils foncèrent vers la porte, courbés en deux, une main plaquée contre leur bouche. Ils avançaient le plus vite possible dans un brouillard piquant, âcre, mouvant, éclairés par les flammèches qui dansaient autour d'eux comme autant de petits démons.

Il y eut une explosion, puis, presque immédiatement, une seconde. Les réserves de produits chimiques sautaient les unes après les autres, déclenchant de nouveaux incendies. Les plastiques fondaient. Une langue de fumée noire, une traînée sinueuse, dense, opaque, envahit l'atelier. Une partie du toit s'effondra. On n'y voyait plus rien. Les hommes de main braillaient parmi les flammes et les étincelles, cherchant à sortir par la tôlerie et les postes de soudage. Gary et les autres de l'atelier évacuaient par l'issue opposée, à moitié asphyxiés par l'odeur oppressante des matériaux en fusion.

Dehors

Les sirènes des pompiers mugissaient dans le lointain.

Tout Mondial Laser était en flammes : l'atelier de recherche mécanique, celui de technologie, le labo de verrerie, la fabrication, les expéditions, la tour de la direction, les stockages. De véritables torches géantes tutoyaient le ciel alors que la pluie redoublait.

Dès que son équipe fut hors de danger, Gary s'alarma :

— Gigi n'est pas là ?

— Non, Arno non plus, gémit Doc.

— On ne sait pas où ils sont ! plaida le grand Schwartz, comme s'il était responsable de leur absence.

Suz les plaqua brusquement contre le mur.

— Planquez-vous ! ordonna-t-il.

Ils virent passer six hommes armés de barres de fer qui filaient vers la sortie, poussant devant eux les femmes des bureaux, terrorisées, en larmes. Six corps massifs, lourds, dont les chaussures sonnaient fort sur le sol et dont les voix n'étaient que des grognements.

— On va laisser faire les fachos ? s'emporta Suz, qui ne tenait plus en place.

Gary le retint :

— Arrête !

Suz s'énervait :

— Comment ces enculés ont pu entrer ?

— Comment veux-tu que je le sache ?

— Merde ! jura Suz. Tout était bouclé, cadenassé ! Ça te paraît normal qu'ils entrent ici comme chez eux ?

— J'ai pas le temps d'y penser !

— T'as tort ! Si un enfoiré leur a ouvert, y a intérêt à trouver qui, et vite !

— Faut d'abord trouver Arno et Gigi !

Gary voulait en avoir le cœur net :

— Vous êtes sûrs qu'ils étaient dans l'atelier, ce soir ?

— Le lit d'Arno est à côté du mien, dit Dargone, haletant. Il s'est même levé plus vite que moi !

— Et moi j'ai vu Gigi avant de me coucher ! ajouta Doc.

Et, interrogeant Gary :

— Toi aussi, non ?

Arno émergea soudain des ruines ardentes de l'atelier, traînant par les pieds le corps d'un des nervis, évanoui :

— Putain, je l'ai eu ! Il voulait me foutre sur la gueule, mais je l'ai eu !

Il riait, serrant le poing en signe de victoire. Ses cheveux avaient brûlé, son visage noirci portait les marques des coups reçus. Une de ses manches, déchirée, laissait voir une longue estafilade saignante, mais il s'en moquait :

— Je l'ai eu ! Je l'ai mis K-O ! Putain, je l'ai eu !

Suz aida Arno à tirer le type sous un auvent. Il le retourna et se laissa tomber à califourchon sur sa poitrine. Il lui arracha sa cagoule et le gifla à la volée :

— Réveille-toi, enculé ! Tu vas te réveiller ?

L'homme au crâne rasé gémit sans reprendre ses esprits. Suz le gifla à nouveau :

— Tu vas nous dire qui t'a fait entrer, hein connard, tu vas nous le dire ?

Le type écarquilla les yeux, sans comprendre. Suz le gifla une troisième fois :

— Combien de fois faut que je te le répète ? Qui t'a fait entrer ?

Le nervi, bavant du sang, bredouilla une réponse incompréhensible. Gary enleva sa veste pour se la mettre sur la tête.

— Je vais chercher Gigi ! dit-il.

— T'es dingue ! Tu vas cramer ! protesta Suz la main levée, prêt à frapper l'homme à nouveau.

— J'ai fait l'exercice dans la marine : feu de cale ! Je connais.

Suz se leva d'un bond :

— Je vais avec toi !

Mais Gary refusa son aide.

— Occupe-toi de celui-là. Je me démerderai mieux tout seul !

Toilettes

Gary plongea dans l'incendie.

Les tours, les fraiseuses, les perceuses, les scies à découper, les bancs de réglage, les machines n'étaient plus que des monstres rongés de feu, cernés de fumée ; son bureau, l'Aquarium, un squelette noirâtre, un cimetière d'ombres aux bras tendus vers le ciel. Les ordinateurs avaient fondu en une masse informe, un magma de plastique, de verre, de métaux précieux, une lave fossilisée, un vomi gris, ignoble. Tout l'espace du centre était noyé par l'eau qui tombait d'une brèche du toit et soulevait une vapeur blanche au contact du feu.

Gary connaissait l'atelier par cœur et pouvait presque s'y diriger sans voir. Il traversa en biais, répétant, malgré les émanations qui le faisaient tousser :

— Gigi ? Gigi ?

Où était-elle coincée ?

Il étouffait.

Son regard allait de droite à gauche et de gauche à droite comme une bête sentant la mort sur ses talons.

— Gigi ? Gigi, tu m'entends ?

Il parvenait à peine à ouvrir les yeux.

Une cloison s'effondra, le faisant sursauter. Plus loin, il évita de justesse la chute d'un grand pan du faux plafond. Partout les flammes s'agrippaient à lui comme des mendiantes voraces. Il luttait, se débattait, repoussait de la main et du pied les morsures du feu.

Soudain, il pensa aux toilettes.

Puisque Gigi n'était pas dans l'atelier, elle ne pouvait être que là !

Gary obliqua sur sa gauche, sauta par-dessus une poutre qui se consumait, et fonça droit sur la porte close où un plaisantin avait tagué : *Ne pas déranger*. Gary voulut ouvrir mais il se brûla sur la poignée.

— Saloperie !

Il souffla sur sa main et, prenant un pas de recul, brisa la serrure d'un shoot plein de colère.

Gigi était allongée sur le carrelage, évanouie dans un nuage gris de fumerolles. Elle ne portait sur elle que son long tee-shirt imprimé *Lonely are the braves*. Un cadeau de sa sœur, qu'elle mettait pour dormir depuis qu'elle partageait jour et nuit la vie du piquet de grève. La soutenant sous les bras, Gary la mit sur pied.

— Vite, Gigi, faut se tirer !

La tête de la jeune femme ballotta sur sa poitrine, une bave blanche lui sortit des lèvres, mais elle ne revint pas à elle. La chaleur devenait insupportable, l'air de plus en plus rare. Gary la secoua brutalement :

— Gigi, merde, fais un effort !

Elle ouvrit les yeux :

— Je crois que je vais vomir…, dit-elle d'une voix de cendres.

Et son corps expulsa tout ce qu'elle avait mangé la veille. Un incroyable jet qui partit droit devant. Puis elle resta bouche ouverte, râlant, stupéfaite, incapable de bouger, de faire un geste, de dire un mot.

Elle voulait sortir, dormir, mourir…

Elle avait chaud, très chaud.

Où était-elle ?

Que faisait-elle dans cette pièce vide, enfumée, puant le désinfectant ?

Et ce grondement sourd qui la cernait ?

Ces crac, ces boum, ces pschitt…

Gigi fixait la faïence fantomatique du lavabo. Elle la fixait, clignait des paupières, la fixait encore. Elle devait aller jusque-là, oui, elle devait, se répétait-elle. Elle devait faire couler l'eau, s'en asperger, s'en désaltérer, se laver la bouche et le visage. Elle devait, mais elle ne bougeait pas. Elle piétinait, dodelinant de la tête, émettant de petits cris de chaton.

Elle implora, prête à pleurer :

— Gary ? laissant un filet d'urine couler le long de sa cuisse.

Gary n'avait pas le temps de s'occuper d'elle. Ni de la nettoyer, ni de la consoler, ni de compatir. Ils n'avaient pas une minute à perdre. Il courut décrocher le grand store pendu devant la fenêtre :

— Faut se couvrir ! cria-t-il, l'abandonnant, vacillante, incertaine, sur le carrelage des toilettes.

Puis il ouvrit en grand les robinets des lavabos pour tremper le tissu.

Gigi, auréolée d'inquiétude, fut traversée d'un long frisson. Quelque chose se préparait. Quelque chose auquel elle ne pourrait échapper. Un danger qui sentait le brûlé et s'appelait « chagrin ».

Son corps s'insurgeait.

Elle toussa, rota, péta, rendit encore un peu, sans même tenter de se pencher pour ne pas salir son tee-shirt. Ses mains pendaient inutiles le long de ses hanches et elle tenait ses jambes écartées comme l'enfant qui apprend à marcher. Le visage grave, soudain tranquille, elle murmura devant un mur opaque :

— Gary ?

— N'aie pas peur ! dit-il, en revenant près d'elle.

Il lança la toile humide au-dessus d'eux pour les couvrir.

Puis il s'accroupit, bascula Gigi sur ses épaules et la hissa en travers comme il avait appris à le faire chez les marins-pompiers.

Le feu donnait de la voix.

Il convoquait les clameurs de tous les bûchers, ceux des holocaustes, ceux de l'Inquisition, des autodafés. C'était un rugissement grave, brisé d'éclairs, criblé de crépitements stridents et de la lourde désolation des cloisons qui s'effondraient. Gary tenait fermement Gigi entre les jambes et par un bras, surpris du contact de sa peau, de sa fraîcheur, de la légèreté de ce corps abandonné contre lui, innocent, irrigué de songes incandescents, emporté nu, arraché à l'enfer…

Le Havre

Quelques jours plus tard…

Il neige sur le port du Havre.

De la neige sur la mer un 31 décembre…

Ciel de larmes blanches, brûlantes, serties de brumes froides. Bouffées de vent méchant, dernier souffle d'un guerrier blessé qui expire avec l'an nouveau mais ne renonce pas au combat. Et, dominant cette nuit de promesses mortes sitôt prononcées, d'élans mystiques, de sacrifices païens, la masse minérale du *Nausicaa*, pan de montagne noire amarré au quai Pierre-Callet, face au large.

Un géant illuminé au pied duquel s'agitent les ombres laborieuses du lamanage…

Passerelle

À bord du paquebot, sur la passerelle de commandement, Damien Maheu, le pilote, barbe noire jusqu'aux yeux, lunettes verdâtres, transmet ses ordres au quai par talkie :

— Parés à appareiller ?

— Parés.

— Larguez les amarres !

Le capitaine, en uniforme de gala, surveille la manœuvre, observant le port enneigé à travers le vitrage panoramique de la timonerie. Un point de vue exceptionnel d'une beauté lunaire. Il jette un coup d'œil sur les prévisions météo : *Antifer, secteur ouest 4 à 5, fraîchissant 6 à 7 en début de nuit. Mer peu agitée à agitée devenant forte. Averses.*

Auprès de lui, assis sur un siège pivotant, son officier en second se tient prêt.

— Amarres larguées !

— En avant, lent, ordonne le pilote.

Le second pianote sur son clavier d'ordres. Les veilleuses des machines passent du rouge au vert. Il prend la poignée des commandes et, contrôlant sa vitesse, jette un coup d'œil au-dessus de lui sur les indicateurs de la force du vent, du cap giro et du cap magnétique.

À la barre, un grand Black se fait charrier :

— Tu sais comment on appelle celui qui est à ta place d'habitude ?

— Oui, je sais, répond l'homme avec lassitude.

Les autres s'esclaffent en chœur :

— Le Philippin !

Le *Nausicaa* appareille. Trois coups de sirène et le ronronnement sournois des moteurs qui s'ébrouent.

Tuuuuuut !

Tuuuuuut !

Tuuuuuut !

Il n'y a personne sur le quai Pierre-Callet, personne à bord des autres navires sagement alignés sur le même rang, éclairés par leurs seuls feux de position. Même les mouettes, douillettement posées sur l'eau, à moitié endormies, semblent ignorer l'événement...

Le *Nausicaa* bouge à peine, juste une petite vibration, délicate et sensuelle. Le paquebot quitte doucement le port sous une pluie de confettis neigeux, mais sans fanfare, sans cris, sans famille jurant « ce n'est qu'un au revoir ! » et agitant des mouchoirs mouillés de larmes.

Melville et Mado n'ont que peu de temps, mais l'envie est trop forte. Elle cogne à tout rompre contre leurs tempes, sonne dans leur ventre, gronde sur leurs lèvres. Ils crient « à l'abordage ! » et filent sur le tapis rouge des coursives, au niveau des cabines, tandis que le *Nausicaa* prend le large.

Ils se tiennent par la main, ils rient, s'embrassent d'un bord à l'autre :

— Embrasse-moi ! Embrasse-moi encore !

Un baiser sur les yeux, deux baisers sur le front, dix baisers sur la bouche, sur les mains tendrement bleuies par le froid. Ils s'arrêtent au hasard devant le numéro 26, Odysseus.

— Branle-bas de combat !

Melville ouvre fébrilement.

— Les femmes et les enfants d'abord !

Il prend Mado dans ses bras et lui fait passer le seuil comme à une jeune mariée. Son idée le fait rire, un rire assez vaste pour emplir une cathédrale. C'est elle qui réclame à faire se relever les morts :

— Je veux tout de toi !

Ils s'embrassent de plus belle tandis qu'il referme avec son dos. C'est une débauche de luxe. Une cabine bardée d'acajou et de cuivre, de soie et de dentelle, avec deux hublots qui font les gros yeux aux flocons qui blanchissent la nuit. Partout des camélias, et sur le guéridon la bouteille d'un grand Ruinart dans un seau à glace et du caviar de chez Petrossian dans une coupe en verre taillé… Melville s'en empare. Blagueur, l'œil allumé, il déclame à la manière de Nerval :

C'était un roi de Thulé
À qui son amante fidèle
Offrit une coupe ciselée…

Mado déboutonne à la hâte le pont de son pantalon de velours bleu. Elle l'aide à ôter sa chemise à jabot et bouscule sa perruque poudrée. Il se laisse faire comme un enfant qu'on met au lit. Il l'encourage d'un vieil air de la Royale :

D'acier fourré de bitord
Tiens voilà mon bout-dehors !

Puis ils basculent sur le lit en riant.

— T'as bien fermé ?

— T'es bien ouverte ?

Sous sa robe à godets, elle a une culotte fendue. C'est ça qui les excite.

— Baise-moi, je veux que tu me baises tout de suite ! Que tu m'écartes, que tu me déchires…

Il la trousse, fourrage sous l'ombre profonde de son sexe, roule et déroule ses cheveux, pince ses hanches, libère ses seins qu'il dévore, accroche sa bouche à la sienne, c'est un chien enragé, un Minotaure costumé en Figaro.

Il s'appelle Melville Grabbe.

Depuis trois ans, il est directeur artistique de l'agence de communication Patmore & Plus, leader français de l'événementiel, plusieurs millions d'euros de chiffre d'affaires par an. Justine de Sade, décolletée jusqu'à l'indécence, elle, c'est Marie-Madeleine Montcontour, dite Mado, dite 3 M, dite Mon Con, dite Tour de Con, journaliste au magazine *Society*, un mensuel mondain de mode et de décoration. Une fille née pour le plaisir, belle comme un cœur, pas farouche, insolente et drôle pour cacher qu'elle est seule et qu'elle finira mal.

Comme tous les autres passagers, Melville et Mado ont embarqué à bord du *Nausicaa* pour célébrer la troisième année consécutive de bénéfices records de l'International Investment Fund, le Fonds d'investissement international ou FII, « l'avion de chasse de la finance », comme aime à l'appeler son président depuis que sa femme lui a révélé l'acronyme en français.

Les costumes viennent de Londres.

En arrivant, tous les convives ont été priés de laisser leurs habits de ville au vestiaire et de déposer papiers et valeurs au coffre. Puis, pris en main par un bataillon d'habilleuses, ils ont été invités à enfiler le déguisement qu'ils avaient choisi sur le site Internet de Patmore & Plus. Les femmes ont été conduites dans un dressing à tribord, les hommes à bâbord. Des coiffeurs et des maquilleuses les attendaient. Personne n'était autorisé à se soustraire à ce protocole, ni le ministre de l'Intérieur français, M. Claude Volumster, ni Florian Beltrami, le puissant patron d'Aqua, premier groupe européen de traitement de l'eau, lancé depuis cinq ans dans les médias, presse écrite, télévision, ni même Edward B. Cawlpepper Jr, le patron américain du fonds, venu tout exprès de New York pour l'occasion.

Edward B. Cawlpepper Jr

Titulaire d'un doctorat de mathématiques, ancien du MIT (Massachusetts Institute of Technology) où il a enseigné dix ans, Cawlpepper prend 5 % de commission sur toutes les opérations effectuées par le fonds, plus 44 % des performances obtenues. D'après l'*Institutional Investor*, FII dégage 34 % de bénéfice en moyenne par an, mais cette année, avec 47,3 %, il se place en tête des fonds spéculatifs mondiaux. Cawlpepper cumule, pour la troisième année de suite, plus de un milliard de dollars de revenus annuels. Sous sa direction, FII est devenu le fonds le plus craint et le plus détesté de Wall Street. Il symbolise le meilleur et le pire du capitalisme casino où se croisent une imagination, une créativité financière uniques avec une absence totale de scrupules et de considération pour les entreprises et leurs salariés.

My way

Le discours inaugural de Cawlpepper a été très applaudi :

— Mes amis, je vais parler en français, même si mon français est très mauvais. Vous savez que j'ai des nombreuses attaches avec la France, *and the first one*, Nicole, ma femme, qui m'a tout appris. Et tout apprendre d'une femme française, c'est connaître le monde et ses secrets les plus intimes !

Cawlpepper, costumé en George Washington, partage avec lui, sous des dehors bourrus, une coquetterie de jeune fille. Il a vanté l'audace et le courage des investisseurs et s'est réjoui de voir combien cette audace et ce courage payent. Il a donné des chiffres et des pourcentages mais sans s'y attarder pour ne pas lasser l'assistance.

— Je vous connais tous. Vous êtes des professionnels et je suis un professionnel ! Ceux qui travaillent au FII sont tous des professionnels et c'est bien pour ça que notre fonds est aujourd'hui numéro 1 dans le classement annuel des fonds spéculatifs !

Il a fait rire en ajoutant :

— Savez-vous ce que nous sommes en réalité ? Je vais vous le dire : des marchands de dettes !

Puis, d'une voix plus grave, il a rappelé les risques que tout partenaire doit affronter : le risque des taux d'intérêt, le risque du crédit, les risques propres aux titres participatifs étrangers, le risque du change…

— Mais vous connaissez ma philosophie : sans risque, il n'y a pas de vie. Notre vie est un risque permanent. Je ne suis pas de ceux qui rêvent d'un hôpital d'État, une immense maison collective où nous ne vivrions que pour nous préparer à la mort. Le capitalisme est le meilleur système au monde parce qu'il est semblable à l'animal sauvage. Il est libre, indépendant, et jusqu'à son dernier souffle lutte pour la vie. Notre succès aujourd'hui, celui d'hier, celui de demain, c'est le succès de ceux qui en ont, *to have or to have not*. Ceux qui n'ont pas peur de monter sur le ring ou de descendre dans l'arène. FII est notre arme dans la guerre économique que se livrent les nations. Nous sommes des mercenaires qui bâtissons une civilisation !

À la fin, accompagné de l'orchestre, il a chanté *My Way* :

> *Yes there were times*
> *I'm sure you knew*
> *When I bit off*
> *More than I could chew*
> *But through it all...*[*]

FII

FII, l'International Investment Fund, emploie une centaine de personnes réparties entre Londres (recherche et allocations), Guernesey (conception des fonds) et les îles Caïmans où est immatriculée la structure financière. Les bureaux opérationnels sont à New York. Sous la direction de Cawlpepper, le staff se compose de trois directeurs : recherche, opérations, développement ; de deux responsables administratifs : des relations humaines et de la comptabilité ; d'un juriste maison ; d'un contrôleur en déontologie ; le pôle de recherche compte un spécialiste par style de gestion : traditionnelle, spéculative, arbitrage, trading.

---

* « Comme d'habitude / Toute la journée / Je vais jouer / À faire semblant / Comme d'habitude... » Musique : J. Revaux et C. François ; paroles : C. François et G. Thibaut, 1967 (version française), P. Anka, 1969 (version anglaise).

La nuit s'annonce grandiose : buffet somptueux préparé par Alain Ducasse, caviar d'Iran, foie gras à volonté, champagne millésimé, orchestre de trente musiciens sous la direction de Jean-Claude Petit. Et, pour couronner le tout, un feu d'artifice tiré du port du Havre. Au douzième coup de minuit s'inscriront dans le ciel, comme bouquet final, les 47,3 % du bénéfice de l'année. Des acteurs et des actrices célèbres honorent la fête de leur présence : Christian Clavier en Napoléon, Jean Reno en De Gaulle, Sophie Marceau en Marquise du Parc... Seul Alain Delon a décliné, refusant d'apparaître autrement qu'en lui-même. Agathe Godard, de *Paris-Match*, et Bob, son photographe, couvrent la soirée en exclusivité pour leur magazine. Gérard Depardieu, en Obélix, joue au maître de cérémonie.

C'est au tour de Florian Beltrami, le patron d'Aqua déguisé en cardinal de Richelieu, de prendre la parole. Depardieu ne lâche pas le micro :

— Celui-là, je le connais, dit-il, pliant le genou pour lui baiser la main. C'est un voyou !

Rires.

— La preuve, le vin que vous buvez ce soir, c'est le mien ! Mais qui est l'actionnaire principal de mon vignoble ? C'est lui, un marchand d'eau ! Moi qui suis le pinardier, je fais dix fois moins de thunes que lui !

Ils s'embrassent.

— Faites bien attention à ce qu'il va raconter, parce que dans la finance, c'est un cador. Vas-y, Florian, t'as qu'une prise, alors sois bon si tu ne veux pas que le ciel nous tombe sur la tête !

Applaudissements. Rires. Remerciements.

— Merci Gégé, merci, t'es le meilleur !

Melville et Mado font l'amour quand, soudain, Melville se dégage d'un coup de reins.

— Où tu vas, merde ? proteste Mado.

— Attends, je dois surveiller ce qui se passe.

Melville branche la télé ; une équipe privée, Channel Champ, est la seule à assurer un reportage sur la soirée. Toutes les images sont diffusées en circuit fermé dans les cabines, sur des récepteurs disposés partout dans le grand salon, sur un écran géant installé sur la scène. Après Florian Beltrami, c'est à Volumster, le ministre de l'Intérieur, de prononcer quelques mots :

— Je serai bref. Ce soir, ce n'est pas le ministre de l'Intérieur qui vous parle, c'est Claude, l'ami de Nicole Cawlpepper, son condisciple à la Sorbonne, du temps où elle était encore Mlle de Rebours-Aver, étudiante en lettres modernes…

Volumster est déguisé en capitaine Crochet.

Melville ordonne à Mado de se mettre à genoux.

— Je veux voir ton cul !

— Tu crois que tu le mérites ? dit-elle, s'agenouillant sur le lit, face à la télé.

Melville rabat sa robe sur ses épaules, saisit une pleine poignée de caviar dans la coupe et, écartant les pans de sa culotte fendue, l'enfonce entre les fesses de Mado.

— Au secours, c'est froid !

Melville la lèche d'une langue gourmande, grognant de plaisir :

— Chie ma belle, pousse ! Chie pour moi ! Je veux que tu chies du caviar et que tu pisses du champagne à cinquante euros le flacon !

Mado glisse sa main entre ses cuisses pour se caresser d'un doigt corsaire.

— Ça te plaît que je sois ta sale petite chieuse ?

— Ma sale petite pisseuse aussi !

Mado tète au goulot la bouteille de Ruinart.

— Tu ne vas pas être déçu !

Mots d'amour, langue au trou, la figure barbouillée d'un jus noir et gras, Melville demande soudain :

— Tu sais combien ça coûte, la fiesta ?

— J'ai envie !

— Dis un chiffre !

— Maintenant ! Prends-moi maintenant !

Melville l'endosse en criant :

— Un million et demi d'euros ! T'entends ça, un million et demi d'euros ! À ce prix-là, tu peux chier du caviar et pisser du champ !

L'opération Yellow Submarine n'a pas été facile à imposer. Les Américains étaient réticents à quitter les États-Unis, le ministère de l'Intérieur français craignait pour la sécurité du ministre, les Allemands et les Italiens se montraient tièdes… Finalement, c'est Cawlpepper lui-même qui a dit « banco » pour faire plaisir à sa femme. Elle avait fait du théâtre pendant ses études à la Sorbonne et trouvait merveilleuse l'idée d'un bal costumé, même si la perspective de se retrouver sur un bateau ne l'enchantait pas particulièrement.

Le feu d'artifice est une idée de Melville.

Dès qu'il sera tiré, Melville troquera son habit de Figaro pour la houppelande du père Noël. Chaque convive recevra de sa main un cadeau personnalisé. Un petit ordinateur portable, griffé à son nom, permettant de suivre en temps réel l'évolution des Bourses mondiales et leur incidence sur les fonds investis. Mais, motus et bouche cousue, c'est un secret : personne ne doit connaître les cadeaux ni savoir où ils sont cachés.

Cette nuit, tout le monde doit croire au père Noël…

Melville.

Mado. Melville.

Mado, Mado.

Mado !

Melville la travaille à grands coups dans la lune. Elle ondule, elle déraisonne, s'étourdit d'effluves ! Elle se sent partir, s'élargit, son esprit vagabonde, les yeux pleins de questions :

— Promets-moi, promets-moi de…

Elle fond. Son corps s'imprime dans l'espace comme sur un drap. Elle sent la chaleur du tissu, son odeur aussi. Une bulle d'eau éclate, une autre, une autre encore. Le ciel est un torrent qui la corrige. Sa vie défile comme au dernier instant. Elle s'émerveille.

— Mon amour, mon amour…

Les larmes lui viennent aux yeux, elle geint, cramponnée à elle-même. Les corps s'enflamment d'un courant rageur, les cœurs s'emballent, les têtes tombent. C'est une rumeur de manifestation, un grondement d'émeute, une clameur d'exécution. La cabine tremble, les parois se cintrent. Elle veut qu'il la fesse, qu'il l'enfonce, qu'il la souille.

Plus rien ne la retient.

Langue torche-cul, brassée de fleurs sauvages, gouttes de lait maternel. Toutes vannes ouvertes, elle débonde et le soleil se noie. Mado jouit à s'en crever les tympans au moment où une cavalcade se fait entendre dans la coursive. Melville s'aplatit sur son dos. Il plaque sa main sur sa bouche pour lui imposer le silence.

— Chut ! murmure-t-il, aux aguets.

Mais les pas dépassent la porte de leur cabine. Melville lève les yeux vers la télé. Il y a de la neige électronique sur l'écran, des points blancs sur fond noir.

— Tu crois qu'ils nous cherchent ? demande Mado, reprenant son souffle. J'ai crié trop fort ?

— Non, je ne crois pas. Je vais aller voir.

— Attends.

— Ça m'inquiète qu'il n'y ait plus rien à la télé…

— Reste, ne bouge pas, insiste Mado.

— Qu'est-ce qu'il y a ? Tu veux encore ?

Elle pouffe :

— Je crois que j'ai chié pour de vrai…

TÉLEX

LA CHINE A CONNU 58 000 CONFLITS SOCIAUX EN 2003 ; EN 2004, 74 000 ; 93 000 EN 2005. DEPUIS CETTE DATE, LA PRESSE A INTERDICTION FORMELLE D'EN FAIRE ÉTAT.

RAID AMÉRICAIN SUR UN VILLAGE EN AFGHANISTAN : ON DÉNOMBRE AU MOINS 35 MORTS DONT UNE MAJORITÉ DE FEMMES, D'ENFANTS ET DE VIEILLARDS.

AU MALI, UN ENFANT ALBINOS A ÉTÉ RETROUVÉ AU FOND D'UN PUITS. ON LUI AVAIT COUPÉ LA LANGUE, LES OREILLES, LES MAINS ET LES PIEDS POUR QU'IL NE PUISSE REVENIR DE L'AU-DELÀ HANTER LES VIVANTS.

Mères

Le *Nausicaa* rudoie la nuit d'hiver, si souple, si puissant qu'aucun des invités ne songe aux profondeurs marines qui s'ouvrent sous les cent soixante-quatorze mètres de long de sa coque. À vingt-cinq nœuds de vitesse constante, le paquebot navigue sur des gouffres, des failles, des montagnes d'eau silencieuses et noires qui portent ses vingt-six mille tonnes. Draps d'océan et dais de ciel noir : le dieu qui les tient dans le creux de sa main fait semblant de dormir. Dans le salon d'apparat, l'orchestre joue *Strangers in the Night* en sourdine.

Personne ne danse encore.

Les convives font la queue aux buffets.

Tout le monde parle, se congratule.

Babil, Babel, bobos, babas, bla-bla…

Volumster, courtisé par une batterie de chefs d'entreprise, parties prenantes dans FII, laisse dire, les yeux mi-clos :

— Monsieur le ministre, vous lirez dans *Les Échos* que je vous compte comme l'un des nôtres : vous êtes véritablement un entrepreneur.

— Si vous le permettez, j'ajouterai que vous devez être conscient de l'immense espoir que vous portez sur le plan politique. La France est la nation la plus communiste d'Europe. Il y en a assez de ceux qui se font élire sur un ticket libéral et développent en réalité une stratégie communiste.

— Cela ne peut plus durer ! Depuis des années, les gouvernements encouragent la paresse, il faut que ça change !

— Vous avez vu les chantiers, à Pékin ? Les Chinois travaillent jour et nuit. Et pendant ce temps, nous, en France, on dort sur nos 35 heures. Il faut arrêter cette décadence du travail chez nous.

À l'écart des hommes, les femmes boivent du champagne en bavardant. Aurore finit son verre et en réclame un autre pour elle et un pour Nicole Cawlpepper :

— Ces fêtes obligatoires, ces célébrations interminables me dépriment toujours tellement, dit-elle. Elles me rappellent trop les horribles moments où je ne pouvais échapper à la présence de ma mère…

— Allons, sourit Nicole, je ne vous crois pas. Je reconnais bien là votre tendance à l'exagération !

Aurore Volumster demande crûment :

— Vous vous entendiez bien avec votre mère ?

— Maman était adorable, répond Nicole Cawlpepper. Elle l'est restée jusqu'au bout, même quand la douleur ne lui laissait aucun répit…

— La mienne ne pouvait pas me souffrir.

— Elle est décédée ?

Aurore laisse échapper un grand soupir :

— L'année dernière, enfin ! J'étais à deux doigts de la tuer de mes propres mains…

— Ne dites pas ça. Vous êtes excessive ! Les mères et leurs filles se chamaillent toujours un peu, mais ça ne compte pas. Au fond, c'est même très sain. Une mère, on doit tout lui pardonner. Vous n'avez pas d'enfants ?

— Non, grince Aurore.

Nicole Cawlpepper n'y prête pas attention :

— J'ai deux fils. Les fils, pour une mère, c'est ce qu'il y a de plus agréable. Une vraie bénédiction !

Aurore Volumster intervient d'un ton sec :

— Juste une question.

— Vous n'arriverez pas à me provoquer.

— Que pensez-vous d'une mère qui prénomme sa fille « Aurore » ?

Nicole Cawlpepper sourit aux anges :

— Je pense que c'est une maman qui choisit pour son bébé le plus délicieux des prénoms et qu'il vous va à ravir…

Aurore vide sa coupe.

— Vous ne devez pas avoir l'oreille musicale…

— Vous plaisantez, j'ai fait onze ans de piano !

— Alors vous devriez entendre que ma mère m'a prénommée « Aurore » parce que « Horreur » ne figurait pas dans les listes admises par l'état civil !

Melville, la perruque en bataille, pénètre dans le grand salon. Patrice Mornay – Pat pour tout le monde –, son patron enturbanné à l'orientale, se précipite à sa rencontre :

— Où t'étais, merde ?

Melville jette un coup d'œil autour de lui :

— Les télés sont en panne ?

— Tout s'est arrêté net. C'est toujours merdique les circuits internes. Dis donc, certains se demandent si on ne va pas beaucoup trop loin en mer pour voir le feu d'artifice…

— Je ne crois pas, dit Melville, soudain préoccupé.

— Vérifie. Tu sais combien coûte ce putain de truc…

Melville l'interrompt :

— Où est Joël ?

— Je l'ai envoyé se renseigner, mais je ne sais pas ce qu'il fout !

— OK, j'y vais.

— Magne-toi, les types du ministre commencent à être nerveux.

— *Everything is under control !* Occupe-toi d'eux !

Pat retient Melville par la manche :

— Tu baisais qui ?

— Tant que je ne te baise pas toi, c'est pas tes oignons !

— Joue pas au con !

— Dommage, c'est mon jeu préféré…

Patrice Mornay

Patrice Mornay est né dans la pub. Son père était l'un des patrons de Havas. C'est à ses côtés qu'il a grandi et a été formé. Stagiaire, assistant, régisseur, directeur de production, réalisateur, producteur de films de pub, il est passé par tous les postes. Patrice Mornay connaît le métier de l'intérieur. Il a montré son talent dans tous les domaines jusqu'au jour où, lassé d'être sous les ordres d'autres moins talentueux que lui, il a créé Patmore & Plus, son agence de communication et d'événementiel. Très vite, son sens du spectacle et ses accointances politiques ont fait de P & P le partenaire obligé de toutes les grandes manifestations, qu'elles soient commerciales, promotionnelles ou politiques. C'est un artiste du slogan, de la formule choc, du mot-clef. « Avec Pat, aime-t-il répéter, votre élection vous sera servie sur un plat ! » Quand il n'affirme pas : « La com, c'est l'homme ! »

Dans son bureau sont encadrés ses slogans les plus percutants :

IMAGINER DES SOLUTIONS À VOTRE IMAGE

RÉPÉTEZ LA DYNAMIQUE
« UN CLIENT SATISFAIT, C'EST UN CLIENT FIDÈLE »

L'ART DE SE RENOUVELER SANS JAMAIS PERDRE SON ÂME

FAIRE GRANDIR LA CONFIANCE,
C'EST DONNER DES AILES À CHACUN

NOUS PRENONS LE MEILLEUR PARTOUT
POUR VOUS OFFRIR LE MEILLEUR DE NOUS

Marié très jeune à un mannequin américain, Shirley, il a deux enfants, un fils, Pat junior, et une fille,

Elizabeth dite Zaza. Depuis qu'ils ont divorcé, sa femme – très dépressive – vit aux États-Unis, ses deux enfants aussi. Pat les voit rarement. Son fils fait carrière dans l'automobile à Detroit, du bon côté de la ville, et sa fille est *Public Relation* au *Harper's Bazaar*, à New York.

Cap Ouest-Noroît

Insensible aux morsures du froid, Melville grimpe les marches quatre à quatre jusqu'à la passerelle de commandement. Il sent confusément un oiseau de malheur planer au-dessus de sa tête. C'est une mauvaise pensée qui le menace, une prophétie de taon, sale, grise, urticante. Il entre dans le poste de commandement et claque la porte derrière lui comme s'il pouvait d'un geste chasser son inquiétude. Joël, son assistant, un gamin de vingt-deux ans, glabre et rose en chérubin, poudré, parfumé, les lèvres soulignées d'un trait rouge, une mouche sur la joue, danse d'un pied sur l'autre.

— Ces messieurs refusent de me dire pourquoi on a dépassé la balise d'arrêt.

— Qu'est-ce que c'est que ce bordel ? demande Melville.

— C'est le bordel ! philosophe le capitaine, debout à côté du pilote, le regard sur l'horizon blanc de nuit.

— Vous avez compris qui je suis ?

— Oui, dit l'officier en le dévisageant, j'ai compris : vous êtes monsieur Melville Grabbe…

— Je suis l'organisateur de cette soirée. Alors si vous avez compris, je vous ordonne de faire immédiatement demi-tour et d'aller mouiller où il était convenu pour que nos invités puissent voir le feu d'artifice !

Melville jette un coup d'œil à l'horloge à côté de l'indicateur de vent :

— Il est 23 h 25, à minuit pile, je veux que nous soyons en place.

— Vous connaissez la formule : le capitaine est seul maître à bord, alors dispensez-vous de m'ordonner quoi que ce soit.

— Vous savez combien je paye votre compagnie pour que ce bateau fasse exactement ce que je veux qu'il fasse ? demande Melville.

— Une fortune. Mais, sincèrement, je m'en moque. Ce n'est pas mon problème, c'est le vôtre.

Le capitaine fait un signe de tête en direction du pilote :

— Cap Ouest-Noroît !

Maheu répond dans sa barbe, les yeux rieurs :

— Cap Ouest-Noroît, capitaine ! 285 sur Barfleur !

— Elle est bien bonne, mais ça ne me fait pas rire, ronchonne Melville. J'attends des explications.

— Je n'en ai qu'une. Je ne sais pas si elle va vous plaire.

Melville ordonne à Joël :

— Fonce dire à Pat que je maîtrise la situation...

— Ne te presse pas, petit gars, dit le capitaine en le retenant. Je crois que ce que je vais dire va changer un peu le message à transmettre...

Joël ne sait plus quoi faire. L'officier le rassure d'un sourire :

— T'inquiète, c'est rien contre toi. T'es stagiaire ?

— Oui..., murmure Joël, sans comprendre pourquoi ça intéresse le capitaine.

— T'as quel âge ?

— Vingt-deux ans, pourquoi ?

Melville s'impatiente :

— Vous savez qu'il est maintenant 23 h 28 ?

— 23 h 28 ! Parfait ! s'exclame le capitaine, jetant un coup d'œil sur sa montre.

Et solennel :

— À deux minutes près, vous devez savoir que le bateau entre dans les eaux internationales. Nous venons de franchir les douze miles nautiques. Le feu d'artifice se passera de nous. Ce bateau est sous notre contrôle…

Melville ne peut s'empêcher de ricaner :

— Comment ça, « sous votre contrôle » ?

— Sous notre contrôle qui n'est pas celui de la compagnie, ni de la capitainerie du port, ni de qui que ce soit d'autre…

— Qu'est-ce que vous racontez ?

L'officier explique :

— Je ne suis pas plus le capitaine de ce bateau que vous n'êtes un aristocrate emperruqué. Et ceux qui m'entourent ne font pas non plus partie de l'équipage. Nous sommes déguisés, comme vous, comme vos invités…

Melville hésite entre la colère et l'amusement :

— OK, vous êtes déguisés, d'accord, c'est la règle du jeu. Je le sais, c'est moi qui l'ai écrite. Vous trouvez très rigolo d'être en uniforme plutôt qu'en bleu de chauffe, je le comprends, *but now it's over,* fini de rire et direction le feu d'artifice, *right away…*

— Vous n'avez toujours pas compris ?

Il articule :

— Nous avons pris le contrôle de ce bateau. Nous mettons cap au large, plein nord, vers le grand froid, le grand vent, la grosse mer…

Melville hausse les épaules.

— C'est un détournement ? demande-t-il, mi-chèvre mi-chou.

— Nous sommes des pirates ! lance l'officier en second, jetant un coup d'œil sur l'écran radar devant lui.

Melville se veut conciliant malgré son envie de leur rentrer dans le lard :

— Trois hypothèses : vous vous foutez de ma gueule, vous êtes complètement bourrés ou c'est pour la caméra cachée. D'ailleurs, où sont les mecs de Channel Champ ? Vous les avez vus ?

— Il n'y a pas d'équipe de télé à bord, dit posément le capitaine, nous sommes parfaitement sobres et vous feriez bien de nous prendre au sérieux.

Le grand Black, à la barre, ajoute :

— Oui, vous feriez bien de nous prendre au sérieux et de réfléchir à une chose que l'on dit chez nous, en Afrique : « L'étranger ne voit que ce qu'il sait »…

Melville ferme les yeux, baisse la tête, se répétant : « Qu'ils aillent se faire foutre avec leurs proverbes et leurs conneries. Penser au tai-chi, comme dit le maître de mon maître : se concentrer sur la posture, rester calme, surtout rester calme, tourné vers l'intérieur. »

Conversation secrète

Homme libre, toujours tu chériras la mer !
Je te salue vieil Océan !
La mer, la mer, toujours recommencée…

Au micro, Pat, grandiloquent, enchaîne les citations poétiques et, au nom de Patmore & Plus, présente ses vœux de bonne et heureuse année avant d'inviter

Claude Volumster à ouvrir le bal avec Nicole Cawlpepper, la femme de leur hôte. Il fait un signe à l'orchestre et aussitôt les musiciens entament *Le Duo des Lys*, une valse lente. Le ministre de l'Intérieur ne se fait pas prier. Il tend la main à Nicole Cawlpepper et l'entraîne au centre de la piste. Volumster se montre bon danseur, élégant, gracieux. Sa partenaire se laisse guider avec plaisir. Tout le monde applaudit, Bob fait des photos pour *Paris-Match,* Agathe Godard griffonne sur un minuscule carnet. Bientôt, les couples s'enhardissent et les rejoignent.

— Tu as reçu mes lettres ? demande Volumster, ouvrant à peine la bouche.

— J'ai tout reçu, dit Nicole dans un sourire. J'en sais même des passages par cœur : « Je réalise seulement aujourd'hui que, sans toi, ma vie est un désert »…

— Tais-toi.

Volumster l'interroge du regard.

— Ne t'inquiète pas, j'ai tout jeté, murmure Nicole, se serrant contre lui.

Ils glissent entre deux couples de danseurs.

— Pourquoi ne veux-tu pas que je te réponde ?

— Beaucoup de gens me veulent du mal.

— Tant que ça ?

— Tu ne sais pas ce que c'est que la politique.

— Oh si ! s'exclame Nicole.

Puis, beaucoup plus bas :

— « Protégez-moi de mes amis, mes ennemis, je m'en charge. » On n'a jamais rien dit de plus pertinent…

— Il n'y a que toi pour utiliser le mot « pertinent » !

Ils s'attendrissent, émus de se revoir lorsqu'ils avaient vingt ans, à la Sorbonne, au cours de littérature médiévale du professeur Strudel, écumant les librairies du Quartier latin, enlacés dans la chambre étroite de Mlle de Rebours-Aver, au septième étage de la rue Madame…

— Il faut que je t'aime pour que tu aies réussi à me faire monter sur un bateau ! gronde gentiment Nicole, levant les yeux pour tenter d'apercevoir le ciel en haillons à travers le dôme vitré du grand salon.

— Je te rappelle que c'est ton idée.

— Mon idée, c'est le bal costumé, pas d'aller me perdre en mer !

— Peut-être fallait-il ça pour que le capitaine Crochet danse aux bras de Marie-Antoinette ?

— Le Havre ! Tu aurais pu au moins choisir la Riviera…

— C'est ton mari qui a choisi.

— Il n'a rien choisi du tout, dit Nicole. Il a fait ce que l'agence recommandait. Le bateau, c'est une idée à eux !

— Alors si c'est Pat…

Claude Volumster et Nicole Cawlpepper valsent vers l'autre bord de la piste.

— Tu crois qu'on arrivera à s'échapper ?

— Aucun ministre, plus que moi, n'est capable de fausser compagnie à ses officiers de sécurité. D'autant que j'ai pris mes précautions : c'est le service ultra-minimum…

— Et ta femme ?

— Elle ne manque pas de cavaliers.

La musique s'arrête, tous les danseurs applaudissent l'orchestre qui enchaîne sur *Tutti Frutti*, un standard de Little Richard. Claude Volumster ne résiste pas à faire la démonstration de ses talents de rocker. Il claque des doigts pour marquer le tempo et, soudain, tend la main à Nicole pour un nouveau tour de piste.

Les flashes crépitent.

Volumster et Nicole Cawlpepper s'arrêtent, essoufflés. Ils saluent l'orchestre et se dirigent vers les buffets en badinant, comme s'ils admiraient le décor, les costumes de leurs voisins, la musique…

— Je sais, glisse Volumster, que la vie nous a séparés, mais aujourd'hui je sais aussi que j'ai été l'homme d'une seule femme. De toi…

— Arrête, tu vas me faire pleurer.

— Je t'aime, dit-il très vite, je t'ai toujours aimée. Je n'aime que toi…

Ils rejoignent Aurore et le mari de Nicole qui trinquent au champagne. Volumster demande au patron de FII :

— Vous ne dansez pas ?

— *No, sorry*, dit Cawlpepper, je vous admirais. Il y a longtemps que je n'ai pas vu Nicole s'amuser autant. Vous auriez pu faire carrière dans le show-business !

— C'est un peu ce que je fais ! plaisante Volumster.

Ils rient.

— Vous parliez de quoi ? demande Aurore, fixant son mari droit dans les yeux. J'ai l'impression que vous aviez beaucoup de choses à vous dire…

Volumster se tourne vers Nicole :

— Je racontais que j'ai lu, dans je ne sais plus quoi, un article très intéressant où il était question du rêve…

— Du rêve ? Je croyais que tu ne rêvais jamais ? Tu l'as même déclaré au *Figaro* !

— Il ne s'agissait pas du rêve chez les humains,

mais chez les animaux, les mammifères et même certains reptiles.

Aurore ironise :

— Tu veux savoir à quoi rêvent les serpents ?

Capitainerie

Trois volontaires assurent le quart de nuit à la vigie du Havre : Jean-Yves Roadec, l'officier de port, un Breton de Saint-Malo, Marcel Junon, contrôleur intérieur, originaire de La Rochelle, et Gilles Desquin, contrôleur extérieur, le « régional de l'étape », comme il aime se présenter. Trois volontaires pour surveiller les mouvements de cette nuit où les cœurs sont à la fête, les têtes aux rires et aux chansons. Chacun des trois a une bonne raison d'être là : Roadec parce qu'il y a longtemps qu'il a rompu avec sa famille pour une question d'héritage et que son caractère emporté ne lui attire pas beaucoup d'amis, en tout cas aucun qui ait envie de l'inviter pour le Premier de l'an ; Junon parce que, depuis son divorce, il s'enfonce chaque jour un peu plus dans la solitude et qu'il préfère être au travail que tourner en rond chez lui au risque de l'alcool ; Desquin parce qu'il est veuf et que ses enfants sont loin, en Australie, à Nouméa et à Stavanger, en Norvège.

La nuit, d'ailleurs, s'annonce d'un grand calme.

Hormis le *Nausicaa*, sorti à 23 h 15 pour aller au mouillage n° 1 et qui doit rentrer au port aux alentours de 2 h 45, rien n'est prévu à la feuille avant 4 h 30, heure à laquelle devrait arriver de Rotterdam le *Maria Theresa*, une heure plus tard le *Bon Express* de Montréal et, à 6 heures, le *Happy Falcon* en provenance de Santander. La météo prévoit peu de vent, force trois ou quatre pas plus, mer peu agitée à agitée.

Junon jette machinalement un coup d'œil sur les consignes sorties de l'imprimante de l'ordinateur. Rien d'exceptionnel :

— *Appontement môle central 6, arrêt technique du portique D6, avant-bec amené et balisé jour et nuit, PM axe engin passerelle n° 2 + 15 m à l'est, accostage interdit.*

— *Forme 4 et forme 7, arrêt technique pour une durée indéterminée.*

— *Quai de Mazeline, en raison des travaux de démantèlement de la passerelle PMH1, la navigation est interdite dans la zone délimitée par le ponton du service « O » et par celui des Abeilles, s'étendant jusqu'à 100 m du quai.*

L'Interphone grésille soudain. Roadec décroche d'un geste brusque :

— Ouais ?

Un chœur lui répond :

— Bonne année, bonne santé et que nos femmes ne soient jamais veuves !

Ce n'est pas la première bande de soiffards qui fait halte au pied de la vigie et s'amuse à appuyer sur tous les boutons. Heureusement, l'entrée est bien protégée. Roadec va pour raccrocher en leur disant d'aller se faire mettre, quand une voix, dominant les autres, l'interpelle :

— C'est Milo, Roadec, on vient voir le Gillou et lui faire la bise ! Ouvre-nous !

Roadec se tourne vers le contrôleur extérieur :

— Milo veut te parler…

— Milo ?

— Il est en bas.

Gilles Desquin quitte son poste et vient prendre le combiné :

— Salut, Milo, qu'est-ce que tu fous ?

— Ouvre-nous, on est venus vous souhaiter la bonne année avec l'équipe. On monte cinq minutes et on se taille.

Desquin interroge Roadec du regard :

— Ils veulent nous souhaiter la bonne année…

— Fais ce que tu veux, mais qu'ils ne fassent pas chier, dit-il, consultant le dernier bulletin météo qui vient de tomber : *Grand frais prévu sur Ouessant, Sole, Fasnet. Dépression 998 hPa sur le sud de la Scandinavie, se creusant sur place.*

Cinq minutes plus tard, une bonne douzaine de membres de l'Étoile sportive du Havre et leurs compagnes débarquent au cinquième étage de la tour de la vigie, découvrant une vue unique sur le port et la ville, brillants de tous leurs feux. Ils sont joyeux, coiffés de chapeaux en papier, couverts de serpentins et de confettis, mais, contrairement à ce que craignait Roadec, ce n'est pas une cargaison de viande saoule qui envahit le poste de contrôle. Les femmes, outrageusement maquillées, la tête sous des perruques aux couleurs fluo, offrent un petit-four contre un baiser, tandis que les joyeux lurons font péter les bouchons de champagne. Milo, un docker athlétique, distribue des flûtes en plastique :

— À la nouvelle année !

Une femme enfonce sur la tête de Roadec une charlotte en crépon rose, Junon (chapeau pointu) et Desquin (fausse barbe et grosses lunettes) lèvent leurs verres, tournant le dos à la mer.

— Merci de penser à nous, dit Gilles un peu ému. Merci, c'est gentil.

— C'est pas gentil, proteste Milo, c'est la tradition et c'est normal. D'un, vous êtes des amis, de deux, t'es le trésorier de l'assoce, de trois, il n'y a pas de raison que vous n'ayez pas droit à votre part de la fête !

La troupe fait voler les serpentins et pleuvoir les confettis pour accompagner cette déclaration qui mérite d'être saluée d'un triple ban d'applaudissements. Roadec joue les rabat-joie :

— Vous avez le pot de bien tomber. De tomber à un moment où il n'y a rien à branler. S'il y avait eu du trafic, vous seriez restés en bas et la fête se serait passée de nous…

Milo, affublé d'un nez de clown, est tenté de l'envoyer promener d'un cinglant : « Cache ta joie ! » Mais il ravale ses mots et remplit la flûte de Roadec d'une nouvelle rasade de champagne :

— T'as raison, Roadec, service/service, mais pour une fois, ça ne fait pas de mal de se faire du bien ! Tu ne crois pas ?

— Si, concède Roadec, du bout des lèvres.

— Alors, cul sec ! proclame Milo.

Il lève son verre et Roadec trinque avec lui avant de descendre son verre d'un trait, tandis que le chœur réuni en demi-cercle autour d'eux entonne :

Il est des nô-ôtres
Il a bu son verre comme les au-au-tres !

Sur l'écran radar du contrôle extérieur, personne ne voit le *Nausicaa* dépasser largement le mouillage n° 1 et continuer sa route vers le large.

Les vagues se lèvent et retombent rageusement comme pour effacer derrière elles le sillage du *Nausicaa*. La pluie déploie ses batteries. Alliance turbulente du ciel et de l'eau. Le noir domine, piqué de puits de lumière.

Melville remonte le couloir des cabines de luxe, accompagné du capitaine, du Noir qui tenait la barre et d'un costaud aux yeux globuleux qu'ils appellent Doc. Joël trottine derrière eux. La belle Mado sort de la cabine Odysseus, les yeux brillants, le rouge aux joues, l'air moqueur. Elle s'est refait une beauté. Elle feint l'étonnement :

— Oh, mais quelle surprise !

Melville n'a plus le cœur à marivauder.

— Nous sommes dans la merde, grogne-t-il en passant devant elle.

Mado s'étouffe de rire :

— À qui le dis-tu !

Elle leur emboîte le pas, soulevant sa robe qui l'entrave :

— Ce serait gentil de m'attendre !

— Nous sommes pris en otages par ces messieurs, lance Melville sans se retourner.

— C'est vrai, appuie Joël.

Mado n'en croit pas un mot. Elle chantonne, un peu pompette :

C'est pas l'homme qui prend la mer
C'est la mer qui prend l'homme !

Le Black lui tend la main pour l'aider à descendre les trois marches d'accès au grand ascenseur.

— Au moins, vous, vous êtes galant.

— Vous êtes très jolie, mademoiselle.
— Merci. On se connaît ?
— Je ne crois pas.
— Marie-Madeleine Montcontour, du magazine *Society*.
— Amos, de plus rien du tout…
Mado le dévisage alors que les portes s'ouvrent :
— Vous êtes déguisé en quoi ?
— En nègre.

Micro

L'ascenseur panoramique offre un accès direct des ponts supérieurs au grand salon. La descente est spectaculaire.

La cabine, entièrement vitrée, offre une vue imprenable sur un immense espace où se mêlent un théâtre italien cerné de trois balcons, un opéra viennois tout en courbes, en arabesques architecturales, et une boîte à bijoux Renaissance, écrasée d'ors et de miroirs. Partout l'acajou, le cuivre étincelant, les tentures épaisses d'un palais oriental aux cent couleurs, aux mille nuances. Un incroyable lustre en cristal pend du plafond, soleil de verre taillé reflétant ses feux sur le sol de marbre. Une collection de marines et d'authentiques ex-voto du XIXe siècle décore les murs jusqu'à l'excès.

Melville sort le premier de l'ascenseur.

Il traverse la piste de danse pour conduire le capitaine sur la scène.

Au milieu de cette féerie décorative, de cette compétition d'éclats, l'écran géant n'est qu'un grand œil mort, aveugle comme les télés d'appoint disposées de place en place sur les côtés. Amos et Doc attrapent au passage deux coupes de champagne et, escortant Mado, rejoignent le groupe du ministre de l'Intérieur :

— Vous permettez, monsieur le ministre ?

Volumster lève son verre pour trinquer avec eux :

— À la vôtre, mes amis ! À la marine !

Glaubert et Massaud, ses officiers de sécurité, Gérard Obélix-Depardieu, Christian Napoléon-Clavier et deux jeunes beautés froufroutantes en merveilleuses s'associent au toast.

— Vous savez ce que je disais ? demande Volumster, en s'adressant à Amos. Que nous soyons blancs, noirs ou jaunes, tous les hommes ont la même ombre…

— Et elle est noire, sourit Amos.

— Oui, elle est noire ! Chacun devrait y réfléchir.

Melville réclame le silence. Il y a un moment de flottement puis l'orchestre s'arrête au milieu d'*Alexandrie, Alexandra.*

— S'il vous plaît, *please, silence please*, écoutez-moi, le capitaine a une communication très importante à vous faire, dit-il sobrement.

L'assistance se tourne vers la scène.

— Mesdames, messieurs, mon nom est Gary, Franklin Gary… Malgré le costume que je porte, je ne suis pas le capitaine de ce bateau.

Il y a des oh ! et des ah ! dans la salle. Quelques rires aussi. Cawlpepper demande :

— *Who is that guy ?*

— C'est un comique, *a joke*, dit Pat pour le rassurer, priant pour que ce soit vraiment un sketch, pas un truc en train de partir en vrille.

Gary poursuit :

— En tout cas, je ne suis pas le capitaine que la compagnie avait désigné pour commander le *Nausicaa.* Il y a six mois, je dirigeais l'atelier de recherche mécanique de Mondial Laser quand j'ai été licencié, comme tous les autres salariés de la société.

— Qu'est-ce que c'est que ce bordel, Gary ? crie soudain un homme corpulent, sanguin, drapé dans une toge romaine.

Le capitaine le reconnaît :

— Ah, vous êtes là, monsieur Michaud ! Je me demandais si nous allions nous revoir un jour.

À la salle :

— Pour ceux qui ne le connaissent pas, permettez-moi de vous présenter M. Bertrand Michaud qui, avec son directeur commercial et son directeur financier, avait repris Mondial Laser avant de se laisser tenter par le dieu Dollar !

Bob, le photographe de *Paris-Match*, s'approche pour prendre des clichés.

— Je ne vois pas M. Espadioux, notre ancien directeur commercial. Il n'a pas été invité ? Et M. Cardona…

Soudain, Gary repère Espadioux, en costume de Superman, à côté d'une jeune fille déguisée en libellule :

— Ah si, le voilà ! Superman, c'est M. Espadioux !

Espadioux se détourne.

Joël, au bord des larmes, lance aux invités :

— Ce sont des pirates, ils tiennent le bateau, nous sommes pris en otages !

D'un même mouvement, Doc et Amos, le gros Blanc et le grand Black, se penchent vers les officiers de sécurité du ministre. Le message murmuré est identique :

— Ne bougez pas, ne tentez rien, nous sommes armés.

Il y a des cris, des gémissements, des plaintes. Des hommes redressent le torse et serrent les poings, des femmes se signent ou cherchent un réconfort dans leur mouchoir parfumé. Pat intervient brusquement :

— Melville, merde, qu'est-ce que tu fous ? Vire-moi ce connard !

— Calmez-vous, monsieur, dit Gary. Nous avons un long moment à passer ensemble, ce n'est pas nécessaire de s'énerver. D'ailleurs je veux dire à ceux que je vois s'énerver sur leurs portables que c'est inutile : d'abord, parce que nous avons mis en place un brouilleur de fréquences, ensuite, parce que ça pourrait être dangereux…

— Merde, Gary, vous n'allez pas nous faire chier comme ça toute la soirée ! jure Michaud.

— Faites-le taire ! crie un homme à l'accent allemand.

— *Shut up, bastard !* crie un autre. *Fuck you !*

Pat aboie en direction de Melville :

— Appelle la sécurité, merde ! Et fais-moi dégager ce bouffon !

Melville se tourne vers les vigiles, en costumes de médecins de Molière, placés aux portes. Il s'apprête à leur faire signe d'intervenir mais suspend son geste. Ces hommes font partie du commando. Ils sont en train de verrouiller toutes les issues avec des chaînes et des cadenas. D'autres s'en aperçoivent, s'affolent :

— Ils nous enferment ! On ne peut plus sortir !

— *Don't be afraid*, dit Gary avec un geste d'apaisement. C'est autant pour notre tranquillité que pour la vôtre.

Volumster s'avance, suivi de ses deux officiers de sécurité, Glaubert, attaché à lui depuis son entrée en politique, Massaud, natif de Tinchebray, comme Aurore, sa femme. Les deux policiers sont encadrés par Doc et Amos qui les serrent de près. Gérard

Depardieu leur emboîte le pas. La situation semble beaucoup l'amuser.

— Vous me reconnaissez ? demande Volumster.

— Bien sûr, monsieur le ministre. Même si certains peuvent se demander ce que le ministre de l'Intérieur fait ici, dans la fête privée d'un fonds spéculatif. Mais ce n'est pas la question.

— Je ne vous le fais pas dire.

D'un geste, Volumster réclame le micro à Gary qui le lui donne. Le ministre se tourne vers la salle où fusent à nouveau des cris, des injures :

— Je demande à tout le monde de rester calme. Restez calmes, mes amis ! Surtout, restez calmes ! Que tout le monde reste calme ! *Keep quiet please, quiet !*

Depardieu approuve en levant son verre :

— Ouais, restez calmes, il y aura à boire pour tout le monde !

Il fait rire.

Rendant le micro à Gary, Volumster dit :

— Très joli coup ! Vous avez voulu faire la preuve que vous avez de la ressource, que vous êtes très fort. OK : vous êtes un as, vous n'avez pas votre langue dans votre poche et demain tous les journaux parleront de votre exploit. Vous aurez même votre photo dans *Paris-Match* comme une vedette de la télé.

Il se tourne vers la salle :

— Encore, bravo ! Vous voulez qu'on vous applaudisse ? Eh bien, nous vous applaudissons !

Volumster applaudit, levant au-dessus de sa tête sa main libre et celle armée d'un crochet en plastique. Depardieu encourage tout le monde à l'imiter.

— Allez, applaudissez ! Applaudissez, par Toutatis !

Petit à petit, tout le bal costumé tape dans ses mains, les reines, les fées, les cow-boys, les fakirs, les gladiateurs, Cendrillon, Shéhérazade et Hulk, Mickey et l'homme préhistorique…

— Mais maintenant que la démonstration est faite, je vous demande d'arrêter ce cirque et de nous ramener à terre avant que je vous contraigne à le faire…

— Nous contraindre par la force ? s'informe Gary.

Volumster soupire :

— Par égard pour nos hôtes, je préférerais éviter d'en venir là…

— Moi aussi.

— Très bien, j'en prends acte. L'incident est clos.

Le ministre désigne ses officiers de sécurité :

— Ces messieurs vont vous accompagner jusqu'au poste de commandement et garantiront le bon déroulement de notre retour.

— Vous permettez…

Après un silence, Gary ajoute, de façon à être entendu de tous :

— Le bateau est entièrement ceinturé par soixante kilos de C4 sous sa ligne de flottaison. Pour ceux qui l'ignorent, le C4 est un explosif militaire. Un explosif très puissant…

Depardieu intervient, entouré de Jean Reno et de Christian Clavier qui se sont rapprochés de lui :

— Vous nous faites braire avec vos conneries ! On n'en a rien à foutre de vos histoires. C'est un scénario de merde ! On a déjà vu le film, c'est de la daube !

— C'est naze ! crie Reno. On croirait *Terrorisme en haute mer*, une sous-merde américaine.

— Tu jouais dedans ? s'interroge Depardieu.

Ils rient.

— C'est à chier ! lance Clavier. Je l'ai vu. Au moins, dans *Titanic*, il y avait un iceberg !

Leurs protestations semblent ravir Gary :

— Si vous voulez parler cinéma, messieurs, nous allons parler cinéma…

Il fait un signe à Amos qui active aussitôt un talkie de l'armée.

— Dargone, tu m'entends ?

— Cinq sur cinq !

— Vas-y, c'est à toi !

Un grand « oooooh ! » de surprise monte de la foule quand les écrans de télé se rallument d'un coup, comme sur la scène se rallume l'écran géant. Des images de la cale apparaissent, éclairées par un fort *sun gun** : d'abord, le grand Schwartz et Bonhomme, occupés à saboter toutes les portes étanches des sas de sécurité, puis, de place en place, les charges de C4 fixées à la coque et leur système de mise à feu.

— Vous voyez, commente Gary, les explosifs sont placés tous les vingt mètres et reliés entre eux…

Pat s'emporte à voix basse contre Melville :

— Putain, je vous ai pourtant dit depuis le début que cette histoire de bateau était un sac de merde !

— Pas de panique. J'ai des cachets pour le mal de mer…

— La ferme. Quand on sortira de là, vous pourrez prendre vos cliques et vos claques et dégager.

— On ne se tutoie plus ?

— Vos types de la télé sont de mèche avec eux ? C'est vous qui avez monté ce coup-là ?

Gary reprend la parole alors que les écrans s'éteignent à nouveau :

— Autant vous le dire : nous sommes nombreux et vous ne savez pas qui nous sommes. Vous n'avez

* Il s'agit d'un projecteur que l'on tient à la main.

jamais voulu le savoir. Aujourd'hui, nous sommes dans l'orchestre, nous sommes dans le personnel, nous sommes parmi les invités, parmi l'équipage, parmi le personnel de sécurité. Rien ne nous distingue les uns des autres, comme rien ne nous distinguait sur vos bilans comptables, vos statistiques. Maintenant, vous nous voyez.

Il étouffe un petit rire :

— La surprise de la Saint-Sylvestre, le feu d'artifice, c'est nous !

Gary sort de sa poche un petit boîtier noir de la taille d'un poudrier :

— Vous savez ce que c'est ? Non ? C'est un prototype de détonateur électronique miniaturisé créé par Mondial Laser. Chacun des anciens de Mondial Laser qui sont à bord en a un. Une simple pression du doigt permet de déclencher la mise à feu d'une ou de toutes les charges…

Gary apprécie le silence qui suit son intervention. Il désigne un homme :

— Regardez autour de vous. Tenez, par exemple, ce maître d'hôtel, M. Loge, ancien de la comptabilité, il en a un…

Le maître d'hôtel sort de la poche de sa veste blanche un boîtier identique à celui de Gary.

— Monsieur le premier violon, pouvez-vous montrer le vôtre ?…

Le premier violon, Heureclaire, un commercial, délégué FO, se lève et obéit de bon cœur.

— J'en ai un aussi ! dit un des médecins de Molière placé aux portes, pour attirer l'attention sur lui.

— Et moi aussi ! s'exclame une serveuse, les yeux rieurs, Clémence Stroh, du service clients.

— Vous voyez, nous sommes nombreux et anonymes. Même nos anciens patrons n'ont reconnu personne en montant à bord ! Donc, n'essayez pas de jouer les gros bras. N'est-ce pas, messieurs les acteurs ?

Depardieu fait un geste obscène à Gary qui le nargue d'un sourire.

— Il bluffe ! s'exclame soudain Christian Clavier. Je suis sûr qu'il bluffe. Il agite sa petite boîte noire, mais il n'y a rien dedans. C'est comme dans *L'Arnaque,* tout est faux. Il nous prend pour des cons ! Il bluffe !

— OK, je bluffe, dit Gary, en levant les mains en signe de reddition. Je l'avoue : il n'y a pas d'explosifs à bord, nos détonateurs sont des jouets, tout cela n'est qu'une mauvaise farce, un mauvais film… Mais, en disant cela, est-ce que je dis la vérité ou est-ce que je bluffe encore ? La question est shakespearienne : *to bluff or not to bluff ?* Pour connaître la réponse vous n'avez qu'une solution : tenter quelque chose, passer à l'attaque, payer de votre personne. J'ai entendu tout à l'heure votre président faire l'éloge du risque. Je l'approuve : pas de vie sans risque. Alors, puisque le risque est votre étendard, votre credo, êtes-vous prêts à mettre votre vie en jeu s'il se trouve que je ne bluffe pas ?

Gary interpelle Clavier :

— Qui commence, vous, monsieur Clavier ?

Clavier veut répliquer, mais Volumster l'en dissuade. Il réitère ses conseils de prudence :

— Je demande à tout le monde de garder son calme. Surtout, que personne ne tente rien. Que personne n'entre dans leur jeu. Restez calmes.

Gary note que Volumster considère ce qui se passe comme un jeu et que personne ne semble vouloir entamer la partie. Puis il arrache d'un geste une décoration florale d'un grand bac :

— Par prudence, nous allons donc collecter tous les téléphones portables dans ce pot. Malgré le brouilleur de fréquences, il serait regrettable qu'une interférence accidentelle nous envoie tous par le fond…

Il répète sa phrase en anglais pour être certain d'être compris de tous :

— *One cannot be too careful ! So please bring your cell phones in this bin, none would want any transmission to take us to the bottom. It's clear for everyone ?*

Silence.

Gary le prend pour un assentiment.

— OK…, dit-il, très sérieux. Monsieur le ministre, je vous demande de donner l'exemple et de venir le premier déposer votre ou vos portables. Je vous garantis que vous serez sous peu directement en liaison avec les autorités françaises…

Volumster s'approche sans quitter Gary du regard et dépose ses deux portables, le crypté et l'autre.

— Messieurs, dit Gary aux gardes du corps du ministre déguisés en mousquetaires, il faut que vous déposiez aussi les vôtres, et vos armes…

— Tout est au vestiaire, dans un coffre, ment Glaubert.

Gary lui adresse un clin d'œil, pointant du doigt un renflement visible sous le déguisement :

— Avec vos gilets pare-balles ? Et vos 357 Magnum sont en plastoc comme le crochet de votre patron ?

Volumster donne l'ordre aux deux policiers d'obéir :

— Faites ce qu'il demande. Je ne veux prendre aucun risque…

— Moi non plus, ricane Gary.

Les officiers de sécurité obtempèrent en faisant la grimace. Gary prend les armes et les donne à Amos :

— Vire-les à la mer tout de suite…

— OK.

Amos quitte le grand salon pour se débarrasser des armes alors qu'une queue se forme près de la scène. Une femme s'évanouit, d'autres pleurent, la fée Clochette – Aurore Volumster – s'indigne :

— Vous êtes des abrutis ! Si vous croyez que ça va arranger vos affaires !

Et, se tournant vers son mari :

— Qu'est-ce que tu attends pour faire quelque chose ?

— Je t'en prie, ce n'est pas le moment.

— Avec toi, ce n'est jamais le moment !

— Tais-toi.

Aurore Volumster jette son portable dans le pot :

— Bande de crétins ! Bande de lâches !

Gary s'amuse de la colère de la fée Clochette qui – il le parierait – ne le vise pas, ni ceux de Mondial Laser. Les téléphones tombent dans le pot, à ses pieds :

— Combien de fois nous a-t-on seriné « nous sommes sur le même bateau » avant de nous licencier ? demande-t-il au micro. Combien de fois M. Michaud nous a-t-il parlé de lui comme d'un « capitaine d'industrie » ? Eh bien, vous qui appréciez tellement les métaphores maritimes, vous allez avoir l'occasion de mesurer la profondeur et la justesse de ces mots. Vous allez vivre de l'intérieur ce qu'ils signifient…

Il prend un temps et va plus avant :

— Nous sommes à peu près quatre cents à bord, invités et personnel. Nous étions un peu plus quand

Mondial Laser a fermé, n'est-ce pas, monsieur Michaud ? Combien d'entre nous retrouveront du travail ? Très peu, cinq pour cent peut-être, pas plus. Si ça devait tourner mal sur ce bateau, comme ça a tourné mal pour nous, si ce bateau coulait comme le *Titanic* pour faire plaisir à M. Clavier, y aurait-il assez de canots de sauvetage pour tout le monde ? Devriez-vous vous disputer les brassières de sécurité comme le personnel de Mondial Laser a dû se disputer les secours et les stages ?

Volumster

Claude Volumster est le troisième enfant d'une fratrie de cinq, deux frères aînés et deux sœurs plus jeunes. Son père s'occupait d'un gros cabinet d'assurances à Beauvais et sa mère se consacrait à l'éducation de sa progéniture. La famille vivait au Vésinet, dans un pavillon de pur style Art nouveau, hérité du grand-père maternel. Le père ne vivait avec sa famille que le week-end, consacrant tout son temps à « ses affaires ».

Après une scolarité sans problème mais sans éclat, Volumster fit des études de lettres plutôt médiocres. Il échoua deux fois à l'agrégation avant d'obtenir le Capes et un poste d'enseignant à Flers, dans l'Orne. C'est là qu'il rencontra celui qui allait être à l'origine de sa carrière politique et, peut-être, de son destin, M. Ventrèche, un gros éleveur dont le cheptel comptait plusieurs vaches championnes de France – tant pour la viande que pour le lait – et un taureau célèbre dans la profession, César, un monstre de près de deux tonnes, doux comme un agneau, obéissant à la voix, sans jamais qu'il soit utile de lui donner du bâton ou de lui mettre un anneau dans le nez. Volumster gagna la sympathie de Ventrèche lors d'une visite de l'exploitation, faisant une démonstration de traite à la main comme la plus experte des fermières. Enfant, il avait passé toutes ses vacances dans une ferme en Dordogne…

Ventrèche prit Volumster sous son aile.

Il le présenta à la bonne société locale puis le fit entrer au conseil municipal, au Rotary Club, l'introduisit auprès du conseiller général et de sa femme – les mauvaises langues le soupçonnèrent d'avoir une aventure avec elle –, lui fit connaître le préfet, le sénateur Jeanvrain et, quatre ans plus tard, à l'occasion d'une législative partielle, réussit à l'imposer comme candidat de la majorité et à le faire élire dès le premier tour.

Volumster tenait sa revanche, alors qu'il passait pour le mouton noir de la famille, celui dont la situation inspirait pitié, voire mépris. Sa mère n'osait pas avouer à ses amies qu'il enseignait le français en province, « et quelle province ! que de la bouse et du lisier… ». Son frère aîné, Pierre, était directeur général du groupe Axa ; son frère cadet, Henri, occupait le poste de directeur commercial chez Dassault Industries ; Cécile, agrégée de grec et de latin, normalienne, jouissait de la réputation d'auteur à succès après les cinquante mille exemplaires de son roman historique sur la conversion de Constantin, et Bérangère, la petite dernière, venait d'être nommée maître de recherches au CNRS.

Mais à présent Volumster était député ! Un élu du peuple, choyé sous les ors de la République, salué par toutes ses connaissances comme s'il gouvernait personnellement la France.

La deuxième chance de Volumster fut de séduire

Aurore du Temple Margaux au Salon de l'agriculture, où elle était venue voir les chevaux. Ils se rencontrèrent sur le stand de M. Ventrèche. Leur goût pour les hommes de la terre, les animaux de la ferme, les rapprocha sur le mode de l'auto-ironie quand, lors du cocktail de clôture, ils improvisèrent un duo sur l'air :

J't'aim' mieux qu'mes moutons-ons-ons
J't'aim' mieux qu'mes dindons-ons-ons...

Le soir même ils devinrent amants et se marièrent l'année suivante pour la plus grande joie des journaux à sensation.

Ventrèche fut le témoin de Claude.

Grâce à sa femme, Volumster acquit le statut de « personnalité ». C'était l'homme qu'il fallait avoir à sa table ou dans son émission de télévision ; son parcours atypique devenait un atout considérable auprès du public, des vrais gens, de la vraie France, à la mode sur tous les plateaux. Il gravit rapidement de nouvelles marches, trouva sa place dans le monde de la finance, de l'industrie, de la politique politicienne, se fit des obligés, des alliés, peu d'amis, beaucoup d'ennemis, et obtint finalement le portefeuille de l'Intérieur sur une intervention directe d'Aurore qui avait sur le président un ascendant qui faisait jaser...

TÉLEX

À SUMATRA, DANS L'ÎLE DE JAVA, LE NOMBRE D'ORANGS-OUTANS EST PASSÉ DE 315 000 INDIVIDUS AU DÉBUT DU XXe SIÈCLE À 27 000 EN 1997. D'ICI À DEUX DÉCENNIES, CETTE ESPÈCE AURA DISPARU DE LA TERRE, EXTERMINÉE PAR L'HOMME, QUI EXPLOITE LES FORÊTS SANS MESURE, LES

DÉTRUISANT POUR DÉVELOPPER LES PLANTATIONS DE PALMIERS DESTINÉS À LA PRODUCTION D'HUILE.

À GUANTÁNAMO, DE NOMBREUSES PHOTOS TÉMOIGNENT DES SÉVICES INFLIGÉS AUX PRISONNIERS PAR LEURS GEÔLIERS AMÉRICAINS : HOMMES NUS ET ENCAGOULÉS DANS DES POSITIONS HUMILIANTES ÉVOQUANT DES ACTES SEXUELS, DÉTENU COUVERT D'EXCRÉMENTS, D'AUTRES BRÛLÉS SUR LES BRAS, UN LA GORGE ENTAILLÉE...

LA FIRME TOTAL ANNONCE UN BÉNÉFICE RECORD DE 14 MILLIARDS D'EUROS.

Vigie

Il est presque minuit.

Une demi-heure après avoir juré de ne rester que cinq minutes, pas plus, la bande de l'Étoile sportive du Havre fait toujours la fête au cinquième étage de la tour de la vigie. Ils ne sont pas venus les mains vides : il y a à boire, à manger, des cotillons, des serpentins, des confettis, des langues de belle-mère, des trompettes et des crécelles. Même le sombre Roadec a fini par se laisser gagner par les blagues et les refrains que les uns et les autres enchaînent sans mollir.

Valentine, une volleyeuse, leur offre un numéro de strip-tease pour prouver que la chanson nc ment pas, qu'elle a bien de tout petits petons, de tout petits tétons et un joli croupion que l'on peut tâter à tâtons tontaine-zé-tonton !

Ce que dix mains vérifient aussitôt.

Desquin se laisse tomber sur son fauteuil, essoufflé d'avoir fait la chenille autour des instruments de contrôle. Son œil est attiré par l'écran radar :

— Qu'est-ce que c'est que ça ?

Il reprend sa feuille de mouvements :

— Le *Nausicaa* ne devait pas mouiller au numéro 1 ? demande-t-il, autant pour lui-même que pour Roadec et Junon.

— Quelle heure il est ? dit Junon. Regarde les consignes, il y a la note des pompiers pour leur feu d'artifice, à minuit.

— Un feu d'artifice ? Oui, on veut un feu d'artifice ! réclament les noceurs.

— Un feu d'ar-ti-fice ! Un feu d'ar-ti-fice !

Roadec s'approche du bureau :

— C'est quoi cette merde ? grommelle-t-il en se penchant sur l'écran où brille le point minuscule du *Nausicaa.*

Il est fait, plein comme un œuf.

Desquin prend le micro du VHF :

— Vigie, ici vigie, j'appelle le *Nausicaa.*

Une voix répond :

— Ici *Nausicaa*, je vous écoute.

— Un problème ?

— Non, pourquoi ?

— Qu'est-ce que vous foutez vers l'ouest ?

— Le capitaine veut offrir un tour en mer à ses passagers.

Desquin est stupéfait :

— Un tour en mer ? Mais il n'y a rien de prévu à la feuille ! Vous deviez mouiller au numéro 1.

— Ce soir, on improvise. Vous pouvez me communiquer l'état du trafic ?

Junon glisse un papier sous les yeux de Desquin, pointant un nom du doigt :

— Le pilote, c'est Maheu. Tu le connais ?

— Maheu, celui qui s'occupe des benjamins chez

nous ? demande Desquin, interrogeant Milo du regard.

Le docker hausse les épaules :

— Et alors ?

Desquin reprend le micro :

— Maheu, tu m'entends ?

— Oui.

— C'est Desquin, le trésorier de l'assoce.

— Je te reçois cinq sur cinq.

— Qu'est-ce qui se passe ?

— Je le répète, RAS. Je veux juste connaître l'état du trafic.

— Putain ! s'emporte Desquin, ne me raconte pas n'importe quoi, vous filez où ? Sur la pointe de Barfleur ?

— Je suis aux ordres du capitaine.

— Tu sais que vous avez quitté les eaux territoriales !

Roadec, même perdu dans les brumes de l'alcool, montre encore des réflexes :

— J'appelle le prémar*, ça ne me plaît pas du tout ce…

Sa tête tourne, il appuie à fond sur le bouton de la ligne directe de la préfecture maritime pour reprendre son équilibre :

— Monsieur le préfet ?

Cale

Dans les cales, le grand Schwartz et Bonhomme sabotent les portes étanches. Si les charges de C4

---

* Prémar : préfet maritime.

devaient exploser, toute retraite serait impossible, l'inondation instantanée, générale. Le naufrage inévitable.

— Pourquoi t'es venu ? Rien t'obligeait…, dit Schwartz, faisant sauter un boulon.

Il connaît peu Bonhomme. Il l'a croisé à l'atelier et pendant l'occupation de Mondial Laser, mais c'est la première fois qu'ils travaillent ensemble.

— Gary pensait que vous auriez bien besoin d'un bon serrurier, répond Bonhomme, un sourire en coin. Et puis, ma mission n'était pas terminée…

— Ta mission ?

— En intérim, c'est comme ça qu'on appelle le boulot.

Schwartz ricane :

— Mission suicide !

— Tu l'as dit.

— T'es marié ?

— Non, là aussi, je fais de l'intérim.

Le grand Schwartz s'amuse. À son tour, Bonhomme veut savoir :

— Et toi, t'es marié ?

— Divorcé.

Bonhomme se félicite de la réponse :

— Tant mieux. Parce qu'il y a un genre de types que je ne peux pas sentir, c'est bien les maris.

— T'as eu des histoires ?

— Forcément. Dans l'intérim, c'est toujours le risque ! Il n'y a pas si longtemps, j'étais avec une femme que j'aimais beaucoup et qui m'aimait beaucoup. Nous deux, c'était de la dynamite. On s'en donnait un max. Pas de chance, elle avait un mari. Je ne sais pas comment il a su ce que je faisais avec sa femme, mais il l'a su et – crois-moi si tu veux – il m'a téléphoné pour se plaindre !

Schwartz ne peut s'empêcher de rire :

— Ah oui, c'est pas correct !

— Non, ce n'est pas correct, te marre pas ! Ce type, au lieu de geindre et de la menacer d'un tas de trucs, il aurait mieux fait de me remercier. Qu'est-ce qu'il voulait de plus ? Grâce à moi, quand il rentrait le soir, il trouvait sa femme de bonne humeur ; elle lui avait préparé un bon petit repas étouffe-culpabilité ; elle ne l'engueulait pas quand il s'affalait devant la télé au lieu de débarrasser la table et elle allait se coucher de bonne heure, lui évitant d'avoir à payer de sa personne. Pour un mari, c'est pas le paradis conjugal, d'avoir une femme qui a pour amant un type comme moi ?

Bonhomme serre les dents :

— Eh bien, ce con, il s'est mis à lui taper dessus, à l'accuser devant ses gosses, à ameuter le ban et l'arrière-ban de leurs amis, de la famille, elle « profanait le temple » ! Je te jure qu'il lui a dit ça ! Le temple ! Bref, il lui a mené une vie impossible pour qu'elle se taille et lui laisse les enfants. Alors, c'est moi qui suis parti. J'ai préféré prendre le large et qu'elle garde ses gosses. Je travaille pour la paix des ménages, pas pour foutre le bordel et faire pleurer des mômes.

Le grand Schwartz baisse la tête, son large visage pâle vire au gris. L'histoire de Bonhomme ne le fait plus rire :

— Tu sais, dit-il soudain d'une voix grave, il y a mari et mari. Moi, tu vois, quand je me suis séparé de ma femme, j'ai eu l'impression d'être à la fois l'acteur et le témoin de ma propre mort. J'étais le cadavre et le croque-mort chargé de tout liquider. J'empaquetais mes vêtements comme si ce n'étaient pas les miens, mais ceux d'un parent, d'une connaissance, dont on m'avait demandé de vider les armoires. Après, dans mon studio, je me sentais au fond du trou, les vers me bouffaient, je puais à ne plus oser sortir. C'était horrible. Dur, très dur. En même temps, quelque chose m'appelait au-dehors. Je me disais que je ne pouvais pas rester comme ça. Et puis, un jour, comme Lazare, je suis sorti du tombeau, tout couvert de merde, entortillé dans des bandelettes, schlinguant à des kilomètres, mais vivant. J'étais vivant et mort à la fois. La mort me collait partout à la peau, et malgré ça il y avait l'espoir d'une autre vie, d'une vie meilleure, même si j'avais comme une douleur permanente qui me rongeait le foie.

— T'aimais ta femme ?

— Oui, je l'aimais et je l'aime encore, mais ce n'était plus possible entre nous. On se tuait l'un l'autre.

— Et maintenant ?

— La douleur est toujours là, j'ai appris à vivre avec.

Schwartz regrette de s'être laissé aller devant un presque-inconnu. Mais c'est plus fort que lui. Dès qu'il entend des histoires de couple, ça remonte, ça déborde, ça l'envahit, et il faut qu'il déballe tout.

— T'es d'où ? demande-t-il à Bonhomme, pour quitter les eaux dangereuses du souvenir.

Bonhomme bombe la poitrine.

— Regarde-moi bien ; t'as devant toi une espèce en voie de disparition : un vrai Parisien. Père et mère nés à Paris et, aussi haut qu'on remonte, d'un côté comme de l'autre, tous installés entre le Père-Lachaise et le Palais de la Femme…

— Si c'est comme ça, c'est sûr que t'as une place réservée au musée de l'Homme, entre l'*homo sapiens sapiens* et la Vénus hottentote…

Ils passent à la porte suivante.

— Moi, je suis de l'Est, dit Schwartz, attaquant les rivets avec méthode. Ma famille est de Sarreguemines, près de la frontière allemande.

— Sarregue… quoi ?

— Sarreguemines.

— Qu'est-ce que c'est que ce bled ?

— C'est pas un bled ! C'est une grande ville, Sarreguemines !

Bonhomme secoue la tête :

— Jamais entendu parler. Ils ont une équipe de foot ?

— J'en sais rien. Le foot ne m'intéresse pas. J'aime que le vélo !

— Moi, je suis supporter de Paris ! Au moins, tout le monde sait où c'est, Paris. Alors que Sarreguemines…

— Oublie Sarreguemines ! Il n'y a pas de quoi en faire un plat. Personnellement, je m'en fous. Je n'y suis pas retourné depuis que mon grand-père est mort. C'est lui qui vivait là-bas. Moi, je n'y ai jamais habité. Mes parents étaient installés dans l'Oise…

— Il faisait quoi, le pépère ? Passe-moi la visseuse.

Le grand Schwartz lui tend l'outil :

— Avant sa retraite, il était facteur, un sacré numéro !

— Un marrant ?

— Oui, dans son genre, répond Schwartz, forçant les gonds du sas de sécurité au pied-de-biche pour aller plus vite.

Son visage s'éclaire :

— Le grand-père, c'était un type qui en avait. Son plus bel exploit, c'est pendant la guerre. Les Fridolins occupaient l'hôtel de ville ou un petit château, je ne sais plus ce qu'il m'a raconté. Là, à l'entrée de la Kommandantur, il y avait un buste de Hitler. Eh bien, mon grand-père l'a fauché. Il s'est barré avec sur son vélo. Il paraît que ça pesait soixante kilos ! Quand il est arrivé chez lui, t'imagines ce qu'il a entendu. Sa mère les voyait déjà tous fusillés ! Alors il a enterré le buste dans le jardin, à côté de la marmite, la fosse à merde. C'est pas beau, ça ?

— Il y est toujours ?

— Adolf ? Non. Après la guerre, le grand-père l'a sorti de son trou et en a fait don au musée de la Poste.

— Plein de merde ? se marre Bonhomme.

— Sa mère n'a pas voulu ! Il a dû l'astiquer, faire briller Adolf !

La porte est dégondée. Ils doivent s'y mettre à deux pour la poser au sol.

— Ton grand-père est toujours vivant ?

— Non, il est mort quand j'avais douze ans. Je me souviens bien de lui. Il aimait me raconter comment, avec son frère, ils ont pris le maquis pour échapper au STO. Eux, ça a été leur chance, mais leurs deux jeunes sœurs n'ont pas eu autant de veine. Elles sont mortes dans le bombardement du collège de bonnes sœurs où elles étaient en classe. Un bombardement américain…

Montée

Volumster fait voler son chapeau à plumes, se débarrasse de son crochet plastique et de sa fausse moustache avant d'entrer dans la cabine du grand ascenseur panoramique. Il est accompagné de ses gardes du corps, d'Edward Cawlpepper, de Pat, de

Gary et des médecins de Molière qui assurent la sécurité.

— Qu'est-ce que vous espérez ? demande Volumster, agressif, tandis que la cabine s'élève.

— Rien d'autre que ce qu'espéraient les vieux Romains : bien mourir, mourir dignement…

— Vous voulez mourir ?

— Socialement, je suis déjà mort, professe Gary.

Et avec un petit sourire sans joie :

— Reste la dignité.

Volumster hausse les épaules.

— Vous voulez nous tuer ?

— Nous ne sommes pas des criminels.

— La prise d'otages est un crime !

— Condamner trois ou quatre cents personnes au chômage du jour au lendemain, n'est-ce pas aussi un crime ? Un crime moins visible, je vous l'accorde. Un crime économique sans cadavres exposés à la télévision, rien que des morts sans identité, sans importance, comme ceux massacrés tous les jours au Moyen-Orient ou en Afrique…

Volumster lève les yeux au ciel, exaspéré :

— Ça, ça vous plaît, les belles formules ! Pour raconter n'importe quoi, vous vous posez là !

— Vous insinuez que j'ai toutes les qualités pour faire de la politique ?

Excuses

Le grand salon bruisse d'indignations, de colères, de menaces en français, en anglais, en allemand, en italien… Tous les déguisements piapiatent, se haussent du col, s'en prennent à ceux qui ont organisé cette fête, aux terroristes qui font fi de la vie humaine.

— Des nihilistes, je vous le dis, des anarchistes, des nihilistes !

— Des communistes comme Clinton et toute la clique de CNN et du *New York Times* !

— N'oubliez pas Colin Powell !

— Ils sont fous ! Nous sommes à la merci de fous !

— Comment s'appelaient les Italiens qui…

— C'étaient des Allemands ! Rote Armee Fraktion !

Ils s'agitent, remuent leurs plumes, battent des ailes.

Dialogue de clowns, dispute de fées, péroraison de Romains, soliloque de vampires et face-à-face de masques. Melville, suivi comme son ombre par deux médecins de Molière chargés de le surveiller, traverse la scène et s'approche du micro :

— Mesdames, messieurs, dit-il en enlevant sa perruque, tout d'abord, au nom de la société Patmore & Plus qui organise cette soirée, je veux vous présenter mes excuses pour ce regrettable incident qui, je le crains, nous privera de feu d'artifice. Vous présenter aussi mes excuses au nom de M. Cawlpepper, président du FII, notre hôte, autant que nous victime de ce qui se passe. Heureusement, la présence de M. Volumster, ministre de l'Intérieur, laisse à penser que tout ceci ne sera plus, dans quelque temps, qu'un mauvais souvenir. Il négocie actuellement avec les pirates les conditions de leur reddition. Nous n'avons rien à craindre. Les autorités françaises sont alertées et mobilisées. Je vous demande juste de garder votre calme, de rester patients et de ne rien tenter qui rendrait la situation incontrôlable. Pour l'instant, il est préférable que nous restions ici, tous groupés. C'est plus prudent. Je vous informerai toutes les demi-heures de l'évolution des négociations. Comme le faisait si justement remarquer Gérard Depardieu : « Il y a à boire pour tout le monde ! », alors, que la fête continue ! La nuit est belle, les buffets sont ouverts et nous avons plus de champagne qu'ils n'ont d'explosifs ! Musique, maestro, musique !

L'orchestre entonne un tango argentin, sur un rythme lent, sensuel, mais personne ne se risque sur la piste. Tous s'observent, tous s'épient, terrifiés à l'idée que leurs voisins, les serveuses des buffets, les musiciens puissent être des pirates, des tueurs, des criminels.

Tout le monde, désormais, est suspect.

La femme de Cawlpepper chuchote à celle de Volumster :

— Edward va m'en vouloir, j'ai tellement insisté pour que ça se passe en France. Lui ne voulait pas quitter New York…

— Moi, je ne voulais pas quitter Honfleur ! S'il n'y avait pas eu mon mari…

Nicole Cawlpepper pleurniche :

— J'ai peur. J'ai horreur des bateaux. Je veux retourner à terre tout de suite.

— Voyons, Nicole, ce n'est pas le moment de flancher. Nous devons nous serrer les coudes et serrer les fesses !

— Je crois que je vais avoir le mal de mer, ça remue…

— Venez, il faut boire du rouge.

— Du vin rouge ? Mais c'est dégoûtant !

— Non, je vous assure. Tous les marins-pêcheurs font ça, près de chez nous ! Du pain épais, du pâté gras et un bon coup de douze degrés pour vous caler l'estomac !

Melville descend de la scène et s'approche de Sophie Marceau pour l'inviter à danser :

— S'il vous plaît...

Elle le toise et, après un instant de réflexion, accepte la main qu'il lui tend. Melville s'incline :

— Merci. Vous avez du cran.

— Vous préféreriez que je hurle parce qu'une bande de malades mentaux joue aux corsaires ?

— Non, j'admirais votre sang-froid : danser avec quelqu'un qui danse aussi mal que moi...

— Nous reparlerons de mon contrat, souffle-t-elle quand Melville la prend dans ses bras.

— Il n'y aura pas de discussion.

— J'aime vous l'entendre dire.

Ils dansent sur la piste déserte.

Puis, dès que d'autres danseurs se lancent enfin à leur côté, Melville laisse Sophie Marceau au bras d'Ermes Pastore, un industriel génois, habillé en Dracula. Pastore est enchanté.

— Comme vous dites en français, « à toutes choses, malheur est bon »...

— Si c'est ce qu'on dit...

— Sans cette histoire, je n'aurais jamais eu la chance de danser avec vous. Pour moi, c'est une chance unique, exceptionnelle, merveilleuse. Maintenant, je peux mourir.

Marceau s'arrête net :

— Excusez-moi, vous savez où sont les toilettes ?

Sans-culotte

Melville quitte rapidement le grand salon, talonné par deux vigiles. Mado veut l'accompagner mais, sans autorisation spéciale, toute sortie est interdite. Un homme lui barre l'entrée de l'ascenseur panoramique.

— Retournez là-bas ! Personne ne sort.

— Elle est avec moi, plaide Melville pour tenter de la tirer d'affaire.

— Je vous en prie, je suis journaliste.

— La belle affaire !

— Je suis comme vous, je travaille.

— Vous avez un drôle de costume pour travailler…

— Le vôtre n'est pas mal non plus !

L'homme grogne, il ne veut pas discuter. Mado propose :

— Accompagnez-moi au vestiaire, je vous montrerai ma carte de presse.

Le vigile ricane :

— Tant qu'à faire, j'aimerais mieux que vous me montriez autre chose…

Mado réplique, prête à soulever sa robe :

— Vous voulez voir mon cul ?

L'homme rougit violemment, bafouille :

— Ben vous, vous ne manquez pas d'air !

Et, finalement, la laisse monter dans la cabine.

— Vous avez de la chance d'être jolie !

Dès que les portes se referment, Mado se blottit contre Melville :

— Où tu vas ?

— Rejoindre la discussion.

La cabine s'élève au-dessus de la piste de danse où un couple solitaire valse merveilleusement.

— File où tu sais, chuchote Melville en se penchant à l'oreille de Mado. Je me débrouille pour te rejoindre.

Mais Mado a autre chose en tête :

— Pas question, je reste avec toi.

— Pour faire quoi ?

— Mon boulot !

— Excuse-moi, mais la prise d'otages n'est pas vraiment le genre de *Society*.

— C'est quoi, pour toi, le genre de *Society* ?

— Le genre pété de thunes et le cul dans la soie.

Mado lui prend le bras, mutine :

— Tu oublies que je suis une sans-culotte !

Téléphone

Sur la passerelle, des bouffées d'averse battent les vitres du poste de commandement. Sous l'œil de Maheu, le pilote, Suz tient la barre, observant la mer comme s'il pouvait mesurer d'un coup d'œil l'étendue et la profondeur de sa colère.

— C'est vous, le patron du FII ? demande-t-il à Cawlpepper.

— Pardon ?

Cawlpepper n'a pas compris. Suz le dévisage longuement :

— Je suis content de vous avoir en face de moi.

À son tour, Cawlpepper le dévisage :

— *Who are you ?*

— Un chiffre dans un bilan comptable…

— *What ?*

— À vos yeux, et à ceux de vos actionnaires, je ne suis pas un être humain. Pourtant j'ai deux bras, deux jambes, une tête, des yeux, un cœur…

— *I don't understand.*

— Aucune importance.

— Je veux parler à mon ambassade. Je suis citoyen américain.

— Ça non plus, ça n'a plus aucune importance…

Au poste de commandement, Melville et Mado rejoignent Cawlpepper, le ministre de l'Intérieur, ses deux officiers de sécurité et Patrice Mornay. Le vent entre par la porte ouverte, chargé de gouttelettes glacées, mais personne ne songe à la refermer.

Mado note : *C'est Disneyland ! Le conseil de guerre réunit le capitaine Crochet, deux mousquetaires, George Washington, Iznogoud et des officiers de marine dont un Noir.*

Gary veut garder l'initiative. Comme prévu dans leur plan, il contacte les autorités françaises sans attendre qu'elles leur tombent dessus. La liaison est établie avec le ministère de l'Intérieur. Gary tend le combiné à Volumster.

— Qui est de permanence ?

— Lemarchand.

— Passez-le-moi.

Lemarchand, le chef de cabinet du ministre, est en ligne :

— Bonsoir, monsieur le ministre. Ce n'est pas encore tout à fait l'heure, mais, avec un peu d'avance, permettez-moi de vous souhaiter une bonne année !

— Je vous remercie, grommelle Volumster. Bon, maintenant, écoutez-moi bien : nous sommes pris en otages sur le *Nausicaa* par une bande armée d'anciens de Mondial Laser, une boîte qui a fermé cette année.

— Celle qui vient de brûler ?

— Oui, celle qui a eu une histoire avec l'Inde, un truc dont vous m'aviez parlé. Passons. Je veux que vous préveniez immédiatement le Premier ministre, que vous fassiez rappliquer Mercœur et qu'on active l'AMF* pour nous sortir de là.

Il y a un silence.

— Allô ? Allô, Lemarchand, vous m'entendez ?

---

* AMF : Autorité des marchés financiers.

— Oui, monsieur le ministre, dit-il d'une voix blanche. Vous allez bien ?

— Merde ! Ce n'est pas le moment de vous inquiéter de ma santé ou de me présenter vos vœux ! Sinon je serai au Spitzberg avant que vous ayez bougé votre cul !

Volumster raccroche et toise Gary :

— Vous croyez que la police, l'armée vont vous laisser faire n'importe quoi ?

Gary sourit, faussement obséquieux :

— Je compte bien qu'ils se manifestent, monsieur le ministre.

Volumster n'en croit pas ses oreilles :

— Vous espérez que l'armée ou la police interviennent ?

— Je suis certain qu'ils n'hésiteront pas à le faire.

— Voilà au moins un point sur lequel nous sommes d'accord, triomphe Volumster.

— Vous savez pourquoi ? reprend Gary.

Volumster retrouve son ton de campagne :

— Parce que, fort heureusement pour nous, il y a une police et une armée dans ce pays.

Gary observe un instant le ministre qui, suivant les mouvements du bateau, passe de la lumière à l'obscurité.

— Non, dit-il d'un ton posé, parce que nos vies, la vôtre, la mienne, celle de tous ceux qui sont ici, ne valent rien pour vos amis qui sont au pouvoir. Ils les sacrifieront sans hésiter pour faire respecter l'ordre, et, derrière l'ordre, défendre la propriété, qui est la valeur la plus sacrée à leurs yeux.

— Votre mépris des responsables politiques vous aveugle, s'indigne Volumster. Ils ne défendent pas la propriété mais l'État de droit, la démocratie. Comme dit saint Matthieu : « Nul ne peut servir deux maîtres, Dieu et l'argent. »

Gary raille :

— La République n'a pas besoin d'un dieu, mais vous et vos amis avez toujours besoin d'argent.

— Vous avez quel âge ?

— Dix ans de plus que vous.

— On ne dirait pas. Vous parlez comme un ado qui fait sa crise !

Gary plisse le front, l'air embarrassé :

— Quitte à vous abriter derrière l'Évangile, dit-il comme à regret, je vous conseille de vous en tenir à ce que dit Jésus dans Luc : « Faites venir mes ennemis, ceux qui n'ont pas voulu que je règne, et égorgez-les en ma présence », parabole des Talents, parfaitement canonique.

Volumster rétorque, le menton haut :

— Vous vous prenez pour Jésus ?

— Je ne me prends pour personne. N'empêche que si je devais me prendre pour quelqu'un, je préférerais encore me prendre pour lui que pour Pierre qui le renie.

— Vous croyez m'impressionner ?

Gary s'amuse à prophétiser :

— Avant que le coq chante, vous aurez renié trois fois tout ce à quoi vous prétendez croire !

Flash-back

La première discussion concrète à propos de Mondial Laser avait eu lieu deux ans plus tôt dans le jet privé qui conduisait de Munich à Bâle Cawlpepper, Simon Berg, le numéro 2 de FII, et Kenneth Gupta, dit Kenny.

Edward Cawlpepper passa la parole à Gupta qui rongeait son frein depuis le décollage.

— Il s'agit d'une affaire sur laquelle j'ai été alerté par Edward..., dit-il, masquant son impatience.

Cawlpepper le remercia d'un sourire. Gupta poursuivit :

— Tu connais la GT, la Générale de télécommunications ?

— Je vois ce que c'est, grommela Berg. C'est français, non ?

— Oui. Une très grosse société. En 2004, elle filialise Mondial Laser, qui était jusqu'alors son département « Recherche ». Ça devient une *business unit* qui développe ses propres activités autour de la technologie du laser, de ses applications militaires et civiles. La Générale de télécommunication demeurait cependant son principal client pour environ soixante-cinq pour cent de son chiffre d'affaires. La GT vient de décider de se recentrer exclusivement sur ses activités de communication et Mondial Laser doit voler de ses propres ailes... Le conseil d'administration de la GT a proposé un LMBO* aux dirigeants de Mondial Laser...

— Ils ont accepté ?

— Ils sont en train de faire le tour des banques pour financer leur achat.

Gupta marqua un temps :

— Ce qui en fait une très belle cible pour nous...

Cawlpepper intervint :

— J'ai eu l'information par Paris. Ma femme est une amie du mari d'Aurore du Temple Margaux.

— La banque ?

* LMBO *(Leverage Management Buy Out)* : rachat d'une société par ses salariés.

— Oui, la banque.

Gupta tendit à Berg et à Cawlpepper une fiche d'analyse dans une pochette transparente :

— Vous avez tous les chiffres…

Berg parcourut rapidement le document. Il s'arrêta sur le prix du ticket d'entrée :

— C'est une estimation ?

Comme toujours, il était agressif. Cawlpepper se pencha vers lui :

— Tu trouves ça trop cher ?

Simon Berg ne répondit pas, il préféra interroger Gupta :

— Et nous sortons quand ?

— Deux ans, maxi quatre.

— Comment ?

— J'en fais mon affaire. J'ai une ouverture à Delhi…

— Quatre ans, c'est trop long.

— Pas sur le marché asiatique, dit Gupta, cherchant un signe d'assentiment de Cawlpepper.

Simon Berg, buté, ne voulait rien entendre :

— L'Asie est encore trop instable.

— L'Inde n'est pas l'Asie.

— D'accord, mais quelques milliers de riches pour plus d'un milliard de pauvres, ça ne peut pas tenir. Les gens finiront par comprendre. Nous ne sommes pas à l'abri d'une révolution ou, au moins, de nationalisations. Exemple : la Russie…

— Mauvais exemple. La Russie est tenue par une mafia dont le parrain n'est autre que le président lui-même. L'Inde est une démocratie.

— Pas encore ! Ils sont en marche, mais, tu le sais comme moi, la marche vers la démocratie est toujours jonchée de cadavres…

— OK, intervint Cawlpepper, ce n'est pas notre problème. Kenny a une ouverture à Delhi et nous avons la possibilité d'entrer dans le jeu…

Simon Berg tira sa dernière cartouche :

— Deux ans, c'est excessif, quatre, ce n'est même pas envisageable.

— Notre métier, c'est le risque, trancha Cawlpepper. Alors je veux que nous prenions le risque de prendre celui-là.

Il se tourna vers Gupta :

— Tu as carte blanche mais je te donne dix-huit mois, pas plus.

Aurore Volumster

Aurore Volumster est née une cuillère en or dans la bouche.

Fille unique et chérie d'Henri du Temple Margaux, elle vit, enfant et adolescente, au milieu des chevaux, dans la propriété familiale de Tinchebray, en Normandie. Aurore est très bonne cavalière, mais elle est moins attirée par les bêtes que par les hommes qui s'en occupent. Très tôt, elle se forge la réputation de n'être « pas farouche » et d'être un peu dérangée, surtout depuis le soir d'octobre où elle a été vue par le personnel de maison et plusieurs personnes du village montant son cheval à cru, entièrement nue. Ses « frasques », comme dit sa mère, deviennent embarrassantes. Aussi, à dix-huit ans, elle est expédiée en Angleterre, dans un collège très select, pour achever ses études. Là encore, son attitude et ses mœurs font scandale. Elle est renvoyée après avoir apostrophé un prêtre pendant son homélie, contestant la virginité de la mère de Jésus, « une pauvre gamine de dix ans violée par on ne sait qui ». Ses parents la font alors admettre à grands frais dans un établissement suisse réservé aux rejetons des familles les plus riches du monde. Elle y prépare une licence en droit, apprend l'allemand et l'italien, et rencontre son futur premier mari, Grégoire Perry, héritier des alcools Perry. Elle a vingt-trois ans. Deux ans plus tard, Grégoire, dit Greg, se tue lors d'une course offshore au large de Monaco. Veuve à vingt-cinq ans, elle épouse en secondes noces le chanteur italien Maximo Spagna, contre l'avis de sa famille.

Mais le mariage ne dure pas.

Maximo a manifestement un goût prononcé pour les garçons…

Aurore divorce l'année suivante.

Elle fête ses vingt-huit ans lorsque son père l'appelle à ses côtés pour l'initier aux affaires de la banque familiale. Son décès soudain, six mois plus tard, propulse Aurore à la tête de l'établissement financier. Les mauvaises langues persiflent qu'Aurore n'a « que la poitrine à la hauteur de ses ambitions ». Elles prédisent la ruine de la banque ou sa vente à court terme. Déjouant toutes les analyses, la jeune femme mène sa barque d'une main de fer et réussit en moins de cinq ans une percée remarquable.

La banque Margaux est désormais une des banques d'affaires les plus performantes de la place.

Aurore professe volontiers qu'elle aime l'argent et que l'argent l'aime. C'est une femme pressée, au sixième sens hors du commun pour déceler une valeur dans quelque affaire qu'elle se trouve.

Elle rencontre Claude Volumster, alors simple député de l'Orne, au Salon de l'agriculture où, comme chaque année, elle est venue voir les chevaux de ferme, pour lesquels elle a une affection particulière.

Leur idylle, née au milieu du bétail, de la volaille, fait le bonheur de la presse du cœur et des caricaturistes. Ils sont mariés depuis six ans quand Volumster est nommé ministre de l'Intérieur, « premier poulet de France » selon les humoristes qui se souviennent dans quelles circonstances il a rencontré sa femme.

Si, pour l'état civil, Aurore est désormais « épouse Volumster », elle demeure « du Temple Margaux » pour les affaires, gardant jalousement son nom et sa fortune, même s'ils ne sont pas étrangers à l'ascension politique de son mari.

Malgré ses efforts et la consultation de nombreux spécialistes, Aurore Volumster n'a jamais pu avoir d'enfant, payant, selon sa mère, les suites de trois avortements entre quinze et dix-neuf ans.

LMBO

La banque Margaux occupait tout un immeuble haussmannien du quartier de l'Opéra. Une cour intérieure dallée de marbre, bordée d'orangers en pots, cernait les bureaux de la direction. Michaud, Cardona, Espadioux, les trois cadres repreneurs de Mondial Laser, attendaient, assis en ligne sur une banquette vert amande, face à une statue de Jean Bart qui les dominait. Ils respiraient mal, raides, tendus, inquiets, n'osant dire un mot, serrant leur attaché-case sur leurs genoux comme s'ils craignaient que quelqu'un tente de le leur arracher.

Une jeune femme blonde, très élégante, vint vers eux en faisant sonner ses talons sur le sol et se présenta :

— Véronique Lenchanteur, je suis la collaboratrice de Mme du Temple Margaux. Elle va vous recevoir…

Elle les pria de la suivre. Ils traversèrent la cour en silence.

La jeune femme ouvrit une lourde porte capitonnée et s'effaça pour les laisser entrer. Aurore les attendait, debout devant son bureau. Michaud se présenta le premier :

— Bertrand Michaud, directeur général…, dit-il en lui baisant la main.

Aurore le dévisagea :

— Ah, c'est vous qui connaissez le chef de cabinet de mon mari ?

— Nos femmes sont cousines. Mme Lemarchand est la fille de l'oncle de ma femme.

— Corinne m'a dit que vous étiez un fou des problèmes mathématiques.

— Je fais ça pour me distraire.

— Une distraction qui vous vaut les honneurs d'une publication dans la revue du CNRS.

— Vous êtes bien renseignée.

— Je sais aussi que vous avez battu Bill Gates dans un tournoi. Vous ne jouez plus ?

— Plus à ce niveau…

Emmanuel Cardona s'avança :

— Cardona, directeur financier.

— Vous êtes de la famille des Cardona d'Aix ? demanda Aurore.

— Oui, ce sont mes grands-parents paternels.

— Décidément, le monde est petit ! Je ne les connais pas, mais je sais que votre grand-mère était une relation de ma mère.

— Je l'ignorais.

— Vous n'allez jamais au festival ?

— Non. Je ne suis pas un fan d'opéra.

— Tant mieux, moi non plus. Cela nous évitera d'évoquer Mozart ou Monteverdi. Je crois qu'il n'y a rien de plus ennuyeux que les discussions musicales à part, peut-être, celles sur la scolarité des enfants...

Elle se tourna vers Espadioux :

— J'en déduis que vous êtes monsieur Espadioux, le directeur commercial ?

— Tristan Espadioux, qui ne connaît hélas personne ni à Aix ni au cabinet de votre mari.

Aurore sourit :

— Vous portez un très joli prénom, cela vaut toutes les recommandations...

Elle les invita à s'asseoir autour d'une table basse où étaient servis des rafraîchissements.

— D'abord, dit-elle en préambule, je veux vous remercier d'accorder votre confiance à notre établissement, et vous assurer que nous serons à la hauteur de ce que vous attendez de nous.

— C'est nous qui devons vous remercier, protesta Michaud, c'est une chance – et un honneur – de travailler avec vous.

— Merci, les compliments sont toujours bons à prendre : ils sont gratuits. Plaisanterie mise à part, je suis sûre que nous allons parfaitement nous comprendre.

Elle se tourna vers sa blonde collaboratrice qui se tenait près du bureau :

— Véronique...

Véronique se hâta d'apporter le dossier de Mondial Laser à Aurore. Elle avait de belles jambes et un maintien étrange, comme si on pouvait la plier dans un sens ou dans l'autre.

— Tout est là, madame.

— Très bien, je n'ai plus besoin de vous, dit-elle en la congédiant.

Aurore attendit que sa collaboratrice ait quitté la pièce pour se pencher vers Michaud :

— Elle est jolie, n'est-ce pas ?

Michaud, décontenancé, rougit jusqu'au sommet de son crâne chauve :

— Charmante, bredouilla-t-il.

Aurore énuméra comme une vendeuse à la criée :

— Vingt-sept ans, du droit, des langues, de la harpe et un cœur à prendre ! Pas d'amateur ?

Les trois hommes ne savaient plus quelle contenance adopter.

— Très bien, enchaîna-t-elle, heureuse de sa petite diversion. Passons au point suivant : vous venez emprunter collectivement quarante-cinq millions d'euros ?

— Oui, murmura Michaud, qui, malgré son grand et gros corps, avait une petite voix.

— C'est une grosse somme, concéda Cardona, recouvrant ses esprits.

Aurore se fit rassurante :

— Disons que c'est conséquent. Mais, dans le cadre d'un LMBO, nous traitons régulièrement des affaires à ce niveau. Reconnaissons que ce n'est pas exceptionnel, cela facilitera notre conversation.

Espadioux crut opportun d'opiner :

— Évidemment, pour vous, ce n'est pas exceptionnel.

Michaud et Cardona le regardèrent avec dédain, pensant tout bas « obséquieux, flagorneur, carpette ».

Aurore ouvrit brusquement le dossier qu'elle tenait sur ses genoux :

— Je suppose qu'aucun de vous n'a jamais emprunté une telle somme ?

Ils répondirent à l'unisson : non, ils n'avaient

jamais emprunté une telle somme, jamais ! Ni même imaginé le faire !

— Parfait, dit Aurore.

Elle les dévisagea, l'un après l'autre :

— Maintenant, si nous voulons avancer, déclara-t-elle d'une voix suave, il faut que je connaisse en détail l'état de vos patrimoines personnels.

— Nos patrimoines personnels ? s'étonna Michaud.

— Oui, bien sûr : l'ensemble de vos biens. Nous avons besoin de cautions.

Cardona émit une objection :

— N'est-ce pas suffisant que l'entreprise gage l'emprunt ?

— Vous voulez dire que la valeur de l'entreprise suffit seule à garantir le prêt ?

— Oui, balbutia Cardona, votre collaboratrice ne nous a jamais parlé de nous engager sur nos biens propres.

— Si c'est le cas, je lui en ferai la remarque. À sa décharge, sans doute a-t-elle pensé que cela allait de soi. Dans toutes les transactions de ce type nous nous garantissons toujours sur les biens des emprunteurs. L'expérience nous a appris que leur mobilisation vis-à-vis de l'entreprise est proportionnelle au risque qu'ils prennent personnellement.

Espadioux intervint :

— Excusez-moi, mais je ne comprends pas. C'est sans doute bête et naïf de ma part, mais il me semble que la valeur de Mondial Laser excède de beaucoup ce que nos patrimoines peuvent vous apporter en garantie, non ?

Aurore lui tendit une page du dossier :

— Détrompez-vous. Nos experts estiment que la valeur nette des biens mobiliers et immobiliers de

Mondial Laser représente au maximum cinq ou six millions d'euros, pas plus.

— Cela ne suffit pas, comme garantie ?

— Non.

Elle se versa de l'orangeade :

— Je vous en offre ?

— Non merci, dit Cardona.

Michaud et Espadioux refusèrent également.

— Je ne vous apprendrai pas, dit Aurore après avoir bu son verre d'un trait, que la valeur de votre entreprise se calcule moins par son patrimoine que par le talent de ses dirigeants à la faire vivre.

Elle secoua la tête, comme pour chasser une mauvaise pensée.

— En vous prêtant pour acquérir Mondial Laser, nos experts estiment que le risque que nous prenons est raisonnable, même s'ils jugent qu'en cas de faillite nous ne récupérerions que dix pour cent des quarante-cinq millions d'euros. Mais, comme l'enseigne la morale populaire, « qui ne risque rien n'a rien », et nous ne serons pas seuls à prendre ce risque, puisque vous aurez besoin d'un fonds pour vous soutenir.

— Justement, dit Cardona, nous voulions…

Aurore lui coupa la parole :

— J'y viendrai, dit-elle. Avant, je veux insister sur le fait que nous sommes, nous aussi, une entreprise qui a des responsabilités vis-à-vis de son personnel, de ses actionnaires.

Et, solennelle :

— Nous vous demandons de partager ce risque avec nous.

Michaud, Cardona et Espadioux se lancèrent des regards de détresse, mais aucun des trois n'osa intervenir.

Aurore conclut :

— Dans notre dispositif, il est impératif que vous garantissiez les sommes engagées sur vos biens propres. Dans le cadre d'un LMBO, c'est crucial. Pourquoi ? Parce que c'est de votre talent, messieurs, de vos initiatives, des liens que vous entretenez avec vos clients, du savoir-faire de vos salariés que dépendra le succès de l'entreprise. En vous prêtant la somme que vous nous demandez, nous faisons un pari sur votre réussite, pas sur le foncier. Il va falloir travailler très dur, être capable de tailler dans le gras, de concentrer vos effectifs, et passer à la vitesse supérieure sur le plan commercial. À vous de jouer ! Vous entrez dans la cour des grands, nous ne faisons que vous ouvrir la porte.

Aurore marqua un temps :

— Si vous avez des questions à me poser, je vous écoute. Je serai d'ailleurs toujours à vos côtés pour vous écouter et vous aider si le besoin se faisait sentir.

Les trois hommes restèrent muets. Aurore sourit devant cet assentiment implicite :

— Je fais établir le protocole ?

— Avons-nous le choix ? demanda Michaud, d'une voix blanche.

Gages

Michaud, Cardona et Espadioux sortirent du rendez-vous étourdis, flageolants, stupéfaits d'avoir signé une sorte de reconnaissance de dette de quarante-cinq millions d'euros ! Le fait que d'autres cadres les aient précédés sur cette voie ne les rassurait pas, même si des sociétés comme Eurofarad, Nocibé, Souriau, Banania ou encore Setelec, rachetés par LMBO, étaient au bout du compte de très bonnes affaires. Michaud avait pratiquement tout hypothéqué : son appartement du boulevard Malesherbes, son chalet à Saint-Gervais, le PEA plein qu'il détenait conjointement avec son épouse, le studio rue Haxo où habitait son aînée. Seule l'épargne qu'il avait constituée pour financer les études de sa cadette aux États-Unis avait été sauvée. Cardona et Espadioux avaient aussi tout gagé. Ce dernier apportant en caution, en plus de son appartement rue du Théâtre, son voilier de compétition et surtout le magnifique emplacement qu'il avait si chèrement payé dans le port de Saint-Tropez.

Réorganisation

Armand Loge dirigeait la comptabilité de Mondial Laser depuis presque dix ans. Six jours après l'acquisition de l'entreprise par ses managers, il fut convoqué à la direction. Cardona, le directeur financier, passant au-dessus du DRH, tenait à se charger personnellement de la réorganisation de la structure. En clair, sous la triple pression de la banque, des actionnaires du fonds spéculatif entrés en bout de course, mais massivement, et de sa femme qui lui reprochait quotidiennement d'avoir engagé leurs biens, il se faisait fort de mettre en œuvre au plus vite un plan social visant à réduire les coûts de fonctionnement.

Cardona revendiquait la manière forte. Il pensait être le seul capable de dégraisser à la hache :

— À partir de cet instant, vous ne faites plus partie de l'entreprise, dit-il à Loge, sans préambule. Je vous laisse jusqu'à demain pour me dire ce que vous voulez. Je vous conseille de ne pas me faire chier, sinon les six mois qui viennent seront un enfer pour vous.

Le coup frappa Loge comme le merlin s'abat sur le crâne du bœuf à l'abattoir.

— Vous me renvoyez ?

— En quelle langue dois-je vous le dire ?

Le corps de Loge s'affaissa sur la chaise où il était assis. Il n'avait plus ni chair ni os. Il rapetissait, se liquéfiait ; il s'étoilait comme un verre se brise sans qu'on le touche. Loge, abasourdi, se pencha en avant, à deux doigts de tomber à genoux, de prier, de supplier « non, c'est impossible, pourquoi ? pourquoi ? ». Ses yeux fixaient un point invisible, dans le lointain. Sa bouche demeurait entrouverte sans que la moindre demande de grâce n'en sorte. Il geignait tandis que son buste s'animait d'une sorte de balancement maladif.

Cardona s'irrita, importuné par l'attitude de Loge, par ses gémissements de femmelette :

— Bon, vous n'allez pas vous incruster dans mon bureau. C'est simple, c'est clair : vous êtes viré. Rentrez chez vous, dégagez, je ne veux plus vous voir.

Il montra la porte d'un geste autoritaire :

— En sortant, dites à Laudry d'entrer…

— À Laudry ? bredouilla Loge, encore sous le choc.

— Oui, à Laudry, pas au pape !

Armand Loge se leva lentement, ses yeux étaient doux, mouillés, paisibles, avec cependant au fond une lueur harcelée, désespérée, que Cardona ne remarqua pas. La respiration de Loge s'accéléra. Il tremblait, très pâle, verdâtre presque. Il titubait, secoué de spasmes, prêt à vomir ou à pleurer. Dix ans de maison et viré comme un chien ! Dix ans sans une erreur, sans une faute, sans un reproche. Dix ans… Son sang bouillonnait dans ses veines alors qu'une sensation de froid atroce le glaçait. Cardona le houspilla :

— Vous vous remuez, oui ou merde ? Je n'ai pas que ça à foutre !

Loge tourna la tête vers lui avec ce même air de sidération qui figeait tous ses traits. Cardona s'effraya de ce visage de pierre :

— Dehors ! cria-t-il, du ton rageur d'un exorciste chassant le démon.

Loge parut enfin comprendre. Il murmura :

— Dix ans…

Et fit un pas vers la porte.

Mais, se ravisant, il saisit brusquement sa chaise et, animé d'une certitude infaillible, la fracassa sur Cardona comme réponse à tout ce qu'il venait d'entendre. Le directeur financier bascula à la renverse dans un cri. Le temps qu'on vienne les séparer, Loge, pris d'une fureur insoupçonnable chez un homme d'ordinaire si pondéré, s'acharna sur les chevilles de Cardona, sur ses rotules, sur ses coudes, ses clavicules, pour briser toutes ses articulations à coups de pied de chaise, avant de lui enfoncer les côtes et de lui écraser les mains.

Loge, bien défendu par maître Nitot, bénéficia de circonstances atténuantes. Il fut condamné pour coups et blessures volontaires à six mois de prison avec sursis et à des dommages et intérêts. Après trois mois de préventive, à sa sortie – alors que sa femme l'avait quitté –, il ne retrouva qu'un emploi de veilleur de nuit dans un foyer de jeunes travailleurs. Quand Gary vint lui proposer de jouer le rôle d'un maître d'hôtel à bord du *Nausicaa*, il accepta sans hésiter.

L'exécution du plan social de Mondial Laser fut reprise par le DRH, directement sous les ordres de Michaud. Entre l'entrée de Cardona à l'hôpital et la sortie de prison de Loge, il se solda par quatre-vingt-seize départs.

TÉLEX

HAUT-RHIN.
PEUGEOT MULHOUSE : RESTRUCTURATION, 771 POSTES EN CDD ET EN INTÉRIM SUPPRIMÉS.
BURNHAUPT-LE-HAUT : LIQUIDATION JUDICIAIRE, 220 EMPLOIS MENACÉS.
ALGOLSHEIM : RESTRUCTURATION APRÈS CESSION, 60 EMPLOIS SUPPRIMÉS.
RHODIA MULHOUSE : 48 POSTES SUPPRIMÉS.
RIBEAUVILLÉ : 400 INTÉRIMAIRES ET 200 CDD EN FIN DE CONTRAT NON RENOUVELÉS.
PULVERSHEIM : RESTRUCTURATION « EN DOUCE », 30 DÉPARTS NÉGOCIÉS.
DANNEMARIE : TRANSFERT DE PRODUCTION EN CHINE, 250 EMPLOIS PERDUS.
RICHEWILLER : REDRESSEMENT JUDICIAIRE, 86 SALARIÉS LICENCIÉS.
ENSISHEIM : LIQUIDATION JUDICIAIRE, FERMETURE IMMÉDIATE, 172 EMPLOIS SUPPRIMÉS.
THANN : REPRISE AVANT CESSION, 400 EMPLOIS EN PÉRIL.
FESSENHEIM : FERMETURE DÉFINITIVE, 75 SALARIÉS MIS À LA PORTE.
CERNAY : 191 EMPLOIS SUPPRIMÉS.

Vestiaire

Sans jupon, sans culotte, sans rien pour se couvrir, Mado a froid dans sa robe de soie et de dentelle, sa folie d'un jour. Escortée d'un rougeaud costumé d'habits trop justes en médecin de Molière, elle descend le plus vite qu'elle peut l'escalier du pont supérieur pour rejoindre les coursives. L'air est chargé d'embruns, le vent de mystère. Les vagues semblent s'allonger à plaisir, roulant longtemps l'écume sur leur crête avant de venir frapper la coque du *Nausicaa.*

Le temps se gâte.

Mado s'en moque, la mer est son amie.

Sans se soucier de l'homme qui la chaperonne, elle offre son visage à la nuit échevelée et ferme les yeux, mmmh, Melville, c'était bon ! Le passé crépite dans sa tête. Elle se sent toujours pleine de lui, de ses mots, de ses gestes, une mémoire gourmande de cul, de chatte, de foutre qui l'inonde. Ça la travaille encore quand ils trouvent l'entrée du sas qui mène au vestiaire.

Mado a la tête à l'envers.

Elle redresse sa perruque, pensant que ce geste suffit pour le cacher :

— Je voudrais récupérer mes affaires, dit-elle à la femme qui l'accueille.

— Personne ne peut accéder au vestiaire avant la fin de la fête…

— Je me gèle comme ça…

— Désolée, mademoiselle, mais nous avons des instructions très précises.

— Vous n'êtes pas au courant de ce qui se passe là-haut ?

— Qu'est-ce qui se passe ?

Mado arrache son postiche d'un geste énervé :

— La fête est finie ! Nous filons au large. Le bateau est détourné par des pirates qui menacent de faire tout sauter !

La femme demeure impassible, le visage armé d'une expression de refus, querelleur.

— Vous avez entendu ce que je viens de vous dire ?

— Oui.

— C'est tout ce que ça vous fait ?

— Qu'est-ce que vous voulez que ça me fasse ?

— On peut tous couler !

— Rien à craindre, je sais nager et ce sont des professionnels.

Mado recule d'un pas. Qu'est-ce qu'elle fait là ? Qui sont ces gens ? Qui se cache derrière ces masques plus mystérieux que les loups ou les faux nez des invités ? Elle se tourne vers l'homme qui l'accompagne, revient vers la femme et lève un doigt hésitant vers elle :

— Vous les connaissez ? Vous êtes avec eux ?

— J'étais dans les bureaux de Mondial Laser, dit la femme du vestiaire, d'un ton légèrement grave, légèrement indifférent.

Elle tire de la poche un petit détonateur, semblable à celui dont Gary a fait la démonstration :

— J'ai ce qu'il faut pour être tranquille…

D'un grand geste du bras, elle désigne les femmes qui travaillent avec elle :

— … comme toutes celles qui travaillent là, ajoute-t-elle.

Et, provocatrice :

— C'est tout ce qu'on a trouvé comme boulot après avoir été licenciées…

Le médecin de Molière veut partir. Il en a marre de servir de chien de berger ; il a soif, il a envie d'autre chose, de n'importe quoi mais autre chose qui lui donne un rôle dont il puisse se vanter :

— Je te la laisse ?

— C'est bon, je m'en charge.

— Quand vous avez fini, tu me bipes pour que quelqu'un vienne.

— Ne t'inquiète pas.

Mado sort de l'ombre. Elle déchiffre le nom de la femme épinglé sur un badge argenté, « Maxi ». Elle réfléchit vite :

— Vous vous appelez Maxi ou c'est un surnom ?

— Qu'est-ce que ça peut vous faire ?

— Moi, c'est Mado. C'est mon surnom, alors je me disais que Mado et Maxi…

— Mado et Maxi sont sur un bateau ?

Le jeu ne l'amuse pas, mais le ton a changé. La femme a quelque chose d'amical dans la moquerie. Une douceur, une gentillesse qui l'encourage.

— Je suis journaliste, dit-elle, comme une excuse. Je veux vous interviewer. Vous, et toutes celles qui sont là…

— Pour quel canard ?

— Je travaille pour un magazine de mode, *Society*, vous connaissez ?

— Non.

Non, bien sûr qu'elle ne peut pas connaître un mensuel sur papier glacé qui ne s'intéresse qu'aux riches, aux nantis, à la bonne société ! Qui se passionne pour de nouveaux tissus imprimés, parle de révolution à propos de fauteuil, donne des idées déco dont le moindre accessoire coûte ce qu'une de ces femmes gagne en un an ! Mado s'en veut de sa question, elle aurait mieux fait de se mordre la langue. Elle tient à se rattraper :

— Vous ne ratez pas grand-chose ! dit-elle avec un petit rire de tête.

Et, les mains ouvertes :

— Si vous m'accordez une interview, je la placerai dans un grand quotidien national.

— Une interview sur quoi, sur Mondial Laser ?

— Sur des femmes pirates ! C'est génial. Je voudrais que vous me racontiez comment et pourquoi vous vous trouvez là. Laissez-moi prendre mon vestiaire. J'ai tout ce qu'il faut dedans, un Dictaphone, un petit appareil photo ! Et mes lunettes, ajoute-t-elle en clignant des yeux.

Dressing

Maxi conduit Mado jusqu'au dressing et ouvre son vestiaire. Ses habits « civils » sont soigneusement numérotés et pendus à un cintre. Il y a une discrète odeur de lavande, de naphtaline et d'étoffe. Un parfum de vieille dame encore coquette qui trouble Mado. C'est ce que sentaient les placards de sa mère, quand elle a vidé l'appartement, après son décès. Mado s'en détourne comme si la morte pouvait encore lui en faire le reproche.

— Aidez-moi à enlever ça, demande-t-elle en offrant son dos à Maxi pour qu'elle dénoue les lacets de sa robe.

— Vous n'étouffez pas, ficelée comme ça ?

Mado se tourne vers elle :

— Ne m'en parlez pas ! En gros, j'ai le choix entre mourir de froid ou mourir asphyxiée !

— Je suis sûre que ça plaît aux hommes, ce genre d'instrument de torture...

— Ça leur plaît, mais il ne faut pas compter sur eux pour avoir la patience de tout défaire.

Maxi découvre Mado comme Dieu l'a faite sous son déguisement.

— J'ai l'impression que vous n'êtes pas très patiente non plus !

— Pas un mot à la reine mère ! recommande Mado, enfilant le chemisier que Maxi lui tend.

Elle a le visage de l'innocence et un corps de courtisane.

— Vous avez une culotte ?

— Dans mon sac. Maman m'a appris qu'il faut toujours en avoir une de rechange avec soi !

Elles rient. Maxi demande sans détour :

— Il est gentil, au moins ?

— « Gentil » n'est pas le mot, répond Mado. Disons qu'il est là et que je l'aime.

— Et lui, il vous aime ?

La question cueille Mado comme un crochet au foie.

Interview

Mado, rhabillée, lunettes sur le nez, réunit autour d'elle les femmes du vestiaire en uniforme d'hôtesses d'accueil. Maxi fait rapidement les présentations et Mado met en route son petit magnétophone.

— Bon, tout simplement, dites-moi comment ça a commencé ?

— Comment on a été licenciées ?

— Non, ça je m'en doute. Réunion du CE, annonce du plan social, propositions de reclassement à Pétaouchnock, et par ici la sortie ! Je me trompe ?

— Non, en gros c'est comme ça que ça s'est passé. Du grand classique. Dès qu'on a su qu'ils mettaient en œuvre un plan social, on a occupé Mondial Laser vingt-quatre heures sur vingt-quatre, en se relayant.

— C'était plus un bureau, dit Jacqueline. Il y avait celles qui brodaient, celles qui tricotaient, les accros à la lecture, aux mots fléchés…

Michèle rit en y repensant :

— On était en état de siège !

— OK, conclut Mado, mais ce qui m'intéresse, c'est comment vous en êtes venues à faire ce que vous faites, ici, maintenant ? Le point de départ.

Isabelle est récalcitrante :

— Pourquoi on vous raconterait ça ? Qu'est-ce que ça va nous rapporter ?

— Vous ne voulez pas faire connaître votre cause ?

— Notre cause, je crois que vous vous en fichez pas mal. Ce qui vous plaît, c'est d'avoir des nanas prêtes à faire le coup de main. Ça, c'est vendeur. Mais des femmes, des mères de famille qui se retrouvent sur le carreau sans l'espoir de se recaser quelque part, en temps ordinaire, ça ne fait pas une ligne dans vos journaux.

— Justement, se défend Mado, ce n'est pas un temps ordinaire. Alors, d'accord, c'est un plus pour moi de faire un papier sur vous, mais c'est une chance pour vous de vous faire entendre à travers moi, comme vous ne vous êtes jamais fait entendre. C'est du donnant-donnant, ce n'est pas un marché de dupes !

Isabelle n'en démord pas :

— On se demande à quoi ça sert, votre liberté de la presse. Pour passer de la brosse à reluire aux patrons et aux ministres, il n'y a pas besoin de vous siffler, vous êtes toujours prêts, mais pour les autres, ceux qui auraient besoin qu'on alerte la terre entière sur leurs malheurs, vous, les journalistes, vous pointez toujours aux abonnés absents. Sauf si ça saigne et que vous pouvez verser des larmes de crocodile.

— Isabelle a raison, dit Maxi avec sévérité. Qu'est-ce qui nous dit que ce que vous allez écrire sur nous ne va pas nous enfoncer ou tout simplement servir les flics ?

Mado prend le temps de répondre :

— Je n'ai rien d'autre à vous offrir que ma parole. Je n'écrirai rien qui puisse vous desservir. Quant aux flics, il y a une loi qui me permet de protéger mes sources. Si vous le souhaitez, je changerai tous vos noms.

— Vous avez des enfants ? demande abruptement Jacqueline.

— Non, répond Mado, décontenancée. Pourquoi ?

— Parce que, si vous aviez des enfants, votre parole aurait plus de valeur.

Mado rebondit sur la question :

— Et vous, vous avez des enfants ?

— Moi, j'en ai deux. Et nous en avons presque toutes. Sauf Kiki, mais ça viendra. Hein, ma chérie ?

En stage depuis deux mois quand Mondial Laser a fermé, Marie-Christine, « Kiki », est une porcelaine blonde, un petit chou à la crème, devenue très vite la protégée du service. Son histoire d'amour avec Arno, de l'atelier de recherche mécanique, est partagée par toutes comme un trésor.

— Vous savez à quoi on voit qu'une blonde s'est servie d'une Play Station ? Non ?

Elles rient d'avance, donnent leur langue au chat.

— C'est facile : il y a du rouge à lèvres sur le joystick !

Kiki les amuse en jouant la pétasse, rien dans la tête, tout dans la culotte, mais Mado remarque qu'elles sont nerveuses, inquiètes, que leurs rires trahissent une angoisse plus secrète. Sauf peut-être Maxi, concentrée sur ce qu'elle dit :

— Nous sommes toutes volontaires. Nous savons qu'il ne s'agit ni d'un jeu ni d'une farce. C'est un combat. Peut-être même une guerre. C'est un peu pompeux de dire ça, mais nos mères, nos grands-mères se sont battues dans la Résistance, pendant la guerre d'Espagne ou la guerre d'Algérie, alors c'est notre tour. Nous sommes des soldats. Et les soldats ont des armes. Croyez-moi, si ça devait mal tourner, aucune d'entre nous n'hésiterait à appuyer sur le bouton qui fait tout sauter…

Mado, en équilibre sur sa chaise comme un roc au bord d'une falaise, demande :

— Vous avez toutes un détonateur ?

— Oui, toutes, répond Jacqueline, petite, potelée, avec un teint de jeune fille. C'est Doc qui nous l'a donné juste avant de partir et après nous avoir expliqué comment ça fonctionne.

— C'est une arme terrible !

— C'est surtout très simple à utiliser, c'est comme un portable. Même moi qui suis technodébile, si j'en crois mes filles, j'ai tout de suite compris.

— Vous seriez capables de l'utiliser ?

— Si on l'a, c'est pas pour faire des confitures ! s'exclame Isabelle.

Mado ne peut pas y croire :

— Je suis sûre qu'aucune d'entre vous ne veut mourir, et moi non plus !

Elle se ravise, les dévisageant une à une :

— Vous seriez prêtes à mourir ?

La question de Mado jette un froid. Il y a un silence qu'aucune blague ne vient briser. Visiblement, toutes pensent à ce à quoi elles ne veulent pas penser. Jacqueline a dans la tête l'image d'une rue déserte qu'elle arpente de haut en bas sans croiser âme qui vive, Patricia se projette au pied de la butte terreuse derrière chez ses parents, un mamelon sinistre, battu par le vent, hérissé d'épineux, qui l'effraye depuis toujours,

Isabelle ferme les yeux, elle court, elle fuit, mais ses jambes restent plantées dans un sol visqueux, elle crie, elle veut s'échapper, mais chacun de ses gestes, chacun de ses mots la fait s'enfoncer un peu plus…

— Tant qu'on se bat, on ne meurt pas, finit par bredouiller Patricia, au bord des larmes.

— Je veux, dit Kiki, ouvrant ses grands yeux de poupée. Qu'est-ce que c'est que ce monde qui devient toujours plus riche et où personne n'est heureux ?

— T'as raison de dire ça, ajoute Michèle. On ne se bat pas seulement pour nous, mais pour les autres. Gary, d'ailleurs, n'a jamais parlé de mourir. Il a seulement dit que, en cas de malheur, nous pourrions être appelées, je me souviens encore de sa phrase, « à sacrifier notre liberté individuelle pour le bien commun ».

Jacqueline se révèle la plus ferme :

— De toute façon, on est bien décidées à aller jusqu'au bout. Tous ces richards doivent payer ce qu'ils nous ont fait. Parce que ce qu'ils nous ont fait, ça, je ne peux pas l'admettre. Et personne ne peut l'admettre.

L'approbation est générale.

— C'est des salauds, des ordures !

— Ils n'en ont rien à foutre, on peut crever, ça ne les empêche pas de dormir.

— Ils nous ont eus, on les aura.

— Pour eux, on n'est même pas de la merde ! Des sous-merdes, voilà ce qu'on est !

— Comme disait ma grand-mère : « Qu'ils brûlent comme l'écorce de l'arbre ! »

— Vous y allez fort, fait remarquer Mado, essayant de ramener un peu de calme.

Isabelle met les pieds dans le plat :

— De toute façon, si on doit y rester, vous y resterez aussi, vous et les autres gros pleins de fric dans le grand salon. Et ça, ça me console d'avance. Parce que vous pouvez raconter ce que vous voulez, faire la gentille, demander qu'on vous fasse confiance, nous ne sommes pas du même bord et nous ne le serons jamais.

— Je n'ai rien à voir avec les gens de FII ! proteste Mado. Je ne suis pas actionnaire du fonds, je suis salariée, comme vous. Je travaille pour gagner ma vie. Je n'ai pas de rentes, pas de fortune.

— Vous êtes salariée, nous c'est fini.

— Vous ne m'aurez pas avec ce genre de connerie, rétorque Mado avec colère, avec indignation. Avoir un travail, ce n'est pas un privilège, c'est un droit.

— Bien envoyé ! apprécie Patricia. J'ai un beau-frère cheminot, il dit exactement la même chose que vous !

Et, sans reprendre son souffle, elle ajoute :

— Moi, je suis d'accord pour qu'on fasse l'interview. Après tout, on n'a rien à perdre et mademoiselle a raison : elle fait son travail, et en plus c'est une femme.

— Il y a des femmes qui sont encore plus salopes que les hommes, grince Isabelle.

Mado renonce à se défendre.

— Pensez ce que vous voulez, dit-elle d'une voix qui s'éteint. Je vous ai dit ce que j'avais à vous dire. Maintenant, si vous préférez vous taire, à vous de voir.

Toutes se regardent, ne sachant quelle décision prendre. À nouveau le silence les cerne, à nouveau la peur s'installe au milieu d'elles. Finalement, c'est Isabelle qui tranche, agressive :

— Qu'est-ce que vous voulez savoir ?

Mado se tait, comme l'athlète qui reprend force.

Elle observe, prend la mesure des femmes qui l'entourent. Si elle osait, elle les serrerait dans ses bras l'une après l'autre pour sentir leurs corps contre le sien, connaître leur chaleur, les secrets de leurs vies inscrits là, dans la chair. Pour savoir qui elles sont, sans qu'il soit nécessaire de poser une question. Mais elle n'ose pas. Elle relit ses notes et se lance d'un ton froid et légèrement cassant :

— Vous avez toutes une famille, des enfants. Qu'est-ce qui fait que vous vous retrouviez à la Saint-Sylvestre sur un bateau piraté qui file je ne sais où, peut-être vers le pôle Nord ?

— Pour une fois qu'on va quelque part, ça nous fait des vacances, ricane Patricia pour tromper sa peur.

— Que nous ayons une famille, des enfants, des parents, n'est pas entré en ligne de compte quand on a été virées, dit Jacqueline. Il leur fallait un maximum de retour sur investissement, comme ils disent. Le reste, ils s'en foutaient comme de l'an quarante !

Maxi soupire :

— Regardez-nous, mademoiselle. On n'a plus vingt ans sauf Kiki, notre stagiaire, hein ma chérie ?

— Vingt-deux ! Mais je fais femme…

Maxi lui adresse un baiser du bout des doigts et reprend :

— C'est bien parce que nous avons des enfants que nous sommes là, c'est pour eux. Pour leur avenir, parce que le nôtre, on l'a dans le dos. Alors ce qu'on fait, ça servira peut-être à que pouic. En tout cas, c'est pas ça qui nous fera retrouver du travail. Mais ça servira à nos enfants.

— Expliquez-moi mieux, je ne comprends pas, demande Mado, prête à noter sous la dictée.

— C'est facile. Quoi qu'il arrive, ils pourront se dire que leur mère s'est battue jusqu'au bout, qu'elle n'a jamais baissé les bras, qu'elle n'a pas eu peur. Qu'elle a fait quelque chose de vraiment super. Comme, de toute façon, on ne pourra rien leur laisser et que ce qui les attend est plus terrible que ce que nous avons vécu, ils auront au moins ça. Cette idée de ne pas céder à la peur, de garder la tête haute, d'agir par solidarité. Ils pourront être fiers de nous.

Kiki interpelle Mado :

— Ça vous paraît complètement con ?

Notes

Mado relit ses notes à voix haute sous le contrôle de Maxi, d'Isabelle et de Patricia :

— Au départ, il y a l'occupation de Mondial Laser depuis l'annonce de la fermeture définitive. Chacun à son poste : les expéditions aux expéditions, les bureaux avec les bureaux, les commerciaux dans leur coin, les ateliers et le self en bas. Un matin, le chef de l'atelier de recherche mécanique, M. Gary, et deux autres, un nommé Doc et un jeune, Arno, ont débarqué dans votre service pour vous faire une proposition. Quiproquo. Comme il n'y a que des femmes chez vous et que des hommes à l'atelier, vous avez cru qu'il s'agissait d'une sorte de visite de courtoisie. Mais les hommes n'étaient pas venus pour rigoler.

— Je me souviens très bien de ce que Gary nous a expliqué, dit Patricia.

Mado l'encourage :

— Soyez précise.

Patricia parle lentement pour être sûre de ne rien omettre :

— Gary a expliqué que, face à toutes les combines des multinationales, à leur staff de juristes, à leurs opérations de LMBO ou à leurs fraudes, on était obligés de subir ou de se battre.

— Il a dit aussi que les comités d'entreprise n'avaient plus le pouvoir d'agir, ajoute Isabelle, et que les syndicats faisaient, au mieux, de l'assistance. Et, au final, qui paye ? L'État et les contribuables.

— Non, ça c'est Doc qui l'a dit, corrige Maxi. Rappelle-toi, il nous a fait tout un laïus sur les mairies qui sont assaillies de demandes d'aides, sur les patrons voyous, les entreprises terroristes…

Mado revient sur la chronologie des événements :

— J'imagine qu'il a aussi parlé du bateau, du bal masqué, de FII et de l'idée d'y inviter le personnel de Mondial Laser.

Maxi la reprend :

— Non, ça ne s'est pas passé comme ça. Au départ, il y avait juste l'idée d'organiser une journée portes ouvertes pour alerter la presse, l'opinion…

— Vous ne saviez pas que vous alliez vous retrouver sur un bateau ?

— Non, pas du tout. C'était secret…

Mado ne comprend plus :

— Comment leur est venue cette idée ?

— Mystère et boule de gomme ! répond Patricia. Faudra leur demander.

— Ils voulaient savoir si on serait d'accord pour s'occuper de l'accueil et des buffets, ajoute Maxi. Arno serait là pour nous donner un coup de main et faire la liaison avec les ateliers.

Mado reprend son bloc :

— Donc, résume-t-elle, vous organisez une journée portes ouvertes et vous découvrez que c'est une sorte de répétition générale pour une action beaucoup plus spectaculaire, je vous cite : « qui gâchera le plaisir à ceux qui nous ont mis dans la merde ». À quel moment comprenez-vous ce que ça signifie vraiment ?

— Pas tout de suite, maugrée Isabelle. Plus tard.

— Quand ?

— Quand ça a commencé à prendre vraiment forme, quand on nous a transmis les premières mensurations des invités. Toutes les personnes devaient répondre à un questionnaire sur Internet. D'ailleurs, vous avez dû en remplir un ?

— Oui, répond Mado. Tour de taille, tour de poitrine, entrejambe… Je trouvais ça assez indiscret !

— Si j'étais faite comme vous, ça ne me gênerait pas de le faire savoir !

Mado ne relève pas. Elle revient à l'organisation :

— Je peux écrire que M. Gary vous a, en quelque sorte, « recrutées » ?

Maxi répond :

— Oui, c'est ça. Il a été honnête, il a tout de suite précisé qu'il fallait être volontaire, que ce n'était pas sans risques. Et qu'il comprendrait très bien celles qui préféreraient s'abstenir.

— Il y en a eu ?

Isabelle intervient, le regard dur :

— Qu'est-ce que vous croyez ?

— Moi, j'ai tout de suite dit oui, dit Patricia. Je suis originaire de Dunkerque, alors le carnaval, les déguisements, j'ai grandi dedans !

— Vous pouvez écrire que toutes celles des bureaux ont dit oui. Aucune n'a flanché. Nous ne sommes pas toutes à bord, parce qu'il y avait aussi besoin de femmes ailleurs.

— Vous saviez précisément ce que vous auriez à faire ?

— C'était défini au millimètre. Doc nous a expliqué que ça devait être aussi précis que le plan d'une pièce à usiner.

Michèle vient se mêler à la conversation :

— Je suis fière de dire que c'est moi qui ai suggéré que nous ayons, nous aussi, un déguisement. Enfin, un uniforme, précise-t-elle. Parce que ma sœur fait les salons et que, une fois sur deux, je la vois en hôtesse d'accueil.

— Ça a été une sacrée bonne idée !

Michèle rosit du compliment de Maxi. Ça l'encourage à continuer :

— Ma sœur m'a mise en contact avec un grossiste, et on a commandé pour nous.

Michèle se montre, devant, derrière, fait le mannequin :

— C'est chic, non ?

— Oui, très chic, dit Mado, admirative. Mais qui a payé pour ça ?

— Pas la moindre idée, dit Michèle. J'ai transmis les infos à Arno et, un jour, on a vu arriver nos uniformes.

— D'où venait l'argent ?

— J'en sais rien.

— Et lui, il sait ?

— Peut-être…

Mado pose une dernière série de questions :

— Alors, OK, nous sommes à bord, les hommes de Mondial Laser ont pris le contrôle du bateau, nous filons au large, question : qu'est-ce qui va se passer ? Où on va ? Pour quoi faire ?

— On ne sait pas, avoue Maxi. Gary nous a demandé de lui faire confiance, c'est tout.

— Vous n'avez pas cherché à en savoir plus ?

— S'il avait voulu nous en dire plus, il nous en

aurait dit plus. S'il ne l'a pas fait, c'est que ce n'était pas nécessaire. Gary, on peut compter sur lui…

Off record

La nuit paraît sereine dans cet univers de bois, de velours, de cuivre qu'éclairent de fines appliques en forme d'algues. Lumière douce, tendre comme une veilleuse de chambre d'enfant. Le fracas des eaux est inaudible, la noirceur du ciel hors de vue. Les filles retournent à leurs postes, Kiki rouvre son réservoir inépuisable de blagues sur les blondes, les Belges, les Portugais.

— Vous savez pourquoi tous les Portugais portent la moustache ?

— Pourquoi ?

— Pour ressembler à leur mère !

Mado prend Maxi à part, *off record*. Elles s'isolent dans un coin du vestiaire, assises comme deux sœurs sur une banquette d'angle couverte de velours rouge. Mado se sent étrangement émue :

— Gary est plutôt bel homme…

— Vous trouvez ?

— Il se pose là.

— C'est pas George Clooney, mais c'est vrai qu'il est pas mal, concède Maxi. Comme disait ma tante Suzanne : « La beauté ne se mange pas en salade ! »

— C'est votre ami ?

Maxi cille légèrement.

— Vous voulez savoir si je couche avec lui ?

— Je ne voudrais pas être indiscrète…

— C'est pas un secret. On est ensemble depuis longtemps. Avant même la mort de mon mari.

Mado esquisse un sourire de compassion :

— Vous êtes veuve ?

— Ça me fait bizarre de m'entendre appeler comme ça ! répond Maxi, amusée.

Elle se détend, soupire, moitié sourire, moitié rictus, comme en proie à un grand débat intérieur. Maxi finit par admettre avec énergie :

— Oui, je suis veuve...

— Gary n'habite pas avec vous ?

— Non. Je ne sais pas pourquoi, mais non, il vit ailleurs, chez lui.

— Il ne veut pas ?

— Je dois lui foutre la trouille. J'ai un fils de onze ans. Il doit aussi lui faire peur. J'ai pourtant fait tout ce que je pouvais pour que ce soit facile, mais j'en prends plein la tête à chaque fois que je fais un pas vers lui. Je me cogne à un mur. Il se dérobe, il s'enfuit, il esquive alors que ce pourrait être tellement bien...

— C'est un cavaleur ?

— Comme tous les hommes... Pas plus, pas moins. Et puis je m'en fous, s'il a besoin de ça !

— Ça vous fait souffrir ?

— Bien sûr que ça me fait souffrir ! Mais je sais qu'il tient à moi. Ça me donne le courage d'y croire et de la patience...

Maxi s'interrompt. Elle dévisage Mado sous l'éclat insolite d'une algue électrique. Elle est troublée de se livrer sans retenue à cette jolie fille qui l'observe la bouche en cœur et les yeux trop brillants. Elle dit, comme si elle tentait de trier la lumière de l'obscurité :

— Pourquoi je vous raconte ça ?

Mado retient la boule qui monte et descend dans sa gorge et la porte facilement aux larmes :

— Parce que je pourrais vous raconter la même chose...

— Sans blague ! Le vôtre aussi, il…

— Comme il m'a dit : « Tout ce qui m'est arrivé de bien dans la vie m'est arrivé par les femmes. Pourquoi voudrais-tu que ça change ? »

— Ils sont faits pour s'entendre ! C'est le genre de truc que Gary serait bien capable de me sortir, le salaud.

— Et pourtant vous êtes là ?

— Où voudriez-vous que je sois ?

Marie-Madeleine Montcontour

Marie-Madeleine Montcontour, Mado, porte en elle un secret qui la ronge. Son oncle maternel l'a violée lorsqu'elle avait onze ans. Ils étaient en camping dans les gorges de l'Ardèche, avec son petit frère et ses cousines. Ce soir-là, les plus grandes avaient obtenu la permission d'aller au cinéma voir « un film qui fait peur ». Toto, son petit frère, s'était endormi très vite, épuisé de soleil et rompu d'avoir joué dans l'eau toute la journée.

La soirée s'étirait.

Impossible de dormir.

Mado, frustrée de ne pas sortir avec les grandes, faisait sa crise, criait à l'injustice, jurait de ne plus jamais partir camper avec les tarés de sa famille ! Son oncle la menaça d'une fessée et l'obligea à se coucher sans délai. Puis, radouci, attentionné, cracha le chewing-gum qu'il mâchait et commença à la caresser sous prétexte de l'apaiser ; il se mit à la masser, à l'éventer, lui murmurant des phrases dont elle n'entendait qu'un mot sur cinq : « … l'influence de la lune… le soleil, la puberté, tu sais… mieux vaut savoir y faire, non ?… l'innocence, ah, l'innocence…

tu verras, oui, tu verras… moi, à ton âge, avec ta mère… » Grains d'un chapelet brisé qui tombaient au sol et rebondissaient sans bruit.

Quand la main du tonton glissa dans sa culotte, la terreur la gagna.

Elle cessa de respirer.

Elle pensa qu'elle était morte, qu'il valait mieux être morte tout de suite. Elle ferma les yeux et se figura étendue à plat ventre au bord de l'eau, la tête à moitié dissimulée dans les roseaux, le nez, la bouche pleins de terre. Les mains plantées dans une mare glaiseuse. Les jambes ouvertes, souillées de vase et de sang, exposant sans pudeur le plus secret d'elle-même.

Un oiseau, peut-être un martin-pêcheur, voletait tout près.

Elle ne le voyait pas. Elle entendait seulement le battement de ses ailes qui, dans son esprit, devenait le battement des ailes d'un ange. Elle sentait cette main qui tirait l'élastique de son slip pour l'enlever, ce doigt qui cherchait à la forcer, la pressait, la fouillait, mais ça lui était étrangement indifférent. Ce n'était pas à elle que ça arrivait, c'était à une autre qui avait pris son corps. Elle, la morte, elle dormait sur un lit de fleurs blanches, une grande couche tendue de soie, cernée de voilages aériens, coiffée d'un dais de lys qui la protégeait. Elle dormait, et le poids de son oncle sur elle n'était que le poids terrible d'un rêve. Un rêve affreux qui l'étouffait, qui broyait ses os, meurtrissait ses chairs. Elle s'arquait pour résister, pour échapper à cette main plaquée sur sa bouche, à ces jambes qui la tenaient sous leur emprise. Le froid, le chaud couraient sur son ventre et sa poitrine comme des feux de Saint-Elme, sa peau se hérissait, ses muscles se contractaient, devenaient durs comme du bois ! Elle ne souffrait pas pourtant. Elle flottait au milieu des ombres, dans la tiédeur maternelle de la nuit étoilée, la paix de ceux qui se retirent aussi légèrement qu'un papillon s'envole. Cette douceur la fit pleurer. Non parce qu'elle était morte, mais parce qu'elle entendait ses parents, son petit frère, toutes ses amies s'exclamer devant son cercueil : « Dieu mais qu'elle est belle ! C'est incroyable ce qu'elle est belle ! » Elle gisait, les mains sagement croisées devant elle, vêtue d'une simple robe de batiste, une guirlande d'anémones blanches dans les cheveux, belle, tellement belle, tellement loin de Dieu…

L'oncle grognait, l'oncle soufflait, l'oncle râlait, chahutait Mado, transformée en poupée de chiffon, en poisson mort, en bûche. Il s'énervait, faisant tomber sur elle de grosses gouttes de sueur, pestant, récriminant :

— Dis-moi que tu veux ! Dis-moi que tu veux !

Elle avait envie de lui cracher au visage qu'il était idiot, qu'il était laid, qu'il puait la transpiration et le tabac. Elle avait envie de le mordre, de lui crever les yeux, de lui arracher la peau. Elle avait envie qu'un loup lui déchire les cuisses et les mollets, qu'un bûcheron le scie en deux, que la foudre tombe sur sa tête. Elle avait envie de hurler mais elle préféra se taire. Les morts n'ont rien à dire à ceux qui les tuent. Mado ravala ses cris d'indignation, ses protestations, ses injures, ses plaintes, et, dans ses larmes, enferma l'image du monstre ignoble qui s'oubliait en elle.

— Pleure, tu pisseras moins, dit-il en se dégageant.

Et il sortit de la tente pour en fumer une à la fraîche.

TÉLEX

En Somalie, 1,8 million de personnes auront besoin, d'ici à la fin de l'année, d'une aide humanitaire d'urgence et d'appui à leurs moyens d'existence.

Annuellement, 13 millions de décès sont dus à des causes environnementales.

Les investissements directs chinois à l'étranger s'élèvent à 12,26 milliards de dollars, soit une augmentation de 123 % en un an.

Négociations

Caméra à l'épaule, projecteur allumé, Dargone et Arno entendent des voix sans nombre en longeant la coursive qui mène de l'entrepont à la passerelle. Chaque vague a la sienne et veut dominer les autres. C'est un tumulte, une charge de fantassins à la baïonnette, une guerre de cris entre le vent qui siffle dans les superstructures et l'eau qui assaille les flancs du *Nausicaa*.

Volumster veut chasser le cameraman amateur et son assistant d'un jour. Deux ombres vivantes et silencieuses qui pénètrent dans le poste de commandement.

— Ouste ! Fichez le camp ! Je ne veux pas voir la presse ici !

Gary s'interpose.

— Ils sont avec nous, dit-il en se plaçant devant Dargone et Arno. Ils ne doivent rien rater de ce qui se passe. Ce n'est pas vous qui allez vous plaindre de la présence d'une caméra…

— Ça intéressera peut-être M. Beltrami d'avoir le scoop des scoops ? ricane Dargone.

Volumster tourne le dos. Il pense : « Je me suis fourré dans un cauchemar ! » Puis son esprit politique reprend le dessus : « Peut-être que je ne m'y suis pas fourré tout seul ? Peut-être qu'on m'y a poussé ? » Il essaye alors de se remémorer comment et pourquoi a été fait le choix d'un bateau…

— Je l'ai, dit Suz, passant le téléphone à Gary. Un militaire du cabinet du Premier ministre, M. Saffert…

— Le général Saffert, précise Volumster, les dents serrées, la tête ailleurs.

Dargone filme. Gary prend la communication :

— Mes respects, mon général.

— Vous êtes leur chef ?

— Il n'y a pas de chef entre nous. Je suis celui qui vous parle. Je vous dis mon nom, Gary, ça évitera à vos services de se creuser les méninges. Franklin Gary…

Le général demande d'un ton cassant :

— Quelles sont vos revendications ?

— Nous n'en avons pas.

— Pas de revendications ?

Gary jette un coup d'œil vers Suz avant de répondre :

— Au fond si, une seule, très simple.

— Je vous écoute.

— Nous voulons poursuivre notre route sans que vous tentiez de nous en empêcher…

— Pour aller où ?

— Au large.

— Ce n'est pas une destination.

— Nous allons remonter vers le nord.

— Pourquoi naviguez-vous plein ouest ?

— C'est la route que nous préférons.

— OK, vous allez au nord, mais vers la Suède, la Norvège, le Danemark ?

— Vers aucun de ces pays.

— Vous visez quoi : le Groenland, le Pôle ?

— Ne tentez rien contre nous et il sera toujours temps pour vous de voir où nous allons.

— J'ai besoin de précisions.

Suz lève le pouce. Tout va bien, ça se passe comme prévu. Les autres hochent la tête en silence, oui, c'est exactement ce qu'ils avaient prévu. Dargone fait signe à Gary de ne pas laisser le général mariner trop longtemps.

— Très bien, dit Gary, vidant ses poumons d'un souffle. Voilà ce que vous devez savoir de façon précise : nous sommes nombreux et nous avons le contrôle total du bateau. Soixante kilos de C4 le ceinturent sous la ligne de flottaison et nous sommes tous munis de détonateurs capables de déclencher les charges.

— Du C4 ?

— Oui, mon général.

Il y a un silence embarrassé. Le général revient dans la conversation :

— Vous le sortez d'où ?

— Du plastic militaire ne peut sortir que d'un seul endroit, non ?

— Vous bluffez. Aucun vol n'a été signalé. En tout cas, en France.

Le visage de Gary se déride. Il se régale :

— Vous n'avez pas lu le manuel ?

— Le manuel de quoi ?

— *Le Parfait Petit Négociateur*. Vous devriez savoir qu'il ne faut jamais dire « vous bluffez » à un adversaire, ça le met de mauvais poil.

Le général fait aussitôt machine arrière :

— Je prends acte : vous avez du C4, soixante kilos sous la ligne de flottaison. Qu'est-ce que vous comptez faire ?

— Vous le verrez.

— Vous voulez couler le navire ?

— Ne discutons pas de ça, c'est accessoire. Je veux simplement que vous soyez conscient que toute opération sous-marine est exclue. Quant à une opération aéroportée, permettez-moi de vous la déconseiller. Nous avons aussi de quoi nous défendre. En ce qui concerne notre position, je suis sûr qu'elle est suivie par satellite. Je me trompe ?

Le général ne répond pas. Il change d'angle d'attaque :

— Vous n'avez pas de revendications financières ?

— Non.

— Ni religieuses ?

— Nous ne sommes pas des fondamentalistes musulmans, si c'est ça que vous sous-entendez.

— Ni de revendications politiques ?

— Non. En tout cas, pas comme vous imaginez que nous ayons des revendications politiques…

— Je n'imagine rien.

— C'est une vertu militaire, plaisante Gary.

Saffert ne relève pas.

— Dites-moi ce que je dois faire. Vous voulez des vivres ? Des médicaments ? De quoi avez-vous besoin ?

— Merci, nous n'avons besoin de rien. Nous avons tout ce qu'il faut à bord. C'est un navire de luxe. Dites simplement à ceux qui vous entourent, et qui vous soufflent les questions, que nous sommes très déterminés…

— Déterminés à quoi ?

— Déterminés à poursuivre notre route. Dites-leur bien d'y réfléchir à deux fois avant de tenter de nous en empêcher…

— Soit, je vais leur dire. Mais vous, vous devez me dire où vous allez et ce que vous voulez faire.

Gary choisit de se placer sous la tutelle de *Richard III* :

— Relisez Shakespeare : « Souviens-toi que tu m'as poignardé dans le printemps de ma jeunesse »…

GIGN

Saffert informe le vice-amiral de Lemme, conseiller militaire du gouvernement, qui passe les fêtes dans sa propriété de Deauville.

De Lemme se charge d'alerter les services de la Marine nationale et rentre immédiatement à Paris.

De son côté, Saffert prend l'initiative de faire mettre en œuvre le plan Pirates-Mer. Les Affaires étrangères sont prévenues dans le même temps, ainsi que la gendarmerie et tous les ministères concernés, Défense, Transports, etc. Comme Saffert le dit au commandant Pleven, à la tête du GIGN :

— Il y a le feu au lac !

Le commandant Pleven convoque immédiatement les chefs des sections opérationnelles et leurs adjoints pour un briefing. Il n'attend même pas qu'ils soient tous assis pour commencer :

— Nous sommes devant une crise majeure, dit-il en préambule. Un : nous ne savons pas à qui nous avons affaire, apparemment les ouvriers et les employés d'une usine de lasers, mais ce n'est pas confirmé, ni s'ils sont seuls, ni s'ils sont manipulés. Deux : nous ne savons pas ce qu'ils veulent, leurs revendications sont informes, vaseuses, inconséquentes. Ils ne réclament que de remonter vers le nord comme ça leur chante. Trois : ils prétendent avoir piégé le navire au C4 et disposer de moyens de défense antiaériens. Si ce n'est pas du cinéma, nous avons un sérieux problème mais, là encore, rien ne dit qu'ils ne bluffent pas. Quatre : il y a environ quatre cents ou cinq cents personnes à bord, dont le ministre de l'Intérieur et un certain nombre de personnalités de la finance, de l'économie et du spectacle, avec, cerise sur le gâteau, une majorité d'étrangers dont les gouvernements vont nous tomber dessus. Cinq : l'ordre d'intervenir viendra directement du président de la République. Et de lui seul…

Il pointe du doigt la carte suspendue derrière lui :

— Le *Nausicaa* se dirige actuellement ouest-noroît deux cent quatre-vingt-cinq sur Barfleur. Ce qui veut dire que les pirates espèrent doubler le cap Lizard, contourner les îles Scilly et, à mon avis, foncer sur le cap Mizen pour virer autour de l'Irlande et remonter tout droit par le pire chemin qui soit. Selon la météo, ce qui s'annonce par là est épouvantable. Nous verrons bien. Je veux que tous les moyens soient opérationnels dans une heure : communication, négociation, intervention… Il s'agit d'une reprise de vive force où l'unité sera engagée avec le renfort du commando Jaubert ou Trépel, peut-être des deux…

Pleven ordonne à son adjoint, le lieutenant Le Surt, de prendre immédiatement contact avec la Royale :

— Nous aurons besoin de leurs hélicoptères et de tout le monde. Au passage, rappelez-leur que pendant la phase d'assaut le commandement me revient exclusivement. Je ne veux pas qu'il y ait d'embrouilles comme la dernière fois.

— Ils vont m'envoyer promener, dit Le Surt. Sur

un coup comme ça, ils ne lâcheront pas le commandement tactique.

— On verra. En tout cas, prévenez aussi l'armée de l'air. Comment s'appelle déjà le général de la zone Nord ?

— Général Longa.

— Quand vous l'aurez en ligne, passez-le-moi.

Pleven marque un temps :

— Des questions ?

L'adjudant-chef Fontana, adjoint du capitaine Labbé, lève la main :

— Avons-nous les plans détaillés du navire ?

— Oui. Je les fais photocopier. Le Surt vous les remettra à la fin de la réunion.

Labbé a une proposition :

— Si les données se confirment, pourquoi ne pas expédier à bord les chuteurs opérationnels en profitant de la nuit ? Voire les larguer en tandem avec les démineurs ?

— Possible, dit le commandant. J'attends d'en savoir un peu plus et j'attends surtout l'ordre de l'Élysée.

— Que vont faire les Anglais ?

— Paris se charge de les informer. Le navire étant sous pavillon français, *a priori*, ils devraient nous laisser faire. Mais ce n'est pas sûr que la Royal Navy soit dc cct avis. Pour l'instant, ça ne nous regarde pas. Ce sera une décision politique.

Il quitte brusquement l'estrade sur laquelle il était monté, les saluant d'un geste négligent.

— Messieurs, je compte sur vous !

Feux

À Paris, le Premier ministre réveillonne chez ses beaux-parents, avenue Georges-Mandel. Il est averti du détournement du *Nausicaa* alors que les 47,3 % triomphaux de FII jaillissent en bouquet final dans le ciel du Havre.

— J'arrive tout de suite !

— Qu'est-ce qui se passe ? demande sa femme, Béatrice. Tu ne vas pas partir avant la bûche glacée ?

— Volumster est retenu en otage avec cinq cents personnes en pleine mer du Nord !

Béatrice, qui a entendu « en pleine merde noire », ne peut s'empêcher d'éclater de rire.

Voiture

Sirène hurlante, Mercœur, le directeur de cabinet de Volumster, et Lemarchand, son chef de cabinet, rallient Matignon. Le Premier ministre les attend sans délai pour la première réunion de la cellule de crise.

— Nous sommes en train de nous faire mettre sur la touche ! peste Mercœur.

— J'ai eu le cabinet au téléphone. Ils ont été très clairs. Leur patron tient à tout centraliser, confirme Lemarchand.

— Il veut nous bouffer notre oxygène ! Qu'est-ce qu'on a comme éléments ?

— Rien, pas grand-chose. Comme il s'agissait d'un déplacement privé, d'une soirée organisée par un ami, en plus sous le contrôle des Américains, j'ai fait le minimum…

— Les RG ?…

— Ils ont fait une visite de routine sur le bateau.

J'ai le rapport : RAS. Le préfet était prévenu et tout s'est passé sans encombre jusqu'à l'embarquement. Le ministre a même refusé les motards et les voitures d'escorte. C'était un déplacement absolument privé, amical, il voulait rester discret. Il a exigé un service ultra-minimum.

— Qui est avec lui ? Aurore et qui ?

— Glaubert et Massaud.

— C'est tout ?

— Tout a été traité en direct avec Patmore & Plus.

Mercœur lève les yeux au ciel :

— C'est vrai, j'avais oublié !

Il demande :

— Pat est à bord ?

— Je crois, oui. Il était sur la liste des invités. Vous connaissez bien M. Mornay ?

— Qui ne connaît pas Pat ? soupire Mercœur. J'ai fait je ne sais combien de campagnes avec lui. « Avec Pat, votre élection vous est servie sur un plat. » C'est con, mais c'est vrai. Il a la main…

— Sa boîte nous a tenus informés de tout au jour le jour et…

Mercœur lui coupe la parole :

— Vous avez ce qu'ils nous ont transmis ?

— Dans ma sacoche.

La voiture se gare dans la cour de Matignon. Mercœur met la main sur la poignée pour sortir au plus vite.

— Quelle merde ! Mais quelle merde ! Je ne vous dis pas ce que j'ai entendu quand j'ai dû partir en quatrième vitesse…

Cellule de crise

Le Premier ministre a installé la cellule de crise dans le bureau gris attenant au sien. Il est entouré de son chef de cabinet, René-Pierre Sujet, de son directeur de cabinet, Guy de la Guillardière, et de sa secrétaire particulière, Claudine Corseul. Le ministre de la Défense, en Afghanistan pour réveillonner avec les troupes françaises, est représenté par Ménestrier, son directeur de cabinet. C'est aussi le directeur de cabinet du ministre des Affaires étrangères, Michel Quelpart, qui le représente. Rose-Marie Lamenech, conseillère pour les Affaires intérieures, Cadriaud, des Transports, Albert Avold, de la direction centrale des RG, Grelot, directeur général de la Police nationale, le colonel Cubillier, de la gendarmerie, et son adjoint le capitaine Hoffel, sont également présents. Le capitaine de vaisseau Loïc Chabert, conseiller marine de Matignon, est là lui aussi, attendant que le vice-amiral de Lemme les rejoigne. Mercœur et Lemarchand arrivent les derniers.

Le Premier ministre passe la parole à son conseiller militaire :

— Général Saffert ?

Le général fait d'abord un rapide résumé technique de la situation : taille, autonomie du bateau, capacité d'accueil, présence supposée d'explosifs, revendications confuses, quasi incompréhensibles…

Puis il relate sa conversation avec Gary :

— Le *Nausicaa* navigue à l'ouest, vers l'Irlande, mais d'après mon interlocuteur leur intention est de remonter vers le nord.

— Vers où ? Le Danemark ? la Suède ? demande Loïc Chabert.

— Je ne sais pas. Il a refusé d'en dire plus. Il m'a cité Shakespeare…

— Quoi ?

Saffert lit ses notes :

— « Souviens-toi que tu m'as poignardé dans le printemps de ma jeunesse »… Quelqu'un peut me dire d'où ça sort ? demande-t-il en se tournant vers Quelpart, des Affaires étrangères.

Pas de réponse.

— Bon… Je fais rechercher la citation, ça nous donnera peut-être une indication.

— Ensuite ?

— Nous suivons sa position minute par minute par satellite. Toutes leurs communications sont contrôlées. Le plan Pirates-Mer est déclenché. J'ai eu De Lemme : le GIGN rejoint le commando Jaubert pour embarquer sur leurs hélicos. Ils attendent nos ordres.

Il regarde sa montre d'un geste machinal :

— Ils peuvent être très vite sur zone pour intervenir.

— À quelle heure ? Nous sommes en janvier, là-haut il doit faire nuit jusqu'à…

Le Premier ministre n'achève pas sa phrase.

— Ce n'est pas un problème, affirme Saffert, reprenant la parole. Au contraire, les commandos préfèrent intervenir la nuit.

— Et la marine ?

— Trois frégates sont en route, répond Chabert. Par chance, le *La Fayette* et le *Primauguet* étaient en mer pour entraînement et le *Georges Leygues* en alerte, à Brest.

Grelot, le DGPN*, indique qu'il a donné des ordres

* DGPN : Directeur général de la police nationale.

pour que des hommes de la DCPJ* soient embarqués sur les navires :

— On est en train de réveiller tout le monde ! S'il le faut, nous les ferons hélitreuiller…

— Très bien, dit le général. Il n'y a pas une minute à perdre. Plus vite nous intervenons, plus vite ce sera fini !

— La décision n'est pas encore prise, fait remarquer Rose-Marie Lamenech, la conseillère pour les Affaires intérieures.

— Si vous voyez une autre solution que l'intervention, nous vous écoutons, grogne le général.

— Je n'ai pas de solution autre, mon général. Je veux simplement que la décision d'intervenir soit prise après en avoir discuté sérieusement. Pas seulement par réflexe. Il y a, je ne sais pas, quatre cents, cinq cents personnes à bord du *Nausicaa* dont, je vous le rappelle, le ministre de l'Intérieur…

— Je suis certain que Claude approuverait une intervention immédiate et fulgurante, dit Mercœur. J'ai fait activer l'AMF, nos services sont sur le pied de guerre. Il faut régler ça avant demain.

Lemarchand ajoute :

— Ça a toujours été notre position dans les cas de prise d'otages. D'ailleurs, quand j'ai eu le ministre en ligne, il était très ferme.

Cadriaud, conseiller pour les Transports, partage cet avis : il faut intervenir, pas question de laisser pourrir la situation. Paradoxalement, Ménestrier, de la Défense, est plus circonspect, comme René-Pierre Sujet, le chef de cabinet du Premier ministre :

---

* DCPJ : Direction centrale de la police judiciaire.

— Bien sûr nous devons intervenir, mais nous devons aussi raison garder.

Le Premier ministre approuve cette modération :

— Nous sommes « en prise », comme on dit aux échecs. Ou bien nous n'intervenons pas en pariant sur le côté « non violent » de la démonstration et, si ça tourne à la catastrophe, l'opinion publique nous accusera de n'avoir rien fait, ou nous intervenons par la force et, si ça tourne à la catastrophe, la même opinion publique nous fera porter le chapeau. Notre marge de manœuvre est donc extrêmement étroite. Si nous intervenons, nous devons frapper à coup sûr.

Il rappelle au passage que toutes les informations doivent remonter directement à Matignon, qui gérera la crise en direct.

— Pourquoi pas Beauvau ? demande Mercœur, tentant de revenir au premier plan.

— Parce que vous êtes trop impliqués, tranche le Premier ministre.

Puis il se tourne vers Avold, des services de renseignements :

— Albert ?

— Nous cherchons à savoir qui sont les pirates. Selon nos informations, ce sont des employés de Mondial Laser qui ont fait le coup.

— C'est dingue, c'est complètement dingue, si vous me permettez l'expression !

— Vous avez raison : c'est une situation totalement improbable, inconnue. Aussi, je recommande de la traiter à chaud. D'intervenir avant que cela se dégrade…

— C'est le bon sens même ! appuie Grelot, approuvé par Chabert et Quelpart.

Avold poursuit :

— Je suis persuadé qu'il y a un cheval de Troie. Quelqu'un – une organisation, des individus – s'est introduit dans cette histoire et a tout manœuvré. C'est trop énorme pour les gugusses de Mondial Laser. C'est pour ça que nous devons faire au plus vite avant que ce « quelqu'un » ou ce « quelque chose » agisse contre nous.

— À qui vous pensez ? Aux Corses, à l'ETA, à l'IRA ? À des cinglés islamistes ?

Avold secoue la tête de droite à gauche pour marquer son hésitation :

— Nous étudions tous les cas de figure. Je n'ai pas encore assez d'éléments pour me prononcer. Mais je donnerais ma main à couper qu'il y a un marionnettiste derrière tout ça.

— Peut-on savoir s'ils bluffent ou s'ils ont vraiment piégé le navire ? demande sèchement Rose-Marie Lamenech.

— Mon intuition est que c'est à moitié vrai, à moitié faux. Il doit y avoir une ou deux charges explosives à bord. Peut-être des explosifs agricoles ? C'est ce qui est le plus facile à trouver. Certainement pas ce qu'ils prétendent, à moins que – justement – un groupe terroriste soit à la manœuvre derrière eux. Enfin, à mon avis, ils n'ont rien qui puisse faire couler le bâtiment d'un simple claquement de doigts.

— Il m'a affirmé qu'ils avaient soixante kilos de C4, répète le général Saffert.

— Impossible. Il n'y a que l'armée pour disposer d'une telle quantité. Et ni l'ETA, ni les Corses, ni Al-Qaïda ne s'en servent…

Ménestrier confirme qu'ils devraient être rapidement informés : la DPSD* enquête sur des vols éventuels dans tous les camps militaires.

* Direction de la protection du secret défense.

— Quand sera-t-on sûrs qu'ils n'ont pas ce qu'ils disent ? insiste Rose-Marie Lamenech.

— Quand nous serons à bord..., avoue Albert avec une petite grimace en direction de Grelot.

— Mon correspondant m'a parlé également de moyens de défense antiaériens, précise Saffert.

— Ça, c'est du bluff. Qu'est-ce que vous voulez qu'ils aient : une DCA ? des missiles ? Non, tranche Grelot, croyez-moi, c'est du pipeau.

Tous se taisent.

Le Premier ministre soupire :

— Très bien, dit-il d'un ton grave. Je constate qu'une majorité se dessine pour intervenir, ce qui est aussi mon sentiment. Rose-Marie, pas d'objection ?

— Si, plusieurs. Je suis aussi pour l'intervention, mais je trouve que nous avons un grave déficit d'informations, dit-elle en fixant Albert Avold. Dire que les pirates sont des employés de Mondial Laser ne nous apprend rien sur qui ils sont vraiment. Savez-vous si certains ont des antécédents judiciaires ?

— Pas encore. Vous vous souvenez, il y a une huitaine, des gros bras sont venus déloger ceux qui occupaient l'usine. Tout a flambé, et deux jours après les propriétaires ont fait araser le terrain et couler une dalle.

— Il y a une enquête ?

— Bien sûr. Pour l'instant, c'est au point mort.

— Ce n'est pas difficile de savoir d'où ça vient, persifle Rose-Marie.

— Bien sûr que nous le savons ! rétorque Avold. Mais ça a été très bien mené, il n'y a aucune preuve impliquant les nouveaux propriétaires du site ou leurs représentants. Et, au fond, je m'en fous. Ce qui est plus emmerdant, c'est qu'il n'y a plus aucune archive. Nous devons passer par la Sécu et les Assedic pour obtenir la liste complète du personnel et leurs dossiers.

— Vous pensez avoir ça quand ?

— Ça arrive. Nous avons déjà la liste exhaustive des passagers et du personnel de bord. Dès que j'aurai la liste de Mondial Laser, nous passons tous les fichiers à la moulinette et ça donnera, faites-moi confiance, ça donnera !

— Ce qui m'inquiète, c'est cette absence de revendications.

— Moi aussi. Le pire serait une sorte de tentation suicidaire...

— Vous ne pensez pas que ça pourrait être une réponse à leur expulsion disons... « musclée » ? demande Rose-Marie.

— En si peu de temps, monter un coup comme ça ? Impossible, dit Grelot. Ça a peut-être joué d'une manière ou d'une autre, mais pas directement. Je n'y crois pas. De toute façon, nous enquêtons tous azimuts.

— L'interministériel doit tourner à plein régime, dit Guy de la Guillardière pour ne pas rester sans rien dire.

Rose-Marie Lamenech soudain très catégorique, l'ignore :

— Pour nous en tenir à ce que nous savons, à savoir que les employés d'une entreprise délocalisée prennent en otages les financiers qui ont réalisé cette opération, nous devons admettre que nous sommes devant une nouvelle génération de conflit du travail.

— Comment ça ? s'irrite le Premier ministre, qui ne souhaite pas que la réunion s'éternise en vains débats.

— Cela me paraît évident. Avant, les ouvriers faisaient grève, puis ils ont brisé le tabou et s'en sont pris aux machines ; aujourd'hui, ils s'en prennent aux personnes. Nous avons affaire à des révoltés du troisième type. Ils ont sorti cette nouveauté pour attirer l'attention sur leur situation. Ils ont réussi. La preuve, nous sommes là à nous en occuper au lieu de réveillonner en famille. Demain, la presse parlera d'eux, c'est ce qu'ils visent. À mon avis, rien d'autre. Couler le bateau, exécuter des passagers, non, ce n'est pas leur culture. Sauf si l'intuition d'Avold se vérifie et qu'il s'agit de terroristes manipulés par je ne sais qui…

— Je suis d'accord, embraye le général Saffert. C'est une opération médiatique mais c'est aussi du terrorisme ! Du terrorisme médiatique.

— C'est votre dernier mot ? ironise Ménestrier.

Cadriaud et Mercœur esquissent un sourire. Ménestrier, qui ne plaisante plus, en profite pour exprimer son désaccord sur ce qui vient d'être dit :

— Je réfute cette idée de « terrorisme médiatique », assène-t-il brusquement. S'il s'agissait de ça, les pirates n'auraient pas besoin d'aller si loin. S'emparer du bateau et rester à portée de vue des télévisions aurait suffi. Voire ce qu'ont fait les Corses avec le ferry. À mon avis, il s'agit d'autre chose ; d'autre chose de beaucoup plus grave.

Le Premier ministre se recule sur sa chaise :

— Quoi en l'occurrence ? demande-t-il d'une voix lasse.

Ménestrier pèse ses mots :

— Je crois que nous sommes devant une guerre.

Il y a des exclamations, des soupirs, des ricanements ; Ménestrier n'en tient pas compte :

— Une guerre menée sous la peau du capitalisme, poursuit-il, et dont nous voyons aujourd'hui la première éruption. Contrairement aux émeutes dans les banlieues, ceux qui ont monté une opération comme celle-là sont organisés, réfléchis, efficaces. Ce sont des soldats, ils ont une stratégie, ils se battent. Nous commettrions une erreur majeure en les sous-estimant. Crever l'abcès en intervenant coûte que coûte et sans réfléchir, c'est prendre le risque de répandre le pus dans toute la société et de déclencher un mouvement général aussi violent qu'incontrôlable.

— Pourquoi pas une révolution, tant que vous y êtes ! grommelle le général, excédé.

Ménestrier répond calmement :

— Une révolution ? Je n'irai pas jusque-là, mon général, parce que je ne peux pas affirmer que ceux qui tiennent le bateau savent pourquoi ils se battent ni ce que signifierait leur défaite. Au minimum, je suis certain qu'ils agissent comme si ce combat était un but en soi et la porte de leur salut. Leur exemple risque d'être puissamment contagieux.

— Je veux éclaircir un autre point, dit Rose-Marie Lamenech pour briser le silence glacé qui accueille la remarque de Ménestrier. Comment une telle opération a-t-elle pu être montée ? Qu'est-ce qui se cache derrière ça ? Qui voyez-vous dans votre fameux « cheval de Troie » ?

— Je vous le redis, ces questions sont nos questions n° 1, répète Avold.

Il énumère :

— Qui était au courant de cette soirée ? Le commanditaire, FII, le fonds spéculatif, l'agence de com de Patrice Mornay, Patmore & Plus…

Et, se tournant vers Mercœur et Lemarchand :

— … et nous, au ministère, puisque toutes les données nous ont été transmises.

Lemarchand réagit vivement :

— Vous ne croyez tout de même pas que ça puisse venir de chez nous ?

— Je ne crois rien, j'attends de voir. Ménestrier a raison : celui qui a organisé ça est très fort et très bien informé. Rien n'empêche de penser qu'il puisse être un des nôtres…

Mercœur veut assurer le Premier ministre que toutes les précautions ont été prises, mais Avold ne lui en laisse pas l'occasion, il enchaîne :

— Alors comment ? Avec l'aide de qui ? Au jour d'aujourd'hui, nous n'avons que des hypothèses. Mais nous finirons bien par le savoir. Il est certain qu'il y a forcément un point de contact quelque part, ce que j'appelle « le cheval de Troie ».

Rose-Marie agite la main, comme si son geste pouvait chasser une idée qui lui déplaît :

— Nous passons notre temps à répéter aux Français : votre sécurité est notre priorité des priorités, et nous nous retrouvons avec cinq cents otages, dont le ministre de l'Intérieur, à la dérive en mer du Nord ! Vous pouvez imaginer les gros titres demain ! Toute la presse va nous tomber dessus. Sans parler de l'opposition. Nous devons être capables d'apporter des réponses, et de les apporter vite, très vite !

— En tout cas, j'espère que tout le monde est sur le pont place Beauvau, glisse Ménestrier. De notre côté, à la Défense, outre l'enquête sur le C4, nous en avons diligenté une autre afin que le ministre…

Sujet prend la mouche :

— Matthieu, ce n'est pas le moment d'ouvrir ton parapluie ! Nous sommes dans la merde, tous autant que nous sommes. Ce n'est pas le moment de jouer perso !

Le Premier ministre se lève.

— René-Pierre a raison. J'attends de vous tous une solidarité parfaite et une coopération entre tous les services. J'informe le président de la République de nos réflexions, je suis convaincu qu'il approuvera la décision d'intervenir au plus tôt. Nous devons faire preuve de fermeté et d'efficacité. Frapper fort, cogner ferme. Prévenez la presse, j'interviendrai à treize heures pour le journal. Je suis dans mon bureau. Je veux un rapport complet sur ce qui se passe toutes les dix minutes. Guy, tu alertes le préfet de région ?

— C'est fait, répond le directeur de cabinet. Le préfet maritime l'a averti avant nous. Ils doivent être maintenant à la vigie du port du Havre.

— Pourquoi pas à Brest ?

— Il était en famille juste à côté. Nous avons une cellule de crise là-bas aussi. Si tu veux les joindre, tout le monde est sur le réseau Rimbaud.

Couloir

La réunion se termine en moins d'une heure.

Le vice-amiral de Lemme arrive trop tard pour y assister mais il est immédiatement reçu par le Premier ministre qui garde aussi près de lui Quelpart, des Affaires étrangères, et Grelot, le directeur général de la Police nationale.

Dehors, il pleut, une petite pluie glaçante, sournoise.

En se dirigeant vers la sortie, Mercœur prend le bras de Cadriaud, un quadra, comme lui ; comme lui passé par Normale Sup.

— Qu'est-ce que tu penses de « la guerre sous la peau du capitalisme » de Ménestrier ?

— Je crois que son père était coco. Ça laisse des traces…

— Il est arrivé comment à la Défense ?

— *Via* l'École pratique. Le président s'est entiché de lui après avoir lu je ne sais plus lequel de ses livres.

— Ah, c'est ça !

Ils se comprennent. Ménestrier peut bien raconter n'importe quoi, il n'ira pas plus haut. Directeur de cabinet, il a son bâton de maréchal. L'École pratique, des livres ! Il faut être idiot ou naïf pour croire que cela suffit pour bâtir une carrière…

— Et pour le reste, qu'est-ce que t'en dis ?

— Tu penses la même chose que moi ?

Cadriaud ne veut pas parler le premier.

— Vas-y…

— Rose-Marie est une garce qui sait à merveille monopoliser la parole et notre Premier ministre joue sur les deux tableaux.

— C'est le moins qu'on puisse dire. Tu crois qu'il se la fait ?

— J'en sais rien. Sûrement…

— Il ne laissera quand même pas Claude se faire bouffer par les poissons parce que cette conne a des réserves comme Ménestrier !

— Non, bien sûr, mais si ça devait arriver, tu peux être sûr que le vibrant hommage de la République et les larmes de crocodile du chef du gouvernement mijotent déjà, prêts à être servis.

Il sourit :

— Tu sais ce qu'on enseigne dans le Talmud ? Il n'y a que deux circonstances où on dit toujours du bien de quelqu'un : le jour de son mariage et celui de son enterrement. Pour le mariage c'est déjà fait, je sais, j'y étais…

Cadriaud grogne :

— Qu'est-ce que tu peux faire ?

— Pas grand-chose. À partir du moment où Matignon nous squeeze…

— Je serais toi, je regarderais du côté de cette histoire d'incendie et de gros bras payés pour faire le ménage.

— OK, mais ça me mène où ? Pas sur le bateau.

— Tu ne penses pas que les types de Mondial Laser auraient pu monter ça eux-mêmes pour faire diversion ?

— On ne peut exclure aucune hypothèse, dit Mercœur.

Il se ravise :

— Mais non. Je suis sûr que non. Il ne faut pas se laisser enfumer par ça…

Cadriaud semble à moitié convaincu :

— Finalement, il vaudrait peut-être mieux attendre avant d'intervenir ?

— Attendre quoi ? Même si théoriquement Ménestrier a raison – ce que je ne crois pas –, politiquement, c'est intenable. Le calcul est vite fait : mieux vaut perdre une bataille que perdre la guerre.

— Tu crois que c'est pour ça que le Premier ministre…

— Il n'est pas con. Pour lui l'alternative est simple : ou il sort Claude de la merde, devient son sauveur et Claude son obligé, ou ça échoue et Claude n'est plus là pour le faire chier et personne ne pourra lui en vouloir d'avoir tout tenté…

Ils marchent quelques pas en silence avant de se séparer.

— Je retourne place Beauvau, dit Mercœur en poussant la porte. Il faut absolument que j'appelle

Véronique. Imagine, quand Lemarchand m'a bipé, on était…

— Et ta femme ?

— Elle est à Mimizan avec les enfants, chez son frère. Pour elle, je faisais une tournée des commissariats dans le Sud, comme l'année dernière à la même époque. Au moins, je n'aurai pas de mal à trouver les mots pour lui raconter comment ça a tourné au cauchemar !

Veille

Le lieutenant Saint-Leu, de permanence au Service de veille opérationnelle de la Police nationale, téléphone aux membres du groupe de la DCPJ qui doivent embarquer sur les frégates, leur servant toujours la même blague :

— Bonsoir, mon commandant (ou « mon capitaine », « mon lieutenant »), j'espère que vous n'avez pas le mal de mer ?…

Sont mobilisés le commandant Fredon, les capitaines Perrat et Alain, les lieutenants Beughem et Ramier, le brigadier Vervier.

Base

Sur la base d'aéronautique navale de Lanvéoc-Poulmic, sur la presqu'île de Crozon, les membres des commandos Marine attendent l'arrivée du GIGN pour embarquer dans cinq Super Frelon, des hélicoptères de combat capables de transporter chacun vingt-cinq hommes.

Le commandement tactique de l'opération revient

à l'amiral Lumond, en poste au centre opérationnel de Brest.

TÉLEX

LA CLASSE MOYENNE AMÉRICAINE EN PÉRIL. LA PREMIÈRE SOLUTION ADOPTÉE PAR LES FAMILLES POUR COMPENSER LA STAGNATION, VOIRE LA BAISSE DES SALAIRES RÉELS, EST DE TRAVAILLER PLUS. LES EMPLOIS À MI-TEMPS DEVIENNENT À PLEIN-TEMPS ET CERTAINS SONT CONTRAINTS DE PRENDRE UN DEUXIÈME, MÊME UN TROISIÈME TRAVAIL.

LE GROUPE SUISSE NESTLÉ A ANNONCÉ L'ACQUISITION DE LA SOCIÉTÉ JENNY CRAIG, SPÉCIALISTE DES PRODUITS DE RÉGIME, POUR 600 MILLIONS DE DOLLARS.

BRANDON REES, DU SYNDICAT AMÉRICAIN AFL-CIO, DÉCLARE : « LES RÉMUNÉRATIONS DES DIRIGEANTS SONT LE DERNIER SCANDALE DE L'ENTREPRISE. TANDIS QUE LES P-DG RÉDUISENT SANS CESSE LES RETRAITES DES FAMILLES DES TRAVAILLEURS, LA PLUPART SE RÉSERVENT DES PENSIONS EXORBITANTES. »

Kenneth Gupta

Gupta est le dernier rejeton d'une vieille famille indienne. Son grand-oncle était un documentariste apprécié dans le milieu du cinéma qui habitait Warden Road, près des élégantes Malabar Hills, à New Delhi. Quand le grand cinéaste italien Roberto Rossellini était venu travailler en Inde, il avait été son assistant. Mais quand le film avait été fini, l'histoire avait mal tourné. Sonali, la grand-tante de Gupta – une beauté –, abandonnant enfants et mari, avait suivi Rossellini en Europe sans craindre le scandale. Cela avait été un terrible drame pour tout le monde et restait, depuis, un secret solidement cadenassé dans le coffre de l'histoire familiale.

De père indien, de mère américaine, Kenneth a passé son enfance à Delhi avant d'étudier aux États-Unis. Diplômé d'Harvard, il a fait toute sa carrière sous l'aile d'Edward Cawlpepper, qui voit en lui un successeur. D'abord analyste, il a montré un talent très sûr et a rejoint rapidement l'*investment team* où, malgré son efficacité et son très grand sang-froid, il doit encore faire ses preuves.

Kenneth Gupta parle onze langues, dont le japonais, le russe et le chinois. Célibataire, il vit à New York dans un très bel appartement proche de Park Avenue. Il a pour manie de ne porter qu'un seul type de costume qu'il fait tailler sur mesure – et à prix d'or – chez Lanvin, maison qui le fournit également en chemises et cravates selon un modèle unique. À trente-huit ans, on ne lui connaît pas d'aventures amoureuses et la rumeur le dit homosexuel, d'autant qu'il affiche un souci maniaque de son allure, surveillant constamment son poids au point de refuser tout repas d'affaire.

Flash-back

Des bureaux de FII, à New York, on pouvait voir de gros scarabées jaunes niveler le sol de Ground Zero. Gupta suivait des yeux un énorme camion qui charriait plusieurs tonnes de terre. Il observait l'adresse du conducteur à manier son engin sur le raidillon encombré qui conduisait à la sortie du chantier.

— Qu'est-ce que tu comptes faire ? demanda Simon Berg en agitant les derniers chiffres de Mondial Laser.

— Je vais réfléchir, répondit Gupta, sans se retourner.

Depuis que Cawlpepper avait rendu publique son intention de prendre sa retraite, une lutte sournoise s'était engagée entre eux.

Lequel des deux serait finalement désigné pour lui succéder ?

Berg, dont l'expérience et le sérieux étaient reconnus par tous les membres du conseil d'administration, ou Gupta, le protégé du patron, capable de coups fulgurants et d'improvisations inquiétantes ? L'affaire Mondial Laser apparaissait soudain comme « la bataille décisive », selon la classification de Clausewitz. Celui qui remporterait la victoire ne serait pas loin d'être couronné César quand le vieux César se déciderait à passer la main.

Après sa reprise par le trio Michaud, Cardona, Espadioux, et une première phase de redressement réussie, Mondial Laser, face à une concurrence qui cassait systématiquement les prix, perdait de l'argent jour après jour. Berg attendait son heure, pariant sur un effondrement dramatique et des pertes considérables qui confirmeraient ses prévisions. Le fonds prendrait un rude coup et lui seul apparaîtrait comme capable de redresser la barre. Gupta n'analysait pas la situation de la même façon. Que Mondial Laser perde de l'argent, en perde encore, en perde presque à en mourir, rentrait dans son plan.

Berg s'en alla, lançant :

— Ne réfléchis pas trop quand même !

Gupta attendit qu'il soit sorti pour regarder le document déposé sur un fauteuil. Un coup d'œil lui suffit pour comprendre qu'il était temps de passer aux choses sérieuses…

Paris

Gupta arriva à Paris par le premier vol d'American Airlines.

À dix heures précises, il rencontrait les dirigeants de Mondial Laser dans le bureau de Michaud. Au nom de FII, il réclama des efforts significatifs et immédiats sous peine de se retirer, le fonds n'ayant pas pour vocation d'éponger les dettes d'entreprises déficitaires.

— Nous sommes étranglés ! s'emporta Michaud, d'une voix courroucée qui n'impressionna personne. Nous ne pouvons pas à nouveau baisser nos prix de dix pour cent ! Vous voulez notre mort ?

— Vos concurrents travaillent à treize pour cent en dessous de vous. J'ai les chiffres, vous voulez les voir ?

— Les chiffres ! Les chiffres, mais il n'y a pas que les chiffres !

— Qu'est-ce que vous proposez ? demanda posément Gupta.

Espadioux répondit le premier :

— Les coûts de fabrication sont tirés au plus juste, nous ne pouvons pas descendre en dessous. La seule variable est le personnel, mais si nous lançons un nouveau plan social, avec départs à la retraite, réductions des salaires, voire licenciements, nous aurons à faire face à un mouvement de grève qui risque de nous paralyser suffisamment longtemps pour que tout le bénéfice de l'opération soit perdu.

— Nous avons tout à perdre et rien à gagner, insista Michaud. Sans compter que nous ne pouvons pas faire tourner la boîte sans personne !

— Que dit la banque ?

— La même chose que vous. Ça vous étonne ?

Les trois hommes se regardèrent comme des coureurs essoufflés après une longue compétition. Gupta se leva lentement, il fit quelques pas jusqu'à la fenêtre et revint s'asseoir en lissant le pli de son pantalon. Il avait peut-être une solution :

— Vous devriez vendre avant qu'il soit trop tard...

Michaud repoussa vivement cette idée, mettant fin à la discussion :

— Pas question, nous avons pris des engagements vis-à-vis de notre personnel ! Vendre, ça voudrait dire tirer un trait sur tout ce que nous avons fait. Nous connaissons notre métier. Notre réputation est parfaite. Vous savez qui sont nos clients ? Bon. Les autres travaillent à perte pour nous tuer, mais ils ne nous auront pas comme ça. Jamais !

Lutetia

Le soir même, Espadioux obtenait un rendez-vous au bar du *Lutetia*. Dès qu'il aperçut Gupta, il se leva par politesse :

— Je vous remercie d'avoir accepté...

— J'ai une demi-heure, dit Gupta, regardant sa montre.

Ils s'installèrent côte à côte dans un canapé profond. Le garçon vint prendre la commande, un cocktail sans alcool pour Gupta, un mojito pour Espadioux qui attendit qu'ils soient servis pour parler.

— D'abord, je veux vous présenter nos excuses : Michaud est un sanguin. Comme on dit ici, il démarre au quart de tour, mais ce défaut est aussi parfois une qualité. Je vous prie donc de bien vouloir l'excuser pour avoir quitté si brutalement notre réunion. J'y ajoute les miennes.

— Très bien, dit Gupta, s'inclinant légèrement.

Il but une gorgée de son « Saveur des îles » :

— Je vous écoute...

Un peu ridicule, Espadioux souleva son verre comme s'il portait un toast lors d'un vin d'honneur :

— À la vôtre !

Puis, s'étant rassuré par ce geste, il exposa pourquoi il sollicitait Gupta sans délai :

— Ce matin, dit-il, lorsque vous avez parlé de vendre Mondial Laser, faisiez-vous une remarque d'ordre général ou cette suggestion repose-t-elle sur des bases concrètes ?

— Précisez votre question.

— Eh bien, à vrai dire, les deux hypothèses n'appellent pas la même réponse. Si vous formuliez une remarque d'ordre général, Michaud, même s'il n'a pas respecté les formes, a bien résumé notre position : nous ne sommes pas vendeurs. Ni théoriquement, ni pratiquement. Premièrement, nous sommes très attachés à Mondial Laser ; deuxièmement, s'il commençait à se dire que nous voulons vendre, nos difficultés actuelles seraient multipliées par dix. En revanche, si votre idée de vendre Mondial Laser repose sur une proposition concrète et que l'opération puisse être menée dans la plus parfaite discrétion, nous serions inconséquents de ne pas vouloir l'examiner...

Espadioux avala une grande rasade de mojito pour se récompenser d'avoir su dire si clairement ce qu'il avait répété tout l'après-midi. Gupta l'observa un instant. Ses yeux d'un noir profond semblèrent se dilater un peu plus.

La bête sortait du bois :

— J'ai une ouverture à Delhi, dit-il d'un ton neutre.

— Un acheteur ?

Gupta regarda sa montre :

— Si vous êtes intéressé, je veux un mandat clair, signé par Michaud, vous et… comment s'appelle-t-il, le blessé ?

— Cardona.

— Vous êtes les propriétaires en titre. Je veux que vous me donniez carte blanche pour mener l'opération. Tout peut aller très vite et être d'une grande rentabilité.

Il se leva :

— Excusez-moi, je dois y aller. Mon avion décolle très tôt demain matin de Charles-de-Gaulle. Bonsoir…

Espadioux le rattrapa avant qu'il ne quitte le bar :

— Je dois avoir un chiffre si je veux convaincre les autres.

Gupta, sobre, réservé, avec cet air d'assurance tranquille sans forfanterie mais avec un soupçon d'impatience, dit :

— Votre apport multiplié par vingt…

Cardona

Espadioux avertit Cardona de sa venue par téléphone et se rendit aussitôt chez lui, un appartement avec terrasse, au sommet d'un immeuble moderne du XVᵉ arrondissement.

Clotilde, la femme de Cardona, vint lui ouvrir.

— Tu ne m'en veux pas de venir comme ça, au débotté ? demanda Espadioux, en l'embrassant.

— Il y a longtemps que je ne t'en veux plus…

Ils firent quelques pas en silence jusqu'au living où, machinalement, Espadioux porta son regard au-dessus du canapé, vers la grande toile abstraite dont les taches l'avaient toujours intrigué. Un entremêlement de vert et de noir déchiré par une saignée d'un rouge carmin. Pour lui, c'était l'image même d'une conscience tourmentée.

— Ça ne va pas mieux ?

— Il refuse de sortir. Il regarde la télé du matin au soir et se comporte de façon odieuse vis-à-vis de moi…

— Qu'est-ce qu'il fait ?

— Il est comme un enfant insupportable et colérique.

— Il voit quelqu'un ?

— Il ne veut pas. Il dit que ça ne sert à rien, mais il ne se remet pas. La dépression est trop profonde…

— Tu crois que je peux lui parler ?

— Je lui ai dit que tu venais. Il est dans la chambre. Je ne te montre pas le chemin…

Ni l'un ni l'autre n'avait cité le prénom ou le nom de Cardona. Il était le présent absent ou l'absent présent, au choix. Un pronom personnel dépersonnalisé. Espadioux fut tenté de prendre Clotilde dans ses bras en souvenir de bons moments passés ensemble, mais il se retint, de peur de raviver des plaies cautérisées depuis longtemps, mais toujours sensibles.

Cardona reposait assis dans son lit, une minerve autour du cou, les jambes droites, les bras inertes le long du corps, bandés aux poignets et aux coudes. En face de lui, sur un écran plasma, défilaient les images vulgaires d'un jeu télévisé. Une odeur médicamenteuse pesait dans la chambre, lourde, insistante comme un reproche. Espadioux vint s'asseoir près de lui :

— Ça me fait plaisir de te voir ! dit-il, exagérant son enthousiasme.

Cardona ne lui adressa pas même un regard.

— On peut peut-être éteindre la télé ? proposa Espadioux. Il faut que je te parle très sérieusement.

La réponse claqua :

— Non !

Espadioux sursauta comme un homme pris dans une embuscade.

Un instant il se revit dans cette chambre, faisant l'amour avec Clotilde, roulant sur ce lit trop large, l'étreignant face aux quatre glaces du dressing, la pliant sous lui, jouissant d'un même élan, et cela lui parut totalement irréel.

Que faisait-il là ?

Il cligna des yeux pour chasser ses pensées comme on effraye des oiseaux et se pencha prudemment vers le convalescent dont le teint grisâtre n'augurait rien de bon :

— Tu as lu les mémos que…

À nouveau la réponse fusa :

— Non ! Je n'ai rien lu. Je les ai foutus à la poubelle. Si c'est pour me parler de ça, je ne te retiens pas. Bonsoir.

Espadioux laissa passer l'orage, tête basse, le dos rond. Puis il se redressa fièrement :

— Nous avons peut-être une offre d'achat, dit-il

en allant droit au but. Un groupe indien, à Delhi. L'affaire peut être très rapidement conclue. Si tu es d'accord, je dois porter demain matin notre mandat à celui qui sera notre intermédiaire…

— Vous voulez vendre la boîte ? ricana Cardona qui, soudain, sembla s'intéresser à Espadioux.

— D'après une première estimation nous pourrions obtenir quelque chose aux alentours de vingt fois notre mise…

Le chiffre ne parut pas émouvoir Cardona. Il fixait toujours l'écran, où une grosse dondon tournait en ridicule un lunetteux incapable de dire qui avait peint *Guernica*. Espadioux répéta en articulant :

— Vingt fois notre mise…

Cardona se tourna vers lui avec raideur, une torsion d'automate :

— Ça veut dire que Mondial Laser disparaîtrait ?

— Malheureusement oui, soupira Espadioux. Tout serait transféré là-bas…

Cardona se mit à rire, à tousser et à rire, et à rire encore, une hémorragie de rires, un tonnerre de rires, une explosion de rires :

— Fais-moi signer ce que tu veux ! Je signe tout de suite. Il y a longtemps que je n'ai pas entendu quelque chose d'aussi réjouissant. Ah ! Ah ! Mondial Laser rayé de la carte, tous virés ! Et comment que je signe ! Et plutôt dix fois qu'unc !

Il reprit son souffle, hébété d'avoir tant ri :

— Tu vois ce qu'ils m'ont fait ? Si je remarche un jour, ce sera un miracle, et je ne pourrai plus jamais me torcher tout seul.

Il se remit à tousser.

— Tu m'apportes ma vengeance sur un plat d'airain, dit-il entre deux quintes. Putain, je n'espérais plus rien sinon crever, mais je crois que je vais vivre encore un peu pour voir ça.

Clotilde apparut dans l'embrasure de la porte :

— Ça va ? demanda-t-elle, inquiète.

— On ne t'a pas sonnée ! cracha Cardona. Laisse-nous !

Clotilde ne se le fit pas dire deux fois. Elle disparut dans le couloir sans un mot, sans demander son reste.

— Tu ne devrais pas lui parler comme ça, protesta Espadioux. C'est dur pour toi, d'accord, mais c'est aussi dur pour elle.

— Me fais pas chier avec Clotilde. Elle reste parce qu'elle pense qu'il y aura du fric à récupérer, c'est tout. Le fric ! Le fric ! Il n'y a que ça qui l'excite.

— Clotilde est ta femme et…

— C'est Clotilde qui t'intéresse ou ma signature ?

— Je sors les papiers…

Le visage de Cardona se déforma d'un méchant rictus :

— Je ne mets qu'une condition avant de signer ton truc : je veux que, lorsque la vente sera faite et que tous ces cons seront à la rue, l'usine soit démolie, rasée, et qu'il ne reste rien d'autre qu'une dalle de béton, une immense pierre tombale sans rien, sans nom, sans date.

Biens

Dans le taxi qui le conduisait chez Michaud, boulevard Malesherbes, Espadioux n'arrivait pas à s'ôter de la tête Clotilde lui barrant la porte alors qu'il allait partir. Elle le suppliait de la sortir de là, de l'emmener, gémissait qu'elle n'avait pas mérité ça, jurant qu'elle devenait folle, qu'elle allait faire une bêtise, qu'elle ne tiendrait pas encore longtemps. Elle s'était jetée dans ses bras et lui l'avait repoussée si fort qu'elle était tombée sur le parquet.

— Toi aussi tu veux me tuer ? C'est ça, tu veux me tuer ?

— Pardon, je ne voulais pas te faire mal. Pardon. Viens. Viens là.

Il l'avait aidée à se relever.

— Ça va ?

— Tu sais ce qu'il me dit tous les jours ? Il me dit : T'as de la chance que je ne puisse rien faire. Mais quand ça sera revenu, tu pourras crever. Le fric est à moi !

Elle s'était accrochée à lui pour lui confier à l'oreille :

— Il veut ma mort. Il ne pense qu'à ça. Il voudrait que je sois morte. Tu entends ? Il veut que je meure…

Michaud sortait du lit. Il avait les pieds chaussés de babouches rouges et portait une gandoura d'un blanc immaculé, rapportée d'un petit magasin près de la place Mers-Sultan, à Casa. Ils s'installèrent dans la cuisine. Michaud attrapa une bouteille de whisky et deux verres dans un placard vitré :

— Ma femme dort.

— Pardon, mais il fallait que je te parle.

— Ça ne pouvait pas attendre demain ?

— J'ai vu Gupta au *Lutetia*. Il a une proposition sérieuse.

Michaud grommela :

— Je n'aime pas ça. Ça va trop vite.

— Dis un chiffre.

— Je ne sais pas. Combien ?

— Vingt fois notre mise initiale.

Michaud siffla entre ses dents :

— Vingt fois !

Espadioux posa cartes sur table :

— Cardona est d'accord. Ça a été très pénible, mais il est d'accord. J'ai sa signature. Il faut être réaliste : nous n'en sortirons pas. Non pas parce que nous sommes mauvais, au contraire. Nous n'en sortirons pas parce que nous sommes bons et que nous refusons de brader notre métier. Mais les temps ont changé. Le combat ne se mène plus sur la qualité, seule la rentabilité immédiate compte. Et sur ce terrain-là, nous ne sommes pas de taille. Nous sommes d'autant moins capables de mener ce combat que nous avons engagé nos biens personnels face à des monstres froids qui n'ont qu'à gérer des fonds qui ne leur appartiennent pas. Nous nous sommes mis nous-mêmes la corde au cou, comme les bourgeois de Calais.

Michaud se versa un généreux verre d'alcool :

— Tu en veux ?

— Non merci.

— Tu sais ce que je pense ? L'acheteur que Gupta a l'air de sortir comme par miracle de sa manche, il l'avait déjà quand nous avons accepté le LMBO et que leur fonds est entré dans le capital. Nous nous sommes laissé manipuler comme des imbéciles.

— Peut-être. Mais c'était ça ou fermer.

— C'est toujours la même histoire. Toujours les mêmes ficelles.

Michaud se resservit et montra la bouteille à Espadioux :

— T'es sûr ? C'est du pur malt.

— Non, je veux garder les idées claires.

Michaud engloutit son verre cul sec, proclamant haut et fort :

— À la santé de Gupta, notre sauveur !

Et, sans ironie, plein d'amertume, il s'informa de la manœuvre :

— Il t'a dit comment il allait s'y prendre ?

— Pas dans le détail, répondit Espadioux. Il veut un mandat clair de notre part. J'imagine qu'avec ça il pourra mettre officiellement le marché en main à ses clients et que, si tout se passe comme il l'espère, la partie commencera vraiment dès qu'ils seront prêts à payer…

— La vente risque d'être plus compliquée qu'il l'imagine.

— Pourquoi ?

— Je te rappelle que nous travaillons, entre autres, pour la Défense. Et qu'en matière de technologies « sensibles », tout transfert nécessite l'accord du gouvernement…

— J'ai pensé que tu pourrais intervenir auprès de Lemarchand.

— C'est l'Intérieur, pas l'Industrie.

— T'es cousin avec lui ?

— C'est ma femme qui est la sœur de la sienne. Moi, je suis une pièce rapportée…

Espadioux récusa l'argument :

— Lemarchand est le chef de cabinet de Volumster, et Volumster est le mari de Mme du Temple Margaux, c'est la ligne directe…

Michaud hocha la tête :

— Oui, peut-être. Peut-être…

Puis il ferma les yeux, le front douloureux, comme s'il combattait soudain une fulgurante névralgie. Le monde lui apparaissait peuplé de chimères animées pour le faire douter, le faire souffrir, le tisonner au fer chauffé à blanc. Il était dans un labyrinthe dont il ne sortirait que pour entrer dans sa tombe. Nu sous sa chemise de nuit, il se voyait monter sur la charrette des condamnés et aller au bûcher.

— Relaps et hérétique ! Voilà comment je me sens, oui, bon pour être livré aux flammes et rôtir en enfer !

Espadioux sentait sourdre en lui une méchante colère. Michaud n'allait quand même pas tout faire capoter pour quelques scrupules de dernière minute, ou inventer des obstacles qui n'existaient pas ! Il s'apprêtait à le chapitrer quand Michaud l'interrogea avec une sorte d'exaltation irraisonnée :

— Nous avons combien de salariés en ce moment ?

— Plus ou moins cinq cents. Pourquoi ?

Le regard de Michaud se perdit dans le fond de son verre :

— Ça veut dire cinq cents licenciements ?

— Oui, et alors ?

TÉLEX

AU MOINS 12 MORTS, DONT 10 CIVILS DANS UN ATTENTAT SUR UN MARCHÉ DE BAGDAD, ET 2 SOLDATS AMÉRICAINS DANS LA PROVINCE SUNNITE D'AL-ANBAR.

5 CIVILS ONT ÉTÉ TUÉS DANS DES AFFRONTEMENTS AU SRI LANKA ENTRE L'ARMÉE ET LA RÉBELLION TAMOULE, PORTANT À 26 LE NOMBRE DE MORTS EN MOINS DE VINGT-QUATRE HEURES ET À 161 DEPUIS TROIS JOURS.

SELON LE SECRÉTAIRE GÉNÉRAL DE LA CFDT, IL Y A EN FRANCE « ENTRE 3,5 ET 4 MILLIONS DE PERSONNES AU CHÔMAGE OU À LA CHARGE DE L'ÉTAT ».

Hautier, le préfet maritime, se fait ouvrir par Roadec le bureau réservé à la cellule de crise dans la vigie du Havre. Ils sont rapidement rejoints par Zukovsky, représentant le préfet de région, Claude Dansac, le commandant chargé de la sécurité, et Jean-Marie Larguenon, son adjoint.

Roadec les informe qu'ils sont connectés au réseau Rimbaud et la réunion commence après qu'ils ont vérifié que les sémaphores de la Hève, de Fécamp et de Gris-Nez sont en alerte.

— Messieurs, dit le prémar, j'espère que vous appréciez autant que moi le fait de débuter l'année en nageant dans la merde.

Roadec préfère regarder ailleurs.

Hautier se tourne vers Dansac :

— Où est la faille ? demande-t-il, s'asseyant, l'air dégoûté.

Le responsable de la sécurité en a vu d'autres :

— De notre côté, c'est bordé. Larguenon vous donnera copie de toutes les pièces et la chronologie des visites de contrôle. Nous avons travaillé main dans la main avec l'Intérieur. Le ministre en personne avait donné ordre de ne pas en faire trop et même moins que ça. Il tenait à une discrétion maximale.

Il interroge Zukovsky du regard :

— N'est-ce pas ?

Zukovsky confirme :

— Il ne voulait même pas d'escorte !

Hautier prend note.

— Vous avez contrôlé l'équipage ? demande-t-il.

— Non, répond franchement Dansac. Le *Nausicaa* arrivait de La Rochelle, il était classé en « risque n° 1 », c'est-à-dire au bas de l'échelle, inoffensif. J'ai jeté un coup d'œil, mais pas plus…

— La liste nous avait été transmise par l'Intérieur, précise Larguenon.

Le prémar s'étonne :

— La déclaration préalable ?

— Tout est passé par eux.

Hautier fait une nouvelle grimace :

— C'est bien ce que je craignais : nous nageons dans la merde. Dans un océan de merde…

Il sourit, plein de fiel :

— Après un coup comme ça, ne comptez sur aucun secours. Aucun d'entre nous ne s'en sortira. Il nous restera à disparaître dignement dans les « pertes et profits » de la République… Notre seul espoir sera de ne pas trop puer pour que le privé veuille bien de nous…

— Il n'y a rien à nous reprocher ! s'indigne Larguenon.

— Rien ? ricane Hautier. Une fleur : le ministre de l'Intérieur et cinq cents personnes perdues en mer sans que nous n'ayons rien vu venir…

Complot

La mer se creuse lentement. Des nuages noirs, avant-coureurs de neige ou de pluie, sont chahutés par le vent qui se lève. Ça tangue. Sur le pont du *Nausicaa,* plus question de compter les étoiles dans le ciel ou de faire de l'œil à la lune.

La nuit et l'eau ne font plus qu'une masse mouvante, sans frontières.

L'inquiétude tourne à la peur pour les passagers retenus dans le grand salon. L'orchestre joue encore, mais plus personne ne danse. Plus personne ne se presse aux buffets.

L'odeur de la nourriture devient insupportable.

— Maître d'hôtel, vous ne pourriez pas débarrasser cette bouffe immonde ? s'exclame Aurore Volumster. Ça pue ! Nous allons tous être malades.

— Bien, madame, répond le maître d'hôtel en s'inclinant légèrement pour que la femme du ministre ne le voie pas sourire.

Armand Loge est ravi de ce qu'il fait. Il y a bien longtemps qu'il ne s'est pas amusé comme ça...

À quelques pas de là, un groupe d'hommes complote à voix basse. Il y a Jean-Pierre Lerendu, P-DG de la Zimex, Loïc Germarch', de la banque Mitchell, Buster Lewis, de Chicago, Enzo di Marco, lié à la Fininvest de Berlusconi, et Greg Best, lui aussi de Chicago, un milliardaire du commerce de l'acier. Par prudence, ils se parlent en anglais et rient fort en se racontant des blagues pour donner le change.

— C'est la toute dernière découverte des dominicains : Jésus était irlandais ! Vous savez pourquoi ? Un : parce qu'il a toujours vécu chez sa mère ; deux : parce qu'il n'a jamais rien foutu de sa vie ; et trois : parce qu'il est mort en réclamant à boire !

Ils se décident à agir rapidement.

— Rappelez-vous le 11 Septembre, dit Buster Lewis. Les passagers du quatrième avion se sont révoltés, mais trop tard. S'ils l'avaient fait plus tôt, peut-être qu'ils s'en seraient sortis...

À tribord, deux hommes de Mondial Laser, déguisés en médecins de Molière, montent la garde devant la seule porte du grand salon qui ne soit pas condamnée par des chaînes et des cadenas. À bâbord, deux autres sont en poste devant les issues fermées.

Vingt mètres séparent les uns des autres. Enzo di Marco se précipitera sur ceux de gauche pour faire diversion. Best, Lewis, Lerendu et Germarch' attaqueront les gardes de droite. L'objectif est de sortir du grand salon, de se séparer en deux groupes, l'un fonçant en direction de la passerelle, l'autre descendant vers les machines dans l'idée de saboter ce qui pourra l'être, voire de trouver un moyen de communication. Et, qui sait, peut-être leur action recevra-t-elle le soutien de ceux qui font le dos rond et pour l'instant se taisent ?

Buster Lewis, qui a joué au football américain, répète les consignes à la manière d'un quarterback et, au signal, ils s'élancent. Enzo pousse un cri de guerre en traversant la piste de danse pour se précipiter sur l'un des deux hommes postés près de la porte à bâbord. Les autres assaillent les gardiens de la porte tribord. Des coups sont échangés, il y a des cris, mais aussi des applaudissements et des encouragements, quand soudain une explosion fait trembler la coque du bateau.

Tous s'arrêtent net.

Les visages se figent.

Debout, au milieu de l'orchestre, une jeune altiste, tout en rondeurs, en douceur, un vrai bébé, brandit le détonateur au-dessus de sa tête. Les regards se braquent sur elle. Olympe se sent rougir :

— Cette fois-ci, je n'ai fait sauter qu'une charge d'avertissement dans la lingerie. Nous sommes donc encore en sécurité. La prochaine fois, moi ou une autre, ou un autre, nous n'hésiterons pas à vous envoyer par le fond. Le capitaine a été clair : ne tentez rien contre nous si vous ne voulez pas jouer à *Vingt Mille Lieues sous les mers*...

Sa voix tranche dans le vif :

— Je demande aux inconscients qui viennent de

se rendre ridicules et de faire prendre un risque énorme aux autres passagers de rejoindre la piste de danse et les buffets et de ne plus en bouger. Je ne le répéterai pas, dit-elle avec autorité.

— Eh bien, qu'est-ce que vous attendez ? crie une femme, voyant que personne ne bouge.

— Vous voulez tous nous faire couler ? crie une autre.

— *Are you crazy ?* s'emporte un homme déguisé en légionnaire.

Florian Beltrami doit s'asseoir, il se sent mal. Ses joues flasques tremblent, la sueur perle à son front sous la barrette cardinalice de Richelieu. Il a peur. Terriblement peur.

— OK, dit Lewis, faisant signe aux autres. Ce n'est que partie remise. Balle au centre. On recule...

Lerendu, Germarch', Lewis, di Marco et Best regagnent leurs places en traînant des pieds au moment où Gary, Volumster, Melville et les autres déboulent dans le grand salon.

— Qu'est-ce qui se passe ? demande Gary sans reprendre son souffle.

— Ils ont tenté de sortir, dit la jeune femme. J'ai été obligée de déclencher la charge n° 1. J'ai eu tort ?

— Non.

Gary s'adresse à tous :

— Nous vous avions prévenus. Il serait temps, pour vous, de comprendre que nous ne plaisantons pas et que nous sommes parfaitement déterminés.

Nicole Cawlpepper se précipite dans les bras de son mari.

— Edward, ils sont fous, ils vont nous tuer !

Volumster est atterré.

— Cela ne sert à rien de jouer aux héros ! proclame-t-il, tentant d'étouffer sa colère. Nous avons la situation en main. Nous allons sortir de ce piège. Les autorités françaises sont mobilisées. C'est une question de temps. Alors, une fois pour toutes, que tout le monde reste à sa place. Je me porte personnellement garant de votre sécurité.

— OK, vous vous portez garant de notre sécurité mais vous êtes incapable de l'assurer, rétorque Buster Lewis. Vous, les Français, vous êtes forts pour les discours, mais s'il n'y a pas les Américains pour se battre à votre place, vous n'arrivez jamais à rien.

— Je ne répondrai pas à cette provocation puérile.

Gary prend la parole :

— Une fois n'est pas coutume, je partage absolument le point de vue de M. Volumster. Il fait nuit, il fait froid, nous sommes en pleine mer et il n'y a aucune issue. La raison doit vous commander d'accepter le sort qui vous est fait…

Il ne résiste pas au plaisir d'ajouter :

— … comme on nous a recommandé d'accepter le nôtre quand nous avons été licenciés.

Olympe

À vingt-trois ans, Olympe est une altiste confirmée. Après des études classiques, elle rate le concours d'entrée au conservatoire supérieur, mais obtient une bourse d'études auprès d'une fondation néerlandaise. Elle continue à suivre des cours privés tout en enseignant elle-même à des enfants. Elle joue également dans différents orchestres, notamment le quatuor à cordes Ancolia.

Olympe doit se marier avec Luis Miguel, un étudiant des Beaux-Arts, avec qui elle vit depuis deux ans.

Mais quand son beau-père lui montre la robe nuptiale qu'il souhaite qu'elle porte pour la cérémonie, un incendie se déclare en elle et elle rompt brutalement ses fiançailles. Jamais elle ne mettra la robe d'une femme morte en couches, la mère de Luis Miguel…

Pour survivre, pour assurer son indépendance, Olympe travaille comme serveuse à mi-temps au self de Mondial Laser. Cela faisait un peu plus de trois mois qu'elle y était quand la fermeture de l'entreprise a été annoncée.

Olympe, baptisée ainsi en hommage à Olympe de Gouges, est née dans une famille d'ouvriers très politisés. Un père chauffeur de car scolaire et une mère travaillant dans les cuisines d'un restaurant d'entreprise. Rien ne la destinait à la musique. Sauf peut-être le concertina de son grand-père maternel, conservé à la maison comme une relique pieuse…

Olympe rêve d'en découdre, de passer à l'action contre la folie mortifère du monde, ses guerres, ses massacres, ses intégrismes. L'actualité lui fournit chaque jour dix occasions de s'indigner, de se révolter. Les mots la blessent. Elle s'insurge d'entendre qu'il y a des « exclus », des « laissés-pour-compte », des « précaires », pour elle il n'y a que des exploiteurs et des exploités. C'est une pétroleuse, une tricoteuse, pour qui les élites autoproclamées parlent une langue de mort. Une langue qui ne veut rien dire, qui ne sert qu'à perdre la population, à l'égarer de mots vidés de leur sens, à annihiler sa capacité de révolte par un charabia anesthésiant.

Son alto sonne de colère.

Flash-back

Le concert se donnait dans un temple protestant sans style particulier. Seule la charpente en bois méritait qu'on s'y arrête. Des radiateurs géants pendaient des cintres, rougeoyants au bout de leurs tiges, plutôt menaçants. Gary évita de s'installer sous eux et alla s'asseoir à l'écart, au troisième rang, légèrement à gauche.

Les interprètes firent leur entrée : deux violonistes, une violoncelliste, et Olympe qui fermait la marche. Quatre jeunes femmes du même âge, vêtues pareillement de jupes noires et de corsages blancs. La violoncelliste prit la parole au nom du quatuor Ancolia. Elle souhaita le bonsoir à tous les spectateurs avant d'annoncer le programme de la soirée : Scarlatti, Haydn, Mozart, les redoutables KV 421 et 465…

Quelques jours plus tôt, Gary et Olympe s'étaient croisés dans la cour de Mondial Laser. Olympe chantonnait un air dont Gary reconnut les paroles au passage :

My love is in a light attire
Among the apple trees
When the gay winds do most desire
*To run in companies** ...

— C'est dans *Chamber Music* de Joyce ?

— Je n'y crois pas ! s'émerveilla Olympe, stupé-

* « Mon amour en légers atours / Va passant parmi les pommiers / Là où les vents joyeux ne rêvent / Que de courir de compagnie. » James Joyce, « Chamber Music », Londres, J. Cape, 1927, in *Poèmes*, trad. de Jacques Borel, Paris, Gallimard, « Du monde entier », 1979.

faite. Dans un jeu concours vous auriez gagné au moins deux semaines aux Seychelles !

— Je lis en anglais…

— Vous êtes d'où ?

— Mon père était américain…

Ils étaient restés longtemps plantés sous l'unique arbre à parler, à rire, à faire assaut de connaissances littéraires, et Olympe avait fini par inviter Gary à son concert…

La violoncelliste battit la mesure :

— Un… deux… trois… quatre…

Les quatre filles débutèrent à l'unisson.

Assis très droit sur son banc sans dossier, Gary n'avait d'yeux que pour Olympe, il n'entendait qu'elle. Il n'écoutait que sa rage à chaque coup d'archet, sa mélancolie, sa lucidité douloureuse dans les passages les plus lents. L'alto lui parlait à voix haute en public comme si Olympe lui avait parlé à voix basse dans l'ombre protectrice d'un lieu secret. Soudain, les plombs sautèrent à cause des chauffages pendus au plafond. Tandis que le pasteur s'affairait en toute hâte à rétablir l'électricité, les musiciennes continuèrent à jouer.

Ce fut le plus beau moment de la soirée.

L'électricité revint puis il y eut une nouvelle coupure, elle revint encore, sauta, se rétablit comme si l'alternance entre l'obscurité et la clarté était produite par la musique elle-même. À la fin du morceau, pleins feux, une ovation salua les concertistes.

Retour

Olympe vivait au fond d'une cour, dans un garage transformé en studio. Les propriétaires, qui occupaient un appartement à l'étage au-dessus, n'étaient jamais là. Des artistes, exposant d'immenses maquettes de ruines un peu partout dans le monde. Gary raccompagna Olympe jusqu'à sa porte.

— Merci, ça m'a beaucoup plu…

— Vous avez entendu le type du Medef, ce matin, à la radio ? demanda-t-elle, négligeant le compliment.

— Non, dit Gary.

— C'était complètement dingue. Il expliquait benoîtement qu'il préférait le terme « entrepreneur » à celui de « patron », trop autoritaire, et à celui de « chef d'entreprise », trop technologique.

— Ça leur plaît de jouer sur les mots.

— Ce n'est pas un jeu, c'est une stratégie. Il disait : « Il faut faire attention à la terminologie. » Ils nous enferment dans leur vocabulaire. C'est un nœud coulant qui se resserre tout doucement jusqu'au jour où il vous brise le larynx avant de vous étrangler.

Elle soupira :

— C'est très important, les mots. Regardez, pour rendre le pouvoir au peuple, les révolutionnaires ont décrété « la Terreur », et maintenant la Révolution est réduite à ça : une boucherie. Vous savez combien il y a eu de morts sous la grande Terreur ?

— Non, avoua Gary.

— Mille trois cents en quatre mois. Et pendant la Semaine sanglante sous la Commune ?

— Je ne sais pas.

— Plus de vingt mille, femmes, enfants, vieillards ! Et Thiers a encore des rues à son nom alors que Robespierre n'en a pas !

Gary lui souhaita bonsoir, il n'avait pas la tête à discuter. Si elle voulait, il lui présenterait Suz qui se passionnait pour les questions historiques…

Olympe le retint.

— Venez, je vous offre un verre, dit-elle, les yeux à la fête. J'ai de la grappa nera…

— Je ne voudrais pas…

Olympe, d'un battement de cils caressant, coupa court aux politesses :

— Puisque je vous invite.

Studio

Le studio était une sorte de loft où la cuisine, la chambre, la salle à manger, le bureau se mêlaient dans un joyeux désordre. Des vêtements jetés sur les meubles, des CD, des vinyles, les restes d'un petit déjeuner, un grand portrait de Beethoven à l'encre de Chine…

— C'est mon ex qui a fait ça…

— Il est doué.

— Pour le dessin, oui.

— Pas pour le reste ?

Olympe pouffa et invita Gary à poser sa veste n'importe où.

— Le temps que je me change…

Elle disparut aux toilettes, plaisantant trop fort sur sa « petite musique de nuit », puis elle glissa en ombre derrière un paravent et revint drapée dans un kimono rouge et or, attrapant au passage deux verres et la bouteille de grappa qu'elle coinça sous son bras. La maison était silencieuse, comme si le public invisible des choses retenait son souffle avant l'entrée en scène des acteurs. Il y avait un parfum agréable, mélangeant les branches d'un gros bouquet de lilas, une odeur de lessive propre, et l'ambre dont Olympe raffolait. Trois petits abat-jour, deux roses, un jaune, donnaient juste ce qu'il fallait de lumière pour que les regards brillent sans que les yeux soient blessés. Olympe replia ses jambes sous ses fesses en s'installant à côté de Gary.

Ils portèrent des toasts :

— À l'amitié ! dit-elle, laissant deviner un sein plein dans l'échancrure de son vêtement.

— À l'amitié..., répondit Gary, amusé, remarquant seulement qu'ils étaient assis sur le canapé-lit.

Ils burent, s'observant, se sondant comme si chacun incarnait pour l'autre des profondeurs infinies.

— À Mozart ?

— À Mozart !

Olympe ébouriffa ses cheveux et leva haut son verre, découvrant une fois encore sa poitrine :

— À la Révolution ?

— À la Révolution !

— À l'Amour ?

— À l'Amour !

— À quoi encore ?

— À quoi encore !

Gary se laissait hypnotiser par sa grâce, par la gravité de sa voix sombre et nue où l'ironie le disputait au désir. Il se perdait dans la noirceur des yeux d'Olympe, dans les boucles de ses cheveux, sur l'ourlet sensuel de ses lèvres. Il brûlait d'envie de lui saisir les mains, de les serrer dans les siennes au risque de lui faire mal. Il ferma les yeux pour repousser l'image d'une nudité fulgurante, d'un baiser aussi violent qu'une aile d'oiseau arrachée par un fou, d'un corps en torrent. Quand il les rouvrit, Olympe se glissa dans ses bras, dénouant sa large ceinture :

— Viens, murmura-t-elle simplement.

L'explosion résonne encore dans toutes les têtes.

Les comploteurs – Lerendu, Germarch', Lewis, di Marco et Best – ont été enfermés dans une réserve de la cuisine, les mains et les pieds attachés avec des colliers de serrage en plastique. Avant de les laisser sous la garde de deux médecins de Molière, Suz, qui dirigeait l'opération, leur a lancé :

— Vous avez de la chance qu'on ne vous passe pas par-dessus bord !

Sous les ors du grand salon, des passagers se plaignent de la fatigue, d'autres sont malades ou ont sommeil. Il y a ceux qui acceptent avec fatalisme d'être tombés au mauvais endroit au mauvais moment ; ceux qui s'en remettent aux voies du Seigneur et lui confient leur âme ; ceux qui se rebellent en paroles et en gestes mais qui restent figés à leur place, à l'affût du moindre craquement dans la coque, du moindre soubresaut de la structure. Enfin, ceux à qui la peur ôte toute pensée, tout sentiment, et dont le visage prend déjà le masque des défunts, calme, lisse, presque aussi transparent que l'air.

L'orchestre joue *Yesterday* en sourdine.

Florian Beltrami souffre d'une crise d'angoisse. Il a des mains courtes, épaisses et molles. Il les essuie nerveusement contre sa robe de cardinal. Il les agite devant son visage pour chasser les monstres marins qu'il sent sous ses pieds. Prêts à le mordre, à l'entraîner vers les gouffres où la lumière n'arrive jamais. Son esprit s'effraye de peurs enfantines, de souvenirs de films d'horreur, et d'autres choses, plus inquiétantes encore, sans nom, sans identité, des formes glauques, placentaires, corrosives. Cécile, sa femme, tente de le rassurer. Elle seule peut le faire. Ils ne se sont jamais quittés depuis le jour où ils se sont connus au lycée. Florian et Cécile sont tout l'un pour l'autre, mari et femme, amant et maîtresse, parent et enfant. Cécile, opulente et lourde, n'a qu'un but dans la vie, une unique vocation, s'occuper de Florian, l'aimer, le satisfaire, le pouponner, le soigner, le nourrir. Tout ça et seulement ça. Une épouse parfaite, selon les codes de la société où elle évolue, parfaitement dans son rôle, parfaitement à sa place. Personne ne lui connaît d'écart, et il n'y aurait rien à dire sur elle si ce n'était cette curieuse manie de la propreté qui la pousse à prendre jusqu'à six douches par jour et à ne pas supporter le moindre désordre dans sa tenue ou celle de son mari.

— Calme-toi, dit-elle à Florian en lui posant un mouchoir parfumé sur le front, on peut faire confiance à Claude. Il va nous sortir de là. Il est ministre de l'Intérieur après tout…

— Et s'il ne nous en sort pas ?

— Pourquoi veux-tu qu'il ne nous en sorte pas ? Tu penses bien qu'à Paris…

— Ces gens-là veulent nous tuer, dit Beltrami, les lèvres sèches. Ce sont des monstres.

— Mais non, ils ne veulent tuer personne.

— Si, si, j'ai bien vu qu'ils veulent nous tuer.

— Tu n'as rien vu…

— Regarde la fille au violon, regarde ses yeux, elle veut nous tuer…

La femme de Volumster, qui ne rate rien de l'échange, désigne Olympe d'un mouvement du menton et glisse à l'oreille de Nicole Cawlpepper :

— Moi, à son âge, je ne pensais pas à faire sauter des bateaux, mais à me faire sauter !

— Oh ! Comment pouvez-vous dire des choses pareilles !

— Il ne faut pas se laisser abattre, ma petite Nicole. Croyez-moi, ces voyous seraient trop contents de nous voir pleurnicher et supplier. Ils veulent jouer aux gros durs, mais moi je vais leur faire voir que j'en ai autant qu'eux !

— Vous avez quoi ?

Aurore plonge la main à la fourche de ses cuisses :

— J'en ai !

— Aurore !

Pause

Olympe profite d'une pause de l'orchestre pour coincer Gary dans un repli des tentures de scène. Elle a un air offensé, mais elle a toujours plus ou moins cet air-là.

— Tu ne m'en croyais pas capable ?

— Sois gentille, j'ai pas le temps…

— Avoue que tu ne croyais pas que j'oserais faire péter un truc ?

Gary refuse de discuter de ce qui s'est passé, de ce qui aurait pu se passer, voire de ce qui aurait dû se passer.

— Je sais que tu es capable de tout ! dit-il pour rompre au plus vite. Tu as fait exactement ce qu'il fallait faire.

Olympe, le regard vague, n'a pas l'air de le croire, mais elle a besoin de sentir Gary contre elle :

— Embrasse-moi, je tremble encore.

— Tu as eu peur ?

— Ça m'a arraché le sang du cœur…

Gary apprécie la formule d'un sourire et pose tendrement sa main sur la joue d'Olympe.

— Tu es digne de ton nom…

Il peut sentir le frémissement de sa peau, voir une imperceptible traînée de sueur qui court au-dessus de sa lèvre supérieure :

— Pense que chaque goutte de pluie qui tombe sur ce bateau est un baiser que je te donne, dit-il gravement.

— Embrasse-moi.

— Pas ici.

— Tu as honte de moi ?

— Je suis fier de toi, mais ce n'est ni le moment ni le lieu de nous montrer dans les bras l'un de l'autre.

Une lueur de stupidité traverse le regard d'Olympe :

— Il y a une autre femme ? demande-t-elle, les dents serrées.

Gary recule d'un pas comme un boxeur se met en garde :

— Olympe…

— Elle est à bord ?

— Ne commence pas.

— C'est qui ?

— Tu veux vraiment que je te le dise ?

— J'aime mieux savoir.

Sa voix a perdu tous ses graves, si tendres, si onctueux, elle siffle, sèche, méchante. Gary avale sa salive :

— Il n'y en a pas qu'une, avoue-t-il, le regard dans l'ombre.

Puis il se penche et murmure à l'oreille d'Olympe :

— Il y en a environ une centaine embarquées avec moi…

Et, autoritaire, il commande à Olympe de retourner à sa place :

— Tu peux douter de tout, tu peux douter de toi, mais il y a une chose dont tu ne peux pas douter…

— Je sais, je ne dois pas douter de ton amour ! C'est trop facile de se cacher derrière Shakespeare. Il faudra bien que tu me répondes un jour !

Gary ne se contient plus :

— À ta place ! crie-t-il. Retourne à ta place ! Et arrête de te poser des questions stupides ! Tu as réagi comme il fallait, alors ne pense pas avec ton sexe !

Superman

Michaud rejoint Espadioux dans les urinoirs sous l'œil goguenard d'un médecin de Molière ravi d'observer un gros empereur romain soulevant sa toge à côté de Superman tirant sur son collant pour ne pas s'en mettre partout :

— Ça va ? demande Michaud, blanc de ressentiment.

— Pas mal, et toi ?

— Ça ne te travaille pas tout ce qui se passe ?

Espadioux ne veut rien entendre. Il esquive, sentant bien que Michaud cherche l'affrontement :

— Oublie-moi, je pisse. Et avec ce putain de costume…

— T'as raison de pisser. C'est tout ce qui nous reste : pisser… Nous avons raflé la mise, bourré nos coffres et à quoi ça sert ? À rien ! À rien du tout ! Qu'est-ce que nous pouvons faire ? Pisser. Et encore, sous surveillance !

— Détends-toi. Inutile de se lamenter, ce n'est pas productif. Nous devons plutôt réfléchir à la façon de sortir de là.

— Parce que tu crois qu'on en sortira ?

— Pas toi ?

Michaud a terminé, Espadioux aussi.

Ils se lavent les mains.

— J'ai eu tort de t'écouter. Nous n'aurions jamais dû nous lancer là-dedans. Nous allons payer le prix fort…

— Si tu ne m'avais pas écouté, nous serions où ? Au bureau des pleurs, à tendre la main pour un secours. Tu sais à qui serait ton appartement boulevard Malesherbes ?

— Il ne fallait pas vendre, dit Michaud d'une voix raffermie. Nous avons capitulé en rase campagne. J'ai honte. Oui, j'ai honte…

— Ça te passera. La honte s'efface vite avec l'argent. Tu es riche maintenant.

— Riche de quoi ?

— Tu connais beaucoup de canards boiteux qui font la fortune de leurs dirigeants ? Il n'y a qu'une chose à se dire : nous avons fait au mieux du début à la fin.

Michaud n'écoute pas :

— Tu as raison de parler de la fin…, dit-il, les lèvres sèches, se regardant dans le miroir au-dessus du lavabo.

Il est gros, presque chauve, les yeux profondément cernés, un nez court et des dents trop régulières pour être les siennes.

— Je ne ferai même pas un beau cadavre…, soupire-t-il, tournant le dos à cette image insupportable.

— Arrête, merde ! Nous avons pris de quoi vivre dix vies dans l'opération. Alors continue de pleurnicher et de rédiger ta nécro si ça te chante. Mais moi, non merci, j'ai l'intention d'en profiter puissance dix et je refuse de me laisser aller au découragement. Nous passons un sale quart d'heure sur ce putain de rafiot. Et alors ? Pour moi, être enfermé ici, ce n'est pas plus chiant ni plus douloureux que de passer le jour de l'an dans ma famille. Et le lendemain, c'est fini.

Il assène :

— Et demain, tout ça sera fini !

— Que Dieu t'entende !

— Que les flics, que l'armée m'entendent !

Michaud s'arrête devant la porte. Son corps fait masse, condamne la sortie. Il veut être sûr qu'Espadioux écoutera ce qu'il veut lui dire.

— C'est ça qui cloche chez toi : tu n'as pas de doutes, jamais.

TÉLEX

7 PERSONNES ONT ÉTÉ TUÉES ET 40 AUTRES BLESSÉES SUR LE MARCHÉ DE PESHAWAR, CAPITALE PAKISTANAISE DE LA PROVINCE FRONTIÈRE DU NORD-OUEST, PAR L'EXPLOSION D'UNE BOMBE DE FORTE PUISSANCE DISSIMULÉE SOUS LE CHARIOT D'UN MARCHAND AMBULANT.

COLOMBIE : UNE VOITURE PIÉGÉE A EXPLOSÉ SUR LE PARKING DE L'UNIVERSITÉ MILITAIRE DE BOGOTÁ, BLESSANT 21 PERSONNES.

PLUSIEURS ANNÉES APRÈS LES ATTENTATS DU 11 SEPTEMBRE 2001, SUR LE SITE DU WORLD TRADE CENTER DE NEW YORK, UN OUVRIER TRAVAILLANT SUR LE CHANTIER DE RECONSTRUCTION A DÉCOUVERT DES RESTES HUMAINS, PARFOIS AUSSI GROS QUE DES OS DE JAMBE.

Flash-back

Ses habitants le proclament : New Delhi ne ressemble à aucune autre ville en Inde ! C'est une ville moderne, cosmopolite, dégagée des reliques et des codes poussiéreux de l'ère coloniale. Une vraie capitale où se produisent aujourd'hui plus de pièces de théâtre, d'expositions, de concerts que n'importe où ailleurs dans le pays. Une agglomération vibrante et prospère, formée par des usines, des studios de télévision, des cabinets de conseil en informatique, des boîtes de nuit, des restaurants.

Une ville riche, dynamique, tournée vers le futur !

Gupta ne partageait pas l'enthousiasme des habitants de Delhi.

Il regrettait l'ancien art de vivre, son raffinement, ses traditions courtoises héritées des Moghols. La nouvelle culture du béton écrasait tout avec les autoroutes, les fast-foods, les centres commerciaux, les hôtels cinq étoiles, financés par l'argent sale, qui gangrenaient la ville. Pourtant, comme chaque fois qu'il venait, Gupta avait fait réserver une suite au *Parc*, un palace moderne du quartier des affaires. Il s'était soigneusement préparé à rencontrer les négociateurs de la New Delhi Electronic (NDE) mais, néanmoins, vingt minutes avant le début de la réunion, il parcourut une fois encore le document qu'il allait leur remettre et commenter.

Gupta répéta pour lui-même, sûr de son fait :

— *Premier point :* mettre en évidence la réputation et la stature des clients de Mondial Laser, Areva, Airbus, Saint-Gobain, etc., et souligner qu'ils étaient classés, dans le document, par ordre de chiffres d'affaires pour les trois dernières années. IBM et General Motors figuraient en bonne place.

— *Deuxième point :* macroplanning de l'opération, de la signature de la vente au transfert définitif de la technologie et du carnet d'adresses des clients, en passant par la campagne internationale de pub B to B *(business to business)* et la chronologie de la fermeture de l'usine française.

— *Troisième point :* commenter le tableau swap (forces, faiblesses, opportunités, menaces), avec deux items importants, la CGT (un syndicat communiste) et la complexité du droit du travail en France. Gupta ne voulait pas cacher à ses interlocuteurs que, dès que l'opération serait sur les rails, il fallait s'attendre à un mouvement social et vraisemblablement à une quinzaine de jours de grève et de turbulences. Cependant, le résultat final ne faisait aucun doute.

— *Quatrième point :* développer le calcul du ROI (Return on Investment) en insistant sur la répartition par ordre décroissant des trois postes importants (le prix de l'acquisition, les frais juridiques et la communication après l'achat). Le coût des licenciements se résumait à : minimum légal et autres (si nécessaire). L'essentiel était que l'acheteur, dès la vente effective, réaliserait en Inde les contrats engagés à des coûts européens. En deux ans, son investissement serait remboursé et sa place sur le marché incontournable.

Bien qu'il fût installé à un étage élevé et sa chambre protégée par un double vitrage, Gupta pouvait entendre la sourde rumeur de la ville, si familière, si étrangère, si chargée de menaces et de promesses qu'elle lui semblait être un autre lui-même, un immense lui-même dont les éclats et les blessures l'emplissaient d'une profonde mélancolie. Il alla se laver les mains, vérifia son nœud de cravate et enfila la veste de son costume. Il savait qu'il ne devait pas être trop long ni trop disert, que chacun de ses mots devait toucher sa cible comme un poignard de cirque. Un instant plus tard, la réception l'avertissait que son rendez-vous était arrivé.

— Faites monter…

CE

La réunion du CE eut lieu un lundi, à dix heures précises. Élégant dans un costume trois pièces d'un bleu nuit très profond, Michaud prit la parole avec une certaine solennité :

— Mesdames, Messieurs, je dois vous faire part d'un projet qui engage l'avenir de notre société de façon déterminante et sur lequel j'attends votre avis…

Alban Douanou (CGT), Annette Le Villieu (CFDT), André Heureclaire (FO), les représentants syndicaux – les « trois A » comme on les appelait –, échangèrent des regards inquiets. L'ordre du jour n'indiquait que l'anodin : « Communication du président : perspectives générales. » Jean-Pierre Larguenon, de la CGC, dont le prénom, malheureusement, ne commençait pas par un A, partageait leur inquiétude, bien qu'un peu à l'écart de ses collègues.

Michaud posa ses lunettes sur son nez avec componction. Il avait préparé par écrit ce qu'il voulait dire :

— La mondialisation est aujourd'hui un fait incontournable, dit-il d'un ton professoral. L'alternative est brutale : l'accepter ou en mourir. Mondial Laser se trouve face à ce dilemme. À court terme, vous le savez, notre carnet de commandes est bien rempli et nous pouvons regarder la place que nous occupons sur le marché avec une certaine satisfaction. Mais si, pour les jours qui viennent, rien n'est alarmant, au contraire, dès que nous nous projetons à moyen ou à long terme, le tableau n'est pas le même. Et je suis, et nous sommes, à la direction, extrêmement préoccupés par ce qui se profile à l'horizon, un ciel noir et menaçant, une tempête venue d'Asie, voire un ouragan. Je m'explique…

Il fit une pause.

— Que représentons-nous face aux pays émergents que sont la Chine et l'Inde ? Rien, ou pas grand-chose. Pour un temps, nous faisons encore illusion dans le petit bassin occidental déjà trop étroit pour nous. Mais l'avenir est ailleurs : « Le soleil se lève à l'Est », pour rappeler un titre célèbre. Aussi, avant qu'il ne soit trop tard, conscient d'agir pour le bien de tous et pour celui de notre entreprise, en accord avec mes associés et nos actionnaires, je suis déterminé à rapprocher Mondial Laser d'un groupe international basé en Inde. Nous serons ainsi plus réactifs. Ce rapprochement va nous permettre de prendre de vitesse nos concurrents et fera de nous, à moyen terme, un leader décisif dans le secteur des lasers, privés ou militaires.

Michaud retourna sa feuille, ignorant Douanou qui levait la main pour intervenir.

— Qu'est-ce que ça va changer ? Je sais que certains d'entre vous vont s'inquiéter, s'inquiètent déjà, de la pérennité des emplois et de notre implantation ici, en France. Sachez que ces questions sont au premier rang de nos préoccupations et que rien n'aboutira tant que nous n'aurons pas de garanties formelles de l'éventuel repreneur, tant sur la continuité des activités sur le site que sur le maintien du personnel…

Michaud enleva ses lunettes et posa la feuille qu'il tenait.

— Dans la geste maritime, le capitaine d'un navire et son bâtiment ne font qu'un. Et vous savez que je ne fais qu'un avec Mondial Laser, où je suis entré il y a vingt-trois ans ; que je fais corps avec notre entreprise au point d'avoir engagé tout ce que je possède pour sa survie. Faire entrer Mondial Laser dans le XXIe siècle sera ma dernière mission, et je suis fier de la prendre à bras-le-corps et de la mener à son terme pour notre bien commun. Aussi est-ce avec gravité que je demande au CE, que je vous demande un avis sur cette perspective. Je souhaite le vote d'une résolution me permettant de mettre en œuvre ces mesures qui, je le répète, regardent le monde en face et parlent au futur…

Annette Le Villieu prit la parole sans y avoir été invitée :

— Au nom de la CFDT, d'ores et déjà, je tiens à dire que nous refuserons de vous donner le moindre avis sur ce que vous venez d'exposer et que nous réclamons une expertise indépendante sur l'ensemble des activités de Mondial Laser. Quand vous avez repris l'entreprise, vous nous avez présenté votre premier plan social comme l'unique moyen de favoriser la relance après une période de trouble ; nous avons eu la faiblesse d'admettre vos arguments et de vous autoriser, je vous le rappelle, à procéder à quatre-vingt-treize licenciements. Aujourd'hui, alors qu'à l'évidence ce premier plan social a été totalement inefficace, vous revenez devant nous avec le même argument en nous annonçant carrément une délocalisation, voire la disparition de Mondial Laser. C'est bien ce que vous nous demandez d'approuver, n'est-ce pas ? Eh bien non, monsieur Michaud, vos arguments sentent trop le réchauffé et nous ne nous laisserons pas abuser par l'avenir radieux que vous nous promettez…

— J'approuve entièrement ce que vient de dire ma collègue, renchérit Douanou. La CGT n'est, en aucun cas, disposée à vous donner un chèque en blanc.

Ses yeux se plissèrent :

— Pouvez-vous nous dire au moins de quel groupe international basé en Inde il s'agit ?

— NDE, répondit Michaud, New Delhi Electronic.

Heureclaire parla à son tour :

— Quelque chose me gêne profondément dans ce que vous dites.

— Je crois pourtant avoir été très explicite, s'offusqua Michaud.

— Non, pas vraiment ! Vous nous parlez d'un projet, de perspectives, et en même temps vous nous demandez un blanc-seing pour conclure un « rapprochement » qui semble déjà, à tout le moins, sinon fait, en tout cas très largement engagé…

— Il est évident que je ne vous aurais pas fait part d'un tel projet si nous n'avions pas déjà des contacts…

Douanou mit les pieds dans le plat :

— Si ce rapprochement aboutit, combien comptez-vous retirer personnellement de cette opération, monsieur Michaud ?

Michaud se renfrogna :

— Je trouve cette question blessante par ce qu'elle sous-entend, monsieur Douanou. Sachez que je n'ai pas songé un instant à ma situation personnelle. Seule importe pour moi la survie de Mondial Laser et les garanties apportées à son personnel. C'est mon seul but, ma seule ambition. Si ce rapprochement se fait avec l'Inde, si Mondial Laser est assurée de sa survie et de celle de son personnel. Je prendrai ce qui me reviendra sans léser personne. Moi aussi j'ai une famille, et tout ce que j'ai est investi ici…

— Le gouvernement est au courant ? demanda Annette Le Villieu.

— Je ne vois pas pourquoi il le serait.

— Vous ne pouvez céder Mondial Laser sans son accord.

— Je n'ai pas parlé de cession mais de rapprochement !

— Si vous voulez, mais c'est enfantin de vouloir jouer sur les mots. Passons. Je reviens à ma question : vous savez aussi bien que moi que notre savoir-faire concerne au premier chef la Défense nationale et qu'il est impensable que notre technologie soit transférée à l'étranger sans que les autorités soient averties et consentantes…

Michaud noya le poisson :

— À ce stade du projet, pour répondre aussi à M. Heureclaire, j'insiste : ce n'était pas nécessaire et je tenais impérativement à ce que le CE soit le premier informé avant d'engager la moindre démarche.

Ronde

À l'occasion d'un dîner familial, Michaud avait touché deux mots du projet de rapprochement de Mondial Laser et de New Delhi Electronic à Lemarchand, le chef de cabinet de Volumster.

Lemarchand, à son tour, en avait parlé au ministre alors qu'ils se rendaient ensemble à l'Élysée pour une remise de décorations.

Le soir même, Volumster avait interrogé sa femme qui lui avait confirmé ce qu'avait dit Lemarchand, ajoutant que sa banque était très largement impliquée dans cette affaire et que, à titre personnel, elle approuvait cette opération sans réserves.

Lors du Conseil des ministres, Volumster avait fait passer un petit mot à Bruchalon, son collègue de l'Industrie, et ils étaient repartis ensemble dans la voiture du ministre de l'Intérieur.

Les deux tombèrent vite d'accord.

Bodin, ministre de la Défense, ne souleva aucune objection, d'autant que ses relations avec le président n'étaient pas au beau fixe.

À trois mois de la visite de ce dernier en Inde, où serait paraphé le plus gros contrat jamais signé avec Airbus, il serait pour le moins maladroit de s'opposer à une restructuration industrielle qui, somme toute, ne représentait pas grand-chose à l'échelle de la planète.

Seize mois après en avoir parlé pour la première fois à bord du jet privé d'Edward Cawlpepper, Gupta présidait à la cession de Mondial Laser à New Delhi Electronic. Une opération qui couronnait une année exceptionnelle et permettait d'atteindre le pourcentage record de 47,3 % de profit pour les actionnaires de FII.

— Du grand art, commenta Cawlpepper en félicitant Gupta devant le conseil d'administration.

Personne, jamais, n'avait prononcé le mot « vente ».

TÉLEX

L'ARABIE SAOUDITE, DOPÉE PAR LE COURS DU PÉTROLE, EST EN PLEINE EUPHORIE ÉCONOMIQUE.

LA MOITIÉ DE LA POPULATION DU MALI N'A PAS ACCÈS À L'EAU POTABLE ET PLUS DE 60 % DES MALADIES SONT LIÉES À LA MAUVAISE QUALITÉ DE L'EAU.

EN 2050, LA PLUPART DES RÉCIFS DE CORAIL DE L'OCÉAN INDIEN SERONT MORTS ; 90 % SONT DÉJÀ TRÈS ENDOMMAGÉS APRÈS LE PASSAGE D'EL NIÑO.

UNE FILLE SUR 10 EST ÉLIMINÉE AVANT LA NAISSANCE EN ASIE. ON ESTIME À 100 MILLIONS LE NOMBRE DE FILLES MANQUANTES À CAUSE DES AVORTEMENTS SÉLECTIFS.

Matelas

Bertrand Michaud est du nombre des dix volontaires recrutés pour aller chercher des matelas et des couvertures dans les cabines. Dans le couloir, entravé par la toge romaine qui souligne sa monstrueuse obésité, il s'approche de Doc qui, sans ralentir, grignote une barre chocolatée :

— Je ne me souviens plus de votre nom…

— Pasteur, comme l'institut.

— Vous faisiez quoi, déjà ?

— J'étais verrier.

— Ah oui ! C'est vous qu'on appelle Doc !

— Vous savez ça…

Doc ouvre une première cabine et ordonne :

— Allez-y, prenez les matelas ! Chacun en porte au moins quatre !

Michaud prend un ton d'instituteur :

— Doc…

— Monsieur Pasteur.

Cabine Andromède

Doc laisse passer deux hommes pour qu'ils prennent les matelas dans la cabine Andromède. Michaud s'accroche à lui :

— Permettez-moi de vous dire, monsieur Pasteur, que vous êtes en train de faire une énorme connerie.

— C'est vrai qu'en matière d'énormes conneries, vous êtes expert.

— Pensez ce que vous voulez, mais écoutez-moi. Où va vous mener tout ce cirque ? À la une des journaux ? C'est certain. Et aussi certainement tout droit en prison.

— Pourquoi voulez-vous qu'on aille en prison ?

— Vous arraisonnez un bateau, vous prenez des otages, vous mettez leur vie en danger ! Croyez-vous qu'on va vous laisser faire ?

Les deux porteurs de matelas ressortent les bras chargés. Doc et Michaud repartent du même pied à leur suite, sur l'épais tapis rouge.

— On vous a bien laissé brader Mondial Laser avant d'y foutre le feu et d'envoyer votre bande de fachos nous jeter dehors.

— Je ne suis absolument pour rien dans tout ça !

— « Si ce n'est toi, c'est donc ton frère », assène Doc, content de mobiliser La Fontaine à ses côtés.

Michaud s'arrête net :

— OK, c'est moi le coupable, s'il vous en faut un. Très bien, j'assume. J'assume tout : la vente, l'incendie, la milice, tout ! Même si je n'y suis pour rien, j'assume ! Mais si vous en avez après moi, pourquoi vous en prendre à tous ces gens ? Je suis prêt à faire face à mes responsabilités, à vous faire face, mais ne faites pas la connerie d'y embarquer des personnes qui ne savent même pas de quoi on parle !

Cabine Iphigénie

Doc pousse la porte de la cabine Iphigénie, à nouveau deux volontaires entrent. Doc saisit un coin de la toge de Michaud pour le forcer à le regarder en face :

— En tant qu'individu, vous n'êtes rien et nous n'en avons pas plus après vous qu'après Espadioux ou les autres. Vous êtes le produit d'un système qui nous a menés là. Ce que nous combattons, ce ne sont pas les personnes, c'est ce système.

Michaud se libère d'un geste irrité :

— Vous retardez d'un siècle ! Votre rhétorique marxiste n'a plus prise sur le réel. Il faut que vous acceptiez d'entrer dans la modernité.

— La modernité, c'est le chômage ?

— C'est travailler où et quand il y a du travail. Être flexible, performant.

— Et qui décide ?

— Les chefs d'entreprise, bien sûr, qui voulez-vous que ce soit ? Même les Suédois ne parlent plus d'autogestion !

— C'est ça ! Il faut accepter la récession sociale généralisée pour ouvrir la route à votre modernité ?

— La France a besoin de réformes. Tant qu'on ne remettra pas à plat les droits sociaux qui datent d'un siècle, nous serons condamnés à l'immobilisme dans un marché devenu mondial.

— Merci, je connais la chanson : la sauvegarde des acquis en matière de législation du travail, de santé, de protection sociale, pour vous et vos copains du Medef, c'est du conservatisme ! Mais qu'est-ce que vous faites de leurs privilèges ? De leurs stock-options ? De leurs parachutes dorés ? De leurs retraites en platine ? De leur impunité ? C'est du modernisme ?

— À l'échelle de l'économie mondiale, ça ne compte pour rien.

— Allez dire ça à ceux qui voient les riches devenir chaque jour plus riches et les pauvres devenir plus pauvres ! Aujourd'hui, la démocratie, ce n'est plus le gouvernement du peuple par le peuple et pour le peuple, c'est le gouvernement des riches par les riches et pour les riches !

Cabine Icare

Doc pénètre dans la cabine Icare en même temps que ceux qui doivent emporter les matelas.

— Vous pouvez en porter deux chacun ! ordonne-t-il en soufflant.

Michaud ne le lâche pas d'une semelle, protestant avec un curieux mélange de violence et de pitié :

— Moi aussi j'ai cru au Grand Soir, à la Révolution et à tout ça. Mais il faut avoir le courage de regarder la réalité en face. J'aime mieux vivre dans un monde capitaliste et démocratique que sous la coupe de la dictature du prolétariat ou des ayatollahs.

— Arrêtez vos conneries, si le marché c'était la démocratie, ça se saurait ! C'est tout le contraire. C'est la loi de la jungle.

— Eh bien, si c'est la loi de la jungle, il y a ceux qui s'y adapteront et ceux qui ne s'y adapteront pas. Je suis darwinien, l'*homo sapiens* a été un progrès sur l'*homo erectus*. L'*homo sapiens*, c'est l'homme moderne, celui qui n'a pas peur du futur, qui avance et qui avancera toujours.

— Les mots n'ont décidément pas le même sens pour vous et pour moi. La modernité que vous avez toujours à la bouche, c'est le grand bond en arrière, c'est le retour au Moyen Âge, des miséreux taillables et corvéables à merci, des journaliers qui doivent baiser la main de celui qui se torche avec eux !

Tous sortent de la cabine en se bousculant.

Doc repart d'un pas décidé, aiguillonné par Michaud qui ne veut rien céder :

— Vous voulez rompre avec le capitalisme ? Très bien, parfait, noble but. Mais vous voulez rompre avec qui ? Vous êtes devant un vide insaisissable, monsieur Pasteur ! Marx-qui-avait-tout-prévu n'avait pas prévu ça : entre son temps et le nôtre, votre ennemi s'est désincarné. Vous croyez tenir quelque chose en nous tenant, mais vous ne tenez que du vent et c'est ça qui va vous perdre !

— Nous vous tenons, vous, c'est déjà quelque chose.

— Je croyais que l'individu ne comptait pas ?

— Individuellement vous ne comptez pas. Votre valeur est une valeur d'ensemble.

— Vous vous leurrez : la société n'existe plus, aujourd'hui il n'y a que l'individu et sa famille.

Cabine Thésée

En ouvrant la cabine Thésée, Doc rétorque :

— C'est pas de vous ça. Je ne me souviens plus exactement de qui c'est, de la mère Thatcher ou de son mentor, un économiste…

— Qu'importe. C'est exactement ce que je pense.

— C'est du capitalisme pur et dur, préfasciste.

— Conneries ! Tout ça, c'est fini. Encore un effort et le marché imposera la démocratie partout, même en Chine !

— C'est pas demain la veille.

— Vous ne voulez pas comprendre.

— Je comprends très bien. Mais ce que vous défendez, moi je le combats. Ce putain d'individualisme que vous et vos semblables avez vendu depuis des lustres comme le chemin du paradis.

Les hommes emportent quatre matelas supplémentaires.

Doc les suit, parlant comme s'il faisait l'article à Michaud :

— « Seul vous vous en sortirez, ne vous occupez pas des autres. Ce n'est pas grave si vous les écrasez, pensez d'abord à vous, à votre famille, les autres peuvent crever, c'est pas vos oignons ! »

— Le collectivisme a échoué.

— Ce qui a échoué, c'est le stalinisme.

— Vous le regrettez ?

— Pas plus que vous.

Il se reprend, introduisant son passe dans la serrure de la cabine Jason :

— Si, je le regrette plus que vous parce que cet échec fournit à nos adversaires un argument qui leur permet d'égarer ceux qui ne réfléchissent pas plus loin que le bout de leur nez.

Doc encourage les porteurs volontaires à se dépêcher et, déchirant d'un coup de dent l'emballage d'une deuxième barre chocolatée, il dit à Michaud :

— Peut-être allons-nous perdre. Peut-être allons-nous tomber de la falaise, comme dans les dessins animés, quand le personnage réalise trop tard qu'il est dans le vide et qu'il va s'écraser. Peut-être que vous avez raison sur toute la ligne, que nous ne sommes que des rêveurs, des idéalistes, totalement déconnectés des réalités financières, politiques, économiques, n'empêche qu'il y a une dimension qui vous échappe.

— Ah oui ?

— Oui. Le simple fait de faire ce que nous faisons produit une valeur qui n'est pas quantifiable en termes monétaires ; une valeur inaliénable, incessible, qui justifie et nos actes et nos paroles. Si, au bout du compte, nous perdons, nous perdrons riches de cette valeur – la valeur de notre lutte – et ce sera toujours mourir plus riche que de disparaître dans l'humiliation et l'oubli.

Cabine Odysseus

Doc et Michaud sont les derniers à avoir les bras vides. Ils entrent dans la cabine Odysseus. Les doigts collants de chocolat, Doc cherche nerveusement l'interrupteur dans cette profondeur sans étoiles au lourd parfum de chambre close. Il défie Michaud d'avouer combien il a gagné dans l'opération de vente de Mondial Laser.

— Vous voyez, je fais un effort, je parle comme vous de « perte », de « gain », puisque pour vous tout se résume à ça !

Michaud, presque amical, l'envoie promener comme on écarte un enfant trop curieux des affaires adultes :

— Ça ne vous regarde pas et ce n'est pas le problème !

— Vous avez pris en une fois plus que je n'en gagnerai dans toute ma vie de travail, et peut-être même plus qu'en gagneront tous les types de l'atelier dans toute leur vie. Vous croyez que vous valez ça ?

Les deux hommes se taisent brusquement, incrédules, stupéfaits de découvrir un drap qui sèche entre les deux éphèbes dorés qui éclairent la cabine, le matelas taché et la culotte fendue, étendard oublié d'un autre combat.

Flash-back

Comme l'avaient prophétisé les syndicats, aucune des promesses de Michaud n'avait été tenue par les acheteurs de Mondial Laser. Dès la cession effective de l'entreprise, les représentants français de New Delhi Electronic avaient fait connaître leur volonté de fermer l'usine et de mettre le site en vente. Un plan social de grande ampleur devait prendre en charge le licenciement général du personnel. Une cellule de reclassement était d'ores et déjà mise en place.

L'intersyndicale engagea immédiatement plusieurs procédures judiciaires.

Quelques articles outragés parurent dans la presse, un journal télévisé y consacra un bref reportage, puis le silence s'installa dans les médias même si, au cours d'un déplacement à Perpignan, Volumster se paya le culot de s'en prendre publiquement aux « prédateurs de l'industrie française ». Mondial Laser n'était pas la première ni la dernière entreprise qui fermerait en laissant tous ses employés sur le carreau.

Pour les rédacteurs en chef, cela valait une brève, pas plus…

Mi-septembre, à l'annonce de la fermeture définitive, la grève avec occupation fut votée à l'unanimité. À défaut du redémarrage du site, les salariés voulaient obtenir un plan social « acceptable ». Or, pour les représentants de New Delhi Electronic, le processus était clos depuis le dernier CE.

— La nouvelle direction n'a soumis aucun vote au CE sur le plan social ! protesta Larguenon, de la CGC.

Début octobre, les ouvriers, les employés et les cadres de Mondial Laser reçurent leurs lettres de licenciement.

Dans une interview à *L'Humanité*, Douanou déclara :

— Il existe des fossoyeurs désignés par New Delhi Electronic. Ils ne sont pas payés pour négocier, mais pour passer en force.

Maître Aymeric Nocturne d'Auray, l'avocat de New Delhi Electronic, répliqua dans *Les Échos* :

— Les syndicats sont, hélas, débordés par le personnel de Mondial Laser. De ce fait, ils se montrent d'une totale intransigeance et ont fermé la porte à toute proposition. Ils ne veulent faire aucun compromis. À partir de là, que pourrait-on négocier ?

Le 15, un huissier, venu constater l'occupation illégale des locaux, se fit éconduire sans ménagement.

Le mois touchait à sa fin.

Pour la énième fois, les avocats de New Delhi Electronic tentaient de convaincre les représentants syndicaux de les aider à régler le conflit par la négociation, tout en menaçant régulièrement de faire évacuer par les forces de l'ordre ou par tout autre moyen si ça traînait au-delà du 15 décembre.

— C'est la *dead line*, avaient-ils lancé.

La situation stagnait, d'autant qu'un nouveau recours avait été déposé par l'intersyndicale pour contester le processus d'information-consultation sur le plan social et réclamer la réouverture de négociations, notamment sur le dispositif des préretraites.

Le juge des référés avait conclu l'audience par cette question :

— Dans le cas où je proposerais une médiation, qu'en pensez-vous ?

La réponse de maître Nocturne d'Auray avait été immédiate :

— Ce sera non. Pour nous, c'est fini.

Milan

Mondial Laser était occupée depuis plus d'un mois.

Milan, le fils de Gary, débarqua en fin de matinée dans l'atelier de son père. Il venait déjeuner. C'était un jeune homme aux cheveux longs, aux vêtements amples, chaussé de baskets d'un rouge sanglant. Il ne se déplaçait jamais sans sa vieille édition des *Feuilles d'herbe* de Walt Whitman. Il la lisait, la relisait, jusqu'à en savoir par cœur des passages entiers :

Vous n'êtes pas seul à connaître le supplice des heures
[obscures
*La nuit a aussi fait planer son obscurité sur moi** ...

— T'es sûr que je ne te dérange pas ?
— Tu ne me déranges jamais.
Ils s'embrassèrent :
— Ça va, mon grand ?
— Oui, cool.
— T'as pas l'air dans ton assiette.
— On va manger ? J'ai faim...

Pizzeria

Gary et Milan prirent une « permission de sortie » et, d'un pas égal, allèrent jusqu'à la pizzeria ouverte à côté de l'usine. Ils marchèrent sans un mot, l'un à côté de l'autre, sans chercher à tourner la tête. Chacun

* Walt Whitman, *Leaves of Grass*, Boston, Thayer and Eldridge, 1860 ; *Feuilles d'herbe*, trad. et préf. de Jacques Darras, Paris, Grasset, « Cahiers rouges », 1994.

traçait sa route, libre de ses pensées, lourd de ses questions. Par un accord tacite, Gary et Milan respectaient toujours un délai de silence avant de se parler.

— J'ai été viré, dit Milan, dès qu'ils furent installés chez Nino et Bastiana, d'anciens gauchistes italiens réfugiés en France.

Gary s'étrangla :

— Viré ? Comme ça, du jour au lendemain ?

— Je n'étais que « stagiaire », un « junior »...

— Ça veut dire quoi ?

— Ça veut dire que tu peux être viré quand ils ont envie de te virer...

— Ça fait combien de temps déjà que tu y étais ?

— Vingt-deux mois...

— Attends, tu ne pouvais pas être en stage depuis vingt-deux mois !

Milan haussa les épaules :

— Ben si...

— T'étais pas officiellement embauché ?

— Non. Avant il y avait l'esclavage, le servage, maintenant, il y a les stages...

— T'étais payé au moins ?

— Pas vraiment. Pas avec des fiches de paye. J'étais « défrayé » au coup par coup, toujours en liquide. Heureusement que Melville, mon chef direct, était sympa, il s'arrangeait un max pour me faire rembourser des tas de trucs.

— C'est complètement illégal !

— Tout le monde fait ça... Dans la boîte, j'étais un fantôme. Inscrit sur aucun livre, sur aucune liste du personnel, pas de contrat, pas de fiches de paye, rien, juste le droit de faire mon boulot et de passer inaperçu. Je suis à peu près certain que personne ne savait que je m'appelle Milan. Ils connaissaient « Gigi », l'assistant de Melville.

— « Gigi » ?

— Un surnom qu'on m'avait donné parce que j'avais punaisé dans mon bureau une grande affiche du film de Minnelli avec Leslie Caron et Maurice Chevalier que j'avais achetée pour offrir à Abigaïl.

— Je croyais que c'était elle, « Gigi » ?

— Entre nous, c'est elle, mais dans la boîte, c'était moi.

— T'aurais pas dû laisser faire. C'est idiot comme surnom pour un garçon…

— Je m'en foutais, ils pouvaient bien m'appeler n'importe comment du moment qu'ils m'embauchaient.

Gary réalisa qu'il savait peu de choses sur son fils. Peu de choses, c'est-à-dire presque rien. Milan avait sept ans quand Geneviève et Gary s'étaient séparés. L'enfant était resté avec sa mère. Gary et Milan n'avaient jamais vraiment vécu ensemble. Et Milan avait grandi si vite qu'un jour c'était un homme qui avait dit à Gary : « Je suis ton fils. »

Ils se voyaient de loin en loin, avec toujours la même réserve, la même retenue qui les empêchaient de se dire ce qu'ils avaient sur le cœur, le bon comme le mauvais. Le travail de Milan, ses revenus, Abigaïl avec qui il habitait depuis au moins trois ans… Gary, parfois, aurait aimé en savoir plus. Mais Milan n'était pas très bavard et Gary n'était pas du genre à poser des questions sans y être invité. Il savait qu'Abigaïl faisait du sous-titrage pour les téléfilms, qu'elle avait vingt-quatre ans, les cheveux aussi courts que Milan les avait longs, et qu'un de ces quatre il se retrouverait grand-père parce que c'était dans l'ordre des choses.

Gary voyait son fils comme une énigme.

Milan tira de son sac un épais dossier qu'il posa sur la table :

— Tiens, voilà. Avant de partir, j'ai fait le ménage. J'ai copié tous mes contacts avec les clients, les fournisseurs, mes e-mails, les notes de service… Tout ce que je faisais. Et j'ai effacé toutes les données de mon ordinateur. Les CD sont dans une enveloppe.

— Qu'est-ce que tu veux que j'en fasse ?

— Lis-le. Je suis sûr qu'après tu sauras quoi faire.

— Tu veux aller aux prud'hommes ?

Milan fit comme s'il n'entendait pas.

— L'agence est sur un gros coup, dit-il, réclamant un armistice dans l'affrontement qu'était toujours une discussion avec son père.

Le répit accordé, il poursuivit :

— Ils organisent une énorme fête pour la nuit de la Saint-Sylvestre, je te laisse découvrir pour qui… Un machin avec un bal costumé, un orchestre, des vedettes et des gens qui viennent de partout. C'est mon patron qui est le maître d'œuvre de la soirée mais, pour ce qui est de l'organisation pratique, des réservations, des bons de commande, des numéros de téléphone, c'est moi qui avais tout en charge…

— Pourquoi il t'a viré ?

— C'est pas lui, c'est Pat, le grand manitou de la boîte. Melville a même pété les plombs quand il a découvert que j'avais été foutu dehors.

— Je ne comprends rien. C'est qui Melville ?

Milan répondit avec cette hargne de la jeunesse qui confine parfois au désespoir :

— Je t'en ai déjà parlé ! C'est le directeur artistique de la boîte, j'étais son assistant. Tu pourrais quand même t'en souvenir !

— Et alors ?

— Il m'avait demandé de lui commander des cartes de visite. Ce que j'ai fait. Mais je n'ai pas pensé à en commander aussi pour Pat, *The Big Boss*. Quand il a vu les cartes de Melville et rien pour lui, ça l'a rendu complètement hystérique. Et j'ai dû dégager…

— Pour des cartes de visite ?

Milan soupira :

— C'est la com. Ça fait partie de leur cirque. C'est comme dans la pub, il faut qu'ils brassent du vent, qu'ils transforment tout en psychodrame. Et puis Pat devait avoir dans la manche dix types qui attendaient de prendre ma place. Tu comprends, ils recrutent stagiaire après stagiaire sans jamais les payer, c'est tout bénéf…

Gary soupesa le dossier :

— Je vais lire ça.

Logistique

Le jour tombait mais il ne faisait pas encore assez sombre pour allumer. Tout l'atelier baignait dans l'étrange lumière crépusculaire d'un ciel qui se couvre et s'éteint. Au centre, le bureau de Gary, bardé d'aluminium, vitré de trois côtés, faisait penser à un bloc glacé à la dérive sur une mer plate. Gary, les pieds posés sur son sous-main, le front soucieux, épluchait les documents laissés par son fils quand Suz vint se pencher au-dessus de son épaule.

— C'est quoi ?

Gary grimaça en levant les yeux.

— Milan vient d'être viré.

— Tel père, tel fils…

— Tu l'as dit, c'est pas notre année. Je regarde comment il pourrait aller aux prud'hommes.

— Qu'est-ce qu'il faisait, déjà ?

— Il bossait dans une agence de com. Une grosse boîte. Et tu ne sais pas le plus beau ?

— Raconte.

— Il s'occupait de la logistique d'une soirée de gala pour la nuit du Nouvel An.

— Ça lui fait une belle jambe !

Gary bascula ses jambes pour reprendre la position assise et, claquant des doigts, plastronna :

— Une soirée à la gloire de nos vieux copains de FII.

— Non ?!

— Si, je te jure, c'est pour ça qu'il a pensé que ça m'intéresserait de lire ça. C'est la cerise sur le gâteau. Ils seront tous là, les Américains, les Allemands, les Français, tout le monde. Champagne, caviar, bal costumé, feu d'artifice…

— Ah, les enfoirés ! Ça ne les fait pas chier de bambocher après nous avoir foutus à la rue.

— Pour eux, on n'existe pas.

— J'aimerais bien en avoir un en face de moi pour lui faire voir si je n'existe pas.

Doc, plus bougon qu'à l'ordinaire, vint les chercher :

— La sœur d'Amos nous a apporté de quoi bouffer. Venez, ça va refroidir…

Un lièvre appelé « Projet »

Une table sommaire était dressée sur un établi à côté d'un tour numérique. L'équipe au complet se trouvait sagement alignée devant une nappe blanche en papier, des assiettes en carton, des verres et des couverts en plastique. Suz fit remarquer qu'il ne manquait plus qu'un Jésus pour cette nouvelle version de la Cène !

Amos faisait le service :

— Tu te souviens comment ça a commencé à se déglinguer ? demanda-t-il à Dargone en lui tendant sa part.

— Non.

Dargone, l'air gourmand, huma son assiette :

— C'est quoi ?

— Goûte, tu verras, c'est bon, c'est du petit blanc en ragoût…

— Tant qu'à faire, j'aimerais mieux de la bonne grosse Black comme ta sœur !

Amos rigola et revint à son idée :

— Ça a commencé à se déglinguer très précisément quand ils nous ont parlé de « projet » et plus de « travail ». Tu te souviens ? Du jour au lendemain, il fallait que nous définissions nous-mêmes nos « projets », les faire accepter et accepter la règle du jeu qu'ils nous imposaient : les délais, la méthode, tout… Mais eux, ils se gardaient bien de nous soumettre le leur, de projet.

Dargone se léchait les babines :

— Quel projet ? Putain, c'est bon !

— Le projet de se débarrasser de nous.

— T'as raison, intervint Doc, la bouche pleine. On n'aurait jamais dû marcher dans cette combine de projet à la noix. Quand on commence à ne plus appeler les choses par leur nom, ça sent le gaz.

Amos approuva :

— Quand, il y a un an, dit-il, j'ai fait une virée à Londres, mon cousin m'a emmené voir des courses de lévriers au stade Wembley. Parce que, pour lui, si on veut voir le vrai Londres, les vrais Londoniens, c'est là qu'il faut aller.

— Y a vraiment que les rosbifs pour aller voir courir des clebs ! s'esclaffa Suz en se servant une nouvelle portion.

— Tu sais ce qu'ils font pour les faire courir ?

— Un sucre au bout d'une perche ?

— Non, ils ont un système super : un lièvre mécanique qui file tout autour de la piste. Et ça marche ! Les clebs n'y voient que du feu, ils cavalent après comme des malades.

Il passa la main sur son crâne :

— J'y ai repensé souvent depuis : on nous a fait le même coup ici. On s'est laissé leurrer par un jouet électrique, un lièvre appelé « Projet »...

— T'as raison, admit Suz, n'empêche – pour parler comme toi – qu'on s'est peut-être fait avoir, mais on reste des chiens de race avec des crocs pour mordre. Et personne ne court plus vite que nous...

La déclaration de Suz laissa tout le monde perplexe, comme souvent quand il se lançait dans des grands discours ponctués de citations, de rappels de la Terreur, de la Commune et de toute l'histoire de France qui n'est jamais enseignée par l'Éducation nationale. Il s'expliqua :

— Figurez-vous que le fils de Gary vient d'être viré de son agence de com. Et, attention la surprise, il travaillait à l'organisation d'une super-fiesta de fin d'année pour les enfoirés de FII ! D'abord, avec Gary, en lisant le dossier, on s'est dit : ce truc, c'est du nanan pour les prud'hommes, puis on a pensé qu'il y avait peut-être mieux à faire qu'aller au tribunal...

— Une sorte de projet ? suggéra Amos, à la blague.

— C'est ça, c'est exactement ça, un projet !

Roulette

Gary et les autres couchaient sur des lits de fortune, au milieu de l'atelier, entre les machines. Lits Rami, matelas gonflables, rectangles de mousse… à la guerre comme à la guerre ! Pas question de laisser n'importe qui venir leur chauffer la place. Ils n'avaient pas encore sonné l'extinction des feux mais déjà plus personne ne parlait, n'essayait de relancer la discussion sur l'efficacité de la grève, les limites de l'occupation, les représentants de la direction de New Delhi Electronic…

Gary reçut un appel d'Abigaïl, en larmes :

— Milan est mort !

— Quoi ?

— Il a joué à la roulette russe avec le vieux revolver que vous lui aviez offert et le coup est parti !

Le sang reflua du visage de Gary. Mort ? Son fils était mort ? Il refusait de comprendre ce que cela signifiait, avec une sorte d'ahurissement indigné. Tout en lui s'agitait comme une foule prise de panique qui fuit droit devant elle, mais il restait absolument immobile, sidéré.

— Venez vite, sanglotait Abigaïl, venez vite… J'ai appelé la police.

Crématorium

Le ciel claquait d'un bleu parfait dans le froid intense.

Gary et sa femme ne vivaient plus ensemble depuis seize ans maintenant. Milan était leur fils unique. Six ans après leur divorce, Geneviève s'était remariée avec Hocine, un programmateur en informatique chez IBM, délégué CGT. Elle avait eu deux enfants avec lui, deux filles encore petites qu'elle n'avait pas voulu emmener au cimetière.

Trois groupes se retrouvèrent devant le crématorium.

D'un côté, Geneviève, le visage raviné de larmes, soutenue par Hocine, entourée par ses collègues du collège Jacques et Pierre-Prévert. De l'autre, les permanents de l'atelier de recherche mécanique, Luz, Doc, Amos, Schwartz, Dargone, Arno, plus deux ou trois femmes des bureaux, dont Maxi, que Gary connaissait depuis toujours. Et, à part, les sœurs de Gary, leurs maris, leurs enfants…

Milan devait être incinéré.

Comme ni sa femme ni Gary n'étaient croyants, il n'y eut pas de cérémonie religieuse. Dans l'antichambre lugubre où ils attendaient la fin de la crémation, Abigaïl lut à voix haute un passage de Whitman :

Enfants ensemble l'un à l'autre attachés
Ne nous quittant jamais l'un l'autre
Marchant dans tous les sens du chemin, faisant excur-
[sion Nord au Sud
Fiers de nos énergies, bras tendus, doigts noués
En armes et intrépides, mangeant, buvant, dormant,
[aimant
*N'avouant d'autre loi que la nôtre** ...

Gigi ne put dire un mot de plus. Les larmes lui coulaient dans la bouche. Elle s'excusa et alla s'asseoir dans un coin, tête basse, les mains cramponnées au vieil exemplaire des *Feuilles d'herbe.*

Officiellement, Milan s'était tué par accident ;

* Walt Whitman, *Feuilles d'herbe*, *op. cit.*

l'enquête de police réduite à quelques questions de routine, posées par un fonctionnaire bonhomme. Abigaïl avait témoigné qu'elle se changeait dans la chambre au moment fatal. Elle n'avait rien vu, ne pouvait rien dire, rien expliquer.

Le policier n'avait pas insisté.

Affaire classée.

Abigaïl gardait pour elle qu'ils s'étaient disputés ce soir-là. Elle voulait un enfant avant d'être trop vieille. Milan protestait qu'elle n'avait que vingt-quatre ans.

— Et je crois que ce n'est vraiment pas le moment !

— Ce sera quand, le moment ? Quand je serai centenaire ?

— Attends, je viens d'être viré, tu percutes ? Je-viens-d'être-viré !

— Et alors ? On se débrouillera. Je travaille et tu vas bien retrouver quelque chose !

— Dans neuf mois ?

— Que t'es con !

— On va voir si je suis con !

Milan avait pris son colt sur l'étagère de la bibliothèque.

— Qu'est-ce que tu fais ?

— J'interroge Nanaboso le Grand Lapin ! Celui qui sait tout, voit tout, peut tout !

Milan avait fait tourner le barillet pour l'effrayer.

— *To be or not to be a jerk ?*

Il la provoquait souvent à la roulette russe, jurant que le colt n'était pas chargé.

Gigi le supplia d'arrêter, l'arme lui faisait peur. S'il n'avait tenu qu'à elle, le revolver aurait fini chez un brocanteur ou au fond d'une rivière. Mais Milan s'était toujours refusé à s'en séparer. C'était le plus précieux des cadeaux de son père.

Un employé des pompes funèbres vint annoncer que c'était terminé :

— Si vous voulez bien me suivre…

Gary et Geneviève se regardèrent, certains de ne plus jamais se revoir. Où se revoir, sinon au cimetière ? Pourquoi se revoir ? Comment se revoir, sans traquer dans le visage de l'autre le visage du mort ? Gary comme Geneviève s'abstinrent de prononcer la moindre parole. Pour ne pas blesser l'autre, ni se blesser eux-mêmes. Ils savaient ce qu'ils ressentaient sans que les mots soient nécessaires. Mais soudain, Geneviève se détacha d'Hocine et se précipita dans les bras de Gary. Ils s'agrippèrent, se serrèrent à s'étouffer, noyés de chagrin. Deux statues de chair souffrante. Deux blocs de culpabilité, de remords, plantés au centre d'un cercle de pierres froides. Plus personne n'osait bouger. Encore moins tenter de les séparer. Ils se broyaient dans un corps à corps que rien ne semblait pouvoir interrompre.

Le temps ne comptait plus.

L'employé des pompes funèbres répéta que c'était fini, qu'il fallait le suivre pour achever la cérémonie, mais il ne termina pas sa phrase, impressionné par ce couple figé dans sa danse immobile. Soudain, la glace trop fine du silence se brisa d'une longue plainte. Geneviève hurlait sa douleur. Elle s'évanouit dans les bras de Gary, ébloui du bleu de ses larmes.

Il la rattrapa, la soutint, la souleva dans ses bras.

Geneviève ne pesait rien, une plume.

Gary la berça contre lui comme il berçait Milan bébé pour l'endormir. Il sentait son cœur sous ses doigts, son souffle, sa chaleur. Elle redevenait l'enfant de leur amour, la femme de sa vie.

Dix fois, vingt fois, le père de Gary lui avait seriné ce proverbe de trappeur :

— Tant que tu peux porter ta femme dans tes bras, tu peux être sûr de ton amour pour elle…

Il avait raison.

L'amour que Gary portait à Geneviève vivait toujours en lui et rien n'aurait su l'enterrer. Il l'aimait encore et l'aimerait jusqu'à son dernier souffle. Cela n'avait rien à voir avec l'ordinaire conjugalité, la lente asphyxie des jours monotones, le quotidien corrosif des passions les plus fortes. Gary se pencha vers elle, ses lèvres effleurèrent son front, ses pommettes hautes, ses paupières ombrées d'un immense chagrin, il l'embrassa, bredouillant des paroles que personne ne comprit et qu'elle n'entendit pas :

— N'oublie jamais quel homme je suis…

Puis, d'un pas mesuré, il se dirigea vers Hocine, la main fermée sur la cuisse de Geneviève, troublé de son abandon, semblable à celui de la fiancée que l'on conduit au lit au soir de ses noces.

L'air gelé du crématorium figea les deux hommes face à face. Ils se mesurèrent du regard, chacun cherchant à lire dans les yeux de l'autre le signe d'un défi, l'amorce d'une colère. Gary sentit ses tempes palpiter, son dos frémir d'une fatigue nerveuse. Hocine pâlit à l'extrême, ses lèvres ne firent plus qu'un trait mauve. Gary tourna la tête vers la gauche, vers la droite, comme s'il réclamait une aide pour le débarrasser du fardeau qui lui pesait et régler enfin d'homme à homme la sourde rancœur qui l'opposait à Hocine.

Mais soudain, sans rien céder, il lui tendit Geneviève :

— Vaut mieux qu'elle revienne à elle dans tes bras…

Il se détourna.

— Monsieur Gary ? demanda l'employé des pompes funèbres, alors que Gary allait s'asseoir près de Gigi.

— Oui.

— Je crois que c'est à vous que je dois…

L'homme lui remit un petit vase de pierre rouge vernissé, solidement scellé. Au contact de la céramique, Gary retint un cri dans un grincement de dents. Il vacilla, manqua de lâcher l'urne. Suz et Amos s'approchèrent pour le soutenir, Gary se reprit :

— C'est bon, ça va.

Geneviève

Gary s'enfuit du cimetière comme un voleur.

Il courut, serrant contre sa poitrine l'urne funéraire qui contenait les cendres de Milan. Son père était mort, sa mère était morte, son fils était mort, le cercle des morts se refermait sur son impuissance et le vide qui l'étranglaient. Il aurait voulu croire aux fantômes, chasser des ombres, poursuivre des spectres.

Un après-midi de juin 1982, il avait quitté le dépôt des équipages à Toulon pour rejoindre Geneviève qui l'attendait boulevard de Strasbourg.

Gary avait encore deux mois à tirer dans la marine.

Il s'était changé en hâte au Foyer du matelot et avait couru au rendez-vous en civil. Geneviève l'attendait, ravissante dans sa robe légère d'un jaune paille imprimé de coquelicots. Elle avait vingt-trois ans et finissait sa première année d'institutrice dans une école maternelle de La Seyne.

— J'ai pensé au pique-nique, dit-elle en soulevant un grand sac de toile.

— Moi, j'ai pris une couverture ! répondit Gary, montrant celle qu'il portait sur l'épaule.

Il poussa sa vieille Norton Commando qu'il bichonnait quand il en avait le temps. Gary fit démarrer la moto et ils filèrent dans l'arrière-pays à travers un édredon de chaleur moite, étouffante.

Gary connaissait un endroit où ils seraient tranquilles. Il allait souvent par là, marcher dans les pierres, déclamer ce qu'il lisait en plein vent, comme s'il cherchait à défier la nature à chaque mot. Il aimait sentir le tranchant des roches sous ses semelles, avancer les yeux fermés parmi les genêts qui lui fouettaient les jambes, se laisser cuire, immobile, face au soleil vainqueur.

Vu de loin, on l'aurait pris pour un fou.

Heureusement, il ne croisait jamais personne.

Gary poussa sa Norton à l'abri, dans une bergerie abandonnée, et ils s'élancèrent à travers les collines de pierres coupantes, d'herbe rase, avec la certitude de ceux qui savent.

Ils ne disaient rien.

Ils se tenaient par la main, la palpitation du sang, la pression des muscles et des nerfs suppléaient à la parole.

Gary s'arrêta brusquement.

— C'est là ? demanda Geneviève.

— Chut !

Il la fit taire.

— Regarde !

Au-dessus d'un ruisseau à sec, sur un promontoire rocailleux, il y avait une touffe d'arbres qui faisait de l'ombre. Et, perché sur une branche haute, un rapace.

— C'est dingue, souffla Gary.

— Qu'est-ce que c'est ?

— Je crois que c'est un milan. Un milan noir.

C'est rare d'en voir ici. D'habitude, ils sont plus vers le nord…

— C'est un signe ! dit Geneviève, amusée de voir Gary si troublé à la vue d'un oiseau.

Ils s'approchèrent de l'arbre sur la pointe des pieds, courbés en deux sur la terre craquelée, retenant leur souffle. En vain. Le milan s'envola dès qu'il les aperçut, lançant un cri d'alarme, *kie-kikiki* !

Gary félicita l'oiseau d'un rire admiratif et jeta sa couverture sur la terre sableuse entre les pins.

— Personne ne connaît ce coin, à part moi et des moutons, dit-il, scrutant le ciel où le rapace planait.

Il s'allongea et invita Geneviève à venir près de lui.

— Pas tout de suite, dit-elle, les yeux baissés, les pommettes un peu rouges.

— Qu'est-ce qu'il y a ?

— J'ai une surprise pour toi.

Gary ôta sa chemise et la lança derrière lui d'un geste théâtral.

— Viens me la dire ici !

Geneviève fit sa mystérieuse :

— Il n'y a rien à dire…

Elle chuchota :

— Ferme les yeux, tu verras…

Fermer les yeux pour voir ! L'idée plut à Gary qui joua le jeu de bon cœur. Il ferma les yeux, se laissant étourdir au centre d'une ronde d'étoiles rouges et vertes qui dansaient derrière ses paupières.

— Je compte jusqu'à cent ?

— Jusqu'à mille !

Cerné par la chaleur des pierres, l'air immobile et lourd, plein de l'odeur minérale de la terre, il cacha son visage dans ses mains. Gary cherchait à deviner ce qui se préparait, entre les bruissements de tissu et le chant des insectes, mais l'image du milan s'imposa à son esprit. Il suivait la flèche noire, tournant dans le ciel, piquant d'un trait, montant droit pour tracer une phrase dont il ne pouvait deviner le sens.

Il s'impatientait.

— Alors, ça y est ?

— Tu peux regarder, murmura Geneviève, comme un enfant avoue sa faute avant d'être puni.

Forçant la pose, Geneviève entièrement nue, attendrissante, jouait les pin-up de calendriers, le buste en évidence, une jambe très légèrement fléchie devant l'autre, la main gauche derrière la tête, la droite à la croisée des cuisses.

— Tu es belle…, balbutia-t-il. Si j'avais su, j'aurais pris mon appareil photo !

Il fit glisser son pantalon à la hâte :

— Viens…

— Pas tout de suite.

Gary cligna des yeux :

— Quoi encore ?

Geneviève, tête basse, ôta alors doucement la main qui couvrait son sexe et attendit l'heure du Jugement. Mais Gary resta muet, découvrant la ligne délicate, l'ourlet rose et lisse de sa fente, des lèvres de bébé.

— Tu t'es…

Geneviève la réservée, Geneviève la timide, la prude, lança d'une voix pleine d'audace :

— Les femmes arabes font ça le jour de leurs noces…

Gary sourit, fronçant le nez :

— Je ne m'appelle pas Mohamed !

Geneviève couvrit son sexe d'un geste de pudeur.

— Mon père, si, avoua-t-elle, sentant un rayon de soleil toucher son dos, comme pour repérer où la férule allait frapper.

— Quoi ?

— Maman vient du Mans mais papa de Kabylie. Je suis à moitié kabyle…

Gary s'appuya sur ses coudes :

— Qu'est-ce que ça change ? demanda-t-il, troublé de voir deux larmes apparaître au coin des paupières de Geneviève.

Oubliant toute retenue, Geneviève serra les poings :

— Tu ne sais pas ce que c'est d'être la fille d'un Arabe en France !

— Je suis bien le fils d'un Américain !

— Oui, mais mon père est communiste !

— Et ta mère, elle vend des rillettes ? demanda-t-il, sarcastique.

— Non, elle est infirmière.

Gary, sans parvenir à demeurer sérieux devant cette femme redevenue fillette, pointa le doigt vers son entrejambe :

— Qu'est-ce que tu aurais dit si je m'étais fait tatouer la bannière étoilée sur…

— Je ne savais pas comment…, bredouilla Geneviève, que la remarque n'amusa pas.

Elle se sentait ridicule. Elle aurait voulu qu'il pleuve soudain à torrent pour disparaître sous la nuée, que l'orage déchire le ciel d'éclairs et l'emporte au-dessus des nuages, que la glace saisisse le paysage comme aux temps préhistoriques. Elle se pencha pour ramasser sa robe et fuir sans se retourner pour échapper au châtiment.

— Approche, ordonna Gary, d'une impérieuse exigence.

Il lui tendit la main.

Geneviève ne bougea pas, incapable de faire un geste, de dire un mot, le corps camisolé de chaleur et de remords. Elle n'aurait jamais dû…

Gary insista d'une voix basse, caressante :

— Approche.

Geneviève se laissa attirer jusqu'à lui. Il irradiait :

— Je t'aime, dit-il avec force, la basculant dans ses bras. Je me fous que tu sois la fille d'un Kabyle, d'un communiste, d'une infirmière ou d'une marchande de rillettes du Mans. Ça ne compte pas, ça n'a jamais compté, ça ne comptera jamais. Comment tu as pu imaginer que ça puisse…

— Il y en a pour qui ça compte.

Les yeux de Gary pâlirent de colère froide :

— Ne me confonds jamais avec eux.

Et, de nouveau tendre, il murmura :

— Je t'aime. Je veux que tu sois ma femme, ma maîtresse, mon institutrice, ma fille, mon bébé…

— Moi aussi je t'aime, dit Geneviève, posant ses lèvres sur les siennes. J'avais tellement peur de…

Ils s'étreignirent…

L'oiseau noir venait de se percher à nouveau sur la branche morte au-dessus d'eux.

Hamburger

Gary avait fui le cimetière.

Il avait marché droit devant sans jamais se retourner, de peur d'être rattrapé par les condoléances, la commisération, la sollicitude. Il ne voulait ni entendre des paroles consolatrices ni voir les larmes de ses amis, de sa famille. Sans savoir comment ni pourquoi, il échoua dans un resto rapide ouvert vingt-quatre heures sur vingt-quatre. Les mains inutiles, il resta hébété devant l'urne posée entre son hamburger et sa boîte de Coca. Sous la lumière agressive des néons blancs, son visage avait perdu toute expression. Ses yeux ne reflétaient qu'une absence totale de la pensée, un naufrage de l'intelligence. Gary ne pouvait s'arracher à l'idée que c'était lui qui avait offert à Milan l'instrument de sa mort. Une voix implacable répétait en lui :

— C'est toi qui lui as offert l'instrument de sa mort… C'est toi qui lui as offert l'instrument de sa mort…

Quand il s'entendit murmurer : « C'est toi qui lui as offert l'instrument de *ta* mort », il eut envie de se laisser tomber sur la table, de s'y fracasser le crâne.

Colère

C'était la nuit.

La moitié du monde semblait morte.

Pas âme qui vive dans la rue à cette heure, juste le lugubre alignement des pavillons à l'ombre de quatre grandes tours. Gary avançait guidé par le son pourri d'une sono qui hurlait du heavy metal dans la chambre d'un ado invisible. Son corps était raide, aussi creux que celui d'un mannequin en vitrine, les poings serrés le long de ses hanches, comme s'il cherchait à se battre. Comme s'il espérait un coup dur, souhaitait provoquer une rixe ou se briser contre un mur. Gary voulait choir comme une masse et ne jamais se relever. Plus il allongeait le pas, plus il sentait ses muscles se durcir, ses tendons, ses nerfs se contracter à la limite de la rupture. Il s'appliquait à se tenir le buste légèrement penché en avant, la tête haute, les jambes droites, agitées d'un rythme mécanique, sans grâce. Les cinq whiskies qu'il avait avalés n'étaient parvenus ni à l'étourdir ni à le réchauffer, seulement à le brûler. Il arriva chez Maxi en clandestin, s'arrangeant pour n'être jamais sous la lumière orangée des lampadaires au sodium. Elle l'accueillit dans son déshabillé bleu ourlé de dentelle dont il se moquait à chaque fois.

— Tu dormais ?

— Non, j'étais inquiète.

— Pourquoi ?

— Je ne savais pas où t'étais.

— Je voulais retourner à l'atelier mais je n'y suis pas arrivé ; j'ai déposé l'urne chez moi mais je ne peux pas non plus rester là-bas, ça me rend dingue.

— Viens.

— Je ne voudrais pas t'emmerder avec…

— Ici, t'es chez toi, l'interrompit Maxi en lui donnant un baiser. Tu ne m'emmerdes jamais.

Il la suivit dans le couloir étroit. Et sans déplacer d'air, sans faire grincer les marches dans l'escalier.

Au premier, Maxi ouvrit une porte :

— Camille dort, demain il n'a pas école…

L'enfant dormait comme un ange, le pouce dans la bouche, le visage lisse et doux. Malgré les années, Gary se sentait toujours gêné en présence du fils de Maxi. Le petit n'était pas plus à l'aise avec lui. Il le vouvoyait, se tenait à distance, s'éclipsait dès qu'il pouvait. Il savait que Gary et sa mère couchaient ensemble, mais ce n'était pas ça qui pesait entre eux. C'était autre chose venu de plus loin, de plus secret. Une vérité que sa mère refusait d'admettre et que Camille proclamait dans le moindre de ses gestes. Gary mentait à Maxi et se mentait à lui-même. Malgré ses promesses, jamais il ne partagerait la vie de la mère et de son fils. Il jurait loyalement le contraire, mais cette loyauté était sans fondements. Le petit le savait, ou le devinait, ou le sentait. Quand il regardait

Gary, ses yeux dardaient, plus redoutables que ceux d'un procureur prononçant une sentence.

— Il me juge, constatait amèrement Gary. Et il me condamne…

— Mais où tu vas chercher des idées pareilles !

Maxi s'indignait. Elle ne voulait rien savoir.

— Viens vite me réchauffer ! dit-elle, abandonnant son déshabillé pour se glisser dans les draps.

Dies Irae

Gary et Maxi se retrouvèrent dans cette nuit compacte comme s'ils occupaient une place à jamais fixée. Ce fut une étreinte longue, muette, où, l'un s'agrippant à l'autre, ils luttaient contre une rage sourde qui, en d'autres circonstances, les aurait poussés à se battre.

La délivrance fut longue à venir.

— Je sais ce que tu ressens, souffla Maxi, cherchant la main de Gary dans le noir, la poitrine encore soulevée par l'élan qui l'avait emportée.

— Personne ne sait ce que je ressens, je ne le sais pas moi-même…, murmura-t-il, tournant le dos, feignant de s'endormir.

— Moi, si.

— Dors, je n'ai pas envie de parler.

Maxi se colla contre Gary pour chasser ses peurs et ses doutes. Sa peau était douce, ses lèvres chaudes :

— Tu ressens de la colère, dit-elle, glissant son bras autour de son ventre pour ne faire qu'un avec lui. Une terrible colère. Une colère qui t'étouffe, qui t'enflamme. Tu brûles, Gary, je sens que tu brûles mais si tu ne me parles pas je suis perdue et je ne saurai jamais quoi faire pour éteindre l'incendie…

Gary serra les dents, décidé à se taire, à ne pas

broncher, mais c'était ça. Maxi touchait le centre de l'œil. La mort de Milan avait levé en lui une colère si vaste, si violente qu'il ne s'appartenait plus. Il habitait désormais l'immense territoire de sa colère. Il avait la même tête, les mêmes gestes, la même allure, mais il était mort en même temps que son fils était parti en fumée. Seule sa colère vivait, faisait vivre son corps chaque jour un jour de plus.

Camille

Le lendemain matin, Maxi préparait le petit déjeuner dans la cuisine. Gary l'entendait chantonner un vieux tube remis à la mode :

Coco, Coco...
Ton amour noix de coco
Remplit mon cœur
De rêves ho ho...

Le petit Camille, à moitié réveillé, entra dans la chambre.

— Votre fils est mort ? demanda-t-il à Gary, sans lui dire bonjour, sans s'étonner de le trouver dans le lit de sa mère, torse nu.

— Oui, répondit Gary, la gorge sèche. Il vient de mourir…

Sa respiration s'accéléra.

— Écoute, dit-il à l'enfant, je sais que ce n'est pas évident pour toi, mais j'aimerais que tu me tutoies…

— Ah ?

— Tu es encore un enfant, tu n'as que onze ans et on se connaît depuis toujours…

Gary avala sa salive :

— Quand tu me vouvoies, c'est comme si mon fils me vouvoyait…

— Vous trouvez que je lui ressemble ?

— Non, s'empressa de répondre Gary. Non, non, pas du tout !

Il passa la main dans les cheveux de Camille.

— Tu es toi et bien toi ! Mais, je n'y peux rien, tu comprends ? Je ne peux pas m'empêcher de penser à lui quand je te vois…

— Il s'est tué ?

— C'est un accident.

— Vous l'aimiez ?

Gary sentit ses yeux se brouiller. Les questions de l'enfant étaient si directes, si violentes…

— Oui, je l'aimais, finit-il par bafouiller. Je l'aimais beaucoup. Je l'aime toujours…

— Même s'il est mort ?

— La mort ne change rien. Même mort, c'est toujours mon petit garçon. Je sens sa main dans la mienne, ses yeux dans les miens, ses cheveux…

Camille remonta son pantalon de pyjama qui lui tombait au milieu des fesses :

— Et moi, je suis quoi ?

— Toi, tu es le fils de Maxi, répondit Gary, embarrassé.

Camille fronça le nez :

— Je pourrais être votre fils ?

— Oui, tu pourrais être mon fils, admit Gary. S'il était encore là, ton père aurait le même âge que moi aujourd'hui.

— Vous l'avez connu ?

— Nous travaillions ensemble. Il était à l'atelier avec moi.

— Lui aussi est mort par accident ?

Gary ferma les yeux. Trop de mauvais souvenirs, trop de morts, trop de chagrins :

— Oui, lui aussi, soupira-t-il.

Il aurait voulu que Camille s'en aille, que Maxi l'appelle et qu'il s'en aille, mais l'enfant demeurait devant lui :

— Il vous tutoyait ?

— Tout le monde se tutoie à l'usine. Nous étions des collègues avec ton père, des camarades, plus que ça, même, des amis.

Camille dévisagea Gary longuement.

— Moi, je ne pourrai jamais vous tutoyer, dit-il après un silence pesant.

Gary

Son prénom ne lui a jamais servi à rien. Pourtant, tout le monde ne s'appelle pas Franklin ! Franklin Gary est le seul fils d'un parachutiste américain établi à Orléans après la guerre, père de quatre filles avant qu'un garçon, enfin, naisse pour préserver son nom. Peut-être est-ce pour cela qu'à la maison comme à l'école ou avec ses copains, Franklin Gary a toujours été « Gary ».

Être le petit frère de quatre sœurs, c'est déjà un destin. Surtout que, entre la mère et les filles, la compétition était rude pour savoir qui serait la plus aimée.

Le petit Gary se montra vite tout aussi doué pour les études que pour le travail manuel. Après un bac scientifique, alors que ses parents espéraient le voir s'orienter vers l'enseignement et que ses sœurs lui prédisaient une brillante carrière universitaire, voire une vie d'artiste, de romancier, Gary décida de préparer un CAP d'ajusteur-outilleur. Trois ans plus tard, à vingt ans, diplôme en poche, il quitta sa famille pour monter à Paris où il avait trouvé une place dans un petit atelier du XIIIe arrondissement, avenue de la Sœur-Rosalie.

L'année suivante, il signa un engagement dans la marine et passa cinq ans sur un escorteur d'escadre, comme armurier. Gary a la passion des armes. Il est intarissable sur le Mass 36, le Mass 51, le colt 45, le pistolet-mitrailleur, la mitrailleuse de 12.7, la grenade quadrillée ou les avantages comparés du canon de 105 court et du canon de 105 long. Jamais il ne rate l'exposition annuelle à Satory pour découvrir les dernières merveilles de l'armement. Membre d'un club de tir, il participait à de nombreuses compétitions, avant d'y renoncer.

C'est à Toulon, quand il était encore sous les drapeaux, qu'il rencontra sa femme, Geneviève, une institutrice communiste avec qui il eut un fils, Milan.

Gary et Geneviève se séparèrent après sept ans de mariage.

La seconde vie de Gary commença quand il entra à Mondial Laser où il fut rapidement promu chef de l'atelier de recherche mécanique. Tous ceux qui travaillent sous ses ordres sont comme lui, des as dans leur domaine, de véritables artistes. Suz, son ami de toujours, ajusteur polyvalent ; Doc, verrier, que même les Américains viennent consulter sur les très délicates questions de la fabrication des rubis artificiels ; le grand Schwartz, tourneur-fraiseur P3 HQ, polyvalent lui aussi comme l'est Dargone, plus spécialement mécanicien ; Amos, l'électronicien du groupe, et le jeune Arno, un tôlier-chaudronnier, hyperspécialiste des soudures. Sans compter Bonhomme, un serrurier intérimaire, assez bien intégré, mais qui ne fait pas réellement partie des sept mercenaires, comme ils aiment à s'appeler…

TÉLEX

DES NÉONAZIS TIENNENT CONGRÈS À BERLIN. C'EST LA PREMIÈRE FOIS DEPUIS LA GUERRE QU'UNE TELLE RÉUNION A LIEU.

300 000 POSTIERS FRANÇAIS SONT APPELÉS À OBSERVER UNE JOURNÉE DE GRÈVE POUR PROTESTER CONTRE LE PROJET EUROPÉEN DE LIBÉRALISATION TOTALE DU COURRIER.

L'ÉCONOMISTE WU JIGLIAN A DÉCLARÉ LORS D'UNE CONFÉRENCE NATIONALE SUR LES ASSURANCES SOCIALES : « EN CHINE, TOUTES LES CONDITIONS SONT AUJOURD'HUI RÉUNIES POUR ACCORDER À L'ENSEMBLE DE LA POPULATION UN REVENU MINIMUM GARANTI. »

Pont

Le grand Schwartz ne tient pas la mer. Il se sent barbouillé. Bonhomme l'accompagne sur le pont inférieur pour prendre l'air. Ils ont fini ce qu'ils avaient à faire dans les cales. Toutes les portes des sas de sécurité sont sabotées. Les deux hommes s'accoudent au bastingage, hâves, fatigués, les joues envahies de barbe naissante.

— Respire, dit Bonhomme, c'est dans le forfait !

Schwartz gonfle ses poumons d'air froid et expire bruyamment :

— Ah, putain, ça fait du bien !

— Encore !

Le plan prévoit que six des huit canots de sauvetage seront mis à la mer le moment venu. Deux resteront à poste : un pour l'équipe de Mondial Laser qui abandonnera le navire en dernier, un que les passagers devront se disputer pour embarquer comme le personnel de l'entreprise a dû se battre pour obtenir un reclassement, des stages, des préretraites…

— Ça y est ? Ça va mieux ? demande Bonhomme.

— C'est bon, dit Schwartz. Dehors, ça va.

— Alors, allons-y !

Bonhomme et Schwartz commencent par saboter les trois petites vedettes d'appoint qui servent d'ordinaire à descendre les passagers à terre lors des escales. Ils éventrent les deux Zodiac réservés aux manœuvres de l'équipage puis, un à un, ils jettent à la mer les vingt-quatre canots gonflables pour ne laisser à bord que les huit grands canots pouvant accueillir chacun cinquante personnes.

— Tu vois, dit Schwartz en observant les canots se gonfler dès qu'ils touchent l'eau, tous ces gens qui sont là, tous plus riches les uns que les autres, tous vivant dans des baraques où on pourrait loger un régiment, avec des bagnoles, des bateaux, des jets privés, au fond, je m'en fous, je ne les envie pas. Pour moi, aimer le fric à ce point, être prêt à tout pour cent sous de plus, ne penser qu'à ça, c'est une maladie. Ce sont des malades.

— Tu as envie de jouer au docteur ?

— Je ne déconne pas.

Bonhomme lève un gonflable au-dessus de sa tête et le jette le plus loin possible :

— Moi non plus. Mais moi, je ne m'en fous pas, de ces faces de carnaval. Parce que au fond de moi quelque chose me dit que, tant qu'il y en aura un comme eux, dix, cent, peut-être mille comme moi n'auront aucune place. Pas « une place au soleil » non, simplement le droit de vivre de son travail et d'élever ses gosses sans se dire à chaque moment qu'ils ne s'en sortiront jamais, qu'on leur laissera un monde en guerre, un air pourri et une terre empoisonnée.

Bonhomme transpire. Il s'essuie le visage avec sa manche et lève le pouce vers le pont supérieur :

— Ceux qui bambochent au-dessus – même si pour l'instant ils ne bambochent plus – ne peuvent le faire que parce qu'on est assez cons pour leur servir de carpettes et vivre des miettes qu'ils nous font tomber dessus. Je me souviens d'un docu qui avait pour sous-titre : *Un film sur ceux qui marchent sur les tapis rouges par ceux qui les brossent*. Pas mal, non ? lance-t-il, le regard facétieux, comme si la scène était projetée devant ses yeux.

— Oui, concède Schwartz, balançant un gonflable à la mer.

— Tu comprends : c'est eux ou nous. C'est la seule alternative.

— Qu'est-ce que tu veux dire ?

— Y en a marre d'être des victimes. Des victimes de la mondialisation, des victimes du capitalisme, du colonialisme, de l'impérialisme, du communisme, de l'islamisme, de je-ne-sais-quoi en -isme ! Aujourd'hui, le victimisme a remplacé l'existentialisme des vieux !

Schwartz lance un nouveau gonflable avec un grand « han ! » d'effort. Il ne voit pas où Bonhomme veut en venir.

— À ça ! dit l'intérimaire. Le jour où toutes les victimes rendront leurs médailles de victimes et le costume qui va avec, la mondialisation, les patrons, qu'ils soient blancs ou rouges, amerloques ou cocos, juifs ou nègres, pourront commencer à se faire des cheveux ! Moi, je ne veux pas être une victime. Ou alors une victime méchante, un loup aux dents comme des rasoirs, un aigle aux serres capables d'arracher une tête, un dragon crachant des flammes !

Bonhomme se redresse. Il pose un pied sur la coque blanche d'un gonflable, face à Schwartz :

— Vous m'avez fait marrer avec vos discussions : Qu'est-ce qu'on doit faire si on nous attaque ? Qu'est-ce qu'on ne doit pas faire ? Quelles sont les règles que nous voulons respecter ? Celles qui ne comptent pas. Vous pouvez avoir décidé ci ou ça, je ne me sens pas concerné. Pour moi, il n'y a pas besoin de discuter. Il n'y a pas de règles qui tiennent. Il ne faut pas attendre qu'ils nous attaquent, il faut attaquer les premiers.

Il précise, l'air impénétrable, d'une voix âpre, tendue, haletante :

— Tu comprends, nous devons décréter qu'il n'y a plus d'impunité ni pour les petits chefs, ni pour les moyens chefs, ni pour les sous-chefs, ni pour les grands chefs ! Ils ne doivent plus faire trois petits tours aux prud'hommes et passez muscade ! Non, pour moi c'est fini, les amendes, le sursis, le pardon contre du vent.

— Qu'est-ce que tu veux ?

— Je veux que ceux qui bousillent des vies, la nôtre et celle de ceux qui sont comme nous, soient responsables sur leur vie, sur leur propre vie. Qu'ils payent cash ! Œil pour œil, dent pour dent, c'est dans la Bible.

— C'est pas ce que nous faisons ?

Bonhomme pousse à la mer le dernier gonflable. Toute retraite est coupée. Il s'enthousiasme :

— Pas encore. Pas vraiment. Mais je sens que ça vient !

Volumster et Gary quittent rapidement le grand salon pour retourner sur la passerelle de commandement sans prendre l'ascenseur.

Malgré la nuit qui persiste, les passagers du *Nausicaa* peuvent voir la masse épaisse du ciel au-dessus de leurs têtes par l'immense verrière qui couronne le grand salon. C'est un autre océan qui pèse sur eux, lourd, empesé, mais qui, contrairement à l'océan liquide, n'a pas sa régularité inexorable. Au contraire, parfois il se déchire, comme emporté de colère, parfois il se referme, buté, rageur, hostile, plus dangereux qu'aux moments où il semble s'ouvrir, se détendre.

— J'essaye mais je n'arrive vraiment pas à vous comprendre, dit le ministre avec un léger frisson, réalisant que ni ses officiers de sécurité ni les gardes déguisés en médecins de Molière ne sont derrière eux.

Ils sont seuls pour la première fois.

— Je crois pourtant m'être bien expliqué, répond Gary sans ralentir.

— Vous avez bien expliqué le vernis, la couche superficielle, mais je suis sûr qu'il y a quelque chose d'autre, de plus profond, de plus secret. Le combustible ! Le charbon ! Le kérosène !

Volumster veut sourire, il grimace :

— Ce n'est pas à vous que j'apprendrai que toutes les révolutions commencent à cause d'un bout de pain rassis ou de vers dans la viande. Les grandes idées viennent après.

Il s'arrête brusquement pour interroger Gary, presque nez à nez :

— C'est quoi, votre croûton ou la viande pourrie, qui vous a poussé à faire ce que vous faites ?

Gary s'écarte de lui, ses yeux s'éclaircissent :

— Je le fais pour les morts, dit-il d'un ton accusateur.

— Pour les morts ?

— Oui, pour Milan, mon fils qui s'est tué après avoir été licencié.

Gary se surveille. Il tient sa colère en laisse.

— Non, j'ai tort de dire ça. Mon fils n'a pas été « licencié », puisqu'il n'a jamais été embauché. Il a travaillé vingt-deux mois dans une boîte comme stagiaire et, à la fin, comme remerciement, comme gratification : dehors. Sans certificat de travail, sans indemnités, sans rien. Jusqu'au bout, c'était un fantôme. Et comme c'était un fantôme, il a préféré rejoindre ses semblables parmi les ombres. Là, au moins, il a une place.

Gary marque un temps :

— Ensuite, je le fais pour moi, reprend-il, très tendu, comme s'il devait se faufiler dans un interstice du temps où l'obscurité domine. Moi aussi je suis mort. Je suis mort quand Mondial Laser a fermé. Oh, je ne suis pas mort parce que je n'avais plus de travail, plus de revenus. Ce n'est pas le plus important. Je suis mort parce que tout ce que je savais faire – tout ce que je savais –, tout ce que j'aurais pu transmettre, toute mon histoire étaient rayés d'un trait. Il n'y avait plus rien. J'étais comme mon fils : je n'avais jamais existé. Non seulement je n'avais jamais existé, mais je ne devais jamais avoir existé. D'ailleurs, qu'est-ce qu'ont décidé ceux qui nous avaient vendus ? Le lendemain de l'incendie, on a vu débarquer les engins de terrassement et de démolition. Ils ont rasé ce qui restait de l'usine, arasé le terrain et tout bétonné, comme les nazis l'ont fait pour les camps de concentration. Vous pouvez aller voir. Il n'y a plus rien, plus aucune trace.

Ils se remettent en marche.

Volumster hoche la tête, il n'ose pas répliquer, gêné soudain d'être en costume de carnaval. Gary continue, la voix vibrante :

— Enfin, je le fais pour les autres qui sont comme moi et qui ont peur. La peur, c'est l'arme de destruction massive de nos ennemis, ceux pour qui le profit comptera toujours plus qu'une vie humaine.

Gary fait un geste de la main pour empêcher Volumster de le contredire :

— Je sais, c'est ridicule de dire ça, grandiloquent, vous me l'avez déjà fait remarquer. Mais comment le dire ? L'argent tue. Le capitalisme tue ! Le libéralisme tue ! Il n'y a pas d'autre mot. Il tue ! On parle toujours des crimes du nazisme, du stalinisme, du maoïsme, mais jamais des crimes du capitalisme. Pourtant, le capitalisme n'a rien à envier aux autres. Il a pour lui l'ancienneté. Je serais même prêt à parier que, si l'on faisait le compte des victimes, il gagnerait largement sur ses copains en -isme. Mais pas question d'associer capitalisme et crime ! Ça ne se fait pas, ça fait désordre. Le capitalisme, c'est la démocratie, la concurrence libre et non faussée, la justice et tout le baratin qu'on peut entendre là-dessus. Mais, pour moi, le capitalisme c'est le crime et la peur ou, si vous préférez, de façon plus moderne, plus contemporaine : la mafia et les sectes ! La société de la peur…

À nouveau, ils marquent le pas. Gary reprend son souffle. Son cœur bat si vite qu'il le sent bondir dans sa poitrine :

— Personnellement, aujourd'hui, je n'ai plus peur, dit-il la bouche amère, le front plissé, proche d'un grand abandon. Même ici, sur ce bateau, si l'armée a raison de nous, si j'y reste, ce ne sera que ma troisième mort. Ça n'a plus aucune importance, je ne souffre plus. Ça ne compte pas. Une fois qu'on est mort, on est mort. On devient invincible…

La nuit le trouble. C'est une terre immense sans bornes ni frontières. Un espace libre où, pourtant, il se sent prisonnier :

— Je ne sais pas si vous pouvez comprendre. Aujourd'hui, les enfants naissent la peur au ventre et grandissent tremblants et résignés. Ce monde d'oubli des luttes, ce monde d'asservissement et d'acceptation, ne sera jamais le mien. Personne ne me fera croire qu'il est le seul monde possible, que l'histoire est terminée, que le marché scelle le stade ultime de l'organisation humaine. Peut-être suffit-il de dix hommes décidés sur un navire de croisière pour que la peur change de camp ? Qu'est-ce qu'il faut pour faire tomber la Bastille ou guillotiner un roi ? Du courage et un excès de désespoir…

Marine

Trois frégates font route vers le *Nausicaa* : le D640 *Georges Leygues*, le D644 *Primauguet* et le F710 *La Fayette*, d'ordinaire basé à Toulon, mais présent exceptionnellement en rade de Brest pour un exercice d'entraînement. Les six officiers de la DCPJ se sont répartis par groupes de deux : le commandant Fredon et le capitaine Perrat sur le *Georges Leygues*, le capitaine Alain et le lieutenant Beughem sur le *Primauguet*, Vervier et le lieutenant Ramier sur le *La Fayette*.

Flash-back

Le soir de l'enterrement de Milan, Gigi courut toute la journée de magasin en magasin. Après avoir acheté des trucs et des machins inutiles – un éplucheléguмes à pile, des chaussettes montantes, une crème antirides –, après être allée chez le coiffeur, au cinéma voir n'importe quoi, ellc se résolut à passer prendre les affaires qu'elle devait emporter chez sa sœur. Gigi se refusait à dormir dans cet appartement où Milan était mort. Elle ne voulait plus jamais y être, plus jamais y vivre. Ça lui faisait mal, ça l'effrayait. L'idée de ce qu'elle trouverait derrière la porte close la glaçait – le silence, l'absence, le vide tapis derrière chaque meuble, derrière chaque objet, prêts à l'assaillir, à la déchirer de leurs griffes. D'abord dans la rue, puis dans l'escalier, elle s'encourageait de consignes de voleuse : j'entre, je fonce dans la chambre, je fourre tout ce que je peux dans mon grand sac rouge et je repars aussi vite, sans allumer dans le salon…

Melville patientait, assis en haut des marches. Elle ne le reconnut pas tout de suite :

— Qu'est-ce que vous faites là ?

— Vous ne vous souvenez pas ? Melville, dit-il en lui tendant la main, Melville Grabbe…

Gigi fanfaronna en guise de défense :

— Félicitations, mais je n'ai pas le temps.

— J'en ai pour une minute.

— Laissez-moi. Je ne veux voir personne. Je suis juste venue prendre quelques vêtements, dit-elle.

Elle tremblait, trahie par son émotion. Melville l'aida à glisser la clef dans la serrure.

— Je vous en prie, je ne serai pas long.

— N'insistez pas.

— Gigi, s'il vous plaît…

Gigi fit volte-face, sombre et sévère.

— Je vous interdis de m'appeler comme ça !

— Pardon, mais quand Milan parlait de vous, il parlait toujours de « Gigi ». D'ailleurs, chez nous, c'était son surnom. J'imagine à quel point les psys pourraient délirer là-dessus. *Anyway*... Je ne suis pas venu pour ça.

Gigi ouvrit la porte d'un coup et Melville entra derrière elle.

Dans le salon, l'affiche du film de Minnelli était zébrée d'une tache brunâtre qui se prolongeait au-dessus du canapé. Une grande bâche plastique recouvrait les coussins et la table basse devant la télé.

— C'est là qu'il…

Melville ne parvint pas à terminer sa phrase.

— Oui, dit Abigaïl en se détournant.

Elle le précéda jusqu'à la cuisine, répétant pour elle-même :

— De toute façon, je ne reste pas…

Puis elle ordonna :

— Asseyez-vous et dites-moi vite ce que vous voulez.

Ils prirent place, lui au coin du frigo, elle près de la gazinière, avec entre eux la table, comme un garde-fou.

— Je ne veux pas revenir sur ce qui s'est passé. C'est terrible, mais nous sommes impuissants devant…

— Si c'est pour me débiter des bonnes paroles, s'énerva Gigi, merci, mais ne vous donnez pas la peine. Je préfère me les dire moi-même…

Elle était à cran. Melville la dévisagea : un oisillon aux yeux cernés de tristesse, une enfant mi-fille, mi-garçon, jetée au bas du lit, une rescapée volée de sa vie encore sous le choc de la catastrophe.

— Vous êtes allée chez le coiffeur ?

— Pourquoi, c'est moche ?

— Non, ça vous va bien.

Melville se pencha vers elle :

— Je boirais bien quelque chose…

— De l'eau ?

— Rien d'autre ?

— De la vodka. Vous voulez de la vodka ?

— Si vous en prenez avec moi…

Gigi ouvrit le frigo et sortit du congélateur une bouteille de vodka complètement givrée.

— J'ai une proposition à vous faire, dit gravement Melville, tandis qu'elle remplissait à parts égales deux petits verres.

Gigi suspendit son geste :

— Une proposition ?

— Un job…

Gigi reposa violemment la bouteille sur la table. C'était trop. Les mots lui sortirent de la bouche avec la force d'un homme maniant la hache :

— J'en ai rien à foutre de votre job. C'est à Milan qu'il fallait faire la proposition ! Vous êtes dingue ou quoi ? Vous ne croyez pas que c'est trop tard ? Vingt-deux mois de stage et la porte comme CDI, vous ne croyez pas que ça suffit ? Qu'est-ce que vous espérez ? Que je vous saute au cou et que je vous dise merci pour lui ? Que je vous embrasse les mains ? Vous n'avez plus soif ? Bon, alors dégagez ! Allez, partez, je ne veux ni de votre proposition ni de votre travail. Partez, et plus vite que ça ! Vous n'avez rien à faire ici, et moi non plus !

— Écoutez-moi avant de me jeter dehors.

— Vous comprenez le français ? Partez.

Melville, le dos rond, avança avec prudence :

— Je sais que vous l'aidiez pour l'informatique, pour l'anglais. Qu'il vous montrait tout…

Gigi parlait maintenant avec une sorte de violence vengeresse :

— C'est ça que vous voulez me dire ? Qu'il a été viré parce que je lui donnais un coup de main ? C'est pour ça qu'il a été viré ? C'est interdit d'aider quelqu'un ?

— Ne vous emballez pas. Il ne faut pas me confondre avec ce gros taré de Pat. C'est Pat qui a viré Milan, pas moi. Il a d'ailleurs dû vous dire que j'ai tout tenté pour empêcher qu'il parte.

Gigi haussa les épaules, les yeux humides. Ses défenses s'écroulaient. C'était plus fort qu'elle, ça la débordait, ça l'inondait. Elle devait battre des jambes, remuer des bras pour résister à la noyade :

— Qu'est-ce que ça change ? demanda-t-elle, rageuse, chassant une chandelle qui lui coulait du nez.

Elle avala une gorgée de vodka. C'était vrai, Milan lui avait raconté comment Melville et Pat s'étaient disputés à son sujet. Une engueulade mémorable que tous ceux de la boîte avaient pu entendre. Des cris, des menaces, et pour finir Melville bien obligé de battre en retraite qui lançait :

— *Fuck you, bastard !*

Melville continua, la voix claire, d'un ton affable :

— À la place de Milan, ils m'ont collé le fils d'un copain du patron, de Pat... Il s'appelle Joël. Mais c'est pas le problème. Le problème, c'est que je n'ai pas le temps de m'occuper de l'intendance et que ce n'est pas lui qui va s'y mettre en deux temps trois mouvements. Surtout qu'il a commencé par découvrir que Milan avait fait le ménage avant de partir. Il n'a retrouvé aucun élément d'aucune sorte dans l'ordi...

— *So what ?* dit Gigi.

Elle les resservit comme si elle était partie pour finir la bouteille.

Elle n'en pouvait plus. Trop de chagrin, trop de blessures. Une douleur agaçante au front et des fourmillements dans les mains et les pieds. Ses tempes lui faisaient mal. Son cœur battait dans sa tête. Milan était mort, il n'était pas d'heure, elle restait assise, dans sa cuisine, à boire avec le Don Juan de Patmore & Plus, un type qu'elle ne connaissait que pour l'avoir croisé une fois à un cocktail.

La voix de Melville lui parvint, lointaine et forte en même temps :

— Je me tape que Milan ait jeté une grenade derrière la porte. J'aurais fait la même chose si Pat s'était conduit avec moi comme il s'est conduit avec lui. Reste que nous sommes à deux mois de l'opération Yellow Submarine et que je me retrouve avec le bébé sur les bras sans lait maternisé pour le nourrir ni couches pour le changer. Vous voyez le topo ?

— Je ne comprends rien à ce que vous dites…

— Vous allez comprendre.

Melville jeta un coup d'œil circulaire.

— Qu'est-ce que vous regardez ? demanda Gigi, avec un sentiment grandissant d'irréel.

— Je suis sûr que vous avez le matériel et que vous le connaissez aussi bien qu'il le connaissait.

— Vous croyez que je le cache dans le frigo ? Dans la gazinière ? Vous voulez prévenir la police ?

— Arrêtez de délirer. Voilà ce que je vous propose : vous allez reprendre ce que faisait Milan. Vous allez continuer à faire ce qu'il faisait, mais de chez vous, par le Net. Mon nouvel assistant servira d'interface. Il passera par vous pour tout et me transmettra au fur et à mesure.

— Vous voulez que je reprenne le dossier FII ?

— Oui.

Abigaïl tremblait, rouge d'indignation, comme s'il

l'avait insultée, comme s'il l'avait physiquement agressée, battue, violentée :

— Vous vous rendez compte de ce que vous me demandez ? Milan s'est fait sauter la tête dans la pièce à côté, il vient à peine d'être enterré et vous me demandez de reprendre un travail pour lequel il a été viré ! Et pour lequel il s'est tué !

Elle se jeta sur Melville les poings en avant, renversant sa vodka. Elle voulut le forcer à se lever, à foutre le camp. Elle le frappait, le tirait, le pinçait, si elle avait pu elle l'aurait mordu, déchiqueté, elle lui aurait crevé les yeux, arraché la peau :

— Tirez-vous ! J'aurais jamais dû vous laisser entrer ! Barrez-vous et ne revenez jamais ici. Vous avez compris ? Je ne veux plus vous voir ! Je ne veux plus jamais vous voir !

Melville prit les poignets de Gigi, les écarta avec force, lui joignit les mains dans le dos et la maintint face à lui :

— Je vous offre quinze mille euros en liquide à la condition que tout cela reste entre nous : ma visite, le travail, le cash…

Shakespeare

Depuis que Milan était mort début novembre, Gary ne parvenait plus à dormir, ni à l'usine ni ailleurs. Il marchait de long en large, comptait les heures dans le silence de l'atelier seulement troublé par les ronflements des uns et des autres. Les pièces inachevées, les machines-outils à l'arrêt, les stocks de matériel, de matières premières, tout lui apparaissait comme des débris de lui-même, perdus, voués à la rouille et à la disparition. Dans la mâchoire d'un étau il voyait son buste vandalisé dont il ne resterait que les dents, dans un gros pas de vis son cou après sa décapitation, ses bras sans mains dans des ferrailles disposées en faisceaux…

Il s'endormait sur une chaise, se réveillait ; s'endormait dans un fauteuil, se réveillait ; s'endormait appuyé dans ses bras sur son bureau, se réveillait…

Les heures passaient sans l'apaiser.

À bout de force, il s'étendait sur son lit de camp dans l'Aquarium, mais se relevait vite, incapable de rester allongé dans l'obscurité sans se sentir assailli par des formes chimériques, sans entendre Milan le réclamer dans la nuit, l'appeler, crier des solitudes glacées où il errait. Gary s'asseyait alors dans un coin, allumait une veilleuse et plongeait dans son exemplaire fétiche des tragédies de Shakespeare. La lecture ouvrait des gouffres en lui. Un écureuil fou courait dans sa tête, montait, descendait, remontait de son cœur à son cerveau. Ses idées se précipitaient à la vitesse grand V. Aucune ne se fixait, aucune ne l'accaparait plus d'une minute. Les noms, les visages, les phrases, les décors, les paysages se ruaient en cascade sous son crâne. Il avait l'impression d'être emporté dans des rapides, sans la moindre branche où s'accrocher, sans un rocher où se cramponner. L'eau lui entrait dans la bouche, dans le nez, dans les oreilles. Il allait disparaître au fond de l'eau, jugé coupable, rejoindre Ophélie, Achab, l'Inconnue de la Seine…

Une ordalie.

Il étouffait, ses yeux rougissaient d'amertume, il suait d'angoisse et les murs de l'atelier suaient aussi. À nouveau il se levait, marchait de long en large, relevant le col de sa veste, le baissant, espérant un tremblement de terre, l'éruption d'un volcan, une avalanche de pierres qui l'engloutirait.

Les premières lueurs de l'aube et ses servitudes le délivrèrent.

Gary sortit de Mondial Laser, soulagé d'être dehors, consolé par le jour. La ville se réveillait. Les portes s'ouvraient. Les enseignes clignotaient aux devantures. Les adultes partaient au travail, les enfants partaient à l'école, les jeunes, les vieux, tous pressés, tous indifférents. Un homme ouvrit son journal en s'exclamant :

— Ça, c'est la meilleure !

Deux femmes s'embrassèrent, smic smac smoc, et, sans s'arrêter, reprirent leur conversation où elles l'avaient laissée la veille. Les engins du nettoyage municipal inondaient les trottoirs. Les rideaux métalliques qui protégeaient les boutiques de l'avenue Salvador-Allende se lèveraient plus tard…

La rue affichait ses slogans.

DES SOLUTIONS FIABLES POUR LE STOCKAGE DES DONNÉES

EXPLOREZ LES PÔLES !

ELLE A TOUT POUR PLAIRE

LA SIMPLICITÉ C'EST UNE TOUCHE

OPTIMISER SON AUDITION AUJOURD'HUI C'EST NATUREL

AGISSONS POUR DEMAIN TOUS LES JOURS

Gary ressassait tout ce qui s'était passé dans sa vie depuis le coup de fil de Gigi sans parvenir à remettre ses idées en place. Il avait l'impression d'une accélération fulgurante du temps, d'être poussé en avant comme s'il était lié à une fusée, à un missile qui allait exploser à la sortie de l'atmosphère ou s'abîmer en mer. Tout allait trop vite et, paradoxalement, chaque instant semblait figé et l'espace saisi de glace. Il marcha dans une flaque boueuse qui trempa le bas de son pantalon.

— Et merde !

La mort de Milan était un scandale et une folie ! Son corps tout entier la refusait. Milan n'était pas mort, Milan ne pouvait pas mourir, ce n'était pas dans l'ordre des choses, c'est lui qui devait mourir, pas son fils.

Gary se sentait vide, affreusement vide, affamé par ce vide. Une goutte de sang perla sous son nez. Il l'essuya d'un revers de main. Une sorte de panique le prit. Il fallait qu'il mange, il fallait qu'il se bourre de n'importe quoi pour étouffer l'angoisse qui lui rongeait le foie et finirait par lui dévorer le cerveau. Il allait s'élancer à travers la circulation pour entrer dans le premier café ouvert quand il entendit son nom.

— Gary !

Gigi l'attendait sous l'Abribus. Une allure de fillette qui promet et un regard de femme rompue par la vie. Il la dévisagea, le front plissé :

— Qu'est-ce que tu fais là ?

— Je vous ai apporté des croissants, dit-elle en lui tendant le sachet de la boulangerie.

Elle avait pleuré.

— T'es tombée du lit ? demanda Gary, évitant son regard.

— Je n'arrive pas à dormir.

— Moi non plus.

Ils marchèrent jusqu'à chez Roland et Josette, un bougnat anachronique dans cet univers d'acier et de béton du quartier en pleine restructuration. Le pâté d'immeubles allait bientôt être rasé, beaucoup de fenêtres étaient déjà murées. Il fallait se dépêcher d'en profiter…

— C'est comme chez mes parents, fit remarquer Gigi, revigorée par le froid matinal. Dans le gros bourg où ils habitent, le *Café du peuple* et l'*Hôtel des Voyageurs* ont fermé, seuls sont restés ouverts *Les Négociants*, le *Commerce* et l'*Hôtel Moderne*…

Et, amère :

— L'économie, c'est facile, il suffit d'ouvrir les yeux pour comprendre.

Gary prit cette réflexion pour un appel :

— Tu sais, proposa-t-il, si tu as besoin d'argent…

— Je sais. Je n'en ai pas besoin, je travaille, merci.

Ils s'installèrent à une table du fond. Petit à petit, Gary discernait la source de l'étrangeté qu'il avait toujours perçue dans le couple que Gigi formait avec son fils. Les rôles étaient inversés. C'était elle qui tenait celui de l'homme et lui celui de la femme. Il n'y avait pas que leur apparence, cheveux longs et nonchalance féminine pour Milan, coupe à la garçonne et pugnacité virile pour Gigi. Il suffisait d'ouvrir les yeux, d'ouvrir les oreilles. Il y avait chez Gigi quelque chose de farouche, d'inflexible, une volonté de faire bonne figure quels que soient les coups qu'elle recevait. Elle était de la race de ceux qui font face et se taisent sous la torture.

Josette vint leur servir deux cafés brûlants.

— Vous savez ce que ça veut dire, SNCF ? demanda-t-elle à Gary.

— C'est une blague ?

— Vous croyez que j'ai le temps de raconter des blagues ?

— Société nationale des chemins de fer français, récita machinalement Gary.

— C'est pas ce que disent les cheminots du dépôt à côté…

— Qu'est-ce qu'ils disent ?

— SNCF, ça veut dire : Sans Nous les Cafés Ferment !

Josette s'éloigna, riant de son bon mot. Elle en avait d'autres, mais ça n'avait pas l'air d'être le moment de sortir Savoir Nager Comme Fernandel ou…

— Tu vas déménager ? demanda Gary en prenant un croissant.

— Oui, je vais squatter chez ma sœur…

— Qu'est-ce que tu vas faire des affaires de Milan ?

— Sa mère veut tout prendre.

Elle sortit de son sac un paquet enveloppé dans du plastique jaune et le tendit à Gary. Il n'eut pas besoin de faire sauter les élastiques pour savoir que c'était le revolver qu'il avait offert à Milan.

— La police me l'a rendu, dit Gigi. Je veux que vous le jetiez, que vous le fassiez fondre, que vous l'enterriez, mais je ne veux plus que quelqu'un l'ait. Faites-le disparaître.

Et, anxieuse :

— S'il vous plaît…

Gary glissa l'arme sur la chaise à côté de lui, sous la table. Il pensait qu'il avait déjà une urne en céramique rouge vernissée, qu'il en aurait désormais une seconde d'un jaune criard à poser à côté. L'une contenait ce qui restait d'un mort, l'autre ce qui avait donné la mort. L'une et l'autre se complétaient, fermaient l'histoire dans leur secret. Rouge et jaune, comme les couleurs du pavillon qu'on agite à bord d'un navire lorsqu'un homme est à la mer. Gary était un homme à la mer. Il aurait été facile de renoncer et de se laisser couler dans l'oubli océanique, mais il luttait, brassait, crawlait, refusant de se laisser engloutir par le chagrin qui brisait ses os un par un.

Gigi s'était préparée à parler la première :

— Hier soir, j'ai eu la visite de Melville, l'ancien boss de Milan…

Gary sursauta, partagé entre l'indignation et l'incompréhension :

— Il ne manque pas d'air ! Qu'est-ce qu'il voulait ? Te présenter ses condoléances ?

— Un truc complètement dingue…

— Quoi ?

— Il m'a proposé de continuer à faire ce que Milan faisait pour lui. Mais de chez moi. Par le Net.

Les mâchoires de Gary se crispèrent, il pâlit, posant sa tasse :

— Je trouve ça…

Il cherchait le mot dans le marécage où ses idées croupissaient à force d'insomnie…

— Puant ! trouva-t-il enfin. Oui, je trouve ça puant. Ça me dégoûte.

Gigi acquiesça d'un souffle fastidieux et lent :

— Moi aussi. D'ailleurs, j'ai d'abord eu envie de le virer, mais après j'ai réfléchi…

— Alors ?

— Alors, j'ai bien réfléchi.

Gary devina :

— T'as accepté ?

— Oui, j'ai accepté. D'abord en mémoire de Milan, pour terminer ce qu'il avait commencé. Ensuite parce que c'est beaucoup d'argent, et en liquide. Enfin, parce que je me suis dit qu'il y avait peut-être une occasion unique de leur rendre la monnaie de leur pièce.

— Comment ça ?

Gigi exposa d'une voix à l'éclat impalpable :

— Je veux venger Milan, les faire payer.

Gary lui fit répéter, comme s'il scrutait le fond de sa terrible et intense détresse :

— Le venger ?

— Oui.

— Arrête. Tu n'es pas Lady Anne.

— Qui ça ?

— *Richard III*, acte I, scène 2…

— Encore !…

Gigi croisa les bras sur sa poitrine. Elle aimait bien Gary, mais cette manie de toujours tout ramener à Shakespeare l'énervait…

— Bon, qu'est-ce qu'elle raconte, votre Lady ? demanda-t-elle, pour lui faire plaisir.

Gary ne répondit pas immédiatement. Il inspira profondément avant de se lancer, avec une certaine gourmandise, malgré sa fatigue :

— Portant le cadavre de son mari, face à Gloucester l'assassin, Lady Anne jure : « Ô Dieu, qui fit ce sang, venge cette mort ! » Et, écoute bien : « Ciel foudroie le meurtrier de tes éclairs, Terre, ouvre ta gueule béante et avale-le vivant, comme tu engloutis le sang de ce bon roi qu'a égorgé son bras gouverné par l'Enfer. »

— Vous auriez dû être acteur.

Gary, dans un éblouissement, revit ses sœurs, comme les sorcières de Macbeth, lui prédisant qu'il serait romancier ; il revit le pacha de l'escorteur où il avait embarqué lui promettre plus d'honneurs qu'Othello en promettait à Iago ; il revit Geneviève nager nue dans le Gardon comme Ophélie oubliée au fil de l'eau ; il revit Milan n'ayant pour père qu'un esprit apparaissant pour aussi vite disparaître, comme l'infortuné prince du Danemark ; il revit sa vie comme une distribution de théâtre dont il aurait manqué l'appel.

— Tout ce que j'aurais dû être et que je ne suis pas…, soupira-t-il.

Puis, écartant toute faiblesse :

— Tu sais, Shakespeare a écrit *Hamlet* après la mort de son fils… On raconte qu'il tenait le rôle du spectre. Son fils meurt, et c'est lui qui joue le fantôme. C'est étrange, non ?

Ils se turent, suspendus à la vertigineuse indifférence de la table en Formica, du percolateur chromé, des cartes postales punaisées au mur comme des œuvres d'art. Gigi rompit le silence pour chasser l'ombre de Milan qui planait sur eux en catafalque :

— Elle est très bien, votre Lady Anne, mais moi, ce n'est pas sur scène que je veux venger Milan.

Et, avec un sourire d'ange contrarié :

— Je vais entièrement piloter l'opération. Je me suis souvenue qu'avant de vous porter le dossier il m'avait dit – et c'est pas du Shakespeare : « Tu vas voir, mon père saura quoi faire avec ça. »

— Il pensait aux prud'hommes…

— Non, je suis sûre que non.

Baby

Gary observait son visage dans la glace rouillée au-dessus du lavabo des toilettes de Mondial Laser, comme, enfant, il passait des heures à se regarder dans un bout de miroir brisé qu'il cachait sous son matelas. Ses traits s'étaient durcis, sa peau creusée et ses yeux s'ombraient de cernes d'un noir violacé et de petites coupures du temps. Il pensa qu'il faisait vraiment son âge. Cette idée lui déplut. Dans sa famille, il avait toujours été le plus jeune, le *baby* de sa maman et de ses sœurs et, plus tard, pendant longtemps, partout où il avait bourlingué, il avait été « le môme », « le jeune », « le mousse »... Maintenant, il devait s'y faire, c'était fini. Il n'était pas vieux, mais il remarquait bien qu'on s'adressait à lui comme à un ancien...

Gary sentit ses paupières tomber, ses yeux se fermer.

Une énorme lassitude, soudain, l'écrasait.

Suz vint le secouer :

— Qu'est-ce que tu fous ? Décoince ! Tout le monde t'attend !

Gary se ressaisit.

Il ouvrit à fond le robinet et s'aspergea comme si l'eau froide avait le pouvoir de laver les traces de découragement sur sa figure.

— Va devant, j'arrive !

Bouteille à la mer

Tous ceux de l'atelier de recherche mécanique étaient installés autour d'un établi à côté d'un des trois tours de précision Vuilleumier. Gary les rejoignit. Il tenait à leur faire partager ce qu'il ruminait depuis que Milan lui avait confié son dossier :

— Je ne sais pas par où commencer..., dit-il avec morosité. La mort de mon fils, le fait qu'il se soit occupé de la boîte qui, justement, veut la nôtre, est un de ces tours que la vie, parfois, joue aux hommes, faisant se rencontrer ceux qui ne devraient jamais se retrouver face à face…

Gary continua d'une voix qui s'affermit :

— Ce que je veux dire, c'est qu'en partant, Milan a jeté une bouteille à la mer et que, comme c'est nous qui l'avons trouvée, nous devons déchiffrer le message qu'elle contient. Je ne sais pas si je suis très clair…

— Pas du tout, commenta Suz, les yeux rieurs.

Gary hocha la tête. Il avait trop de réalité dans les mains, trop de doutes dans le crâne, pour aller droit où sa pensée le menait :

— Le message n'est pas évident et nous n'avons personne pour nous aider à le déchiffrer. C'est pour ça que je veux que nous nous y mettions tous…

— Mais encore ? demanda Dargone qui, lui non plus, n'était pas certain de bien suivre.

— Vous allez vous foutre de ma gueule, mais je le dis comme je le pense : est-ce que nous sommes encore capables d'agir ? demanda Gary, plus rageusement qu'il ne l'aurait voulu. Est-ce que nous sommes capables de faire autre chose que de rester le cul sur nos chaises en attendant d'être virés comme des malpropres ? Est-ce que c'est par la protestation silencieuse qu'on défend le mieux notre dignité ? Est-ce qu'il n'y a pas une idée à avoir pour que notre combat dépasse le périmètre de ces murs ? Pour être actifs ? Alors que la compta nous a déjà enterrés dans le passif de la société… Sommes-nous devenus si vieux et si trouillards que nous n'osons plus remuer le petit doigt ? Qu'est-ce que nous avons à perdre ? Est-ce que nous avons quelque chose à perdre qui vaille d'attendre le coup de grâce ?

— Ah ça, on n'a rien à perdre ! s'exclama Suz. On a déjà tout perdu… Je suis divorcé, mes gosses sont casés, et comme château je loue un studio aux Abbesses !

— Je croyais qu'il n'y avait que Gary, Schwartz et moi de divorcés, dit Dargone.

— Erreur, rectifia Suz. Moi aussi je suis membre du club depuis deux ans ! Ma femme me trouvait « violent »...

— Tu la cognais ?

— Tu m'as bien regardé ? Je n'ai jamais battu personne, ni mes gosses ni ma femme, même pas les tapis !

— Alors, où était le problème ?

Suz grimaça. Ses épaules se voûtèrent :

— Elle trouvait que je parlais mal. Elle était toujours à me reprendre : « Mais t'entends comme tu parles ? » Moi, je parlais comme d'habitude, mais elle trouvait que c'était « violent ».

— Tu l'engueulais ? demanda Doc, mettant deux sucres dans son café.

— Non, je disais des trucs ordinaires. Mais je m'excitais pour un oui pour un non.

Il réfléchit, essayant de chasser de son esprit l'image de ses enfants qui tendaient les bras vers lui en appelant « papa ! papa ! », son cauchemar.

— En fait, je crois qu'elle ne me supportait pas, dit-il. Pourquoi ? J'en sais rien. Peut-être que ça la défrisait d'être appelée « Mme Suzanne » ?

Le mot les fit rire.

Le jeune Arno voulait se faire entendre :

— Moi, je suis OK pour me lancer dans une bagarre, dit-il. Je ne suis pas marié et c'est pas demain que je le serai, ni que j'aurai des gosses !

— Même avec Kiki ? demanda Doc, en clignant de l'œil vers les autres.

Les amours d'Arno et de la stagiaire du bureau de Maxi étaient de notoriété publique.

— Kiki, elle est comme moi ! répondit Arno. Elle veut s'en donner un max, pas avoir papa à la maison qui ronfle devant la télé et la saute une fois par semaine pour dégorger le poireau.

Arno était un poète. Il martela :

— On pourrait commencer par tout faire péter dans l'atelier, bousiller les machines et foutre le feu avant qu'ils nous fassent dégager par la force, au moins, comme ça, ils ne pourraient rien récupérer !

— Arrête tes conneries, soupira Amos. On le sait que t'es un battant, tu nous l'as assez répété : tu fais du kick boxing, les coups ne te font pas peur, sur un ring t'es quelqu'un d'autre…

— C'est vrai ! se défendit Arno. Sur un ring c'est comme ici…

Doc s'essuya la bouche d'un revers de main :

— On ne s'en prend pas aux machines, c'est tabou. En revanche, on a le jour, le lieu et l'heure de la fiesta, dit-il en comptant sur ses doigts. C'est déjà une bonne base pour imaginer ce qu'on peut faire…

Dans la foulée, il émit l'idée d'organiser une manifestation devant le bateau, voire de lui gâcher son feu d'artifice. L'idée de Doc souleva plus d'enthousiasme que celle d'Arno. D'autant qu'une telle action paraissait relativement facile.

— Le bouquet final, ce serait le nombre de chômeurs qui s'allumerait dans le ciel !

— Faudrait afficher aussi le pognon que ça leur rapporte de nous virer !

— C'est super de faire ça ! Ils le prendraient dans les gencives.

— Je vois le truc : Ah, la belle bleue ! Ah, la belle

rouge ! Ah, les beaux chômeurs ! Oh, les beaux dollars !

Doc assura que les dockers se feraient une joie de les faire pénétrer en douce sur le port. Il avait un contact, Milo, un type qu'il avait connu au service militaire et qui depuis, à chaque Noël, lui envoyait ses vœux. Tout le monde applaudit. Ça sentait bon, à la fois costaud et drôle. Il y eut des « super, c'est ce qu'il faut faire ! », des « ça baigne ! », des « il n'y a pas à hésiter ! », des « quand est-ce qu'on s'y colle ? », « putain, on va s'éclater ! ».

Gary joua les rabat-joie. Pour lui, faire ça ou ne rien faire, c'était la même chose. Son fils n'avait pas laissé ce qu'il avait laissé pour qu'ils organisent une manif !

— Une manif, c'est au mieux trois lignes dans les journaux et une brève à la télé. C'est-à-dire : rien. Milan n'est pas mort pour qu'on tire un feu d'artifice.

— Qu'est-ce que tu proposes ? demanda Doc, chafouin de voir ses propositions réduites à zéro. T'es comme le môme, tu veux faire tout sauter ?

Gary n'avait pas d'idée arrêtée, mais il était certain qu'avec les documents qu'ils avaient, le matériel informatique et le fait que Gigi reprenne l'affaire, ils tenaient de la dynamite dans les mains.

— Tu vois, triompha Arno en se tournant vers Doc, Gary pense comme moi. Il n'y a plus de règles, il n'y a plus de lois. Il faut briser les tabous. C'est fini d'être comme des moutons qui d'abord se font tondre avant de tendre le cou au boucher. Faut passer à l'action ! Parce que les autres, les règles, les lois, ils s'en servent pour s'asseoir dessus et nous étouffer, vite fait bien fait !

Doc ricana :

— T'en as déjà brisé, toi, des lois et des tabous ? Ces trucs-là, c'est plutôt coriace, d'ordinaire…

— Oui, je l'ai déjà fait, répondit froidement Arno.

— Raconte, qu'on se marre…

— J'ai enterré mon père.

— Je ne te crois pas !

Arno baissa la tête et la releva lentement à mesure qu'il parlait d'une voix lointaine :

— Quand il est mort, il n'avait rien et moi non plus. Pas un centime pour l'enterrer. Enfin, si : quatre-vingts euros d'économies. Alors j'ai tout dealé à crédit avec les pompes funèbres et j'ai accepté de creuser moi-même sa tombe pour faire baisser le prix. Et c'est ce que j'ai fait…

— Sainte Mère de Dieu ! jura le grand Schwartz en détournant la tête.

Doc s'excusa sans savoir vraiment pourquoi :

— Je ne pouvais pas deviner.

— Personne ne pouvait savoir, dit Gary, scrutant le regard d'Arno avec une timidité d'enfant.

Suz brisa le silence qui s'installait en proposant de gravir un échelon dans l'escalade :

— Ce qui serait bien, annonça-t-il d'un ton décidé, c'est que nous soyons non pas à quai, comme Doc le suggère, mais sur le bateau lui-même…

— Pour carrément flinguer leur croisière ! surenchérit Dargone en riant.

— Pour les voir en face.

Doc reprit la balle au bond :

— C'est vrai, t'as raison, c'est pas con d'embarquer. Je peux demander à mon pote de nous donner un coup de main. Surtout que, si je m'en souviens bien, eux-mêmes ont déjà fait le coup pour je ne sais plus quelle revendication…

— Moi, je suis pour, dit Dargone. Je viendrai tout filmer de l'intérieur, pour pas se faire doubler par les enculés de la télé.

— C'est sûr que si on se fait le bateau, ils vont nous montrer comme des sauvages, constata amèrement Amos. D'ailleurs, dès qu'ils montrent des ouvriers ou des employés en lutte, ils les montrent comme des sauvages qui ne savent que hurler en tapant sur des bidons au milieu des fumigènes ou chialer devant la caméra…

À nouveau Gary s'en mêla :

— Je crois qu'on est sur la bonne voie, mais qu'on doit faire encore un effort d'imagination…

— Ça ne te plaît pas de monter à bord ? demanda Suz. T'as le mal de mer ? Je crois me souvenir que tu as tiré cinq ans dans la Royale ?

— Si, ça me plaît, dit Gary. La haute mer, pour moi, c'est le paradis, mais, excusez-moi, je trouve ça encore petit de se contenter d'aller faire les zouaves à bord…

Doc s'étrangla :

— Petit ?

— Oui : petit, comme si nous étions timides.

Il marqua un temps, avant de développer son analyse :

— Symboliquement, si le bateau reste à quai, c'est comme si nous restions, nous aussi, à quai. Comme si nous acceptions d'y rester. Et s'il y a une chose que je ne veux pas, une chose que nous ne voulons pas, c'est bien ça : rester à quai. C'est-à-dire rester dans la merde où ils nous ont mis.

Suz éclata de rire au milieu des applaudissements :

— Tu veux leur faire faire un tour en mer ?

C'était exactement ce que Gary avait derrière la tête. Son idée jaillit comme le cri d'un nouveau-né :

— On monte à bord, on largue les amarres et on les emmène au large, cap au nord !

— Pourquoi au nord ?

— Pour trouver une belle tempête polaire, quelque chose force neuf ou dix, voire un ouragan dans l'hiver nordique, et leur faire voir à quel point nous sommes dans le même bateau.

— *La Tempête* de Shakespeare ? ironisa Suz, qui connaissait son Gary par cœur.

Le grand Schwartz craignait de n'avoir pas vraiment le pied marin. Il n'en avait rien à battre de leurs histoires de théâtre, il voulait savoir :

— Et quand on est sur le rafiot, qu'est-ce qu'on fait ?

Suz répondit sur le ton de la plaisanterie :

— On leur fait perdre le nord !

Et, levant les bras à la manière d'un chef d'orchestre, il commanda :

— Allez, tous en chœur :

Il était un petit navire,
Il était un petit navire,
Qui n'avait ja-ja-jamais navigué
Ohé ohé !

— Théoriquement c'est tout joli et tout beau, tempéra Doc. Mais avant d'arriver à monter un coup comme ça, les corbeaux voleront le bec en arrière !

Gary agita le dossier de Milan :

— Sauf si nous nous chargeons d'armer le bateau, de recruter l'équipage, de tracer les cartes et d'assurer l'animation…

Et, se tournant vers Bonhomme qui se taisait depuis le début :

— Qu'est-ce que t'en penses ?

— J'ai rien à dire.

— T'es pas d'accord ? Tu sais, c'est pas parce que t'es intérimaire que t'as pas droit à la parole. T'es comme nous, pas mieux pas pire. Alors ?

À la réflexion, Bonhomme avait une question :

— Tu sais comment s'appelle le rafiot ?

— Je ne sais plus, répondit Gary, feuilletant machinalement le dossier de Milan.

Le nom lui revint soudain :

— *Nausicaa* ! Il s'appelle *Nausicaa*, comme dans la mythologie…

— Alors, faudra d'abord le rebaptiser…

— Ah oui ? Pourquoi ? Tu veux l'appeler comment ?

Bonhomme prit l'air goguenard et balança :

— On devrait l'appeler *Capitalisme*. Non, mieux, *Libéralisme*, et on organise son naufrage !

Pièce

Gary était fier de ce qu'il savait faire.

Comme certains sont naturellement musiciens ou sculpteurs, c'était un technicien-né. Il maîtrisait solidement les maths, la chimie, la physique, l'électronique, la mécanique. Ses connaissances couvraient des domaines aussi pointus que les lasers, la haute tension, les fibres optiques, la soudure et la brasure sous vide, les collages destinés aux engins spatiaux… Naturellement, cela excitait la jalousie de certains bardés de diplômes, mais pour tous les autres, c'était l'admiration qui dominait.

Dans son domaine, Gary était salué comme un maître ouvrier.

Il le savait.

Mais peut-être était-il encore plus fier de sentir que sa tête tournait à plein régime, alors que tout semblait perdu pour eux. Il les regardait, Suz, Doc, Schwartz, Dargone, Arno et les autres, avec un sentiment de fraternité si fort qu'il avait du mal à respirer. La direction pouvait bien le suspecter de « sentimentalisme », il s'en foutait. Il aimait ces hommes et, ensemble, ils allaient se mettre au travail. Un travail qu'ils n'avaient jamais fait, qu'ils n'avaient jamais pensé faire, mais qui, au fond, n'était pas différent de celui de concevoir une pièce, de la tracer, de l'usiner, de la livrer parfaitement aux cotes.

Cigarette

Gary et Suz sortirent de l'atelier.

Depuis qu'ils occupaient Mondial Laser, le temps ne comptait plus pour Gary. Il y avait des jours, des nuits, mais, au fond, sans que le basculement de la lumière ne l'affecte. Pour une fois, il remarqua que de grands nuages cotonneux et bas donnaient un air de printemps à tout ce qui les entourait ; même si le seul arbre, planté à l'angle du bâtiment de la direction, n'avait plus la moindre feuille et que le vent s'obstinait à le secouer.

Il faisait soleil, il faisait beau, il faisait froid…

Gary se réjouit intérieurement d'éprouver encore ce genre de sensations banales et rassurantes. La vie continuait dans la lutte. Un groupe de femmes traversa la cour, les bras chargés de ravitaillement. Elles leur adressèrent des saluts de la main auxquels ils répondirent joyeusement.

Suz reconnut Olympe au milieu d'elles.

— C'est la petite qui joue du violon ?

— De l'alto, précisa Gary, innocent.

Suz siffla entre ses dents :

— Dis donc, tu fais des progrès en musique !

Il n'avait pas besoin que Gary lui mette les points sur les *i*. Il savait tout sans qu'un seul mot soit nécessaire. Ça non plus, sa femme ne l'avait jamais compris : comment peut-on ne rien dire, ne jamais poser de questions à ceux qu'on aime ? Comment ne vouloir s'en tenir qu'aux gestes et à la certitude qu'être amis, c'est être amis pour la vie ?

Suz sortit son paquet de cigarettes, riant à moitié d'imaginer Gary faisant des gammes avec la petite, à moitié sérieux à cause d'une image qu'il avait dans la tête :

— Tu te souviens du nom du député mort sur une barricade pour vingt-cinq francs ?

— Baudin, répondit Gary. Qu'est-ce que Baudin vient foutre ici ?

— Tu sais que Victor Hugo aurait dû être à sa place ?

— Et alors ?

— Il est arrivé en retard…

Suz remonta son col en frissonnant.

— Eh bien, moi, j'ai pas l'intention d'arriver en retard, dit-il, proposant une cigarette à Gary.

Gary ne fumait plus mais il accepta, une fois n'est pas coutume…

Suz se pencha légèrement vers lui, sa voix baissa d'un ton.

— Tu sais très bien où ça nous mènera, si on fait ce que tu proposes.

Gary aspira une longue bouffée :

— Où ? Non, j'en sais rien. Je navigue à vue.

— À d'autres !

— Tu ne me crois pas ?

— Je te connais.

Suz affirma, calme, perspicace :

— Ça nous mènera à franchir le pas…

— Quel pas ?

— À prendre les armes.

Une rafale de vent fit voler les papiers qui traînaient dans la cour. De vieux tracts…

— Mon fils a pris les armes, murmura Gary, sans lever les yeux.

Il se gratta la joue, sur la trace d'une vieille cicatrice :

— Je suis passé voir Gigi, dit-il comme s'il tentait de détourner la conversation. Elle va déménager chez sa sœur.

— Ah, très bien…

— Elle n'a l'air de rien, comme ça. On dirait un petit oiseau, mais elle est sacrément costaude.

Suz s'irrita. Pourquoi Gary mettait-il soudain Gigi sur le tapis ? Ils avaient bien d'autres choses à discuter !

— J'ai eu honte, poursuivit Gary, se faisant violence pour l'avouer.

L'incompréhension de Suz gravit un échelon :

— Mais de quoi tu me parles ? Tu fais exprès ou tu ne veux pas comprendre ce que je viens de te dire ?

Gary éluda la question :

— Tu sais, il y a un sentiment que je croyais ignorer, dit-il d'une voix mesurée, rauque, sans émotion. Un sentiment qui appartenait pour moi au passé, à l'histoire, à la violence primitive : la vengeance, le désir de vengeance.

— Moi, c'est la jalousie, dit Suz, se demandant comment ils en étaient venus à parler de ça. Je n'ai jamais été jaloux de personne ni de…

Gary le coupa en écrasant sa cigarette à peine fumée sous son pied :

— Tu sais ce que m'a dit Gigi ?

Suz fit signe que non, il ne savait pas, comment l'aurait-il su ?

Gary, le visage lisse, indéchiffrable, raconta avec une nudité de rail :

— Elle m'a dit : « Je veux venger Milan. » Tu entends ça : « Je veux venger Milan » ?

— C'est ce qu'elle a dit ?

— Oui, et j'ai eu honte d'avoir étouffé ce désir que j'éprouvais mais que je repoussais comme indigne de moi, de mon histoire, de ma culture, de mon savoir. Mon fils est mort et j'étais là à pleurnicher, les bras ballants, sans oser réclamer le prix du sang. Il a fallu que ce soit ce petit bout de bonne femme qui me remette les idées en place…

Suz s'auréola dans un éclair :

— Ah, c'est ça !

— Qu'est-ce qui est « ça » ?

Suz fit l'andouille, imitant l'accent africain :

— Capt'aine Ga'y nous emba'que à bo'd de la *Vengeance*, navi'e corsai'e, d'apeau noir, tibias c'oisés !

Gary sourit, les yeux dans l'ombre :

— Je n'embarque personne. Ceux qui embarqueront seront ceux qui le voudront bien. Moi, je n'en peux plus de ne rien faire. De rester là et d'attendre. D'attendre quoi, d'ailleurs ? Que le ciel s'ouvre et que le règne de Dieu advienne pour mille ans ? Qu'on nous donne le coup de grâce ? Qu'on se réveille comme d'un cauchemar ?

— Je suis comme toi, dit Suz, moi non plus je n'en peux plus de dormir sur un lit Rami et de bouffer sur un établi comme si c'était ça qui allait faire trembler le monde sur ses bases.

Tout le monde voulait continuer à débattre, à avancer, à faire des plans. Le jeune Arno s'arrêta un instant aux toilettes avant d'aller chercher Gary et Suz, que tous réclamaient. Il s'assura que personne ne l'observait et s'enferma pour écrire au feutre, sur le miroir, un de ses messages poétiques et mystérieux que seule Kiki comprenait.

La lune au double rond
S'affiche dans le noir
Et compte ses moutons !

Chaque jour, Arno laissait quelques mots pour Kiki dans un lieu qu'elle devait découvrir. Dès qu'elle les avait lus, elle devait y répondre par SMS sur le portable d'Arno. Ainsi ils étaient sûrs de ne pas laisser un instant filer sans penser l'un à l'autre…

Ils s'étaient trouvés du premier coup d'œil.

Un midi, au self, Arno avait renoncé à la dernière part de mousse au chocolat pour l'offrir à Kiki. Leurs doigts s'étaient touchés. Kiki avait regardé le visage, les mains d'Arno, sentant monter en elle une bouffée de tendresse, un désir de soumission, d'abandon qui la fit devenir écarlate.

— Vous êtes sûr que vous ne la voulez pas ?

— Elle est pour vous.

S'il avait osé la prendre là, sur une table en Formica, et la pénétrer devant tous, elle se serait laissé faire avec joie, avec reconnaissance. Elle ne voulait pas attendre. Elle ne pouvait plus attendre. C'était lui ! Tous les méridiens de son corps lui disaient que c'était l'homme qu'elle désirait depuis qu'elle était en âge de désirer : une tignasse brune, des yeux bleus aux grands cils de fille, une carrure d'athlète et, surtout, une voix où elle entendait encore les blessures de la petite enfance.

Arno, tout aussi troublé, était rouge lui aussi. Depuis qu'elle était en stage à Mondial Laser, Kiki était devenue une sorte de vedette dans l'entreprise. Sa blondeur, ses rondeurs et le fait qu'elle ait toujours une blague à sortir la faisaient aimer des hommes qui la voyaient de loin. Comme elle était aimée des femmes qui travaillaient avec elle.

Arno et Kiki restèrent plantés l'un devant l'autre, muets, bouleversés, tremblants. Ils étaient comme frère et sœur qui, dans la torpeur d'un d'été, veulent jouer à Adam et Ève tandis que les parents dorment.

Et la fille dit :

— C'est toi qui commences.

La fin

Mondial Laser n'était pas vraiment installée dans un ensemble industriel à la hauteur des machines extraordinairement perfectionnées qui sortaient de ses ateliers. C'était une réunion hétéroclite de constructions en briques noircies par le temps et d'éléments plus modernes en béton armé qui, eux, jaunissaient. Seuls les bureaux des ingénieurs, l'administration et la direction étaient réunis dans une petite tour tout en verre miroir, construite moins de dix ans plus tôt.

Arno précéda Gary et Suz dans l'atelier de recherche mécanique, au rez-de-chaussée, tout de suite à droite de l'entrée.

— Vous avez déjà regardé une course de F1 à la télé ? demanda Gary, s'arrêtant face aux autres.

— Non, à part le jumping, je ne vois rien de plus

con ! s'exclama Doc. Voir des bagnoles tourner en rond, quel intérêt ?

— Non, il y a plus con que la F1 : le curling ! dit Schwartz. Le curling, c'est grandiose !

— Et vous avez déjà vu le golf, le dimanche soir sur Eurosport ? demanda Bonhomme.

— Et le ping-pong ?

Gary s'emporta :

— Si c'est pour déblatérer sur le sport, c'était pas la peine de venir me chercher !

— C'est toi qui as mis ça sur le tapis avec la F1, répliqua Doc qui prit mal la remarque.

— J'en ai rien à foutre de la F1, sauf pour une chose : l'arrêt dans les stands. C'est pour ça que je l'évoquais. C'est extraordinaire de voir à quelle vitesse les mécanos font le plein et changent les pneus.

— Sincèrement, je m'en branle, lâcha Doc en se détournant.

Il avait faim. Il était obsédé par le désir de manger. Pas de se nourrir, de manger. De mettre n'importe quoi dans sa bouche qu'il puisse mâcher et avaler avec bonheur. Il attrapa un paquet de caramels au beurre salé rangé sur son étagère. Gary posa la main sur la boîte de bonbons pour l'empêcher de l'ouvrir.

— T'as tort ! Parce ce que si on fait quelque chose, on doit faire exactement ce qu'ils font dans la F1. Ça va être notre modèle. Chacun à sa place avec une tâche précise et un temps donné. Il faudra qu'il n'y ait aucune faille dans notre organisation, aucune hésitation dans l'exécution. Notre problème, c'est pas la F1, c'est FII !

— C'est de ça qu'on doit discuter, précisa Suz, qui la trouvait bonne.

Soudain, tous étaient d'accord. C'était comme un orchestre silencieux qui s'accordait sur la même note.

Une note muette, quelque chose qui brillait dans les yeux et dont l'éclat produisait un son que seuls les initiés entendaient.

— OK, dit Gary, voyons comment on peut s'y prendre pour gâcher la fête de ces messieurs, et ce que chacun de nous peut apporter. Mais, avant de tout mettre sur la table, je veux que ce soit bien clair : ce que nous préparons ici doit rester totalement secret jusqu'au dernier moment. Rien ne doit sortir de l'atelier.

— C'est quoi le « dernier moment » ? demanda le jeune Arno.

— Le moment où nous serons sûrs qu'aucune fuite à l'extérieur, volontaire ou involontaire, risquerait de tout faire foirer.

Gary ricana :

— Ce *projet*, pour parler comme eux, c'est *notre projet*. Celui de l'atelier de recherche mécanique. Et c'est nous qui allons le mener du début à la fin. C'est projet contre projet.

— Un pour tous, tous pour un ! proclama Suz, en moulinant des bras à la mousquetaire.

Gary leva la main pour empêcher le jeune Arno d'intervenir à nouveau :

— Tu vas me demander ce que c'est que « la fin » ?

— Si tu fais les questions, fais les réponses !

Il y eut un silence cerné de mystère.

— Je ne peux pas vous dire ce que sera la fin, avoua Gary sans hâte. Je n'en sais rien.

Suz chiffonna un vieux papier qu'il avait ramassé dans la cour et le jeta dans la corbeille devant lui :

— Avant de nous décider, dit-il en prenant la parole, avant que chacun de nous se décide s'il y va ou pas, je veux vous répéter ce que je disais dehors à Gary. Pour moi, c'est évident, ce que nous projetons de faire, c'est géant. Ça dépasse tout ce qui s'est fait et tout ce qui se fait en matière de lutte sociale. Nous allons monter d'un cran, faire un pas en avant. Un sacré grand pas, même ! Et ce cran, c'est le cran de sécurité que les syndicats veulent maintenir bloqué. C'est leur rôle. C'est peut-être leur problème. Nous, nous allons le faire sauter, laisser derrière nous les manifs, les revendications, les slogans, les occupations, comme ce que nous faisons en ce moment, les référés et tout le bazar juridique. Même s'en prendre aux machines, ça ne servirait à rien. Tout ça c'est fini, c'est du passé, c'est inutile, c'est du théâtre. Nous allons taper dans le vrai. Et taper dans le vrai, ça veut dire rendre coup pour coup, passer du blabla aux armes.

— Tu déconnes ? dit Doc, avalant un caramel.

— Non, je suis très sérieux. Réfléchis deux secondes : nous allons nous emparer d'un navire avec je ne sais combien de passagers, nous allons devoir le piéger pour assurer notre sécurité. À bord, il n'y aura que des huiles et nous. Alors, forcément, la police, l'armée vont nous tomber dessus.

— C'est couru ! s'exclama Arno, qui s'y voyait déjà.

— Oui, c'est couru. Alors, à partir de là, qu'est-ce qu'on fait ? On dit bravo les gars, belle intervention, très télégénique et bonsoir Clara, on rentre chez nous avec un album souvenir et un procès au cul ? Ou alors on se donne les moyens de défendre jusqu'au bout notre idée, atteindre le Nord coûte que coûte, faire goûter la tempête à ceux qui nous ont largués sans vivres en pleine mer ?

— De toute façon, prendre le bateau, retenir des otages, sera déjà considéré comme un acte de piraterie, un acte de guerre.

— Et alors ? On nous condamnera ? Nous sommes déjà condamnés…

— Je suis d'accord avec Suz, approuva Dargone, il n'y a rien à craindre. Je crois que c'est fini le temps où on pouvait être polis, aimables, respectueux. Ceux qui nous ont mis dans la merde et ceux qui veulent qu'on y reste ne sont ni polis ni aimables, et encore moins respectueux avec nous. Je crois que c'est ça que nous devons faire : nous battre, mais pas comme on se bat avec les syndicats ou l'opinion publique, se battre vraiment. Au Chili, si Allende avait armé le peuple, jamais Pinochet n'aurait réussi son coup d'État…

— C'est super ! s'enthousiasma Arno. On va leur montrer ce qu'on sait faire et comment on sait le faire. Comme dans un polar…

— Plutôt comme dans la Résistance, corrigea Gary. Nous ne sommes pas des gangsters.

Il réfléchit un instant, le temps d'entendre sonner au loin le dernier coup de cloche d'une église où il devait y avoir un enterrement.

— Pour tout le monde, pour l'extérieur comme pour ceux d'ici, on va raconter que nous organisons une journée portes ouvertes avec bal costumé, orchestre, visite des locaux, sensibilisation à notre lutte, etc. Et quand nous serons prêts, quand nous serons certains que personne ne flanchera, nous dévoilerons nos batteries secteur par secteur.

— Aux échecs, ça s'appelle « masquer le coup », précisa Doc, qui se défendait à ce jeu-là.

— Oui, dit Gary, on va masquer le coup le plus longtemps possible. Ça, c'est un point acquis. L'autre, c'est ce que vient de dire Suz. Qu'est-ce que nous faisons si nous sommes attaqués ? Et nous le serons…

Amos grimaça. Ses yeux s'agitaient :

— Je ne me vois pas tirer dans le tas… D'abord, avec quoi ? Avec les armes de collection de Gary ?

Il caressa son menton piquant de barbe :

— Nous ne voulons tuer personne. En tout cas, moi, je ne veux tuer personne. Suz parle bien, mais il dit des conneries. Régler les problèmes par la force, c'est reconnaître que seule la force est capable d'imposer nos idées. C'est-à-dire penser comme les fascistes.

— Non, comme des révolutionnaires ! À la violence capitaliste nous répondons par la violence révolutionnaire. Comme en 1792, « la patrie est en danger » ! Nous ne pouvons compter que sur nos forces.

— Tu lis trop. Ça te monte à la tête !

— Qu'est-ce que tu fais si on nous attaque ? redemanda Suz, qui s'accrochait à son idée. Il n'y a que ça qui m'intéresse.

— Si on nous attaque, c'est la guerre. Et si c'est la guerre, on se défend, affirma le grand Schwartz.

Il glissa avec malice :

— Comme disait l'autre : « Nous n'avons que des chaînes à perdre et un monde à gagner… »

— On a peut-être aussi la vie à perdre ? répliqua sévèrement Amos.

— Tu as raison, dit Schwartz les yeux dans le vague, c'est peut-être ça la fin que Gary n'arrive pas à nous décrire. Ou dont il ne veut pas parler. C'est peut-être notre fin qu'il craint de regarder en face. Mais quand je nous regarde, quand je vois ce que la société fait de nous, je me dis que nous sommes finis. Et, fini pour fini, je préfère que ce soit moi qui choisisse le lieu et l'heure.

Il ajouta, comme une flamme commence à faiblir :

— Tu vois, ce qu'on doit faire, on doit le faire lucidement, consciemment. Même si plus on est lucide, plus on est désespéré. Ce désespoir, c'est aussi notre force. En tout cas, c'est la mienne.

Et, se tournant vers Gary :

— Et la tienne aussi, non ?

Amos revint à la charge. Si les autres nageaient dans le brouillard, il y voyait clair. Suffisamment clair en tout cas pour ne pas les laisser s'aventurer où ils n'avaient pas à s'aventurer :

— Je ne crois pas être fini et je suis pour l'action, mais contre une action violente. C'est une question de morale. Les organisations terroristes, comme les États qui les combattent, n'ont pas de morale. Pour eux, c'est vrai, la fin justifie toujours les moyens. Mais pour nous ?

— Nous sommes en guerre, affirma Suz, appuyant sur les mots. Je lis peut-être trop, mais ça je n'ai pas besoin de le lire pour le savoir, je le vis.

— Tout ça c'est très beau, très romantique. C'est l'aventure ! dit Amos. Mais c'est faux. La guerre, c'est l'échange des morts. Je peux tuer parce que j'accepte d'être tué. Il y a une sorte d'égalité chez les combattants. Une égalité devant la mort. Le terrorisme ignore cette loi. C'est un acte unilatéral. Je tue des gens qui ne savent pas qu'ils peuvent mourir à cause de moi, des gens qui ne veulent pas mourir, qui ne peuvent ni se défendre ni s'enfuir. Il n'y a aucune égalité. Je suis armé, ils ne le sont pas.

— Il n'est pas question de tuer, répondit Suz, mais de se défendre. Ce n'est pas nous qui avons déclaré la guerre, les agresseurs ce sont eux. Nous serons dans le cadre de la légitime défense. La morale est de notre côté.

— Personne ne peut dire le contraire, approuva Gary, ils nous agressent avec des gants blancs ou des gants en latex pour ne pas laisser de traces, mais des organisations comme FII nous font la guerre. Il n'y a pas que des États voyous, il y a aussi des entreprises terroristes. FII, New Delhi Electronic, comme les fous de Dieu islamistes, posent des bombes, des bombes économiques, mais des bombes aussi meurtrières que les autres. Comme les djihadistes, ils se régalent d'avance du nombre de victimes qui, pour eux, se convertit immédiatement en dollars. Plus il y a de morts, plus ils en encaissent. À nous l'enfer, à eux le paradis.

— Victor Hugo ! s'illumina Suz. « C'est l'enfer des pauvres qui fait le paradis des riches » ! Ça sert, de lire…

— Vous êtes dingues ! s'emporta Amos, cerné par une forêt de frustrations, de regrets, d'absurdes images de désastre. Qu'est-ce qui vous prend ? On dirait que vous avez déjà tout réglé dans vos têtes. Vous vous y voyez comme au tribunal révolutionnaire. On y va, on prend le premier prétexte pour zigouiller tout le monde et « Ah, ça ira ! ». Mais, pour moi, ça ne va pas. Ça ne va pas du tout.

— Si tu t'en sens pas, rien ne t'oblige.

— C'est pas la question. Ce que je veux, c'est qu'on établisse des règles. Qu'on discute précisément de ce que nous pouvons faire, de ce que nous ne pouvons pas faire. Et où, quand, comment.

Amos martela les mesures de sa logique :

— Vous comprenez, ça change tout, si nous, nous définissons les règles. Pas les lois de la guerre ou la convention de Genève, non, nos règles, les nôtres. Quelque chose de pensé, de réfléchi pour que, quoi que nous fassions, nous n'en ayons jamais honte. Et tant pis si on doit y passer la nuit. Tant mieux même. Je refuse de me lancer dans ce truc comme un taureau piqué par un taon !

Il se sentait moralement isolé, et pourtant solidaire de tout ce qui se faisait, de tout ce qui pourrait se faire dans l'atelier. Mais il ne voulait pas laisser monter l'enthousiasme grotesque de ceux qui partent au combat en paroles, mais fuient dès que l'ennemi se montre.

— Je n'ai jamais eu la bonne vie, dit-il, un bon foyer chez moi avec ma femme et mes enfants. J'ai toujours survécu, jamais vécu. J'ai un toit, un métier, je gagne mon salaire honnêtement, mais, à part ici, à part vous, on me regarde toujours comme un nègre. Vous savez que vous pouvez compter sur moi, je veux simplement pouvoir compter sur vous.

Il fit le geste de tirer à l'arc :

— Si nous voulons atteindre la cible, il ne faut pas penser à tirer, mais penser à la cible. Se dégager de tout le reste…

La discussion se prolongea encore plus d'une heure sur le désespoir, la conscience, la mort…

— On n'a plus parlé comme ça depuis Dostoïevski ! conclut Doc, proposant d'ouvrir des bières et de faire une pause.

— « Si Dieu n'existe pas, comme le proclame Raskolnikov, le meurtre est possible » ! avança le grand Schwartz.

Mais personne ne se sentait prêt à embrayer là-dessus.

Installation

L'Aquarium, le bureau de Gary, était planté au centre de l'atelier. C'était un simple carré de cloisons vitrées sans autres décorations que des cartes postales, souvenirs de vacances des uns et des autres, coincées dans les jointures des carreaux.

Gigi en prit possession en fin d'après-midi.

Amos avait installé toute l'informatique, rentré les éléments transmis par Milan dans les ordinateurs, connecté imprimantes, scans et tout le toutim.

Un véritable poste de contrôle, doté de quatre lignes téléphoniques.

Gigi s'installa dans le fauteuil de Gary pour en régler la hauteur à sa taille et posa sur la table un objet étrange sorti de son sac.

— Qu'est-ce que c'est ? demanda Gary, intrigué.

— Un signe, répondit-elle.

En venant à l'usine, elle était passée devant le stock d'un brocanteur. Son œil avait été attiré par cet encrier ancien serti de coquillages. Un de ces bibelots en vente d'ordinaire dans les boutiques du bord de mer. Sur la plus grande coquille était peint à la gouache un paquebot au milieu des vagues…

— Vous voyez, dit-elle à Gary en lui faisant découvrir le dessin, c'était comme si un message m'était adressé. Il fallait que je l'achète…

Gary admira en silence, n'osant faire remarquer à Gigi que le coquillage soutenant la petite bouteille d'encre était fendu d'un profond sillon ourlé de deux lèvres nacrées, semblable à un sexe de femme.

Gigi commença dès qu'ils furent tous réunis autour d'elle :

— Gary vous l'a déjà expliqué, mais je le répète pour que nous soyons bien d'accord. Je me charge de l'agence et de tous les contacts avec les fournisseurs. Cela signifie que vous devez me transmettre tous vos rendez-vous, toutes vos informations, vos numéros de portables. Je dois tout centraliser, tout savoir.

Ils se turent, épatés d'entendre une jeune femme, presque encore une jeune fille, s'exprimer avec tant d'autorité.

Gigi poursuivit :

— Maintenant, chacun d'entre vous va suivre un des aspects particuliers de l'organisation : la location du bateau, l'équipage, la navigation, l'orchestre, les costumes, le feu d'artifice, les transports, la sécurité, etc. Comme sur le tournage d'un film, celui qui sera le responsable d'un secteur organisera son équipe comme il l'entend. Notre seul critère doit être l'efficacité. Je suis d'accord avec Gary, notre modèle, c'est les mécanos de la F1…

— Arrête ! ricana Suz, j'ai l'impression d'entendre la direction !

— Tu l'entends, répliqua Gigi, d'un ton froid.

Doc faillit s'étouffer de rire en avalant de travers une amandine.

— Pan dans les dents ! lança-t-il à Suz. La demoiselle a raison, nous devons monter une organisation pyramidale et, au sommet de la pyramide, c'est elle qui supervisera le tout et personne d'autre. C'est elle la chef de projet ! Moi, ça me va.

Il proposa aussitôt :

— J'ai un ami docker, au Havre. Alors je peux m'occuper de ce qui tourne autour du port, de l'embarquement, de la sortie en mer…

Dargone se chargerait des communications, talkies, circuits télé, prises de vues, brouilleurs de fréquences, etc. Le grand Schwartz s'intéresserait aux machines, à leur fonctionnement, à la structure du navire, le jeune Arno aux costumes et à l'intendance avec l'aide de Kiki, Gary serait leur porte-parole auprès de tous les services de l'usine. Suz, l'air de ne pas y toucher, proposa :

— Tu pourrais peut-être aussi t'occuper de l'orchestre ?

— Tu t'y connais en musique ? s'étonna Schwartz, amateur de Mahler, de Varèse, de Webern et du free-jazz le plus déjanté.

— C'est son jardin secret, persifla Suz, empêchant Gary de répondre.

Puis il se porta volontaire pour les questions de sécurité :

— Mon frère est colonel dans l'artillerie. Il est dans le coin pour la semaine. Il participe à un séminaire à l'École militaire. Je crois que je vais me démerder pour lui parler les yeux dans les yeux…

— Je croyais qu'il devait quitter l'armée ? grogna Gary.

— C'est ce qu'il me jure chaque fois que je le vois ! Mais pour moi, la vraie question, c'est pas quand il la quittera mais pourquoi il y est entré !

— Tu lui as jamais demandé ?

— Dix fois ! Et dix fois, il m'a fait la même réponse : « Si je ne m'étais pas engagé, je crois que j'aurais fait des conneries ! » Tu sais, c'est un grand schizophrène, l'armée lui offre un cadre. Sans ça, je crois qu'il serait à l'asile depuis longtemps.

Suz se mit à rire doucement.

— Pourquoi tu te marres ? dit Gary. C'est pas drôle.

— Parce que, pour les conneries, peut-être que je vais pouvoir lui offrir une deuxième chance !

Visite 1

Quand il s'était engagé, le frère de Suz avait donné le nom de sa mère comme nom d'usage, Lantarget.

Dans l'armée, avoir Suzanne pour patronyme n'aurait pas été vivable. Avec le temps, tout le monde avait oublié sa véritable identité...

Suz se présenta au planton de l'École militaire. Il fit un effort pour réclamer son frère sous le nom où il était connu dans l'institution.

— Vous avez des papiers d'identité ?

— Je suis de sa famille. Prévenez-le, je l'attends dehors...

Le colonel Lantarget, en civil, retrouva Suz devant l'entrée principale. Les deux frères Suzanne s'embrassèrent, quatre bises, comme à la campagne...

— Qu'est-ce qu'il y a ? Ça ne va pas ? demanda Suz. T'as l'air furax. C'est pas bien, ton séminaire ?

— J'en ai plein le cul de ces réunions où on parle pour ne rien dire. Ça, pour refaire la guerre de 70, celles de 14 et de 39-45, ils sont champions ! Mais pour prendre en compte ce qui se passe aujourd'hui, le risque du terrorisme nucléaire, bactériologique, il n'y a plus personne !

— Ils s'en foutent ?

— Ils ne veulent même pas en discuter !

Le colonel ricana :

— Tu me diras : ils n'ont pas écouté Pétain en 14, ni de Gaulle en 39, on est donc bien dans la grande tradition française !

— On va boire quelque chose ? proposa Suz, pour détendre l'atmosphère.

Avenue Bosquet

Ils se dirigèrent d'un même pas vers un tabac de l'avenue Bosquet. Le colonel s'animait, intarissable :

— Comme d'hab, on est en retard d'une guerre.

On investit des milliards et des milliards dans des engins qui ne servent à rien et dont personne ne veut. Prends le Rafale, qu'est-ce que c'est le Rafale ? Une supermachine pour enrichir Dassault, mais pas mieux que l'avion de chasse européen, qui coûte quatre fois moins cher et se vend partout. Et je ne parle pas des chars Leclerc, si perfectionnés, si fragiles qu'on n'a pas les moyens de s'offrir les pièces de rechange en cas de panne… on les prend sur les neufs !

— Qu'est-ce qu'on peut faire ?

— On doit prévenir le pire et s'adapter aux circonstances ! Hitler est mort, Staline aussi. Il n'y a plus d'Allemagne nazie ni d'URSS, mais il y a M. Ben Laden et ses succursales. Ce qu'il faut, c'est organiser une vraie défense civile, assurer la sécurité des cibles stratégiques potentielles pour des terroristes : les stockages de chlore ou de phosgène, les dépôts de carburant, les barrages hydrauliques, les installations industrielles à risque. Tu sais ce que c'est, le méthylisocyanate ?

— Comment veux-tu que je le sache ?

— Bhopal, ça ne te dit rien ? Des milliers de décès et encore plus d'handicapés. Un gaz toxique beaucoup moins compliqué à faire péter qu'une centrale nucléaire.

— Tu ne vas pas me dire qu'elles sont mal protégées ?

— Elles ne sont pas protégées du tout ! La sécurité n'est pas assurée, nulle part.

Suz n'y croyait pas :

— Quand même, ça ne saute pas comme ça, une centrale nucléaire ! Il suffit pas d'avoir un gros pétard et boum !

— C'est pas si compliqué qu'on l'imagine…

— Tu vas m'expliquer ça.

— Non, c'est toi qui vas m'expliquer ce qui te prend. On s'est pas vus depuis au moins un an et, d'un coup d'un seul, tu me tombes dessus comme si t'avais le diable au cul.

Tabac

Ils entrèrent dans le café et commandèrent deux demis.

— Tu tiens toujours le siège dans ta boîte ? demanda le colonel en s'installant en face de son frère. J'ai lu un truc là-dessus dans le journal…

— Ça pour tenir, on tient.

— Ils vont vous virer quand ?

— Un de ces quatre, mais on s'en fout.

Le garçon vint les servir. Suz déplia le plan du *Nausicaa*, sous l'œil goguenard du colonel.

— Tu veux t'offrir une croisière avec tes indemnités ?

— Si on veut…

— T'as raison de te payer du bon temps. Moi, on me proposerait de poser mes galons et de partir avec suffisamment de fric pour voir venir, je ne serais pas long à faire mon paquetage. Je n'en peux plus de cette inaction, de cette passivité.

Il articula, lissant machinalement ses cheveux coupés ras :

— J'en ai ma claque, tu comprends. Je finirai par faire des conneries ou devenir vraiment dingue.

Suz sourit :

— Justement, j'ai quelque chose à te proposer pour t'occuper. Regarde bien ce plan…

— Pourquoi tu veux que je regarde ce truc ?

— J'ai besoin de toi.

— Tu te trompes d'adresse ! Moi, c'est l'artillerie. Pour la marine, tu dois t'adresser à la boutique à côté.

Suz fixa son frère droit dans les yeux :

— À ton avis, il faut quel genre, et quelle quantité d'explosifs, pour couler un rafiot comme ça ?

Visite 2

Doc débarqua au Havre sur le coup de midi. Milo, son copain de régiment, l'attendait à la sortie de la gare.

— Ça me fait sacrément plaisir de te voir !

— Moi aussi !

Doc admira l'allure du docker, épaules larges, ventre plat, spectaculaire dans sa grande veste en cuir.

— Dis donc, tu tiens la forme !

— Je continue le rugby, dit-il, un peu surpris du compliment. Et ici ce n'est pas facile, c'est loin du Sud-Ouest !

Il tapa sur la brioche de Doc :

— Toi, tu ferais bien de t'y remettre !

— Oublie, y a rien à faire…

— C'est jamais trop tard !

Ils se dirigèrent vers le parking.

— Tu sais pourquoi je suis comme ça, et que je le serai toujours, même si je faisais huit heures de sport par jour ? demanda Doc.

Milo risqua :

— Trop de bonnes choses à manger et les emmerdes de la vie qui s'accrochent à la taille pour être sûres de bien s'y tenir…

— Tu n'y es pas.

Doc sourit, avalant discrètement un carré de chocolat qu'il gardait dans sa poche :

— Tu te souviens de ma date de naissance ?

— Tous les ans je t'envoie mes vœux… « Noël » !

— Oui, Noël, soupira Doc, prononçant son prénom.

Milo ouvrit les portières de son break :

— On va bouffer à la maison, dit-il. Ma femme a fait de la blanquette. Après, je t'emmènerai sur le port. Qu'est-ce que tu veux voir ? Ici, je suis connu comme le loup blanc !

Voiture

Ce que Doc avait à dire était un peu compliqué. Avant de se lancer, il préférait finir son histoire :

— Je vais t'expliquer ce qui t'arrive quand ta mère accouche un 25 décembre, chez les augustines, à Sainte-Monique, dit-il quand la voiture démarra. D'abord, on t'appelle Noël…

— Ils auraient pu t'appeler « Jésus » !

— Tu ne crois pas si bien dire…

Milo dévisagea Doc, imaginant, les yeux rieurs, ce que serait un gros Jésus. Après tout, peut-être que le vrai Jésus était une bonbonne comme Doc ? Personne n'en sait rien, il n'y a pas de portrait, pas de photo et personne n'a jamais décrit comme il était…

Doc reprit, les yeux rêveurs :

— Les bonnes sœurs avaient organisé une crèche vivante à la maternité. Un vrai décor, grandeur nature, avec l'âne, le bœuf et tout le saint-frusquin, mais, pas de chance, elles n'avaient comme Jésus qu'un petit noiraud portugais qui faisait vraiment trop rastaquouère pour elles. Alors, quand je suis né, alléluia !

C'était Dieu lui-même qui m'envoyait : blond, rose, potelé, les yeux bleus comme dans les pires chromos saint-sulpiciennes. J'ai été réquisitionné d'office…

— Tu peux essayer de faire valoir ça pour la retraite ?

— Je devrais. C'était un véritable boulot. Quatre heures par jour sur la paille !

Doc prévint Milo :

— Pas la peine de me dire que j'ai commencé sur la paille et que j'y finirai, on me l'a déjà faite dix fois !

— Je ne dis rien ! protesta Milo, stoppant à un feu.

Il redémarra. Doc reprit en même temps :

— Tu comprends, les bonnes sœurs avaient un problème : j'étais le Jésus idéal à un détail près, dès qu'on me séparait de ma mère je braillais, je pleurais, je gigotais comme un damné. Alors, pour que je sois sage comme une image pendant les visites, surtout celle de l'évêque à l'inauguration, elles n'ont rien trouvé de mieux que de me gaver d'eau sucrée. T'imagines qu'il n'a pas fallu bien longtemps pour que je sois complètement accro au sucre, un vrai junkie.

Doc s'y revoyait.

— Résultat, quand la crèche a été démontée, quand elles m'ont rendu à ma mère, je ne pouvais plus vivre sans mes doses de sucre. Maman, la pauvre, m'a raconté que mes six premiers mois ont été un véritable enfer pour elle. Et après, je n'ai jamais pu me défaire de mon appétit pour les sucreries…

— Tu sais ce que ma femme a prévu comme dessert ? demanda Milo.

— J'aime mieux pas le savoir.

Gary et Olympe s'étaient retrouvés dans une chambre au *Formule 1,* à trois pas de Mondial Laser. Le temps leur était compté. Ils se déshabillèrent l'un en face de l'autre.

— Tu te souviens de notre premier regard ? demanda Gary.

— Dans la cour, sous l'arbre, quand tu m'as sorti Joyce de ton chapeau ?

— Oui, exactement là.

Il sourit :

— Est-ce que tu as idée de l'impression que tu fais la première fois qu'on te voit ?

— Je ne sais pas ? Naturelle, normale…

— Non, ni naturelle ni normale. Tu es insolente.

— Sûrement pas, je suis timide !

— Il y a toujours de la provocation dans tes yeux. Tu nargues. C'est ce qui m'a plu au premier coup d'œil. Je me suis dit : « Celle-là, si elle me cherche, elle va me trouver ! »

Olympe ouvrit les draps.

— Je suis prête à tout, dit-elle, joyeuse, en se couchant la première.

Gary plongea sur elle :

— C'est ce qu'on va voir.

Elle le retint :

— Je ne te parle pas de mon cul, mais de ce que vous êtes en train de manigancer avec les autres.

— Qui t'a dit ça ?

— Ne me prends pas pour une cruche. Vous préparez un truc ?

Gary lui donna un petit baiser sur la joue :

— Nous voulons faire une journée portes ouvertes, dit-il, avec de la musique, des discussions, des visites, des démonstrations pour essayer de remuer l'opinion publique, les journaux, la télé.

— Je peux faire quelque chose ?

Gary n'en attendait pas moins :

— Est-ce que tu pourrais voir si, dans tout le personnel, il y aurait assez de musiciens pour constituer un orchestre ?

— Un orchestre comment ?

— Un orchestre assez pro pour jouer des standards de variété, mais aussi des valses, des tangos, des slows.

— C'est un truc de balloche, ça !

Gary éclata de rire :

— Tu sais ce que ça veut dire « balloches » en argot ?

— C'est ce qui se joue dans les bals..., risqua Olympe.

Gary s'esclaffa de plus belle :

— Plutôt dans les *balls*, comme on dit en anglais !

Olympe se renfrogna :

— Combien de musiciens je dois trouver ? demanda-t-elle, le plus froidement possible.

— C'est à toi de me le dire…

Elle réfléchit, fermant les yeux, pleine du sentiment paisible de sa compétence :

— Six violons, trois altos, deux violoncelles, une contrebasse… Et, pour bien faire, des percussions, une batterie, deux guitares, peut-être une flûte, un trombone et, pourquoi pas, une clarinette ou un sax…

Gary ne cacha pas son scepticisme :

— On ne trouvera jamais tout ça à l'usine…

— Faut voir.

Olympe compta sur ses doigts :

— Les ingés ont un groupe rock, ça en fait cinq ou six. Mme Lagrange, à la compta, joue de la flûte.

— Simone ?

— Je ne sais pas son prénom, mais je suis sûre qu'elle joue de la flûte. On m'a dit qu'il y en avait plusieurs qui jouaient du violon.

— Je sais que M. Heureclaire, le délégué FO, en joue très bien. Il a même donné des concerts. Les autres, je ne vois pas qui.

Ce n'était pas grave. Olympe ne manquait pas d'idées :

— Je peux demander aux filles de mon quatuor. Je peux demander aussi à un copain, Thomas, qui joue du piano et du violon. Son frère joue de la trompette. Ils ont un petit ensemble de jazz…

— Le problème, c'est qu'on ne pourra pas les payer.

— Pour un jour, ils feront ça pour mes beaux yeux ! assura Olympe en roulant sur Gary.

— Qu'est-ce qu'on ne ferait pas pour tes beaux yeux ?

Elle se redressa à l'instant où Gary allait l'embrasser :

— Je sais à qui je vais demander…

— Embrasse-moi…

Olympe, tout à son idée, ne voulait rien entendre :

— Je vais demander à Jean-Claude Petit de diriger l'orchestre ! Il fait des musiques de films. C'est un type très bien, très engagé…

— Tu le connais ?

— Sa femme est violoniste. J'ai travaillé avec elle dans une séance. Je suis sûre qu'il voudra bien !

— Sans fric ?

— Il s'en fout ! Il le fera par solidarité, pour la cause !

Gary fit basculer Olympe sous lui, elle allait voir

ce dont il était capable, lui aussi, par solidarité et pour la cause !

Visite 4

Dargone connaissait un Chinois, dans le XIIIe, à Paris, M. Cha, un homme discret, poli, affable, à qui on pouvait demander n'importe quoi : un brouilleur de fréquences, des talkies militaires, des caméras de surveillance, du câble, du petit matériel électrique…

Dargone ne s'en priva pas. M. Cha ne posait jamais de questions inutiles. Peut-être est-ce pour ça qu'un soir, alors qu'ils dînaient tous les deux en tête à tête dans son arrière-boutique, Dargone s'était confié à lui, plus sincèrement qu'il l'aurait fait à un prêtre ou à un psy.

— Quand je pense à mon père, je pense à Allende…

— À qui ?

— Le président Allende, le Chilien.

Cha se bascula d'arrière en avant sur sa chaise :

— Votre père était comme lui ?

— Pas physiquement. À part les grosses lunettes. Mais il pensait comme lui, il voyait le monde comme lui, il avait confiance en lui…

— Et vous aussi vous pensez comme lui ?

— Non, avoua tristement Dargone, non pas vraiment. Je pense qu'on ne peut pas être démocrate avec les fascistes. Pinochet était un fasciste financé par les États-Unis, Kissinger et la CIA. Allende a eu tort de ne pas armer le peuple pour empêcher le coup d'État…

— Votre père était armé ?

Dargone sourit, le nez dans son potage au vermicelle :

— Non. Il n'était armé que de ses convictions, ça ne suffit pas…

Et, d'une colère sourde :

— Je ne pardonnerai jamais aux Anglais d'avoir laissé filer Pinochet alors qu'ils le tenaient en 98. Jack Straw, un travailliste ! Pour faire plaisir à la mère Thatcher et aux Américains, il a fait semblant de croire que cette vieille ordure était trop malade pour être jugée. Alors que les tribunaux avaient décidé qu'il ne devait bénéficier d'aucune immunité pour les actes de torture commis dans son propre pays. Non, ça, je ne leur pardonnerai jamais !

Dargone avait quatre ans en 1973, au moment du coup d'État. Son père, français, travaillait au Chili au titre de la coopération comme ingénieur agronome. Sa mère, chilienne, enseignait la littérature classique et le grec à la fac. Elle avait été arrêtée dans l'amphi par des militaires aux visages peints le 14 septembre, et miraculeusement relâchée un mois plus tard, avant d'être expulsée avec son mari et son fils.

Que s'était-il passé pendant ce mois ?

Sa mère n'en parlait jamais à Dargone. Une fois seulement, il l'avait entendue pleurer et dire au téléphone :

— *¿ Por qué me dejarón la vida a mí ? Los demás muerierón… Todos mis amigos. A todos les he visto sufrir, les he oído reclamar que se le maten. He sufrido todas esas cosas horribles. ¿ Por qué me déjarón vivir a mí** ?

Sa mère ne pouvait plus dormir avec son père. Elle

---

* « Pourquoi ils m'ont laissé la vie ? Tous sont morts. Tous mes amis. Je les ai tous vus souffrir, je les ai entendus réclamer qu'on les achève. J'ai souffert toutes ces choses horribles. Pourquoi m'ont-ils laissé vivre ? »

dormait dans un fauteuil du salon, incapable de s'allonger comme ses bourreaux l'allongeaient pour la torturer à Santiago. Elle est morte assise là, d'une rupture d'anévrisme, léguant à Dargone ce mois d'absence entre le 14 septembre et le 14 octobre 1973.

TÉLEX

DANS LE CADRE DE SON PROGRAMME D'ÉRADICATION DU PAVOT, LE GOUVERNEMENT DU LAOS A PROCÉDÉ AU DÉPLACEMENT FORCÉ DE 70 000 PERSONNES DES MONTAGNES VERS LES PLAINES. FAUTE D'AIDES POUR DÉVELOPPER LES CULTURES DE SUBSTITUTION, LA MAJORITÉ DES PERSONNES DÉPLACÉES MANQUENT DE NOURRITURE ET SONT FRAPPÉES DE MALARIA, DE DYSENTERIE ET D'AUTRES MALADIES.

ZHOU SHENGXIAN, CHEF DES SERVICES ENVIRONNEMENTAUX CHINOIS, DÉCLARE : « LA CHINE COMPTE DES DIZAINES D'USINES CHIMIQUES DANGEREUSES POUR L'ENVIRONNEMENT ET LES POPULATIONS. »

SEB, REPRENEUR DES ACTIFS MOULINEX, ANNONCE 890 SUPPRESSIONS D'EMPLOIS EN FRANCE, SOIT 1 SALARIÉ SUR 8.

Flash-back

Melville était arrivé au vernissage de Giorda un peu avant la fermeture de la galerie Gutenberg. Il y avait encore beaucoup de monde, certains invités dans la cour arborée, un verre à la main, d'autres à l'intérieur devant les toiles exposées sur deux étages. Il s'arrêta brusquement devant un grand paysage. Une lande montagneuse, rocailleuse, sur fond de ciel bleu déchiré de nuages. À gauche, il y avait une forme énigmatique : un énorme bloc de pierre, un mammouth fossilisé, une meule de foin pourrissant sur pied…

— Vous aimez cette peinture ? lui demanda abruptement sa voisine qui, elle aussi, l'observait.

— Elle me trouble, répondit Melville, sans quitter l'œuvre des yeux. Cette espèce de météorite tombée dans la montagne, indistincte, sombre, emportée, semblable à l'esprit humain…

La femme se présenta :

— Du Temple Margaux, dit-elle en lui offrant sa main.

Melville s'inclina :

— Melville Grabbe…

Et, contrit :

— Pardonnez-moi, je ne vous avais pas reconnue, madame Volumster…

— Tant mieux. J'ai horreur de ça.

— Votre mari n'est pas là ?

— Il a d'autres chats à fouetter…

Ils rirent.

Un maître d'hôtel vint leur offrir une coupe de champagne.

— Vous appréciez Giorda ? demanda Aurore.

— Je le découvre, avoua Melville. C'est une amie qui m'a donné rendez-vous ici.

— Elle a bon goût.

Melville feignit de prendre le compliment pour lui.

— Si vous le dites…

— Vous ne manquez pas d'air !

Ils rirent à nouveau.

Aurore Volumster proposa à Melville de lui servir de cicérone. Il accepta sans hésiter :

— Je vous laisse me guider.

— Vous aimez la peinture ?

— La peinture m'excite, mais je n'y connais rien.

— Giorda est un grand peintre, dit Aurore en l'entraînant par le bras. Il a, et c'est très rare aujourd'hui, le sens du tragique. Du vrai tragique des anciens, celui qui se joue sous un soleil brutal où le rouge ne peut être que du sang…

— C'est vrai que les couleurs sont très crues.

— Ça vous choque ?

— Non.

— Ça vous effraye ?

— Non. Ou plutôt si. Ce qui m'effraye dans ces toiles, c'est l'étrange impression de les avoir peintes moi-même.

— Je vais vous présenter l'artiste. Il sera content de rencontrer son double !

— Attendez. D'abord, je veux tout voir.

Devant l'ombre d'une cathédrale noyée dans une eau jaune, Aurore demanda :

— Comment va Pat ?

— Il s'est pris de passion pour le golf.

— Tant mieux. Je trouve qu'il a besoin d'exercice et de temps pour faire le point.

— C'est vrai qu'il est prêt à se damner pour dix-huit trous ! ricana Melville.

Aurore devint très sérieuse :

— Vous savez que j'ai une certaine influence sur le conseil d'administration de votre boîte…

Elle dévisagea Melville :

— Tout ceci doit demeurer entre nous. Mais je crois qu'il va être temps de la relancer sur de nouvelles bases. Les résultats ne sont pas vraiment à la hauteur de nos espérances…

Melville accusa réception du message sans détour :

— Si vous voulez que nous en discutions, j'ai quelques idées sur la question…

— Ça ne m'étonne pas ! dit Aurore, ravie de tant

de franchise. Déjeunons ensemble la semaine prochaine. Je crois que je peux vous être utile, pas uniquement pour vous éclairer sur la peinture…

— J'en serai enchanté.

Aurore applaudit :

— « Enchanté », c'est le mot !

Météorite

Le lendemain, Melville reçut en cadeau le grand paysage montagneux de Giorda avec une carte de la banque Margaux : « Il ne faut jamais se refuser ce que l'on aime, même si votre conscience brûle, comme une météorite tombée dans un pré, Aurore. »

Melville Grabbe

Melville Grabbe a pour lui un sourire irrésistible, dix idées à la seconde, une énergie jamais démentie et une aptitude aux décisions rapides. Prévenant, mondain, il cache ses mélancolies et tait ses nostalgies, mais il s'évade parfois dangereusement des conversations. Si la remarque lui est faite, il s'en excuse toujours avec la même pirouette :

— Pardonnez-moi. Ce n'est que la délicieuse absence des poètes…

La généreuse nature a fait naître Melville voluptueux, mais sa vie est compliquée. Trop de femmes plus la sienne, Myriam, son joker, sa bonne étoile.

Myriam n'existe pas.

Melville la fait vivre en province – où ? il refuse de le dire –, directrice d'une agence bancaire et mère d'une fille prénommée Garance. Myriam, c'est l'excuse toujours prête pour refuser les week-ends en amoureux, justifier les cadeaux qui apparaissent chez lui, les vêtements neufs offerts par l'une ou l'autre avec qui il couche – ses émotions, comme il dit.

Melville est fier de son invention.

Comme il est fier de sa théorie selon laquelle il faut toujours avoir au moins trois maîtresses pour en avoir toujours une de disponible et se protéger du danger mortel de l'attachement.

Melville est un fantôme, un amant virtuel, un intermittent de l'amour.

S'il ne fallait retenir qu'une de ses aventures, la première fut décisive.

Il avait seize ans, il était en pension en Angleterre, dans un collège, à Brighton. En septembre, un peu avant la reprise des cours, il fut invité à passer une dizaine de jours à Londres, dans la famille de son voisin de dortoir Charles Dylan Scott, dit Charlie, grand masturbateur devant l'Éternel et joueur d'échecs émérite. Charlie avait deux sœurs : une plus jeune d'un an, Hazel, l'autre plus âgée de deux, Sylvia. Le père, fonctionnaire à l'ONU, était absent, et les quatre adolescents étaient sous la seule responsabilité de Mme Scott, connue sous le nom de Pearle Hurts, une poétesse dont les vers avaient été mis en musique avec succès par un groupe folk :

A moon can be too shining white
Too poignant, music beat
Too hushed can be the lovely night
A kiss... too piercing sweet

Melville séduisit d'abord la plus jeune des deux sœurs, Hazel. Une nuit, ils se retrouvèrent dans le garage et, sur un vieux matelas de plage, l'un et l'autre firent l'amour pour la première fois. Deux jours plus tard, dans le grenier, Melville couchait avec Sylvia qui – surprise – était vierge elle aussi. La veille de la rentrée, alors que Charlie et ses deux sœurs accompagnaient leur oncle à Cambridge pour rendre visite à leur grand-mère paternelle, qui allait sur ses quatre-vingt-dix ans, Pearle entraîna Melville dans sa chambre sous prétexte de lui faire la lecture de ses dernières œuvres. Sitôt la porte refermée, elle lui ordonna de se déshabiller ; elle-même le fit sans attendre et, comme s'il s'agissait de la chose la plus naturelle du monde, se glissa dans le lit où Melville la rejoignit.

À cet instant, Melville comprit qu'il plaisait aux femmes et qu'elles gouverneraient sa vie.

Déjeuner

Un huissier en habit, une lourde chaîne autour du cou, conduisit Melville jusqu'à la salle à manger privée réservée aux dirigeants de la banque Margaux. Aurore l'attendait, déjà à table. Elle l'invita à s'asseoir.

— Vous aimez le champagne ?

— Si vous en prenez, j'en prends…

Aurore fit signe au maître d'hôtel de les servir.

— Je veux vous raconter quelque chose. Une de mes amies, Violante de Valencia, a été invitée, un jour, à la pêche au requin dans le golfe du Mexique. La voilà donc à bord d'un petit bateau de plaisance, avec deux ou trois personnes en plus du propriétaire. Très vite, ils attrapent un très gros requin qu'ils hissent à bord pour le tuer. C'est comme ça que l'on procède habituellement, selon Violante… Le propriétaire, qui s'y connaît, commence à donner des coups de machette sur l'animal qui fait des bonds dans le fond du bateau. Violante m'a dit que c'était horrible, qu'il y avait du sang partout… L'homme a beau saigner le monstre, il ne meurt pas et la douleur – si les requins éprouvent de la douleur – fait qu'il se débat comme un furieux. Il faut bien voir que la bestiole mesure dans les quatre mètres cinquante et pèse je ne sais combien ! Soudain, sous les coups et le poids du bestiau, le fond du bateau craque et se fend en deux comme une noix ! Vous imaginez la panique à bord. Dans un ultime sursaut, l'animal blessé retrouve l'eau et s'enfuit. Le bateau, lui, se met à couler au milieu d'une mare de sang. Les requins des alentours se précipitent sur le fuyard et sur ce qui flotte tout autour. C'est-à-dire : mon amie et ses compagnons ! Vous savez ce qui l'a sauvée ?

— Je brûle de le savoir !

— Violante a réussi à se hisser sur une caisse de champagne ! Et c'est là, sur sa caisse, qu'elle a été repêchée par les marins d'un autre bateau qui avaient assisté au naufrage !

— C'est extraordinaire. Il faudrait raconter ça à Spielberg pour un nouvel épisode de *Jaws*…

— Il ne faut surtout jamais aller à la pêche au requin sans avoir une caisse de champagne à portée de la main.

— Vous me permettez d'ajouter une chose ? demanda Melville, comme s'il déployait devant elle une panoplie d'armes.

— Je vous écoute.

— Il faut tuer le requin à coup sûr, et si une machette en acier blanc n'y suffit pas, il ne faut pas craindre d'utiliser de la poudre noire…

Aurore leva son verre, le bras gracile, la main délicate :

— Santé ! dit-elle, avec un large sourire. Je vois que vous êtes l'homme de la situation.

— Je suis à vos ordres, répondit Melville, en trinquant.

Le maître d'hôtel vint servir une mousse de radis relevée au basilic et les laissa en tête à tête.

— Quand il sera ferré, Pat va se défendre, dit Aurore, attaquant son entrée. Il va faire des bonds, ruer dans les brancards. Il ne faudrait surtout pas qu'il brise la coque de notre navire…

— Il sera mort avant.

— C'est vous qui le tuerez ?

— Il se tuera tout seul.

— Comment ?

— C'est à vous de me le dire. N'oubliez pas que vous avez promis de me guider, pas seulement pour la peinture…

Melville, les yeux calmes, presque enjoué, passa sa main dans ses cheveux.

— Vous et moi en savons assez sur Pat pour le pousser à la faute en lui laissant l'illusion qu'il nous manipule.

— Vous voyez ça comme ça ?

— Aux échecs, cela s'appelle le « zugzwang », ou quelque chose d'approchant : « suicide forcé par le trait »…

— Vous êtes joueur ?

— Charlie, mon plus vieil ami, un Anglais, est grand maître international. Moi, j'admire et je me tais.

Aurore se recula sur sa chaise. Un geste d'homme. Finalement, Melville l'intriguait :

— Votre mère était chanteuse, n'est-ce pas ?

Il répondit avec réticence :

— On ne peut rien vous cacher…

— Vous n'avez jamais été tenté de marcher sur ses traces ?

Melville rit doucement :

— Dans mon genre, je suis un artiste de variétés…

— C'est ce que j'ai cru comprendre.

— Qu'est-ce que vous avez compris ?

Aurore répondit comme une évidence :

— Vous ne trouvez rien de plus accablant que la monotonie.

— Pas vous ?

— Oh si ! Sur ce point-là, au moins, je suis comme vous. Absolument comme vous !

— Seulement sur ce point-là ?

— Je suis une femme, au cas où vous ne l'auriez pas remarqué. Cela change tout. Nous ne voyons pas le monde du même côté. Parfois, même, je pense que ces deux parties de l'être originel, l'homme et la femme – venue non pas de sa côte, mais « de son côté » –, sont irréconciliables…

Melville la complimenta de tant d'érudition :

— Si vous le permettez, je dirais que vous êtes une femme moderne à l'ancienne…

— Comme vous y allez !

Aurore fit servir le carré d'agneau de lait accompagné d'un mille-feuille de petits légumes.

— Dans un film, Lauren Bacall dit à Bogart, c'est une réplique célèbre : « J'aimerais connaître la femme qui vous a rendu misogyne… »

— Je ne suis pas misogyne, se défendit Melville.

— Vous aimez trop les femmes pour ça ?

Melville répondit cérémonieusement.

— Je vais vous dire quelque chose parce que nous ne nous connaissons pas et que cela m'autorise à vous faire des confidences.

Il se tut un instant, avant de poursuivre, comme s'il éparpillait un tas de cendres blanches dans lequel il devait lire un oracle :

— Quelque chose est mort en moi, il y a longtemps. Quelque chose qui m'empêche d'aimer vraiment…

— C'est assez succinct, comme confidence.

— Comment vous dire ? J'ai dans la tête une image dont je n'arrive pas à me défaire.

Sa voix baissa d'un ton, mais sans perdre sa rudesse :

— Il fait beau, il fait chaud, je dois avoir trois ans, pas plus, je suis assis en slip devant une fenêtre, quelque part. Je ne sais pas où. Le store est à moitié baissé. Il y a une sorte de linoléum à carreaux blancs et noirs sur le sol. Ma mère est dans la cuisine, ou dans une autre pièce plus petite que celle où je suis. Je ne la vois pas, mais je sais qu'elle est là, à côté. Qu'est-ce qui se passe ? Je ne sais pas. Est-ce qu'elle est avec quelqu'un ? Est-ce qu'elle, ou ce quelqu'un, dit quelque chose ? Est-ce que c'est de moi qu'on parle ? J'ai envie de pleurer mais les larmes ne viennent pas. Est-ce que j'ai fait quelque chose de mal ? Est-ce que ma mère est fâchée contre moi ? Est-ce qu'elle ne m'aime plus ? Je ne me souviens que d'une sensation de chaleur – avais-je fait pipi sous moi ? –, de la marque du soleil sur les meubles, des zébrures de l'ombre et de la lumière, de mon corps d'enfant, à la fois comme si c'était moi et aussi un enfant dont je pourrais être le père. Deux enfants semblables qui s'observent, sachant que l'un d'eux doit disparaître à jamais…

— Vous en avez parlé à votre psy ?

Melville ferma les yeux. Il enfonça ses mains dans

ses poches, bascula la tête en arrière et se redressa brusquement pour plonger dans le regard d'Aurore :

— Je vous en parle à vous…

Toilettes

Melville et Joël, son assistant déguisé en chérubin, flanqués de deux gardes, remontent les coursives pour rejoindre le grand salon. Ils doivent résister aux bourrasques qui soufflent en rafales de plus en plus fortes. Melville aurait aimé savoir nommer les vents, s'étourdir de leurs noms. Il connaît le sirocco, le fœhn, l'alizé, l'aquilon, le mistral, le simoun, la tramontane, le vent de terre, le vent de mer, la petite bise et le grand vent, mais ce ne sont que des fantômes insaisissables, tournoyant pour le griser, pour le perdre, sans qu'il sache jamais celui qui le tourmente. Quand ils passent devant les toilettes, d'un coup d'épaule, Melville bouscule Joël à l'intérieur.

— *One minute, please !* lance-t-il aux hommes qui les accompagnent. C'est privé, personnel.

Les gardes n'interviennent pas, ricanant sur les histoires de pédés, d'autant que ces deux-là, emperruqués de blanc, culottés de soie, chaussés de vernies…

Melville attrape Joël par le col, l'étranglant à moitié de ses doigts durs :

— Qu'est-ce que tu as dit à Pat ?

— J'ai rien dit, pourquoi ?

— Sur l'organisation, qu'est-ce que tu as dit ?

— Rien. J'ai rien dit !

— Tu ne lui as pas raconté comment tu recevais tes instructions ?

— Jamais !

Joël avale sa salive. Sa perruque penche dangereusement sur le côté, son habit est en désordre, ses bas tombent sur ses chevilles. Une vraie loque qui hausse les épaules :

— Il croit que c'est moi qui ai tout organisé. Il m'a même félicité d'avoir su m'y mettre aussi vite.

— Il a promis de t'embaucher ?

— Oui. Je dois signer mon contrat en rentrant.

Joël étouffe un sanglot sec.

— Vous croyez qu'on va s'en sortir ?

Melville ne répond pas. Il veut comprendre, être sûr, savoir par qui et par où sont passés ceux qui ont pris possession de ce qu'il considère comme son œuvre :

— Tu couches avec lui ?

— Avec Pat ? Ça va pas, non !

— Tu fais ce que tu veux avec ton cul, je m'en fous, grogne Melville. Je veux que tu me dises ce que tu fricotes avec Pat, c'est tout.

— Je ne fais rien, se défend Joël. Je sais bien ce qu'on dit à l'agence : « Un CDI vaut bien une pipe ! » Mais, non merci, pas pour moi.

— Ton père ne t'a pas appris à ne jamais dire : « Fontaine, je ne boirai pas de ton eau » ?

— Si je devais coucher avec quelqu'un à l'agence, ce ne serait pas avec Pat !

— Avec qui alors ?

Joël rougit violemment, ses lèvres s'entrouvrent, tremblantes, bredouillantes, le sol devient meuble sous ses pieds, il s'enfonce dans la peur, s'y noie les yeux grands ouverts comme s'il avait en face de lui la Gorgone en personne.

— Vous le savez bien !

— Je ne sais rien du tout !

La réponse éclate, désespérée :

— Avec vous ! Si je devais coucher avec quelqu'un à l'agence, ce serait avec vous ! Personne d'autre !

Melville le relâche de surprise, la porte des W-C s'ouvre et se referme d'un claquement, les drapant un instant dans la brise glacée. Joël se met à pleurer, hoquetant :

— Mais vous vous en foutez de ce que je ressens ! Vous vous en foutez complètement… Vous ne me voyez même pas ! Je n'existe pas pour vous ! Je ne suis même pas un chien à qui on commande d'obéir. Je suis un objet, un meuble. Un rien-du-tout, une sous-merde. Moins qu'une sous-merde ! Qu'est-ce que je vous ai fait ?

Un des gardes donne des coups de poing dans la porte :

— Qu'est-ce que vous branlez, les filles ?

L'injure donne à Melville le répit nécessaire :

— Calme-toi, Joël, chuchote-t-il, mesurant ce qu'il dit. Je t'aime bien. Mais je ne suis pas de ce côté-là du monde.

Le jeune homme, le chérubin rose et parfumé de l'éternel parfum de la jeunesse, s'accroche à lui :

— C'est pour ça qu'on s'est servi de moi, hein ? C'est facile de se servir de quelqu'un comme moi. Faut pas se gêner. Tout le monde se sert de moi, c'est dégueulasse !

— Qui ça « tout le monde » ?

— Qu'est-ce que ça peut vous foutre ?

Melville secoue Joël, dont la perruque tombe ; dans un autre siècle, il lui aurait donné le fouet pour le faire avouer.

— Qui ça, merde ? Tu as parlé à quelqu'un ? Tu connais quelqu'un à bord qui était au courant de ce qui allait se passer ?

— Je ne connais personne ! ment Joël. À qui j'aurais parlé ? Tout le monde se fout de moi. Je ne compte pour rien. On me veut, on me prend ; on ne me veut plus, on me jette ! Maintenant, tout va me retomber sur le dos, c'est ça le scénario ? Tout va me retomber sur le dos ?

— Pas si tu te tais, répète Melville avec force. Personne ne doit apprendre comment nous avons travaillé.

Joël se recule d'un pas, dos au mur, souffle court :

— Vous savez ! proclame-t-il soudain, avec l'exaltation d'un converti.

Il essuie furieusement son nez qui coule et se jette sur Melville qui le bloque des deux mains :

— Je suis sûr que vous savez qui est derrière tout ça ! Hein, vous le savez ?

Les gardes cognent de nouveau à la porte en riant.

— Vous sortez ou vous voulez qu'on vous jette un seau d'eau ?

Melville, d'un geste très doux, approche son index du visage de Joël et le pose sur ses lèvres pour sceller leur silence.

— Un mort, dit-il.

Flash-back

L'agence Patmore & Plus occupait depuis longtemps le sixième et le septième, les deux derniers étages d'une petite tour à Issy-les-Moulineaux. Un de ces immeubles anonymes et fonctionnels qui gangrènent le pourtour de Paris. Aucun art, aucun talent, du mètre carré rentable et tape-à-l'œil.

Pat recevait deux députés pour l'organisation d'une

université d'été. Melville entra dans son bureau sans s'annoncer.

— Qu'est-ce que c'est que cette connerie ? T'as viré Milan ?

— Qui ça ?

— Gigi !

Pat le rembarra avec morgue :

— Tu ne vois pas que je suis en conférence ?

Melville le foudroya :

— Tu sais que c'est lui qui avait en charge toute la logistique de Yellow Submarine ?

— Ça faisait trop longtemps qu'il était là, répondit Pat d'un air excédé.

Il sourit aux députés :

— Je refuse que mes stagiaires prennent racine.

Et il congédia Melville :

— Nous en reparlerons. Maintenant, si tu veux bien nous laisser…

Il ajouta en direction de ses visiteurs :

— J'ai quelqu'un de très bien pour le remplacer : le fils du sénateur Jeanvrain. Il sera là dès demain…

— Ah, le sénateur Jeanvrain…, dit le premier représentant du peuple.

— Ah oui, le sénateur Jeanvrain, ajouta l'autre en écho.

La voix de Melville les fit taire :

— J'en ai rien à foutre du sénateur et de son fils ! Tu avais promis à Gigi de l'embaucher et je m'étais engagé à faire respecter ta promesse !

— Tu connais la formule : les promesses n'engagent que ceux qui les écoutent.

— Tu te crois malin, mais tu n'es qu'un sombre connard !

Pat changea de couleur :

— Retire ça immédiatement !

Melville ne retira rien. Au contraire, il persifla :

— Il n'a pas voulu, c'est ça ?

— Qu'est-ce que tu insinues ?

— Tu sais très bien ce que je veux dire.

— Non, je ne sais pas.

Melville se tourna vers les deux élus, très mal à l'aise dans leurs fauteuils Knoll :

— Un conseil : restez dos au mur, sortez en marche arrière et surtout, fermez la bouche !

— Pardon ? demanda le plus grand des deux, un maigre à lunettes.

Son collègue pouffa, il avait compris !

— Dégage, brailla Pat, hors de lui. Tu as de la chance que je sois pieds et poings liés avec cette connerie de Yellow Submarine, mais je n'ai pas dit mon dernier mot !

Melville dressa le majeur sous son nez :

— *Fuck you, bastard !*

Et il claqua la porte.

TÉLEX

9 PERSONNES DE LA MÊME FAMILLE, DONT UN BÉBÉ DE SIX MOIS, ONT ÉTÉ TUÉES DANS LE BOMBARDEMENT DE LEUR MAISON PAR L'AVIATION AMÉRICAINE, QUI RIPOSTAIT AU LANCEMENT D'UNE ROQUETTE SUR LA BASE AMÉRICAINE DE KAPISA, À 80 KILOMÈTRES AU NORD DE KABOUL.

SELON LE MINISTÈRE DU TRAVAIL JAPONAIS, 157 OUVRIERS SERAIENT MORTS CETTE ANNÉE DE *KAROSHI*, MORT PAR EXCÈS DE TRAVAIL. POUR CERTAINS INSTITUTS MÉDICAUX INDÉPENDANTS, LEUR NOMBRE S'ÉLÈVERAIT À AU MOINS 20 000.

Melville descend dans le grand salon, espérant y retrouver Gary et le ministre de l'Intérieur. Ils ne sont plus là. De l'ascenseur, il repère aussitôt Mado, seule en civil au milieu des déguisements. Elle est en grande conversation avec la fée Clochette, Aurore Volumster, dans son habit de tulle vert émeraude.

Dès qu'il sort de la cabine, d'un signe de tête, il invite Mado à le rejoindre.

— Les femmes sont incroyables ! s'exclame-t-elle, approchant le carnet et le stylo à la main.

— Tu t'es changée.

— Fallait bien.

Aurore adresse un sourire à Melville, qui feint de l'ignorer.

— Qu'est-ce qu'elle te racontait ?

— Autant Mme Cawlpepper fait pipi dans sa culotte, autant Aurore Volumster n'a pas peur du tout. Elle juge les hommes très lâches – et je suis bien d'accord. S'il ne tenait qu'à elle, Aurore foncerait à nouveau dans le tas comme certains ont essayé de le faire, et si les autres veulent faire couler le bateau, qu'ils le coulent. Les plus forts s'en sortiront toujours…

— Elle se compte parmi les plus forts ?

— Elle l'est.

Jugement sans appel que Melville accepte avec une grimace d'admiration :

— Finalement, c'est sur elle que tu vas faire un papier ?

— Pas seulement sur elle, sur toutes les femmes à bord de ce bateau. Aussi bien Agathe Godard, Sophie Marceau, que celles que j'ai rencontrées au vestiaire !

— Le chiquissime *Society* s'intéresse au peuple, maintenant ?

— Ne sois pas con.

Melville fait amende honorable :

— Objection accordée ! Je retire…

Mado reprend :

— Agathe Godard est géniale, dit-elle. À quinze ans, elle était la maîtresse de Queneau ; après, elle a quitté sa famille pour un torero qui « n'était pas une épée » ; elle a vécu avec un boxeur gitan, un acteur italien…

— Parle-moi plutôt des femmes du vestiaire.

— Ah, elles, c'est autre chose. Des soldats, des militantes, des *desesperadas*, toutes folles amoureuses de leur chef, Gary. C'est lui qui a tout manigancé, tout organisé, tout pensé. Un type très bien, très droit, très fort, d'après elles.

Les yeux de Mado brillent :

— C'est vrai qu'il n'est pas mal…

Melville sourit.

— Qu'est-ce qui te fait sourire ? T'es jaloux ?

— Je repense à ce que m'a dit le grand Black : « L'étranger ne voit que ce qu'il sait… »

— Qu'est-ce que ça veut dire ?

— Rien, oublie, c'est une réflexion que je me faisais…

Melville se souvient de Gigi dans sa cuisine, explosant de colère. Il la maintient solidement pour l'empêcher de le frapper, il crie aussi fort qu'elle et, soudain, elle n'est que larmes, abandon, douleur… Gigi la fragilité, Gigi la faiblesse, Gigi la plainte, lui fait perdre tous ses moyens, lui fait rendre les armes, abdiquer toute lucidité. Gigi, la plus audacieuse, la plus rusée, la plus forte de toutes ! Une fille d'orages et d'éclairs qui lui tend un piège où il saute à pieds joints !...

TÉLEX

SELON LE RAPPORT ANNUEL DE LA CONFÉDÉRATION INTERNATIONALE DES SYNDICATS LIBRES, PLUS DE 60 % DES SYNDICALISTES ASSASSINÉS DANS LE MONDE VIENNENT D'UN SEUL PAYS : LA COLOMBIE.

LES OURAGANS ATTENDUS CET ÉTÉ POURRAIENT AMPUTER LA PRODUCTION AMÉRICAINE DE PÉTROLE BRUT DE 35 MILLIONS DE BARILS.

FORD ET GENERAL MOTORS ANNONCENT RESPECTIVEMENT 25 000 ET 30 000 SUPPRESSIONS D'EMPLOIS AUX ÉTATS-UNIS, ASSORTIES DE FERMETURE DE PLUSIEURS SITES INDUSTRIELS. DEPUIS 1979, GENERAL MOTORS, FORD ET CHRYSLER ONT SUPPRIMÉ AU TOTAL 600 000 EMPLOIS.

Flash-back

Gary, Suz, Doc et Amos étaient partis de bonne heure de Mondial Laser pour Le Havre. Amos conduisait le break, à côté de lui Doc finissait ses croissants. Assis à l'arrière avec Gary, Suz soupira profondément.

— Ça ne va pas ? demanda Gary.

— Si, ça va, répondit Suz.

— Ça n'a pas l'air.

Les yeux de Suz se perdirent dans le vague.

— Pour moi, chaque jour commence par un défi.

— Respire ! ricana Gary.

— Je voudrais bien, mais je ne peux pas. J'ai toujours l'impression de foncer vers un but que je dois absolument atteindre sans avoir la moindre idée de ce but, ni de ce vers quoi je vais.

— Tu me racontes quoi ? La quête du Graal ?

— Plutôt les travaux d'Hercule ! Mais, sans déconner, j'arrive pas à voir ma vie autrement que comme ça.

— Attends d'être vieux…

— D'avoir ton âge ? ironisa Suz.

Gary répliqua :

— Tu connais la chanson ? « Le temps ne fait rien à l'affaire, quand on est con, on est con »…

Suz secoua la tête, il était sérieux :

— Moi, je préfère lâcher la rampe tout de suite qu'attendre d'être vieux. À quoi m'accrocher, d'ailleurs ? À une femme ? Je suis divorcé comme toi, comme Schwartz et Dargone, Doc n'a personne, le petit Arno est célibataire, il préfère la castagne à l'amour, et Amos voit sa femme une fois par an… M'accrocher à des indemnités ? Ça nous permettra de tenir un an, et après ? Un reclassement ? Ça, c'est la grande illusion. Un nouveau job ? Oui, si tu te sens de faire un truc du genre brancardier, homme d'entretien, téléopérateur ou loufiat en extra. Et je passe sur la préretraite en attendant la vraie…

Suz n'attendit pas la réponse de Gary :

— Non, non et non. Je ne sais pas après quoi je cours mais, au moins, je suis sûr qu'il y a un truc qui ne m'arrivera pas…

— Te taire ?

Suz précisa sans rire :

— Mourir avec du bide.

Ils roulent.

Quand Gary imagine ce qu'ils vont faire, la première image qui lui vient à l'esprit est celle d'une grande toile noire. Un tableau abstrait où l'œil doit apprivoiser la lumière et les formes. Elles se dégagent, ténébreuses, provocantes, dessinant l'échine écumante des vagues, la lourde besogne des nuages ou l'étrave tranchante d'un navire qui taille sa route dans une eau sans fin. Puis viennent des visages, déchirés, éclatés, brûlés, ne laissant deviner qu'un œil ou qu'une bouche de femme. Tout est sombre, goudronneux, gluant, pourtant Gary sent que sous cette peau ténébreuse il y a des muscles, des nerfs, un cœur qui bat drainé de sang mort.

Ce noir, c'est le corps d'un lutteur qu'il doit affronter dans un combat sans merci. C'est une forêt vivante où les arbres cherchent à le retenir, à le stranguler, à le fustiger. C'est une montagne dont il ne peut voir le sommet et qui précipite sur lui un tombereau de pierres.

Ce noir le défie autant qu'il le protège.

C'est un miroir sans tain où nul ne peut le reconnaître. C'est le pavillon corsaire qui claque au vent ses sentiments les plus forts. C'est un ciel sans limites, ni pour le corps ni pour l'esprit.

Un ciel infini.

Gary se drape dans cette image, l'adopte, la vénère, se place sous sa tutelle. Il ne veut faire qu'un avec elle, la porter, la proclamer sans craindre de disparaître en elle, noyé d'encre.

Ce noir, c'est lui, tel qu'il se veut, tel qu'il se voit.

C'est lui ou ce qui survit en lui.

Milo, le docker, les attendait devant la tour de l'hôtel de ville. Il prit le volant du break et Amos passa à l'arrière. Milo avait tout prévu.

— Vous allez voir ce que vous allez voir !

Ils allèrent jusqu'à un immeuble en brique rouge, tout neuf, un peu en retrait du port. Milo se gara sur le parking visiteurs, devant l'entrée. Il s'émerveillait :

— C'est unique en France, dit-il. C'est dingue, complètement dingue !

Ils descendirent.

— Je passe devant, s'excusa-t-il, suivez-moi.

Au premier étage, il y avait un bureau banal avec plusieurs écrans d'ordinateurs où ils ne reconnurent pas immédiatement les images du port et ses alentours. À peine entré, Milo salua l'homme qui les attendait :

— Salut, Walter !

Puis il fit les présentations :

— C'est Doc, celui dont je t'ai parlé – on s'est connus à l'armée –, né le 25 décembre comme le petit Jésus et prénommé Noël, hein mon père ?

— Oui, dit Doc, si tu crois que ça intéresse quelqu'un…

Walter lui serra la main.

— Et eux, c'est ses collègues. Ils sont chez nous pour une réunion syndicale. Alors, comme je te l'ai dit au téléphone : pas question qu'ils repartent d'ici sans avoir vu comment marche ton joujou !

— Nous c'est plutôt l'aviation, raconta Gary, les missiles, les lasers. Les bateaux, ce n'est pas vraiment notre domaine, mais Milo a beaucoup insisté pour qu'on vienne vous embêter…

Walter ouvrit les paumes en signe d'impuissance :

— Vous connaissez quelqu'un capable de refuser quelque chose à Milo ?

La remarque fit rire.

— Bon, dit Walter, pas mécontent d'être le centre de l'attention, je vous montre : à partir de là, je peux mettre en marche un programme qui permet de simuler n'importe quel mouvement de navire, entrant ou sortant, avec le trafic, les conditions de mer, etc. Ensuite, une fois que c'est programmé, je peux enregistrer toutes les manœuvres effectuées par le pilote avant d'en faire la critique. Ça sert surtout à ça : à comparer nos méthodes, nos pratiques, à les améliorer.

Doc voulait être sûr de ce qu'il venait d'entendre :

— Vous voulez dire que la simulation reproduit la réalité dans ses moindres détails ? Tous les gestes, toutes les manœuvres ?

— Vous devez connaître : dans l'aviation, ils ont des machines comme ça depuis longtemps. Pareil pour les exercices de tir.

Suz confirma. Son frère, le militaire, lui avait fait voir le même genre d'installation à Wurtz, pour l'entraînement des artilleurs. Il était curieux d'une chose :

— Vos programmes s'appliquent vraiment à n'importe quel type de navire ?

Walter lui passa un classeur :

— Là-dessus, vous avez tous les modèles avec leurs caractéristiques : il n'y a que l'embarras du choix.

— Je peux en choisir un ?

— On est là pour ça !

Suz tourna les pages et trouva ce qu'il cherchait : un paquebot de taille comparable au *Nausicaa*.

— Voilà, moi je prendrais bien celui-là.

Les autres étaient d'accord.

— Un paquebot ? Ce n'est pas le plus dur, soupira Walter, un peu déçu.

— Oui, mais ça fait rêver. Et on débute…

— Vous ne voulez pas prendre un porte-conteneurs de quatre cents mètres de long ?

— Commençons par un paquebot !

Milo demanda :

— T'as le temps de leur faire une démonstration ?

— Tu sais que t'es chiant ! répondit Walter. Bien sûr que j'ai le temps. Aujourd'hui on ne tourne pas.

— Je suis chiant, mais t'es mon pote !

Ils claquèrent leurs mains paume contre paume.

— OK, dit Walter en pianotant sur son clavier pour faire apparaître une image, nous avons un paquebot. Qu'est-ce que vous voulez qu'il fasse ?

Gary fit mine de réfléchir avant de proposer :

— Je ne sais pas mais, par exemple : il est à quai, de nuit, il doit sortir du port et aller au mouillage. Il y a assez peu de trafic mais un peu de mer. C'est possible ?

— Tout est possible.

Walter programma l'exercice avec virtuosité sous l'œil expert d'Amos.

— Maintenant, venez, dit-il, quittant son bureau.

Un demi-étage plus haut, ils se retrouvèrent sur une passerelle de bateau reconstituée à l'identique devant un écran de vingt mètres de large où était projeté à la perfection le paysage portuaire.

Ils n'en croyaient pas leurs yeux.

— Putain, on s'y croirait !

— C'est à se demander si ça vaut vraiment le coup de monter sur un vrai !

Walter éteignit les lumières de service.

— Voilà, dit-il, je démarre l'exercice : à vous de sortir le bateau. Regardez bien au-dessus de vous : vous avez les indications de cap, de force du vent, de vitesse. Là, sur le pupitre, les commandes des machines et la barre.

— Ce petit truc-là ? demanda Amos, en pinçant un joystick un peu ridicule dans ce décor grandiose.

— Peut-être que, sur un paquebot, vous auriez une vraie barre, expliqua Walter. Mais c'est souvent de la frime, pour faire plaisir aux passagers. Sur les gros tankers, maintenant, c'est ça, ce petit truc-là qui permet de manœuvrer d'énormes bêtes !

Suz siffla d'admiration quand apparut sur l'écran l'image du quai de nuit, juste avant l'appareillage.

— Comment on se place ? demanda Gary.

— Disons que vous êtes le capitaine, répondit Walter, vous vous tenez à côté de moi qui suis le pilote, c'est moi qui donne les ordres.

Il désigna Suz et Doc :

— Un de ces messieurs fait le second et transmet mes ordres aux machines. On tournera après, quand vous serez familiarisés.

— Moi, je tiens la barre, réclama Amos.

Milo pouffa :

— Tu lui as pas dit comment on appelle celui qui tient la barre ?

— Laisse tomber.

— Non, non, faut lui dire.

Il se tourna vers Amos :

— Le prends pas mal, mais celui qui tient la barre, le matelot de base, si tu préfères, l'OS des mers, on l'appelle « le Philippin » !

Avant de quitter Le Havre, ils firent un crochet par *L'Escale*, un petit bar où le comptoir était taillé dans une moitié de barque. Seuls Gary et Milo entrèrent. Damien Maheu les attendait, installé à une table du fond devant un demi.

— C'est lui qui sera votre pilote..., dit Milo en lui serrant la main.

Ils commandèrent du café.

— C'est obligatoire d'avoir un pilote ? s'enquit Gary.

— Aucun bateau n'entre ou ne sort sans un pilote, répondit Maheu, les yeux dans son verre.

— Vous savez pourquoi je suis là ?

— Et moi, pourquoi j'y suis ?

Gary s'excusa :

— Je suis con. Bien sûr que Milo vous a tout expliqué...

Il se tourna vers lui.

— T'es vraiment un type en or.

— Oublie.

Gary but son café brûlant, sans sucre.

— Pourquoi vous faites ça ? demanda-t-il soudain, cherchant à deviner l'homme qui se protégeait d'une épaisse barbe noire et de lunettes aux reflets verdâtres.

— J'ai mes raisons, grogna Maheu.

— Ça ne me suffit pas comme réponse.

Maheu ricana :

— T'aurais dû être flic !

Il siffla son reste de bière d'un trait :

— Je connais bien les armateurs du *Nausicaa.* Ils avaient promis un commandement à mon frère. Mais, quand il était second sur le *Neptune*, il a pris parti pour l'équipage qui protestait contre ses conditions de travail. Total, en guise de commandement, il a eu le droit de débarquer.

— Vous voulez dire qu'il a été renvoyé ?

— Et comment ! Avec au cul la réputation d'être un Rouge…

Maheu fit signe au garçon de recharger. Il avait la bouche sèche :

— Pour lui la marine, c'est fini. Plus une compagnie ne voudra de lui. Alors, si j'ai l'occasion de les faire chier un max, je ne vais pas m'en priver.

Il fixa Gary :

— Alors OK, on sort le bateau avec les huiles, cap au large et après ?

— Après, rien.

Le visage de Maheu s'éclaira d'un sourire :

— Je suis sûr que tu me dis pas tout. Mais ça te regarde. En tout cas, pour ce que tu veux que je fasse, je le ferai. J'ai pas besoin d'en savoir plus.

— Ça peut être dangereux, dit Gary.

— Qu'est-ce que tu veux qu'il m'arrive ? Qu'on me fasse un deuxième trou au cul ?

Milo voulait s'assurer que Maheu serait bien à bord :

— T'es sûr d'être sur le *Nausicaa* ?

— Pourquoi, il y a un risque qu'il n'y soit pas ? s'inquiéta Gary.

— Théoriquement, oui, répondit Maheu. Il y a un tour de rôle automatique. On ne choisit pas les bateaux qu'on pilote. Mais la nuit du 31 décembre il y a toujours moyen de s'arranger avec l'automatique. Ne vous faites pas de bile. J'y serai, et plutôt deux fois qu'une !

— C'est quoi déjà votre nom ? demanda Gary.

— Damien, comme le régicide, et Maheu, comme mon père !

Les étoiles sont là et pourtant invisibles. Malgré la résistance du vent, ses cris, ses emportements, la lame noire *Nausicaa* fracture la nuit sans faiblir. Il est une force, une main sûre qui tranche les vagues rebelles, les corrige. Il n'est pas encore au maximum de sa vitesse, sa puissance en est d'autant plus impressionnante. Sur la passerelle de commandement, protégé du vent du nord, Cawlpepper, l'œil curieux dans son beau visage glabre et mou, s'adresse à Gary en se repeignant d'un geste :

— *Are you American ?*

— *My father was…*

— *Where was he from ?*

— *Seattle.*

— *Oh my God ! My grand-father...*

Gary l'interrompt :

— *Please, Mister Cawlpepper, speak in french.* Je tiens à ce que tout le monde comprenne ce que nous nous disons.

— *OK, what is your name ?*

— Gary. Franklin Gary…

— *May I call you « Franklin » ?*

— *I prefer « Gary ».*

— *Well*, Gary, je veux discuter directement avec vous.

Gary le voit venir. Son visage se fend d'un mince sourire :

— Discuter de quoi ?

— Discuter de comment nous pouvons sortir d'ici ! Discutons, avançons ! C'est en allant de l'avant qu'on gagne, si on recule, on perd tout.

— Nous n'avons rien à perdre.

Cawlpepper prend une profonde inspiration :

— Pourquoi vous faites ce que vous faites, ce n'est pas mon problème, dit-il, c'est le vôtre et peut-être celui de M. Volumster. Je ne connais rien à vos histoires politiques en France. Je ne veux pas discuter vos raisons, je veux discuter vos conditions pour que nous sortions de ce bateau.

Gary laisse Cawlpepper retrouver son calme. Et, sombre et froid :

— Qu'avez-vous à nous proposer, sinon la charité ?

— Ne méprisez pas la charité, Gary ! réplique Cawlpepper, avec la véhémence d'un pasteur outragé. Notre-Seigneur a dit : « Des pauvres, vous en aurez toujours », et c'est notre devoir à nous, les riches, de prendre soin d'eux…

— Vous croyez gagner votre salut en tirant un profit maximum de ce que vous faites ?

— L'important n'est pas le profit, c'est d'être fier de ce que l'on fait. Je vous parle avec mon cœur : vous savez de quoi je suis le plus fier ? Pas de ma fortune, oh mon Dieu non ! J'ai bêtement appliqué deux principes. Un : ne jamais perdre de l'argent ; deux : ne jamais oublier le premier ! Je suis fier d'une seule chose, de la fondation que j'ai créée et qui vient au secours d'enfants très gravement malades qui ont besoin d'appareillages compliqués et hors de prix pour vivre. Voilà ce dont je suis le plus fier. N'est-ce pas exercer toute la puissance de la charité ?

Gary grimace, balançant entre une sorte d'admiration ironique devant l'énergie déployée par Cawlpepper pour susciter sa sympathie et une stupéfaction profonde devant le manque de jugement dont cela témoigne :

— Je crois que nous ne nous comprenons pas,

monsieur. Nous ne sommes pas des enfants malades et nous n'avons pas besoin d'appareils pour vivre.

— Mais vous avez besoin d'argent. Alors dites-moi votre prix. Je suis prêt à discuter.

— Il n'y a donc que l'argent pour vous ?

Cawlpepper laisse échapper un soupir exténué. Il rassemble dans sa mémoire tout ce que sa femme lui a expliqué sur les Français, leur goût pour la révolution, la contestation, les idées anarchistes. Il veut comprendre l'homme qu'il a devant lui. Mais il n'y arrive pas vraiment. D'autant que Gary porte un nom américain, est de père américain, se conduit comme un Américain et parle comme un communiste.

— Regardez mes dents, Gary, dit-il soudain, tirant sur la commissure de ses lèvres. Vous voyez, elles sont toutes de travers. Vous croyez que je n'ai pas les moyens de m'offrir un sourire comme les stars d'Hollywood ? Bien sûr que si ! Mais à quoi cela servirait-il ? Grâce à Dieu, je n'ai jamais mis les pieds plus de quatre fois chez le dentiste dans ma vie. Pourquoi payer pour quelque chose qui ne me servirait à rien ? Parce que j'ai de l'argent ? L'argent n'est rien, Gary. Vous faites une grave erreur en pensant qu'il gouverne ma vie. Je n'adore pas le veau d'or. Je suis milliardaire et alors ? C'est en soi dérisoire. L'argent n'est qu'un outil. Un outil très puissant, je vous l'accorde, mais seulement un outil qui nous permet d'agir dans le monde. De nous deux, c'est vous qui sacralisez l'argent, pas moi. Je ne suis qu'un instrument dans la main du Seigneur.

Et, d'un ton de confessionnal :

— Vous savez, je ne pense pas que l'argent soit une bonne chose. Je pense qu'il gâche autant les vies qu'il les embellit. C'est la source du mal.

— Nous sommes d'accord, convient Gary. Pour nous aussi, l'argent est la source du mal, même si nous ne le disons pas comme ça. Alors je vous le répète : nous n'en voulons pas, ni du vôtre, ni celui de personne.

— Mais qu'est-ce que vous voulez alors ?

— Vous emmener au large.

Cawlpepper perd son calme, il ne pense plus qu'il se trouve sur la passerelle d'un navire filant vers les eaux glacées et les mers hostiles, entouré d'hommes qui l'observent avec une fallacieuse humilité et une rage constante, impitoyable :

— *It's ridiculous !* Ça n'a pas de sens ! Qu'est-ce que ça peut vous rapporter ? M. Volumster a raison : si c'est les médias que vous visiez, demain ils seront à vos pieds. Alors, ramassez la mise médiatique et ramenez-nous au port ! Ma femme ne tient pas la mer. Je ne voudrais pas qu'elle soit malade alors que cette fête est payée pour elle.

Il lève les bras au ciel :

— Vous ne pouvez pas risquer de gâcher ce capital en mettant nos vies en danger !

— Et les nôtres ? Avez-vous hésité à les mettre en danger ?

— *Bull shit !* Vous mélangez tout. Vous faites un malga... *how do you say in french ?*

— Un amalgame ?

— *Yes*, un amalgame ! Ce qui est arrivé à votre compagnie, c'est normal dans les affaires. Ce sont les affaires. Alors, puisqu'il s'agit d'affaires, parlons affaires. *I'm ready.* Et je vais vous dire ce qu'écrivent sur moi les journalistes et que je veux faire graver sur ma tombe : *Tough but fair*, « Dur mais juste ».

Gary s'interdit de sourire. George Washington et lui discutant son épitaphe au milieu de la nuit marine !

Quel tableau ! Quelle comédie ! Quelle dérision ! Cawlpepper, indifférent, insensible à la situation, développe la démonstration qu'il tient à faire, agitant les bras comme un garçonnet contrarié :

— Tout le monde veut de l'argent ! D'ailleurs, c'est très bien. C'est plus clair. On se met autour d'une table, on discute, on négocie et on trouve un accord. L'argent parle. *Money*, c'est la seule langue universelle, plus que la musique, plus que les mathématiques…

— Nous ne sommes pas intéressés.

— Réfléchissez : dans un bon accord, il n'y a pas de gagnant, pas de perdant. Je suis sûr que vous connaissez la formule : mieux vaut trente pour cent d'une bonne affaire que cent pour cent d'une mauvaise !

— Nous ne sommes pas en affaires, nous sommes en lutte, monsieur Cawlpepper. Il n'y a rien à discuter, ni pourcentage, ni taux d'intérêt, ni capital. *No money, just fight.*

Procédure

À nouveau, la cellule de crise de Matignon est en ligne avec le *Nausicaa*. Le général Saffert parle au ministre de l'Intérieur :

— Vous allez bien ?

Volumster, les traits flétris, n'est pas prêt à entendre les politesses d'usage :

— Mais qu'est-ce que vous avez tous à vous occuper de ma santé ? Oui, je vais bien, très bien même, je suis retenu en otage sur un bateau perdu au milieu de nulle part, mais je vais bien, on ne peut mieux, un vrai charme !

— La surveillance thermique a décelé une explosion..., dit Saffert, baissant instinctivement la voix.

— Ne vous occupez pas de ça. Ce n'est rien du tout. Une maladresse. Vous ne devez pas en tenir compte. Sinon pour être certains que nos ravisseurs ne bluffent pas.

Il y a un blanc, comme si Saffert lisait un texte avant de parler :

— Le Premier ministre prend toutes les mesures nécessaires pour vous sortir de là, déclare-t-il, le plus neutre possible.

— Je veux lui parler.

— Je suis chargé de vous transmettre toute son amitié, mais, pour l'instant, je suis la seule personne habilitée à communiquer avec vous. Et avec eux...

— Qu'est-ce que c'est que ces conneries ?

— Vous connaissez la procédure. Nous l'appliquons.

— La procédure, c'est moi qui l'ai définie ! Alors ne me bassinez pas avec ça et passez-moi le Premier ministre !

— Je regrette, c'est impossible.

Volumster apostrophe le Premier ministre, persuadé qu'il est à l'écoute à côté du général Saffert :

— Jean-Marc, je suis sûr que tu m'entends ! Je veux que les choses soient bien claires : nous ne sommes pas en danger. Tu m'as bien entendu : nous-ne-sommes-pas-en-dan-ger. C'est une question de temps, de discussion, et tout sera réglé sans bobo. Il faut négocier pied à pied, et surtout ne pas jouer aux cow-boys, tu comprends ?

— Et d'un, dit Gary.

— Un quoi ?

— C'est votre premier reniement... Encore la semaine dernière, dans *Le Figaro,* vous déclariez qu'on ne discutait pas avec des preneurs d'otages, qu'il ne fallait jamais hésiter à employer la force face à ceux qui l'employaient aussi.

— Je vous emmerde.

Président

Le Premier ministre demande à rester seul dans son bureau et enlève discrètement ses chaussures pour bien sentir le tapis de haute laine sous ses pieds. Claudine Corseul, sa secrétaire personnelle, raccompagne Guy de la Guillardière. Dès que la porte se referme, le Premier ministre active son téléphone crypté et appelle le président de la République, en vacances au Maroc, à l'hôtel de *La Gazelle d'Or*.

— Bonsoir, monsieur le président.

— Je rentre. Je serai à Paris dans… dans combien de temps ?

Le Premier ministre n'entend pas la réponse de l'aide de camp.

— Dans quatre heures au plus, précise le président.

— Je viendrai vous accueillir.

— Où en sommes-nous ?

— La situation n'a pas évolué. Le bateau navigue à l'ouest avant de remonter vers le nord, si on peut croire ce qu'ils affirment. Le GIGN est en stand-by. Les commandos Marine aussi. Ils attendent vos ordres.

— Que dit la Défense ?

— Ménestrier a des réserves, mais c'est le seul.

— Et Bodin ?

— Il est en Afghanistan.

— Ah oui, c'est vrai ! Joyeux réveillon…

— Je l'ai fait avertir.

— Très bien. Mais inutile de le faire rappliquer. On n'a pas besoin de lui, dit le président, en froid depuis des semaines avec le ministre de la Défense.

Le Premier ministre insiste :

— Ici, tout le monde est pour une intervention la plus rapide possible. Surtout que les pirates ont fait passer une sorte de message codé.

— Rien que ça !

— Du Shakespeare. Une citation de *Richard III* : « Souviens-toi que tu m'as poignardé dans le printemps de ma jeunesse, désespère donc et meurs ! »

— Qu'est-ce que ça veut dire ?

— Précisément, nous ne savons pas, mais la menace est claire : « Désespère donc et meurs ! »

Il y a un silence.

— Monsieur le président ?

— Je réfléchissais. Vous avez parlé à Volumster ?

— Pas directement. J'ai désigné le général Saffert comme seul interlocuteur avec le bateau.

— Saffert, très bien, il est fin pour un militaire. Qu'est-ce qu'il dit ?

— Il dit que Claude commence à souffrir du syndrome de Stockholm…

Le président ricane :

— Ça, c'est la meilleure !

— Je vous assure, il ne cesse de répéter qu'ils ne sont pas en danger, qu'il ne faut rien faire, qu'il a la situation en main, qu'il négocie.

— Je savais bien que la fermeté, chez lui, c'est de la pose. Rappelez-vous ce que je vous disais : c'est un faux dur, tout dans le menton, rien dans la culotte !

Le Premier ministre boit du petit-lait :

— Vous êtes donc d'avis d'intervenir ?

— Cela va de soi. Ne perdons pas de temps.

— Il y a des Américains, des Anglais, des Allemands, des Italiens à bord. Tous nos ambassadeurs sont prévenus.

— Parfait. J'avertirai personnellement les chefs de gouvernement.

— Vous ne craignez pas que les Anglais…

— Ils n'ont aucun intérêt à nous faire chier.

Le président toussote :

— Dites-moi, nous sommes sûrs qu'Aurore est à bord ?

— Oui, absolument.

— Ça, c'est emmerdant.

Le Premier ministre comprend, à l'embarras du chef de l'État, que c'est le moment de forcer la décision :

— Raison de plus pour agir sans attendre, monsieur le président, dit-il, très ferme.

TÉLEX

LA FAO (ORGANISATION DES NATIONS UNIES POUR L'ALIMENTATION ET L'AGRICULTURE) FAIT UN SÉVÈRE CONSTAT D'ÉCHEC : 854 MILLIONS DE PERSONNES SE TROUVENT AUJOURD'HUI SOUS LE SEUIL DE 1 900 CALORIES PAR JOUR, DONT 820 MILLIONS DANS LES PAYS EN VOIE DE DÉVELOPPEMENT. « POURTANT, DIT LE DIRECTEUR GÉNÉRAL DE LA FAO, LE MONDE EST PLUS RICHE QUE JAMAIS ET LA NOURRITURE PLUS ABONDANTE, SEULE MANQUE LA VOLONTÉ POLITIQUE DE MOBILISER CES RESSOURCES AU PROFIT DES PLUS AFFAMÉS. »

LE NOMBRE DE MÉNAGES SURENDETTÉS CONTINUE DE CROÎTRE.

SELON THOMSON FINANCIAL, AT&T INC. (ÉTATS-UNIS) A ACQUIS BELLSOUTH CORP. POUR 89,432 MILLIARDS DE DOLLARS ; E.ON (ALLEMAGNE), ENDESA (ESPAGNE) POUR 71,386 MILLIARDS DE DOLLARS ; SUEZ (FRANCE), GAZ DE

FRANCE (FRANCE) POUR 40,971 MILLIARDS DE DOLLARS ; MITTAL (PAYS-BAS), ARCELOR (LUXEMBOURG) POUR 39,463 MILLIARDS DE DOLLARS ; BANCA INTESA (ITALIE), SANPAOLO IMI (ITALIE) POUR 37,624 MILLIARDS DE DOLLARS ; AMERICAN MOVIL (MEXIQUE), AMERICAN TELECOM (MEXIQUE) POUR 35,293 MILLIARDS DE DOLLARS ; BLACKSTONE (ÉTATS-UNIS), EQUITY OFFICE PROPERTIES TRUST (ÉTATS-UNIS) POUR 35,512 MILLIARDS DE DOLLARS ; KKR (ÉTATS-UNIS), HCA (ÉTATS-UNIS) POUR 32,147 MILLIARDS DE DOLLARS ; STATOIL (NORVÈGE), NORSK HYDRO (NORVÈGE) POUR 31,998 MILLIARDS DE DOLLARS ; FERROVIAL (ESPAGNE), BAA (ROYAUME-UNI) POUR 30,190 MILLIARDS DE DOLLARS.

Flash-back

Gigi vivait dans l'action.

Elle avait fait une année de fac en littérature anglaise, mais elle avait vite renoncé à l'analyse savante de Chaucer ou de Marlowe. La fac ne lui avait apporté que des larmes et l'amour de Milan, rencontré à la sortie d'un amphi. Gigi voulait gagner sa vie ! La gagner sans attendre ! S'y jeter, s'y ébattre, se donner tout entière à la réalité des jours. Un ami de son père la mit en contact avec des gens du cinéma. Elle débuta comme stagiaire à la régie sur un téléfilm, fit merveille, passa à l'assistanat sur un long-métrage, puis sur un autre, un autre encore, avant que sa connaissance de l'anglais lui ouvre les portes des tournages américains en France. Entre deux films, elle travaillait dans une boîte de sous-titrage à Gennevilliers.

— Tournage, sous-titrage, jamais de chômage !

C'était son refrain, sa devise.

Une seule chose lui faisait peur : le vide, le silence,

le désert où le téléphone ne sonne pas. Gigi détestait les vacances. Elle n'en prenait jamais. Elle avait toujours un projet en train, une cause à défendre, comme celle des sans-papiers pour laquelle elle s'était engagée sans compter.

— Faisons le point, déclara-t-elle, réunissant autour d'elle tous les membres de l'atelier de recherche mécanique.

Elle adorait cette expression : « faisons le point », et ne se privait pas de l'utiliser chaque fois que c'était possible.

Doc leva la main, comme à l'école. Gigi lui passa la parole.

— Question port du Havre, dit-il, on est bien avancés grâce à mon copain Milo. Nous avons un pilote pour sortir le navire, nous savons comment accéder au quai d'embarquement sans être vus, nous savons comment les dockers s'y prendront pour détourner l'attention de la vigie le plus longtemps possible une fois que le *Nausicaa* sera en mer. Restent deux points cruciaux : Où, quand, comment apporter les explosifs et les faire monter à bord ? Et la question de l'équipage. Qu'est-ce qu'on fait de l'équipage ?

Pour l'équipage, Gary avait son idée :

— Mais il faut que j'en parle aux ingés et qu'ils nous suivent…

— C'est quoi ton idée ?

— Je vous en parlerai quand ce sera plié. C'est assez complexe à mettre en œuvre.

Il interpella Gigi :

— Tu crois qu'on peut avoir une liste complète du personnel de bord avec leurs adresses ?

Gigi réfléchit un instant :

— Je dois pouvoir obtenir ça au nom du ministère de l'Intérieur. Puisque leur ministre sera sur le bateau, ça paraît normal que ses services veuillent savoir qui sera à bord avec lui. Question de sécurité.

— Je crois même que c'est obligatoire, confirma Doc. L'armateur ou son représentant doit faire une déclaration de je ne sais plus quoi…

— Très bien, conclut Gary, essaye d'avoir ça le plus vite possible.

Gigi se tourna vers Suz, assis sur le coin du bureau :

— Et les explosifs ?

— Nous avons rendez-vous jeudi à Wurtz avec mon frère pour prendre livraison. J'irai avec Dargone, Arno et sa copine Kiki, la petite du bureau de Maxi. Officiellement nous sommes une équipe de télé qui fait un reportage. Elle fera la journaliste…

— Vous avez dit à Kiki ce que vous alliez chercher ?

Arno jura que non :

— Elle croit qu'on va chercher du matériel pour un feu d'artifice !

— Dans un camp militaire ?

— Oui. Elle trouve ça normal. En tout cas, elle ne pose pas de questions. Je crois qu'elle est surtout contente qu'on fasse le voyage ensemble !

Dargone voulait savoir s'il devait prendre tout le matériel caméra :

— Bien sûr, dit Suz. On ne sait jamais. S'il faut donner le change, nous devons être vraiment prêts à tourner quelque chose.

Gigi approuva d'un petit signe de tête et, pointant son stylo en direction de Suz :

— Dès que c'est chargé, tu iras directement de Wurtz au Havre, dit-elle sèchement, notant au passage l'ordre qu'elle venait de donner sur son bloc.

Suz se moqua d'elle :

— Sans passer par la case départ ? Sans toucher vingt mille francs ?

— Plutôt que de dire des conneries, je veux que tu me confirmes que tu as bien compris et que nous sommes d'accord.

Suz confirma. Il reconnut même qu'il avait tort de toujours la ramener :

— Je prends livraison à Wurtz de notre feu d'artifice, je dépose Dargone, Arno et Kiki à la première gare pour qu'ils rentrent, moi je continue tout droit jusqu'au Havre.

— Je t'attendrai chez Milo, dit Doc.

— Je ne serai pas là avant minuit.

— Pas de problème. D'ici là, j'aurai vu avec lui où stocker la marchandise.

Arno fit ensuite le point sur les costumes :

— Ça roule. Les réponses arrivent. D'autre part, Maxi a repéré un gros stock de costumes de médecins de Molière disponible à la SFP. Un truc qui a servi pour un ballet. Les filles pensent que ça pourrait être une sorte d'uniforme pour les gars de chez nous.

— Très bonne idée ! s'enthousiasma Gary. Tous ceux qui seront affectés à la sécurité seront habillés comme ça ! Et pour elles ?

— Elles veulent qu'on commande des tenues spéciales. J'ai tout noté…

— Passe, réclama Gigi. Je m'en occupe.

Puis ce fut le tour de Dargone :

— J'ai tout ce qu'il faut, *via* M. Cha, le type que je connais dans le XIIIe. J'aurai même ici demain le brouilleur de fréquences militaire pour qu'on puisse le tester. Il n'y a que la CIA qui a le même, en Irak !

Gigi devait parler à Dargone en particulier :

— Melville Grabbe, le directeur artistique de Patmore & Plus, veut te rencontrer au plus vite.

— Moi ?

— Bien sûr, toi ! Je te rappelle que tu es le cameraman choisi par la boîte de télé pour assurer la couverture de la fête. Il veut discuter d'homme à homme pour savoir comment tu vas t'y prendre, donner ses consignes, et blablabla…

Dargone doutait de pouvoir jouer ce rôle :

— Je ne suis pas cinéaste ! Je sais tenir une caméra, mais ça s'arrête là !

— Justement, c'est pour ça qu'il faut que je te briffe, dit Gigi. Je t'ai préparé un CV béton que tu apprendras par cœur. Je te dirai comment t'habiller, comment te tenir, et je te raconterai des histoires de tournage pour que tu puisses nourrir la conversation…

La tête que fit Dargone devant cette perspective déclencha un fou rire général.

Patmore & Plus

Melville vint en personne chercher Dargone au septième étage, l'étage des chefs. Il le conduisit à son bureau, relisant son CV en marchant :

— Je vois que vous avez travaillé avec Nicolas Philibert sur *Le Pays des sourds* ? J'ai beaucoup aimé ce film…

— Je faisais la deuxième caméra.

— C'était comment ?

— Personne n'entendait crier « silence ! » sur le plateau…

La remarque fit sourire Melville. La glace était rompue. Il ouvrit la porte de son bureau et invita Dargone à s'asseoir dans un des grands fauteuils en cuir brun.

— Entrez, dit-il. J'appelle mon assistant. Vous verrez les détails avec lui. Je vous offre un café ?

— Volontiers.

Joël les rejoignit avec un plateau et des tasses. Dargone sortit un petit appareil numérique.

— J'ai acheté ça à Hong Kong, expliqua-t-il, c'est extraordinaire. Il a un temps de réponse quasi immédiat, comme un reflex.

Il fit une photo de Joël, puis de Melville, à qui il tendit l'appareil :

— Essayez, vous verrez, c'est exceptionnel…

Melville ne résista pas au plaisir de photographier Dargone, Joël, son bureau sur lequel était posé un portrait de sa mère sur une pochette de disque encadrée sous verre…

— Vous faites des photos partout où vous allez ?

— Partout, dit Dargone, reprenant son appareil. Tout le temps. Dans dix ans, ça voudra dire quelque chose…

Ils en convinrent.

Melville avait peu de temps. Il définit rapidement ses désirs :

— Ma déf c'est : D-E-F. Trois points : Discrétion, Élégance et Fantaisie… Je veux que ça en jette, qu'on voie l'argent à l'image et qu'en même temps ce soit un film attentif aux gens, aux visages. Il s'agit de réaliser quelque chose que les invités pourront regarder mais, mieux encore, qu'ils pourront montrer à des amis sans que ce soit une corvée…

Dargone fut à la hauteur de ce qu'on attendait de lui. Il cita *Les Idiots*, de Lars von Trier, pour la légèreté de la caméra, les documentaires de Fred Wiseman pour le sérieux du propos, l'intuition au cadre de François Reichenbach :

— Quelqu'un de très oublié aujourd'hui…

Pour faire bonne mesure, il réussit encore à placer dans la conversation Tim Burton pour la fantaisie et Dreyer pour l'art du portrait. Il évoqua aussi ses souvenirs de tournage avec Serge Moati lors de deux campagnes présidentielles, son expérience italienne avec Zefirelli pour le compte de Berlusconi, et même un passage en Allemagne pour un documentaire sur le chancelier Schröder…

— Je vous raconte ça uniquement pour vous rassurer sur le terrain de la discrétion, conclut-il, sans laisser soupçonner un instant qu'il n'avait visionné aucun des films dont il avait parlé et qu'il ne connaissait ces hommes politiques que pour les avoir vus à la télévision.

Melville, satisfait de ce qu'il avait entendu, mit fin à l'entretien, priant Joël de bien vouloir raccompagner Dargone. Il le salua chaleureusement :

— Rendez-vous à bord du *Nausicaa* pour la nuit la plus longue de l'année ! Vous aurez de quoi photographier !

Il lui tendit sa carte :

— D'ici là, si vous avez besoin de me joindre… *call me !*

Dargone prit le petit rectangle de bristol du bout des doigts, avec une sorte de malaise : c'était à cause de ça que le fils de Gary avait été viré ? À cause de ce…

— Un problème ? demanda Melville.

— Non, rien, bafouilla précipitamment Dargone, glissant la carte dans sa poche. J'admirais seulement la typo. Vous avez une carte très élégante…

— Oui, très, admit Melville, sans vouloir s'attarder sur la remarque.

Il contourna son bureau pour aller ouvrir la porte :

— Encore une question…

Dargone se raidit. Quelque chose clochait ?

— Vous n'avez pas le mal de mer au moins ?

Mentalement, Dargone décerna une médaille à Gigi. Ça aussi, elle avait prévu que Melville pourrait le lui demander.

— J'ai fait un film pour Elf sur l'installation d'une plate-forme en mer d'Iroise. Je suis vacciné. Travail de nuit et des conditions de mer épouvantables ! raconta Dargone avec le sourire.

Il ajouta :

— À l'occasion, j'aimerais vous montrer le film. C'est spectaculaire ! Il a reçu des dizaines de prix…

— Eh bien faites-m'en un aussi spectaculaire et vous aurez droit à ma reconnaissance éternelle !

Dargone répondit sans rire :

— Pour le spectaculaire, comptez sur moi.

Bureau

Dargone avait prêté son appareil à Joël pour que, à son tour, il l'essaye. Ils se dirigeaient vers la sortie.

— Vous faites quoi de vos photos ? demanda Joël. Vous les stockez dans un ordi ou vous faites des tirages ?

— J'édite les meilleures sur du papier Arches après les avoir retravaillées sur mon PC.

— S'il y en a une bien, vous me l'enverrez ? Je vous donnerai mon adresse perso…

Il s'amusait comme un enfant, il mitraillait les couloirs, les bureaux, quand soudain Dargone jura :

— Ah, merde !

Joël suspendit son geste :

— J'en fais trop ?

— Non, vous pouvez y aller, jusqu'à trois mille

cinq cents ! Ce n'est pas ça. La batterie de mon portable est morte et je dois absolument appeler mon agent. Je pars demain à Dubaï pour une pub…

— Venez dans mon bureau.

— Ça ne vous dérange pas ?

— Pas du tout.

Dargone s'installa dans le fauteuil de Joël pour passer son coup de fil.

— Je vous laisse.

— J'en ai pour un instant.

— Prenez votre temps, je dois faire des photocopies.

Dargone, un peu déconcerté par la gentillesse de ce jeune homme pâle, téléphona à la météo nationale et, parlant dans le vide, photographia les lieux avec précision, fit un gros plan sur la marque et le numéro de série de l'ordinateur dont se servait Joël et un cliché du gros dossier bleu marqué *Yellow Submarine* où il classait soigneusement les e-mails envoyés par Gigi.

— Vous avez terminé ? demanda Joël, revenant avec une liasse imprimée, les plans détaillés du *Nausicaa* que Melville voulait étudier de près.

Dargone lui adressa un clin d'œil :

— Avec moi, quand c'est terminé, ça commence !

Il se levait pour partir quand, soudain, il se souvint du principal :

— Quel idiot ! dit-il en se frappant le front. Vraiment, je n'ai plus de tête. J'allais oublier, j'ai une chose très importante à vous demander…

— Quoi ?

— Il faut absolument que vous m'organisiez un repérage à bord du *Nausicaa*... Je dois voir les lieux avant de tourner, voir ce que je dois emporter comme matériel électrique, les branchements, enfin, je n'ai pas à vous expliquer, vous connaissez ça par cœur...

— Bien sûr, fit Joël, flatté d'être pris pour un vrai professionnel. Si vous voulez, j'ai les plans là, je peux vous en faire une copie...

— Je veux bien, mais il faut aussi que je puisse voir à quoi ils correspondent. Pour tourner, le papier, ça ne suffit pas...

— Bien sûr ! Je vais m'en occuper tout de suite. Vous revenez quand de Dubaï ?

— D'où ?

— De Dubaï. Vous ne partez pas demain tourner une pub ?

— Si, si, bien sûr, s'empressa de confirmer Dargone, furieux de son inattention. Mais, vous savez, les pubs, c'est quarante-huit heures sur place, pas plus...

— Très bien, opina Joël. J'organise votre visite pour le début de la semaine prochaine. Le *Nausicaa* est à quai à La Rochelle, ça ne devrait pas poser de problèmes. Vous serez seul ?

— Je serai sans doute avec mon assistant. Et vous, si vous voulez venir...

— Ce serait avec plaisir mais...

Joël ouvrit et referma le dossier bleu :

— J'ai du boulot par-dessus la tête !

Il lui tendit sa carte, sur laquelle il y avait son e-mail, son adresse et son téléphone perso :

— Pensez à moi pour la photo !

Nausicaa

Le mardi de la semaine suivante, Dargone, accompagné du jeune Arno en costume-cravate, se présentait au bas de l'échelle de coupée du *Nausicaa*, amarré quai n° 5 sur le port de La Rochelle. Un homme en uniforme bleu marine, mi-civil, mi-militaire, les attendait :

— Roger Haffner, chef steward, je suis chargé de vous piloter pour la visite…

— Je vous remercie, dit Dargone en lui serrant la main. J'ai cru comprendre qu'il y avait eu quelques difficultés…

— D'ordinaire, avoua franchement Haffner, la compagnie n'autorise pas la visite de nos bâtiments par des journalistes.

— Jamais ?

— Non, jamais.

— Ça tombe bien, nous ne sommes pas journalistes !

— Vous allez filmer…

— Je vais filmer vos clients à leur demande, précisa Dargone avec froideur.

Haffner concéda que c'était différent d'une équipe de télévision :

— Enfin, bref. Notre direction est heureuse de vous accorder cette faveur à la demande du sénateur Jeanvrain dont, je crois, le fils travaille avec vous.

Dargone se tourna vers Arno :

— Permettez-moi de vous le présenter : Joël Jeanvrain…

— Enchanté, dit le chef steward, en serrant la main d'Arno. Je suis confus, je ne savais pas que…

— Non, c'est moi qui…

Dargone coupa court :

— On y va ?

Haffner les précéda sur la coupée :

— Je tiens simplement à vous rappeler notre accord : vous ne devez prendre aucune photo ; pour votre sécurité, vous devez suivre les instructions que je vous donnerai pendant la visite ; vous ne devez jamais vous adresser au personnel…

Dargone se mordit la langue pour ne pas dire ce qu'il pensait de ce genre de consignes :

— Je ne vois pas pourquoi nous le ferions, dit-il en souriant. Nous ne faisons pas un reportage sur le bateau, nous préparons le tournage d'une fête !

— Parfait. Je constate avec plaisir que nous nous comprenons.

Tandis qu'ils montaient à bord, Arno posa timidement une question :

— Votre commandant est là ?

— Il est sur la passerelle.

— Mon grand-père a servi longtemps à la mer. J'ai toujours eu une admiration sans bornes pour les hommes qui commandent de tels navires…

— Si vous voulez, je vous le présenterai…

— Ce serait un grand honneur.

Arno avait une autre demande à formuler. Il le fit sur le même ton de fausse timidité d'enfant gâté :

— Est-ce que nous pourrons visiter la salle des machines ?

— Vous voulez tourner là ?

Arno sourit à Dargone :

— Je ne sais pas. Il faut demander à monsieur. Moi, c'est par curiosité que j'aimerais voir ça. Ce n'est pas tous les jours qu'on a la chance de monter à bord d'un tel bâtiment…

— Ce n'est pas le plus grand, concéda Haffner, mais c'est peut-être le plus beau !

— Il y a combien de canots de sauvetage ? demanda encore Arno. Depuis que j'ai vu *Titanic*, je me renseigne. Je ne suis pas sûr d'avoir le pied marin.

Haffner soupira avec condescendance :

— Vous n'avez rien à craindre. D'abord, nous sommes à quai ; ensuite nous avons huit canots de cinquante places chacun plus des gonflables de secours sur tous les ponts, sans parler des petites vedettes et des Zodiac…

La visite dura beaucoup plus longtemps que prévu : ils voulaient tout voir, tout comprendre, tout connaître, se faire expliquer aussi bien le service des cuisines que le fonctionnement des turbines, arpenter les couloirs, les coursives, traverser le grand salon, la scène, le théâtre, les bars, monter et descendre en ascenseur, comprendre le fonctionnement de mise à la mer des canots de sauvetage, voir où étaient les brassières de sécurité, découvrir les cabines de luxe, notamment les huit suites dotées d'un balcon, les vestiaires, les sanitaires…

Très vite Dargone obtint de faire des photos malgré l'interdiction. Il confia son appareil à Haffner pour qu'il réalise lui-même les clichés. À chaque nouvel endroit, un peu dépassé, Haffner proposait que le prochain soit le dernier. Arno, systématiquement, présentait avec humilité une nouvelle demande à laquelle le chef steward ne pouvait qu'accéder en soupirant :

— Vous voulez aussi voir notre régie de télévision interne ?

— Ce serait formidable !

Finalement, de « formidable » en « merveilleux », ils furent présentés au commandant Desplanques sur la passerelle du *Nausicaa*.

— Ce jeune homme, le fils du sénateur Jeanvrain, tenait absolument à vous saluer, expliqua Haffner, épuisé par sa journée.

Dargone tendit sa carte, une copie parfaite de celle de Melville :

— C'est moi qui vais filmer la soirée du 31…

— Très bien, dit le commandant, la regardant à peine. Si des passagers veulent monter ici, vous verrez avec M. Haffner. Je ne veux pas plus de trois personnes à la fois.

— Vous permettez que je vous prenne en photo ? demanda Dargone.

— En photo ? pour quoi faire ?

— Je veux faire le générique du film sur tout le personnel de bord, de la salle des machines à la passerelle…

Le commandant, un peu sceptique, se laissa néanmoins photographier, ainsi que l'officier en second et Haffner, à qui Dargone promit l'envoi de tous les clichés en guise de souvenir.

— Je compte sur vous !

— Vous pouvez !

Dargone et le jeune Arno repartirent avec les renseignements complets sur l'embarquement, le débarquement, la livraison des bagages, les contrôles d'identité, les équipements de sécurité, de téléphonie, le nombre de marins à bord, le personnel de service, le nom de l'entreprise qui les recrutait, les heures et les dates de manœuvres qui conduiraient le *Nausicaa* de La Rochelle au Havre…

Dargone était admiratif de la manière dont Arno, jouant moitié l'idiot, moitié le privilégié, avait obtenu d'Haffner d'entrer partout, de tout inventorier, de tout explorer.

— C'est rassurant de penser que, parfois, pour être intelligent, faut avoir l'air con…, philosopha-t-il, juste avant de reprendre le volant.

— Tu te fous de ma gueule ? renauda Arno.

— Je te fais un compliment.

La nuit du 31 décembre au 1er janvier, il est impossible de réunir à trois heures du matin l'état-major de Télévision France Médias, TFM, la chaîne contrôlée par Florian Beltrami. Seuls sont présents au siège Victor Blanc, le vice-président, David Fives, le directeur de l'info, et Marc-Antoine Bazailles, le présentateur du vingt-heures. Hubert de Sees, le président – qui a été imposé à son poste par Florian contre l'avis de son frère Martial –, Edmond Jansen, le chef du service politique, et Robert Barstein, le chef du service étranger, participent à la réunion par vidéoconférence.

— En résumé, dit Victor Blanc, à l'heure qu'il est, voilà les informations qui nous sont parvenues, directement de la cellule de crise de Matignon : le bateau qui a été détourné a mis le cap vers le nord. Vers où ? On ne sait pas exactement ; l'Islande ? le Danemark ? le Groenland ? Les pirates n'ont formulé qu'une revendication : qu'on les laisse naviguer où bon leur semble. C'est très inquiétant parce que c'est incompréhensible, à moins qu'ils visent une cible à la manière des kamikazes du 11 Septembre…

— Quelle cible ?

— Les champs pétrolifères de la mer du Nord ou des dépôts de carburant au Danemark, voire en Norvège. Ils sont en état d'alerte.

— Si c'était ça, ils auraient tout fait péter au Havre. Avec les tonnes de merdes pétrochimiques stockées là-bas, il n'y a que l'embarras du choix.

— Je suis d'accord. Autre hypothèse : on ne peut pas totalement exclure une volonté suicidaire de tout envoyer par le fond, et eux avec.

— Que dit l'armée ?

— Le GIGN devrait intervenir fissa avec les commandos Marine, on attend la confirmation d'un moment à l'autre. Nous aurons une équipe avec eux.

— Embarquée ? demande de Sees.

— Oui, dans un hélico.

— Toute la presse y sera ?

C'est David Fives qui répond :

— Non, seulement nous. C'est une exclu. Une fleur que nous fait le Premier ministre…

— On n'a pas fini d'en entendre parler, ronchonne Edmond Jansen.

De Sees n'en a rien à faire :

— Que les chiens aboient, je m'en fous. Florian est à bord du rafiot, c'est normal que nous ayons la priorité ! Ils nous doivent bien ça.

— Qui d'autre est à bord ? demande Barstein.

— Que du beau linge : Volumster, Marceau, Depardieu, Clavier, Reno, plus je ne sais combien de chefs d'entreprise, de banquiers, de spéculateurs des quatre coins du monde.

Bazailles est aux anges :

— C'est top ! Volumster, on ne peut pas faire mieux !

— On sait qui a fait le coup ?

— Vraisemblablement des types d'une boîte qui a fermé cette année, Mondial Laser, mais ça non plus ce n'est pas entièrement confirmé. Ça paraît trop gros pour qu'une poignée de gugusses réussissent un coup comme celui-là.

— Il y aurait qui derrière ?

— Ou les flics nous le diront, ou nous le découvrirons avant… si nous sommes moins cons qu'eux.

De Sees s'assure que tout le monde peut être à Paris

dans deux heures au plus tard et donne ses ordres à Bazailles :

— Marc-Antoine, tu prends l'antenne en direct dès qu'on est prêts et tu ne la lâches pas.

— On avait fait quelque chose sur Mondial Laser ? demande le vice-président.

— Une brève sur l'incendie de l'usine.

Fives réagit vite :

— Je fais sortir tout ce qu'on a là-dessus. Tous les rushes. Ces gens ont forcément des familles, des femmes, des enfants. J'envoie deux équipes pour les faire parler. On fera le tri après.

— Fais préparer aussi un portrait de Florian, demande Bazailles. Surtout rien qui ait l'air d'une nécro.

— Il y a peu de chances que ça ne soit pas reçu comme ça, glisse Barstein.

Jansen l'approuve :

— T'as raison, ce n'est pas une bonne idée.

— Alors qu'est-ce qu'on fait ?

— On le cite, éventuellement on passe sa photo, mais on n'en fait pas un cas particulier.

Il précise, pour Marc-Antoine :

— Il faut trouver un truc gai, aimable, un portrait si possible avec sa femme, pas de cliché officiel ou une vieillerie en noir et blanc. Dommage qu'il n'ait pas de gosses. Les gosses, c'est tout de suite bien…

— Il a des neveux.

— On verra ça. Peut-être plus tard. Pour l'instant, avec les acteurs, Volumster et les patrons, on a de quoi fournir.

Marc-Antoine se réjouit d'avance :

— Président, entre Volumster et les people, on va mettre le paquet. Faites-moi confiance !

De Sees apprécie :

— Ce sera le mot de la fin : on met le paquet et on emmerde tous les autres qui seront obligés de nous courir après et de nous lécher le cul pour avoir des images !

TÉLEX

TÉHÉRAN FAIT DE LA SURENCHÈRE SUR LE NUCLÉAIRE.

UN MORT-VIVANT EN GRÈVE DE LA FAIM EN TURQUIE.

UN DISSIDENT CHINOIS BATTU À MORT PAR LA POLICE.

ATTENTAT SANGLANT AU PAKISTAN, 71 VICTIMES ET DE TRÈS NOMBREUX BLESSÉS.

AU MOINS 39 PERSONNES TUÉES DANS LES DERNIÈRES VINGT-QUATRE HEURES À BAGDAD, EN DÉPIT DU PLAN DE SÉCURITÉ DANS LE CADRE DUQUEL PLUS DE 30 000 AMÉRICAINS ET IRAKIENS SONT DÉPLOYÉS DANS LA CAPITALE DE L'IRAK.

Flash-back

Il pleuvait dru.

— Tout ce qui tombe du ciel est béni ! se félicita Suz, que la pluie ravissait.

Ils s'étaient donné rendez-vous sur le parking du camp militaire de Wurtz, à l'heure du déjeuner, pour être sûrs de croiser le moins de monde possible. La pluie était une alliée inespérée. Suz gara la camionnette à côté de la Jeep de son frère. Il descendit, se couvrant la tête de sa veste. Kiki, Dargone et Arno, qui l'accompagnaient, restèrent dans la cabine par crainte des giboulées.

Suz et son frère se serrèrent la main, comme deux hommes qui ne se connaissent pas.

— Vous allez me suivre, dit le colonel, restant assis au volant de son véhicule. Je passerai devant pour vous faire entrer. Officiellement, vous faites un reportage : « Noël chez les artilleurs. »

Il remit à Suz une enveloppe en papier kraft.

— Là-dedans, tu as le bon d'armes.

Et, d'un ton froid :

— Ouvre de ton côté.

Suz obéit sans discuter, faisant coulisser la porte latérale de la camionnette. Le colonel, après s'être assuré, d'un coup d'œil, que personne ne les observait, ordonna à Suz de sortir le gros sac posé à l'arrière de sa Jeep et de le faire passer rapidement d'une voiture à l'autre.

— Il y a trois uniformes. Tu prendras celui d'adjudant et tes collègues les deux autres. Il faudra que la fille occupe le planton.

— C'est prévu.

Le colonel se tourna vers la cabine :

— Ils se sont fait couper les cheveux ?

— Court devant, ras derrière, comme tu m'avais dit.

Suz passa sa main sur sa joue :

— Et rasé de près…

Le colonel était satisfait :

— Je tiens à ce que mes hommes ne ressemblent pas à des clochards.

— Une fois que c'est terminé, qu'est-ce que je fais du sac ?

— Tu le gardes et tu le fais disparaître.

— Je le brûle ?

— Si tu veux.

Il s'impatientait :

— Allons-y pendant que la France bouffe et avant que tu sois noyé ! dit-il avant de mettre le contact.

Malgré la pluie, Suz le retint.
— Pourquoi tu fais ça ? demanda-t-il, cherchant un signe sur le visage de son frère.
Le colonel repoussa la main posée sur son bras :
— Rassure-toi, je ne le fais pas pour toi. Tu ne devras pas me remercier, ni me vouer une reconnaissance éternelle. Je le fais pour moi.
— Pour toi ?
— Nous n'avons pas le temps de discuter, dépêchons-nous.

Armurerie

Suz, au volant de la camionnette, suivit la Jeep de son frère jusqu'à la barrière d'entrée. Le colonel héla l'homme de garde qui le saluait sans quitter son abri :
— Je suis avec une équipe de télé qui fait un reportage sur « Noël chez les artilleurs » ! Je m'en occupe !
L'homme, autant par crainte de la pluie qu'impressionné par l'autorité du colonel, les laissa entrer sans oser réclamer leurs papiers d'identité. Kiki lui adressa un petit signe de la main. Il n'osa pas non plus le lui rendre.
La pluie redoublait.
Ils s'éloignèrent rapidement. Dargone et Arno profitèrent du trajet pour passer les uniformes qui leur étaient destinés.
— Putain, la classe ! dit Arno, enchanté du déguisement. J'aime mieux ça que mettre une cravate, comme l'autre jour avec Dargone sur le bateau !
Suz le rembarra.
— Tu ne dirais pas ça si tu avais tiré ton temps !
Kiki appréciait :

— Moi, je trouve que ça vous va super les cheveux courts ! Vous êtes mignons tout plein en petits soldats !

Ils arrivèrent devant un long bâtiment rectangulaire aux fenêtres protégées de lourds volets de bois bardés de fer.

Suz enfila à la hâte son uniforme d'adjudant avant de rejoindre son frère qui les attendait au sec. Le colonel vérifia leurs tenues d'un œil expert avant de descendre de sa voiture :

— Restez derrière moi.

Kiki portait un petit magnétophone en bandoulière et tenait à la main un bloc et un stylo. Elle avait mis des lunettes pour faire plus sérieux.

Le colonel s'annonça à l'Interphone de la porte de l'armurerie :

— Colonel Lantarget.

La porte s'ouvrit presque aussitôt et ils le suivirent dans un sas. À nouveau, le colonel déclina son identité, devant un visiophone cette fois-ci. Après la reconnaissance vocale, l'homme de garde devait l'identifier sur le trombinoscope des personnes autorisées à pénétrer dans l'armurerie.

— Je suis avec l'adjudant Schmitt, les soldats Waltmeyer et Nonais ainsi qu'une civile…

Ils attendirent.

Finalement, la porte du sas s'ouvrit, le soldat de première classe Letourneau salua le colonel.

— Repos, dit le colonel, s'avançant pour lui serrer la main.

Letourneau barrait l'entrée :

— Excusez-moi, mon colonel, mais je n'ai pas été averti pour les personnes qui sont avec vous.

— Je prends ça sur moi, je vous ferai passer les paperasses plus tard.

Il désigna Kiki :

— Mademoiselle fait un reportage pour *Le Républicain lorrain* sur Noël au régiment. Elle voulait interroger un homme de garde. J'ai pensé que je trouverais forcément quelqu'un ici. Vous êtes seul ?

L'homme répondit précipitamment :

— Tous les armuriers mangent à l'ordinaire, mon colonel. Si vous voulez que j'appelle le sergent…

— Inutile.

Le colonel entra dans l'armurerie ; Suz, Kiki, Arno, et Dargone, qui fermait la marche, entrèrent avec lui. Ils remontèrent un long couloir d'une propreté impeccable jusqu'au bureau de Letourneau. Le colonel constata avec satisfaction que toutes les portes des alvéoles contenant les armes avaient une lampe rouge allumée au-dessus du chambranle. Ce qui signifiait qu'elles étaient fermées et que personne n'était présent.

Il interrogea Letourneau :

— Ça ne vous embête pas de répondre à quelques questions ?

— Des questions sur quoi, mon colonel ?

— Sur Noël, répondit Kiki, d'une voix flûtée.

Suz doubla le rang d'un pas décidé et, sans s'arrêter, tendit son bon d'armes à Letourneau :

— Le capitaine Montjoie veut organiser un exercice juste après déjeuner.

— Faudra attendre le retour de Mourron, mon adjudant.

— Il est où ?

— À table, mon adjudant.

— Eh bien, faites-le rappliquer en vitesse. Sinon, nous ne serons jamais prêts !

Ils entrèrent dans le poste de contrôle pour téléphoner. Le colonel intervint :

— Attendez, je n'ai pas que ça à faire. Ne perdons pas de temps.

Il s'adressa à Letourneau comme s'ils étaient en opération :

— Je peux ouvrir l'alvéole de Mourron avec mon badge, pas la peine d'aller le chercher. L'adjudant sortira ce dont il a besoin et vous, je veux que vous vous occupiez de mademoiselle…

Letourneau hésitait :

— Je n'ai pas le droit de laisser sortir des armes sans que les armuriers…

— C'est moi qui vous l'ordonne, trancha le colonel. Nous régulariserons tout ça après. Vous connaissez Montjoie, s'il ne peut pas faire son exercice, nous allons en entendre parler pendant des mois…

Il ricana et les autres rirent par politesse. Le colonel claqua des doigts :

— C'est quelle alvéole ?

Letourneau consulta le bon pour un système lance-missiles Mistral :

— B6, mon colonel.

— Passez devant et vous, venez avec moi.

Letourneau arrêta le colonel sur le pas de la porte :

— Attendez ! Il faut que je le note sur le cahier de mouvements, dit-il, montrant le registre ouvert sur son bureau.

— Alors qu'est-ce que vous attendez ? grommela le frère de Suz, dont le visage avait oublié ce que signifiait être jeune.

Passant de l'irritation feinte à la galanterie non moins feinte, il se tourna vers Kiki :

— Excusez-nous, c'est infernal, nous sommes soldats mais nous devons agir comme des fonctionnaires !

Et, à Letourneau, sur un mode léger :

— Marquez « capitaine Montjoie » sur le cahier, puisque c'est pour lui. Inutile de me mentionner…

— Bien, mon colonel.

Letourneau écrivit ce que le colonel voulait et, à regret, fit remarquer que Montjoie n'avait pas signé le bon d'armes…

— Donnez-moi ça, dit le colonel en prenant rageusement le papier.

Il fit rapidement disparaître le document dans sa poche et dit à Suz :

— Adjudant, vous direz à cette tête de mule de Montjoie de venir le signer personnellement dans mon bureau. Il va m'entendre !

— À vos ordres, mon colonel.

Letourneau afficha un léger sourire de satisfaction, imaginant Montjoie se faisant remonter les bretelles par le colon. Puis il referma son registre et les invita à sortir. Tandis que Letourneau les conduisait jusqu'à l'alvéole B6, le colonel expliqua à Kiki :

— Nous avons des normes de sécurité très strictes. Seul l'armurier responsable de cette alvéole possède le badge qui permet de l'ouvrir. Et moi, bien entendu…

— Tant mieux, s'émerveilla Kiki, comme ça, au moins, on se sent en sécurité !

Le colonel présenta son badge devant la cellule électromagnétique de l'alvéole B6. La lampe passa du rouge au vert et la porte s'ouvrit.

— Je m'occupe de l'adjudant, dit-il, je vous confie mademoiselle, Letourneau. N'oubliez pas que vous parlez au nom du régiment…

— Venez, dit Kiki en tirant le soldat par la manche, on va se mettre là-bas, on sera mieux pour parler pendant qu'ils font leur déménagement…

Ils s'éloignèrent, malgré la réticence de Letourneau, qui traînait les pieds.

— On est filmés ? minauda Kiki, remarquant la présence de caméras de surveillance.

— Oui, mademoiselle, tout est enregistré.

— Eh bien, comme ça, je pourrai dire que je suis passée à la télé !

Et, soudain, serrant les cuisses, elle chuchota :

— Excusez-moi, faudrait que j'aille assez vite au petit coin. C'est loin ?

— C'est un peu compliqué.

— Vous voulez bien m'accompagner ?

Letourneau jeta un coup d'œil inquiet derrière lui : le colonel, l'adjudant et les deux hommes étaient dans l'alvéole, hors de vue, la jeune femme semblait lutter contre une envie pressante qui lui faisait briller les yeux et la rendait plus charmante encore.

Il ne tergiversa plus :

— Je vous montre !

Dépôt de munitions

La pluie n'avait pas cessé.

Suz, Dargone et Arno, en uniforme, avaient pris place dans la Jeep du colonel.

Kiki suivait à distance, au volant de la camionnette.

— Où on va ? demanda Dargone.

— Dépôt de munitions…

— On n'aurait pas pu tout prendre à l'armurerie ?

— Bien sûr que non ! s'irrita le colonel.

Suz fit préciser à son frère :

— Rien n'est groupé, c'est ça, hein ?

— Oui, tout est séparé pour éviter les accidents, les maladresses : les détonateurs, les missiles, les balles, les explosifs…

Arno siffla d'admiration :

— Putain, je n'y aurais jamais pensé !

À l'heure du déjeuner, sous le déluge, qui plus est en période de fêtes, la surveillance du dépôt de munitions était relâchée. Seuls deux seconde classe et un sergent étaient présents, calfeutrés au chaud, dans le poste de garde. Le colonel stoppa sa Jeep entre les deux barrières de sécurité, de hautes grilles protégées de barbelés. Un des soldats en faction sortit en toute hâte, entortillé dans un imperméable kaki, le sergent Borderie. Il salua le colonel, qui lui rendit son salut d'un geste négligent :

— L'adjudant et ses hommes partent en Côte-d'Ivoire, dit-il en se tournant vers ses passagers. Je veux juste leur montrer comment nous stockons pour qu'ils fassent la même chose là-bas. Je fais un tour en vitesse, pas la peine de le noter.

Et, sur un ton presque confidentiel :

— En revanche, sergent, soyez gentil avec la demoiselle, ajouta-t-il en désignant Kiki, restée à l'extérieur. Elle fait un reportage sur Noël au camp pour *Le Républicain lorrain*...

— À vos ordres, mon colonel !

Le sergent fit signe d'ouvrir la grille pour laisser le colonel pénétrer dans le dépôt de munitions, un vaste espace gazonné, planté d'arbres, où l'on ne devinait qu'à peine les silos souterrains qui dissimulaient les munitions... Quand la grille fut refermée derrière la Jeep, il fit coulisser l'autre grille pour permettre à Kiki d'entrer dans la zone de sécurité.

Le sergent et les deux soldats eurent vite fait d'inviter Kiki à boire un café dans le poste plutôt que de rester sous des trombes d'eau :

— Alors, comme ça, vous êtes journaliste ?

— Sincèrement, d'habitude, au *Républicain lorrain*, ce sont plutôt des vieilles saucisses qu'ils nous envoient !

— On ne vous a jamais dit que vous ressembliez à Marilyn ?

Pendant que les gardes découvraient les charmes de Kiki et le piquant de sa conversation, le colonel garait sa Jeep sur une aire où étaient stationnés des véhicules en partance pour une mission à Abidjan.

Le colonel assigna à chacun un objectif et donna l'ordre de faire vite.

Suz et son frère s'occupèrent des missiles.

Dargone des explosifs.

Arno des amorces et du câblage nécessaire pour la mise à feu du C4.

Suz aida le colonel à sortir de sa Jeep deux tubes de missiles vides qu'ils échangèrent pour deux autres, parfaitement semblables mais beaucoup plus lourds, sanglés sur une plate-forme. Malgré leur poids, Dargone revint au pas de course avec des caisses marquées de têtes de mort sous la mention *Danger* et Arno avec quatre petites cantines métalliques contenant les détonateurs.

L'opération n'avait pas duré sept minutes.

Lorsqu'ils repassèrent au poste de garde, Kiki faisait la bise aux soldats, les laissant chercher quel pouvait bien être l'animal brun, court sur pattes, qui roucoule dans les parkings…

Route

Ils devaient traverser la France d'est en ouest, de Wurtz au Havre, au moins dix ou douze heures de route. Dargone avait pris le volant, Suz était à côté de lui et, à l'arrière, Arno et Kiki dormaient dans les bras l'un de l'autre.

— Ça s'est passé comme sur des roulettes, se félicita Dargone, le sourire aux lèvres. J'ai eu un peu peur à l'armurerie, le type avait l'air méfiant…

— Oui, répondit Suz, jetant machinalement un regard à l'arrière de la camionnette, on a tout ce qu'il faut.

— Ton frère ne te ressemble pas du tout.

— Non, on n'a pas grand-chose en commun.

— En tout cas, sans lui, c'était même pas la peine d'y penser ! Il n'a pas l'air aimable, mais il est génial. On lui doit une fière chandelle !

Suz soupira, les yeux fixés sur le ciel bas et menaçant qui plombait l'horizon :

— Je ne comprends toujours pas pourquoi il s'est mouillé comme ça. S'il se fait prendre, c'est le conseil de guerre et peut-être pire encore…

Pour Dargone, il n'y avait pas besoin de chercher midi à quatorze heures. Il plaisanta :

— Il s'est mouillé parce qu'il flottait comme vache qui pisse et parce que c'est ton frère.

— Il n'en a rien à foutre que je sois son frère, répliqua vivement Suz. D'ailleurs il me l'a dit : « Je ne fais pas ça pour toi, mais pour moi. »

— Pour lui ?

— Oui, c'est ce que je n'arrive pas à comprendre.

Autoroute

Ils s'arrêtèrent pour faire le plein et pour manger des moules-frites dans un self, sur l'autoroute. Pendant que Suz et Dargone faisaient la queue au comptoir, Kiki se glissa dans les bras d'Arno :

— C'est bête d'être tous les deux et de ne même pas pouvoir faire l'amour.

— Tu veux qu'on aille à l'arrière de la camionnette, sur les pétards pour la fête ?

Elle chuchota, rieuse :

— Et que tu tires ton feu d'artifice ?

— Je suis sûr que ça te plairait !

— Tu peux pas savoir ce que j'en ai envie.

— Ça dégouline ?

Kiki rougit :

— Je suis toute chose…

— Va aux toilettes, je te rejoins.

— Chiche ?

— Tu y es bien allée avec ton militaire.

— T'es con, c'était pour qu'il voie pas ce que vous sortiez !

— Et lui, qu'est-ce qu'il t'a sorti ?

Kiki se renfrogna :

— Si t'es méchant, ça me coupe tout.

Arno

Sa mère avait quitté son père quand il avait cinq ans et n'était jamais revenue ni n'avait donné signe de vie. Ils vivaient dans le Nord, un petit ensemble de six tours au large de Denain, *Les Floralies*. Son père, employé municipal, l'avait élevé seul, à la dure.

Le soir de son dix-septième anniversaire, Arno le trouva avachi, comme tous les soirs, devant la télé.

— Tu sais quel jour on est ? demanda-t-il à son père.

— Qu'est-ce que tu veux que ça me foute ?

— C'est mon anniversaire…

— Ah, avait dit le père, sans que cela l'émeuve plus que ça.

Arno alla éteindre le poste.

Son père se leva d'un bond :

— Où tu te crois ? Tu vas me…

Le coup partit avant qu'il ait eu le temps de finir sa phrase. Un direct du droit en pleine face. Le père tomba sur le lino.

— Relève-toi, dit Arno en lui tendant la main pour l'aider. C'est mon anniversaire…

Le père se releva. Mais à peine fut-il sur pied qu'Arno le frappa à nouveau. Toujours sur le visage, sur le nez, sur la bouche, sur les yeux.

Il frappait des deux poings :

— Tu te souviens maintenant ?

Le père bavait du sang. Arno le força à écouter :

— J'ai dix-sept ans aujourd'hui, je veux que tu chantes *Joyeux anniversaire*. Vas-y, chante, je t'écoute.

Le père grommela :

— Je t'emmerde…

Arno le gifla du revers de la main :

— T'as compris ou tu veux encore des explications ?

Il secoua son père :

— Quand je te dis « chante », tu chantes.

Alors le père chanta :

Joyeux anniversaire
Joyeux anniversaire

— C'est bien, dit Arno quand il eut fini.

Puis il repoussa son père dans son fauteuil et ralluma la télé :

— À partir d'aujourd'hui, c'est moi qui cogne.

À Château-Thierry, Dargone, Kiki et Arno avaient pris un train pour Paris. Suz avait continué seul, ressassant les questions qui l'obsédaient : pourquoi son frère avait-il pris de tels risques ? Qu'est-ce que cela cachait ? Qu'est-ce que le colonel avait dans la tête ?

Quand ils étaient enfants, Suz se méfiait de son aîné dont Mlle Gelli, la dame du caté, disait : « Il est gentil, mais il a un travers dans l'imagination. » Suz, rebelle à tout enseignement religieux, ne pouvait pour une fois qu'être d'accord avec elle. D'autant que les idées bizarres de son frère, ses coups tordus, ses inventions lui retombaient toujours sur le nez. Leur père n'en avait que pour son grand fils paré de tous les dons, de toutes les qualités, de tous les talents. Au contraire, Suz semblait destiné à lui servir d'exutoire pour calmer ses nerfs quand il était contrarié ou se disputait avec sa femme. La première fois qu'il fallut traiter son frère envahi de bouffées délirantes, son père avait tourné le dos à Suz, comme s'il était personnellement responsable des égarements de son frère. Mais, si celui-ci n'était pas vraiment fou, son père l'était, et gravement. Si fou que, un dimanche après-midi, il tenta d'étrangler sa femme avec un tablier de cuisine et fut interné à vie dans un établissement de haute sécurité. Considéré comme tiré d'affaire par la médecine, brillant sujet intellectuel, le frère de Suz, pistonné par un grand-oncle général, signa dans l'armée à la mort de leur mère, tandis que Suz, marié jeune, déjà père d'un premier enfant, se consolait dans la lecture, dévorant livre sur livre au détriment de sa famille. Dès lors, les deux frères se virent épisodiquement et, sans s'être consultés, ne parlèrent plus ni de leur père, ni de leur mère, ni de leur enfance mutique, brutale, destructrice.

Les kilomètres défilaient, sinistres et monotones, Suz n'arrivait toujours pas à comprendre. Qu'est-ce qui avait pu se passer pour que son frère accepte de l'aider, qu'il s'y engage, planifie l'action et facilite le vol de C4 et d'un système Mistral avec ses munitions ?

Pour ne plus y penser, Suz alluma la radio. On diffusait un vieux tube qu'il s'amusa à reprendre en canon :

Coco, Coco...
Ton amour noix de coco
Remplit mon cœur
De rêves oh oh...

Il était plus de minuit lorsqu'il gara la camionnette devant chez Milo, au Havre.

Doc l'attendait, le menton gras, les cheveux en désordre :

— T'as mangé ?

— On s'est arrêtés pour grignoter une saloperie…

— La femme de Milo avait préparé de la quiche et de la salade, au cas où…

— Il en reste ?

— Non, plus maintenant, avoua Doc, gêné.

— Ça ne fait rien. En fait, je n'ai pas faim…

Doc tapa du plat de la main sur la carrosserie de la camionnette :

— Tout va bien ?

— Pas de problème. Il y a un sac à l'intérieur avec des uniformes. Il faudrait tout brûler.

— Je m'en occuperai demain matin. Il y a un incinérateur juste derrière.

Suz hocha la tête :

— Milo n'est pas là ?

— Il ne devrait plus tarder. Il arrive avec un véhicule d'incendie. On transférera tout dedans.

— Le *Nausicaa* est déjà à quai ?

— Non, pas encore. Il arrive de La Rochelle. De toute façon, on montera ce bazar à bord au dernier moment.

— Et en attendant ?

— Rangé dans le local syndical sous les drapeaux et les banderoles. Aucun danger que quelqu'un vienne y fourrer son nez.

TÉLEX

PALMARÈS DES PLUS GRANDES FORTUNES MONDIALES.
BILL GATES : 50 MILLIARDS DE DOLLARS
WARREN BUFFET : 47 MILLIARDS DE DOLLARS
CARLOS SLIM HELÚ : 30 MILLIARDS DE DOLLARS
INGVAR KAMPRAD : 28 MILLIARDS DE DOLLARS
LAKSHMI MITTAL : 23,5 MILLIARDS DE DOLLARS
PAUL ALLEN : 22 MILLIARDS DE DOLLARS
BERNARD ARNAULT : 21,5 MILLIARDS DE DOLLARS
AL-WALID BEN TALAL ABDULAZIZ AL-SAOUD : 20 MILLIARDS DE DOLLARS
KENNETH THOMSON : 19,6 MILLIARDS DE DOLLARS
LI KA SHING : 18,8 MILLIARDS DE DOLLARS
(À TITRE INDICATIF, RAPPORTÉE À LA FRANCE, LA FORTUNE DE BILL GATES REPRÉSENTE 30 000 SIÈCLES DE SMIC.)

Milo, le docker, rentre chez lui à pas d'heure. Il a quitté la vigie du Havre avec sa bande de joyeux lurons quand le prémar et son staff ont débarqué. Mathilde, sa femme, et ses deux belles-filles sont en train de ranger la vaisselle ; ses fils sont plantés devant le spectacle du Lido à la télé.

La fête est finie.

Sa femme lâche une pile d'assiettes sur la table :

— J'en ai marre ! crie-t-elle. Tu ne peux même pas être là le Jour de l'an ! Quand c'est pas le boulot, c'est le syndicat ou le sport ! T'es jamais là pour nous. Pour les autres, ils n'ont qu'à te siffler et tu fonces, mais pour nous, rien, pas un mot, pas un geste. T'as toujours autre chose à faire ! J'en peux plus, tu comprends ? J'en peux plus !

— Je peux dire quelque chose ?

— Tu peux dire ce que tu veux, je m'en fous !

Elle le dévisage :

— Je me demande même pourquoi t'es là ?

Jean-Pierre, son fils aîné, s'en mêle :

— Maman a raison ! Faut qu'on vienne passer le réveillon ici sinon tu fais une vérole, et toi tu te barres !

— Tais-toi, dit Sylvie, sa femme, qui a horreur des disputes.

Mais Jean-Pierre ne veut pas se taire :

— Moi aussi j'en ai marre ! C'est pas la peine de faire semblant, on n'est pas une famille. L'année prochaine, j'emmènerai maman au resto, et toi tu te démerderas tout seul, puisque c'est ce que tu préfères !

Michel, le cadet, intervient :

— Tu crois que ça nous amuse de regarder la télé en t'attendant ?

Milo ne répond pas. Il tire une chaise pour s'asseoir en face d'eux :

— De quoi vous vous plaignez ? Vous pouvez mater les filles à poil et, en plus, c'est gratuit…

Michel fait signe à sa femme :

— Prends ton manteau, on se tire !

— Attends, dit Milo, j'ai quelque chose à vous dire.

— Si c'est pour nous insulter, c'est pas la peine de te fatiguer. Je préfère qu'on se casse.

Milo inspire profondément. Il se tourne vers Mathilde :

— Personne ne sait, personne ne comprend pourquoi je fais ce que je fais. Même moi je ne le comprends pas toujours. Mais je suis sûr d'un truc : si je ne le faisais pas, autant mourir…

— T'as pas le droit de me dire ça ! crie Mathilde.

— Qu'est-ce que tu racontes ? soupire Jean-Pierre. Tu veux nous la faire aux sentiments ?

— Je veux vous faire comprendre une chose : le monde est dégueulasse, on vit dans une société pourrie, c'est la merde partout ; partout c'est la guerre, les crimes, le vol, la famine… et faudrait rester là, les paumes à la retourne ?

Milo dévisage ses fils, ses belles-filles :

— Je ne suis pas d'accord, je ne le serai jamais.

— Qu'est-ce que tu fais ? ricane Jean-Pierre. Tu vas changer le monde en faisant la bringue et en te pétant la gueule avec les connards de ton club ?

— Je ne vais pas changer le monde, dit Milo, mais à ma place, à ma mesure, j'essaye d'empêcher qu'il soit un peu plus dégueulasse, un peu plus pourri. Et tant pis si ça me fait rater le réveillon…

Loulou, la femme de Michel, écrase une larme :

— Je ne comprends rien à ce que tu dis ! Ça me fait peur. C'est contre qui ? C'est contre nous ? Qu'est-ce qu'on t'a fait ?

— Rien, ma poule, rien…

— C'est toi qu'as fait quelque chose qu'il ne fallait pas faire ?

Le visage de Milo s'éclaire d'un sourire triste :

— Au contraire, j'ai fait ce qu'il fallait !

Primauguet

À bord de la frégate *Primauguet*, le capitaine Alain et le lieutenant Beughem de la DCPJ sont attablés devant deux tasses de café dans le carré des officiers. Malgré les embardées, le roulis et le tangage, ils ne mouftent pas, préférant rester assis, sans bouger, plutôt que prendre le risque d'être malades. De toute façon la mer bave de colère, il fait nuit et le vent est si fort qu'il leur serait impossible de tenir sur le pont.

— Tu crois que c'est possible des vagues de plus de trente mètres de haut ? demande Beughem en rajoutant du sucre dans le jus noirâtre qu'il hésite à avaler.

— Trente mètres par rapport à quoi ? répond Alain.

— Par rapport à un calcul de triangulation. Je ne sais pas exactement, mais j'ai lu que dans les années trente, l'équipage d'un pétrolier, dans le Pacifique Nord, avait mesuré une vague de trente-quatre mètres de haut et trois cent quarante-deux mètres de long !

Le capitaine ne tient pas vraiment à parler de ça, mais Beughem insiste, ingurgitant sa tasse d'un coup, comme un remède :

— Ce que les Anglais appellent *rogue waves*, les « vagues scélérates », ou *freak waves*, les « vagues monstrueuses »…

— Ce sont des légendes.

— Non. Je suis sûr que non… Tiens, si tu prends le naufrage du *Queen Mary*, comment tu expliques…

Alain l'interrompt d'un geste :

— Tu veux me faire gerber avec tes histoires ?

— Non, je disais ça comme ça. Je trouve ça fascinant d'imaginer à la fois la montagne d'eau qui naît de nulle part et l'immense trou noir qu'elle doit provoquer…

— Parle-moi plutôt de la culture biologique des endives…

Base aéronavale

Freddy Minowitz, le journaliste reporter d'images de TFM, arrive dans un des hélicos du GIGN qui le transporte sur la base de Lanvéoc-Poulmic. Les Super Frelon des commandos Marine les attendent, prêts à décoller. Minowitz est affecté à l'appareil n° 2. En attendant d'embarquer il interviewe le lieutenant de vaisseau Jean-Marie Nieflheim, du commando Jaubert :

— Notre rôle est de soutenir le GIGN. Il s'agit d'abord d'une opération de police. Mais, quand nous aurons repris le navire, il nous reviendra de nous en assurer.

— Comment allez-vous procéder ?

— Toutes nos procédures sont secrètes.

— Vous allez vous faire hélitreuiller à bord ?

— Non, ce serait trop long. Mes hommes descendent par corde lisse. Deux par seconde…

— Il y a un risque d'accrochage ?
— Excusez-moi, il faut que j'y aille.

Flash-back

Un soir où ils n'étaient pas de piquet de grève, ils s'étaient attablés chez Nino devant des *penne all'arrabbiata*, dans la pizzeria quasi vide, ce qui donnait à leur réunion un petit air de complot mafieux. Comme d'habitude, Boni, un commercial aussi large que haut, la lippe gourmande, l'œil constamment allumé, les cheveux en bataille, monopolisait la parole, racontant la scène du *Parrain*, de Francis Ford Coppola, où Al Pacino va chercher dans les toilettes le revolver qui va lui servir à tuer Sterling Hayden et un autre, aux grosses narines, dont il ne se souvenait pas du nom :

— Je te préviens, Gary, si tu te lèves pour aller pisser, quand tu reviendras, fais gaffe à toi, on a vu le film, on sera armés !

Il se tourna vers le bar :

— Eh Nino ! Tu veux nous laisser mourir ! Nous avons besoin de munitions ! À boire ! À boire !

— *Subito ! Arrivo subito !*

Le patron vint leur porter deux bouteilles de vin sarde, une rareté qui devait titrer dans les quinze ou seize degrés :

— Avec la pasta, c'est oune… oune délicatesse !

Boni servit sans attendre le breuvage épais et noir, dont l'odeur forte, entêtante, les laissa perplexes sur sa supposée « délicatesse ». Il remplit généreusement le verre des trois ingés qui étaient là, Jean-Pierre Vicomte, un chimiste spécialiste des plastiques, Francis Fourcade et Paco Tégui, plutôt portés sur la physique des spectres lumineux. Ces trois-là n'étaient pas spécialement amis, même si Vicomte et Fourcade avaient en commun un goût pour le théâtre qu'ils pratiquaient en amateurs et que Tégui, fervent cinéphile, chantait *Je m'appelle Robin des Bois*, un vieux succès de Georges Guétary, dès qu'il s'agissait de fêter quelque chose.

Trois artistes dans leur genre.

Paul Boniface (Boni) n'avait presque jamais affaire à eux, sinon bonjour bonsoir dans la cour ou au self… Pourquoi Gary avait tant insisté pour les réunir tous les quatre ?

— Et qui c'est la petite qui ne sort jamais de ton bureau, même le soir, à croire qu'elle dort là ? demanda-t-il, tout à trac.

— Ma protégée, répondit laconiquement Gary.

La réponse fut accueillie d'un tonitruant éclat de rire :

— Avant, quand on avait ce genre de protégée, on disait « ma nièce » ou « une cousine » !

— Al Lettieri, dit brusquement Paco Tégui.

Boni se tordit le visage en signe d'incompréhension :

— Hein ? Quoi ? Qui ? Quel Thierry ? Elle s'appelle Thierry ?

— Al Lettieri, répéta Paco en sa direction. Le brun aux grosses narines, spécialiste de rôles de salopards, qui se fait tuer en même temps que le chef de la police, s'appelait Al Lettieri. Je crois qu'il est mort prématurément dans les années quatre-vingt-dix…

Boni était soufflé. Il applaudit des deux mains :

— Alors là, je dis chapeau ! Sortir Al Lettieri comme ça, sans réviser, tu devrais faire les concours à la télé…

Paco ne voulait pas entendre parler de ce genre d'amusement :

— Le cinéma, c'est un art, pas une compétition…

Sa phrase définitive provoqua un silence mi-embarrassé mi-ironique, que Boni s'empressa de combler de sa voix rieuse :

— OK Gary, alors, c'est quoi l'objet du contrat ? Ceux du Bronx veulent nous piquer notre territoire ? Notre monopole des femmes et de l'alcool est menacé ? Il faut leur donner une leçon pour leur apprendre les bonnes manières ?

Gary repoussa son assiette et attendit que le silence se fasse :

— Tu as eu raison de parler du *Parrain*, dit-il à Boni, parce que ce que j'ai à vous proposer est spectaculaire et dangereux.

— Tu déconnes ?

— Non.

Gary marqua un temps et reprit :

— Si ce qui est spectaculaire et dangereux n'est pas pour vous, finissez de manger, buvez un coup et bonsoir, sans rancune. Nous ne sommes pas liés. Mais si vous restez, si vous écoutez ce que j'ai à vous dire jusqu'au bout, je considère que vous êtes dans la partie et que vous ne pourrez la quitter qu'en la jouant jusqu'au bout.

— C'est dangereux comment ? demanda Jean-Pierre Vicomte.

— Dangereux comme un acteur se met en danger en jouant un rôle à contre-emploi…

— C'est pour ça que ce sera spectaculaire ?

— Oui, c'est pour ça.

Paco sourit :

— Qu'est-ce qu'on risque ?

— Mourir debout, répondit Gary, lui rendant son sourire.

Et gravement :

— Il y a un vrai risque et un vrai danger, ce n'est ni une blague ni un jeu que je veux vous proposer. C'est une action liée à notre situation.

— Quelque chose d'illégal ?

— Du jamais vu, du jamais fait.

Boni leva les mains au-dessus de sa tête :

— Halte-là ! Après avoir entendu ça, et avant d'entendre la suite, il faut boire !

Il remplit à nouveau les verres malgré les protestations de Vicomte et de Tégui qui craignaient pour leur raison s'ils continuaient à la délicatesse sarde. Boni leva son verre et les autres furent bien obligés de faire comme lui.

— *Salute !*

Les ingés avaient eu vent qu'il se préparait quelque chose à l'initiative de l'atelier de recherche mécanique, ne serait-ce que parce qu'une partie de leur bureau d'études, les rockers, avait été sollicitée par Olympe pour faire de la musique. Quant à Boni, depuis longtemps Gary lui avait demandé d'être le Monsieur Loyal de la fête. Il était maintenant temps que Boni et les ingés sachent que la journée portes ouvertes n'était qu'une répétition générale de ce qui se jouerait à bord du *Nausicaa*, dans la nuit du 31 décembre au 1er janvier…

Avec solennité, Gary demanda :

— Quelqu'un préfère s'en aller ? Je le répète : il y a des risques, du danger et, vous l'avez compris, ce sera totalement hors la loi.

Ni Boni ni les ingés ne bougèrent.

— OK, dit gravement Gary. Vous êtes de la partie…

Et il expliqua.

Quand ils se séparèrent, vers deux heures du matin, les conjurés de chez Nino connaissaient en détail tout ce qui se ferait de spectaculaire et de dangereux sur le bateau.

Eux n'y seraient pas.

Le talent des ingés et le bagout de Boni seraient nécessaires pour circonvenir l'équipage et l'éloigner du bord.

— Il faudrait des femmes avec nous, sinon ce ne sera pas crédible, fit remarquer Vicomte, au moment de se quitter.

— Des femmes et comment ! renchérit Boni. Faites venir des femmes ! Des femmes, comme s'il en pleuvait !

— Oui, c'est sûr qu'il en faut, ajouta timidement Fourcade.

Ils étaient d'accord.

— J'ai une idée, dit Paco.

Il proposa de faire appel à deux filles de l'accueil, Moïra et Juliette. Fourcade les récusa aussitôt :

— Trop jolies pour des policières ! On n'est pas dans une série américaine où toutes les femmes flics sont des prix de beauté ! T'as qu'à aller faire un tour au commissariat pour voir à quoi ressemblent les vraies !

— Justement, répliqua Paco, le fait qu'elles soient jolies sera un leurre parfait ! Si tu as bien écouté Gary, nous n'aurons que des hommes en face de nous. Et que font des hommes en présence de jolies femmes : ils les regardent et ne pensent plus à autre chose !

Boni lui tapa dans le dos :

— Tu devrais faire commercial ! Tu sais vendre ta camelote !

Pour Gary la question n'était pas celle des attraits réels ou supposés des deux filles :

— Est-ce que l'on peut se fier à elles ?

Paco s'en portait garant :

— Juliette est quelqu'un de très engagé dans les mouvements associatifs, elle est secouriste et passe la moitié de ses soirées à faire des cours d'alphabétisation pour les travailleurs immigrés. Quant à Moïra, elle est d'une famille mixte algérienne-française, c'est-à-dire qu'elle a eu tous les inconvénients de l'une et tous les inconvénients de l'autre. Pour les Français de souche, c'est une Reubeu ; pour les Algériens, c'est une Séfran. C'est quelqu'un de très combatif, une militante du droit des femmes musulmanes…

— Tu es sorti avec laquelle des deux ? demanda Fourcade, que le vin sarde décoinçait un peu plus de minute en minute.

— Aucune, répondit Paco.

Il précisa :

— Au cas où tu serais le seul à l'ignorer dans Mondial Laser : je suis gay. Ce qui me donne peut-être des dispositions particulières pour m'intéresser aux femmes et savoir les écouter…

La cause était entendue. Avec Geneviève, Gary avait payé pour savoir ce que cela signifiait d'être une femme déchirée entre deux cultures, deux traditions, deux terres.

— Je suis d'accord, décida-t-il sans hésiter plus longtemps. Tu peux leur parler, Paco. Mais, comme vous, elles doivent s'engager au secret le plus absolu.

— Sinon ? susurra Boni, goguenard.

Gary leva les yeux vers le grand bonhomme qui le dominait d'une tête et, calme, d'une voix sans la moindre trace d'humour, l'assura que cela ne devait pas arriver, jamais :

— Sinon, reprit-il, tu as vu dans *Le Parrain* ce qui arrive à ceux qui parlent…

Le *Nausicaa* maintient son cap à l'ouest, indifférent aux éclaireurs de l'orage qui, par spasmes, illuminent brusquement l'horizon et détalent. Dans ces instants, la mer prend une blancheur irréelle, parfois même une blancheur de suaire pour ceux qui se laissent abuser par cette image de pureté.

Quand elle blanchit, la mer est d'autant plus redoutable.

Gary sort sur le balcon avant suivi par Suz, Arno et Dargone.

Amos reste à la barre avec Damien Maheu, le pilote, qui chiffonne le dernier bulletin météo : *Sole. Secteur ouest 5 à 6. Mer forte, parfois très forte. Rafales. Pluie.*

— Ça ne s'arrange pas, Gary peut être content…

La nuit, la mer trouble toute réalité. Sentir le vent, sentir les vagues, guetter les déchirures lumineuses du ciel ou ses coulées d'encre noire, c'est lutter contre un incendie froid et silencieux que rien ne peut éteindre.

— Volumster a parlé à Paris, dit Gary sans regarder les autres.

— Alors ? demande Dargone, dévissant le bouchon d'une petite flasque argentée.

— Lui veut négocier avec nous, eux sont pour intervenir.

— Ils ont dit ça ?

— Pas directement, mais à la façon dont Volumster répétait toutes les trois phrases « Surtout ne jouez pas les cow-boys ! », j'ai bien compris qu'il connaissait le plan que ses copains avaient en tête.

— À ton avis, qu'est-ce qui va se passer maintenant ?

— Ce n'est pas dur à deviner.

Dargone avale une rasade de whisky et s'essuie la bouche :

— Ils vont nous envoyer la troupe et arraisonner le navire.

— Les paras ? demande Arno, prenant la flasque.

— Non, plutôt le GIGN ou un truc comme ça. Des types de la marine entraînés pour. Ils vont nous tomber dessus par le ciel et par la mer, les deux simultanément pour nous affoler…

L'alcool passe à Suz.

— Même de nuit ?

— Pour eux, la nuit, c'est un avantage.

— Et nous, qu'est-ce qu'on fait ?

Gary boit à son tour et rend sa flasque à Dargone quand Volumster l'apostrophe du poste de commandement. Il réclame à être mis immédiatement en contact avec Saffert.

— Je dois parler au Premier ministre.

— OK, on y va, dit Gary, sans avoir répondu à la question d'Arno.

Ils rentrent, sans protester contre l'humeur maussade de la mer et du vent, s'amusant, en secret, de se retrouver aux ordres du capitaine Crochet.

Suz établit la liaison :

— Passez-moi le Premier ministre, dit Volumster dès qu'il a Saffert en ligne.

— Je regrette, c'est impossible, monsieur le ministre.

Volumster sent la moutarde lui monter au nez :

— Général, sur le plan militaire, je ne mets pas en doute votre compétence, mais je crois qu'il s'agit ici d'une affaire qui vous dépasse.

Il martèle :

— Il s'agit ici d'une affaire politique que nous

devons régler politiquement. Vous comprenez ce que ça veut dire, « politiquement » ?

— Le président de la République est constamment informé.

— Ne me faites pas chier avec le président et passez-moi Jean-Marc !

— Le voudrais-je que je ne pourrais pas. Il est en route pour accueillir le chef de l'État qui écourte ses vacances en raison de la situation…

Volumster sent qu'il serait stérile de hausser le ton :

— Écoutez, dit-il avec une inflexion où perce quand même l'irritation, je suis navré que le président doive écourter ses vacances mais je veux que vous compreniez que ceux qui ont pris possession de ce navire sont très raisonnables et que nous devons en tenir compte. Les choses se passent calmement, sans violence. Il ne faut donc prendre aucun risque. Mettez-moi en contact avec Jean-Marc. Je dois l'informer en direct.

Saffert demeure inflexible :

— Si vous avez des informations qui nous seraient utiles…

— Je n'ai qu'une information : nous sommes sous la menace, ne rendez pas la situation intenable, glapit Volumster, n'y tenant plus.

C'est au tour du général d'être tout miel, tout sucre :

— Je ne suis pas sûr de bien vous suivre : vous dites que tout se passe sans violence et en même temps que vous êtes « sous la menace » ?

— Ce n'est pourtant pas dur à comprendre. Passez-moi le Premier ministre.

— Soyez sûr que nous travaillons sans relâche pour vous sortir de là.

— Vous êtes idiot ou vous faites exprès de dire n'importe quoi ? Personne ne peut nous sortir de là, sinon nous-mêmes, à bord.

Il raccroche rageusement.

Un geste

Volumster, blanc comme un cierge, veut parler à Gary d'homme à homme. Mais Gary refuse, comme il a refusé de parler anglais avec Cawlpepper :

— Je n'ai de secret pour personne ici.

Le ministre prend sur lui :

— Comme vous voudrez, dit-il en dévisageant ceux qui l'entourent. Voilà ce que je vous propose : faites un geste. Annoncez que vous allez libérer les femmes.

— Vous craignez quoi ?

— Je ne crains rien. Je vous demande de faire preuve d'un peu d'humanité. Annoncez que vous allez débarquer les femmes qui pourront être recueillies par les bateaux de la Marine nationale. Ils doivent déjà faire route vers nous. De mon côté, je vous garantis que cela se fera sans bobos…

Gary souligne nonchalamment :

— C'est ça que vous craignez, les bobos ?

— Arrêtez de me bassiner avec mes craintes ! Je vous assure que je ne crains rien.

— J'aimerais vous croire, dit Gary. Mais je sais que ce n'est pas vrai. À l'heure qu'il est vos copains doivent finaliser leur plan de bataille pour intervenir avant qu'il fasse jour.

— Qu'est-ce qui vous fait croire ça ?

— Je vous l'ai déjà dit, votre vie, la nôtre ne comptent pas pour eux. Si j'étais cynique, je vous dirais que, politiquement, vous leur êtes certainement plus utile mort que vivant.

Volumster se renfrogne.

— Débarquez les femmes, répète-t-il d'une voix pressante. C'est tout ce que je vous demande. Le reste, c'est à moi de voir.

Gary consulte les autres d'un regard. Accord muet, cœurs battants, la partie se joue comme espéré…

— Très bien, dit Gary après un temps de réflexion, nous allons faire débarquer un certain nombre de personnes. Mais selon un autre critère que le sexe.

— Quel autre critère ? s'inquiète Volumster. Qu'est-ce que vous allez encore inventer ? L'âge ? La taille ? La couleur de la peau ?

À nouveau, Gary fait mine de réfléchir. Il se gratte la tête, s'observant dans la vitre panoramique de la cabine battue par la pluie :

— Nous allons faire un plan social.

— C'est ça, faites-moi rire.

— J'espère bien vous faire rire… Nous avons la liste des actionnaires de FII qui sont à bord et nous avons aussi la liste des invités et du personnel. Le choix se fera selon cette distinction, sans se soucier s'il s'agit d'hommes ou de femmes. Resteront à bord les actionnaires, débarqueront les salariés.

Volumster ne comprend pas :

— À quoi ça rime ? demande-t-il, incrédule. C'est idiot !

— Quand nous avons été licenciés, les femmes ont-elles été épargnées sous prétexte qu'elles étaient des femmes ? Non. Elles ont été licenciées comme les hommes. Le critère du sexe n'a absolument pas joué, pas plus que la situation personnelle ou familiale. Dans le plan social présenté par les repreneurs de Mondial Laser – j'espère que vous appréciez comme moi l'ironie de ce terme, « plan social » – seule la raison financière a joué. Il y avait ceux qui se lavaient les mains et, au passage, ramassaient la mise comme messieurs Michaud, Cardona le directeur financier ou Espadioux, le directeur commercial, et les autres, ceux qui se ramassaient tout simplement, si vous me permettez cette vulgarité. Sur le *Nausicaa*, c'est le monde à l'envers. La sécurité sera pour les salariés, le risque pour les actionnaires. Vous me suivez ?

— Je trouve ça profondément stupide. Mais si ça vous amuse…

— Autant que ça a amusé les directions successives de Mondial Laser, répond froidement Gary.

Volumster se désigne d'un geste ample, de la tête aux pieds :

— Alors, par exemple, moi qui ne suis pas actionnaire, je débarque ? demande-t-il, ricanant, le menton haut.

— Oui, vous débarquez. Sauf si votre conscience ou votre sens de l'État vous commandent de rester à bord.

Volumster ignore la remarque :

— Et, par exemple, Mme Cawlpepper ? demande-t-il.

— Nous la considérons comme solidaire de son mari puisqu'elle n'a pas d'autres revenus que les siens. La femme de Beltrami est dans la même situation, comme de nombreuses autres épouses d'actionnaires présentes à bord…

— C'est absurde ! Et ma femme ?

Gary avoue :

— C'est un cas litigieux.

Le ministre a un argument cinglant :

— Au cas où vous l'ignoriez, une banquière ne

peut pas être actionnaire d'un fonds spéculatif ! C'est contraire à la loi, à la déontologie.

D'un regard, Gary dissuade Suz d'intervenir.

— Nous devons en discuter, dit-il. C'est sa banque qui a financé le LMBO qui nous a conduits où nous sommes et qui a poussé à la vente. Il y a une sorte de complicité objective. Quant à la déontologie…

— Ça ne tient pas debout, rétorque mollement Volumster. Si je débarque, elle débarque et les autres femmes aussi.

Gary ne cherche pas à poursuivre la discussion :

— Vous vouliez que nous fassions un geste, que nous débarquions des passagers, nous nous y engageons. De votre côté, vous juriez pouvoir nous garantir que cela se ferait « sans bobos ». Qu'est-ce que vous faites ?

— Je rappelle Saffert.

Messes basses

La mer se gonfle, le vent forcit, deux athlètes qui se préparent au combat, mais ce n'est pas encore l'heure de la tempête. Tandis que Suz rappelle Paris, Pat s'arrange pour attirer Volumster dans un coin du poste de commandement. Il ne veut pas être entendu des autres :

— Tu dois te méfier de Melville.

— De qui ?

— Mon directeur artistique.

— Celui qui tire plus vite que son ombre ?

— C'est lui qui a tout organisé. Ça ne m'étonnerait pas qu'il soit aussi derrière ces types.

— Qu'est-ce qui te fait penser ça ?

— Je sais qu'il manœuvre en secret pour me faire virer par mes actionnaires.

— Je croyais que tu étais propriétaire de…

— Il y a longtemps que je ne le suis plus. Ta femme ne te l'a pas dit ?

Volumster n'arrive pas à y croire :

— Ce serait pour te piquer ta place qu'il…

— Ce type est capable de tout.

Suz les interrompt :

— Pas de messes basses sans curé ! Le général est en ligne…

Volumster va droit au but :

— Nous avançons. Un certain nombre de passagers vont être débarqués…

— Où ça ? demande Saffert, surpris par la brutalité de l'annonce.

— En mer, bien entendu, dans les canots de sauvetage ! Pas à l'île Maurice !

— Je vous écoute, dit calmement le général, pour essayer de faire baisser la pression qu'il sent chez son interlocuteur.

— La Marine nationale fait route vers nous ?

— Je ne peux pas vous le dire.

— Ne me le dites pas, mais je le sais. Et ceux qui sont ici, autour de moi, le savent aussi. Je me suis engagé auprès d'eux à ce que tout se passe bien. Je veux que vous le confirmiez.

— Que voulez-vous que je vous confirme ?

— Que le débarquement des passagers se fera sans risques et que la Royale sera là à temps pour les recueillir.

— Je ne peux rien vous confirmer pour l'instant. Je dois aviser. Je vous rappelle.

Cette fois-ci, c'est Saffert qui raccroche brusquement.

En Russie, depuis le début de l'année, plus de 10 crimes ont été officiellement recensés contre des Tadjiks, des Tziganes, des Arméniens. Les autorités laissent s'exprimer librement ce racisme ordinaire des groupes néonazis ; la justice préfère parler de « hooliganisme ».

Au Moyen-Orient, en Asie et en Grande-Bretagne, 30 000 milliards de dollars sont investis dans les *hedge funds*, les fonds spéculatifs.

Selon un rapport du Fonds des Nations unies pour l'enfance (Unicef) sur l'excision, 3 millions de femmes africaines sont mutilées chaque année.

Flash-back

Le soir de la crémation du fils de Gary, Melville et Gigi étaient assis dans la cuisine. Melville insistait pour que Gigi reprenne à domicile ce que Milan faisait à l'agence. Gigi regrettait de l'avoir laissé entrer, elle voulait qu'il parte, elle-même ne voulait pas rester une seconde de plus dans cet appartement. Melville refusait de bouger, le ton montait :

— Réfléchissez, merde, je vous offre quinze mille euros en liquide !

Gigi bondit soudain. Elle s'accrocha à lui pour le forcer à se lever :

— Tirez-vous, vous êtes un salaud ! Dehors ! Je ne veux plus vous voir ! Dégagez !

Melville lui bloqua les bras. Ils restèrent un instant face à face, lui la mâchoire serrée, elle le ventre dur comme de la glace, la poitrine soulevée de vagues de colère et d'angoisse. Soudain Gigi se laissa tomber sur le carrelage, gémissant à genoux :

— Vous me faites mal… Laissez-moi. Je vous en prie, laissez-moi !

Melville s'agenouilla près d'elle, confus :

— J'ai eu tort de venir ce soir. Pardon, je n'aurais pas dû, c'est idiot, ce n'est pas le moment. Vous me répondrez demain, j'attendrai.

Il voulut l'aider à se relever, mais Gigi n'en avait pas la force, elle pleurait, elle pleurait, elle pleurait toutes les larmes de son corps. Ses larmes roulaient sur ses joues, sur sa bouche, sur son menton.

— Pourquoi ? Pourquoi il a fait ça ?

— Taisez-vous. Ça ne sert à rien de…

— Pourquoi il s'est tué ? Dites-moi pourquoi il s'est tué.

Melville n'avait pas de réponse. Personne n'avait de réponse, personne n'en aurait jamais. Milan s'était tué, c'était tout. L'histoire s'arrêtait là. Inutile de se torturer pour lui trouver un sens.

— C'est comme une pierre au fond d'un lac, dit-il. On ne la voit pas. On sait qu'elle est là, en dessous. Elle nous fait souffrir, mais on ne la voit pas. On se penche à la surface de l'eau et on ne voit que son propre visage.

Sa voix n'était que douceur :

— Venez, je vais vous accompagner jusqu'à votre chambre, chuchota-t-il comme s'ils n'étaient pas seuls dans la cuisine. Vous devez vous reposer. Je tirerai la porte en partant…

— Non ! Je ne veux pas dormir là ! Je veux partir ! Il faut que je parte tout de suite chez ma sœur. Je ne peux pas rester là ! Je ne peux pas !

Gigi s'accrocha au cou de Melville :

— Ne me laissez pas toute seule. Je ne veux pas rester toute seule ici. Je prends des vêtements et je m'en vais. Attendez-moi, je ne veux pas être toute seule…

Gigi sanglotait, incapable de bouger :

— Parlez-moi. Dites quelque chose. Parlez ! Dites n'importe quoi, mais parlez. Je veux entendre votre voix. Je veux que vous me parliez encore…

Elle se blottit contre lui :

— Parlez, parlez, dites quelque chose…

Melville lui caressa la nuque pour l'apaiser :

— Je sais ce que c'est d'être seul. J'ai été si souvent seul, dans une chambre où je ne voulais pas être. Ma mère était une chanteuse de variétés, Cherry Love. Pas une grande chanteuse, pas une vedette, une petite chanteuse qui a fait toute sa carrière sur son premier tube, *Coconuts*. Vous n'avez jamais entendu *Coconuts* ?

— Non…

— Pourtant, il y en a des histoires d'amour qui ont commencé sur cet air…

Il fredonna :

Coco, Coco...
Ton amour noix de coco
Remplit mon cœur
De rêves oh oh...

— Votre mère ne chante plus ?

— Elle s'est suicidée.

Gigi fut prise d'une nouvelle crise de larmes. Elle haletait, luttait, se débattait contre un démon nommé remords. Melville se pencha sur elle :

— Ne pleurez pas, c'est du passé. Je n'aurais pas dû vous dire ça. Ne pleurez pas, ça ne sert à rien de pleurer. Ma mère n'a pas eu de chance, c'est tout. Au début, ça a un peu marché pour elle, les journaux, les télés se sont intéressés, mais pas longtemps. Son deuxième disque, *Pomme d'amour à croquer*, a été un flop terrible…

Il lui tendit un mouchoir et la força à se moucher comme un enfant.

— Et votre père ? demanda Gigi, retrouvant son calme.

— Jamais vu, jamais connu. Ma mère ne m'a même jamais dit son nom. Seulement que c'était une vedette américaine, une grande star…

— Vous viviez avec elle ?

— Oui. Elle me trimballait partout, de gala en gala. Si j'avais photographié tous les hôtels où je suis allé, je pourrais faire fortune en publiant une anthologie du papier peint ! Au début, j'avais droit à une chambre pour moi tout seul et à une baby-sitter pour me garder ; puis, je n'ai plus eu de baby-sitter ; puis plus de chambre individuelle, juste un lit dans celle de ma mère ; puis plus de lit, je devais partager le sien… Pendant qu'elle chantait, je l'attendais. Je l'attendais, je l'attendais jusqu'à tomber de sommeil dans un fauteuil ou n'importe où.

— Elle finissait tard ?

Melville ricana :

— Oui, mais surtout, elle ne finissait pas seule.

— Elle ramenait des hommes ?

— Elle ne les ramenait pas, elle allait dans leur chambre et rentrait au matin pour se plaindre de sa vie, pour que je la console. Elle jurait qu'elle n'aimait que moi, m'embrassait à m'étouffer, me demandait pardon, « tape-moi ! », disait-elle, « tape-moi, je le mérite ! ». L'alcool, la dope, les hommes, oui, elle aurait mérité que je la frappe…

— Vous aviez quel âge ?

— Ça a duré jusqu'à ce que j'aie treize ans. Un matin, à Montceau-les-Mines, elle n'est pas rentrée à l'hôtel. On l'a retrouvée dans la loge de la MJC. Elle avait avalé tout ce qu'elle avait pu et barré sa glace d'une inscription au rouge à lèvres : « Marre ».

— Elle ne vous a pas laissé de lettre, rien ?

— Non, que ce mot : « Marre ».

Il sourit, étonné et lumineux :

— Quand je vous parlais d'une pierre au fond de l'eau…

Finir

Quand Gigi débarqua chez sa sœur au milieu de la nuit avec ses affaires, cela faisait des heures que Chloé l'attendait en pyjama.

— Mais où t'étais, merde ? T'as vu l'heure ? J'ai cours, moi, demain ! Tu pourrais répondre quand je t'appelle !

— J'ai coupé mon portable.

— Qu'est-ce que tu foutais ?

— J'étais chez moi…

— Viens, on se couche et on dort, ordonna Chloé, ouvrant le lit qu'elles devaient partager.

Mais Gigi ne voulait pas dormir. Elle voulait parler. Elle raconta tout à sa sœur, sans même défaire son manteau : Melville dans l'escalier, la proposition qu'il lui avait faite et ce qui s'était passé ensuite…

Chloé n'en revenait pas :

— Tu as couché avec lui ? Dans la cuisine ?

— Oui.

— Il t'a violée ?

Gigi avoua :

— Non, c'est plutôt moi !

Elle ferma les yeux, adossée au mur :

— Après le cimetière, je ne sais pas ce que j'ai fait, j'étais complètement paumée. J'ai claqué du fric, je me suis fait couper les cheveux, je suis allée au cinéma voir une connerie, j'aurais bien fait n'importe quoi pour ne pas remonter chercher mes fringues.

— T'avais qu'à venir ici tout de suite. J'y serais allée, moi, prendre tes fringues.

— Rappelle-toi, quand je t'ai téléphoné, tu m'as dit : « Viens quand tu veux mais, sois gentille, pas avant onze heures, Tobias sera là. »

Chloé se renfrogna :

— Ça y est, ça va être de ma faute !

— Fais pas ta parano ! C'est pas de ta faute ! C'est de la faute à personne. D'ailleurs, il n'y a pas de faute. J'ai traîné tant que j'ai pu, et quand j'ai enfin trouvé le courage d'y aller, je suis tombée sur Melville qui m'attendait assis en haut des marches. Ça m'a mise en colère et en même temps j'étais contente qu'il y ait quelqu'un pour entrer avec moi. Que je ne sois pas seule dans l'appart. Tu comprends ?

— Non.

Chloé jura que si son copain venait à disparaître, sa première idée ne serait pas de s'envoyer en l'air avec un autre !

Gigi haussa les épaules :

— Tu ne peux pas savoir comme il a été gentil…

— Pour te sauter, il pouvait l'être !

Gigi fit trois pas et se laissa tomber en travers du lit.

— Il n'y pensait pas un quart de seconde, c'est moi qui ai eu envie.

— Comme ça, d'un coup ?

— Oui, ça m'a envahie. Milan était mort dans la pièce à côté, j'avais l'impression qu'il fallait que je fasse quelque chose pour ne plus jamais revenir dans cet appart.

— T'as été prudente au moins ?

— Rien à craindre, je ne suis pas dans mes jours.

— T'es complètement cinglée !

La chambre baignait dans l'étrange lumière d'une unique lampe de chevet, un ange de fer surmonté d'une coupole ciselée. Gigi se défendait des ombres qui l'habitaient.

— Je pleurais, je pleurais tout le temps, raconta-t-elle, la tête à la renverse. Je ne pouvais pas effacer l'image de la petite urne rouge qu'ils avaient donnée à Gary au cimetière, les cendres de Milan.

Elle se redressa, déchirée :

— Il ne me restait rien de lui.

Mais Chloé n'était pas facile à attendrir :

— Et lui, qu'est-ce qu'il disait ?

— Gary ?

— Melville.

— Il essayait de me consoler. Ça me faisait du bien de l'entendre. Il a une belle voix, grave, veloutée, sensuelle. Je voulais qu'il me parle. Je m'accrochais à lui. On était là, tous les deux sur le carrelage et je ne pouvais pas bouger. J'étais en train de fondre comme une motte de beurre au soleil. Alors, il m'a raconté l'histoire de sa mère. Elle aussi s'est suicidée…

— Tu parles d'une consolation !

Gigi tendit la main à sa sœur pour qu'elle vienne s'asseoir à côté d'elle, sur le lit :

— C'était une chanteuse. Tu as déjà entendu *Coconuts* ?

— C'est elle qui chantait ça ?

— Oui.

— C'est devenu un tube dans les soirées ! Ça passe partout maintenant. C'est génial ! C'est complètement ringard, mais c'est génial !

Chloé chantonna :

Coco, Coco…
Ton amour noix de coco

Gigi enchaîna :

Remplit mon cœur
De rêves oh oh…

Le fou rire les prit.

— Tu vas le revoir ? demanda Chloé, quand elles furent calmées.

— Melville ? Non, pourquoi ?

— Parce que…

Chloé l'interrogeait avec un mélange de violence et de pitié :

— C'était juste un coup, comme ça ?

— C'était comme un rêve, soupira Gigi, comme si tout en elle s'affaissait.

Elle caressa le visage de sa sœur :

— Tu jures de ne pas répéter ce que je vais te dire ?

— À qui tu veux que je le répète ?

— Jure.

— Je te le jure, je ne répéterai rien ! Juré, craché !

Chloé leva la main droite et fit semblant de cracher. Gigi plissa les yeux :

— On a fait ça sur la table de la cuisine, sans vraiment se déshabiller. Je voulais qu'il me prenne tout de suite, j'allais exploser. Je voyais le contrepoids de la suspension, le coin du frigo, l'étagère à épices, j'ouvrais les yeux pour m'éblouir, je les fermais parce que j'avais honte, je pleurais, je gémissais, je le voyais penché sur moi avec un air furieux, il me baisait comme s'il me battait et il m'a fait jouir, mais tellement jouir ! Je n'ai jamais fait l'amour aussi fort avec un homme…

— Pas même avec Milan ?

Gigi répondit à contrecœur :

— Non, pas même avec Milan.

Plus tard

Les deux sœurs s'étaient couchées sur un lit d'épingles. Elles ne parvenaient pas à éteindre la lumière. Milan était là, entre elles, faisant barrière, faisant frontière de sa mort sous un voile opaque. Chloé revint à la charge. Pour elle, le suicide du fiancé de sa sœur résistait aux explications officielles. Elle questionna Gigi, une fois, deux fois, dix fois. La questionna encore et encore. La tourmenta. Chloé lui fit recommencer le récit de la soirée où Milan s'était tiré une balle dans la tête. À bout d'arguments, de tentatives pour détourner la conversation, Gigi admit qu'elle n'avait pas dit toute la vérité, ni à Gary, ni à personne.

— T'étais déjà la maîtresse de Melville ?

— Non, t'es dingue ! s'indigna Gigi. Avant ce que je viens de te raconter, je l'avais croisé une fois, c'est tout. Ça n'a rien à voir. Je ne l'avais même pas reconnu…

Elle sentit ses défenses céder devant le regard franc de Chloé. Elle ne la jugeait pas, elle ne la plaignait pas, elle voulait savoir avec cette détermination boudeuse et fière qui la rendait belle.

— J'ai pas tout dit sur le renvoi de Milan, avoua Gigi.

— C'est pas une histoire de cartes de visite ?

— Non.

— C'est quoi ?

— C'est dégueulasse.

— Dis-moi.

— Non, je ne peux pas.

Chloé la poussa tendrement :

— Si tu ne peux pas le dire, fallait pas en parler, c'est comme ton histoire avec Melville. Alors, vas-y. Si quelqu'un doit savoir, autant que ce soit moi. Tu te fais du mal bêtement à ne rien vouloir dire à personne. Te taire, ça ne fera pas revenir Milan.

Alors Gigi parla :

— Milan a eu rendez-vous avec Pat, le patron de la boîte, pour discuter de son embauche définitive, dit-elle étonnamment sereine, sans émoi. D'abord, le type a été très gentil, caressant même. Milan m'a raconté qu'il se sentait mal à l'aise. Pat passait derrière lui, posait sa main sur ses épaules, lui ébouriffait les cheveux. Tout ça en décrivant l'avenir de la boîte, le futur travail de Milan qu'il appelait « Gigi », je t'expliquerai pourquoi. Milan ne savait plus quoi faire. Quand il a cru que c'était fini, il s'est levé. Il voulait une réponse pour son embauche, c'était simple : ça faisait vingt-deux mois qu'il était stagiaire, tout le monde était content de lui, il avait en charge un super-gros dossier, son chef lui faisait confiance... Alors machin, Pat, s'est approché de lui, il a posé sa main sur la joue de Milan et lui a fait comprendre que tout ça c'était bien joli et bien beau, mais que s'il voulait son CDI, ce serait bien qu'ils scellent leur amitié par quelque chose de plus personnel, un geste fort, intime…

— Je ne comprends rien !

Gigi cria, presque un hurlement qui lui déchirait la gorge :

— Il voulait qu'il le suce, qu'il couche avec lui ! Il voulait le baiser, tu comprends ?

Chloé se redressa comme un ressort :

— J'y crois pas ! Putain d'enfoiré.

— Quand Milan a senti qu'il glissait sa main entre ses cuisses et s'avançait pour l'embrasser, il l'a foutu par terre d'un coup de boule. C'est pour ça qu'il a été viré… Il a été viré parce qu'il ne voulait pas se faire enculer !

TÉLEX

À BERLIN, DES ALTERMONDIALISTES, DES MILITANTS DE LA GAUCHE EX-COMMUNISTE, DES SYNDICALISTES MANIFESTENT CONTRE « L'EUROPE DU CAPITAL » SOUS LA SURVEILLANCE DE 5 000 POLICIERS.

DU TOLITE, UN EXPLOSIF PROCHE DU TNT, A ÉTÉ DÉCOUVERT EN QUANTITÉ DANS UN PAVILLON DE LA BANLIEUE PARISIENNE OCCUPÉ PAR UN RESSORTISSANT RUSSE.

LEMON MARILYN, UN DES 13 PORTRAITS DE L'ACTRICE MARILYN MONROE, RÉALISÉ EN 1962 PAR ANDY WARHOL, EST MIS EN VENTE AUX ENCHÈRES À NEW YORK. SELON LA MAISON DE VENTE CHRISTIE'S, LA TOILE POURRAIT DÉPASSER LES 15 MILLIONS DE DOLLARS.

Le président de la République réclame un délai, le temps d'avertir personnellement ses homologues étrangers dont les ressortissants sont à bord du *Nausicaa*. Il se fait conduire directement d'Orly à l'Élysée.

Le Premier ministre rentre directement à Matignon.

Dès qu'il est de retour dans son bureau, il convoque Saffert :

— Quelles sont les dernières nouvelles du front ?

— Le ministre de l'Intérieur a réussi à négocier avec les pirates qu'ils libèrent un certain nombre de passagers…

Le Premier ministre ne peut dissimuler son étonnement :

— Ils vont libérer des passagers en pleine mer ?

— Oui, répond Saffert, je suppose qu'ils vont les faire embarquer dans les canots de sauvetage. Le *La Fayette* et deux autres frégates arrivent sur zone, ils pourront les recueillir. Les Anglais ont donné leur accord.

— En clair, ça veut dire que le GIGN ne pourra intervenir qu'après ?

— À mon avis, oui. Ça nous complique sérieusement la tâche, il fait encore nuit là-haut et la météo est très mauvaise.

— Du gros temps ?

— Comme d'habitude, à cette période de l'année. Ça s'annonce très mal au nord de l'Irlande. On dirait que c'est ça leur but, trouver ce qu'il y a de pire et mettre le cap droit dessus.

Le Premier ministre réfléchit à voix haute :

— C'est habile, ils s'abritent dans la nuit et la

tempête pour nous foutre dans la merde. Ils parient que nous ne parviendrons pas à stopper le bateau…

— C'est évident, s'il y a libération, nous ne pouvons pas prendre de risques avant ou pendant le transfert.

Le Premier ministre hoche la tête en silence, traçant des cercles au stylo sur son sous-main.

— En fait, de quoi sommes-nous sûrs ? demande-t-il, mal à l'aise.

— Nous ne sommes sûrs de rien, déclare Saffert. Ils ont déjà fait péter un truc… Ne me demandez pas quoi, nous ne savons pas. Quant à ce que je dis, je le tiens de Volumster. C'est assez confus. Il parle à la fois d'une situation « sans danger » et d'être « sous la menace », comme s'il tentait de nous transmettre un message. Mais lequel ? Et jusqu'à quel point parle-t-il librement ? Jusqu'à quel point est-il contraint ? Je ne peux pas le savoir avec certitude. J'ai demandé qu'on saisisse nos conversations pour que je puisse y réfléchir devant une chose écrite.

— Mais à votre avis ? Quel est votre sentiment ?

— Je crois qu'il a effectivement obtenu qu'ils libèrent des passagers.

Et, avec un petit sourire :

— Vous savez combien il peut être persuasif…

Claudine Corseul, la secrétaire personnelle du Premier ministre, vient l'avertir que sa femme l'a déjà appelé deux fois et qu'elle souhaite qu'il la joigne au plus vite.

— Je m'en occupe, dit le Premier ministre.

Et, à Saffert :

— Rappelez Volumster. Nous devons savoir quand et combien de personnes seront débarquées, dans quelles conditions.

— Et s'il ne peut pas répondre ou si on l'en empêche ?

— Faites lui comprendre que nous interviendrons.

— Je crois qu'il l'a déjà compris.

— Alors, tout est dit.

Beauvau

Place Beauvau, les informations commencent à remonter. Les services sont désormais en possession de la liste exhaustive du personnel de Mondial Laser, de celle de Patmore & Plus, du personnel de bord, des extras, des invités. Avold est déçu des premiers résultats :

— Pour l'instant, ça ne donne rien. Aucun point de contact, dit-il à Mercœur. De quelque côté qu'on le prenne, même en croisant avec les conjoints et collatéraux…

— Et avec les gens d'ici ?

Avold ne le rate pas :

— Je croyais que c'était impossible que ça vienne de chez nous ?

— Gardez vos réflexions pour vous.

— Je vous rassure, dit Avold. Vous pouvez être tranquille : ça non plus, ça ne donne rien.

— Et du côté des militaires ?

— Ils cherchent.

Il y a un silence.

— N'empêche, reprend Avold, je suis certain qu'il y a un point de contact. Quelque chose qui nous échappe pour l'instant, mais que nous finirons par trouver.

Il fait une grimace, soupire :

— Il y a bien un petit truc, mais je ne vois pas où ça peut nous mener, ni ce que ça signifie…

— Dites toujours.

— Un stagiaire de chez Patmore & Plus s'appelle Jeanvrain, Joël Jeanvrain.

— Comme le sénateur ?

— C'est son fils.

Mercœur lève les yeux au ciel :

— Il ne manquait plus que ça. Il est à bord ?

— Oui.

— Et alors, qu'est-ce que vous avez trouvé ?

— Dans les e-mails qui nous ont été transmis par la boîte de Pat, il y en a un de Cawlpepper en personne remerciant « Gigi » de sa disponibilité, de sa gentillesse…

— Et ?

— Et rien. Juste des mots de remerciement…

— C'est tout ?

— Oui, c'est tout. Vous ne comprenez pas ?

— Il y a quelque chose à comprendre ?

— Joël Jeanvrain égale JJ égale Gigi en se forçant un peu.

Mercœur se masque :

— À part des emmerdes prévisibles avec le sénateur, ça nous donne quoi ?

— Rien. Sinon que j'ai l'impression que toute l'organisation de leur fête est passée par « Gigi ». En tout cas, c'est lui qui avait le contact avec tout le monde, même avec nous.

— Sincèrement, vous voyez le fils du sénateur Jeanvrain à la tête d'un réseau terroriste ?

— Sincèrement non, mais on en a vu d'autres. Je vais quand même essayer d'en savoir un peu plus sur le jeune homme. À quoi il ressemble ? Qui c'est ? Qui il fréquente ? Pour commencer, deux perquisitions sont en cours, une chez Patmore & Plus, une chez lui…

Mercœur fait un geste de dénégation :

— Ne perdez pas trop de temps avec ça. Vous ne travaillez sur rien de plus sérieux ?

— Nous savons que le chef du commando s'appelle Gary, Franklin Gary.

— L'homme qui cite Shakespeare…

— *Himself…*

— Il a un casier ?

— Non, rien. Il a navigué cinq ans dans la Royale comme armurier, ce qui explique qu'il s'y connaisse en explosifs militaires.

— États de service ?

— RAS. Très bonnes appréciations de ses supérieurs. Il aurait pu faire carrière…

— Syndiqué ?

— Je ne sais pas. Peut-être. Je ne l'ai pas sur la liste des délégués. C'était le chef de l'atelier de recherche mécanique de Mondial Laser. Tout laisse à penser que c'est lui et les types autour de lui qui ont monté le coup. Reste à savoir dans quelle faille ils se sont engouffrés…

— Franklin Gary, c'est un Américain ?

— Il est français. C'est le benjamin d'un GI installé ici après la guerre. Pourquoi vous me demandez ça ?

— Peut-être qu'il y a quelque chose à creuser du côté des États-Unis ? Après tout, la majeure partie des invités est américaine ou liée à des Américains…

— Je ne vois pas qui du fonds d'investissement aurait intérêt à cette situation ?

— Quelqu'un qui ne serait pas sur le bateau et qui ramasserait la mise si celui-ci allait par le fond…

— Vous lisez trop de romans policiers !

Béatrice

Le Premier ministre profite d'être seul pour poser les pieds sur son bureau et appelle sa femme, Béatrice. Elle est rentrée chez eux. Elle ne parvient pas à dormir, impatiente de savoir :

— Alors ?

— Alors, c'est très compliqué. Nous allons intervenir, mais je ne sais pas quand. Les pirates veulent libérer des otages.

— Ils veulent libérer Volumster ?

— Lui ? Non, je ne crois pas.

Béatrice pousse un soupir de soulagement :

— Au moins, ça prouve que tu as affaire à des gens de bon sens.

— Béatrice, tu exagères !

Et, sur le ton du reproche :

— Claude est peut-être en danger de mort…

— Arrête, tu vas me faire pleurer.

— Le cynisme ne te va pas, dit le Premier ministre.

— Il me va aussi bien que l'hypocrisie te va.

— C'est pour me dire ça que tu voulais que je t'appelle ?

— Je voulais te dire que maman a tenu à ce que je te rapporte ta part de bûche glacée.

TÉLEX

LA VIOLENCE S'ÉTEND AU NORD DE L'AFGHANISTAN, 6 PERSONNES TUÉES AU LENDEMAIN D'AFFRONTEMENTS À KABOUL, LES PLUS SÉRIEUX DEPUIS LA CHUTE DES TALIBANS.

15 % DES ENFANTS NIGÉRIENS SOUFFRENT DE MALNUTRITION SÉVÈRE : RATIONS INSUFFISANTES, TABOUS ALIMENTAIRES, COUTUMES NÉFASTES À LA SANTÉ DE LA MÈRE ET DE L'ENFANT.

Au Bangladesh, au moins 2 morts, 150 blessés et 14 usines brûlées dans des émeutes ouvrières.

La vente par le groupe néerlandais Philips de 80 % de son activité de semi-conducteurs (37 000 personnes, 4,7 milliards d'euros de chiffre d'affaires) à un consortium de 5 fonds d'investissement sera effective dès la fin de cette année.

Martial

Il n'y a pas une demi-heure qu'Hubert de Sees, le patron de TFM, a rejoint son bureau quand Solange, son assistante, l'avertit que Martial Beltrami est là et désire le voir immédiatement.

— Faites-le entrer, grommelle de Sees, accablé d'avance par cette visite du frère aîné de Florian.

Lorsqu'il entre, de Sees fait néanmoins l'effort de se lever et d'aller vers lui pour le saluer.

— J'allais vous prévenir…

— On vous aura brûlé la politesse.

De Sees ne relève pas la perfidie. Il n'a pas à se soucier de Martial. C'est le frère du patron, c'est tout. C'est-à-dire : rien, *nada, nothing*. La famille de Florian, ce sont les hommes qu'il a choisis, mis en place et, au premier rang d'entre eux, lui : Hubert de Sees, aux commandes de TFM depuis que Martial a été envoyé cultiver ailleurs sa « fibre sociale ».

— Vous avez des nouvelles de mon frère ? demande Martial.

— Directement ?

— Oui, directement.

— Non, rien pour l'instant. Nous avons tout essayé,

mais rien. Les pirates neutralisent toutes les communications.

— Où en sont-ils ?

— La situation est un peu confuse. Vous devez savoir comme moi que le GIGN est prêt à intervenir, mais leur intervention est momentanément suspendue : la météo n'est pas bonne, la nuit est très dense et malgré ça les pirates envisagent de libérer des passagers.

— En pleine mer ?

— La Marine nationale fait route vers eux pour les recueillir.

Martial hoche la tête en silence.

— Vous feriez mieux de rentrer chez vous, lui conseille de Sees. Ce sera plus confortable. Convenons que mon assistante vous fasse un point toutes les heures et vous alerte dès qu'il se passe quelque chose…

— Je vous remercie, dit Martial. J'apprécie votre attention, mais je préfère m'installer ici…

— Ici ?

— Dans le bureau de mon frère.

— C'est délicat, vous savez comme est Florian. Je ne sais pas s'il…

De Sees ne peut terminer sa phrase, Martial lui coupe la parole :

— Soyons clairs, dit-il, je m'installe dans le bureau de Florian parce qu'à partir de cet instant et jusqu'au dénouement de cette affaire, en tant qu'actionnaire majoritaire de TFM, j'entends prendre directement les commandes.

— Excusez-moi, Martial, mais vous n'êtes pas majoritaire.

Martial sourit :

— Je vous l'accorde, pas encore ! Mais, imaginez que ça se passe mal pour mon petit frère, comme il n'a pas d'enfant et pas d'autre famille que moi, je suis son seul héritier. Et son héritage plus mes titres font de moi le *number one* ici.

Il se reprend :

— Si cela vous facilite la digestion, j'admets que je ne suis que « virtuellement » le patron de la chaîne, mais le patron tout de même. Correct ?

De Sees ne peut se contenir :

— Vous n'êtes qu'une ordure, un charognard.

— C'est un autoportrait ?

— Comptez sur moi pour rapporter notre conversation à Florian.

— J'espère que vous savez nager.

— Foutez le camp ! Sortez de mon bureau ! Barrez-vous, je n'ai pas le temps de m'occuper de vos conneries !

Martial ne bouge pas d'un pouce :

— Primo, vous ne m'appelez pas « Martial » mais « Monsieur Beltrami ». Deuxio, vous n'avez pas à me donner d'ordres, vous devez attendre les miens. Tertio, je veux être informé jusqu'au moindre détail de tout ce que vous faites, les reportages, les interviews, les portraits, tout, jusqu'à la plus petite phrase que ce connard de Bazailles va débiter à l'antenne. Et maintenant, faites-moi conduire dans le bureau de mon frère, je ne bois pas de café, que du thé. Du Guang Xi.

Réunion

Le bureau de Florian donne sur une terrasse. À cette heure où les réveillonneurs finissent leurs dernières bouteilles, où les enfants et les vieux dorment profondément, Martial réunit tous les décideurs de la chaîne.

— De Sees a déjà dû vous informer, mais je le redis pour que tout soit parfaitement clair entre nous : Florian absent pour un temps disons… indéterminé, principal actionnaire après lui, j'ai décidé d'occuper sa place pour protéger les intérêts de mon nom et de notre entreprise. Ce qui signifie que tout passe par moi et dépend de mon accord.

— On ne peut pas travailler comme ça, fait remarquer Jansen, le chef du service politique.

— Quel est l'obstacle ?

— Nous ne pouvons pas faire ce que nous voulons. Nous sommes tenus par ce que nous permettra ou ne nous permettra pas la cellule de crise, à Matignon. Nous ne sommes pas maîtres du jeu et il n'y a pas moyen de passer outre. Pour l'instant, les politiques imposent le black-out complet.

— Qui vous informe ?

— Claudine Corseul, la secrétaire personnelle du Premier ministre.

— Eh bien, commencez par me faire un état de vos dernières informations.

Jansen hésite, de Sees vient à son secours :

— Il n'y a aucune autre information que celle que je vous ai déjà donnée.

— Rien du GIGN ?

— Toujours en stand-by.

Martial se tourne vers Fives, le directeur de l'info.

— En dehors de l'intervention et de ce qu'il y aura autour, qu'est-ce que vous préparez ?

— J'ai fait sortir tout ce que nous avons, c'est-à-dire pas grand-chose, sur Mondial Laser. L'idée est d'aller interviewer les familles des preneurs d'otages.

— Vous avez leurs noms ?
— L'Intérieur nous a transmis une liste.
— Une seule ?
— Non, avoue Fives, j'ai aussi la liste complète des passagers. Outre votre frère et sa femme, il y a des vedettes à bord : Sophie Marceau, Depardieu, Reno, Clavier, le ministre de l'Intérieur… Nous préparons des portraits.
Martial persifle :
— Des nécros ?
De Sees s'emporte :
— Ce genre de provoc ne m'amuse pas du tout ! Nous n'avons pas le temps de déconner. Bazailles doit prendre l'antenne en direct dans moins d'une heure…
Martial l'interrompt :
— Ne vous inquiétez pas, je ne serai pas long. Mais il y a une chose à laquelle je tiens absolument : je veux que vous montriez pourquoi ces gens en sont arrivés à faire ce qu'ils font.
— Les types de Mondial Laser ?
— Oui. D'ailleurs, au passage, je ne veux pas qu'on parle d'eux comme des « pirates », mais comme des employés en lutte, de même je ne veux pas non plus entendre que les passagers sont des « otages », ils doivent être désignés comme les actionnaires d'un fonds spéculatif.
— Vous voulez tirer contre votre camp ?
— Je veux que notre public sache qui sont les hommes assez fous ou assez désespérés pour détourner un bateau au risque de couler avec lui, sans autre espoir que de se faire entendre.
— Notre public se fout des types de Mondial Laser ! tempête de Sees. Ce qu'ils veulent, c'est savoir ce qui se passe à bord, que font Depardieu, Marceau

et les autres. Ils veulent qu'on les embarque avec le GIGN, suivre l'attaque en direct. Être aux premières loges sans bouger le cul de leur salon. Les paumés qui ont fait le coup, ils s'en branlent. Au mieux ils les plaignent, au pire ils espèrent les voir alignés dans leur sang, comme un trophée de chasse. Et comme c'est ce qu'ils veulent, c'est ce que je vais leur donner !

— Non, vous allez faire tout le contraire, dit Martial sans élever le ton.

De Sees se raidit :

— Vous prétendez m'apprendre mon métier ?

— Je vais vous apprendre que le public ne vous ressemble pas : il n'est pas composé de « cons », de « branleurs », de « paumés assoiffés de sang »… Si, pour une fois, on lui en donne l'occasion, il peut, il veut, il doit comprendre.

— J'aurai vraiment tout entendu !

— De Sees, je sais que vous aimez vous vanter d'être un « travaillomane impénitent », que vous avez le plus beau carnet d'adresses de toute la place, mais il y a une expérience fondamentale qui vous manque pour comprendre ce qui se passe. Vous ne savez pas ce que c'est de se retrouver à la rue, alors que vous n'avez commis aucune faute, que vous êtes parfaitement qualifié pour un poste, que votre exclusion a été imposée par une force qui n'a pour elle que son arrogance et ses combines.

— Vous êtes lamentable, ricane de Sees. Personne ne voulait de vous à la direction de TFM parce que, le peu de temps où vous y avez été, la seule chose que vous avez réussi à faire, c'est de soutenir une grève des femmes de ménage !

— Je ne parlais pas de moi, mais des employés de Mondial Laser.

— Qu'est-ce que vous y connaissez ?

— Il se trouve que, comme j'ai beaucoup de temps libre, j'ai suivi cette affaire de près. Cette vente à l'Inde, la charrette de licenciements, l'incendie criminel… Ça ne sent pas bon, pas bon du tout. J'aimerais que la rédaction se penche sur tous les aspects de cette histoire, pour la démonter, pour la mettre en lumière. Bref, pour faire un travail de journalistes, pas de vendeurs de supermarché…

De Sees se lève, étarqué de mépris pour ce paumé qui veut lui en remontrer. Il est imité par Fives, Jansen et Victor Blanc, le vice-président qui n'a pas prononcé un mot.

— Ne perdons pas de vue que votre frère est à bord et risque sa vie, dit de Sees pour se faire entendre.

— Mon frère est un homme d'affaires qui, d'ordinaire, ne risque que ses capitaux, répond Martial.

Il ajoute :

— Et ce risque n'est jamais vital. Alors, si pour une fois…

Puis, les yeux mi-clos :

— Je trouve d'ailleurs qu'il y a une certaine ironie à le savoir perdu au milieu de la mer, quand on sait qu'il a bâti sa fortune sur le commerce de l'eau…

TÉLEX

LA SAISON DES PLUIES A TUÉ 1 345 PERSONNES EN CHINE DEPUIS LE MOIS DE MAI ET PROVOQUÉ DES DÉGÂTS ÉVALUÉS À PLUS DE 9 MILLIARDS DE DOLLARS, SELON PÉKIN.

D'APRÈS LES AUTORITÉS DE KANDAHAR, 2 SOLDATS BRITANNIQUES SOUS MANDAT DE L'OTAN ET DES MILITAIRES AFGHANS ONT TUÉ 19 REBELLES TALIBANS.

LE VISAGE TUMÉFIÉ ET DÉFORMÉ PAR LES COUPS, UN SAC PLASTIQUE ROULÉ EN BOULE DANS LA GORGE, YAMINE D. A ÉTÉ RETROUVÉ MORT, DANS LA NUIT DE VENDREDI À SAMEDI, DANS LE SOUS-SOL D'UN IMMEUBLE À QUELQUES DIZAINES DE MÈTRES DE CHEZ LUI, EN BANLIEUE PARISIENNE.

Flash-back

Soleil d'hiver.

La journée portes ouvertes eut lieu le troisième samedi du mois de décembre. Le lundi, le tribunal de commerce devait statuer définitivement sur le sort de Mondial Laser. Même s'ils n'étaient pas totalement prêts, Gary décida qu'il fallait se lancer. Les erreurs et les manques de l'organisation serviraient à corriger ce qu'ils préparaient pour la fin de l'année. Dargone s'était chargé de la sonorisation de ce qu'ils appelaient « la scène », une estrade dressée dans la cour de l'usine. Il avait également installé un système d'écrans multiples qui permettait de suivre, en direct, ce qui se passait dans les autres lieux. La prise de vue était assurée par trois cameramen amateurs, recrutés aux expéditions et dans les bureaux, plus deux caméras fixes. Enfin, il avait prévu de faire un essai grandeur nature du brouilleur de fréquences.

Mais ça, il ne l'avait dit à personne, pas même à Gary.

Le quatuor Ancolia, avec Olympe, jouait dans l'atelier de recherche mécanique, le trio de Thomas Enhco dans le grand bureau de l'administration où étaient Maxi et une majorité de femmes ; David Enhco et sa trompette, Jean-Pierre Heureclaire, de FO, et son violon restaient sur scène avec Boni, chargé d'animer la journée ; quant au groupe des ingés admirateurs d'Elvis Presley, ils étaient installés dans la tôlerie pour leur concert rock. Ainsi, les visiteurs découvraient l'usine en musique, tandis que, de place en place, ils pouvaient assister à des démonstrations du savoir-faire de Mondial Laser, de la conception des pièces à leur réalisation et leur mise en œuvre.

Des buffets ouverts sur les parcours favorisaient le repos et les discussions entre adultes tandis que des jeux, des friandises et des ballons occupaient les enfants, accueillis par Kiki, déguisée en fée, munie de tout ce qu'il fallait pour maquiller ceux que cela amusait.

Les délégués du personnel et l'avocat de l'intersyndicale devaient intervenir en milieu de journée pour un point détaillé sur les actions en cours et les perspectives qui se présentaient. Une prise de parole sur la scène principale, suivie par une AG où chacun pourrait s'exprimer.

Verrier

L'heure n'était pas à l'optimisme, malgré la visite matinale de deux députés, un communiste et une socialiste, venus apporter le salut et le soutien de leurs formations, solidaires de la lutte engagée. Doc leur faisait les honneurs de son labo, mitoyen de l'atelier de mécanique et du laboratoire de technologie.

— Concrètement, qu'est-ce que vous pouvez faire ? demanda-t-il, se glissant près de Coline Carvelle, la députée socialiste, élégante et parfumée, qui ouvrait de grands yeux devant ce qu'elle découvrait.

Et, passant devant elle :

— Si vous, les politiques, ne mettez pas la main dans le cambouis de la réalité sociale, il ne faudra pas vous étonner si, un jour, cette réalité vous explose sous le nez.

— Concrètement, nous ne pouvons pas faire grand-chose, hélas, répondit la députée, glissant la main sur le plateau ignifugé tout de suite à sa droite. Nous avons posé une question écrite au gouvernement qui nous a donné sa réponse taillée dans la langue du plus beau bois…

Ils se dirigèrent vers le grand tour qui occupait tout un angle du labo :

— Six cents emplois supprimés, une technique de pointe vendue à l'étranger, ils s'en foutent ?

— Non, ils ne s'en foutent pas. Il ne faut pas croire ça. Quand ils y pensent, ça les préoccupe le temps d'y penser et ensuite ils passent à autre chose. C'est comme à la guerre, on sait qu'il y a des morts et des blessés mais on ne peut pas s'y arrêter. Pour eux, la situation sociale, c'est du pareil au même. Ils se voient en généraux observant les mouvements des troupes sur des cartes, à l'abri dans leur bunker…

Arrêté devant une scie diamantée, montée sur socle, Michel Gilian, le communiste, se tourna pour y mettre son grain de sel :

— C'est comme Joffre en 14, sans bouger le cul de son bureau il ordonnait « l'attaque à outrance ». La souffrance, les blessures, la mort des hommes de troupe, il s'en fichait comme de sa première chaussette…

— Il a fallu que ce soit Pétain qui fasse stopper la boucherie ! fit remarquer Suz, un sourire en coin.

— Oui, admit Gilian, c'est pour ça qu'il était tant aimé et que tout le monde a applaudi quand il est venu au pouvoir…

— Reste à trouver notre Pétain modèle 14-18 modifié 2007 ! s'exclama Doc. Vous n'avez pas ça en rayon ?

Les deux députés rirent de bon cœur. Non, ils n'avaient personne capable d'arrêter le massacre, les licenciements, les délocalisations, la mondialisation…

— Pourtant on ne manque pas de maréchaux chez nous ! dit la socialiste, que sa remarque mit en joie. Bientôt nous en aurons plus que de simples soldats !

Le communiste n'était pas d'humeur si farceuse.

— Vous savez combien nous sommes à l'Assemblée ? demanda-t-il, observant la panoplie de pinces, de couteaux, de plaquettes de lissage en graphite, de cordons, de rubans, de diamants à couper le verre comme s'il dénombrait les députés à l'Assemblée nationale.

— Une poignée, répondit Doc, la voix traînante.

— Une pincée vous voulez dire ! Et non seulement nous ne sommes pas nombreux mais en plus, pour la plupart d'entre nous, nous sommes une sorte d'espèce en voie de disparition. À l'Assemblée, tous partis confondus, il y a une majorité d'hommes et de femmes venus de professions libérales : médecins, avocats, hauts fonctionnaires, profs à la rigueur… Mais combien y a-t-il de députés venus des milieux populaires, qui savent ce que c'est que de tirer le diable par la queue dès le 15 du mois, quand ce n'est pas le 2 ? Ce que c'est que de travailler dans une entreprise, de payer un loyer, de faire des courses, d'être au chômage, de n'avoir rien ? Pratiquement aucun. Ça ne les empêche pas de faire de grands discours sur la priorité de l'emploi, la grandeur de l'entreprise !

La socialiste protesta, piquée au vif :

— J'ai fait l'ENA, mais ça ne m'empêche pas

d'être sensible à la condition de ceux qui appartiennent au monde du travail. Moi aussi, je travaille !

— Je ne dis pas le contraire, concéda Gilian. Je ne doute pas de votre bonne foi ni de votre sincérité. Je dis simplement que vous, comme les autres qui ont suivi le même chemin, il vous manquera toujours l'expérience concrète de ce qu'on appelait autrefois la pauvreté, la misère et qu'on appelle aujourd'hui la précarité.

— Vous ne l'avez pas plus que moi.

— Bien sûr que si ! Aujourd'hui je suis député mais avant qu'est-ce que j'étais ? D'accord, je n'étais pas verrier comme monsieur mais j'étais conducteur d'offset dans une petite imprimerie. Mes parents étaient ouvriers et mes deux frères qui le sont encore pointent au chômage… Nous ne sommes pas du même monde. Ce n'est pas un reproche. C'est une constatation. On ne peut pas faire comme si ça n'existait pas.

Doc essaya de les intéresser à ses cornues, à ses serpentins de refroidissement, à ses flashes, à ses ampoules d'une pureté totale, mais la discussion prit le pas sur ses explications techniques : de quelle façon l'origine sociale déterminait la façon de penser ? et le sexe ? et la couleur de la peau ? quel était le pouvoir réel de l'État face aux multinationales ? quelles étaient ses responsabilités ? l'action politique pouvait-elle encore espérer agir sur la société ? le libéralisme était-il le voile pudique masquant le féroce capitalisme financier ?

Doc fit l'éloge du feu, l'outil fondamental du souffleur de verre et du révolutionnaire, Suz en profita pour évoquer Robespierre, 93, la Commune, les révoltés de 17, 36, Mai 68… et ils passèrent dans la pièce attenante.

Technologie

Les deux députés, et ceux qui les accompagnaient, s'arrêtèrent devant un poste de travail où Amos contrôlait l'électronique d'une petite boîte noire de la taille d'un paquet de cigarette.

— C'est quoi ? demanda Coline Carvelle.

— Un prototype que nous mettons au point ici.

— C'est pour la télé ?

Amos lui adressa son plus grand sourire :

— Non, madame. Ce n'est pas pour la télé. C'est pour l'armée.

Il prit l'objet en main :

— Avec ça, vous voyez, vous pouvez déclencher une charge explosive – ou plusieurs – à distance, d'une simple pression du doigt…

Instinctivement, la députée fit un petit pas en arrière :

— Ça fait peur, dit-elle, impressionnée.

— Oui, ça fait peur, acquiesça Amos, en écho.

Seul

La toujours souriante Clémence Stroh et ses enfants, un ballon dans les mains, des bonbons dans les poches, croisèrent Suz qui rejoignait la scène pour écouter les discours. Clémence présenta Maxime et Agnès que Suz embrassa de bon cœur, même s'ils se tordaient de rire en répétant son nom « Monsieur Suzanne ! Monsieur Suzanne ! » :

— Les tiens ne sont pas venus ? demanda-t-elle.

— Non, ils devaient mais ils n'ont pas pu. Je suis seul…

Et se dirigeant vers la scène, autant pour elle que pour lui, d'un air moqueur qui ne la trompa pas :

— Personne ne peut imaginer à quel point je suis seul !

Il soupira, rejoignant le gros des troupes :

— Quand je vois tout ce monde, je comprends les ermites. Mieux vaut être seul dans la solitude que seul en compagnie…

— Moi aussi je suis seule, fit doucement remarquer Clémence.

Suz sourit, regardant tour à tour le petit garçon et la petite fille qui ne comprenaient rien à ce que se racontaient les adultes.

— Je ne crois pas, dit-il, en leur passant la main dans les cheveux.

Clémence Stroh

À vingt-huit ans, Clémence Stroh vit avec ses deux enfants, dans un F3, obtenu de haute lutte auprès de l'office des HLM. Sa vie se partage entre sa famille, sa maison et un homme marié qu'elle fréquente une fois par semaine, sans autre espoir que de profiter pleinement des moments qu'ils passent ensemble.

Toujours gaie et bien mise, toujours serviable, généreuse, toujours partante, elle se refuse à regarder derrière elle :

— C'est ce qu'on me disait au catéchisme : si on se retourne, on se transforme en statue de sel…

Plus qu'une autre, Clémence sait donner le change, alors que sa situation est vraiment très douloureuse. Un salaire mensuel de 1 100 euros, 300 euros de pension alimentaire, 150 euros d'allocations familiales, ce qui fait en tout : 1 550 euros. Somme de laquelle il faut déduire : 300 euros de loyer, 190 euros pour l'EDF, 54 pour l'eau, 60 pour les assurances, 50 environ pour diverses taxes, soit à peu près 600 ou 650 euros de charges fixes mensuelles. En outre elle rembourse 190 euros de crédit pour sa voiture et les commissions bancaires sur une dette de 10 000 euros laissée par son mari. Tout ce qui lui reste est consacré à la nourriture, l'habillement des enfants, leurs loisirs et leurs vacances. Clémence Stroh ne va au cinéma qu'invitée par son ami qui, parfois, lui paye aussi le restaurant ; elle ne va jamais au théâtre, encore moins à l'opéra et ne lit que les livres qu'on lui prête ou qu'elle emprunte à la bibliothèque quand elle a le temps d'y aller. Quant aux vacances, elle les passe chez elle et à la piscine municipale.

Invitation

Olympe, accompagnée du musicien Jean-Claude Petit et de sa femme Hélène, la violoniste, retrouva Gary derrière la scène en train de répondre aux questions d'un journaliste du *Parisien*, le seul journal qui avait cru bon d'envoyer quelqu'un malgré dix ou vingt coups de fil de Gigi à toutes les rédactions. Une jeune fille était venue pour France Info et avait interviewé Kiki parce qu'elle la connaissait et qu'elles faisaient de l'aquagym ensemble. Quant aux télés, il ne fallait pas rêver…

— Estimez-vous avoir une chance de voir redémarrer Mondial Laser ? demandait le journaliste.

— Non, répondit sincèrement Gary. Nous avons été vendus clefs en main et les larmes de nos patrons comme les cris d'indignation des pouvoirs publics sont purement et simplement du théâtre.

— Selon vous, lundi, le tribunal va ordonner la fermeture du site et son évacuation ?

— Pourrait-il en être autrement ?

— Ne soyez pas cynique ! s'exclama le journaliste que la remarque choquait.

— Je suis réaliste…, corrigea Gary.

— Alors à quoi correspond cette journée portes ouvertes, ces actions que vous menez si vous êtes convaincus d'être perdants devant les juges ?

— À un autre genre de théâtre…

Gary prit un air pénétré :

— C'est une répétition générale, confia-t-il, en prenant le bras de l'interviewer.

Le journaliste tenait enfin quelque chose :

— D'une action de plus grande ampleur ?

— Vous êtes perspicace, le félicita Gary. Nous sortirons d'ici la tête haute et nous danserons sur les ruines de Mondial Laser en faisant tant de bruit qu'on nous entendra jusqu'en Amérique !

— Lundi ?

— Quand nous serons prêts.

Le journaliste hésita, le stylo en l'air :

— Je peux l'écrire ?

— Écrivez que, tribunal ou pas tribunal, évacuation par la force ou non, les ouvriers de Mondial Laser sont décidés à riposter.

— Donnez-moi une idée de ce que vous comptez faire ? demanda le jeune type d'une voix pressante.

Gary répondit en grimaçant :

— Nous allons faire ce sur quoi Mondial Laser a bâti sa réputation : inventer.

Il n'en dirait pas plus.

Le journaliste le remercia, se demandant ce qu'il pourrait bien raconter qui n'ait pas été dix fois écrit sur une fermeture d'entreprise quand il entendit, sur scène, Paco Tégui chanter *Robin des Bois*, ce qui lui offrit au moins le titre de son article.

Olympe attendit qu'il s'éloigne pour présenter ses amis :

— Hélène, qui est violoniste, avec qui j'ai joué, et M. Jean-Claude Petit, musicien, chef d'orchestre, dont je t'ai parlé…

Gary les salua chaleureusement et de façon abrupte demanda :

— Que diriez-vous de passer le Nouvel An en notre compagnie, sur un paquebot de luxe ?

— J'ai toujours rêvé de ça ! s'enthousiasma la violoniste sans laisser une chance à son mari de dire ce qu'il en pensait.

Self

Malgré ses protestations, le tirant par la main, Olympe força Gary à la suivre jusqu'au self, désaffecté depuis l'occupation de l'usine :

— Viens, il faut absolument que je te montre quelque chose !

— Pas maintenant ! Ça va commencer !

— J'en ai pour cinq minutes !

Tout le monde se regroupait à l'extérieur, attiré par la trompette de David Enhco qui sonnait l'appel et Boni qui criait au micro d'approcher.

— Où tu vas ? demanda Suz, voyant Gary filer.

C'est Olympe qui répondit :

— Il revient !

La salle du self était déserte, vidée de ses tables et de ses chaises qui servaient aux différents buffets. Au centre, Dargone avait placé un grand écran de télévision pour que ceux qui transitaient par cette pièce puissent suivre en direct ce qui se passait sur scène. Boni tenait le micro :

— Je vous rappelle les dernières propositions du médiateur désigné par le gouvernement : dix mille euros pour chacun à la signature d'un CTP, un contrat de transition professionnelle ! Cinq mille euros à la fin de ce fameux contrat en cas de retour à l'emploi, que ce soit en CDD ou en intérim. Voilà, c'est tout. Maintenant, je passe la parole à nos représentants au CE, en commençant – galanterie oblige – par Annette, puis Alban, André et Jean-Pierre. Maître Quentin, l'avocat de l'intersyndicale, interviendra en conclusion, afin que nous puissions ouvrir le débat après avoir entendu tout le monde !

Olympe poussa Gary dans la cuisine et se plaqua contre lui comme pour l'embrasser :

— Qu'est-ce que c'est que cette invitation ? demanda-t-elle, toutes griffes dehors.

Gary recula instinctivement :

— Ce que j'ai dit à M. Petit et à sa femme : nous allons investir le paquebot où seront réunis les gens de FII et faire la fête à ceux qui s'y trouveront !

Les yeux d'Olympe s'assombrirent, durs et fixes, comme on en voit parfois aux bronzes exposés dans les musées :

— Pourquoi tu leur dis à eux, alors que tu ne m'en as pas parlé avant ?

Gary répondit froidement :

— Il fallait que personne ne sache.

— Tu ne me fais pas confiance ? répliqua Olympe.

Elle se colla contre Gary pour qu'il sente l'indignation qui secouait spasmodiquement son corps.

— Tu prétends m'aimer et tu ne me fais pas confiance.

Gary voulut se dégager mais n'y parvint pas.

— Mais si, bien sûr ! dit-il, haussant le ton. Nous avions décidé de nous taire jusqu'à aujourd'hui. Tu peux comprendre ça, non ?

— Tu crois que je n'aurais pas su tenir ma langue ?

Gary refusait de se battre.

— Ne m'engueule pas, plaida-t-il, doux et conciliant. Nous devons être prudents. Très prudents. C'est énorme, ce que nous préparons. Le moindre faux pas, la moindre indiscrétion et tout est foutu.

Il se fit persuasif :

— Maintenant tu sais, tu es des nôtres. Plus que jamais tu dois te taire. Ne rien dire, à personne.

Olympe saisit brusquement la ceinture de Gary, fit sauter le cran, ouvrit la boucle avant de déboutonner son pantalon.

— Arrête, qu'est-ce que tu fais ?

— Je te montre comme je sais me taire, dit-elle, en plongeant la main pour saisir le sexe de Gary.

— Lâche-moi ! protesta-t-il, en tentant de l'empêcher. Arrête ça tout de suite ! T'es dingue ! Arrête !

— Non je n'arrête pas. Je ne veux pas que tu me donnes d'ordres, je veux que tu voies que, moi aussi, je peux faire des choses secrètes et ne rien dire.

Elle s'agenouilla, bouche entrouverte, le regard en feu :

— Toi aussi, maintenant, tu dois te taire !

Gary ferma les yeux, pris de vertige. Il n'avait pas voulu ça, il ne le voulait pas. Pourtant il ne faisait pas un geste pour écarter Olympe dont les lèvres se refermaient sur lui. Il voyait ses cheveux se mouvoir d'avant en arrière, comme les algues marines prises dans les vagues, comme les cheveux d'Ophélie au fond de la rivière. Elle le tenait, le caressait, l'aspirait tandis qu'il plaquait sa main sur sa bouche pour ne pas gémir, pour ne pas crier, honteux de se laisser faire, jouissant de se laisser faire, s'abandonnant au désir d'Olympe, aspiré par un souffle auquel rien ne résistait. Le son de la télé lui parvenait, irréel, réverbéré, comme projeté dans les limbes où errent les âmes perdues. Heureclaire répétait que le déni de toutes les règles, de toutes les procédures, de toutes les lois des représentants de New Delhi Electronic les acculaient et que le médiateur n'était qu'un cache-nez.

— Qui va payer ? Le département, la région ! Ça veut dire que ça va ajouter une injustice à l'injustice qui nous est faite. En vérité, ceux qui vont payer, c'est vous, c'est moi, ce sont nos impôts qui vont régler la note des méfaits de salopards qui pillent notre industrie !

Local

L'AG était terminée.

Chacun avait pu dire sa colère, sa peur du lendemain, ses regrets, ses envies mais c'étaient des cris perdus dans le désert, une guerre en paroles. Doc s'était fait applaudir en rappelant des chiffres :

— Rien n'est plus faux que de prétendre que les salariés français ne sont pas productifs ! Selon le Bureau des statistiques du travail, vous savez combien un emploi ici, en France, produit de richesses moyennes en une année ? 719 000 dollars. C'est moins que les 810 000 des Américains mais plus que les 641 000 des Anglais ou les 591 000 des Allemands… Et vous voulez que je vous dise, pour le temps de travail ?

Doc avait donné le classement : les Français travaillent environ 36,4 heures par semaine, presque aussi longtemps que les Anglais (36,5 heures) mais plus que les Danois, les Allemands, sans parler des Néerlandais qui ne restent que 29,8 heures à leur poste chaque semaine…

Il avait conclu sa diatribe accroché au micro :

— Si le temps de travail des salariés n'est pas en cause, si leur coût n'est pas non plus en cause, ne devrait-on pas chercher en priorité du côté de ceux qui sont à la tête des entreprises pour comprendre ce qui nous arrive et ce qui arrive à tous les autres qui sont comme nous ? Du côté de l'incompétence crasse des dirigeants, de l'inefficacité de leur mode de gestion ? Le gâchis de Mondial Laser, c'est l'incurie fondamentale de nos managers multipliée par une âpreté féroce au gain !

Doc avait raison, mais personne ici n'avait le pouvoir d'agir sur New Delhi Electronic, sur le tribunal de commerce, sur le gouvernement, ni même sur les anciens patrons de la boîte.

Tout se jouait en dehors d'eux, loin d'eux, contre eux.

Les hommes et les femmes qui n'étaient pas de piquet de grève, les familles, les amis commençaient à rentrer chez eux, la tête lourde, les jambes lasses, muets de ressentiment et d'aigreur contre les invisibles qui condamnaient Mondial Laser, empochaient les profits et s'évanouissaient dans l'air.

Olympe avait rassemblé tous les musiciens sur la scène et Jean-Claude Petit les disposait en orchestre pour faire un essai. Boni, désœuvré, marchait de long en large, râlant de ne pas avoir été sélectionné alors que, disait-il, on aurait pu au moins lui confier le triangle !

Gary fit entrer les représentants du personnel, les trois A et Jean-Pierre Larguenon, dans le grand local qu'ils avaient vidé à côté de l'atelier de recherche mécanique. Toutes les photos des invités de la soirée du 31 décembre étaient punaisées sur le mur du fond avec celles de Melville, de Joël, du commandant du *Nausicaa* et de son second… À gauche, on pouvait consulter un plan complet du paquebot et les clichés de Dargone correspondant aux différents lieux qu'il avait visités. Plus loin, c'était un croquis des bureaux de Patmore & Plus, là aussi avec les photos de repérage. En face, tout l'espace était occupé par une immense carte marine qui couvrait les zones allant du Havre au pôle Nord.

Alban Douanou de la CGT applaudit des deux mains :

— C'est une expo ?

— Je vais vous expliquer, dit Gary, en les invitant à s'asseoir autour de la table.

Quand tous furent installés face à un tableau où les noms des membres de l'atelier croisaient des dates et des lieux, Gary révéla sans détour comment ils allaient monter à bord du *Nausicaa* et gâcher le réveillon des actionnaires du fonds qui avait vendu Mondial Laser. Il ne leur épargna aucun détail, commenta les plans, les photos, les listes. Il parla d'abondance, marchant de long en large, pointant du doigt les points significatifs, développant le scénario, sa chronologie, sa justification, mais il se garda bien de dévoiler le but secret de leur action.

Un long silence suivit.

— Ça pose un sacré problème, articula Douanou, quand il retrouva la parole. Je ne peux pas vous empêcher de faire ce que vous voulez faire, mais je dois vous dire que c'est complètement en dehors des pratiques syndicales, ce qui ne serait pas si grave que ça si ce n'était pas aussi complètement hors la loi. Il ne faut pas avoir peur des mots : détourner un bateau avec des passagers, c'est de la piraterie, de la prise d'otages, du grand banditisme, ça relève de la justice.

— Moi j'en suis, dit Heureclaire, je ne mêle pas FO à ça. J'en suis à titre personnel parce que je n'en peux plus d'être traité comme un paillasson sur lequel on peut essuyer ses pieds pleins de merde.

Il ajouta avec un petit sourire :

— En plus, je crois qu'il y a besoin de musiciens ! Alors, comme je songe à me reconvertir comme prof de violon, je vais rejoindre les autres. Vous entendez ? M. Petit les fait répéter. Ça veut dire qu'il a accepté d'être avec nous ?

— Oui, confirma Gary. Il est avec nous…

Heureclaire salua la compagnie et partit rapidement rejoindre l'orchestre.

— Qui est au courant ? demanda Larguenon, livide.

— À cette heure-ci, répondit Gary, tout le monde. Nous avons prévenu le personnel individuellement au cours de la journée. Chacun est libre de déterminer s'il nous suit ou non, mais il n'est pas libre de parler.

— Comment ça ?

— Ce que nous faisons est risqué, dangereux. Il ne doit y avoir aucune fuite. Ce que je dis là est valable pour vous.

Le visage d'Annette s'empourpra :

— Pour qui tu dis ça ?

— Pour personne en particulier. Je vous préviens.

La réponse de Gary jeta un froid.

— Qu'est-ce qu'en pensent ceux à qui vous racontez votre plan ? demanda Larguenon qui, peu à peu, revenait de sa stupéfaction.

— Tout le monde est volontaire, dit Gary. À part deux ou trois pour des raisons familiales.

— Je n'arrive pas à y croire ! Ils ne posent pas de questions ?

— Sur quoi ?

— Sur ce qui va se passer après ?

Gary soupira :

— Après ? Si nous sommes tous ensemble avant, nous le serons après. Et si nous sommes tous ensemble, nous serons invulnérables.

Annette était pleine de reproches :

— Qu'est-ce que t'attends de nous, Gary ? Nous sommes les derniers informés, nous devons nous taire sous peine de représailles et j'ai l'impression que l'affaire est déjà pliée, quoi qu'on dise, quoi qu'on fasse.

Gary se leva pour faire quelques pas avant de répondre :

— D'abord, je le répète, j'attends que vous restiez muets sur ce que je viens de vous raconter, dit-il en les dévisageant un à un. Ni vos centrales, ni vos femmes, vos maris, vos connaissances n'ont à savoir ce que nous préparons. Ils le sauront bien assez tôt ! Ensuite, j'attends que vous disiez si vous êtes prêts à vous engager à nos côtés et quel rôle vous voulez jouer, que ce soit à bord ou à terre. André, par exemple, a tout de suite trouvé sa place dans l'orchestre. Comme il y a beaucoup de choses à faire et beaucoup de rôles à tenir, nous ne serons jamais trop. Enfin, en tant qu'élus du personnel, en tant que syndicalistes, quoi qu'il se passe lundi au tribunal – et nous savons ce qui va se passer – nous avons besoin de vous. Il faudrait que vous fassiez traîner le plus possible l'application du jugement pour que l'évacuation n'ait pas lieu avant la dernière semaine de décembre.

Brouilleur

Alban Douanou ne pouvait pas garder pour lui ce qu'il venait d'apprendre. Il devait avertir Guillermin, le responsable fédéral. Il fallait que quelqu'un sache ; que quelqu'un d'autre que lui sache, au cas où l'affaire tournerait à la catastrophe. Peut-être, d'ailleurs, était-il encore temps de faire renoncer Gary et les autres à ce qu'il jugeait comme de la folie. Personnellement il avait refusé d'en être, critiquant l'inconscience, l'irresponsabilité, l'aventurisme des membres de l'atelier de recherche mécanique. Mais Annette avait finalement accepté de s'associer à eux, tant qu'on ne lui demandait pas de monter sur le bateau. Quant à Larguenon, au contraire, il revendiqua un rôle subalterne de serveur ou de barman, pour voir ça de près.

Douanou s'enferma dans les toilettes pour appeler Guillermin chez lui, puisque c'était samedi. Il composa le numéro sur son portable, mais rien ne s'afficha sur l'écran.

— Merde, jura-t-il entre ses dents, c'est pas le moment.

Douanou ressortit des toilettes au moment où Annette allait y entrer.

— J'ai plus de batterie, dit-il. Tu peux me passer ton téléphone, il faudrait que j'appelle chez moi.

— Je veux bien, répondit Annette. Mais rien ne passe. J'ai essayé, Larguenon aussi, mais impossible d'avoir du réseau.

— Fais voir.

Douanou constata avec dépit que l'écran d'Annette était aussi mort que le sien, comme d'ailleurs celui de Larguenon et même le portable de Gary qui, lui aussi, s'énervait sur son clavier.

Dargone pouvait être satisfait, le brouilleur de fréquences du vieux Chinois fonctionnait à merveille.

Ennemis payés

La journée avait été rude…

Tous dormaient, sauf Gary.

Il avait laissé son lit à Gigi dans l'Aquarium et s'était installé sur un couchage de fortune, un gros bloc de mousse thermoformé utilisé d'ordinaire pour la protection des pièces. Il se leva sans bruit et se mit à arpenter l'atelier comme un surveillant de dortoir dans un pensionnat ou une caserne. Doc ronflait, bienheureux, bras et jambes écartés, Suz, au contraire, semblait raidi par le sommeil, un gisant en équilibre au bord de son matelas, le grand Schwartz, à plat ventre sur un tapis de sol bleu, ressemblait à une statue tombée de son piédestal tête la première, Dargone et Arno à deux frères qui ne peuvent s'endormir que tournés l'un vers l'autre et Amos à un homme en paix avec sa conscience, le visage doux, apaisé, comme on peint parfois les saints en attente du martyre.

Gary eut soudain envie de voir Gigi.

Il entra dans son bureau à pas comptés.

Elle reposait, une main repliée sur la tempe, l'autre sagement posée sur le sac de couchage qui la couvrait tout entière. Il s'installa sur une chaise pour observer ses lèvres légèrement entrouvertes comme celles d'un nourrisson, ses paupières ombrées de fatigue mais qui laissaient deviner ses grands yeux, ses cheveux en épis, son teint frais, ses joues roses.

Elle sentait le jasmin.

Il s'attendrit.

Son fils avait aimé cette femme, cette jeune fille, cette enfant dans un corps adulte et il était convaincu que Gigi en gardait les traces sur elle. Il décelait l'histoire de cet amour sur la fine découpe de l'aile du nez, sur la rondeur de la pommette, sur l'arc des sourcils, sur cette main repliée contre sa joue, semblable à l'aile brisée d'un oiseau ou d'un ange. S'il avait osé, Gary se serait couché près de Gigi. Pour la sentir contre lui. Pour sentir sa peau contre la sienne, la flairer, l'embrasser. Pour l'étreindre et atteindre son fils à travers elle…

Mais qui pourrait comprendre un tel geste ?

Son désir se mua en attendrissement et son attendrissement en tristesse, puis en colère, alors qu'il pensait à la vie qui lui avait été prise.

Soudain, il vit que des larmes coulaient sur les joues de la dormeuse.

Gigi s'agita, repoussa le sac de couchage d'un geste brusque, gémissant, grinçant des dents, haletante comme engagée dans une course effrénée. Il se pencha vers elle et la caressa délicatement du revers de la main pour effacer ces larmes qui auraient pu être les siennes.

— Gigi, murmura-t-il, Gigi…

Elle se réveilla d'un coup.

— Non ! dit-elle à voix haute, avant de reconnaître Gary tourné vers elle.

Il lui tendit les bras. Un geste de mère penchée sur un berceau. Gigi s'y accrocha et Gary la souleva comme une plume, toujours entortillée dans son sac de couchage, pour l'asseoir sur ses genoux :

— Tu as fait un cauchemar ?

Gigi ferma les yeux.

— Oui… Non… Je ne sais pas, bredouilla-t-elle, la voix teintée d'inquiétude.

Elle les rouvrit, se laissant aller contre la poitrine de Gary :

— J'étais couchée dans un champ, un grand pré sur une butte de terre ronde, dit-elle. Le ciel était bleu. D'un bleu intense, beaucoup plus sombre, plus profond que le ciel l'est d'habitude. Je sentais la terre sous moi qui palpitait, comme si chaque montée de sang devait me faire sentir la force qui grouillait sous moi, sa vie, sa chaleur. Puis je comprends que je ne suis pas dans un champ mais dans mon propre corps, à l'intérieur de moi. Je peux voir des cavités sensibles, nervurées de veines bleues – le bleu du ciel – des ouvertures comme des plaines où frémissent les plantes et les arbres. À ce moment-là, je pense : « Où frémissent les plaintes et les âmes ? » Je me demande si j'ai été heureuse, quand, où, comment ?

— Tu te souviens de t'être demandé ça ? s'étonna Gary.

— Oui, j'ai même l'impression d'avoir parlé en dormant.

— Je n'ai rien entendu.

— Juste après, continua Gigi, c'est l'hiver. Il fait froid, terriblement froid. Je me mets à pleurer parce que le soleil a disparu, parce que la terre devient noire, cassante, blessante, parce qu'il n'y a plus rien de vivant qui s'anime autour de moi. Mes larmes gèlent et cela me fait très mal, mais il fait si froid que ma langue, mes lèvres sont gelées elles aussi et que je ne peux pas crier, appeler au secours. Il sort de moi quelque chose qui m'échappe, qui m'est étranger : un grondement, un grognement, quelque chose d'animal.

Je pense alors à m'en aller, à fuir, à courir vers l'est où le soleil se lève. Je sais que je dois partir, et partir vite pour retrouver la chaleur.

— Ça, tu t'agitais !

— Je m'agitais parce que j'avais peur.

— Peur de quoi ?

Gigi se concentra, dessinant dans l'air une forme mystérieuse :

— Quelqu'un s'approche de moi. Je ne peux pas voir qui c'est, mais je sais que son pas est menaçant. Aussi menaçant que le pas du chasseur pour le gibier. Je me mets à courir, mais il ne se passe rien. Je reste sur place malgré tous mes efforts. Mes pieds sont collés à la terre, mes jambes saisies dans la glace. Je n'ai plus de nerfs, plus de muscles. Je suis une pauvre chèvre attachée à un piquet pour servir d'appât.

— D'appât pour qui ?

— Je ne sais pas. Je sais que la forme humaine s'approche, de plus en plus massive, de plus en plus menaçante, sans que je puisse rien faire qu'attendre le coup qui va m'abattre. Le plus dur, c'est de ne pas savoir qui c'est. Il s'approche à pas lourds, il me veut du mal ou elle me veut du mal si c'est une femme. Au moment où je vais enfin voir son visage, vous m'avez réveillée…

Ils restèrent un instant silencieux, à l'écoute.

— C'est un rêve que j'ai déjà fait, dit doucement Gary.

— Je rêve en seconde exclusivité ? ironisa Gigi, bien réveillée maintenant.

— Non, d'après Freud, on se rêve soi-même et je crois qu'il a raison. Cette forme inconnue et menaçante que tu redoutes, qui t'effraye, qui t'angoisse, c'est toi.

— C'est moi ?

— Oui, c'est ça. C'est à toi que tu ne peux pas échapper.

Gary se tut à nouveau :

— Tu es une femme, reprit-il, je suis un homme ; je suis plus vieux que toi, je suis un ouvrier, tu seras une artiste, mais, dans l'esprit, nous sommes deux cœurs jumeaux…

— C'est du Shakespeare ?

La question l'amusa :

— Non, c'est du Gary ! dit-il en l'embrassant sur la joue. Écoute-moi sans te moquer : nous sommes blessés tous les deux, nous crions vengeance. Les anciens, Shakespeare si tu veux, diraient que nous devons accomplir notre destin, sans que nous puissions nous dérober, fuir.

— Ça veut dire quoi ?

— Ça veut dire que ce qui nous attend ne se fera pas sans mal.

— Vous allez vous battre ?

Gary esquissa un sourire :

— Tu sais ce que nous représentons pour eux ?

— Pour qui ?

— Pour ceux qui ont viré Milan, pour ceux qui nous ont vendus, pour ceux qui, tous les jours, ici et ailleurs, font subir le même sort à des centaines, peut-être à des milliers d'employés, d'ouvriers, de cadres… Nous sommes des ennemis payés. Voilà pourquoi ils veulent se débarrasser de nous. Pas parce que le travail coûte moins cher sous le soleil ; pas parce qu'il est fait plus vite et sans aucune charge ; pas parce que ça leur rapporte plus sûrement qu'au casino, non ; tout ça compte, bien sûr, mais la motivation de toutes ces délocalisations, de toutes ces ventes à l'étranger, c'est d'abord et avant tout de nous liquider. Financièrement et physiquement. Nous, les héritiers de toutes les luttes sociales qui nous ont précédés ; nous, avec la certitude de notre valeur ; nous, avec notre mémoire et notre savoir ; nous, avec notre conscience politique ; nous qui ne baissons ni les yeux ni les bras devant leur pouvoir, leur morgue, leurs prétentions. Nous sommes leurs ennemis. Ils sont les nôtres. Nous ne devons jamais l'oublier. Entre nous il n'y a pas – il n'y a plus – d'autre issue que la guerre. Alors, oui, je vais me battre et toi aussi tu vas te battre, parce que nous menons le même combat...

Gigi appuya sa tête contre l'épaule de Gary :

— J'ai peur de ne pas y arriver...

— Bien sûr que si, tu vas y arriver ! Regarde, encore un effort et nous serons en ordre de bataille. Et tout ça, grâce à toi...

— Et pour monter sur le bateau ?

— J'ai parlé à Waltmeyer, des expéditions, il fera un inspecteur en civil très présentable, Pommeau et Jalubert feront les douaniers, ça ira. Je suis sûr que ça fera la farce...

— Si quelqu'un nous trahit ?

— Si quelqu'un nous trahit, je le tuerai, avertit Gary, l'air détaché, mais les yeux noirs, tout en pupilles, d'une inquiétante fixité.

— Je ne vous crois pas. Vous ne ferez jamais ça !

Gary prit le visage de Gigi dans ses mains et approchant le sien, comme un amoureux s'approche pour embrasser celle qu'il aime, il chuchota :

— Tu as tort. Tu m'as donné toi-même le revolver.

TÉLEX

L'IRAN TESTE POUR LA PREMIÈRE FOIS DES MISSILES BALISTIQUES SHAHAB-3, DÉRIVÉS DES MISSILES NORD-CORÉENS,

EUX-MÊMES ISSUS D'UNE TECHNOLOGIE RUSSE. D'UNE PORTÉE COMPRISE ENTRE 1 300 ET 1 500 KILOMÈTRES, ILS SONT POTENTIELLEMENT CAPABLES DE FRAPPER ISRAËL ET CERTAINS INTÉRÊTS AMÉRICAINS DANS LE GOLFE.

LA BANQUE AMÉRICAINE MORGAN STANLEY ACHÈTE 19 % DU CAPITAL DU FONDS SPÉCULATIF BRITANNIQUE LANSDOWNE QUI GÈRE ENVIRON 12 MILLIARDS DE DOLLARS.

CHIQUITA, MULTINATIONALE AMÉRICAINE DE LA BANANE, VIENT D'ÉCOPER DE 25 MILLIONS DE DOLLARS D'AMENDE POUR AVOIR FINANCÉ DES GROUPES D'EXTRÊME DROITE EN COLOMBIE.

Ordres

La nuit et la mer se télescopent. La houle forcit encore, le *Nausicaa*, étreint par la mer, grince sous les coups de bélier de l'eau. Il navigue sur des collines liquides aux pentes de plus en plus abruptes.

Roulis, tangage, beaucoup de passagers sont malades. Loge distribue des sacs en papier, des cuvettes, des seaux. Dans certains coins, l'odeur est épouvantable. Gary revient, suivi par Volumster et ses officiers de sécurité, qui ne le lâchent plus d'une semelle. Pat marche derrière eux. Melville se détache du groupe pour partager les cachets contre le mal de mer en sa possession. Dargone et Arno filment en continu, Doc et trois autres se placent aux portes pour assurer un renfort de sécurité auprès des médecins de Molière.

Maheu, le pilote, a prévenu Gary en aparté :

— Ça grossit à vue d'œil. Il faut vous magner de débarquer ceux que vous voulez débarquer, après si ça monte force sept ou plus, on ne pourra plus faire grand-chose.

Suz est resté avec lui, au cas où…

Gary prend le micro que lui tend Amos :

— Mesdames, messieurs, je passe la parole à monsieur le ministre qui va vous expliquer sous quelles conditions nous allons procéder à l'évacuation d'un certain nombre de passagers.

Sa déclaration est accueillie avec des « ha ! », des « enfin ! », même un « merci mon Dieu ! » de soulagement, le cauchemar va bientôt finir.

Volumster proteste à voix basse :

— Pourquoi voulez-vous que ce soit moi qui annonce ce que vous allez faire ? Faites-le vous-même !

— Non, c'est votre idée. À vous le privilège de la faire connaître…

— Je suis absolument contre vos critères.

— Ce ne sera pas la première fois que vous défendrez des mesures avec lesquelles vous n'êtes pas d'accord. Mais, si vous préférez que nous renoncions, nous renonçons…

— Vous ne m'aurez pas à ce petit jeu-là !

Volumster attrape rageusement le micro :

— Mesdames, messieurs, chers amis, merci de votre patience, de votre courage. Nous avançons. Dans un premier temps, vont embarquer dans les canots de sauvetage les personnes salariées et uniquement elles, dit-il d'une voix ferme. Des bâtiments de la Marine nationale font route vers nous pour les recueillir…

— Salariées de quoi ? demande Espadioux, moulé dans son collant de Superman.

— Celles qui ne sont pas actionnaires de FII.

— Et celles qui le sont ?

— Nous discutons, concède Volumster. Les actionnaires feront l'objet d'une libération ultérieure…

Edward Cawlpepper se détache du groupe qui l'entoure :

— *I don't understand*, je ne comprends pas ce que vous allez faire. Pourquoi parlez-vous des « personnes salariées » ?

— Parce que, au terme de notre accord avec ces messieurs, elles seules vont débarquer. Les actionnaires de votre fonds demeureront à bord encore un certain temps.

— Ma femme ne peut pas rester une minute de plus ! *She's sick !*

Cécile Beltrami prend la parole à son tour :

— Mon mari aussi est très malade, il a vomi. Vous devez le faire partir !

Et, s'adressant directement à Volumster, d'une voix languissante et geignarde :

— Claude, je vous en prie, regardez Florian, il ne va pas bien du tout…

Volumster se tourne vers Gary, incertain.

— On évacue les malades ?

C'est Amos qui répond :

— Qu'est-ce que ça peut nous faire qu'il soit malade ? Il sait combien d'enfants africains crèvent chaque jour parce qu'ils boivent l'eau dans laquelle tout le monde va chier ? Et encore, quand ils en ont !

— Ça n'a rien à voir ! Il ne s'agit pas de refaire le monde ! Ne mélangez pas tout !

Amos, d'ordinaire bon garçon, gronde de colère :

— Un type qui fait sa fortune sur le commerce de l'eau ne mérite pas de compassion.

Gary lui ordonne de laisser tomber et se penche au micro pour préciser les règles de l'évacuation :

— Je demande aux musiciens de l'orchestre, aux maîtres d'hôtel, aux barmen, aux serveuses, à tout le personnel de bord de monter sur le pont et de se placer sur les marques jaunes, devant les canots qui vous sont attribués par le numéro que vous avez reçu à votre embarquement. Des brassières de sécurité vous attendent au vestiaire, tout le monde doit en mettre. Il est inutile de se précipiter. Contrairement au plan social de Mondial Laser, il y a assez de canots et de brassières pour assurer la sécurité de tous les salariés.

Passé un moment de surprise, les musiciens, et Olympe en premier, applaudissent. Puis ils se dirigent en bon ordre vers la sortie.

— Je veux tous vous remercier, dit Gary en applaudissant lui aussi. Remercier particulièrement M. Jean-Claude Petit, sa femme Hélène, le quatuor Ancolia, Thomas et David Enhco et leurs amis d'avoir accepté d'être des nôtres une nuit comme celle-ci… Vous remercier tous d'avoir tenu à manifester votre solidarité, notre unité, d'avoir pris le risque d'être là. Personne n'oubliera jamais le personnel de Mondial Laser, son courage, sa détermination.

Il ajoute :

— Avant de partir, pour ceux qui en ont, n'oubliez surtout pas de remettre vos détonateurs à Doc.

Il y a des mouvements parmi les passagers. Cécile Beltrami, soutenant Florian, veut à toute force quitter le grand salon. D'un signe de tête, Gary les fait arrêter par des hommes en faction. L'avertissement est sans appel :

— Que personne n'essaye de prendre une place qui n'est pas la sienne, dit-il. Vous êtes sous notre contrôle. Nous avons des listes complètes de ceux qui sont ici et de leur statut. Aucun d'entre vous ne pourra embarquer sans notre autorisation.

— Je ne suis pas actionnaire du fonds ! déclare Cécile Beltrami. J'ai le droit de partir et mon époux aussi, il est souffrant !

— Êtes-vous salariée, madame Beltrami ?

— Je m'occupe de mon mari et de notre maison. J'ai énormément de travail !

— Vous n'êtes pas salariée ?

— Pourquoi voudriez-vous que je le sois ? Le salaire, ce n'est pas la panacée !

Gary est désolé pour elle :

— Vous vivez des revenus de votre mari, nous vous considérons donc comme solidaire de ses spéculations, dès lors vous restez là, comme toutes celles ou tous ceux qui sont dans la même situation que vous.

— Vous pourriez au moins être indulgent !

Le mot fait bondir Doc :

— « Indulgent » ! Mais pourquoi serions-nous indulgents ? C'est une vertu qui n'a plus cours dans le monde où nous vivons. Les actionnaires de FII ont-ils été « indulgents » avec le personnel de Mondial Laser ? Pas une seconde ! Cela ne les a même pas effleurés. Et vous voudriez que ce soit nous, les victimes, qui soyons « indulgents » ?

— OK, dit Gary, si elle n'a pas compris, c'est désespéré.

Il désigne du doigt les acteurs, regroupés autour d'Agathe Godard de *Paris-Match* et de Bob, son photographe :

— Mlle Marceau, MM. Depardieu, Clavier et Reno peuvent partir. Ils ne sont pas actionnaires du fonds, ils sont payés pour agrémenter la soirée de leur présence.

— Ils sont payés ? s'étrangle Loge, le maître d'hôtel, qui ferme la marche du personnel de restauration.

— Soixante mille euros Mlle Marceau, cinquante mille chacun pour ces messieurs, précise Gary. J'ai leurs contrats.

— Et vous avez intérêt à le respecter ! crie Marceau, en tournant les talons.

Bob fait des photos en rafale, Agathe Godard lui emboîte le pas, encadrée par les trois autres qui n'osent regarder personne parmi les passagers costumés.

Malaise

Les actionnaires de FII sont maintenant seuls dans le grand salon. Plus ou moins trois cents personnes dont les costumes pleins de couleurs, de brillant, contrastent douloureusement avec l'air de désolation qui fripe tous les visages. Beltrami, suant, livide, ne peut plus se taire :

— J'ai rêvé que je mangeais du chien, halète-t-il.

— Ah, quelle horreur ! dit Cécile.

— D'abord, j'ai pensé que c'était un bon rêve. Mais maintenant je sais que ce n'est pas ça…

Cécile veut l'apaiser, le cajolant comme au plus intime de leurs nuits :

— Bébé…

Beltrami se prend la tête :

— C'étaient des côtelettes affreuses dans une sauce lavasse avec des cornichons. Tu sais que je n'aime pas les cornichons.

— Bébé, arrête ça tout de suite ! Tais-toi ! Je ne veux rien entendre, tais-toi, c'est dégoûtant de parler de ce qu'on mange. Tu devrais aller aux toilettes, ça te soulagerait. Tu veux que je t'accompagne ?

— Non, écoute. Écoute-moi, c'est très important. Ce n'est pas moi qui mangeais, c'est moi que les chiens mangeaient !

Il délire, ressassant les noms de tout l'état-major de la chaîne :

— Blanc et Jansen n'arrêtaient pas de me dire « vraiment vous avez de la chance, président », « j'aimerais bien être à votre place ! », « Saint-Sylvestre en mer, année prospère ! ». Les hypocrites ! Les petites ordures ! Être à ma place ! C'est pas ici qu'ils voulaient être à ma place, mais au siège. Ils veulent m'évincer, ils veulent m'éliminer, me dévorer !

— Je ne comprends rien à ce que tu racontes !

Beltrami s'emporte :

— Pourquoi ai-je été aveugle à ce point ? Je me méfiais pourtant. J'ai fait suivre Jansen par un détective privé. Je sais bien qu'il voit Jean-Marc, soi-disant pour jouer au squash. Qui peut croire qu'un Premier ministre a le temps de jouer au squash ? En vérité, monsieur le Premier ministre veut tout savoir, tout contrôler et Jansen lui raconte tout, mais je suis plus malin et c'est moi qui le contrôle. J'ai offert un appartement à la Corseul, sa collaboratrice chérie, et je l'ai mise dans le lit de Bazailles. Le présentateur du vingt-heures, c'est flatteur pour une fille comme elle !

— Bébé, je t'en supplie, tais-toi. Tais-toi !

Mais Florian ne semble pas l'entendre, pas la voir :

— Et ce pauvre de Sees qui fait confiance aux crapules qui l'entourent ! Finalement il est plus bête que méchant.

Florian se tait, ses lèvres écument, sa respiration s'accélère. Cécile l'essuie du bout des doigts mais il l'écarte avec irritation :

— Non, j'ai tort. Non, il n'est peut-être pas si bête. Lui aussi trouvait formidable l'idée que je passe le Nouvel An sur ce bateau pourri. Oui, je m'en souviens, il m'a dit : « Heureux qui comme Ulysse fait un beau voyage ! » Le salaud ! Ce n'est pas la vraie citation.

— Qu'est-ce que tu racontes ?

— Il aurait dû me dire : « Heureux qui comme Ulysse *a* fait un beau voyage ! »

— C'est pas ce qu'il a dit ?

— Il aurait dû dire : « a fait », au passé. C'est-à-dire est revenu. Tu comprends ?

— Non.

— Il m'a dit « fait un beau voyage », au présent, comme si je ne devais jamais revenir ! Que c'était un aller sans retour. Oui, il ne comptait pas que je revienne. Il savait ce qui allait se passer. Il s'est trahi. Il m'a trahi ! Ça vient de lui. Blanc et Jansen sont dans le coup, mais ils sont en service commandé. De Sees joue l'agneau, la fidélité, le dévouement mais il me poignarde dans le dos. C'est Brutus. Oui, c'est Brutus !

Florian Beltrami a soudain très chaud, il doit s'allonger à même le sol.

— Mettez-lui les pieds en l'air ! suggère une femme âgée, renversant une chaise pour mettre son conseil en pratique. C'est un malaise vagal…

Beltrami transpire abondamment, il brûle, puis il a très froid, il grelotte, ses yeux se brouillent de larmes, il veut encore dire quelque chose, il ouvre la bouche mais il éructe, une sorte de hoquet suivi d'un long sifflement qui vient tout autant de la gorge que du nez, son visage se marbre de plaques rouges, il étouffe, couinant, porcin, ses bras se tendent vers sa femme Cécile et retombent secoués de spasmes électriques.

— Vite, un médecin ! Florian a un malaise !

— Un malaise vagal ! précise la femme âgée, qui tient à son diagnostic.

— Il est en train de mourir ! crie Cécile. Il ne respire plus !

— Mettez-lui les pieds en hauteur, je vous assure que c'est ce qu'il faut faire…

— Florian ! Florian !

Toilettes hommes

Profitant de l'affolement qui agite les passagers, « un médecin, par pitié un médecin ! », Volumster, d'un regard, décourage Glaubert, son officier de sécurité, de le suivre, et s'éclipse aux toilettes hommes, entraînant Nicole Cawlpepper avec lui.

Gary l'a vu partir.

Chance, il n'y a personne dans les toilettes. Volumster ouvre la première porte à sa droite et, sans lui laisser le temps de protester, entraîne Nicole à l'intérieur. Il ferme le verrou, coupant toute retraite :

— Tu es fou, on va nous voir ! dit Nicole, le suppliant d'ouvrir, de la laisser sortir.

— Je maîtrise, ne t'inquiète pas.

— Nous allons mourir ! dit-elle, en s'accrochant au costume de Volumster. Tu comprends, nous allons mourir comme le pauvre type qui…

— Mais non, fais-moi confiance. Je vais nous sortir de ce merdier.

Son regard court sur les parois carrelées d'un blanc cassé comme s'il s'agissait de sortir de là, de cette cabine froide de faïence, et non pas d'un paquebot naviguant avec pour seul but de défier l'eau et le ciel dressés l'un face à l'autre.

— Et si nous coulons ?

— Calme-toi, j'ai tout réglé. Rien ne va exploser, rien ne va couler. Nous allons monter dans des canots et la marine arrive pour nous récupérer.

— Ils ne veulent pas que je débarque !

Volumster s'énerve, bousculant ses cheveux avec une nervosité d'orgueil :

— Merde, Nicole, je ne t'ai pas retrouvée pour te perdre maintenant !

Elle émet une longue plainte tenue sur le même souffle :

— Je ne peux pas laisser Edward.

— Ne t'inquiète pas pour lui. C'est un dur, *a tough man*. Il s'en sortira.

Nicole se met à gémir en plaquant ses mains sur ses joues, comme si elle s'assurait d'être encore vivante.

— Qu'est-ce que nous sommes venus faire ici ?

Volumster s'enflamme :

— Nous dire : je t'aime ! Embrasse-moi. Embrasse-moi, mon amour…

Il se penche vers Nicole pour offrir ses lèvres, mais elle le repousse :

— Claude, je n'ai pas envie que tu me dises que tu m'aimes dans les toilettes d'un bateau pris par des pirates !

— Quelle importance ? Je t'aime. Je te le dirai bien n'importe où, dans des chiottes ou sur la tour Eiffel ! Quand nous serons sortis d'ici…

Elle le coupe :

— Tu m'aimes, lance Nicole agressive, c'est très beau, mais ça ne mène nulle part : j'ai un mari, deux fils, une vie que je ne veux pas quitter…

— Tu as lu ce que je t'ai écrit ? Nous avons tous droit à une deuxième vie…

Nicole sanglote, rongée de culpabilité, tourmentée de peurs, fautive, honteuse :

— Je ne veux pas de deuxième vie, je veux celle-là, je ne veux pas mourir au milieu de la mer.

— Tu ne peux pas mourir puisque je t'aime et que le monde s'ouvre à notre amour.

— Mais, moi, je ne t'aime pas, Claude ! Je t'ai aimé, mais je ne t'aime plus comme nous nous aimions quand nous avions vingt ans.

— Tais-toi !

— Non, je ne me tairai pas. C'est fini. Regarde-toi, regarde-moi, nous sommes d'autres personnes !

Volumster blêmit. À nouveau une femme le rejette, comme sa mère, comme ses sœurs, comme la femme du conseiller général de Flers, comme toutes celles auxquelles il a voulu se livrer.

— Pourquoi tu es venue alors, si tu ne m'aimes pas ?

— Parce que je suis stupide ! Parce que j'ai voulu croire à ce que tu m'écrivais ! Je me suis menti parce que j'étais flattée qu'un homme ait encore envie de moi ! Mais j'ai eu tort, terriblement tort…

Volumster ne baisse pas les bras. Il ne peut pas renoncer. Ce sont les tarés qui les retiennent prisonniers qui font perdre la tête à Nicole. Il la comprend, il lui pardonne. Personne ne le privera d'elle, elle lui revient :

— Ne dis pas ça, je t'aime, j'ai envie de toi, je vais tout envoyer promener d'un claquement de doigts et nous ne serons plus que tous les deux. L'argent, les biens, la politique, rien de cela ne compte pour moi. Il n'y a que toi, Nicole, que toi. Tu comprends ? Je t'aime.

Nicole part d'un rire léger, mettant sa main devant

sa bouche. L'aveu l'amuse, c'est si bête ! Mais son humeur vire à la rancœur, à la hargne, à l'hystérie :

— Tu m'emmerdes avec ton amour ! crie-t-elle. Laisse-moi sortir ! Je ne veux plus te voir, je veux être avec mon mari, mes fils, je veux rentrer à New York, je ne remettrai jamais les pieds ici ni sur aucun autre bateau ! Je ne veux pas que tu m'aimes. D'ailleurs, je crois que tu ne m'as jamais aimée. Tu as toujours fait semblant parce que tu avais besoin de moi pour tes examens, pour coucher, pour vivre, pour tout. Mais je ne suis pas totalement idiote ! Si tu n'en peux plus de ton horrible bonne femme, jette-la, mais ne m'utilise pas pour t'aider à le faire !

Bébé

Volumster sort des toilettes, le teint cireux, le regard hautain de mépris, sans distinguer quiconque dans l'assistance, criant à Nicole au risque du scandale :

— Va te faire foutre !

Gary, avec un petit frisson de satisfaction, lui barre l'entrée du grand salon :

— Deuxième reniement, dit-il, d'une voix sombre.

— Vous me suivez même quand je vais pisser ?

— J'ai tout entendu…

Volumster siffle entre ses dents :

— Le bateau, je m'en fous, mais écouter aux portes, je ne vous le pardonnerai jamais.

Et, bousculant Gary, il s'avance au milieu d'un silence général, comme si l'on n'attendait plus que lui pour figer l'image de ce carnaval sinistre. Beltrami est mort, allongé sur le parquet dans son costume de cardinal de Richelieu, les pieds en l'air, les mollets dans des bas blancs sous sa robe rouge. Cécile se met à brailler, à larmoyer :

— Mon bébé ! Ils ont tué mon bébé ! Florian est mort !

— Le cœur a lâché, explique Gary, devançant la question.

— Vous êtes content ? ricane le ministre.

Gary l'empoigne violemment, le forçant à se hisser sur la pointe des pieds :

— Vous mériteriez que je vous foute mon poing sur la gueule pour vous montrer si je suis content.

— Vous aussi vous mériteriez que je vous mette mon poing sur la gueule.

— Vous ne faites pas le poids.

— Essayez…

Doc s'approche, balançant son gros corps de droite et de gauche :

— Qu'est-ce qu'on fait ? On le débarque ? demande-t-il, désignant du pouce le corps de Beltrami que Cécile berce contre sa poitrine.

— Non, commande Gary. Trouve une cabine pour le déposer. Si sa femme veut rester près de lui, qu'elle y reste.

— Vaudrait mieux pas les faire partir ?

— Les actionnaires du fonds restent à bord.

— Même morts ?

— Pas de privilège.

Doc s'éloigne, surpris par la dureté de Gary. Il ne discute pas. Gary sait ce qu'il fait et, de toute façon, ce n'est pas maintenant qu'ils peuvent se mettre à discuter même si Amos revient toujours sur ses questions : Sommes-nous sûrs de vouloir faire cela ? Pouvons-nous le faire sans nous renier ? De quel droit ? Au nom de quel idéal ?

Au passage, Doc recrute quatre hommes pour l'aider à déposer Beltrami sur une table.

— Venez, on va s'en servir comme civière…

— On le monte sur le pont ? demande Espadioux, se portant volontaire.

— Non, on va le déposer dans une cabine…

Cécile, hors d'elle, se jette sur Volumster :

— Ils l'ont tué ! Ils ont tué mon bébé, Claude. Je veux que tu les arrêtes, je veux que tu les tues, tous ! Il faut les tuer, il faut tous les tuer ! Si tu ne les tues pas, ils vont nous tuer ! Nous tuer tous ! Il faut les tuer jusqu'au dernier !

Volumster ne sait quoi faire pour la calmer, elle vitupère, elle écume, elle déraisonne sans même remarquer que, dans le désordre de ses gestes, ses gros seins ont jailli de sa robe de gitane et ballottent à la vue de tous.

Heureusement, elle tourne de l'œil.

Gary rappelle Doc :

— Eh Doc ! Il faudra aussi porter sa femme !

TÉLEX

VOLKSWAGEN VEUT RÉALISER DES ÉCONOMIES SUBSTANTIELLES. LA FIRME AUTOMOBILE ALLEMANDE A ANNONCÉ UNE AUGMENTATION DU TEMPS DE TRAVAIL SANS COMPENSATION SALARIALE ET UNE RÉDUCTION MASSIVE DU PERSONNEL ; 40 000 EMPLOIS SONT DIRECTEMENT MENACÉS.

AU CAMEROUN, STOCKÉS DEPUIS UN AN, 56 000 LITRES DE POLLUANTS ONT ÉTÉ DÉVERSÉS DANS L'OCÉAN SUR ORDRE DE L'ÉTAT.

EN ÉGYPTE, LES AFFRONTEMENTS ENTRE COPTES ET MUSULMANS ONT FAIT UN MORT ET UNE CINQUANTAINE DE BLESSÉS À LA SUITE DE L'ATTAQUE À L'ARME BLANCHE DE

TROIS ÉGLISES COPTES PAR UN EXTRÉMISTE RELIGIEUX QUI, SELON LES AUTORITÉS, NE SERAIT QU'UN « DÉSÉQUILIBRÉ ».

UNE BOMBE A EXPLOSÉ SUR LE PLUS IMPORTANT MARCHÉ DE GROS DE BAGDAD FAISANT 25 MORTS ET 34 BLESSÉS. PAR AILLEURS, 20 PERSONNES, DONT 15 CIVILS, ONT ÉTÉ TUÉES AU COURS D'ATTAQUES DANS LA RÉGION DE BAAQOUBA, AU NORD DE BAGDAD.

Flash-back

Comme attendu, la décision du tribunal de commerce tomba le lundi matin en fin de matinée. Les juges décrétaient que la cession de Mondial Laser à New Delhi Electronic était parfaitement valide, décidaient la fermeture définitive de l'entreprise et enjoignaient, une fois de plus, le personnel de cesser son occupation.

L'intersyndicale adressa immédiatement un message à l'AFP pour diffuser dans la presse sa protestation contre cette décision qui, de fait, mettait près de six cents personnes au chômage sans que le plan social ne garantisse rien sur leur réinsertion, les préretraites, les compensations financières.

Le personnel au complet se réunit spontanément dans la cour de l'entreprise pour manifester sa volonté de résister encore, de ne pas céder, de durcir l'occupation en sécurisant toutes les issues.

En début d'après-midi, deux cars de CRS vinrent prendre position à proximité, mais les hommes ne descendirent pas de leurs véhicules. Une délégation composée d'élus du personnel alla s'entretenir avec le capitaine à la tête du détachement, afin de s'assurer que rien ne serait tenté contre les grévistes. Le capitaine des CRS garantit que la force publique n'interviendrait qu'en dernier recours et non sans avoir tout tenté pour régler la situation par la négociation.

Gary était satisfait.

Ils étaient à J – 6 et, mis à part quelques détails et le contrôle de ce qui était en cours, leur organisation était pratiquement sur pied. Douanou et les autres syndicalistes s'étaient engagés à jouer le jeu et, avec un peu d'astuce et de mauvaise volonté, Mondial Laser ne serait pas évacuée avant trois jours. Gary avait d'ailleurs fait circuler l'idée que tout le personnel s'en aille avant l'intervention policière et se rende en cortège jusqu'au monument aux morts pour déposer une gerbe sur leurs emplois défunts.

La gerbe avait été commandée, énorme, piquée de fleurs rouges, symboles de leur colère, piquée de fleurs blanches comme pour un enfant mort…

Disques

Depuis quatre jours Maxi était dispensée de piquet de grève. Elle ne dormait plus à l'usine. Tous les matins, avant six heures, elle se postait devant l'entrée de Patmore & Plus pour observer l'arrivée des femmes de ménage, leurs tenues, les accessoires qu'elles transportaient. Le mercredi suivant la décision du tribunal de commerce, soit à J – 4, sur instructions de Gary, elle attendit que la camionnette qui déposait l'équipe de nettoyage s'éloigne pour entrer à son tour, vêtue d'une blouse bleue, la tête enturbannée d'un foulard, un seau en plastique et un balai à la main.

— T'es nouvelle ? demanda la Black avec qui elle prit l'ascenseur.

Maxi hocha la tête positivement.

— Tu parles pas français ?

Maxi hocha la tête négativement.

— Pays de l'Est ?

— Roumanie, articula Maxi avec un accent improbable.

La Black se désigna :

— Sénégal…

Maxi lui sourit. Elles sortirent ensemble de l'ascenseur, à l'étage des chefs, au septième.

La porte était ouverte. M. Bertrand, le chef d'équipe, qui distribuait le travail, ne remarqua pas Maxi qui se dirigea tout droit vers le bureau de Joël, le cinquième à gauche dans le couloir central, selon les indications de Dargone.

L'endroit était tel qu'il lui avait été décrit et montré en photo. Le gros dossier bleu posé sur le bureau, *Yellow Submarine*, lui confirma qu'elle était bien dans le bureau où elle voulait être. Elle commença par enfiler des gants de ménage et, pour ne pas attirer l'attention, nettoya la pièce avec soin mais, quand elle fut certaine que personne ne viendrait la déranger, elle débrancha rapidement le disque dur de l'ordinateur et le remplaça par un vierge qu'elle transportait dans son seau. Puis elle passa dans le bureau de Melville pour recommencer l'opération. Ainsi, quand la police enquêterait – et Gary était certain qu'elle enquêterait ! –, il serait impossible de remonter à la source, de découvrir d'où partaient les ordres que Joël se contentait de répercuter.

La Sénégalaise avait commencé le bureau de Melville. Maxi, par signes, revendiqua de le faire. L'autre ne comprenait pas son insistance :

— Je fais celui-là, fais-en un autre. Tu sais, la merde, c'est partout pareil…

Maxi insista. Elle tenait à faire le bureau de Melville :

— Ordre, dit-elle, toujours avec son accent venu de nulle part.

La Black céda :

— OK ma grande, si ça t'amuse, moi, je m'en fous. Mais, rappelle-toi : plus vite on a fini, plus vite on s'en va !

Elle laissa Maxi, profitant de l'occasion pour aller glander dans les toilettes.

Métro

Dans le métro, Maxi souriait aux anges. Elle avait les disques durs de Joël et de Melville dans son seau, sous une serpillière. Quand elle repensait à son numéro d'immigrée des pays de l'Est, elle avait carrément envie de rire.

Quand elle raconterait ça aux autres !...

Nino

L'odeur de brûlé la saisit en premier, puis elle vit le déploiement impressionnant des pompiers, les cars de police, les badauds tenus à distance de Mondial Laser dont les ruines fumaient encore. Seul l'arbre déplumé de la cour avait échappé aux flammes. Il levait ses branches nues vers le ciel comme un homme figé de stupeur. Maxi crut s'évanouir. Elle se précipita jusqu'à la barrière qui empêchait les curieux de s'approcher.

— Je travaille là ! dit-elle précipitamment au policier en faction.

— Désolé, c'est bouclé.

— Qu'est-ce qui se passe ?

— Tout a brûlé cette nuit. Incroyable, hein ? Il ne reste plus rien.

— Mais il y avait des gens à l'intérieur !

— Ils ont dû être évacués. Moi, j'étais pas là. Je viens de prendre mon service…

Une équipe de reportage France 3 filmait la noire désolation, les machines carbonisées, les murs effondrés. Ils voulurent interroger le policier qui leur répéta son ignorance. Il proposa d'interroger Maxi :

— Demandez donc à la dame, elle travaillait là.

Mais quand il se retourna pour la présenter, Maxi avait filé.

Nino, le patron de la pizzeria, la recueillit errant dans la rue, ne sachant plus vers où se tourner.

— Tu fais des ménages maintenant ? demanda-t-il, goguenard, la détaillant de la tête aux pieds.

— Où est Gary ?

— Il est chez lui et les autres aussi. Viens boire un café. Tu pourras téléphoner si tu veux…

Maxi lui prit le bras. Elle avait besoin de soutien :

— C'est arrivé comment ?

— D'après ce que je sais, ils ont envoyé un commando de fachos avec des barres de fer et des battes de base-ball pour virer tout le monde et foutre le feu.

— Qui « ils » ?

— Ceux qui ont intérêt à avoir plutôt une grande belle surface à bâtir qu'une usine pleine d'ouvriers en grève.

Il se mit à pleuvoir. Ils se hâtèrent. Maxi avait envie de pleurer, mais les larmes restaient à l'intérieur :

— Il y a des blessés ?

— Un de ces enfoirés a brûlé vif ! Un autre s'est fait défoncer la tête par Arno…

Nino leva les yeux au ciel sans craindre de se faire mouiller :

— Merci mon Dieu, avec des coups comme ça, je finirai par croire en Toi !

Question

Maxi n'avait pas la force de marcher, d'affronter les regards dans le métro ou l'autobus. Elle prit un taxi pour se faire conduire chez Gary. Elle n'allait pas souvent chez lui. Un deux-pièces qu'il louait tout en haut d'un immeuble ancien. Le confort était minimal, l'installation spartiate. Presque tout l'espace était occupé par des livres rangés sur des étagères ou empilés par terre autour d'une grande table qui servait aussi bien pour manger que pour lire, écrire ou bricoler. Arno vint lui ouvrir, tout rose, tout joyeux, propre comme un sou neuf :

— Maxi, super !

Il l'embrassa, se retenant de se moquer de sa blouse bleue et de son seau en plastique.

— Tout le monde est là ! dit-il, en la précédant.

Ils étaient attablés autour d'une cafetière et des tasses, l'air las, les yeux noircis de fatigue ; ils n'avaient pas dormi. Gigi surtout avait l'air très mal, la mine défaite, le regard battu, les traits tirés comme si elle avait deux fois son âge.

— Mais qu'est-ce que t'as, ma cocotte ?

— Elle a failli y rester, dit le grand Schwartz. Sans Gary, c'était Jeanne au bûcher…

— Tout a brûlé ! pleura Gigi. C'est foutu. Tout ce qu'on a fait, tout ce qu'on a préparé est parti en fumée !

Gary se voulait consolant :

— Attends, tout n'est pas encore foutu. En s'y mettant tous, on peut reconstituer les données…

— Oui, renchérit Amos. On passe par le Net et, même si ça nous prend la journée et la nuit, on récupère tout et tu reprends les commandes !

— De toute façon on était prêts. Ou presque, dit Gary. Tant pis pour les derniers détails.

— On vivra dangereusement ! claironna Dargone.

Gigi ne voulait rien entendre :

— Ça gâche tout. Tout !

Maxi, contrariée, posa son seau sur la table et sortit les disques durs de Joël et de Melville.

— Alors, je suis allée piquer ça pour rien ?

La foudre tombant au milieu d'eux n'aurait pas fait plus d'effet !

Ils étaient sauvés. Les fichiers de Gigi étaient forcément dans les deux disques !

Gigi se leva d'un bond et sauta au cou de Maxi, la couvrant de baisers :

— Je t'aime ! Toi je t'aime ! Oh comme je t'aime !

Maxi la repoussa gentiment :

— Les caresses de chien donnent des puces…

Et elle réclama qu'on lui explique enfin ce qui se passait, ce qui s'était passé dans la nuit à Mondial Laser, ce qui allait se passer maintenant.

— Et je veux tout savoir ! dit-elle, en posant sur la table le dossier *Yellow Submarine*, qu'elle avait emporté pour faire bonne mesure.

Télé

Bonhomme, le serrurier intérimaire, les rejoignit vers midi, apportant de quoi manger et boire. Lui aussi voulait tout savoir, regrettant d'avoir manqué ça, nom d'une pipe il aurait donné cher pour être de la partie ! Doc se dévoua pour recommencer le récit de la nuit tandis que Dargone, Arno et le grand Schwartz aidaient Gary à sortir des assiettes et des verres. Dans leur coin, Amos et Gigi transféraient les données des deux disques durs sur l'ordinateur de la maison, sous le regard attentif de Maxi qui avait fini par ôter sa blouse bleue et son turban fleuri.

Ils mangèrent en regardant le journal télévisé.

L'affaire fut vite réglée, presque à la fin des infos.

Un plan large sur les décombres de Mondial Laser, commenté *off* « dramatique incendie cette nuit dans une usine de matériel électronique » ; l'interview éclair du procureur de la République : « D'après les premiers éléments de l'enquête, l'origine criminelle du sinistre semblerait la plus probable » ; un plan sur Coline Carvelle, la députée socialiste disant : « Une fois encore on se demande comment de tels actes sont possibles », et enfin Douanou, l'élu CGT au CE, qui parlait sans qu'on entende ce qu'il dise, doublé par un commentaire répercutant l'indignation des syndicats et leur désir « de faire toute la lumière » sur cette affaire, et c'était tout. Le sujet suivant concernait une chanteuse allemande dont « l'énergie et l'amour du verbe font d'elle une figure incontournable de la chanson d'outre-Rhin ».

— Avec ça, on n'est pas fauchés, gronda Suz qui jusque-là était resté muet, tassé dans l'unique fauteuil de la pièce, le front soucieux, l'air sauvage.

— Tu ne fais pas confiance à la justice de ton pays ? ricana Dargone.

— Et l'autre, là, le procureur, dit le grand Schwartz. J'espère que vous avez apprécié comme moi son conditionnel : l'origine criminelle « semblerait » la plus probable ! S'il avait été là, il aurait vu le genre de conditionnel que les types balançaient…

Suz se leva avec effort :

— Tout ça c'est du pipeau, déclara-t-il. C'est du vent ! Le procureur, les flics savent comme nous qui a commandité le coup, peut-être même savent-ils qui l'a fait. Au mieux, ils coinceront un ou deux petits fachos qui paieront pour les autres et basta ! Non, moi il n'y a qu'un truc que j'aimerais savoir, un truc que je n'arrive pas à me sortir de la tête depuis cette nuit : qui leur a ouvert ?

— Comment ça « qui leur a ouvert » ? demanda Gary, les sens soudain en alerte.

Il y eut un silence troublé seulement par le son de la télé où la chanteuse allemande chantait en français *La Souplesse, quelle détresse*, un succès international aux dires de la journaliste.

Suz vit que tous les regards étaient tournés vers lui :

— Ça ne vous a pas paru bizarre que les types entrent comme ça dans la boîte alors qu'on avait sécurisé toutes les entrées, soit avec des cadenas, soit avec des ferrailles ? Ils auraient dû au moins être obligés de faire sauter nos défenses. Et non, rien, pas un bruit, pas un craquement et d'un seul coup la horde sauvage qui nous tombe dessus… Alors, je répète ma question : qui leur a ouvert ?

Téléphone

Ils étaient tous partis sans que personne ait pu répondre à Suz. Comme l'avait souligné Doc en rigolant :

— La question reste en suspens !

Mais Gary savait que la question de Suz était une vraie question, peut-être même la seule qui vaille. Il y réfléchissait, regardant le ciel se couvrir, quand le téléphone sonna.

— C'est Chloé, la sœur de Gigi.

— Bonjour ma grande, Gigi est sous la douche.

— Ne la dérangez pas, c'est à vous que je veux parler.

— Tu as vu les infos ?

— Oui, mais c'est pas pour ça que…

— Vas-y, je t'écoute.

— Vous savez pourquoi Milan a été viré ? demanda Chloé, d'une voix claire.

Gary se crispa :

— Gigi ne te l'a pas dit ?

— Si, mais qu'est-ce qu'elle vous a dit, à vous ?

— Pourquoi Milan a été viré ?

— Oui, la vraie raison.

Gary ne voyait pas où Chloé voulait en venir. Il répondit par politesse :

— J'ai tout le dossier. S'il faut aller aux prud'hommes, nous irons aux prud'hommes, même si maintenant Milan s'en fout…

— Milan n'a pas été viré pour une histoire de cartes de visite.

— Je sais, c'était le prétexte.

— Alors, vous savez pourquoi il a été viré ?

— Pour qu'ils puissent mettre quelqu'un d'autre à sa place, répondit Gary qui commençait à perdre patience.

Cette conversation ne menait à rien.

— Il n'a pas non plus été viré parce qu'on voulait mettre quelqu'un d'autre à sa place.

— Arrête, dit Gary, je ne sais pas à quoi tu joues avec toutes tes questions. Sois gentille, Milan est mort, je n'ai pas envie qu'on me retourne sans arrêt le couteau dans la plaie.

— Excusez-moi. Je voulais simplement être sûre que vous connaissiez la vraie raison…

Gary sentit une sueur froide lui couler dans le dos :

— Tu la connais, toi ?

— Oui.

— Eh bien, dis-la-moi, si tu sais des choses que je ne sais pas ! gronda-t-il, plein d'une colère rentrée.

Chloé laissa passer l'orage.

— Oui, je vais vous la dire, soupira-t-elle, je vais vous la dire, même si Gigi doit m'arracher les yeux…

TÉLEX

LES CORPS DE 84 PERSONNES TORTURÉES ET EXÉCUTÉES PAR BALLE, SANS DOUTE PAR DES ESCADRONS DE LA MORT CHIITES OU SUNNITES, ONT ÉTÉ RETROUVÉS DEPUIS MERCREDI PAR LA POLICE DE BAGDAD.

LA SOCIÉTÉ DE CAPITAL-INVESTISSEMENT ACTIVA CAPITAL ANNONCE AVOIR SIGNÉ UN ACCORD EN VUE D'ACQUÉRIR MATERNE, FABRICANT FRANÇAIS DE COMPOTES ET DE CONFITURES, DANS UNE OPÉRATION DE *LEVERAGE BUY OUT* (LBO).

DÈS 2008 LE GROUPE FRANÇAIS CAPGEMINI DEVRAIT EMPLOYER 22 000 PERSONNES EN INDE, SOIT AUTANT QU'EN FRANCE. EN 2010, ILS DEVRAIENT ÊTRE 40 000, C'EST-À-DIRE PLUS DE LA MOITIÉ DU PERSONNEL : « CELA PERMETTRA DE BAISSER LES COÛTS, DÉCLARE LA DIRECTION, ET DE SPÉCIALISER LE ONSHORE DES PAYS HISTORIQUES DANS DES ACTIVITÉS PLUS SOPHISTIQUÉES. »

Clémence Stroh ne veut pas quitter le *Nausicaa* sans emporter un petit quelque chose pour ses enfants, une pochette brodée au nom du bateau pour Agnès et une manille chromée, volée à la décoration d'un couloir, pour Maxime qui s'en fera un porte-clefs. Et pour elle, qui ne va jamais nulle part, elle vient de s'offrir dix ans de souvenirs en une nuit !

Avant de rejoindre le canot n° 5 où elle doit embarquer, elle se hâte pour passer aux toilettes lorsqu'elle se trouve nez à nez avec Hans Becker, un Allemand vivant aux États-Unis où il a fait fortune dans la pâte dentifrice, costumé en soldat sudiste, et Espadioux, l'ancien directeur commercial de Mondial Laser, habillé en Superman.

Doc, Dargone et Arno sont sur leurs talons.

Becker et Espadioux se saisissent de Clémence et la tirent avec eux au pied d'une échelle droite.

Becker la plaque contre lui et pointe sur sa gorge un couteau dérobé au buffet.

— Partez, dit-il en français, ou je saigne elle comme le cochon !

— Lâchez-moi, bredouille Clémence en tremblant, ne me faites pas de mal, j'ai deux enfants ! Pitié ! Pitié !

— Moi aussi j'ai deux enfants ! aboie Espadioux. Et ni vous ni vos petits copains ne m'empêcherez de les revoir !

Doc s'éponge le front, rejoignant Dargone et Arno qui l'ont devancé :

— Ces enculés me donnaient un coup de main pour transporter Beltrami et sa femme quand ils se sont tirés !

— Vous avez compris ce que j'ai dit ? répète Becker. Partez *or... how do you say ?*

– Foutez le camp ! surenchérit Espadioux. Nous allons monter sur le pont et embarquer sur le premier canot qui descend à la mer. N'essayez pas de nous en empêcher ou mon ami réglera son compte à votre copine.

— Non, non, laissez-moi, gémit Clémence qui se tord dans les bras de l'Allemand. Je n'ai rien fait, laissez-moi…

Doc fait un pas vers eux :

— Ce n'est pas malin de jouer à ça, monsieur Espadioux, dit-il, vous n'avez aucune chance d'embarquer. Ni vous ni votre collègue. Alors, laissez tomber avant que ça tourne mal.

— Ta gueule, le gros ! crie Espadioux la voix rauque. Tu vas voir si on n'a aucune chance !

Et, à Becker :

— Vas-y, monte, go ! Je te suis !

Becker, menaçant toujours Clémence, pose le pied sur la première marche de l'échelle quand une voix, venue d'en haut, l'arrête.

— Vous allez où comme ça ?

Bonhomme et le grand Schwartz se tiennent audessus d'eux.

— Eh ! dit Bonhomme en s'adressant à Becker, tu sais que ça ne se fait pas de tenir par le cou une fille qui ne veut pas ?

— *What did he say ?*

Espadioux répond à sa place :

— Dégagez ! Nous tenons la fille. On n'a rien à perdre !

— Filme, dit Arno à Dargone.

— Qu'est-ce que tu veux que je filme ?

— Filme, c'est tout.

Dargone prend la caméra à l'épaule. Arno s'avance à pas lents vers Espadioux et Becker qui commencent à grimper vers le pont supérieur.

— Stop ! Partez ! dit Becker pour l'arrêter, enfonçant la pointe du couteau dans la gorge de Clémence qui pousse un cri, sentant une goutte de sang glisser dans son corsage.

Arno s'immobilise à environ cinq mètres des deux hommes. Il jette un coup d'œil vers Bonhomme et le grand Schwartz et, derrière lui, vers Doc et Dargone.

— Regardez, soupire-t-il en ouvrant les bras, nous sommes vraiment au cinéma. La caméra tourne, mon ami Doc, le metteur en scène, un peu nerveux, mange des fraises au sucre ; vous, vous êtes les salauds, moi, je suis le héros venu délivrer l'innocente victime…

— *Shut up !* crie Becker, qui ne comprend rien à ce qui se dit.

Mais Arno n'a pas terminé :

— Ça va être une scène magnifique.

Il pointe du doigt le haut de l'échelle :

— Ils vont vous sauter dessus, je vais vous attaquer, nous allons nous battre pour faire durer le plaisir et, à la fin, la fille sera sauvée et m'offrira un super-baiser en même temps qu'on tirera au canon. Le scénario vous plaît ?

— *Bull shit !* jure Becker, qui gravit une marche de plus.

— Vas-y, l'encourage Espadioux, *go upstairs,* je surveille l'arrière.

Arno ferme les yeux pour se concentrer et les rouvre aussitôt, lançant :

— Action !

La suite va très vite.

Il plonge sur le parquet pour faire diversion, roule sur lui-même et, se remettant sur pied, délivre un *high kick* qui touche Espadioux en pleine face. En même temps le grand Schwartz et Bonhomme sautent du haut de l'échelle sur Becker qui n'a pas le temps d'utiliser Clémence en bouclier. Les quatre s'étalent de tout leur long sur le pont. Bonhomme est le plus rapide. Il cueille Becker d'un crochet court qui l'assomme. Il veut finir le travail en lui brisant le nez, mais Schwartz retient son bras :

— Arrête !

Doc se précipite pour aider Clémence à se relever.

— Ça va ? Rien de cassé ?

Clémence ne peut pas parler, elle hoquette, en larmes.

— Ça va ? insiste Doc.

Clémence plaque sa main sur sa bouche.

— Hou… hou…, gémit-elle.

— Elle est blessée ? demande Schwartz, occupé à menotter Becker et Espadioux avec des ceintures.

— Laisse-moi voir, dit très doucement Doc, avançant sa main vers la petite coulée de sang dans le cou de Clémence.

Elle s'écarte :

— Non !

— Je ne touche pas, promet Doc, je veux juste regarder, ça n'a pas l'air bien méchant.

— Non ! implore Clémence, secouée de spasmes, je ne veux pas, je ne veux pas…

Elle pleurniche :

— J'ai eu peur, j'ai eu tellement peur…

Et, dans un cri de rage :

— J'ai fait dans ma culotte !

Cabine

Doc entre dans la cabine Calypso. Son sang bat dans ses veines. Pourquoi revenir là ? Qu'est-ce qu'il vient chercher ? Qu'est-ce qu'il vient voir ? Sa main trouve à tâtons l'interrupteur qui commande les lampes de chevet. Cécile Beltrami est allongée sur la couchette à côté de celle où a été déposée la dépouille mortelle de son mari. Évanouie ? Endormie ? Inconsciente en tout cas. Doc hésite, ne sachant s'il doit rester jusqu'à ce qu'elle revienne à elle ou rejoindre les autres. Il va pour sortir lorsque, l'œil à la traîne, il se ravise, troublé par cette femme aux seins débordant de son costume de gitane, une robe cousue si près du corps qu'il en devine les opulents contours. Depuis combien de temps Doc n'est-il pas allé avec une femme ? Depuis longtemps, depuis trop longtemps. Les gros ne plaisent pas et, à force, perdent même l'idée de plaire. Pourtant, Doc aime les femmes. Il sait qu'il serait un bon mari pour celle qui voudrait bien de lui. Oui, il le sait, pense-t-il, en revenant sur ses pas, caressant sa barbe naissante à la pointe de son menton. Il tend l'oreille, la nuit fait relâche, les ombres sont silencieuses même s'il sent partout des présences invisibles. Au-dessus de lui, personne ne crie, personne ne court, personne ne le cherche. Doc est à l'abri dans la solitude parfaite d'un tombeau d'acajou, de cuivre et de dentelle, décoré d'une brassée de lys. Il ferme les yeux, mord son poing pour repousser les idées qui l'assaillent. Il passe d'un pied sur l'autre, danse sur place. C'est un ours qui flotte d'indécision, entre refuser le pire et lâcher le monstre. Non, il ne peut pas faire ça, non, il n'a pas le droit, ce serait lâche, ce serait laid. Sa main déjà court sur la jambe de Cécile tandis qu'il se glisse entre les deux couchettes. Il peut sentir la chaleur de la chair sous le tissu, son épaisseur, son élasticité.

— Non, dit-il à voix haute, non, je n'ai pas le droit ! espérant qu'elle se réveille.

Cécile ne réagit pas. Doc donnerait cher pour savoir à quoi elle rêve, à quoi elle pense, quelle est la couleur du néant.

— Tu es belle, murmure-t-il, tu sais que tu es belle ?

Soufflant fort, il appuie à la fourche des jambes pour couvrir le sexe de sa main, le dessiner, le tâter. Ses doigts se ferment pour le pincer entre le pouce et l'index, pour figurer la fente avec l'annulaire, exciter son désir.

— Ah oui ! Ah oui !

Doc se recule brusquement, sa main brûle, il sursaute comme si le mort protestait, indigné, en le tirant par la veste. Le visage de Beltrami a viré au gris, son odeur commence à percer l'air parfumé de la cabine. Doc jure contre la viande froide, le macchab, le gisant :

— Fais chier !

Il hausse les épaules et, de nouveau, veut partir.

Mais il ne bouge pas, la tête basse, le regard fixé sur le mamelon de Cécile, son aréole brune, les fines veines bleutées qui irriguent la chair d'un blanc d'albâtre. Il est au supplice. Sa queue tend son pantalon d'officier de la Marmar*. Il sue, il râle, il bande comme un carme. Il se débat, se cherche des excuses, répond à un tribunal invisible, veut donner le change.

— Qu'est-ce que ça peut faire ? Je ne fais rien de mal. Ça ne dérange personne…

---

* Marmar : Marine marchande.

Bonnes paroles, bonnes raisons, étouffées sitôt nées.

Doc reste debout, il semble attendre. Mais attendre quoi ? Ses oreilles bourdonnent, il larmoie, enfant honteux pris la main dans le pot de confiture. N'y tenant plus, il sort sa bite et l'empoigne avec vigueur. Son autre main pétrit le sein de Cécile, cette Mme Beltrami qu'il n'ose pas regarder. Cécile la fidèle, Cécile l'exclusive, Cécile la prude, la bigote, l'obsédée de la propreté, la femme, la mère, la nourrice d'un vieux bébé mort de peur au milieu de l'océan. Doc se sent porté par une voile immense bordée vent debout. Tout lui revient en vagues, le goût du con dans le con, le goût du cul dans le cul, le goût des baisers dans les baisers, le goût de l'amour dans l'amour. Doc se branle, ivre de cette chair sans défense, il se branle, les narines dilatées, suffoquant, ahanant, il se branle, ébloui, effrayé, héroïque, désespéré, réclamant à la nuit ce que le jour lui refuse, il se branle, il se branle, il se branle. Les paupières de Cécile battent, papillonnent et se rouvrent à l'instant fatal où Doc, dans un rugissement venu du plus profond, fait chavirer son cœur de salaud et envoie une longue giclée de sperme sur le cadavre étendu face à lui.

Cuisine

Le grand Schwartz et Bonhomme conduisent Espadioux et Becker dans le réduit derrière les cuisines où sont déjà retenus Lerendu, Germarch', Buster Lewis et Enzo di Marco, depuis leur tentative de fuite. Bonhomme presse les deux hommes en les piquant avec la pointe du couteau volé par l'Allemand, comme un bouvier menant ses bêtes.

— Allez, magnez-vous le train !

Ils sont obligés de traverser le grand salon.

Un silence hostile les accueille, hérissé d'injures, taché des gémissements de ceux qui sont malades en mer ou malades de peur. Soudain, une très jeune femme, en libellule, se précipite sur le groupe, lui coupant la route :

— Je veux partir ! crie-t-elle, les poings serrés. Faites-moi partir tout de suite !

Et se penchant vers Espadioux, elle lui crie au visage :

— Je ne suis pas sa fille mais sa maîtresse ! Je n'ai rien à voir avec lui !

Espadioux lève un œil morne et la nargue d'un baiser muet, arrondissant la bouche en cœur :

— Ma biche…

— Salaud ! Dis-leur que je ne suis pas ta fille ! J'ai rien à foutre ici ! Je veux partir tout de suite ! Dis-leur ! Dis-leur !

Espadioux se détourne, haussant les épaules :

— Les enfants, quel souci !

La jeune femme s'effondre à genoux, hoquetant dans un bruissement d'ailes factices :

— Je ne suis pas sa fille…

Toujours drapé dans sa toge romaine, Michaud s'avance pour l'aider à se relever. Il la serre contre lui, sans quitter Espadioux des yeux.

— Superman ! ricane-t-il, avec tout le mépris dont il est capable.

Et il entraîne vers la scène la libellule chétive, apeurée, implorante.

Enzo di Marco a vomi sur lui et l'odeur dans le réduit derrière les cuisines est écœurante.

— Sortez-nous de là ! réclame Lerendu, dès qu'il voit entrer Bonhomme et le grand Schwartz. Il est malade, ça pue ! Vous n'allez pas nous laisser crever comme ça ?

Bonhomme l'ignore :

— On vous amène de la compagnie ! Deux autres petits malins qui ont voulu se faire la belle…

Les cinq hommes sont assis en ligne contre une cloison métallique, les mains liées dans le dos, les pieds attachés.

— C'est de la torture ! proteste Buster Lewis, se tordant les bras pour tenter de desserrer le bracelet en plastique qui le menotte.

Bonhomme rétorque :

— Non, c'est de la détention « alternative », comme dit votre président.

— *What ?*

— Demandez à Bush la définition du mot « torture »…

— *Speak in english !* Je comprends pas ce que vous dire !

— Guantánamo, Abou Ghraib, ça ne fait pas tilt ?

Le grand Schwartz tire Bonhomme par le bras pour le forcer à sortir :

— Laisse tomber, c'est pas le moment…

TÉLEX

LA FRANCE, L'ESPAGNE, LA RUSSIE, LA TURQUIE, LE PAKISTAN, L'INDE, LA CHINE ESTIMENT QUE LE CONFLIT EN IRAK A RENDU LE MONDE PLUS DANGEREUX.

UNE QUARANTAINE D'HOMMES ARMÉS SE SONT ATTAQUÉS À UNE STATION SHELL OFFSHORE DE L'ÉTAT DE BALEYSA, AU NIGERIA, ET ONT PRIS EN OTAGES QUATRE EXPATRIÉS : UN

AMÉRICAIN, UN BRITANNIQUE, UN BULGARE ET UN HONDURIEN.

DANS LE SUD DU SOUDAN, UNE CAMPAGNE DE TERREUR A TRANSFORMÉ 30 000 ENFANTS EN SOLDATS OU ESCLAVES SEXUELS, ET A FAIT PRÈS DE 100 000 MORTS.

LE GOUVERNEMENT OUGANDAIS ENVISAGERAIT DE DÉTRUIRE 7 000 HECTARES DE LA FORÊT TROPICALE DE MABIRA (UN QUART DE LA SUPERFICIE TOTALE) POUR CRÉER UNE PLANTATION DE CANNE À SUCRE. SONT MENACÉES 312 ESPÈCES D'ARBRES, 287 ESPÈCES D'OISEAUX ET 199 ESPÈCES DE PAPILLONS.

Flash-back

Deux jours avant l'embarquement sur le *Nausicaa*, la nuit du 29 au 30 décembre, Melville et Mado avaient échangé des cadeaux de bonne année : une culotte fendue en soie sauvage pour elle, un anneau d'argent serti d'une pierre noire pour lui.

Ils n'avaient pas touché au dîner.

Les oreillers avaient valsé au milieu de la chambre, les draps étaient trempés, les corps alanguis, collés l'un à l'autre.

Brusquement, Mado se mit à pleurer.

— Qu'est-ce qu'il y a ? demanda Melville, la forçant à se tourner vers lui.

Mado s'essuya le nez, renifla et ravala ses larmes :

— Je t'aime !

Melville, incrédule, ne put s'empêcher de rire :

— Quelle cruche ! Je le sais bien que tu m'aimes ! Pas la peine de pleurer pour ça !

Mado hoqueta, reprise par les larmes :

— Je voudrais que tu me parles.

— De quoi veux-tu que je te parle ? Je te parle tout le temps.

— Non, tu fais semblant. Tu parles, mais tu ne dis rien ou tu mens.

— Personne n'est aussi sincère que je le suis avec toi.

— Qu'est-ce que tu attends de moi ? demanda soudain Mado.

Melville sourit :

— Pourquoi voudrais-tu que j'attende quelque chose ? Tout ce que tu me donnes, tout ce que tu me dis, c'est cadeau.

— On attend toujours quelque chose de ceux qu'on aime.

— *So what ?*

— Tu n'es pas assez curieux de moi.

— C'est mon éducation anglaise : on ne pose pas de questions.

La voix de Mado monta d'un ton :

— Je peux faire n'importe quoi, aller avec n'importe qui, tu m'aimeras toujours ?

— Si ça te rend heureuse, tant mieux. Je me fous de savoir avec qui tu couches, tant qu'il n'y a ni mépris ni bassesse.

— Tu me fais peur. T'es vraiment pas comme les autres.

Melville psalmodia le célèbre poème :

— « Je suis comme je suis »...

— Tu es sûr de tenir vraiment à moi ?

Melville regardait Mado avec tendresse. Il posa sa main sur son ventre :

— Tu sais, expliqua-t-il après un silence, je crois que personne ne t'a jamais répété assez fort que tu n'appartenais qu'à toi. À toi : pas à tes parents, pas à tes amants, pas à ta famille, pas à tes collègues et surtout pas à moi. Tu ne m'appartiens pas, Mado. Je t'aime, mais tu ne m'appartiens pas. Je veux que tu sois libre, que mon amour ne soit pas une chaîne pour toi…

Il fredonna :

— *Freedom, freedom now !*

— Ça veut dire que tu ne m'aimes pas, conclut-elle durement.

Melville lui pinça le menton :

— Pourquoi refuses-tu de comprendre ?

— Tu ne m'aimes pas, se lamenta Mado, tu me fais l'amour, mais tu ne m'aimes pas…

— Ce n'est pas t'aimer que de te faire l'amour ?

Mado secoua la tête, non, non, ce n'était pas l'aimer que de coucher avec elle :

— Moi je t'aime, assura-t-elle avec force. Je n'aime que toi. Personne d'autre. Tu es le seul qui compte. Si tu m'aimais comme je t'aime, il n'y aurait rien au monde que nous deux. Nous serions tout l'un pour l'autre. Je n'aurais pas envie d'aller baiser ailleurs et toi non plus.

— La vie est si courte, pourquoi résister à la tentation ?

Mado sentit deux grosses larmes couler sur ses joues :

— À force de les aimer toutes, tu n'en aimes aucune, dit-elle.

Melville riposta bêtement :

— Tu sais ce qu'on dit à la campagne ? « On ne conduit pas le taureau chaque fois à la même vache. »

— T'es con ! T'es vraiment con ! T'es dégueulasse de dire ça. C'est de la goujaterie pure, du machisme de merde !

— Rien n'est dégueulasse en amour, Mado. Chaque fois que j'ai été dans les bras d'une femme, j'ai tout fait pour qu'elle sente à quel point elle était unique. Combien je l'aimais et que je n'aimais qu'elle. Je voulais que son corps exulte, qu'elle jouisse. C'est sa jouissance qui me faisait jouir, rien d'autre.

— Et si elle ne jouissait pas ?

— J'avais envie de me tuer, parce que cela voulait dire que nous nous mentions.

— Tu crois que tu me fais jouir ?

— Je ne te fais pas jouir ?

Mado, boudeuse, répondit en baissant les yeux :

— Je n'ai jamais pu aller vraiment jusqu'au bout.

— « Jamais » ? dit Melville, dans un sourire.

— Je prends mon pied avec toi, c'est vrai, parce que je t'aime, mais il y a toujours un petit quelque chose qui me retient pour que ce soit parfait.

— Qu'est-ce qui te retient ?

— Je n'ai pas confiance.

— Comment ça ?

— Je me dis toujours qu'après m'avoir baisée, tu penses à la prochaine.

— Ce n'est pas vrai.

— Bien sûr que si ! Alors tu comprends, je ne peux pas tout lâcher, faut que je me protège.

— Contre moi ?

— Contre ma tristesse.

Chambre

Mado exigeait toujours que Melville ferme toutes les portes, même celles des placards, repousse les tiroirs, vérifie leur fermeture. Le monde devait se réduire à sa chambre. Une forteresse qui la protégeait de la méchanceté des autres.

— Tu ne veux pas qu'on ouvre un peu ? demanda Melville. J'ai chaud…

— Tu me connais…, soupira Mado, en se penchant pour l'éventer avec le coin du drap.

Melville devint brusquement très sérieux :

— Oui, je te connais, dit-il, comme on connaît les femmes dans la Bible…

Il lui tapota le front du bout du doigt :

— Mais, ce qu'il y a derrière ça, est-ce que je le connais ?

Il fit la moue, scrutant le regard de Mado où l'abandon affleurait :

— Je n'en suis pas sûr.

Elle se porta à son secours :

— Et moi, tu crois que je te connais ?

— Je n'en suis pas sûr non plus. Il faudrait pouvoir nous ouvrir le crâne et regarder ce que nous sommes vraiment…

Mado se déroba à la manière de Melville :

— Je n'ai pas envie qu'on s'ouvre le crâne pour explorer l'intérieur. Il y a d'autres ouvertures.

Croissants

Il avait plu, venté toute la nuit. Les fenêtres étaient closes, les rideaux tirés. Peut-être avait-il neigé un peu ? Les bruits du dehors parvenaient cotonneux, comme étouffés et lointains. À nouveau, ils avaient fait l'amour, cachés sous la couette, les corps luisants de sueur, enragés dans l'effort, ruant, jurant, braillant, riant, s'étranglant de rire avant de s'endormir d'un coup, collés l'un à l'autre.

Il ne faisait pas encore jour.

Melville se leva en silence, s'habilla en toute hâte. Mado l'entendit dans un demi-sommeil :

— Tu descends chercher des croissants ? demanda-t-elle, sur un ton d'affectueuse critique.

— Je dois aller voir ma femme, répondit Melville.

Il enfila sa veste d'un geste énergique :

— J'ai promis à ma fille d'être avec elle au moins une heure avant la fin de l'année. Il ne me reste pas longtemps pour tenir ma promesse…

— Et Le Havre ?

— Je fais l'aller et retour.

Mado se renfrogna, se redressant contre les oreillers :

— Pourquoi tu ne me l'as pas dit hier soir ?

— Hier je voulais être à toi, rien qu'à toi, à personne d'autre, répondit Melville, déposant un baiser sur son front.

— Tu m'aimes ?

— « Plus qu'hier et bien moins que demain… »

— Arrête, t'es con avec tes citations !

Melville sourit :

— Je suis con, puisque je t'aime.

Il salua Mado de la main. Melville portait à l'annulaire la pierre noire qu'elle lui avait offerte.

— Tu viendras me chercher ? demanda Mado juste avant qu'il sorte.

— Je n'aurai pas le temps.

— Sois gentil…

— Tu veux que je me tue ?

Cimetière

Malgré la neige fondue qui tombait en rafales, le matin du 30 décembre, Melville prit la route et roula sans s'occuper des limitations de vitesse. Il n'allait pas voir sa femme, ni sa fille. Elles n'existaient que dans son imagination. Il retournait dans la ville où sa mère était morte. Mado n'avait pas à le savoir. C'était une affaire entre lui et lui. Quand Joël l'appela pour lui parler d'ordinateur en panne et de dossier disparu, il l'envoya promener :

— Démerde-toi !

Il n'avait pas la tête à l'opération Yellow Submarine.

Dans la nuit, il avait rêvé de sa mère, pour la première fois depuis sa disparition. Ou, du moins, il était certain que cette femme nue qui ouvrait et fermait les yeux en répétant sans cesse « *all honor to him who shall win the prize !* » était sa mère. Puis elle se tournait et il ne voyait plus que sa nuque, n'entendait plus sa voix tandis qu'elle s'éloignait.

Il arriva à Montceau-les-Mines en fin de matinée.

En se garant près de l'église, il sut immédiatement que ce voyage ne le mènerait nulle part. Il ne reconnaissait ni la ville, ni les rues, rien de ce qu'il croyait fixé à jamais dans sa mémoire. Il fut même incapable de retrouver l'hôtel où il avait dormi et dont il ne se rappelait ni l'adresse ni l'enseigne. Marchant au hasard, derrière la bibliothèque, il finit par dénicher la MJC, au fond d'une impasse aux murs tagués d'imprécations obscènes.

Elle était fermée d'une grille en fer.

Un sentiment de panique gagna Melville.

L'endroit ne lui parlait pas, ne lui évoquait aucune image. Pire, s'il était honnête avec lui-même, il devait avouer qu'il ne croyait pas que ça puisse être là. Sa mère était morte dans une ville qui lui échappait. Il n'y avait que le silence, le vide, l'ignorance. Une vie effacée, recouverte d'injures peintes, invisible sous la crasse, le plâtre souillé, le béton lépreux. Il eut envie de crier, de hurler dans la rue pour que quelqu'un vienne, pour que quelqu'un réponde, pour que quelqu'un proteste contre l'oubli, mais il se tut, s'asseyant sur les marches de la MJC, la tête dans les mains.

Le matin du drame, la patronne de l'hôtel était montée le chercher dans la chambre en reniflant :

— Habille-toi, mon poussin, ta maman est morte.

Puis reniflant toujours plus fort, elle l'avait conduit jusqu'à la MJC pour qu'il puisse lui dire au revoir :

— Mon pauvre petit gars…

Il avait vu sa mère étendue sur un brancard, juste avant que les pompiers l'emportent, puis plus rien, sinon ce mot écrit rageusement au rouge à lèvres sur la glace de sa loge, « Marre ».

Dans un premier temps, Melville avait été confié à une cousine riche et célibataire qui le plaça ensuite en pension chez les Jésuites avant de l'envoyer finir ses études en Angleterre, dans un collège à Brighton.

Il faisait froid. Quelques flocons tombaient.

Melville quitta l'impasse sans avoir croisé âme qui vive. Malgré le temps qui lui gerçait les mains, lui rougissait le visage et blanchissait ses cheveux, il erra dans les rues en quête d'une réponse, d'un signe qui justifierait sa présence dans cette ville alors que tant de choses le réclamaient ailleurs. Il avançait du pas lent de ceux qui n'ont nulle part où aller, personne pour les consoler, rien qui les attache au monde, sinon la misère qu'ils traînent avec eux.

Une dame pressée lui indiqua le cimetière :

— Vous ne pouvez pas vous tromper, c'est tout droit.

Melville remonta les allées avec dans la tête le refrain d'une chanson de corps de garde : *Suivez la Seine jusqu'à la morgue et après, c'est toujours tout droit !* Le cimetière était protégé d'une haute grille noire qui grinça lorsqu'il la poussa pour entrer. Melville s'engagea au hasard dans la première allée sur sa droite. Il déchiffrait les noms gravés sur les tombes alignées au cordeau comme un général fantôme passant en revue son armée morte. Le ciel sévère se fermait de nuages et recouvrait le monde d'une couche de gris boueux. Les pierres luisaient, noires, brunes, rousses, blanches, lavées de pluie, salies d'eau de ruissellement.

Il se sentait comme le dernier homme sur la Terre.

Petit à petit, il lui revint qu'il n'était déjà plus là quand sa mère avait été enterrée. On l'avait éloigné, expédié loin de Montceau-les-Mines, chez une cousine, à La Napoule. Il n'avait rien su, rien vu de la cérémonie, ignoré s'il y avait eu cent personnes au cimetière, des fleurs, de la musique, une chorale pour chanter du gospel ou si un employé municipal, pressé d'en finir, avait assisté seul à la mise en terre.

Un souvenir douloureux comme un doigt posé sur l'entaille d'une plaie.

Le col relevé, les mains dans les poches, toussant, mouchant, Melville allait repartir furieux, inconsolable, quand il longea un carré étonnamment fleuri.

Il s'approcha sans craindre de se tremper les pieds dans la neige fondue transformée en gadoue.

C'était la tombe de sa mère.

Un drap de marbre rose sur lequel était gravé en lettres d'or son nom d'artiste : *Cherry Love*, ni date, ni photo, ni signe religieux ; que des fleurs, beaucoup de fleurs. Melville se retourna brusquement avec le sentiment d'être épié, surveillé. Mais il n'y avait personne, pas même un chat efflanqué ou une corneille au cri moqueur. Un nouveau craquement l'alerta :

— Y a quelqu'un ? Merde, montrez-vous ! À quoi ça rime, ces conneries ?

Sa voix se perdit dans les ifs sombres de l'allée centrale.

Il ferma les yeux.

Melville n'était pas comme un fils avec sa mère. Sa mère n'était pas comme une mère avec lui. Elle était sa mère mais elle était aussi sa fille ; celle qu'il attendait aux aguets derrière la porte ; celle qu'il couchait, qu'il lavait, qu'il soignait ; celle qu'il berçait pour éloigner les démons qui la tourmentaient ; celle qu'il devait surveiller, protéger, guider entre les épineux et les fleurs vénéneuses jetés sur sa route.

Pourquoi était-elle morte sans lui ?

Pourquoi l'avait-elle laissé ?

Pour quel enfer ?

Maintenant, Melville devait faire face à ce nouveau mystère, à un secret qu'il ne partagerait jamais avec elle : qui avait payé sa tombe ? Qui l'entretenait ? Qui y déposait tant de fleurs ? Qui lui volait sa morte et méritait « *all honor to him who shall win the prize* » ?

Beauvau

La pendulette décorée d'un cheval en bronze sonna la demie au moment même où Pat entra dans le bureau de Volumster au ministère de l'Intérieur. Le ministre lisait, assis dans un fauteuil placé près de la fenêtre, sans autre éclairage que la lumière crépusculaire du soir tombant.

— Tu n'allumes pas ? demanda Pat, tirant une chaise pour s'asseoir près de lui.

Volumster posa son journal sur le parquet :

— Non, pas tout de suite. Je m'offre ce moment parfait. Entre chien et loup, tout est comme suspendu dans le temps, dans l'espace…

Il se tourna vers Pat.

— Qu'est-ce qu'il y a ? s'inquiéta Pat, alors que le silence durait. Ça ne va pas ?

— Je te regarde.

— Je vois bien que tu me regardes ! Et alors ?

— Alors, on vieillit…

Volumster s'amusa de sa propre remarque :

— Surtout toi !

Pat haussa les épaules :

— C'était bien la peine que je me presse, si c'est pour entendre des conneries…

— C'est vrai qu'il faut marquer ce jour d'une pierre blanche : pour une fois, tu es parfaitement à l'heure !

— S'il m'est arrivé d'avoir un peu de retard, se défendit Pat, c'était toujours pour la bonne cause !

Il ramassa le journal :

— C'est ce que tu lis qui te rend agressif ?

— Je ne suis pas agressif, je suis mélancolique…

Volumster, d'un geste, fit tourner la grosse mappemonde ancienne placée à sa droite, pour décorer.

— Tu savais que Ford, Henry Ford, était un antisémite forcené, inspirateur de Hitler et des nazis ?

— Comme Lindbergh ?

— Pire…

Volumster eut un profond soupir :

— Ça fait réfléchir…

— À quoi ?

— À l'Amérique, à la liberté…

Pat saisit le mot au vol pour enchaîner sur le motif de sa visite.

— En parlant d'Amérique..., dit-il, n'ayant pas le temps de philosopher sur les tares des États-Unis en général ni en particulier. Après le feu d'artifice, j'accompagnerai Cawlpepper sur la passerelle de commandement. Ils lui proposeront de piloter jusqu'au retour à quai. Ça te laisse environ trois quarts d'heure...

— Parfait.

— J'ai demandé à mon assistant de me faire préparer une cabine, mais c'est pour toi. Poséidon, tu te souviendras ?

— Qu'est-ce que t'as dit à ton assistant ?

Pat sourit. Il toussota pour s'éclaircir la gorge :

— Qu'il n'y avait rien de plus beau que de faire l'amour en mer pour fêter la nouvelle année et le CDI qui l'attend en débarquant...

— Je le connais ?

— C'est le fils du sénateur Jeanvrain.

Volumster s'esclaffa :

— Tu veux te faire le fils du très catholique, du très réac, du très travail-famille-patrie sénateur Jeanvrain ?

— C'est une porcelaine...

— *Mazel tov !* Si vous vous pacsez, je tiens à être garçon d'honneur !

Il redevint sérieux :

— Et ma femme ? demanda-t-il, du ton qu'il employait lorsque l'affaire lui importait vraiment.

— Melville s'en occupera.

— Qui ?

— Mon directeur artistique. Ça le flattera...

Volumster se rembrunit :

— Il la connaît ?

— Bien sûr. Pourquoi ?

— Parce que Aurore était injoignable pour la journée...

Les yeux de Pat s'allumèrent. Il se régalait de voir Volumster se tordre le nez.

— Melville aussi ! dit-il, comme si de rien n'était. Un truc à faire en province, je ne sais pas quoi.

— À ton avis, il la saute ?

— Ne me dis pas que tu es jaloux ?

Tirage

Joël rentra chez lui encore sous le coup de la « journée de merde » qu'il venait de passer. À peine la porte ouverte, il appela :

— Alain ? Alain ?

Mais Alain n'était pas là.

Alain n'était jamais là quand on avait besoin de lui ; quand on avait besoin d'être pris dans les bras de celui qu'on aime.

Joël se déshabilla entièrement, balançant ses vêtements aux quatre coins du salon, comme s'il ne devait plus jamais les porter, puis il s'effondra sur le canapé et alluma la télé pour regarder n'importe quoi. Pour s'étourdir d'images, même laides, même stupides. Pour se consoler des amours feuilletonesques de blondes inexpressives et sculptées au scalpel.

— Journée de merde ! cria-t-il, face à l'écran.

En arrivant, le matin, il avait trouvé son bureau propre en ordre, comme disent les Suisses, rangé et nettoyé comme il ne l'avait jamais été. Mais son gros dossier de l'opération Yellow Submarine était introuvable et son ordinateur avait buggé. Tous ses fichiers avaient disparu ! La maintenance avait promis d'arriver le plus vite possible mais n'était pas venue et Melville le rembarrait sèchement quand il parvenait enfin à le joindre sur son portable pour réclamer du secours !

On sonna à la porte, deux coups brefs.

— Fais chier ! jura Joël, certain qu'Alain, une fois de plus, avait oublié ou perdu ses clefs.

Il alla ouvrir sans prendre le soin de se couvrir.

— Tu ne pourrais pas…

Joël suspendit sa phrase pleine de reproches quand il reconnut Dargone sur le palier.

— Oh, excusez-moi, je croyais que c'était…, dit-il, rouge de confusion, essayant de dissimuler sa nudité.

— J'étais près d'ici, je suis venu vous porter un tirage comme promis.

— Une seconde, je passe quelque chose et…

— J'en ai vu d'autres ! dit Dargone, qui n'avait pas l'intention de moisir sur le paillasson.

Il entra, refermant derrière lui, tandis que Joël courait cul nu dans la salle de bains.

— Asseyez-vous, j'arrive ! lança-t-il de loin. Je suis désolé, je ne vous attendais pas…

Il revint dans le salon, dans un peignoir en éponge d'un jaune poussin surprenant, ramassa ses vêtements qui traînaient par terre et les fit disparaître en tas derrière un fauteuil marronnasse.

— Je vous offre quelque chose ?

— Pas tout de suite.

Dargone lui remit une grande enveloppe de quarante centimètres sur soixante.

— Tenez. J'espère que ça vous plaira… Il y a des choses qu'un objectif ne peut pas saisir et d'autres que, au contraire, il saisit en dehors de vous.

— Quelles choses ?

— Vous verrez.

L'enveloppe contenait un tirage sur papier Arches du premier cliché fait par Dargone dans le bureau de Melville. Un portrait de Joël, travaillé dans les sépias comme une estampe. On aurait dit une fresque retrouvée, sanctifiée par le temps : le visage du Disciple bien-aimé soudain rendu au jour. La figure du jeune homme était saisie en contre-plongée, dans un mouvement de tête qui le floutait légèrement mais le regard, à la fois surpris et provocant, était d'une netteté saisissante.

— C'est magnifique ! s'émerveilla Joël. Je vais le faire encadrer !

Il battit des mains :

— Vous êtes un artiste !

Et, s'approchant de Dargone :

— Vous permettez que je vous fasse la bise ?

Dargone se laissa embrasser comme du bon pain mais, brusquement, il saisit Joël par la tignasse et amena ses lèvres contre les siennes. Il avait fait cela sans réfléchir, comme une évidence. Comme si ce premier regard entre eux, fixé par l'image, avait scellé un pacte dont il fallait respecter les clauses sans délai.

Joël l'attendait, le désirait lui aussi.

Il laissa tomber la photo sur le parquet et entraîna Dargone dans sa chambre.

Départ

Le ciel et la mer sont comme les deux mâchoires d'une monstrueuse gueule noire prête à se refermer. Ils se réveillent de leur torpeur bienveillante, s'étirent, chauffent leurs nerfs et leurs muscles avant de reprendre la lutte qui les jettera l'un contre l'autre. Gary ordonne à Arno de descendre dans les vestiaires presser le mouvement. Le pilote a raison. Il faut se hâter de faire débarquer tous ceux qui doivent quitter le navire si le *Nausicaa* doit se mêler à ce combat.

Les filles sont déjà au courant qu'Arno s'est battu pour sauver la pauvre Clémence Stroh. Il est reçu comme un héros, un chevalier, un prince. Kiki se pend à son cou et lui donne un baiser digne de ce nom.

— C'est pas mignon, ça ! s'émeut Patricia.

— Ça fait combien de temps que tu n'as pas embrassé ton mari comme ça ? demande Jacqueline d'un ton moqueur.

— Mon mari, je ne sais pas. Mais le chien je l'embrasse comme ça tous les jours !

Elles rient, elles s'interpellent, elles s'agitent mais elles ont peur de ce qui les attend. Le *Nausicaa* est très stable, sûr de sa force, c'est un homme solide qui prend des coups et, par défi, ne répond pas. Mais chaque assaut de la mer contre ses flancs le marque, le touche et sa douleur fait trembler son grand corps.

— Dépêchez-vous, dit Arno. Prenez tout ce que vous pouvez pour vous couvrir. Le temps est pourri.

— On est prêtes ! claironne Kiki, insouciante du danger.

— Vous avez vos brassières de sécurité ?

Patricia fait le mannequin :

— Regarde, dit-elle en se montrant.

Elle ajoute :

— J'espère qu'on n'aura pas à s'en servir…

Toutes parlent en même temps :

— Dis pas ça, tu vas nous porter malheur !

— Faut que j'aille faire pipi !

— Je ne sais pas vous, mais moi, j'ai la frousse !

— Vous croyez que ça va durer longtemps ?

— C'est la première et la dernière fois que je monte sur un bateau !

Arno ne les écoute pas.

D'un coup d'œil, il vérifie qu'elles sont bien toutes parées à embarquer, harnachées de gilets de sauvetage orange pâle, bouées insubmersibles qui, soudain, leur donnent un air de carnaval.

— Allez, roulez, vous êtes au numéro 8 ! dit-il en haussant le ton. Vous partez les premières !

Il rappelle les consignes :

— Surtout pas de précipitation. Vous avez toutes une place. Montez vite mais calmement. Je vous suis !

Seule Maxi n'a pas de brassière.

— Il en manque une ?

— Je ne pars pas, dit Maxi.

— Tu ne veux pas embarquer ?

— T'occupe pas de moi, je me débrouille.

— Gary est au courant ?

— Laisse Gary là où il est.

Mado

Ils sont sous la menace de nuages trop lourds, prêts à se briser dans la mer massive, molle et méchante. Ils sont sous la provocation frémissante du vent, qui affirme sa voix à chaque risée et sera bientôt une effrayante clameur. Ils sont sous un ciel de charbon qu'illumine parfois une déflagration d'éclairs. Melville intercepte Mado en haut d'une échelle. Mado dont la beauté blessée l'émeut aux larmes. Mado, fêlée de l'intérieur, si vulnérable. Mado l'allumeuse, Mado la dévoreuse, Mado l'amoureuse. Mado-la-pas-farouche qui se laisse prendre par qui la veut mais ne se donne qu'à lui. Mado perdue entre le ciel hostile et l'eau tourmentée.

— T'es dans quel canot ? demande-t-il, en lui donnant la main pour l'aider à monter à sa hauteur.

— Avec les filles des vestiaires. Et toi ?

Melville ne répond pas, son cœur bat.

L'endroit n'est pas très discret mais il plaque Mado contre une porte métallique au hublot aveugle :

— Je veux que tu saches une chose, dit-il d'une voix pétrie d'urgence. J'ai couru partout, c'est vrai, mais il n'y a que toi dans ma vie. Tu es la seule qui compte.

Son aveu rend le son rauque d'un sanglot étranglé. Melville, Figaro, le Don Juan de Patmore & Plus, l'homme à femmes, l'éternel amoureux, tombe le masque :

— Je t'aime, Mado. Comme on n'aime qu'une fois, et pour toujours…

Mado se demande si elle rêve ou si elle est déjà dans le berceau liquide où tout finit, où tout commence. Son esprit vacille. Son amour, son homme, son Melville remonté du XVIIIe, chemise à jabot, pantalon à pont, bas blancs et chaussures vernies, prononce les paroles qu'elle espère depuis la première fois où ses lèvres se sont posées sur sa joue. Elle s'entend dire :

— Et ta femme ?

Mais ce n'est pas vraiment une question, c'est un geste, une main qui s'agite dans la nuit, un signal de détresse.

— Elle n'existe pas, ni ma fille, répond Melville.

— Comment ça « elle n'existe pas » ? Tu es allé les voir…

— Je suis allé sur la tombe de ma mère.

— De qui ?

— De ma mère.

Mado hausse les épaules :

— Je ne te crois pas.

— Tu as tort. C'est toujours pareil avec moi, quand je dis la vérité, on ne me croit pas, quand je mens, on me croit.

Mado se sent entraînée dans l'œil d'un tourbillon. Ses pupilles se dilatent, l'émotion la noie :

— Pourquoi tu me dis ça maintenant ? crie-t-elle, rouge de colère, explosant de larmes agressives.

— Parce qu'il fallait que je te le dise.

— Pourquoi maintenant ?

— Parce que plus tard, dit-il jouant la malice, peut-être que ce sera trop tard.

Le visage de Mado pâlit mortellement en même temps que la fièvre embrase son corps.

— Qu'est-ce que tu vas faire ?

— Rien. Je ne fais jamais rien. Tu me l'as fait remarquer dix fois : je laisse aller…

— Réponds-moi, merde ! Qu'est-ce que tu vas faire ?

— L'intéressant, comme d'habitude ! lance Melville, l'œil brillant, la bouche gourmande.

Avec une agilité de chat, il se laisse glisser au bas de l'échelle et, sans se retourner, s'élance à l'autre bout de la coursive.

Pont

La mise à la mer des canots ne doit pas prendre plus d'une heure.

Arno fait aligner les filles du vestiaire trois par trois devant le canot n° 8 qui leur est attribué. Deux hommes s'emploient à le débâcher et à manœuvrer les bossoirs électriques.

Le 8 sera le premier descendu à l'eau.

Après ce sera le 7, le 6, le 5, le 4, le 3…

Un par un pour être sûr de les disperser sur la mer et compliquer leur récupération par la Marine nationale.

Il fait froid, le vent est chargé d'embruns, la nuit phosphorescente frémit comme un rideau de scène avant l'ouverture du spectacle. Pour la énième fois Kiki demande :

— C'est quoi déjà notre numéro ?

— Le 8, répond patiemment Jacqueline, qui n'en mène pas large.

Elle serre la jeune fille contre sa poitrine.

— Ça va aller, ne t'inquiète pas, dit-elle, autant pour Kiki que pour elle-même.

— Je ne m'inquiète pas, répond Kiki, je me demandais seulement s'il y en a une qui sait comment on peut faire cuire des carottes quand on n'a ni gazinière ni plaque électrique, ni rien du tout pour faire du feu…

— Tu crois que c'est le moment ? grogne Isabelle qui se sent patraque.

— Tu sais ? insiste Kiki.

— J'en sais rien et je te jure que j'en ai rien à foutre de cuire des carottes maintenant !

— Et toi ?

Jacqueline ne sait pas non plus, ni aucune des filles du vestiaire, tremblantes de nervosité.

— Je suis sûre qu'Arno sait, dit Kiki boudeuse, battant des cils.

Arno s'irrite, lui aussi est anxieux, irascible :

— Tu veux me mettre la honte ?

— Pardon, mon chéri, s'excuse Kiki. Je croyais qu'un mécanicien comme toi savait cuire des carottes sans rien. Ce n'est pas très difficile…

Kiki, faussement timide, explique :

— Pour faire cuire des carottes sans rien pour les chauffer, il faut en prendre neuf. Neuf carottes. Quand tu as tes neuf carottes tu en retires une… Neuf moins une et c'est fait : les carottes sont qu'huit !

Arno n'a rien compris. Ces histoires de cuisine, ça le gonfle !

— Et alors ?

Kiki articule :

— Les-ca-rot-tes-sont-qu'huit… « les carottes sont cuites ! », comme les canots sont qu'huit !

Gary arrive avec Mado qui s'était égarée à l'arrière du *Nausicaa*.

— Voilà, vous êtes avec elles, dit-il, poussant Mado à rejoindre les filles du vestiaire. Comme ça, vous pourrez finir votre reportage…

Mado le remercie du bout des lèvres, le regard absent, la bouche sèche, cherchant désespérément Melville parmi les groupes qui s'alignent en rangs. Les cuisines face au canot n° 7, le service face au 6, l'orchestre face au 5…

— Qu'est-ce qui se passe ? demande soudain Gary, sentant une grande agitation autour de lui.

Patricia, Jacqueline, Isabelle, toutes sont encore à soupirer, à ricaner, à prendre le ciel à témoin que Kiki est un sacré numéro, « non, mais des fois, celle-là, je te jure ! », « elle n'a peur de rien ! », « on dirait qu'elle ne se rend pas compte d'où on est ! »…

— Kiki nous a eus avec une de ses blagues, explique Arno. Tu sais, toi, comment on fait cuire des carottes sans avoir rien pour les cuisiner ?

— Ah non ! Tu ne vas pas recommencer ! proteste vivement Patricia, frissonnante.

Gary remarque l'absence de Maxi.

— Elle est où ? demande-t-il à Arno.

— Elle est restée en bas, elle ne veut pas embarquer.

— Quoi ?

— Je lui ai dit que tu ne serais pas content, mais elle m'a envoyé aux pelotes…

Gary hoche la tête de découragement :

— C'est pas vrai… Mais c'est pas vrai !

Il réfléchit vite :

— Toi, tu embarques avec les filles et vous m'attendez…, dit-il. Je descends la chercher et je reviens !

Arno se rebelle :

— Pourquoi j'embarquerais ? Je veux rester avec vous ! C'est maintenant que ça va chauffer vraiment !

Gary prend Arno par les épaules :

— Je ne veux pas qu'il n'y ait que des femmes à bord. Il faut un homme capable de les aider si besoin est. T'embarques et tu t'en charges, OK ?

Le mensonge est assez gros pour convaincre Arno. Surtout que les filles font chœur pour qu'il reste avec elles.

Vestiaire

Gary connaît la mer, il a navigué pendant cinq ans. Cinq ans à bord d'un escorteur d'escadre de l'Atlantique au Pacifique. Il a vu l'océan aussi plat que la paume d'une main se mettre en furie le temps d'un regard, il a pu mesurer la force invisible du vent, la brûlure du soleil sous un ciel sans nuages et le froid marin qui écorche vif les plus téméraires. Il sait qu'ils doivent descendre les canots à la mer avant que les colères de l'eau et du ciel s'allient pour répondre à leur défi. Le retard de Maxi risque de tout compromettre. Dès qu'il franchit la porte des vestiaires, il l'apostrophe :

— Eh, Maxi, qu'est-ce que tu fous ?

— Je reste.

— Déconne pas, merde, dépêche-toi de rejoindre les autres !

Ils sont face à face :

— Je t'ai dit que je restais.

— Tu fais chier ! On fait ce qu'on a décidé : toutes les femmes de chez nous embarquent ! Pas d'exception.

Maxi ne craint pas les emportements de Gary :

— Je ne suis pas une femme, dit-elle, mes parents voulaient un garçon.

— Je connais l'histoire. Si tu veux que je t'appelle Maximilienne devant tout le monde, faut le dire !

— Fais ça et tu verras !

— Allez, dépêche, dit-il, la prenant par le bras.

Maxi se dégage :

— Non.

Le front de Gary se barre d'un pli douloureux :

— Tu penses à ton fils ?

— Mon fils est chez ma sœur, il ne sera pas malheureux avec ses cousines.

— Qu'est-ce que ça veut dire « il ne *sera* pas malheureux » ?

— Ne me prends pas pour une conne, Gary. Tu crois que je n'ai pas compris où tu veux aller ?

— Je veux aller nulle part.

— « Nulle part », c'est là que Milan t'a donné rendez-vous ?

Gary se raidit :

— On ne parle pas de mon fils, mais du tien.

— Je ne suis pas une bonne mère pour lui. Je ne suis pas faite pour ça…

— Maxi, t'es une mère formidable…

— Il a onze ans, il comprendra.

— Il comprendra quoi ? Que sa mère a préféré risquer sa vie avec un type comme moi plutôt que retourner auprès de lui ?

— Je t'aime, Gary, c'est tout, il n'y a pas de risque. C'est comme ça…

Maxi relève le menton :

— Tu te souviens quand mon mari est mort ?

— Tu crois que c'est le moment ?

— C'est toi qui l'as ramené avec Suz, Doc et le grand Schwartz…, dit-elle, d'une voix lointaine. Je me souviens : vous l'avez déposé sur le lit, dans la chambre, et Mireille et Louisette, mes voisines, sont venues m'aider à lui mettre un costume…

— Putain d'accident !

— Oui, putain d'accident ! Quand vous êtes tous partis, vers deux heures du matin, je n'ai pas eu le courage de rester près de lui. Je suis allée pleurer dans le salon, devant la télé. Fallait que j'aie des images devant les yeux pour effacer celle que je ne voulais pas voir…

— Maxi, s'il te plaît…

— Mon fils n'avait pas encore quatre ans. Je ne savais pas comment j'allais lui dire que son papa était mort. Il dormait comme un ange, en suçant son pouce. Tu sais qu'il le suce encore ?

Gary ne veut plus rien entendre :

— Arrête, ça ne sert à rien de ressasser tout ça. Il faut que tu aies la force de tourner la page.

— Je ne peux pas. Il s'est passé ce jour-là quelque chose que je n'ai jamais raconté à personne.

— Quoi ?

— J'ai dû m'endormir sur le canapé à un moment, je ne sais pas. Toujours est-il que, quand je me suis réveillée, il faisait presque jour et j'entendais des voix dans la cuisine. J'ai cru que vous étiez revenus avec Suz ou Doc. J'y suis allée. Et là, ce que j'ai vu…

Ses yeux se brouillent :

— Ce que j'ai vu…

— Qu'est-ce que t'as vu ?

— J'ai vu mon mari qui, comme tous les matins, préparait son petit déjeuner à Camille.

— T'as rêvé.

— Non, j'ai pas rêvé. Mon bébé m'a raconté qu'il était venu dans notre chambre comme toujours, aux aurores. Il avait faim. Comme je n'étais pas dans le lit, il a cru que nous nous étions disputés. Il a secoué son papa pour qu'il se réveille et qu'il lui fasse son chocolat. Mon mari s'est levé et ils sont allés ensemble dans la cuisine…

Gary veut ramener Maxi à la raison. Avec douceur, mais fermement :

— Maxi, j'étais à l'enterrement de ton mari, dit-il.

— Oui, moi aussi, j'y étais ! Mais je ne sais pas qui on a enterré ce jour-là. Parce que mon fils m'a dit que son papa lui avait expliqué qu'il partait loin et qu'il reviendrait pour le chercher dès qu'il le pourrait. Depuis, il l'attend. Moi, je n'existe plus pour lui…

— Ce n'est pas un mort, c'est toi qu'il attend.

— Tu crois ça ?

— J'en suis sûr.

— Et toi, tu m'attends, Gary ? Tu m'attends autant que je t'attends ?

— Ton fils t'attend.

— Pourquoi tu ne réponds jamais à mes questions ?

Gary n'a pas de mots pour Maxi, peut-être n'en aura-t-il jamais. Il sait seulement qu'il ne veut pas qu'elle reste à bord. Pas question. Pas besoin de se prendre la tête, pas le temps de discuter. Il pointe brusquement le doigt vers l'entrée des vestiaires :

— Là, attention !

Maxi se tourne mécaniquement vers l'endroit qu'il désigne. Le poing de Gary se détend. Une frappe sèche atteint Maxi au menton.

Pont

Gary, portant Maxi K-O sur son dos, remonte sur le pont d'embarquement au pas de charge. Il ne veut rien voir, rien entendre, pas même Depardieu qui l'interpelle au passage :

— Quand je jouerai votre rôle, je demanderai à en trimballer une moins lourde !

— Désolé, Sophie, susurre Clavier, le rôle ne sera pas pour toi…

Reno, bon public, la trouve bonne. Agathe Godard empêche Sophie Marceau de le gifler :

— T'occupe pas de ces abrutis, ils pètent de trouille, c'est tout, dit-elle, l'encourageant à les ignorer.

Gary rejoint le canot n° 8. Les femmes sont déjà à bord, Arno à la barre, les hommes les mains sur les bossoirs, parés à la manœuvre. Il hisse Maxi au-dessus du plat-bord et l'installe à côté de Mado, assise, comme absente, le regard fixe, le visage cireux.

— Je vous la confie, dit-il.

Gary aussitôt donne l'ordre de mettre le canot à la mer. Arno lui adresse un signe de la main, il a des larmes plein les yeux, mais personne ne le remarque…

— Il faut chanter ! décrète Jacqueline, alors qu'ils

descendent lentement le long du flanc du *Nausicaa*. Il faut chanter pour se donner du courage !

— Qu'est-ce que tu veux qu'on chante ? demande Kiki. Ce soir je serai la plus belle pour aller me noyer ?

— *L'Internationale* ! lance Arno.

— *Le Chant des partisans*, surenchérit Patricia.

Des voix protestent :

— Quelque chose que tout le monde connaît !

Jacqueline trouve la bonne idée :

— Tout le monde a appris *À la claire fontaine* ?

Le chant s'élève aussitôt et accompagne Gary jusqu'au canot n° 5 où l'orchestre attend son tour.

À la claire fontaine
M'en allant promener
J'ai trouvé l'eau si claire
Que je m'y suis baigné...

Enveloppe

Olympe, le nez en l'air, comme si elle toisait le ciel, souriante, le visage offert aux embruns, trouve Gary sur son chemin. Oubliant toute prudence, toute discrétion, elle se jette à son cou et colle sa bouche sur la sienne.

— Tu as réussi ! On a réussi ! dit-elle, épanouie de bonheur.

— Pas encore…

— Qu'est-ce que tu veux de mieux ? En dessous, tu as un paquet de millions de dollars qui tremblent dans leur culotte. À Paris, le gouvernement doit être aux cent coups. Tu peux imaginer ce qui se passe à

New York et ailleurs dans les Bourses. Le monde est renversé ! La peur a changé de côté.

— La terre promise est encore loin…, marmonne tendrement Gary.

— Je m'en fous. J'ai une patience de chat. Tu te souviens de ce qu'on s'est promis ?

Gary se souvient.

À voix basse, sur un air de Trenet, ils récitent en chœur leur blague d'amoureux :

— « Je tâte André à la porte du garage ! »

— Quand même, ne me fais pas tâter André trop longtemps, dit Olympe. Je pourrais y prendre goût…

Gary sort une enveloppe de sa veste. Un numéro de portable est inscrit au feutre :

— Dès que tu seras à terre, tu téléphones à ce numéro et tu remets cette enveloppe à la personne qui te répondra.

— C'est qui ?

— Quelqu'un de très bien.

— Je dois être jalouse ?

— Tu dois être prudente. En aucun cas les flics ne doivent savoir à qui c'est destiné ni lire ce qu'il y a à l'intérieur.

Ils échangent un dernier baiser avant de se séparer.

— J'y vais, dit Gary, posant ses doigts sur les lèvres d'Olympe, avec un geste d'adieu.

Mais elle le retient :

— Tu crois en l'avenir de l'humanité ? demande-t-elle.

On pourrait croire que de grands oiseaux tristes passent dans ses yeux.

— Olympe ! gémit Gary, affligé de l'entendre poser une question pareille à un moment pareil.

— Je veux que tu me répondes, maintenant.

— Qu'est-ce que tu veux que je te dise sur l'avenir de l'humanité ?

— Si tu y crois ou pas.

— Pourquoi tu veux savoir ça ?

— Parce que ça compte pour moi.

Gary, balancé entre la gravité et le sarcasme, hésite avant de répondre :

— Crois-tu que j'aurais fait tout ça si je n'y croyais pas ?

TÉLEX

À SCHWERIN, AU NORD DE L'ALLEMAGNE, EST ORGANISÉE UNE GRANDE EXPOSITION D'ARNO BREKER, LE SCULPTEUR PRÉFÉRÉ D'ADOLF HITLER.

EN IRAK, LES SOLDATS AMÉRICAINS APPLIQUENT DE MULTIPLES TECHNIQUES BRUTALES D'INTERROGATOIRE AUTORISÉES PAR LE COMMANDEMENT MILITAIRE : PASSAGE À TABAC, PRIVATION DE SOMMEIL PENDANT DE LONGUES PÉRIODES, EXPOSITION À DES TEMPÉRATURES EXTRÊMES, CHAUDES OU FROIDES.

LE TROU DE LA COUCHE D'OZONE, QUI PROTÈGE LA TERRE DES UV SOLAIRES, ATTEINT ENVIRON 28 MILLIONS DE KILOMÈTRES CARRÉS.

Nouvel An

Gigi s'est forcée à sortir pour fêter le Nouvel An. Elle réveillonne chez sa sœur. Ils sont une petite dizaine, des amis d'enfance, des amis de fac, Tobias, le chéri de Chloé, et Hugues son inséparable copain. Dîner assis – chacun a apporté quelque chose –, champagne pour tout le monde, cotillons et confettis, échange de baisers et de vœux aux douze coups de minuit, l'ambiance est à la rigolade, aux vannes de potaches, aux jeux d'après boire.

À trois heures du matin, Gigi ne tient plus.

— Je rentre, dit-elle à sa sœur qui danse un slow avec Tobias.

— Déjà ?

— J'ai trop bu. Je vais dormir.

— Tu ne veux pas coucher là ?

— Non, je retourne chez Gary.

— Il t'attend ?

Gigi grimace :

— Il est en bringue avec des copains…

— Ah, les chômeurs, ils ne s'emmerdent pas ! s'exclame Tobias, sans remarquer l'air consterné de Gigi.

Chloé prend sa sœur dans ses bras et l'embrasse :

— Bonne année, ma grande. Ça ne peut pas être pire que celle-là…

— Bonne année, répond Gigi, l'embrassant à son tour.

Et, au creux de l'oreille :

— Sois sage, et si t'es pas sage, sois prudente…

— C'est toi qui me dis ça !

Elles rient.

Hugues propose de raccompagner Gigi :

— J'ai la bagnole de mon père…

— Vas-y, l'encourage Chloé, à cette heure-là, tu ne trouveras pas de taxi.

— C'est quoi comme voiture ? s'inquiète Gigi, refusant qu'on l'aide à enfiler son manteau.

— Une Alfa Romeo, pourquoi ?

Gigi joue la star capricieuse pour amuser sa sœur :

— Si c'est une Alfa Romeo, alors d'accord, je veux bien. Si ça avait été une Twingo…

Il y a du monde dans les rues, des fêtards qui poursuivent la nuit de leurs cris et de leurs chants, des couples pressés de rentrer se mettre au lit, des solitaires les bras lourds de paquets, des groupes indistincts, errants, bruyants. Plusieurs cafés, des restaurants sont encore ouverts, beaucoup de fenêtres éclairées aux façades des immeubles. De la musique semble tomber du ciel.

— Tu travailles dans le cinéma ? dit Hugues pour briser le silence dans lequel Gigi s'enferme, le regard fixe, somnolente, les bras croisés sur la poitrine.

— Oui, répond-elle avec réticence.

— Qu'est-ce que tu fais ?

— Assistante à la mise en scène. Je fais aussi des sous-titres, quand je n'ai pas de film…

— Et en ce moment ?

Gigi baisse les yeux, imaginant Gary, Suz, Arno et les autres au milieu de la mer sans qu'il lui vienne d'autres images que celles d'une séquence de naufrage :

— Je travaille sur un film-catastrophe…

— Putain, c'est génial ! s'enthousiasme Hugues. Sur quoi ?

Gigi se racle la gorge :

— Et toi, qu'est-ce que tu fais ? demande-t-elle, pour éviter de répondre.

Hugues prend sa question pour un encouragement :

— Je voulais faire médecine, explique-t-il, mais les maths et moi, ça fait deux. Alors, je fais l'école d'infirmier…

Plein d'allant, il raconte qu'ils ne sont que trois garçons pour vingt et une filles dans son groupe. Il détaille la difficulté des stages, la peur, le dégoût à surmonter devant la maladie, la vieillesse, la mort et l'éclair de reconnaissance qui, parfois, dans un regard, efface toutes les peines endurées. Il dit aussi la solitude des gardes, les fous rires pour combattre l'horreur de la déchéance et de la douleur, le mépris des médecins, la solidarité entre les infirmiers stagiaires et diplômés.

Gigi a la tête ailleurs, à bord du *Nausicaa*.

Elle n'arrive pas à s'intéresser, à poser des questions, à compatir. Elle se tait, laissant Hugues parler de lui, de l'hôpital, des études, de la nuit sans étoiles qui inaugure la nouvelle année, de la musique qu'il aime, d'un proverbe qu'il a entendu dans un film : « Ris, tout le monde rira avec toi ; pleure, tu pleureras tout seul. » Il en a fait sa devise.

— Tu ne trouves pas que c'est vrai ?

— Si, concède Gigi à mi-voix.

Hugues lui rappelle un des collègues de son grand-père qui enseignait l'histoire à la fac. Surnommé « l'Exhaustif », on disait de lui : « Il s'y connaît, mais il a tendance à compter les arbres un par un et à se perdre dans la forêt. »

Heureusement, ils arrivent devant chez Gary.

Gigi tend le bras :

— C'est là. Tu peux me laisser au coin…

Hugues arrête sa voiture à cheval sur le trottoir et coupe le moteur. Gigi va pour descendre, mais il la retient :

— On ne va pas se quitter comme ça…

— Pardon, dit Gigi, se penchant pour l'embrasser. Bonne année ! Excuse-moi, je suis un peu paf.

— Tu ne veux pas que je t'accompagne ?

— Non, rentre, ils t'attendent chez Chloé. Encore merci, je me débrouille !

Hugues lui prend la main, sa voix s'arrondit :

— Dans un film américain tu me proposerais de monter boire un dernier verre. Il ne faudrait pas faire de bruit dans l'escalier à cause de ta logeuse, une vieille acariâtre. Justement ta colocataire, Marilyn, ne serait pas là et tu aurais du Dom Pérignon au frais. Tu mettrais un disque de John Lee Hooker sur un pick-up et nous danserions au clair de lune. Et quand la caméra se détournerait pudiquement vers le goulot de la bouteille planté dans le seau à champagne, on comprendrait…

Gigi se dégage avec brusquerie :

— Tu feras le film sans moi. Je veux être seule. Tu comprends ? Seule.

— C'est pas top de rester seule une nuit comme celle-là ! plaide Hugues, se rapprochant d'elle, tout sourire.

Gigi ouvre la portière. Le froid la ranime.

— T'es gentil, dit-elle à Hugues d'une voix claire, t'es beau gosse, t'as un boulot formidable, tu fais tout ce qu'il faut pour me séduire, mais l'homme que j'aimais vient de mourir d'une balle dans la tête et je n'ai pas envie de baiser pour fêter la nouvelle année.

Carte

Gigi entre chez Gary comme si elle rentrait chez elle. L'appartement lui est devenu familier depuis qu'elle s'y est réfugiée, après l'incendie de Mondial Laser. Elle ôte son manteau et l'accroche à la fenêtre de l'entrée qui donne sur la cour intérieure, puis elle défait la fermeture Éclair de sa robe et la laisse glisser à ses pieds. Gigi se débarrasse ensuite de ses chaussures, de son collant ; et, en culotte et soutien-gorge, va dans la cuisine se planter devant la grande carte marine punaisée sur le mur.

Où sont-ils ?

Que font-ils ?

Où sont-ils à cette heure-là ?

Que font-ils à cette heure-là ?

Ils ont dû contourner l'Irlande, ils naviguent au moins à la hauteur de la pointe de l'Écosse, peut-être plus haut, près des îles Féroé, ou entre elles et l'Islande. Gigi suit du bout du doigt la ligne du cercle polaire Arctique qu'ils dépasseront forcément en mettant le cap sur le Spitzberg.

Gary répétait toujours :

— En dessous de force neuf, ça ne m'intéresse pas. Je veux une mer déchaînée, la tempête de l'année, l'ouragan du millénaire ! Tu comprends ? Je veux que ça rugisse, que ça hurle, que ça tonne comme ça rugit, ça hurle, ça tonne en moi.

Gigi a bu trop de champagne, elle se met à pleurer comme une petite fille devant l'immensité blanche de la mer de Norvège, ce grand vide, ce suaire posé sur l'océan, ce fantôme cruel et invisible. Elle repense au proverbe d'Hugues : « Ris, tout le monde rira avec toi ; pleure, tu pleureras toute seule. » Sa solitude l'étrangle d'une main de fer.

— Je suis seule, bredouille-t-elle, seule, toute seule, complètement seule…

À tout prendre, elle jure à voix haute qu'elle préférerait être sur le bateau au risque de sa vie ou sur la banquette arrière de l'Alfa Romeo au risque de l'ennui…

La rime en *i* la fait rire :

— Hi hi !

Elle est saoule.

Elle se reprend, mais s'imaginant cul par-dessus tête et Hugues la besognant sans fin comme il bavarde. Elle rit à nouveau, hoquette, rit à s'étouffer, hi ! hi ! hi ! rit à se tordre en deux jusqu'à courir aux toilettes, les genoux serrés pour ne pas inonder le carrelage ni le tapis de l'entrée.

Album

Tout tourne dans la chambre.

Gigi titube. Soudain son regard s'accroche au dos rouge d'un livre qui tranche avec tous les autres dans la bibliothèque. Gigi reste un instant en suspens et, pas à pas, va jusqu'à ce point qui l'attire irrésistiblement. C'est un album photo relié dans un cuir écarlate. Gigi hésite à l'ouvrir, le caresse, le flaire et finalement s'y décide. Les photos n'ont qu'un sujet : Milan. Milan à sa naissance, Milan à un mois, Milan à trois mois tenant un hochet, à six mois nu sur une couverture, à deux ans assis sur le pot, à trois ans devant un vélo, à huit ans à l'école.

Milan, Milan, Milan…

Gigi, comme entraînée par le poids de cet enfant qui grandit sous ses yeux, laisse l'album lui échapper et tombe sur le lit avant de tourner la dernière page. Elle veut. Elle a envie. Elle met son pouce dans sa bouche. Son autre main cherche son sexe. Elle a honte. Elle a envie. Sa main va, lente et calme. Elle va. Elle va parfaitement fort, parfaitement bien. Elle a peur. Elle a envie. Tout s'accélère. Elle n'est plus à elle. Elle est à son image, à sa main qui va, qui va, qui va. Elle a mal. Elle a envie. Elle est seule. Elle tète son pouce. Sa main s'enfonce. Sa main s'ouvre et se ferme. Elle a envie. Elle est ivre. Oui, elle a envie. Elle a chaud. Elle a froid. Elle a envie. Sa main s'inonde.

Elle a oui, oui…

Pont

Précédé par Dargone, caméra à la main, accompagné par quatre médecins de Molière, le groupe encadré par Suz et Doc arrive sur le pont. Il comprend, outre Volumster et sa femme, les deux officiers de sécurité du ministre, Pat Mornay et Joël, le stagiaire de Melville.

— Il faut que je te parle, dit Joël à Dargone.

Dargone le rembarre :

— Pas maintenant.

— Quand ?

— Tais-toi.

Il est prévu que le ministre et sa suite quitteront le *Nausicaa* en dernier, sur le numéro 3. Gary se plante devant Pat.

— Monsieur Mornay ?

Pat sursaute :

— Qu'est-ce que vous me voulez ?

— Vous êtes le patron de Patmore & Plus ?

— Oui, et alors ?

Gary hoche la tête :

— Vous avez une formalité particulière à accomplir avant de débarquer, dit-il, le masque impénétrable.

— Qu'est-ce que vous me racontez ? ricane nerveusement Pat. Quelle formalité ? Personne n'accomplit de formalité pour…

— Vous avez compris ?

— Parlez-moi sur un autre ton. Si vous croyez que votre uniforme de capitaine m'impressionne !

Gary dégage un pan de sa veste. D'un geste brusque, il sort le revolver de Milan coincé dans sa ceinture et le pointe sur le front de Pat. Le vent, le froid, la nuit sont soudain abolis. Pat lève les mains, son menton tremble, il louche sur le canon de l'arme qui le menace. Ses paupières s'agitent, son front s'emperle de sueur sous le turban de son déguisement. Sa peau se marbre de plaques rosâtres.

— T'es dingue, Gary ! Qu'est-ce que tu fais ? crie Suz.

— Arrête ! dit Doc.

— Laissez tomber. C'est une affaire entre ce monsieur et moi.

Et, à Dargone :

— Filme !

Gary articule clairement ce qu'il veut que tout le monde entende :

— Si vous voulez monter dans le canot, vous devez me faire une pipe…

Pat ne sait plus vers qui se tourner. Il finit par regarder la caméra :

— Vous entendez ce qu'il me dit ? Il veut que je lui taille une pipe avant d'embarquer ! Il est dingue ! Il a pété un câble !

— Vous avez le choix : ou vous faites ce que je vous dis ou je vous colle une balle dans la tête. Et, croyez-moi, ma main ne tremblera pas.

— Vous êtes cinglé ! Qu'est-ce que je vous ai fait ?

Et à Volumster qui ne bronche pas :

— Il est cinglé, fais quelque chose, Claude, merde ! Remue-toi, c'est un barge !

Mais ni le ministre ni ses officiers n'esquissent le moindre geste. Doc tente d'intervenir :

— Gary, tu déconnes…

Suz lui donne un petit coup de coude pour qu'il la ferme.

— À genoux, dit Gary en saisissant Pat par la manche.

Pat se dégage d'un geste apeuré.

— Lâchez-moi !

Il désigne Volumster, Aurore, les autres :

— Pourquoi vous ne leur demandez pas à eux, de vous faire une pipe ? Vous croyez qu'ils ne savent pas sucer ?

Gary arme le revolver.

— Non ! crie Pat, levant les mains plus haut. Non, ne tirez pas !

— À genoux.

Il ouvre sa braguette.

— Pour obtenir un CDI dans votre boîte, c'est la procédure habituelle, non ?

Pat regarde à droite, à gauche, cherche un appui, un soutien. Lorsqu'il comprend qu'aucun de ceux qui l'entourent ne viendra à son aide, il larmoie :

— Vous êtes des salauds. Vous êtes tous des salauds. Vous vous en foutez de moi. Vous vous en foutez qu'il me tue. Vous vous en foutez…

Et lentement, comme filmé au ralenti, il s'agenouille :

— Eh bien moi aussi, je m'en fous ! Je me fous de vous ! Claude peut continuer à enculer la mère Cawlpepper dans les chiottes et Aurore se faire sauter par Melville ! Je m'en fous ! Je vous emmerde ! Je vous emmerde tous !

— Suce, murmure Gary, les dents serrées.

Pat lève vers lui un regard noyé de pleurs :

— Qu'est-ce que je vous ai fait ? Dites-moi ce que je vous ai fait !

— Je te préviens, à la moindre connerie, t'es mort.

Le temps se déchire comme une feuille blanche en deux morceaux. Tout s'arrête. Volumster ne cache pas sa répulsion, son mépris pour cet homme à genoux, implorant, suppliant. Ses deux officiers de sécurité affichent leur sentiment de dégoût, Aurore se tient droite, hautaine, indifférente et froide comme un juge devant le condamné, seul Joël semble s'émouvoir, plaquant sa main sur sa bouche pour la protéger ou s'empêcher de crier. Pat, vaincu, le canon sur le front, se penche, bouche ouverte. Gary fait mine de sortir son sexe, mais soudain repousse brutalement Pat du pied, l'insultant :

— Pour qui tu me prends ? Je ne suis pas comme toi ! Tu n'es qu'un minable, une ordure ! Ça, pour te farcir les stagiaires, tu es le roi, le mâle dominant devant qui tout le monde doit se prosterner et offrir son cul, mais quand il s'agit d'être un homme, de regarder la mort en face, reste qu'un gros tas de merde puant et déjà rongé par les vers !

Dargone suit Pat qui rampe sur le dos pour fuir cette voix qui le poursuit, poussant de petits cris, gémissant. Il s'agrippe aux jambes de Joël :

— Dis-lui que j'ai rien fait ! Défends-moi ! Toi, au moins, défends-moi…

Pat, haletant, implore Joël de l'aider à se relever. Le jeune homme en chérubin n'a pas un mot, pas un geste pour aider Mornay qui cherche à se cacher derrière lui, à disparaître. Au contraire, il lui crache dessus pour le forcer à lâcher prise. Il crie à Dargone :

— Il voulait qu'on couche ensemble avant de m'embaucher, il avait réservé une cabine ici !

Gary le met en joue :

— Pauvre tasse…

Pat se voit mort. Il voit son visage explosé en sang. Il sent la brûlure de la balle, le choc de sa percussion. Il entend le bruit horrible du projectile. Une longue plainte sort de sa poitrine, comme un cri de douleur, comme un appel.

— Non ! hurle-t-il, se protégeant derrière ses mains. Non !

Ses bras retombent. Les yeux vides, la bouche entrouverte, les paumes tournées vers le ciel, avec cet air stupéfait du supplicié à l'instant fatal, il gémit, égrenant en chapelet :

— Non, non, non, non…

Gary le laisse aller au bout de sa lamentation, sentir le souffle de la mort, mais brusquement il relève son arme :

— Tu ne mérites même pas que je te tue, dit-il, en tendant l'arme à Doc pour qu'il la fasse disparaître.

Justice

Le *Nausicaa* roule et tangue.

Melville se tient dissimulé derrière les coffres marqués *Life jackets*. De là, sans se montrer, il peut épier les deux vigiles qui traînent Pat à l'écart. Mornay pleure spasmodiquement. C'est fini pour lui, il est plus mort que si Gary l'avait tué.

Melville ricane, le patron de Patmore & Plus, désormais, c'est lui.

Encore un peu et il croirait à l'existence d'une justice immanente !

La mer est extraordinaire. Le clapot des vagues est un tambour de guerre, il ne peut rien voir à plus de dix mètres devant lui, et pourtant une sorte d'exaltation le gagne. Melville a envie de chanter, de danser.

Le vent tombe, il se met à pleuvoir !

Melville exulte. Il aime la pluie. Elle le protège, elle le défend.

Il sort de son abri pour courir lancer un dernier adieu au canot 8 qui largue les amarres :

— Mado !

Mais sa voix lui revient dans un déluge d'aiguilles blanches, agressives, sarcastiques qui l'arrête en pleine course.

TÉLEX

POUR COMMÉMORER LE 26E ANNIVERSAIRE DE « L'AGRESSION IRAKIENNE » CONTRE L'IRAN, QUI A FAIT UN MILLION DE MORTS, TÉHÉRAN A FAIT DÉFILER SES BLINDÉS, SES LANCE-ROQUETTES, SES MISSILES DONT LE FAMEUX SHAHAB-3, CAPABLE D'ATTEINDRE ISRAËL, LES SOLDATS DE SES TROIS ARMÉES, L'AVIATION ET UNE MULTITUDE DE MILICIENS ISLAMIQUES CEINTS DU BANDEAU VERT DES MARTYRS.

QUELQUE 200 SALARIÉS DU CONCORDE LAFAYETTE À PARIS SONT EN GRÈVE POUR DÉNONCER LA « POLYVALENCE SAUVAGE, LE RECOURS SYSTÉMATIQUE AUX EXTRAS ET À L'EMPLOI PRÉCAIRE, LE NON-RESPECT DES PLANNINGS ET DU REPOS DOMINICAL ».

EN CHINE, À GUIXI, UNE MANIFESTATION DE PLUSIEURS MILLIERS DE PERSONNES A DÉGÉNÉRÉ, FAISANT UNE QUARANTAINE DE BLESSÉS ET PLUSIEURS MORTS.

Les canots n°s 8, 7 et 6 sont sur l'eau, dans la houle qui les secoue, sous la pluie qui les fustige. Au pied du numéro 3, Volumster, aligné à l'abri du grain avec sa suite, s'impatiente :

— Alors, on y va ? Qu'est-ce que vous attendez ?

— Chacun son tour, dit Gary, encore frémissant de colère. Les canots seront mis à la mer un par un.

— À quoi ça rime ?

— C'est prudent et c'est tactique.

Gary jette un coup d'œil :

— Il y en a encore trois avant vous…

Aurore, enveloppée dans une couverture, s'approche de son mari :

— Je me gèle ! Redescendons. Tu n'as pas l'intention d'embarquer ?

— Quelle question ! Bien sûr que j'embarque ! Et tu embarques avec moi. Ce n'est pas la pluie qui…

Volumster interpelle Gary :

— N'est-ce pas qu'elle peut embarquer avec moi ?

— Oui, marmonne Gary, on en a discuté, la majorité était pour.

Il se tourne vers la fée Clochette :

— Vous pouvez accompagner votre mari…

La réaction d'Aurore les surprend tous :

— Vous auriez pu me demander ce que j'en pensais, fait-elle remarquer, les lèvres pincées.

Gary sursaute :

— Quoi ?

Aurore le prend de haut :

— Mon mari est ministre de l'Intérieur, monsieur, au cas où vous l'auriez oublié, dit-elle. À ce titre, il est garant de la sécurité de tous ceux qui se trouvent sur le territoire français. Aussi, il n'abandonnera ce navire qu'avec le dernier passager libéré, sain et sauf. Et je resterai à ses côtés jusqu'à ce moment-là.

— Qu'est-ce que tu racontes ? T'es complètement folle ! s'étrangle Volumster. Tu crois que je vais attendre qu'ils fassent tout sauter pour sauter avec eux ?

Il martèle du poing contre la coque du canot :

— Dès que ce putain de truc peut être descendu à la flotte, je grimpe dedans et adieu Mondial Laser !

Aurore le reprend :

— Réfléchis. Si tu grimpes dans ce canot, demain Jean-Marc paradera comme ton sauveur, tu seras l'obligé du Premier ministre et le caniche du président. Surtout, ton nom sera synonyme de lâcheté et tu pourras dire adieu à ta carrière politique…

— Tu ne connais rien à la politique ! contre-attaque Volumster. Je suis un lâche ! J'ai toujours été un lâche. Personne n'y peut rien, ni toi, ni moi : je suis un lâche, comme tous les Français ! Les Français sont des lâches. Je leur ressemble, c'est pour ça que je suis si populaire. Ce sont des veaux comme disait le Général ! Tu verras, ils m'applaudiront de ne pas avoir risqué ma peau pour sauver une poignée de milliardaires américains !

Aurore laisse son mari reprendre son souffle.

— Et Nicole ? demande-t-elle froidement. Tu lui jures que tu l'aimes à en mourir et tu l'abandonnes ?

— Ah, c'est ça ! s'exclame Volumster. C'est Pat qui t'a monté la tête ?

— Claude, soupire Aurore, je sais tout depuis le début. Je n'ai pas besoin des conneries de Pat…

— Tu m'espionnes ?

Elle a envie de rire :

— Pour le premier flic de France, tu n'es ni très prudent, ni très discret.

Aurore explique à la cantonade :

— Mon mari écrit des lettres d'amour à Nicole Cawlpepper et laisse ses brouillons dans la corbeille à papier de notre chambre ! Ils y sont encore, s'il y en a que ça intéresse !

Volumster n'a plus que mépris à la bouche :

— Je ne pouvais pas soupçonner que Mme du Temple Margaux fouillait les poubelles..., raille-t-il, au nez de sa femme.

— Dommage que je n'aie pas le don d'imitation, dit Gary, en se penchant vers lui.

Volumster veut l'éloigner.

— Ne me faites pas chier, dit-il avec un geste d'énervement.

Mais Gary persévère :

— Si j'avais eu ce don, j'aurais volontiers fait le cocorico du coq qui chante.

— En quelle langue il faut vous le dire ?

— Qu'est-ce que j'avais prédit ?

— Fermez-la !

Gary compte sur ses doigts :

— Vous vous êtes renié une première fois en acceptant de discuter avec nous, une deuxième en essayant de dissuader vos amis d'intervenir quoi qu'il en coûte, et – le pire – une troisième fois en reniant la femme que vous prétendez aimer.

Cassette

Dargone et Joël se tiennent à l'écart, penchés l'un vers l'autre, sans oser se toucher ni se parler à voix haute. Ils ont tant à se dire et si peu de temps devant eux. Dargone glisse discrètement la cassette qu'il a tournée à Joël :

— Tu en feras ce que tu veux, mais arrange-toi pour que cette ordure soit conduite au bûcher. Promis ?

— Juré.

Joël veut savoir :

— Tu ne m'as pas dit ce qu'un objectif saisissait sans qu'on le sache…

— Tu ne devines pas ?

— L'amour ?

Gary fait signe à Joël d'approcher pour embarquer avec Pat et Volumster.

— Je ne veux pas monter avec eux, se plaint Joël, prenant la main de Dargone.

— Il ne veut pas aller avec eux ! crie Dargone.

— On n'a plus le temps de discuter !

— Il n'a rien à voir avec ces types-là ! C'est un stagiaire.

Le mot fait mouche. Gary hoche la tête :

— Tu as raison, dit-il, il ne mérite pas ça…

Il désigne un autre canot :

— Qu'il fonce avec le personnel de bord !

— Je l'accompagne, dit Dargone.

Joël s'élance mais Gary le retient au passage :

— Tu t'appelles comment ?

— Joël. Pourquoi ?

Gary le dévisage :

— Mon fils s'appelait Milan…

Ascenseur

Aurore se paye le luxe de rejoindre le grand salon par l'ascenseur, au nez et à la barbe de deux médecins de Molière, chargés de la surveiller.

— Revenez ! Revenez, merde !

— Vous n'avez pas le droit, stop ! Attendez-nous !

Seuls Glaubert et Massaud parviennent à sauter dans la cabine avec elle avant que les portes se referment. Tandis qu'ils descendent lentement, les deux vigiles tambourinent contre la paroi.

— C'est très courageux de faire ce que vous faites, madame, dit Massaud, et je vous admire pour ça, mais je vous demande de réfléchir alors qu'il en est encore temps…

— Oui, appuie Glaubert, on ne sait pas comment ça peut tourner.

Aurore apprécie leur sollicitude :

— Tout cela est très aimable, messieurs, mais ma décision de rester à bord est parfaitement réfléchie.

Un petit rire lui échappe :

— Quand j'étais jeune fille, j'étais amoureuse d'un palefrenier sur le domaine de mes parents. Un jour, il m'a mise au défi de monter notre plus beau cheval à cru et de traverser le village entièrement nue. Eh bien, je l'ai fait sans hésiter pour le mettre en face de sa stupidité et que tous sachent qu'il n'y a rien à perdre, rien à craindre lorsqu'on exerce sa liberté.

— Nous ne sommes pas exactement dans la même situation.

La cabine stoppe brusquement à mi-course.

— Qu'est-ce qui se passe ? s'alarme Aurore.

Glaubert lève les yeux vers les hauteurs :

— Vos anges gardiens n'ont visiblement pas apprécié que vous les laissiez en plan ! constate-t-il.

Après une secousse lugubre, l'ascenseur redémarre et remonte vers le pont supérieur.

— Vous voyez, dit Glaubert, ils tiennent à vous avoir sous les yeux…

L'ascenseur revient à son point de départ.

Les portes s'ouvrent.

Les deux médecins de Molière embarquent, furieux.

— Ne refaites jamais ça, dit le premier.

— Encore un coup comme ça et on vous balance par-dessus bord ! jure le second, blanc de rage, barrant la sortie.

Aurore ne se laisse pas impressionner :

— Vous croyez me faire peur ?

— Je ne crois rien du tout. Je vous avertis sans frais, dit l'homme, appuyant sur le bouton commandant la descente.

Aurore se tourne vers Glaubert et Massaud :

— Messieurs, vous êtes témoins, je risque de mourir noyée…

— Ça vous amuse de bavasser ? demande le premier vigile.

— Laisse tomber, dit le second. Tu vois bien qu'elle nous cherche.

Aurore attise le feu, les interpellant bien en face, le regard insolent, la voix gaie :

— Pourquoi devrais-je craindre la noyade ? Mourir est dans l'ordre des choses. Je suis – nous sommes – des machines destinées à assurer la survie de nos gènes, pas plus pas moins que la pomme de terre ou le babouin. Si mes gènes ont choisi de faire le grand plongeon, quoi que je fasse, je ne pourrai pas y échapper. C'est inévitable. Je ne pourrai pas sauter en marche. Si ma mort doit être celle-là, une mort liquide, je l'accepte. Je ne m'en souviendrai pas plus que de l'eau de ma naissance.

Elle baisse les yeux vers le grand salon dont la cabine s'approche :

— On croit que les morts pourrissent, qu'ils retournent à la poussière, à la glaise primitive, dit-elle d'un ton léger, rêveur. C'est une illusion ! La mort est liquide. La première chose qui s'échappe d'une femme sur le point d'accoucher ou d'un cadavre, ce sont les liquides. Si l'Église était conséquente, elle verrait l'âme comme ça, une giclée d'éternité.

Ils arrivent.

Melville est à la porte de l'ascenseur pour l'accueillir :

— Ah, vous êtes là, vous ?

— Je suis où vous êtes.

— Vous prenez des risques.

Toilettes hommes 2

Cawlpepper retrouve sa femme prostrée dans la cabine des W-C hommes où Volumster l'a laissée :

— *Oh my god !*

— C'est ma faute, se lamente Nicole. C'est ma faute, c'est moi ! Comment pourras-tu me pardonner ?

— *Come on, baby, come on.*

— Je ne voulais pas ça, je n'ai jamais voulu ça. Je me suis conduite comme une idiote et maintenant nous allons mourir à cause de moi !

Cawlpepper serre sa femme contre lui :

— Viens, sortons de là. Nous n'allons pas mourir…

— Non, reste, reste avec moi, gémit-elle en s'agrippant à son mari. Je ne veux pas sortir. Je ne veux voir personne. Je ne veux plus voir personne. Je veux mes enfants, seulement mes enfants…

— *Listen,* dit Cawlpepper en lui caressant les cheveux, les Français font ce qu'ils peuvent pour nous tirer de cette merde et ils ne pourront pas empêcher les Américains d'entrer dans la danse, comme vous dites. *We must be patient, OK ? Come on, baby.*

Nicole le retient.

— Attends ! Il faut que je t'avoue quelque chose. Quelque chose d'indigne… Claude m'a écrit des lettres d'amour et j'ai répondu. Pour moi, c'était un jeu, tu comprends ? Un jeu ! Mais lui, il a pris ça très au sérieux…

Elle sanglote :

— Il voulait que je te quitte, que je parte avec lui, que nous recommencions comme si nous avions encore vingt ans ! Mais je ne veux pas te quitter, Edward, je te jure que je n'ai jamais voulu te quitter, je t'aime ! Je t'aime et lui il m'a dit des choses horribles…

— *Please, darling, don't...*

La culpabilité étrangle Nicole :

— Dis-moi que tu me pardonnes. J'ai tellement honte ! J'ai tellement mal ! Tout ça est ma faute. Je t'aime si fort, dis-moi que tu me pardonnes.

Cawlpepper fait sortir sa femme de la cabine des W-C.

— Viens, ne reste pas là.

— Dis-moi que tu me pardonnes, répète Nicole, comme si elle n'avait plus d'autres mots.

— Bien sûr que je te pardonne, *darling. I forgive you.* Tu n'as pas péché, ni contre Dieu, ni contre moi.

Avec lenteur, le visage lisse et rose comme celui d'un angelot, Cawlpepper s'agenouille devant les lavabos :

— Remercions le Seigneur de cet amour qui nous unit et que rien ne peut défaire. Prions pour Le remercier.

Il fait le signe de croix, et invite sa femme à s'agenouiller à côté de lui. Nicole, exaltée, éperdue de reconnaissance, rejoint son mari dans la prière :

The Lord is my rock, and my fortress, and my deliverer ;
My God, my strength, in whom we trust ;
My buckler, and the horn of my salvation, and my high
[tower
I will call upon the Lord, who is whorty to be praised :
[so shall
*I be saved from my enemies** ...

Matignon

Le Premier ministre réunit dans son bureau son chef de cabinet, René-Pierre Sujet, et Rose-Marie Lamenech, conseillère aux Affaires intérieures, ses amis les plus proches. Il veut les avertir en priorité que le président de la République vient de donner l'ordre au GIGN d'intervenir avec l'appui du commando Jaubert.

— Voilà, c'est parti ! dit-il en avalant un café. L'Élysée a fait prévenir les gouvernements qui ont des ressortissants à bord, nos ambassadeurs sont mobilisés, le Quai en alerte et j'ai demandé que l'information soit communiquée à l'AFP. Nous n'avons plus de raison de la retenir plus longtemps…

— Plus précisément, ça veut dire quoi ? s'informe Rose-Marie.

— Plus précisément nous avons trois frégates qui seront sur zone dans moins d'une heure et les hélicos arriveront juste derrière…

— La charge de la cavalerie ! Comme dans *Apocalypse Now*, se réjouit René-Pierre Sujet. J'espère qu'ils mettront du Wagner…

---

* Psaume 18, version anglaise de la Bible de Jérusalem, sous la direction de l'école biblique de Jérusalem.

— Tu as vu la version longue en DVD ?

— Inoubliable ! Le passage sur les Français, c'est à mourir de rire. Toute une discussion pour savoir si Mendès était socialiste ou communiste ! On comprend que les studios lui aient fait couper ça…

— Oui, mais on voit Aurore Clément toute nue !

Rose-Marie les ramène à ce qui se prépare :

— Qu'est-ce que dit Mercœur ?

— Rien.

— Et Avold ?

— Rien non plus. La comparaison des listes ne donne rien. Pas de point de contact évident entre Mondial Laser, la boîte de Pat ni nos services. Le seul truc mais qui, d'après eux, ne mène nulle part, serait le fils du sénateur Jeanvrain…

— Le fils Jeanvrain ! s'exclame René-Pierre. Tu le connais ? Tu l'as déjà vu ? Moi, je le connais. J'ai passé un week-end chez eux, à Saint-Cast. Joël, c'est un petit jeune homme qui aime beaucoup sa maman…

— Tu veux dire qu'il est homo ? persifle Rose-Marie, les yeux au ciel.

Sujet sourit :

— S'il ne l'est pas, ça y ressemble.

— En tout cas, conclut le Premier ministre, ce Jeanvrain travaillait chez Pat. C'est lui qui s'est occupé de toute l'organisation et des contacts. La SAT* est en train de perquisitionner à l'agence. Ce ne serait pas la première fois qu'on verrait un fils chéri de la bourgeoisie virer à l'anarchie.

Rose-Marie regarde sa montre :

— C'est pour quand exactement ?

— Ils vont d'abord vérifier combien de passagers

* SAT : Section anti-terroriste de la Brigade criminelle.

sont embarqués sur les canots, ils ne passeront à l'action qu'ensuite.

— Claude se démerde comme un chef.

— Oui, il tient bien le coup…

— Et les passagers ?

— Lesquels ?

— Ceux qui sont restés à bord. Ils risquent quoi ?

Le Premier ministre ne répond pas immédiatement. Il prend le temps de se servir une nouvelle tasse de café :

— Ça, s'il y a une reprise de vive force, c'est l'inconnu, finit-il par reconnaître, le front soucieux.

Et, soupirant :

— Dans tout accrochage, il y a – c'est le terme – « un niveau de pertes acceptable ». Nous ne pouvons qu'espérer que ce niveau sera le plus bas possible…

Claudine Corseul, la collaboratrice du Premier ministre, l'avertit que Ménestrier demande à être reçu.

— Faites-le entrer…, dit-il.

Les trois s'interrogent du regard.

Le directeur de cabinet du ministre de la Défense est aux cent coups. Il vient d'apprendre la nouvelle :

— Jean-Marc, c'est une connerie d'envoyer le GIGN ! Excusez-moi l'expression : une monstrueuse connerie !

Le Premier ministre se défausse :

— La décision appartient au président de la République…

Ménestrier n'en démord pas, c'est une connerie d'intervenir. La force de sa propre voix le surprend :

— Nous ne savons rien ! Rien du tout ! On ne peut pas intervenir dans ces conditions-là. Surtout de nuit. C'est de la folie !

— Calmez-vous, je vous en prie. Vous voulez du café ?

Ménestrier prend sur lui :

— Qu'est-ce que nous avons ? récapitule-t-il, en saisissant la tasse que lui tend le Premier ministre. Pas de revendication, sinon une citation de Shakespeare. La belle affaire ! Aucune information sur la réalité des armes qui sont en leur possession…

— Rien de votre côté ?

— Apparemment non. Pas de vol de C4 signalé, rien, nulle part ; pas de vol de matériel, mais il faut approfondir l'enquête dans les régiments, vérifier tous les stocks, les transports…

— Saffert pense qu'ils bluffent, avance René-Pierre Sujet. Albert et le DGPN aussi…

— Qu'est-ce qu'ils en savent ? Beauvau n'a rien, les RG n'ont rien, la DST non plus, personne n'a rien. Nous ne savons même pas qui sont ces hommes, sinon qu'ils travaillaient sur un secteur de pointe, les lasers. Ce qui veut dire qu'il ne faut pas les sous-estimer. Ce n'est pas une bande d'analphabètes, de crétins aux gros bras comme ceux qui ont fait flamber leur entreprise.

Rose-Marie ne voit pas où il veut en venir :

— Et alors ?

— Alors ils nous tiennent avec ce rien. Nous sommes à leur merci à cause de notre ignorance. Nous ne savons pas si ce « rien » c'est un pétard de 14 juillet ou une bombe à neutrons ! Eux savent ce que nous voulons faire et connaissent le matériel dont nous disposons. Nous, nous n'avons aucune idée de ce qu'ils ont ni de ce qu'ils projettent. Qu'est-ce qui nous dit que l'intervention du GIGN n'entre pas dans leur plan ? Qu'ils n'attendent pas que ça ?

— Pour quoi faire ?

— Pour tout faire sauter, assène Ménestrier. Pour

faire un exemple. Pour s'offrir en sacrifice, portés par une haute image qu'ils ont d'eux-mêmes. Pour être à l'avant-garde de cette guerre sociale qu'ils espèrent déclencher. Pour mourir debout sur la barricade. Pour s'ériger en martyrs. Vous savez, il y a une phrase dans l'Apocalypse qui dit ça très bien : « Ils n'ont pas aimé leur vie au point de craindre la mort »...

— Je ne comprends pas ce que ça veut dire.

— Réfléchissez.

— Sincèrement, dit le Premier ministre, je n'en ai ni le temps ni l'envie. En outre, je n'adhère pas à votre analyse...

Il cherche ses mots :

— Votre théorie sur la guerre sociale... La lutte des classes, c'est dépassé. Vous êtes trop émotif. Je crois que le président a pris la bonne décision et que nous devons garder notre sang-froid.

Rose-Marie n'y va pas par quatre chemins :

— Trois cents personnes envoyées par le fond, c'est un « niveau de pertes acceptable » ?

Cameraman

David Fives, le directeur de l'information de TFM, prévient de Sees et Martial Beltrami qu'il vient d'avoir le contact avec leur JRI* embarqué dans un hélico avec le GIGN et les commandos.

— Leur show est pour dans une heure et demie ou deux au max. La météo est pourrie : ils annoncent un fort coup de vent dans le secteur avec de la pluie et des rafales terribles...

* JRI : Journaliste reporter d'images.

— Tant mieux, ça nous fera de bonnes images. Bazailles prend l'antenne à quelle heure ?

— À moins le quart.

— Tout est prêt ?

— Oui. Nous avons sorti tout ce que nous avions sur Mondial Laser plus ce que nous avons pu récupérer ailleurs quand ça a flambé. On a toute l'icono sur les personnalités et on est en train de réveiller les experts pour animer des plateaux en direct.

Il ajoute :

— J'ai quatre équipes sur le terrain pour recueillir des témoignages de gens de la boîte qui ne sont pas sur le bateau ou de leurs familles…

Martial s'étonne :

— De leurs familles ?

David Fives précise :

— Leur chef s'appelle Gary, Franklin Gary. D'après les RG, il est divorcé et sa femme s'est remariée avec un type d'origine algérienne. Elle est instit en banlieue. Nous devons aller voir. Ça vaut le coup. Si ça se trouve, c'est le bout de laine qui permettra de dévider toute la pelote…

— Parce que son mari est d'origine algérienne ?

— Comme disait votre frère après le 11 Septembre, l'Espagne, Londres, Paris, Bali et le reste : « Tous les musulmans ne sont pas terroristes, mais tous les terroristes sont musulmans. » On ne sait jamais…

Martial n'est pas convaincu. Fives ajoute, comme un argument supplémentaire :

— En plus, son fils s'est suicidé !

— Le fils de l'Algérien ?

— Non, le fils de Gary et de cette femme. Avec l'Algérien, elle a eu deux filles.

Martial se lève brusquement :

— Prévenez votre connard de journaliste que je ne

veux pas qu'on emmerde cette femme avec ça ! Déjà votre histoire d'Algérien ça ne me plaît qu'à moitié mais pas question de servir de l'enfant mort au petit déjeuner. Compris ?

Perquisition

Gigi est réveillée en sursaut par des coups frappés contre la porte et la sonnette qui tinte furieusement. Elle attrape à la hâte un grand pull qui la couvre jusqu'aux genoux. Les coups redoublent. Elle court jusqu'au vestibule encore à moitié endormie.

— Police ! Ouvrez ! Police !

Gigi entrouvre la porte.

— Qu'est-ce que vous voulez ?

Un policier en civil lui brandit sa carte sous le nez.

— Police, ouvrez !

— Qu'est-ce qui se passe ?

— Nous avons une commission rogatoire pour perquisitionner, ouvrez.

Gigi finit par céder. Ils sont cinq policiers.

— Qui êtes-vous ? demande le plus âgé, rangeant sa carte.

— Je suis une amie du fils de M. Gary, répond Gigi, à cran.

— Vous êtes seule ?

— Oui, pourquoi ?

— M. Gary n'est pas là ?

— Il est en voyage. Je garde l'appartement.

Les policiers entrent sans attendre qu'elle les y invite. Ils se répartissent en deux groupes, les uns dans le salon, les autres dans la chambre. Celui qui semble les commander entraîne Gigi dans la cuisine pour l'interroger.

— Vous savez où est M. Gary ?

— Il est en croisière avec des amis.

Gigi pense que Gary a eu raison d'être d'une prudence de chat. Il savait que la police viendrait chez lui et il a fait soigneusement le ménage avant de partir. Ils peuvent toujours chercher, ils ne trouveront pas un papier, pas une trace, surtout pas un ordinateur ou un portable, rien. Tout a été dispersé dans la décharge d'une entreprise spécialisée dans le retraitement des métaux non ferreux.

Un jeune lieutenant vient demander à Gigi :

— Il n'a pas d'ordinateur ?

— Non, répond Gigi, en s'ébouriffant les cheveux. Vous allez peut-être me dire ce que vous faites là et pourquoi vous fouillez partout ? Vous n'avez pas le droit !

— Il n'a pas de téléphone non plus ? insiste le policier, ignorant la remarque de Gigi.

— Non.

— Pas de mobile ?

— Il doit l'avoir avec lui, suppose Gigi. Vous voulez bien me dire pourquoi vous faites tout ça ?

— M. Gary est impliqué dans une affaire très grave, explique le plus âgé. Je ne peux pas vous en dire plus.

— Il lui est arrivé un accident ?

— Je vous en prie, ne posez pas de question.

Il remarque la carte marine punaisée sur le mur.

— Prenez-la, indique-t-il à un collègue.

— Qu'est-ce que vous allez en faire ?

Le policier ne prend pas la peine de répondre.

— Vous disiez que M. Gary est en croisière avec des amis ? reprend-il avec insistance. Vous savez où ?

Gigi hausse les épaules :

— Les pays du Nord, la Norvège, les fjords, je ne sais pas exactement. Il y a les catalogues là-bas, dit-elle en tendant la main vers le salon. Vous n'aurez qu'à regarder, il a corné les pages…

L'appartement est petit, meublé surtout de bibliothèques débordant de livres. Les policiers entreprennent de tout vider, de débarrasser les étagères sans prendre le moindre soin de ce qui s'y trouve, les photos, les bibelots. Alertée par le bruit des volumes jetés par terre, Gigi se précipite :

— Arrêtez ! Vous êtes dingues ! Qu'est-ce que vous faites ?

— Restez dans la cuisine ! aboie le chef de groupe.

Et il ordonne au lieutenant :

— Je veux qu'elle reste là-bas. Empêchez-la de sortir !

Le policier veut attraper Gigi par le bras pour la forcer à le suivre, mais elle lui échappe.

— Ça vous amuse de foutre le bordel ? Vous croyez que M. Gary se cache entre les pages ?

— Merde ! Faites-moi dégager cette fille. Je ne veux personne dans mes pattes !

— Ça vous excite de vous en prendre aux livres, de jouer aux nazis ?

— Virez-la !

Le lieutenant ceinture Gigi et la soulève de terre pour la porter jusque dans la cuisine malgré ses cris, ses protestations, ses tentatives pour se libérer.

— Lâchez-moi ! Salaud ! Lâchez-moi !

Le policier le plus âgé est toujours là, assis près de la table :

— Ça ne sert à rien de vous énerver, mademoiselle. Nous faisons notre boulot, c'est tout.

— Votre boulot, c'est de tout vandaliser ?

— Nous sommes en situation d'urgence.

— Et moi, je suis dans quelle situation ?

L'homme répond froidement :

— Vous êtes témoin que nous avons bien effectué la perquisition selon les règles et dans le respect du droit.

— C'est pas vrai, c'est interdit de perquisitionner avant six heures du matin !

— Vous savez ça ? ricane l'homme.

— J'écrirai au procureur pour dire ce que je pense de…

Gigi sursaute en entendant le son crissant d'une longue déchirure.

— Qu'est-ce qu'ils font ?

— Ils regardent s'il n'y a rien dans le matelas ou le sommier du lit.

— Ils déchirent tout ?

Gigi se dirige vers la porte mais un policier barbu lui barre la route.

— Vous devez rester là, mademoiselle.

Gigi fait volte-face :

— J'ai rien fait, moi ! Pourquoi vous déchirez mes affaires ? Pourquoi vous défoncez mon lit ? Pourquoi vous balancez tout en tas ? Pourquoi ? À quoi ça vous avance ?

— C'est notre boulot, répète le vieux, impavide.

Gigi s'assoit la tête dans les mains. Gary lui a bien recommandé de ne rien faire, quoi qu'il arrive. De ne pas broncher. De ne pas protester. De laisser passer l'orage sans qu'ils aient la moindre prise. Elle a envie de pleurer. La chambre est sens dessus dessous, le matelas, le sommier, les deux fauteuils éventrés, tous les vêtements sont sortis de l'armoire et de la commode, le linge sale avec le linge propre, le sol du salon est jonché de livres, la table retournée, les tiroirs vidés, les lampes démontées, les rideaux descendus, tout entassé pêle-mêle comme si l'on voulait allumer le bûcher d'un autodafé.

Les policiers s'en vont aussi brusquement qu'ils sont entrés. Sans un mot d'excuse, de regrets, sans explications.

Gigi les poursuit jusque sur le palier :

— Ça vous ferait mal de tout remettre en place ? Vous me prenez pour votre bonniche ? Bande de salauds ! Salauds !

Gigi rentre et referme la porte avec son dos. Elle tremble, elle est en eau. Les policiers n'ont emporté qu'un maigre butin : trois catalogues d'agences de voyages, une carte marine parfaitement neuve et des fiches de paye de Gary, ses relevés bancaires, ses factures…

Gigi plaque sa main contre sa bouche pour qu'ils ne l'entendent pas rire.

Rire !

Rire comme les enfants chantent quand ils ont peur.

TÉLEX

LES ENTREPRISES INDIENNES S'INTERNATIONALISENT À LA VITESSE GRAND V. RELIANCE INDUSTRIES : PÉTROLE, CHIMIE, TEXTILE, COMMUNICATIONS ; BHARAT FORCE : MÉTALLURGIE, SIDÉRURGIE, PÉTROLE, MATÉRIEL ÉLECTRIQUE, ÉLECTRONIQUE, CIMENT, CONSTRUCTION NAVALE ; TATA : INGÉNIERIE, MÉCANIQUE ET MÉTALLURGIE, COMMUNICATIONS ET SYSTÈMES INFORMATIFS, SERVICES, ÉNERGIE, AGROALIMENTAIRE, CHIMIE ; ADITYA BIRLA GROUP : ALUMINIUM, CUIVRE, TEXTILE, TÉLÉCOMS, PNEUMATIQUES, MINES, ASSURANCES, PRODUITS FINANCIERS ; WIPRO : SERVICES INFORMATIQUES ; MAHINDRA GROUP : VÉHICULES UTILITAIRES, CHIMIE, INGÉNIERIE, SER-

VICES FINANCIERS ; RANBAXY : PHARMACIE ; SUZLON ENERGY : ÉNERGIE ÉOLIENNE. LE MINISTRE DU COMMERCE INDIEN PEUT ANNONCER FIÈREMENT : « IL EXISTE UNE NOUVELLE ARCHITECTURE ÉCONOMIQUE MONDIALE ET LES PAYS DOIVENT ACCEPTER QUE L'INDE Y SOIT UN ACTEUR MAJEUR. »

Téléphone

Cadriaud, des Transports, téléphone à Mercœur, place Beauvau, pour prendre des nouvelles. Mercœur ne cache pas sa déception :

— Les perquisitions ne donnent rien. Ni dans la boîte de Pat, ni chez Gary, le type qui semble être leur chef.

— Et l'analyse des disques durs ?

— Pour les analyser, encore faudrait-il qu'il y ait quelque chose. Ceux saisis chez Pat étaient carrément neufs et vides, quant à l'autre, il n'avait rien chez lui, qu'une vieille télé pourrie !

— Vous pouvez au moins savoir d'où viennent ceux que vous avez saisis ?

— Ils viennent de la célèbre boutique « Tombé du Camion », dit-il en singeant l'accent asiatique, une entreprise aux mille succursales dans le XIIIe…

— Et pour les explosifs ?

— Ils cherchent…

— Ils cherchent où ?

— Dans toutes les bottes de foin de la République.

Cadriaud ricane :

— On peut dire que l'année commence bien !

Au camp militaire de Wurtz, le sergent-chef Rebec et l'adjudant Toubize, deux inspecteurs en civil de la DPSD, épluchent méthodiquement tous les documents d'entrée et de sortie des personnes et des matériels du mois de décembre.

Le chef de corps, le colonel Desmarets, a été prévenu mais il est en route, et ne sera pas de retour de Limoges avant deux ou trois heures. Le commandant en second, le colonel Lantarget, est en congé, absent lui aussi. Les deux policiers doivent se rabattre sur son adjoint, le capitaine Moreau, l'officier de permanence :

— Vous ne pouvez pas joindre Lantarget ? s'énerve Rebec.

— Je vous l'ai déjà dit : je ne sais pas où il est, répond Moreau, lassé d'avoir à se répéter.

Rebec se frotte l'œil :

— Écoutez, mon capitaine, je vous demande pas l'adresse de sa maîtresse ou de la pute qu'il est en train de tirer en faisant croire à sa femme qu'il est au quartier, je vous demande de le joindre et de le faire revenir dare-dare…

— Le colonel n'est pas marié.

— Il n'est pas chez lui ?

— J'ai appelé mais ça ne répond pas.

— Il n'a pas de portable ?

— Non, dit Moreau tête basse, j'ai retrouvé le sien sur son bureau. Il a dû l'oublier…

— Vous n'avez pas la moindre idée de l'endroit où on pourrait le trouver ?

— Le colonel ne nous a pas dit où il comptait passer les fêtes. Encore une fois : je ne sais pas où le joindre. C'est clair, merde !

Rebec soupire de découragement :

— Bon, on verra ça plus tard. En attendant, je veux que vous me convoquiez tous les armuriers, tous ceux qui étaient de garde, disons à partir du 15…

— Maintenant ?

Le capitaine Montjoie était déjà couché quand un planton est venu le tirer du lit avec ordre de se présenter immédiatement devant les deux inspecteurs de la DPSD. Il prend très mal d'être interrogé :

— Ça ne pouvait pas attendre demain ?

Toubize fait glisser devant lui le registre de l'armurerie, pointant du doigt le nom du capitaine, sans le quitter des yeux, mais sans rien dire. Montjoie s'emporte :

— Ah ! Ça ne va pas recommencer !

— Qu'est-ce qui ne va pas recommencer ?

— Lantarget m'a déjà fait une vérole là-dessus.

— Sur quoi ?

— Je n'aurais pas signé de « bons d'armes » ! Mais pourquoi j'aurais signé des bons d'armes ? Je ne faisais pas d'exercice !

— Parce que vous aviez besoin de sortir du matériel ?

— Du matériel pour quoi faire ?

— C'est à vous de me le dire.

Toubize reprend le registre.

— C'est bien votre nom qui est inscrit là ?

— C'est bien mon nom, mais je n'ai pas foutu les pieds à l'armurerie ce jour-là !

Il réfléchit :

— Qui était de garde ?

— Première classe Letourneau, répond Rebec, sans lever les yeux.

— Eh bien demandez-lui pourquoi il a écrit mon nom là-dessus et qu'on arrête de me faire chier avec ça.

— Il est en opération en Côte-d'Ivoire, dit Rebec, dévisageant le capitaine. En revanche, j'ai au moins trois personnes qui jurent vous avoir entendu crier à Lantarget : « Je vais te les signer, tes bons d'armes ! »

— Vous connaissez Lantarget ? C'est un barge. S'il avait l'idée de me faire signer des bons d'armes, je préférais les signer que d'y passer la journée.

— Pourquoi signer si vous ne vouliez pas sortir de matériel ?

— Pour qu'il me lâche !

Rebec hoche la tête.

— Pour résumer : vous signez des bons d'armes dont vous n'avez pas besoin pour sortir du matériel dont vous n'avez pas l'usage…

— Mais merde ! Je n'ai jamais sorti de matériel ce jour-là et j'ai signé les bons d'armes trois jours plus tard !

— C'est quand même votre nom qui est sur le registre.

Montjoie fait un effort pour ne pas tout envoyer promener :

— Et les contrôles vidéo ? Il suffit de visionner les bandes de l'armurerie. Si j'y suis, je vous pète un ours !

Toubize sourit :

— C'est ça le problème, dit-il, lissant son crâne du plat de la main.

— On me voit sur les bandes ? demande Montjoie, très pâle soudain.

Toubize se bascule sur sa chaise :

— Elles sont introuvables.

Les canots sont à la mer. Il y a une luminescence, une phosphorescence troublante alors qu'il fait encore nuit. Par une sorte de renversement étrange la lumière semble monter de l'eau pour éclairer le ciel d'un gris noir de plomb. Elles sont quarante dans l'embarcation des femmes. Arno tient la barre, cherchant à rester le plus près possible de celle des musiciens et de celle du personnel de bord où Damien Maheu, le pilote, a pris place. L'air fait un bruit d'arbres sous le vent et l'inquiète. Il n'a jamais entendu un bruit pareil. Quelque chose d'apparemment ordinaire qui masque une férocité latente.

Il le sait. Il le sent. Il a peur.

La mer s'enfle et se creuse comme une grosse bête endormie qui se réveille et souffle avant de se dresser au jour. Et quand, par instants, le silence se fait, que le calme semble vouloir s'établir, l'angoisse gagne les femmes sanglées dans leurs brassières de sauvetage. Affalée sur Mado, Maxi revient à elle petit à petit, crachant du sang dans sa main :

— Le salaud !

Elle se masse le menton, geignant :

— Gary est un vrai salaud…

— Il vous a frappée ? demande machinalement Mado, lui prenant la main comme à une enfant qu'il faut consoler.

— Oui, murmure-t-elle, mais ce n'est pas au K-O qu'elle pense.

Elle se souvient que la veille de l'embarquement, Gary est venu dormir chez elle après avoir vidé son appartement de tout ce qui pouvait être compromettant. Il devait protéger Gigi, faire que personne, jamais, ne puisse remonter jusqu'à elle.

Il s'était assis au bord du lit.

La lampe de chevet éclairait médiocrement la chambre et ne faisait qu'accroître la sensation de froid.

— Tu ne te déshabilles pas ? avait-elle demandé.

Il avait répondu d'un soupir :

— Pas tout de suite.

— Viens, tu seras mieux.

— Écoute, je ne sais pas comment te le dire…

— Qu'est-ce qu'il y a ?

Gary lui fit alors remarquer qu'elle frissonnait :

— Tu devrais mettre quelque chose…

Soudain elle avait eu honte de sa nudité. Elle avait porté sa main à son ventre comme si elle venait d'être blessée :

— J'ai grossi ? demanda-t-elle, en cachant ses seins. Tu trouves que j'ai grossi ?

— Non, c'est pas ça, t'as pas grossi.

— Alors c'est quoi ?

— Voilà…

Gary avait du mal à parler.

— Voilà quoi ?

— Je suis amoureux.

Elle l'avait provoqué :

— De moi ?

Gary avait baissé les yeux tant l'aveu lui coûtait :

— D'une fille qui pourrait être ma fille…

— Ce n'est pas la première fois que tu vas voir ailleurs.

Sa voix sonnait comme une langue étrangère. Il avait tenté de se justifier :

— Tu me dis tout le temps que je me protège. Que je ne lâche rien. Que je suis enfermé dans ma propre forteresse. Eh bien, quand je suis avec elle, les murs tombent…

— Je la connais ?

— Ce n'est pas la question.

Et d'une voix posée :

— Quand je suis avec elle, je me sens revivre.

— Et avec moi ?

Gary s'était figé, un roc, une bête tapie dans l'ombre. Il avait hoché la tête comme s'il se répondait à lui-même.

— Avec toi, nous faisons de la résistance, avait-il dit, calme et terrible.

Ce coup-là lui avait fait plus mal que son poing dans la figure. Elle avait bondi hors du lit :

— Fous le camp, je ne suis pas d'humeur à entendre tes conneries ! Va te vider les couilles ! Et quand tu reviendras, la queue entre les jambes, je ferai semblant de croire à tes mensonges.

Maintenant elle était là, au milieu de l'océan, ballottée par la houle, livrée aux bourrasques et aux embruns, le cœur noir de hargne contre cette brute de Gary et pourtant animée de l'invincible certitude qu'il lui reviendrait.

Inconsolable

Jacqueline refuse d'être l'otage de ses craintes. Elle encourage les filles à chanter, à chanter encore pour se donner du cœur. D'une voix bien timbrée, elle amorce un vieil air de marine, *Le 31 du mois d'août*, que Patricia, Isabelle, Michèle, Kiki, toutes reprennent au refrain :

Buvons un coup, buvons en deux
À la santé des amoureux
À la santé du roi de France

Et merde à la reine d'Angleterre
Qui nous a déclaré la guerre...

Au cinquième rang, à l'avant, seule Mado ne chante pas. Les yeux rouges, bouffis, elle est inconsolable.

— Je me sens tellement mal, murmure-t-elle.

Melville est resté à bord, elle ne le reverra pas. Elle en est sûre, elle le sait, elle le sent. Jamais ils ne vivront ensemble, jamais elle ne portera un enfant du seul homme qu'elle aime. Si la vie de Melville s'arrête au milieu des vagues, la sienne doit s'arrêter aussi. Pourquoi vivre si c'est vivre sans lui ? L'idée s'impose d'évidence. Elle doit l'attendre dans la mort. Dans le paradis au fond de l'océan où ils se retrouveront pour demeurer éternellement ensemble. Oui, c'est ce qu'elle doit faire. Elle a connu beaucoup d'hommes sans ressentir autre chose qu'une chaleur humaine qui, un temps, la distrayait de sa tristesse. Ils sont passés sur elle, comme on dit vulgairement. Passés, comme un souffle de vent, une brume, une montée de lumière qui disparaît aussi vite qu'elle apparaît.

Mado est morte le jour où son oncle l'a violée, elle n'a ressuscité que dans les bras de Melville et Melville va mourir, la condamnant à errer, fantomatique, hébétée, passive jusqu'à ce que la nuit l'accueille à son tour. Pourquoi attendre ? Pourquoi brûler au feu grégeois de l'attente ? Mado ne veut pas se consumer, s'éteindre, s'effriter en cendres. Mado a hâte. Tout la pousse, tout la presse. Mado bout soudain d'une énergie démente. Melville l'appelle. Elle l'entend au milieu du chant des filles. Elle l'entend dans le grondement des déferlantes qui les rudoient, dans les bourrasques qui les corrigent. Elle l'entend. Il l'appelle. Elle l'entend :

— Mado ! Mado !

Mado se lève.

— Eh ! Oh ! Qu'est-ce que vous faites ? demande Maxi, cherchant à la faire rasseoir.

— Rien, répond Mado, posant ses fesses sur le plat-bord.

Elle détache sa brassière de sauvetage et l'enlève.

— Vous avez envie de pisser ?

Mado regarde Maxi avec un sentiment d'amour si fort que les larmes perlent à ses paupières. Souvent elle s'est demandé quel serait le dernier visage qu'elle verrait avant de mourir. À quoi ressemblerait-il, qui serait là, qui la regarderait partir ? C'est le visage de cette femme pleine de courage, de bonté, d'abnégation qu'elle emporte avec elle lorsqu'elle bascule à la renverse comme on tombe dans un puits.

Maxi se dresse d'un bond et hurle :

— Elle s'est jetée à l'eau !

D'autres s'égosillent autour d'elle :

— Quelqu'un est tombé !

— Une femme à la mer !

— Au secours ! Au secours !

Tous les regards se fixent sur Arno. Il ne bouge pas, il ne fait rien, paralysé d'effroi, tétanisé, incapable de réagir. Il n'ose même pas se tourner vers le large où Mado disparaît sous une première vague. Près de lui, Isabelle n'hésite pas. Elle est née près d'une côte, elle nage bien, elle a fait de la compét, elle a son brevet de sauvetage, son diplôme de secouriste… Elle fait tomber sa jupe à ses chevilles, vire ses chaussures et, prenant appui sur le plat-bord, plonge au milieu des cris de panique et du tumulte marin.

Maxi, hors d'elle, remonte le canot vers la poupe, bousculant tout le monde, ordonnant à Arno :

— Coupe le moteur imbécile !

C'est trop lui demander. Il ne peut pas. Il n'y arrive pas. Il pousse de petits cris de bête prise dans une nasse, adossé au fond du canot, la main sur la barre, le regard vide, la bouche tordue de l'excuse bloquée sur ses lèvres. Il geint, saisi par son impuissance, figé par l'horreur qu'elle lui inspire. Maxi plonge en avant et d'un geste rageur stoppe l'embarcation. Puis, chassant Arno d'un coup d'épaule, elle pousse la barre au maximum pour faire demi-tour, au risque de chavirer.

Des canots voisins parviennent des cris :

— Qu'est-ce qui se passe ?

— Qu'est-ce que vous faites ?

— Restez près de nous !

En quelques battements de pieds et trois mouvements de bras, Isabelle rejoint Mado dont le corps refait surface. Elle tente de la repousser :

— Laissez-moi, je veux mourir ! Laissez-moi !

— Ta gueule !

Mado se débat mais Isabelle parvient à la contourner et à passer ses bras sous les siens, l'accablant d'une bordée d'injures.

— Arrête de bouger, merde !

— Pourquoi vous faites ça ? Pourquoi ?

La mer les saoule.

La superposition confuse des lames, leur oscillation, les maltraite, les soulève au plus haut et soudain les précipite dans un gouffre qui se referme sur elles. Et toujours ce souffle glacé du vent, cette morsure liquide qui travaille les corps dans son étau mouvant.

Sur le canot, Patricia et Michèle ont réussi à sortir les avirons d'appoint et, aidées par dix mains anonymes, les tendent le plus loin possible pour qu'Isabelle ait une chance de s'y accrocher.

Mado ne résiste plus. Elle voit la nuit comme si ses yeux s'agrandissaient chaque instant un peu plus ; comme s'il lui était donné d'observer un ciel de pressentiments, de frustrations sous lequel sa vie s'éloignait. Elle s'abandonne au gré des secousses qu'imprime Isabelle en la tirant vers le canot.

Peut-être est-ce ça, le salut ?

Renoncer, oublier, nager dans une eau sans fin, sans but, sans mémoire.

Isabelle s'épuise, le froid la cisaille, le ressac lui couvre la bouche. L'obscurité la cerne de montagnes souples et redoutables. Dans la houle, elle ne sait plus si elle va dans la bonne direction ou si elle s'éloigne vers le large. Elle crie autant pour se signaler que pour s'encourager :

— Eh ! Ohé !

Elle a l'impression que tous les morts noyés remontent des profondeurs ; que leurs bras se tendent, leurs mains se ferment, cherchent à l'agripper pour l'entraîner au fond. Le corps de Mado pèse d'un poids mort dans ses bras. C'est une pierre lestée de chaînes, lourde, terrible, comme celle qui châtiait les femmes condamnées pour sorcellerie. Sa volonté vacille dans le ballottement des vagues. Il serait plus facile de reconnaître sa défaite, de se laisser partir dans les plis profonds des flots, de s'offrir à leur volupté cruelle, de capituler, de remettre son âme à Dieu ou au diable…

Mais Isabelle la rebelle ne reconnaît ni Dieu ni maître.

Elle lutte. Elle cogne. Elle bat des jambes à grands ciseaux pour se maintenir sur la crête des lames. Elle souffle, elle crache, s'arrache à la masse liquide par de grands han ! Et, soudain, sa tête cogne la pelle de l'aviron tenu par Michèle et les autres.

— Tiens-la bien ! crie Patricia.

La main d'Isabelle se resserre si brutalement sur la rame qu'elle manque d'échapper aux femmes qui la tiennent. Elles la ressaisissent de justesse.

— Tirez ! Tirez ! commande Patricia. Tirez !

Elles tirent.

Elles tirent.

Elles tirent de toutes leurs forces, ramènent Isabelle et Mado, et oh, hisse ! les remontent à bord du canot. On les assoit. On les embrasse. On les frictionne. On se félicite. On rit. On pleure. On oublie le *Nausicaa*, les nuées, le roulis, le tangage, la peur, les spectres.

— Espèce de connasse, tu as failli nous faire crever ! s'emporte brusquement Isabelle, ruisselante, frigorifiée, se dressant devant Mado.

— Je veux mourir…

— Ferme ta gueule ! Tu mériterais que je t'en retourne une !

— Pourquoi vous ne m'avez pas laissée ?

— Tu me fais chier !

Mado hoquette, tremblante, ne pouvant s'empêcher de trembler :

— Melville… L'homme que j'aime… le seul… il est resté sur le bateau…

— Et alors, il est pas mort !

— Il va mourir, je le sais. Je veux mourir aussi pour l'attendre, dit Mado, se voyant allongée à côté de son amour comme les reines et les rois dans leurs tombeaux de pierre.

Isabelle se radoucit :

— Regarde-toi : tu es belle à se damner, tu as un boulot super, tu as du fric, tous les hommes que tu veux et tu voudrais balancer ça aux requins ? Mais dans quel monde tu vis pour tout gâcher sans réfléchir ?

Elle s'installe à côté de Mado et la prend dans ses bras, tandis qu'on les réchauffe sous un empilement de couvertures de secours.

— Tu n'as pas le droit de mourir, dit-elle, troublée par cette intimité physique. D'une, parce qu'on ne sait pas ce qui va se passer vraiment, deux, parce que s'il s'en sort, ton Melville, il n'en aura rien à foutre d'une grosse noyée gorgée d'eau, pleine d'algues, les yeux bouffés par les crabes…

— S'il meurt, qu'est-ce que je vais devenir ? pleurniche Mado.

Isabelle s'indigne :

— Qu'est-ce que tu vas devenir ? !

Mais sa rage reflue :

— Tu vas te battre, dit-elle, comme si elle s'adressait à une enfant malade. Tu vas te battre comme nous, voilà ce que tu vas devenir.

Elle prend le visage de Mado entre ses mains et la force à la regarder en face :

— Tu te rends compte, toutes celles qui sont là n'ont plus de boulot, elles ont une famille sur les bras, elles se sont lancées dans un truc qui peut directement les emmener en prison et pourtant, aucune ne pense à foutre le camp, à s'échapper d'une façon ou d'une autre, à déserter. Tu comprends ce que ça représente ? Tu sais ce que veux dire « sacrifice » ?

Mado pose sa tête sur la poitrine d'Isabelle :

— Pardon, pardon…

— Pas besoin de pardon, corrige Isabelle. Tâche plutôt de réfléchir à ce que tu vas écrire, parce que, avec tout le blé que tu vas gagner grâce à notre histoire, tu pourras nous offrir une sacrée fête !

Malgré la taille du *Nausicaa*, malgré les stabilisateurs, le paquebot souffre dans le gros temps. La tempête s'installe, décidée à exaucer les vœux de Gary. Avec beaucoup de difficultés, Pat et Volumster ont été mis à la mer sur le même canot. Le capitaine Crochet et Iznogoud seuls sur une embarcation qui peut emporter quarante ou cinquante passagers !

Même si ça le fait rire, Doc n'a toujours pas compris.

— Pourquoi on n'a pas gardé au moins le ministre ? demande-t-il, lorsqu'ils sortent de l'ascenseur.

Gary se mordille la lèvre inférieure avant de répondre :

— Pour s'en tenir aux règles que nous nous sommes nous-mêmes fixées. Souviens-toi de ce qu'a dit Amos : pas de guerre sans règles. Ça me fait aussi mal que toi de le laisser filer, il ne vaut pas mieux que Mornay. Mais si nous ne respectons pas nos propres règles, comment combattre celles des autres ?

Toutes les issues du grand salon sont cadenassées sur ordre de Gary.

Le spectacle est lamentable.

Les actionnaires du fonds sont regroupés dans un angle de la pièce, près de la scène. Certains sont couchés, trop malades pour faire un geste, d'autres assis, immobiles, tendus, craignant d'être brisés par le moindre mouvement, d'autres, tellement énervés qu'ils gesticulent et crient comme des furieux sans que personne ne prête attention à leurs paroles. L'air empeste de l'odeur écœurante des vomissures, de celle de la nourriture abandonnée sur les buffets, du parfum artificiel pulsé par les aérateurs et surtout de l'âcre remugle de la fatigue, de la crasse et de la peur. Les déguisements sont ruinés, les déguisés livrés à eux-mêmes. Un Australien livide, en pantalon à franges et gilet clouté de cow-boy, interpelle Gary :

— Il n'y a pas de prêtre ! Vous vous rendez compte ? Il n'y a pas de prêtre ! Nous sommes abandonnés de tous et il n'y a ni prêtre ni médecin !

Michaud, l'ancien patron de Mondial Laser, n'en peut plus des jérémiades, des imprécations, des supplications :

— Arrêtez de nous faire chier avec ça ! rugit-il, dans un grand mouvement de toge. Il n'y a pas de prêtre parce qu'il n'y a pas de Dieu ! Et il n'y a pas de médecin non plus, parce que ça ne sert à rien de soigner de futurs cadavres !

D'autres interviennent, des voix anonymes, indistinctes, qui se croisent entre les plaintes, les injures et les gémissements :

— Vous ne pouvez pas blasphémer ! Dieu est notre secours ! Dieu sauve ! Jésus est notre Sauveur !

— Je propose que tout le monde se calme et que nous discutions. Nous devons négocier !

— *Fuck you, bloody bastard !*

— Nous ne devons pas avoir peur. C'est ce qu'ils veulent, nous faire peur, nous effrayer. Faites-moi confiance, quand l'armée interviendra, ce ne sera pas la même musique !

— Prions, je crois qu'il faut prier !

— Où est votre mari, madame Volumster ?

Melville et Gary se trouvent face à face au centre de la piste de danse.

— Vous êtes le père de Gigi, n'est-ce pas ? demande Melville.

— Je ne connais pas de Gigi.

Melville coupe la route à Gary qui veut s'éloigner :

— OK, vous êtes le père de Milan, qu'on appelait « Gigi »...

— Je ne l'ai jamais appelé comme ça.

— Et sa copine ?

La respiration de Gary s'accélère, ses traits se figent, pourtant son regard exprime une sorte de sympathie pour Melville, voire de respect :

— Pourquoi n'avez-vous pas embarqué avec les autres ? demande-t-il, se souvenant qu'il avait pris le parti de son fils. Dans cinq minutes vous ne pourrez plus entrer ni sortir d'ici...

La réponse fuse comme un défi :

— Au départ, faire la fête sur un bateau, c'est une idée à moi. Je veux connaître la fin de l'histoire.

Kiki

La nuit s'effiloche à l'est entre des nuages obèses. C'est un filet de clarté qui s'étend comme une tache de lait sur un tissu noir. Un trait timide. La nuit résiste, le froid gagne, pinçant, mordant, alors que la mer redouble de force. Les vagues s'allongent. Elles se creusent, hargneuses, chahutent les canots qui peinent à rester groupés. L'eau gronde et le vent répond par des bourrasques qui chassent en meute. Il ne pleut plus, comme si la pluie elle-même s'était mise à couvert, craignant ce qui se prépare.

— Hors du monde, murmure Maxi, restée à la barre, figée, saisie d'une frayeur muette, scrutant l'horizon.

Kiki n'a pas quitté Arno des yeux.

Il est recroquevillé dans un coin du canot des femmes, derrière le dernier banc. Les risées le calottent, les paquets de mer le soufflettent, la houle le cogne contre le bord. C'est un enfant puni, un enfant battu, dont le corps se disloque et se liquéfie. Tandis que les femmes se serrent les unes contre les autres sur leurs bancs, trop perdues pour se plaindre, trop épuisées et malades pour pleurer, Kiki se lève et vient se blottir contre lui.

— Ne me fais pas chier, dit Arno irascible.

Il veut l'éloigner.

— Va-t'en !

Kiki ne l'écoute pas.

— Je t'aime, lui souffle-t-elle à l'oreille.

— Barre-toi ! Je t'ai dit de te barrer !

— Personne ne te juge, personne n'a le droit de te juger. Personne ne sait ce qu'il aurait fait à ta place.

Arno se replie dans la pièce la plus obscure de lui-même :

— J'ai la honte.

Il a mal, il a peur, prisonnier d'un cercle invisible qui lentement le garrotte.

— C'est moi qui aurais dû plonger !

— Arrête tes conneries !

— Je n'ai pas eu le courage…

— Arrête, personne n'est mort.

— Gary vous a confiées à moi. J'embarquais pour vous protéger, pour vous défendre, pour…

Kiki le tire, le pousse, le secoue par le bras :

— T'as entendu ce que je t'ai dit ?

— Quoi ?

Elle répète avec la violence d'une insulte :

— Je t'aime. Courage ou pas, je t'aime. Je t'aime, il n'y a que ça qui compte.

Et comme une caresse, elle chuchote :

La lune au double fond
S'affiche dans le noir
Et compte ses moutons…

Canot 2

La mer se gonfle et expire vague après vague. Elle monte à l'assaut du ciel, tête haute, jambes tendues, augmentant sa cadence de marche dans ce demi-jour qui pointe. Sur le canot où sont embarqués Depardieu, Clavier, Reno et Sophie Marceau, Bob, le photographe de *Paris-Match*, mitraille à tout-va.

— Ne restez pas groupés ! ordonne-t-il aux acteurs, allez vous asseoir au milieu des gens. C'est de l'or en barre !

— Fais pas chier, je suis malade ! répond Clavier, entre ses dents.

— Merde, Christian ! Moi aussi, je suis malade. Fais ce que je te dis, on va frapper un grand coup !

Depardieu, d'un coup de coude, encourage Clavier à se lever :

— Vas-y, grogne-t-il plié en deux, moi j'ai la gerbe !

Clavier grommelle :

— Merde, pourquoi moi ?

Mais il obéit, titubant, bras écartés au milieu du canot et, quelques rangs plus loin, trouve une place à côté de Clémence Stroh.

— Vous permettez ?

Clémence le regarde s'asseoir, ahurie. Clavier s'efforce de sourire malgré le roulis qui lui retourne l'estomac. Il se présente en lui tendant la main :

— Christian Clavier…

Clémence veut lui répondre. Ses lèvres s'entrouvrent, s'agitent, mais aucun mot n'en sort. Elle éclate en sanglots.

— Eh ! crie Clavier à Bob. Qu'est-ce qu'elle a ? Qu'est-ce qui lui prend ? C'est quoi ce plan ?

Bob se précipite pour être tout près d'eux, avec en

fond un mur liquide, noir, phosphorescent, ourlé d'écume.

— C'est super ! Génial ! Prends-la dans tes bras !

Clavier ne l'entend pas, ne comprend rien :

— Qu'est-ce que tu veux que je fasse ?

Bob vise, l'œil collé au viseur :

— Elle chiale ! Serre-la contre toi ! Console-la ! Vas-y, t'es le héros !

— Je crois que je vais vomir…

— Déconne pas, Christian, je fais juste trois photos !

Clavier prend Clémence dans ses bras, il regarde droit devant lui comme s'il observait l'horizon.

Flash !

Clavier se penche plein de compassion vers Clémence.

Flash !

Une grosse vague éclate. Clavier plaque Clémence contre sa poitrine. Elle lève vers lui des yeux plein de larmes, de questions.

Flash !

Clavier se couche brusquement sur Clémence et vomit par-dessus bord.

— Ça va aller, dit Clémence en lui tenant le front, ça va aller…

Elle le caresse, le rassure, répète autant pour lui que pour elle :

— Ça va aller…

Canot 3

Volumster aperçoit par moments l'embarcation des femmes, loin devant dans la houle. Jacqueline a ranimé la chorale. La mer porte leur chant :

Il est né le divin enfant
Sonnez hautbois
Résonnez musettes !

À l'avant, Pat rend tripes et boyaux jusqu'à la bile acide qui lui brûle la bouche. Il se vide, il s'exténue. Il recueille dans sa paume un peu d'eau salée, s'en gargarise et crache avec fureur. Le visage rouge, passé au feu, il jure, maudit, insulte les hommes, les vagues, le vent.

— Enculés ! Enculés !

Son turban se dénoue. Les cartes de visite qu'il conservait, coincées là, tombent à la mer, dérisoires petits radeaux aussitôt emportés par le flux. Oubliant la nausée, le vertige, Pat se précipite soudain vers l'arrière, les mâchoires crispées, les yeux hors de la tête, les poings serrés :

— Je devrais te saigner ! crie-t-il à Volumster, cherchant ce qui pourrait lui servir d'arme.

— Oublie-moi ! Fous le camp ! Nous n'avons plus rien à nous dire !

— Ça t'a amusé, hein, de me voir à genoux ? Hein, ça t'a fait jouir ?

— Tu me dégoûtes, retourne là-bas ! dit Volumster, lui montrant la proue d'un geste du menton.

— T'aurais voulu me voir le sucer ? Ça t'excitait ?

— Dégage !

— Tu voudrais peut-être que je m'agenouille devant toi et que je te suce ?

— Tu m'emmerdes ! Va dégueuler là-bas !

Pat fait un pas en avant, le cerveau encore obscurci par le mal qui lui ronge les intestins, le foie, la rate.

— Tu es mort, tu m'entends ? Tu vas sauver ta petite vie de merde, mais tu es mort. Et je veux te voir crever doucement, chialer comme un môme qui appelle sa mère, pisser et chier dans ton froc…

Volumster, à la barre, ricane, décidé, plein d'arrogance :

— Pour l'instant, c'est toi qui chies dans ton froc !

Mais Pat ne l'entend pas.

— Ils vont se marrer au gouvernement ! ricane-t-il. La terreur, l'homme du combat permanent, le premier flic de France, le théoricien de la répression systématique, le stratège n° 1 contre le terrorisme qui détale comme un lapin à la première alerte !

— Ne viens pas gerber tes conneries ici. Taille-toi !

C'est au tour de Pat de rire franchement :

— T'as raison, mes conneries, je les réserve à la presse !

— Réserve-les plutôt pour ton conseil d'administration. Je vais te foutre la financière au cul, on verra si tu rigoles toujours autant !

— Fous-moi qui tu veux au cul, mais qu'ils soient bien montés. Parce que enculé pour enculé, je ne vais pas me gêner pour leur lâcher tout ce que je sais !

— Ça, t'es très fort pour lâcher !

— Prends-moi pour un con si tu veux mais je vais raconter partout ce que tu t'es mis à gauche aux frais de la République ! Je peux faire le compte, j'ai toutes les pièces…

— Essaye toujours, pauvre merde, tu trouveras à qui parler ! crache Volumster, avec une sorte de rage impuissante.

— Tu ne me fais pas peur. J'en ai plus rien à foutre de rien. T'as raison, je suis une merde, une pauvre merde, une moins-que-merde, mais je pue et je suis collant comme une merde ! Et cette merde tu vas l'avoir au cul, tu vas l'avoir dans la bouche, tu vas l'avoir…

Volumster bondit sur Pat :

— Tu vas la fermer !

Il le renverse dans le fond du canot, basculant avec lui, sans craindre de se fêler une côte contre les bancs. Il veut le frapper au visage mais Pat esquive. Le coup l'atteint à l'épaule et ripe contre elle. Pat riposte en remontant brusquement son genou entre les jambes de Volumster qui laisse échapper un grand ah ! de douleur. Pat en profite pour rouler sur le côté, donnant du poing et des jambes dans des mouvements désordonnés d'attaque aussi bien que de défense. Volumster reprend le dessus, exalté, furieux :

— Je vais te défoncer la gueule !

Il cogne. Il frappe. Il cogne Pat au menton mais pas assez fort pour l'assommer. Pat réplique, touche Volumster à l'œil et le blesse.

— Je vais te tuer !

Ils se griffent, ils se mordent. Une gifle pour Pat, des cheveux arrachés pour Volumster. Un coude dans le sternum, une béquille dans la jambe. Un cri, un râle, des injures. Du sang qui coule. Nez, oreilles, bouches. Ils s'empoignent, chacun cherchant à étrangler l'autre. Combat de chiffonniers, combat d'animaux domestiques, combat de pleutres, combat d'égouts où les corps exsudent l'odeur fétide de la crainte, de la calomnie, de la couardise.

Pat, grognant, soufflant, rampe à quatre pattes et parvient à se saisir d'un des deux avirons d'appoint. Volumster plonge sur l'autre bord et parvient à s'armer de l'autre. Ils se font face, prêts à en finir, quand retentit la corne de brume de la première des trois frégates de la marine qui arrivent sur zone, le *La Fayette*.

Trois paysans catholiques indonésiens de l'île de Sulawesi, condamnés à mort pour incitation à la violence contre les musulmans, ont été fusillés alors qu'ils étaient probablement innocents.

En Inde, selon le gouvernement du Maharashtra, 1 920 petits exploitants, âgés pour la plupart de 20 à 45 ans, se sont donné la mort au cours des cinq dernières années, à cause de leur endettement. Pour survivre, ils doivent investir chaque année dans le coton transgénique BT, fourni par l'entreprise américaine Monsanto. À la moindre catastrophe naturelle, inondation, tempête, sécheresse, cette culture, qui en interdit toute autre, les laisse à la merci de leur fournisseur exclusif et des banques.

Au Nigeria, des hommes armés ont attaqué une station de pompage de la société Shell dans la région du delta du Niger, au sud du pays, et pris en otages une soixantaine d'employés de la compagnie.

Flash-back

L'organisation du rapt de l'équipage avait été confiée à Paul Boniface, dit Boni, un commercial de quarante-cinq ans, bon vivant, grand buveur, grande gueule mais un cœur en or. Il avait joué son rôle à merveille, étourdissant les marins du *Nausicaa* par son bagout, son entrain, sa bonne humeur.

— Je m'appelle Grabbe, Melville Grabbe, au nom de Patmore & Plus, au nom de l'International Investment Fund, notre client, au nom du dieu Neptune qui veille sur les flots et en mon propre nom, je lève mon verre à votre santé ! Bonne année à tous et que nos femmes ne soient jamais veuves !

Les trois ingés du bureau d'études, Jean-Pierre Vicomte, Francis Fourcade, Paco Tégui, et Moïra Zertal qui les secondait, s'étaient eux aussi montrés très crédibles en fonctionnaires du ministère de l'Intérieur. Ils avaient parfaitement contrôlé les identités avec cet air ronchon et énervé d'agents obligés de travailler la veille d'un jour de fête. Surtout Moïra, chicanant sur tout :

— Vous n'avez qu'un permis de conduire comme pièce d'identité ?

— J'ai laissé mon passeport dans mon autre veste, à bord..., s'excusa Haffner, le chef steward que Dargone avait rencontré.

— Vous savez que le permis n'est pas une pièce d'identité.

— Première nouvelle !

— C'est un diplôme.

— Ça ne compte pas ?

— Non. Le passeport non plus, d'ailleurs : c'est un titre de transport. Vous n'avez pas de carte d'identité ?

— Pas sur moi.

Haffner se désole :

— Qu'est-ce que je peux faire ?

— Ça ira pour aujourd'hui. Suivant !

Juliette Memling avait assuré l'accueil au nom du commanditaire de la soirée, échangeant la lettre de convocation « que chaque personne devait impérativement avoir sur soi », contre une carte de vœu américaine et un chèque de deux mille euros offert par l'International Investment Fund. Le capitaine et son second avaient reçu cinq mille euros chacun mais ne s'en étaient ouverts à personne. Les chèques avaient été fabriqués par Amos à partir d'un vieux modèle authentique que Gary gardait en souvenir de son père…

Personne ne manquait à l'appel.

La liste des présents était conforme à celle qui leur avait été transmise, et communiquée ensuite place Beauvau.

Jean-Pierre Vicomte referma son classeur et fit un signe de tête à Boni.

Un car les attendait, toutes les vitres occultées de rideaux noirs.

Boni encouragea l'équipage à embarquer rapidement :

— Si vous voulez bien monter, nous devons nous dépêcher maintenant.

— On peut y aller à pied ! avait lancé un mécanicien. Ça ira plus vite !

— Le *Nausicaa* n'est plus mouillé au même endroit, précisa Boni avec une petite grimace. Mesures de sécurité : pendant que vous étiez ici, un pilote l'a manœuvré pour l'amener jusqu'à un mouillage tenu secret.

— Sans moi ? s'offusqua le capitaine.

— Désolé, capitaine, Vigipirate niveau rouge écarlate. Ces messieurs de la police ont été très clairs, personne ne devait savoir où serait le *Nausicaa* deux heures avant l'embarquement.

Il se tourna vers le car :

— Ils ont même exigé que nous occultions les vitres par mesure de sûreté…

Moïra prit la parole pour couper court :

— Avant d'aller vous asseoir, vous devez passer sous le portique de sécurité et vider vos poches de tout objet métallique.

Elle se tourna vers Paco :

— Mon collègue va vous contrôler.

Les hommes s'alignèrent en ronchonnant qu'ils en avaient marre de ces conneries, que ça ne servait à rien, qu'ils n'allaient pas lancer le *Nausicaa* contre la tour Eiffel !

— Enlevez tous les objets métalliques de vos poches, s'il vous plaît !

Un par un, ils traversèrent le portique, fouillés une seconde fois par Paco quand le signal se déclenchait.

Gaz

Jean-Pierre Vicomte et Francis Fourcade avaient pris place dans le fond du car, Moïra et Juliette restèrent debout, près de Boni, installé au volant. Paco monta en dernier et ordonna la fermeture des portes.

Boni fit chauffer le moteur.

Les deux petites télévisions, placées l'une près de l'entrée, l'autre au milieu du véhicule, diffusèrent aussitôt une sélection des numéros les plus chauds du *Crazy Horse Saloon*, accompagnée d'une musique tonitruante. Sifflements, applaudissements, grivoiseries. Comme attendu, le spectacle des nudités suggestives obtint un franc succès. Profitant de l'inattention momentanée des hommes, Vicomte et Fourcade placèrent sur leurs visages des masques à gaz. À l'avant, Paco et Boni firent la même opération, ainsi que Moïra et Juliette. Sans se concerter, mais en même temps, Francis, Jean-Pierre et Paco dégoupillèrent des grenades de gaz soporifique, cachées sous leurs sièges. En moins d'une minute, l'équipage du *Nausicaa* était plongé dans un profond sommeil.

Le gaz, mis au point par Jean-Pierre Vicomte, était d'une redoutable efficacité…

Route

Boni sortit discrètement du port du Havre, suivant l'itinéraire spécial fléché par les dockers, des marques d'un jaune fluo qu'un homme enlevait dès que le car était passé.

Direction plein sud : ils avaient près de mille kilomètres à faire.

Quinze minutes après leur départ, Jean-Pierre Vicomte consulta sa montre et ôta son masque :

— C'est bon, vous pouvez les enlever !

Francis Fourcade arracha le sien :

— Je crois qu'on est en train de faire une connerie ! dit-il en remontant aussitôt l'allée centrale, sans oser regarder les marins saisis dans la posture où le gaz les avait surpris.

Vicomte se précipita à sa suite :

— Eh, qu'est-ce qui te prend ?

— Je crois qu'il faut qu'on arrête tout de suite !

— Ça va pas ? demanda Moïra. Qu'est-ce que tu veux qu'on arrête ?

Fourcade agita les mains en direction de l'équipage endormi :

— Ça, tout ça. Ça va trop loin. Ce n'est plus drôle du tout. Imaginez qu'il y en ait un qui ne se réveille pas. Nous serions des assassins !

Par prudence Juliette, aidée de Moïra, avait doublé l'effet du gaz par une piqûre de somnifère administrée à tout l'équipage du *Nausicaa*. Fourcade l'interrogea sans aménité :

— Ça ne suffisait pas, l'autre saloperie ! Qu'est-ce que tu leur as mis ?

— J'ai mon diplôme de secouriste. Rien de dangereux. Un calmant. Si tu veux quelque chose, j'ai…

— Je ne veux rien du tout ! cria Fourcade. Je veux qu'on arrête tout de suite. Je veux descendre. Je veux qu'on laisse le car où il est et qu'on se taille avant qu'il soit trop tard. Je ne veux pas finir en taule, moi !

Boni l'interpella sans quitter la route des yeux :

— Merde, Francis, on ne fait rien d'autre que ce qu'on avait prévu de faire ! Tu étais parfaitement au courant. Si tu ne voulais pas y aller, fallait le dire avant. Maintenant, c'est trop tard. Rappelle-toi ce qu'a dit Gary : t'es avec nous, tu restes avec nous !

Vicomte surenchérit :

— Ils ne sont pas morts. Ils dorment comme des bébés et on va leur offrir un tour à la campagne !

— Tu penses à ceux qui sont sur le bateau ? demanda Juliette.

— On arrête de discuter, trancha Paco.

Il prit Fourcade par le bras :

— Francis, tu vas t'asseoir au fond et tu te calmes. On n'a plus besoin de toi avant d'arriver.

Fourcade se dégagea d'un geste :

— Vous me faites chier ! Vous me faites tous chier ! Laissez-moi !

Bousculant Moïra et Juliette, il plongea vers le bouton d'ouverture de la porte avant. La porte s'ouvrit en accordéon. Fourcade voulut se jeter en bas, sur la chaussée, mais Juliette le ceintura et parvint à le retourner vers l'intérieur. Le poing de Moïra cueillit Fourcade à la pointe du menton.

Boni referma précipitamment la porte, stupéfait :

— Putain ! Moïra c'est Mike Tyson !

— Aidez-moi ! réclama Juliette, soutenant Fourcade assommé sous les bras.

Vicomte et Paco vinrent à son secours, riant :

— Quelle droite !

— Dis donc, je ne voudrais pas être ton mari !

Moïra, le souffle court, ne revenait pas elle-même de ce qu'elle venait de faire. Elle tremblait, balbutiant :

— C'est mon frère qui m'a appris ça, c'est mon frère qui…

Rapport

La gendarmerie de Digne transmet de toute urgence au ministère de l'Intérieur le rapport suivant :

Ce matin, à la suite d'un appel téléphonique, nous nous sommes transportés d'urgence à la mairie de Manosque où étaient regroupés une quarantaine d'hommes découverts une heure plus tôt par Mme Rubbio, retraitée de l'Éducation nationale. Les hommes erraient dans la nature, en sous-vêtements, ignorant l'endroit où ils étaient. Dès notre arrivée, ils se sont fait reconnaître comme l'équipage officiel du Nausicaa. *L'adjudant-chef Girardet a recueilli le témoignage du capitaine du navire, M. Philippe Desplanques, domicilié 9, square Alexandre-Flemming à Rennes.*

Philippe Desplanques a déclaré ce qui suit :

— La veille du départ, nous avons tous reçu de la compagnie une lettre personnelle et confidentielle qui nous convoquait pour un contrôle de sécurité exigé par le ministère de l'Intérieur, puis-

que M. Volumster devait passer la soirée à notre bord. Nous avions ordre de ne faire état de cette lettre à personne et de la garder sur nous jusqu'à l'heure de la convocation où elle nous serait réclamée impérativement. À la remise de cette lettre au contrôle, il était précisé que, pour nous remercier de travailler un 31 décembre, le commanditaire – une entreprise américaine – remettrait à chacun une prime exceptionnelle de deux mille euros. De son côté la compagnie offrait un apéritif pour rendre moins pénibles ces formalités indispensables. Le 31, à dix-sept heures précises, nous nous sommes tous retrouvés dans un hangar, légèrement à l'extérieur du port. Tout le personnel technique...

Question : Que le personnel technique ?

Ph. Desplanques : Oui, les marins si vous préférez. Tout ce qui concerne l'accueil, la restauration, l'animation est sous-traité à une autre société.

Question : Au moment où vous quittez le Nausicaa, *qui reste à bord ?*

Ph. Desplanques : Personne de l'équipage. Le bateau était sous la garde de vigiles envoyés par la compagnie et du personnel du port.

Question : Est-ce une procédure habituelle ?

Ph. Desplanques : Non, c'est très inhabituel. En réalité, c'est même la première fois que je voyais faire ça. Mais une personne qui s'est présentée comme un inspecteur en civil m'a assuré que c'était l'application du plan Vigipirate. Il y avait un risque d'attentat niveau rouge, non seulement du fait de la présence du ministre, mais surtout à cause des Américains qui seraient nombreux à bord. Il était accompagné par deux douaniers en uniforme, je ne me suis pas méfié.

Question : Donc, vous vous retrouvez dans ce hangar, que se passe-t-il alors ?

Ph. Desplanques : Un contrôle classique d'identité effectué par des fonctionnaires en civil. Trois hommes et une femme.

Question : Une femme comment ?

Ph. Desplanques : Une femme assez jolie... Excusez-moi, mais je me suis même fait la réflexion : « Je ne savais pas qu'il y avait d'aussi jolies femmes dans la police »...

Question : Que deviez-vous faire ?

Ph. Desplanques : Nous devions leur remettre la lettre que nous avions reçue, ils notaient notre nom sur un ordinateur portable et photocopiaient nos pièces d'identité. Cela allait assez vite. Puis une autre jeune femme très souriante nous tendait une enveloppe à notre nom dans laquelle il y avait un chèque d'une banque américaine glissé dans une carte Happy New Year.

Question : De combien, le chèque ?

Ph. Desplanques : Deux mille euros.

Question : Et ensuite ?

Ph. Desplanques : Une fois que les contrôles ont été terminés, nous avons été invités à rejoindre un buffet plutôt bien garni. Là, un homme d'une quarantaine d'années, assez corpulent, se présentant comme l'organisateur de la soirée, nous a remerciés au nom de son client, au nom de la compagnie et nous avons levé nos verres à la nouvelle année.

Question : Il s'est présenté ?

Ph. Desplanques : Oui, j'ai même retenu son prénom. Pour un marin, c'est inoubliable, il s'appelait Melville quelque chose. Melville Trappes... non, Melville Grappe... ?

Question : Quelle heure était-il ?

Ph. Desplanques : Je ne sais pas. Disons dix-huit heures, environ.

Question : Et ensuite ?

Ph. Desplanques : Ensuite, l'homme qui avait procédé aux contrôles d'identité et ses deux adjoints nous ont invités à rejoindre le Nausicaa. *Ils nous ont appris que, par mesure de précaution, son mouillage avait été changé. Il a précisé que la manœuvre avait été effectuée sous l'autorité de la capitainerie, par un pilote confirmé. Puis il nous a demandé de monter dans le car qui nous attendait pour nous transporter vers le nouveau mouillage. Il neigeait et, selon lui, c'était assez loin.*

Question : Vous n'avez pas été étonné de ne voir personne de la compagnie ?

Ph. Desplanques : Non, j'avoue que tout cela me paraissait tellement exceptionnel, que l'absence de personnel connu de la compagnie ne m'a pas alerté. Vous savez, à quelques heures du réveillon...

Question : Vous êtes monté dans le car ?

Ph. Desplanques : Oui, après un nouveau contrôle pour vérifier qu'aucun d'entre nous n'avait d'armes sur lui ou d'objet métallique pouvant servir d'arme. Un portique avait été installé devant l'entrée du car et ils avaient des détecteurs manuels. Une fois encore, cela a été assez vite et sans aucun problème. Nous étions tous venus « les mains dans les poches » si je peux dire. Tout ça dans une ambiance que je qualifierais de « bon enfant ». Voilà, nous avons embarqué et, à partir de là, je ne peux plus rien ajouter, je me suis réveillé en slip, je ne sais où dans la campagne niçoise, sans savoir ce qui s'était passé entre le moment où je m'étais assis à ma place, au premier rang derrière le chauffeur, et ce moment-là...

Question : Vous ne vous souvenez pas d'avoir été drogué ou gazé ?

Ph. Desplanques : Je ne me souviens de rien.

Infos

Le parquet du Havre ouvre une information judiciaire pour « détournement », une infraction punie de vingt ans d'emprisonnement. Le procureur de la République précise : « L'article 224-6 du code pénal réprime le fait de s'emparer ou de prendre par la violence ou menace de violence un moyen de transport à bord duquel des personnes ont pris place. »

TÉLEX

UN AFFRONTEMENT ENTRE MINEURS A FAIT AU MOINS 12 MORTS ET UNE SOIXANTAINE DE BLESSÉS À HUANUNI (À PROXIMITÉ D'ORURO), CŒUR DES MINES D'ÉTAIN, JADIS PRINCIPALE RICHESSE DE LA BOLIVIE.

LE DELTA DU NIGER, OÙ SE MULTIPLIENT LES ENLÈVEMENTS D'EXPATRIÉS, SOUFFRE D'ABANDON ADMINISTRATIF, DU MAUVAIS ÉTAT DE SES INFRASTRUCTURES ET DE SES SERVICES, D'UN FORT TAUX DE CHÔMAGE, DE PRIVATION SOCIALE, DE MISÈRE PROFONDE ET D'UN CONFLIT ENDÉMIQUE.

LES ÎLES CANARIES FONT FACE À UN AFFLUX SANS PRÉCÉDENT D'IMMIGRANTS ILLÉGAUX VENUS DU MAROC, DE MAURITANIE, DU SÉNÉGAL ET MÊME DE GUINÉE-BISSAU, À PLUS DE 1 500 KILOMÈTRES DE LÀ. DEPUIS LE DÉBUT DE L'ANNÉE, SELON LES SOURCES, IL Y AURAIT EU ENTRE 500 ET 3 000 MORTS PAR

NOYADE AU COURS DE CES TRAVERSÉES PARTICULIÈREMENT DANGEREUSES DE L'ATLANTIQUE.

Vigie

À la vigie du Havre, Hautier, le préfet maritime, est en ligne avec le capitaine de corvette Lefrère, pacha du *La Fayette* :

— Je vous reçois cinq sur cinq. À vous.

— Nous arrivons sur zone. Le temps est dégueulasse, on est dans la mélasse et ça se creuse à vue d'œil. Ça va être difficile.

— Vous voyez les canots ?

— Je vois leurs feux de temps en temps.

— Il y en a combien ?

— Quatre ou cinq. Peut-être six… Ils sont dispersés.

— Et le *Nausicaa* ?

— Je l'ai à la jumelle. Il suit sa route, plein nord.

— Le GIGN et les commandos arrivent.

— Je ne sais pas ce qu'ils vont pouvoir faire. On a au moins force cinq ou six et ça forcit encore. Des rafales à plus de quarante nœuds…

— Je sais, on vient d'avoir la météo. Vous êtes en plein dans la merde !

— J'ai pas le bulletin sous les yeux. Qu'est-ce qu'ils prévoient ?

— Ce que vous avez, en pire.

Il lit :

— « Shannon, Rockall, Faeros. Avis de tempête sept à huit, tempo neuf. Déferlantes grosses à énormes. Rafales. Pluie. »

Cellule de crise

Hautier fait son rapport au général Saffert, en ligne depuis la cellule de crise de Matignon.

— Ils s'occupent de repêcher les canots en priorité. Ça va être très difficile pour eux et encore plus pour les hélicos.

— Et le bateau ?

— Le GIGN et le commando Jaubert s'en chargent. Il semble y avoir cinq ou six canots à la mer, ça veut dire qu'ils ont libéré beaucoup de monde.

— Combien ?

— C'est trop tôt pour le dire.

— Pas même une estimation ?

— Non.

— Rappelez-moi toutes les dix minutes.

Direct

Martial Beltrami et de Sees sont descendus en régie. Le réalisateur décompte les secondes, main ouverte :

— Cinq… quatre… trois… deux… un… zéro !

Bazailles, tout sourires, prend l'antenne en direct.

— Bonjour et bonne année à tous ceux qui sont devant leur poste à cette heure matinale ! Au nom de TFM, « la télé qu'on aime ! », et au mien, permettez-moi de vous présenter tous nos vœux et, encore une fois, de vous remercier de votre fidélité !

Bazailles change instantanément de physionomie, passant du sourire de circonstance à une gravité pénétrée :

— Nous avons pris la décision d'interrompre nos programmes de fêtes parce que en ce premier jour de l'année se déroule un événement d'une extrême importance que nous voulons vous faire suivre minute par minute. Les employés de Mondial Laser, une entreprise qui a récemment fermé et, vous vous en souvenez peut-être, a été détruite par un incendie, ont détourné un bateau de croisière, le *Nausicaa*, sur lequel les actionnaires du fonds d'investissement qu'ils jugent à l'origine de leurs ennuis fêtaient la Saint-Sylvestre. À l'instant où je vous parle, selon nos informations, ils naviguent dans une tempête entre l'Islande et la Norvège et menacent de couler le paquebot si le GIGN, en route pour les arrêter, tente quelque chose contre eux…

De Sees se penche vers Martial, complaisant :

— Ça va, vous êtes content ? Il ne parle ni de pirates ni d'otages…

Martial réplique sèchement :

— Je n'ai pas à être content. Il fait simplement son métier comme il devrait le faire tous les jours.

— Ne dites pas n'importe quoi ! Vous retardez d'un siècle !

Martial toise de Sees :

— La réalité vous fait peur ?

— La réalité n'existe plus.

— Je ne vous savais pas philosophe !

De Sees ne résiste pas au plaisir d'exposer sa théorie fondamentale :

— Nous, nous sommes des professionnels, dit-il rayonnant. La réalité, c'est nous qui la créons. Mettez-vous bien ça dans le crâne : pour le public, il n'y a pas d'autre réalité que celle que nous inventons. Dans les familles, l'écran c'est le buisson ardent ! C'est l'image et la parole divines. Personne ne peut aller contre.

Il détache avec gourmandise chacun de ses mots :

— Dieu a créé le monde en sept jours. Eh bien moi, je le crée tous les jours, sept jours sur sept ! Il faudra vous y faire : la réalité n'existe plus.

Geneviève

L'équipe de TFM sonne à la porte du pavillon de Geneviève alors que l'éclairage public est encore allumé. Le journaliste ordonne au cameraman de tourner :

— Je veux l'avoir tout de suite plein cadre. Si elle nous envoie promener, je m'en servirai en boucle. Ensuite, on essaye d'avoir le type…

L'homme insiste, sonne, sonne encore.

La porte s'ouvre sur Geneviève, les yeux pleins de sommeil, serrant la ceinture de sa robe de chambre.

— Qu'est-ce qui se passe ? demande-t-elle, levant la main pour se protéger de la torche lumineuse qui l'éclaire à la face.

— Madame Gary ?

— Madame Bouziane. Vous allez me dire ce qui se passe ?

— Vous n'êtes pas madame Gary ?

— Je suis divorcée. Qu'est-ce que vous me voulez à la fin ? Arrêtez ce truc !

— Votre ex-mari a détourné un navire avec quatre cents personnes à bord.

Geneviève pouffe de rire.

— C'est une blague ?

— Vous n'avez pas regardé la télé ?

— Vous savez l'heure qu'il est ?

Hocine, enfilant le haut d'un survêtement, rejoint

Geneviève. Le cameraman fait aussitôt un gros plan de lui.

— Gary aurait détourné un bateau ! explique Geneviève, les yeux rieurs, incapable de croire à ce qu'elle vient d'entendre.

— Foutez le camp ! dit Hocine. Ma femme n'a rien à vous dire et moi non plus. Je ne vous autorise pas à nous filmer.

Il veut fermer la porte mais le journaliste l'en empêche.

— M. Gary a pris en otages les membres du fonds d'investissement qu'il accuse d'être responsables de la disparition de l'entreprise qui l'employait… Mondial Laser, je crois. Vous étiez au courant de ses projets ?

Geneviève se tourne vers la caméra, le regard dur, les ailes du nez frémissantes de colère :

— La dernière fois que j'ai vu Gary, c'était à l'enterrement de notre fils.

— Vous ne l'avez pas revu depuis ?

— Je ne crois pas que je le reverrai de ma vie. Mais, s'il a fait ce que vous dites, je lui tire mon chapeau ! Ces gens sans foi ni loi, ces gangsters qui détruisent les emplois pour s'en mettre plein les poches alors qu'il y a tant de misère, de malheur, méritent ce qui leur arrive ! Vous savez pourquoi mon fils est mort ?

Le journaliste ne veut pas le savoir.

— Vous approuvez donc son action ? demande-t-il à Geneviève, d'un ton accusateur.

— Pas vous ?

— C'est moi qui vous pose la question.

— Si son bateau pouvait contenir tous les capitalistes de la Terre et les envoyer par le fond, ça ne me tirerait pas une larme.

L'homme s'adresse à Hocine :

— Et vous, monsieur, vous étiez au courant de ce projet ?

Hocine lui claque la porte au nez.

New York

Il est un peu plus de minuit à New York lorsque Gupta est averti du détournement du *Nausicaa* par Diane Carson, son amie d'enfance, qui travaille au *Herald Tribune* à Paris. Il vient de saluer la nouvelle année dans un petit bar de la 42e Rue Ouest de Time Square. Un endroit où se côtoient les touristes, les zonards et les prostitués des deux sexes. Gupta fait signe au barman de lui servir un autre Bloody Mary et, quand il a le verre en main, il contemple le jus de tomate comme un prêtre antique tentant de lire l'avenir dans le sang d'un sacrifice.

Passerelle

Après avoir vérifié que les actionnaires ne peuvent pas sortir du grand salon ni de la réserve des cuisines où sont enfermés ceux qui ont tenté de s'enfuir, à nouveau Gary monte sur la passerelle. Tous les autres sont avec lui : Amos à la barre, Suz, Doc, Dargone vissé à sa caméra, le grand Schwartz et Bonhomme, l'intérimaire. Deux avions P3 Orion de la Patmar font un passage de reconnaissance au-dessus du *Nausicaa*. Puis un bimoteur Atlantique 2 équipé d'un système de vision infrarouge.

— Ça ne me plaît pas du tout que vous nous

envoyiez l'aviation..., fait remarquer Gary, dès qu'il a renoué le contact avec Saffert.

— C'est la routine.

— Rappelez vos engins et n'essayez pas de jouer au plus malin. Je vous le répète : ne tentez rien contre nous. Vous êtes averti.

Saffert fait mine de ne pas entendre :

— Combien de passagers avez-vous débarqués ?

— Tous ceux qui n'avaient rien à faire à bord.

— Combien de personnes ?

— Je ne sais pas. Cent cinquante environ... Peut-être un peu plus, peut-être un peu moins.

— Vous pouvez me passer le ministre de l'Intérieur ?

— Il est en mer, sur un des canots.

La surprise est de taille :

— M. Volumster ?

— Oui, il a été autorisé à partir, en tant que salarié de la République. Sa femme, en revanche, est avec nous.

— Vous la retenez ?

— Elle est là de son plein gré.

Saffert n'arrive pas à comprendre :

— Son mari n'est pas resté avec elle ?

— Non, contre l'avis de sa femme, M. Volumster a préféré embarquer dans un canot avec Mornay.

Saffert, décontenancé, bredouille :

— Bon... oui, bon...

Gary ne le laisse pas reprendre ses esprits :

— J'ai un décès à vous signaler, prévient-il. M. Beltrami a été victime d'une crise cardiaque. Nous n'y sommes pour rien. Nous n'avons malheureusement rien pu faire pour le ranimer.

Il y a un silence.

Saffert retrouve la parole :

— Je veux que vous sachiez que nous apprécions votre geste. La libération d'un nombre important de passagers devrait faciliter la recherche d'une solution pacifique.

— Si vous le dites, lâche Gary.

Saffert poursuit d'une voix raffermie :

— Que proposez-vous ?

— Pardon ?

— Quelle est votre prochaine étape ?

— Je vous l'ai déjà dit : le Nord.

— Nous devrions en discuter, avance Saffert. Je crois qu'il est temps de se parler entre personnes raisonnables.

— Je ne crois pas que ce soit nécessaire, répond Gary. Occupez-vous de repêcher ceux qui sont dans les canots. Les autres, c'est notre affaire !

Bagarre

Les avions font un nouveau passage au-dessus du *Nausicaa* dans un ciel mauvais.

— Nous y sommes, dit Suz, d'une voix mourante, les regardant s'éloigner vers l'horizon.

— Ça pour y être, on y est ! plaisante Doc. Heureusement qu'on a la météo pour nous !

Gary n'est pas aussi confiant :

— Je ne suis pas sûr que les hélicos ne puissent pas voler, dit-il. Déjà de mon temps, les pilotes de la navale étaient capables de se poser en pleine tempête sur une boîte d'allumettes.

Suz intervient, revigoré :

— Bien sûr qu'ils peuvent sortir et vous pouvez être sûrs qu'ils vont nous tomber dessus ! Il ne faut pas se faire d'illusions. La guerre est déclarée. Au téléphone, ils sont tout miel et tout sucre mais c'est pour gagner du temps avant de nous attaquer.

Et, d'un ton de reproche :

— Surtout qu'on n'a plus le ministre pour les retenir…

Gary ne relève pas. Dargone, ignorant Suz, lui demande :

— Qu'est-ce que tu veux qu'on fasse ?

— On attend et on voit, dit Gary, *wait and see.*

Suz traduit sans forcer :

— Ça veut dire qu'on se prépare à la bagarre.

— Oui, admet Gary mal à l'aise, on se tient prêts. Suz a raison, je crois qu'on doit se préparer au pire…

Bonhomme veut en savoir plus :

— On se prépare comment ?

Avant de répondre, Gary s'inquiète :

— Le jour se lève dans combien de temps ?

Amos jette un coup d'œil sur le cadran fixé devant lui :

— Pas avant deux heures.

Et, en direction de Suz :

— C'est pas une raison pour se lancer dans n'importe quoi.

Amos serre la barre de toute sa force et s'oblige à regarder droit devant, où les vagues explosent contre l'étrave du *Nausicaa*. Il craint toujours que, poussé par une idée stupide, inattendue, Suz fasse quelque chose d'irrévocable.

Gary interroge le grand Schwartz :

— Combien de charges sont découplées ?

— Trois. Sur les réseaux 4, 5 et 6. Les autres sont toutes sur le réseau n° 1.

— On a donc trois coups de semonce, constate Gary, autant pour lui-même que pour les autres.

Il ajoute, la voix très sûre :

— S'ils nous envoient les hélicos, dès qu'ils sont en vue, nous faisons partir la charge n° 4. Dargone la déclenchera. S'ils continuent d'approcher, Doc, tu envoies la numéro 5. Et, si ça ne suffit pas, Suz fera partir la numéro 6.

— Et toi, qu'est-ce que tu fais ?

— Je reste ici avec Amos et le grand Schwartz. Amos à la barre, moi en contact avec Saffert et Schwartz qui se tient prêt à tout faire sauter si nécessaire.

Suz sourit :

— Comme feu d'artifice, ils vont être servis !

Amos ne peut masquer sa surprise, sa colère devant ce qu'il vient d'entendre. Il se sent soudain comme un homme insulté, violenté, couvert de son propre sang :

— Qu'est-ce que vous racontez ? Il y a des charges découplées et un détonateur central ?

— Oui, répond Schwartz, perplexe. Pourquoi ?

— Et tous les autres boîtiers qu'on a distribués au personnel qu'est-ce qu'ils commandaient ?

Gary comprend qu'il lui doit une explication :

— Ne t'emballe pas. Tous les autres boîtiers ne pouvaient déclencher qu'une charge d'avertissement dans une pièce fermée. C'est ce qui s'est passé. Nous ne pouvions pas prendre le risque d'envoyer tout le monde par le fond parce qu'une fille ou un type se serait cru menacé ou aurait fait un faux mouvement.

Amos sort le petit boîtier noir de sa poche :

— Et le mien, il déclenche quoi ?

— La première charge, comme les autres, avoue Schwartz.

— Rien que celle-là ?

— Oui.

— Pourquoi vous ne m'avez rien dit ?

— Par prudence.

Amos jette le boîtier sous son pied et l'écrase d'un coup de talon :

— Vous êtes des enculés ! Je n'aurais jamais dû vous faire confiance.

Il les dévisage, les yeux rouges, haineux :

— Vous êtes comme tous les autres de votre race, je suis un négro et un négro est tout juste bon à obéir et à fermer sa gueule. J'ai été assez con pour croire que c'était « notre »… « Notre »…

Les mots lui manquent. Il s'étrangle :

— Notre quoi ? Notre projet ? Notre rien du tout, oui ! Ça, vous êtes plus conséquents que moi. Vous êtes blancs et on vous a appris qu'un Blanc ne doit jamais faire confiance à un Noir ! Il n'est pas avec nous, il ne sera jamais avec nous ! Alors on lui donne un hochet pour l'occuper et tant pis s'il y laisse sa vie !

Il crie :

— Qu'est-ce que je fais ici ? Dites-moi ce que je fais ici ! Je suis un pot de fleur ? Une décoration ? Un supplétif étranger ? Une troupe indigène ?

— Lâche-nous ! ordonne Gary, pour forcer Amos à se taire. Arrête de dire n'importe quoi ! J'ai touché exactement le même boîtier que toi, et Arno aussi, et Bonhomme ! Il n'y a pas de quoi en faire une histoire !

— Vous, vous saviez à quoi vous en tenir !

— Non, Arno ne savait rien, Bonhomme non plus, personne. Il n'y avait que Schwartz et moi qui étions au courant !

Le grand Schwartz tend son boîtier à Amos :

— Prends le mien, si tu veux. C'est la commande centrale. Boum boum *number one*. Je ne tiens pas spécialement à être celui qui coulera le bateau s'il faut en arriver là…

Amos l'écarte d'un geste :

— J'en veux pas de ton truc ! Je veux savoir ce que vous me cachez encore.

D'autorité, Schwartz lui fourre le déclencheur dans la poche :

— On ne te cache rien ! Prends-le ! On ne va pas s'engueuler pour ça !

— Tu nous fais chier avec tes soupçons à la con ! s'emporte Suz. Nous aussi on pourrait avoir des soupçons !

— Des soupçons de quoi ? demande Amos, sur la défensive.

La bouche de Suz se tord d'un rictus méchant :

— Qui a ouvert aux types qui sont venus nous défoncer la gueule et faire flamber Mondial Laser ?

— Tu crois que c'est moi ?

— J'en sais rien, mais je le saurai un jour. Et, ce jour-là, celui qui nous a trahis me trouvera devant lui.

Amos s'avance d'un pas :

— T'as une grande gueule, Suz, mais je ne suis pas sûr que tu sois aussi courageux que ça.

Suz relève le défi :

— C'est toi qui as ouvert ?

Amos le nargue d'un grand sourire :

— Qui sait ?

En réponse, la droite de Suz part aussitôt. Amos esquive et allonge son gauche en rotation, touchant Suz à la base du cou. Suz riposte en crochets courts frappant le nez et la bouche d'Amos. Avec un temps de retard, Doc et le grand Schwartz sautent sur les combattants pour les séparer. Gary et Dargone ceinturent Amos dont les lèvres saignent et l'éloignent. Suz se fait bloquer par les deux autres.

Gary est furieux :

— Arrêtez ! Arrêtez, merde ! Vous êtes tarés ou quoi ? Vous croyez que ça va nous mener où si on commence par se battre entre nous ?

Et, retrouvant son calme, il commande :

— Suz, tu vas à l'avant sur le pont, avec Bonhomme. Je ne veux plus que tu refoutes les pieds ici ! Tu sais ce que tu as à faire.

— Faites pas chier, j'y vais, répond Suz, se dégageant de l'emprise du grand Schwartz et de Doc.

Il fait signe à Bonhomme :

— Rapplique, on va tout mettre d'équerre.

— Moi aussi je vais dehors, dit Dargone. Au grand air, j'ai moins l'impression d'avoir envie de dégueuler toutes les cinq minutes.

— Je te suis ! approuve Doc, un pli d'angoisse au coin des lèvres.

Il n'a plus rien avalé depuis…

Brusquement, se tenant le ventre, Doc bouscule tout le monde et sort en catastrophe pour se pencher au-dessus du balcon, malade comme un chien.

Excuses

Le silence s'impose sur la passerelle.

Gary vérifie que Suz, Dargone, Doc et Bonhomme descendent rapidement à leurs postes. Il s'approche de la barre, frissonnant.

— Suz m'a cherché, s'excuse Amos qui se tamponne la bouche avec son mouchoir.

Gary se rembrunit, il n'est pas d'accord :

— Non, il a peur, dit-il d'une voix sans hâte.

Amos sursaute :

— C'est ça, ce connard a des circonstances atténuantes ? Trouve autre chose !

— Je ne trouve rien, répond Gary. Je te dis qu'il a peur. Il est comme le gladiateur dans le couloir avant d'entrer dans l'arène. Il se chauffe à la peur, elle coule dans ses veines, elle a pris possession de son cerveau. Alors parfois ça devient insupportable et il faut qu'il cogne pour la faire taire.

Amos n'ose pas le regarder, il en veut à Gary :

— Je ne méritais pas d'être tenu à l'écart, dit-il, grondant de colère. Je prends les mêmes risques que vous, je dois avoir les mêmes droits.

Schwartz intervient :

— C'est normal de cloisonner un max. C'est ce qu'ils faisaient dans la Résistance…

— N'empêche, vous auriez dû m'avertir.

— Ça aurait changé quoi ?

— Ça m'aurait épargné l'humiliation.

Gary pose sa main sur l'épaule d'Amos. Il se sent coupable :

— OK, je crois que nous te devons tous des excuses.

— Laisse tomber.

— Non, nous te devons des excuses. Personne n'a voulu t'humilier. Aucun de nous, et moi moins encore que les autres.

Les yeux d'Amos s'embuent. Il ne veut rien laisser paraître de la douleur qui le déchire. Les excuses viennent trop tard, le mal est fait.

Gary ouvre la porte.

— Tu vas voir Suz ? demande-t-il, soufflant, crachant.

Gary ne répond pas.

— Je reviens, dit-il simplement.

Urne

La nuit, le Nord...

Les foudres amoncelées dans le ciel se mettent en ordre de bataille. D'abord le vent et ses chevau-légers, ensuite la pluie avec ses fantassins ; l'artillerie de campagne donne du canon au-dessus des têtes, mais sans déchirer le rideau du ciel tandis que les armes lourdes, au loin, chargent leurs pièces avec fracas.

Gary descend sur le pont inférieur par une échelle droite, poussé par une idée qui l'aiguillonne depuis que le *Nausicaa* est au large. Au milieu de la coursive, il ouvre sans difficulté le petit placard qui abrite les commandes électriques. Au départ du Havre, il a caché là l'urne contenant les cendres de Milan. Gary la glisse dans sa veste, la couvre, comme un enfant qu'on veut protéger du froid, du vent, des embruns. Il s'approche du bastingage, ferme les yeux pour mieux sentir les gouttes de pluie piquer son visage, pour humer l'odeur de la mer, pour mieux entendre sa voix.

Il doit se hâter, les heures protectrices vont s'achever.

Il souffle sur ses doigts pour les réchauffer, fait sauter le bouchon de l'urne avec précaution et aussitôt la retourne, dispersant dans l'air de grandes poussières livides qui s'envolent sans qu'il puisse même suivre du regard ces fantômes d'une vie. Puis, encore tremblant d'émotion, d'un geste plein de rage, de dépit, il lance l'urne comme s'il lançait son propre cœur, guettant le moment où elle touchera l'eau blafarde pour disparaître.

Gary se sent fléchir.

Pour lui, tout pourrait s'arrêter là. À cet instant, à cet endroit. Il lui suffirait d'enjamber la rambarde de protection et de s'abandonner aux vagues pour rejoindre son fils dans les profondeurs marines. Milan est mort. Cette phrase d'une banalité terrible le travaille comme une écharde dans sa chair. C'est un mal qui le tourmente jour et nuit, qui dresse un mur devant lui.

Gary n'a plus de futur.

Dès qu'il fait un pas en avant, il se heurte à ce mur, il s'y blesse, s'y cogne et s'il se retourne, c'est pire. Un gouffre s'ouvre sur son passé, le vide l'aspire, le néant l'attend. Battu par les bourrasques, saucé par les averses, Gary espère être emporté sur les nuées ou sombrer comme une pierre, un rocher. Dans le miroir aveugle de la nuit, il voit le visage de Milan, ses yeux, sa bouche, sa tignasse en désordre. Il l'entend réciter :

Vous n'êtes pas seul à connaître les heures obscures
*La nuit aussi fait planer son obscurité sur moi**...

Cette voix venue de nulle part le ranime. Gary reprend force et lucidité dans le murmure confus qui l'entoure.

Il n'est pas seul !

Ce n'est pas ici que tout s'achève, au contraire, c'est ici que tout commence. Pour ceux qu'il a entraînés à sa suite, pour Gigi qui lui a offert l'arme de sa vengeance, pour Milan dont il ne reste que le souvenir obsédant. Pour Milan dont la mort devient le point de ralliement de tous ceux qui n'acceptent plus d'être livrés en holocauste au dieu Profit. Le symbole de ce qu'ils combattent, leur étendard.

---

* Walt Whitman, *Feuilles d'herbe*, *op. cit.*

Gary s'arrache au bastingage.

Il repart en courant vers la passerelle. Sur l'échelle droite, il lui revient ce qu'il a dit à Olympe pour la réconforter : « Tu as fait ce que tu devais faire. »

Oui, lui aussi va faire ce qu'il s'est juré de faire…

Infos

Cardona, l'ancien directeur financier de Mondial Laser, ne dort pas, malgré les médicaments dont il se gave. Ses articulations ne le laissent pas en paix. Incapable de bouger, il grogne, cloué devant sa télé. L'excitation le gagne chaque instant un peu plus.

— Clotilde ! Clotilde, merde, viens voir !

La voix de Bazailles commente une série de photos en noir et blanc :

— Nous apprenons à l'instant le décès de M. Florian Beltrami, président du groupe Aqua, propriétaire de notre chaîne qui, selon nos informations, aurait succombé à une crise cardiaque. Nous y consacrerons une très large place dès que nous aurons des éléments complémentaires…

Il réapparaît à l'écran :

— Par ailleurs, il semble se confirmer que les auteurs du détournement sont effectivement le personnel de Mondial Laser – dont les anciens dirigeants sont à bord du *Nausicaa* –, qui veulent ainsi manifester contre la fermeture définitive de leur entreprise, vendue à un groupe indien, New Delhi Electronic…

Bazailles marque un temps pour dramatiser son annonce :

— Nous avons pu rencontrer l'ex-femme de celui qui apparaît comme le meneur de cette action…

Clotilde entre dans la chambre, habillée, maquillée, coiffée comme pour sortir, au moment où la régie de TFM envoie le reportage sur Geneviève.

Cardona trépigne :

— Tu peux croire ça ? Les tarés de Mondial Laser ont détourné le bateau sur lequel il y a Michaud et Espadioux ! Quand je pense que j'étais invité…

Il rit, un rire grêle, en cascade. Il ne remarque pas ce que la tenue de sa femme a d'étrange alors qu'il fait encore nuit.

— Ah, merci mon Dieu ! Merci ! Si vous pouvez tous les envoyer par le fond et que je n'entende plus jamais parler d'eux ni de cette putain de boîte, je serai le plus heureux des hommes, même si je dois crever dans ce lit !

Et, fermant les yeux, serrant les poings au bout de ses bras inertes :

— *Happy new Year ! Happy new Year !*

Clotilde l'interrompt :

— C'est ça que tu voulais me dire ?

— Ça ne t'intéresse pas de savoir qu'Espadioux fait une croisière avec bain de minuit surprise en mer de Norvège ?

— Qu'est-ce que tu veux que ça me fasse ?

— Il ne te tringle plus ? demande Cardona, tournant enfin les yeux vers elle.

Clotilde rougit violemment, prête à le gifler. Cardona s'en moque :

— Qu'est-ce que tu fous ? Tu sors ?

— Je m'en vais.

Cardona hausse les épaules. D'un coup de menton, il désigne l'écran où Hocine, le mari de Geneviève, est en train de claquer la porte au nez du reporter :

— Regarde-moi ça ! Mais regarde-moi ce con ! Je t'enverrais tout ça en Arabie saoudite…

Clotilde fait quelques pas jusqu'à la penderie pour décrocher son vison.

— Arrête ton cirque ! râle Cardona.

Il soupire, égayé par ce qu'il dit :

— Qu'est-ce que t'as ? Ça te travaille ? Tu crois que pour fêter le Premier de l'an, tu vas lever un type qui aura envie de se rouler dans ta fourrure ?

— Je m'en vais, répète Clotilde, le regardant comme regardent les aveugles.

Elle est de pierre :

— Je pars. Mes valises sont prêtes. J'ai pris tout l'argent du coffre et mes bijoux. J'ai récupéré aussi tout ce que je pouvais à la banque.

Elle se penche vers Cardona :

— Tu peux être content, tu ne me reverras jamais.

— Ne me fais pas chier avec des conneries !

— Adieu.

Cardona fronce du nez comme un lapin. Il s'insurge :

— Je t'interdis de me laisser. Tu n'as pas le droit !

— Tiens donc !

— Je te rappelle que tu es ma femme.

Clotilde fait glisser son alliance et la jette sur le lit :

— Voilà, je ne le suis plus !

Elle sourit :

— Ne cherche pas le livret de famille, je l'ai mis aux ordures. Comme il n'y a pas de famille, mais une ordure, il y sera parfaitement à sa place…

— Tu ne peux pas partir ! Je suis infirme ! Infirme ! Tu comprends ce que ça veut dire ?

Sur TFM, « la télé que l'on aime », Bazailles accueille un consultant militaire :

— En plus des hélicoptères, trois frégates de la marine nationale sont sur les lieux. Le commandant

Maubain, notre expert en questions maritimes, vient de nous rejoindre. Je me tourne vers lui pour lui demander son analyse de la situation juste avant son probable dénouement…

Clotilde se détourne de l'écran dont l'image l'a attirée un instant. Elle observe son mari. Cardona ne peut ni plier les jambes ni se soulever sur les coudes.

— Pourquoi resterais-je ? feint-elle de s'interroger. Pour t'entendre m'injurier ? me commander ? m'engueuler ? Pour changer tes couches et te laver ? Pour te faire manger ? Non, désolée, ça ne m'intéresse pas.

— Tu veux que je crève ici ? C'est ça ? Tu veux que je crève ?

— Ne viens-tu pas de demander à Dieu de te rappeler à Lui ? S'Il existe, Il t'exaucera sûrement. Et s'Il n'existe pas…

— Si tu fous le camp j'appelle les flics pour qu'ils te ramènent par la peau du cul !

— Un conseil : crie fort pour qu'ils t'entendent, j'ai arraché les fils du téléphone et il n'y a personne ni au-dessus, ni au-dessous, les Tarrière sont à Menton…

— T'es qu'une salope ! Une pourriture ! Une criminelle !

Clotilde se dirige vers la porte d'un pas décidé.

— C'est ça que j'aime en toi : tu sais toujours trouver le mot qu'il faut pour faire plaisir…

Cardona a de plus en plus de mal à respirer. Sa langue sort de sa bouche et s'agite, comme si elle pouvait laper de l'air. Il grimace, ses narines palpitent, ses yeux tournent, ses doigts griffent sa couverture. Il entend le commandant Maubain assurer aux téléspectateurs :

— Nous pouvons faire confiance à la marine comme au GIGN qui, même dans des conditions météo difficiles, savent…

Cardona pousse un long cri pour la retenir :

— Non !

Et, pleurnichant :

— Clotilde ! Reste ! Reste, je t'en supplie ! Clotilde, ne m'abandonne pas ! Je n'ai personne d'autre. Je n'ai que toi pour m'aider !

— À force de trouver tout le monde con ou taré, forcément, ça fait le vide…

— Reste ! Reste Clotilde… Pardonne-moi si je t'ai blessée. Pardon, pardon. Si tu savais comme je souffre. Si tu savais comme je t'…

Cardona a en banque de quoi vivre dix vies, un duplex de trois cent cinquante mètres carrés avec terrasse, deux voitures de luxe, des tableaux, des actions, des…

Il gémit, à bout de souffle :

— Qu'est-ce que je peux faire sans toi ?

Clotilde pose son index sur ses lèvres, faisant mine de réfléchir, et répond, pleine d'enthousiasme :

— Tu peux regarder la télé !

Bureau

Martial s'est retiré dans son bureau. Il n'éprouve pas de peine. La mort de son frère l'indiffère. Ils ne s'aimaient pas ; ils se détestaient même. En fait, il savoure l'ironie de l'histoire. Le décès de Florian, embarqué sur un navire pour milliardaires fêtant leurs milliards, fait du mouton noir de la fratrie l'actionnaire principal du groupe et, objectivement, le patron de la chaîne. Lui qui passe pour une nullité en affaires vient de réaliser le hold-up financier de l'année !

De Sees frappe et entre sans attendre d'être invité à le faire :

— Je suis venu vous remettre ma démission…

— Je croyais que vous veniez me présenter vos condoléances.

— Ce serait plutôt à vous de me les présenter. Votre frère était mon ami, je ne crois pas que c'était le vôtre.

— Qu'importe, il est bon de respecter les formes, dit Martial prenant la lettre que de Sees lui tend.

De Sees adopte un ton très solennel pour déclarer :

— J'assurerai mes fonctions jusqu'au dénouement de cette affaire, ensuite je quitterai la chaîne…

— Vous avez des propositions ailleurs ?

— Aucune.

Martial hoche gravement la tête, soupesant la lettre qu'il tient entre ses doigts, mais sans l'ouvrir. Puis, comme indifférent à ce qu'il fait, la déchire et la jette dans la corbeille.

— Qu'est-ce que vous faites ? demande de Sees, interloqué.

— Je ne crois pas que vous étiez si attaché que ça à mon frère. À part sa femme, je ne vois d'ailleurs pas qui y était véritablement attaché. Mon frère n'avait pas d'amis. Il avait des obligés, des clients, des domestiques. Personne d'autre…

— Dans quelle catégorie me rangez-vous ?

Martial ouvre les mains en signe de paix :

— Je ne cherche pas à vous provoquer ni à vous quereller. J'essaye de regarder les choses comme elles sont.

— Eh bien, dit de Sees, si vous les regardez comme elles sont, vous devez voir que nous n'avons rien à faire ensemble, que nous ne pouvons pas travailler tous les deux ici, ni même rester plus de dix minutes dans le même bureau sans avoir envie d'en venir aux mains.

Il fait un pas en arrière, dans une attitude toute militaire :

— Alors, si vous le permettez, je retourne en régie. Je m'en tiens à ce que je vous ai dit…

Martial se lève :

— Un instant. Je ne veux pas de votre démission. D'abord parce que vous êtes un professionnel et qu'un professionnel doit se garder d'avoir des états d'âme, si j'ai bien compris votre philosophie. Vous travailliez pour mon frère, vous travaillerez pour moi. Seul le prénom changera au bas des chèques que vous toucherez. Ensuite, je crois que votre démission, c'est de la pose. Un geste théâtral pour épater ceux qui s'épatent de peu et, vis-à-vis de moi, un moyen de pression implicite pour que je vous supplie de continuer et que je vous augmente. Ce que je vais faire, soyez-en sûr…

Il s'amuse :

— Je sais que vous ne voulez pas partir, en aucun cas. Vous n'aurez – vous n'avez déjà – qu'une idée en tête : réussir à nouveau à me faire virer de la chaîne par le conseil. Aussi, je préfère vous garder près de moi, sous mes yeux. Vous serez mon Iago, mon Judas, mon traître officiel. Au moins, je saurai qui sera à la manœuvre et d'où viendront les coups qui ne manqueront pas de me tomber dessus…

Martial et de Sees descendent en régie en toute hâte pour voir Freddy Minowitz, le cameraman embarqué dans un des Super Frelon, prendre l'antenne.

— Nous sommes à quinze minutes environ de l'objectif, crie-t-il, pour se faire entendre malgré le bruit conjugué du rotor et du vent qui fait vibrer les tôles de l'appareil.

Il filme les hommes en tenue de combat, des Robocops, armés, casqués, alignés le long de la carlingue de l'appareil.

— Le temps est épouvantable, monstrueux ! commente-t-il. L'altimètre fait du yo-yo. Je ne sais pas si les commandos pourront intervenir !

Minowitz resserre son cadre sur l'adjudant Bolis placé près de la porte :

— Qu'est-ce que vous en pensez, mon adjudant ? Vous allez pouvoir y aller ?

— Faudra bien !

— Vous allez sauter sur le *Nausicaa* ?

Bolis répond calmement :

— Notre mission est de neutraliser les pirates.

— Même de nuit, avec des rafales à quarante, cinquante nœuds ? C'est impossible !

— Nous sommes entraînés !

— Il s'agit de conditions extrêmes !

— Nous sommes extrêmement entraînés pour ça !

Minowitz pique sa caméra pour tenter de montrer la mer à travers le hublot, impossible dans l'obscurité, d'autant qu'une brume glacée voile tout de gris. Il revient au plan général et reprend la parole en faisant entrer sa montre dans le champ :

— Nous sommes maintenant à onze minutes de l'objectif. Je garde l'antenne. Il peut se passer quelque chose à tout instant. Comme vous pouvez le voir nous sommes secoués, chahutés par des rafales très violentes chargées de pluie. Nous sommes véritablement au cœur de la tempête et vous êtes en direct avec nous sur TFM !

Jumelles

Le ciel est complètement bouché, l'atmosphère chargée d'eau. Une nouvelle dépression s'annonce. Le tangage soulève le *Nausicaa* par l'arrière et le fait plonger dans le grondement des hélices tantôt noyées profondément, tantôt affleurant au ras des vagues.

Posté sur le deuxième pont, entre la passerelle et les canots de sauvetage, Dargone, le premier, repère à la jumelle les feux de position des cinq Super Frelon qui font route vers eux en formation serrée.

— Ils arrivent ! crie-t-il au talkie, pour donner l'alerte. Putain, ils arrivent !

— À combien ? demande Gary.

— J'en sais rien. Je ne vois que des points minuscules !

Téléphone

Amos ne desserre plus les dents, l'œil fixé sur l'horizon, mais le regard absent, tourné vers lui-même. Il tient à la main la commande des explosifs. D'une simple pression du doigt, il sait qu'il peut faire partir toutes les charges en même temps, submerger les cales et couler le *Nausicaa* en quinze minutes, trente au plus… Le grand Schwartz, les mains croisées dans le dos, appuyé à la paroi du fond, ne parle pas non plus. Il n'ose même plus bouger la tête, de peur d'avoir à nouveau le cœur au bord des lèvres et d'être, comme Doc, obligé que quitter d'urgence la passerelle.

Matignon est en ligne.

Gary injurie Saffert :

— Vous nous prenez pour des cons, mais vous allez voir que nous ne plaisantons pas !

— Nous devons discuter.

— Ce n'est plus le moment. Dites à vos hélicos de faire demi-tour !

— Je ne peux pas. Ils sont sous les ordres de la présidence.

— Alors, souhaitez bonne année à la présidence !

— Qu'est-ce que vous allez faire ?

— Ce que j'ai toujours dit.

— Vous avez encore des charges ?

— Nous avons des moyens de défense.

— Quels moyens ?

Gary ignore la question. Saffert crie dans le combiné :

— Quels moyens ? !

Grand salon

L'explosion de la première charge de C4 secoue le grand salon jusqu'au lustre monumental qui oscille dangereusement. Le toit vitré se fend et des plaques de verre, tranchantes comme des couteaux de guillotine, tombent sur la piste de danse. C'est la panique. Une vieille femme déguisée en Cruella s'évanouit, beaucoup crient, la tête levée vers le ciel, un Arlequin, blessé à l'épaule, se met à courir comme un canard à qui on aurait coupé le cou.

La pluie, le vent s'engouffrent à l'intérieur.

Nicole Cawlpepper croise les mains, ferme les yeux :

Seigneur, ayez pitié de nous
Christ, ayez pitié de nous
Père céleste, qui êtes Dieu, ayez pitié de nous
Dieu le Fils, Rédempteur du Saint-Esprit
Ayez pitié de nous...

Melville prend l'initiative :

— Que tout le monde reste calme ! Nous devons sortir d'ici !

Il va jusqu'au buffet.

— Que ceux qui tiennent encore debout viennent m'aider à prendre cette table. Elle va nous servir de bélier !

Et, appelant des renforts d'un grand geste du bras :

— *Come on, boys ! Come on !*

Glaubert et Massaud, les officiers de sécurité, le rejoignent en premier. Laissant sa femme en prière, Cawlpepper accourt sur leurs talons avec Michaud et l'Australien déguisé en cow-boy. Cinq autres hommes valides viennent les épauler.

— Par ici ! Aidez-moi !

Ils soulèvent la table du buffet et, au commandement de Melville, chargent contre la première porte cadenassée devant eux.

La porte résiste.

— Encore une fois ! On va l'avoir !

Ils reculent pour prendre de l'élan et, s'encourageant de la voix, attaquent à nouveau l'entrée sous l'œil curieux d'Aurore Volumster, d'un calme inquiétant.

Dans la cuisine, la déflagration a fait tomber une batterie de casseroles mal fixée et de la vaisselle posée sur une desserte. Dans la réserve attenante, Enzo di Marco gît évanoui, au milieu de ses vomissures. Lewis et Germarch' sont aussi mal que lui.

Rien à en attendre.

Allongé sur le sol dans son costume de Superman, Espadioux se tord en tous sens pour tenter de se libérer. Le bracelet Serflex qui le menotte lui arrache la peau, le blesse, sans jouer d'un millimètre.

— Coupez-le avec les dents ! dit Espadioux, en se basculant vers Lerendu, en barde gaulois.

— Je n'y arriverai jamais !

— C'est ça ou crever !

Greg Best encourage l'Allemand Hans Becker à faire la même chose pour lui.

— *Don't be afraid ! Cut it bloody hell !*

Becker mord le plastique à pleines dents, Lerendu l'imite plus timidement. Les deux hommes s'emploient à ronger les liens, déchirant comme ils peuvent les bracelets translucides d'une incroyable résistance.

Lewis hallucine.

Dans le semi-coma où il se trouve, il croit voir la lutte préhistorique de larves humaines, d'éléphants marins, de monstres venus de l'espace. Il voudrait les chasser d'un cri, mais il est incapable de dire autre chose que :

— *Oh my God ! Oh my God !*

Frégate

Malgré les lames qui l'attaquent par le travers, le *La Fayette* met le canot des femmes sous le vent et réussit à l'amarrer contre son flanc. La houle drosse dangereusement la petite embarcation contre la frégate. Les femmes chantent encore.

Le roi a fait battre tambour
Le roi a fait battre tambour
Pour voir toutes ses da-a-a-mes...

Une échelle de pilote est jetée par-dessus bord. Un marin, tête nue, lourdement vêtu, enjambe le bastingage :

— N'ayez pas peur ! Accrochez-vous toujours par au moins trois points et grimpez sans regarder en bas ! ordonne le quartier-maître descendu pour aider à la manœuvre.

Deux boscos, restés en haut, lui prêtent main-forte :

— Allez, on décoince ! lance le premier. La plus rapide aura le droit de visiter ma carrée !

— Vous nous ferez la bise après ! dit l'autre.

Isabelle ne se le fait pas dire deux fois. Le vent se plaque sur son visage comme un linge humide. Elle s'en moque. Elle s'élance, aidée par le quartier-maître qui en profite pour la pousser aux fesses.

Ligne

Sur l'horizon, les projecteurs des hélicos sont maintenant bien visibles dans la nuit. Saffert réitère ses offres de négociation à Gary :

— Je peux vous assurer qu'aucune violence ne

sera exercée contre vous ni contre quiconque. Soyez raisonnable, cela ne vous mène nulle part de vous obstiner.

— Cela nous mène où nous allons.

— Écoutez-moi : acceptez de faire demi-tour. Je vous garantis que les frégates de la marine vous escorteront jusqu'à terre sans que le GIGN s'en mêle.

— Je croyais que vous n'aviez pas autorité sur eux ?

— J'en fais mon affaire !

Gary sait qu'il ment. Il voudrait l'avoir en face de lui pour lui mettre le nez dans ses mensonges. Il ricane :

— Vous ne voulez pas comprendre ou vous nous prenez vraiment pour des cons ?

Cellule

La cellule de crise s'est reformée dans le bureau gris, à Matignon. Le Premier ministre confirme au président de la République que les pirates ont mis leurs menaces à exécution.

— La surveillance thermique est formelle : ils ont fait partir une charge de forte puissance. Beaucoup plus puissante que la première…

— Qu'est-ce que fout le GIGN ?

— Ils arrivent sur zone avec le commando Jaubert.

— Très bien, parfait. Ça ne devrait plus traîner.

— Et s'ils coulent le bateau, monsieur le président ?

— La marine est là-bas ?

— Trois frégates.

— Que demander de plus ?

— La météo est contre eux.

— Bah ! Ils en ont vu d'autres !

Le président raccroche, on vient de brancher une télé dans son bureau. Il veut suivre l'intervention en direct.

— C'est de la folie ! De la pure folie ! s'emporte Ménestrier dès qu'il a raccroché. Attaquer à l'aveugle, au milieu d'une tempête, c'est n'importe quoi ! Qu'est-ce que fera le président quand il aura cinq cents cadavres sur les bras ? Il vous enverra au vingt heures expliquer que c'est « une perte acceptable » ?

— Ménestrier, dit le Premier ministre, je ne veux pas perdre mon calme, ni être grossier, mais vous nous faites chier à jouer les Cassandre ! Prodigieusement chier ! Alors, si vous désapprouvez le président, si vous nous désapprouvez, si vous n'êtes capable que de théoriser sur du vide, présentez votre démission et soyez assuré qu'elle sera acceptée !

Saffert, toujours en ligne avec Gary, une main sur le micro de son combiné, intervient :

— Je n'arrive à rien ! Différons jusqu'à ce que la marine ait ramassé tous ceux qui sont dans les canots. J'ai besoin d'un peu de temps pour…

Ménestrier se lève, bousculant sa chaise :

— Relisez le script de votre première conversation avec le bateau ! s'exclame-t-il.

Il ramasse une liasse de photocopies sur la table et lit :

— « Quant à une opération aéroportée… nous avons aussi de quoi nous défendre » ! Il ne parle pas des explosifs placés sur le bateau, il parle d'autre chose !

— Vous croyez qu'ils ont une DCA ? ironise le Premier ministre. Avold est sûr qu'ils bluffent.

— Il n'en sait rien et vous non plus ! S'ils disent qu'ils ont de quoi se défendre, c'est qu'ils ont de quoi se défendre. Ces types ne bluffent pas. Et vous n'êtes pas dans une partie de poker où on paye pour voir. Vous jouez des vies. Je répète qu'il faut donner l'ordre de repli.

— Eh bien, dites-le vous-même au président, propose le Premier ministre en décrochant le combiné de la ligne directe. Je suis sûr qu'il appréciera votre conseil…

Ménestrier contourne la table :

— Je vais lui dire !

— Laissez, intervient Saffert, relisant encore une fois le décryptage de ses conversations. Je suspends l'intervention.

— Qu'est-ce qui vous prend ? s'énerve le Premier ministre. Seul le président de la République est habilité à…

Saffert le coupe :

— J'assume la responsabilité de suspendre ! Que le président me révoque s'il veut me révoquer ! dit-il, les mâchoires crispées. mais s'il y a ne serait-ce qu'une chance sur mille pour que Ménestrier ait raison, cela suffit pour que nous ne prenions pas le risque !

— Bien sûr que j'ai raison ! assène Ménestrier.

Il se penche vers Saffert en ligne avec le *Nausicaa* :

— Dites à ces types que nous dégageons sans délai !

Et, se retournant vers le Premier ministre :

— Et nous, prenons le temps de réévaluer militairement la situation ! Il faut s'y prendre autrement.

Gigi

Après la perquisition, pour se calmer les nerfs, Gigi range tout dans l'appartement de Gary, sans même songer à se mettre autre chose sur le dos que le grand pull qui la couvre à moitié. Elle n'a pas encore fini quand elle allume la télé et zappe sur TFM pour voir les infos. À l'image, porte latérale ouverte, nous voyons les autres hélicos qui volent en formation, filmés par Minowitz.

— Nous sommes tout près du bateau ! Je ne le vois pas encore, il fait trop nuit, mais nous sommes tout près ! Et le temps ne s'arrange pas !

Gigi s'assoit au ralenti sur une pile de livres, blême, les yeux rivés à l'écran. L'hélicoptère vire légèrement sur sa gauche en même temps que les quatre autres qui le précèdent.

— Ça y est ! Je l'ai ! s'exclame Minowitz, voyant apparaître le navire dans son viseur. Je le vois ! Il est là ! Nous y sommes !

Il zoome pour essayer de surprendre quelqu'un sur la passerelle de commandement quand une explosion déchire la coque du *Nausicaa* à tribord, levant une énorme gerbe d'eau. Gigi, de surprise, bascule les quatre fers en l'air.

Pont

La cloche décorative, fixée à l'extérieur de la passerelle, sonne à chaque coup de roulis. Elle se tait, sonne, se tait et sonne encore sur l'autre bord d'une voix fêlée. Une lumière étale enveloppe Doc d'une sorte de drap gris perle.

Il bipe Gary sur son talkie :

— Qu'est-ce qu'on fait ? halète-t-il, secoué par l'explosion qu'il vient de déclencher.

— T'affole pas, répond Gary. Fonce rejoindre Suz près des canots et dis à Dargone de venir avec toi !

— Tu ne descends pas ?

— Pas avant que Suz ait fait partir sa charge !

Les yeux fiévreux, Doc aperçoit soudain les Super Frelon qui arrivent en vue du *Nausicaa.*

— Bande d'enculés ! Bande d'enfoirés ! crie-t-il, sortant de sa ceinture le revolver pris à Gary. Barrez-vous ! Allez au diable !

Doc tire dans la direction des projecteurs braqués sur le navire, une fois, deux fois, trois fois…

— Allez vous faire foutre !

Hélico leader

Le copilote de l'hélico de pointe transmet ses observations au capitaine Labbé, assis à l'arrière :

— Le con, il nous tire dessus !

— Nom de Dieu !

— C'est rien, mon capitaine, une arme de poing. D'ailleurs, j'en vois qu'un !

— Ça se présente comment ?

— Clair devant, clair derrière, personne sur le pont, sauf l'individu armé. À part ça, c'est la merde ! Mer forte, grands creux, vent force cinq à six par rafales.

— OK, reçu, répond le capitaine.

Il ordonne au micro :

— Leader à tous : préparez-vous, on y va avant qu'il neige ! Attention, il y a un cinglé avec un revolver !

Les hommes de son commando se lèvent, vérifient leur équipement, leurs armes : ils sont prêts.

Hélico 2

Labbé appelle son adjoint dans l'hélico n° 2 où est embarqué Minowitz :

— Fontana, tu m'entends ?

— Cinq sur cinq mon capitaine.

— On a un sniper, tu t'occupes de lui ?

— Pas de problème.

Il fait signe à deux de ses hommes :

— Lefébure, Machuel ! Un garenne en rase campagne !

Minowitz cadre les deux tireurs de précision qui viennent de prendre position, chacun à un angle de la porte, sous l'autorité de leur chef de tir.

Cabine

Cécile Beltrami, désorientée, n'ose pas regarder du côté du cadavre de son mari, allongé sur la couchette voisine. Elle se sent mal, elle a froid, sa robe de gitane l'irrite aux coutures. Elle croise les bras pour cacher ses seins qui débordent de son décolleté. Elle humecte ses lèvres, cherchant à comprendre ce qui se passe, d'où viennent les bruits terribles qui l'effrayent.

Où est-elle ?

Que fait-elle là ?

Tout lui revient dans une nausée : la mort de Florian, la lâcheté de Volumster, les visages grimaçants des passagers déguisés et ce sexe tendu qui éjacule sous son nez…

— Oh mon Dieu !

Cécile se signe et quitte sa couchette. Elle fait quelques pas vacillants jusqu'à la table de toilette en ébène, en marbre, en cuivre. Il faut qu'elle se lave, il faut qu'elle purifie son corps de toutes ces souillures, de toutes ces horreurs, de toutes ces images qui la tourmentent. Elle ouvre en grand les robinets, s'asperge le visage, s'inonde le torse, répétant :

— Il faut que je me lave, oui, il faut que je me lave…

Elle remonte sa robe au-dessus de ses hanches et, s'asseyant sur la faïence, utilise le lavabo comme un bidet, versant du savon liquide entre ses cuisses, le faisant mousser, se rinçant à grande eau, les yeux fixés sur cette masse informe étendue devant elle, couverte d'un drap blanc, zébrée d'une tache douteuse.

Bâche

Le tangage s'accentue.

La houle creuse les vagues qui se hérissent et se cassent contre la proue du *Nausicaa*. Le navire s'enfonce chaque fois un peu plus profondément, plombé par les deux voies d'eau qui l'inondent. Doc, le teint verdâtre, les jambes flageolantes, agite le revolver dans sa main :

— S'ils se pointent, je te jure que je ne vais pas les rater !

— Avec ta pétoire ?

— Laisse-moi faire. Pour l'éléphant faut viser l'œil, pour l'hélico le rotor !

Dargone le force à trottiner jusqu'à l'avant.

Ils rejoignent Suz et Bonhomme qui débâchent le

canot n° 2. Suz jette son déclencheur électronique à Dargone :

— Tu sais t'en servir ?

— Pas toi ? demande Dargone, le petit boîtier noir dans la main, comme un tison brûlant.

Pour toute réponse, Suz saute dans le canot :

— J'ai mieux !

Confiance

Gary pose sa main sur le micro du combiné et ordonne au grand Schwartz et à Amos de rallier Suz et les autres :

— Tirez-vous ! J'arrive !

Il reprend sa conversation avec Matignon :

— Vous êtes là ? demande-t-il à Saffert, pour vérifier que le général est toujours en ligne.

— Ne faites pas de conneries ! s'époumone Saffert, qui tente de lui parler depuis un moment. Vous avez gagné, nous sommes à vos ordres ! Qu'est-ce que vous voulez ? Dites-moi ce que vous voulez, nous sommes à vos ordres ! Parlez, nom de Dieu !

Gary n'hésite pas :

— Je vous donne deux minutes pour ordonner à vos hélicos de déguerpir et indiquer aux frégates le chemin du retour !

— OK. Restez en ligne !

Schwartz a filé mais Amos tient toujours la barre.

— Qu'est-ce que t'attends, vas-y ! lui crie Gary, montrant la sortie.

— Je reste à mon poste, répond Amos.

— Ah non, jure Gary, merde ! Tu vas pas me faire le coup de Maxi ?

Amos tourne la tête :

— Vous n'avez pas eu confiance en moi. Et moi, je n'ai plus confiance en vous.

— On va couler le bateau !

— Et alors ? Je suis dans la main de Dieu.

— Mais t'es con ou quoi ? Et ta femme et tes gosses ?

— Dieu pourvoira…

— Amos, il n'est plus le temps de discuter. Je t'ai fait des excuses au nom de tout le monde. Alors, fous Dieu dans ta poche et suis-moi !

Amos jette un coup d'œil vers le pont inférieur où Suz s'agite. Un sourire auréole son visage :

— Je crois que je ne suis pas le seul à qui on ait caché des choses…

Excitation

À Paris, Gigi, les mains plaquées sur la bouche, suit l'approche des hélicoptères, filmée en direct. Le reporter n'en peut plus d'excitation. Il se voit déjà récompensé du prix Albert-Londres, du prix Pulitzer, de l'Oscar du meilleur documentaire, de la Légion d'honneur :

— Nous y allons ! Nous y allons ! Vous n'avez jamais vu ça de votre vie ! Nous allons suivre en direct l'assaut contre ceux qui ont détourné le *Nausicaa* et retiennent en otages plus de deux cents personnes !

Il panote sa caméra pour montrer les trois hélicos qui encadrent celui sur lequel il est embarqué, le numéro 2. Les appareils amorcent leur descente ; les tireurs de précision repèrent Doc dans leur visée.

L'adjudant Fontana se lève et se place devant la porte, scrutant la mer sous eux.

— Objectif à dix heures ! crie-t-il pour se faire entendre.

Cellule

Le Premier ministre est en ligne avec le président, furieux contre le repli stratégique décidé par Saffert, sans son autorisation.

— C'est une suspension provisoire, monsieur le président, explique-t-il pour la troisième fois. Le principe de précaution…

Tous les autres sont regroupés autour du général.

— Vous m'entendez, hélico leader ? On dégage ! L'opération est suspendue ! Nom de Dieu de merde, répondez-moi !

La communication est très mauvaise. Des interférences, des craquements, du souffle la perturbent.

— Hélico leader, je ne comprends rien, répétez ! À vous !

— Dégagez ! crie Saffert dans le micro. Vous comprenez ? Dé-ga-gez !

Mistral

Suz bascule au-dessus du canot un des deux missiles sol-air Mistral volés à Wurtz, avec la complicité de son frère, le colonel Lantarget.

D'un bond, il redescend sur le pont avec le harnais de lancement.

Tout va très vite.

Bonhomme l'équipe en moins de deux minutes.

— Charge ! ordonne Suz.

L'intérimaire positionne le missile sur le lanceur.

— Chargé. Paré à tirer ?

Suz a un Super Frelon dans le viseur optique à infrarouges. Il aligne les deux curseurs sur l'hélico leader…

— Paré !

L'ordre de repli vient d'être donné par Matignon et confirmé par l'Élysée. Gary arrive en courant de la passerelle, balançant son talkie que personne n'écoute :

— Arrêtez ! crie-t-il, se précipitant vers eux, les bras tendus en avant comme s'il pouvait leur faire barrage. Ils vont dégager ! Non !

Trop tard.

Le missile part avec un souffle presque inaudible dans la tourmente. Au même moment, Doc s'écroule, touché d'une balle dans l'œil, lâchant le revolver qui glisse sur le pont.

Évasive

Minowitz n'a pas le temps de comprendre ce qui arrive. Il filme l'hélico leader quand le missile atteint celui-ci de plein fouet alors que le pilote tente une évasive. L'appareil explose, projetant des éclats sur l'hélico n° 2 et sombre en mer.

— Nous sommes touchés ! hurle Minowitz, réalisant soudain que le rotor ne tourne plus.

L'appareil se met en vrille.

— Nous tombons ! Nous tombons !

Télé

Gigi, muette de stupeur, assiste à l'explosion en direct. L'image n'est qu'un mélange de formes abstraites où l'eau, les parois de la carlingue, les visages, le ciel s'entrechoquent et se fondent dans leur chute. Puis l'écran se grise. Se couvre de neige électronique zébrée de saignées blanches. Bazailles revient à l'image, muet, incapable de commenter ce qui se passe, sinon d'une plainte sourde qui le déborde :

— C'est inimaginable…

Crash

Juste après l'hélico leader, l'hélico n° 2 se crashe en mer, soulevant un geyser d'écume autour d'un cœur enflammé. Pat, sidéré, manque de tomber à la renverse :

— Ils ont descendu deux hélicos !

Volumster saisit un bout qu'on lui lance du *Primauguet* :

— Attrape l'autre amarre, abruti ! hurle Volumster, nouant celle qu'il vient d'attraper à un banc.

Pat en est incapable :

— Ils vont tuer tout le monde, dit-il, bouche grande ouverte, yeux écarquillés. On va tous mourir…

Volumster traverse le canot à grandes enjambées pour saisir l'autre amarre qui bat contre la coque de la frégate. Il se précipite mais, trop tard, leur embarcation s'est écartée des flancs du *Primauguet.*

Volumster se retourne et gifle Pat à la volée du revers de la main :

— Sombre connard ! Tu ne pouvais pas l'attraper quand je te l'ai dit ?

Pat ne réagit pas, comme si le coup ne l'avait pas atteint. Volumster le frappe à nouveau :

— Dégage ! Barre-toi ! Tu me gênes !

Pat s'effondre entre les bancs, psalmodiant :

— Je ne veux pas mourir, non, je ne veux pas, je suis malade, je ne veux pas mourir, non je ne veux pas…

Volumster se hisse, un pied sur le plat-bord, un pied à l'intérieur, guettant la prochaine lame qui les précipitera contre la frégate. Elle arrive, ronde, puissante, animale. Elle soulève le canot doucement et le projette en se brisant violemment contre les tôles grises du *Primauguet*. Volumster amortit le choc d'une flexion et, d'un bond, réussit à saisir le bout qui pend devant lui.

Le canot repart avec le ressac.

Volumster reste suspendu au-dessus du vide :

— Hissez-moi, merde ! Hissez-moi nom de Dieu ! Je ne vais pas tenir !

Sang

La tempête ne masque plus son impatience. Les vents balayent le pont du *Nausicaa ;* les vagues et la pluie rivalisent de force ; la mer frappe de bâbord comme de tribord et plonge sous elle l'étrave du navire pour l'étouffer et ne la relâcher qu'au dernier instant. Gary, pris dans les bourrasques, criblé du sang de Doc, hurle à Suz :

— Qu'est-ce que t'as fait, t'es dingue ?

— Ils étaient prévenus ! se défend Suz, hurlant lui aussi.

Et, provocant :

— J'ai tiré un trait sur le passé !

— C'est bien fait pour leur gueule ! ajoute Bonhomme, d'ordinaire moins loquace.

— Boucle-la, dit Schwartz, le menton tremblant.

Gary est hors de lui, comme si la rage des éléments n'était que sa colère portée aux cieux :

— Tu devais attendre mes ordres ! crie-t-il à Suz.

— Tu crois qu'ils t'ont attendu pour exploser Doc ?

Dargone pointe du doigt les hélicos qui battent en retraite dans le ciel en tumulte :

— Ils se taillent ! Embarquons et tirons-nous avant qu'il soit trop tard !

— J'ai un autre missile ! fanfaronne Suz, tourné vers le canot, prêt à remonter dedans. J'ai de quoi voir venir !

Gary s'essuie du revers de la main et le retient par la manche :

— C'est ce que tu cherchais ?

Suz se dégage d'un geste et ricane, l'air bravache :

— Je n'avais pas l'intention d'arriver en retard comme Hugo.

— Tu te trompes de guerre !

Dargone ne veut plus attendre :

— Vous êtes barges ou quoi ? Vous croyez que c'est le moment de refaire l'histoire de France ?

Il montre Doc baignant dans son sang, roulant d'un bord sur l'autre contre le bastingage :

— On a un mort ! On a trois cents personnes cadenassées en dessous ! Le bateau va couler et vous vous engueulez sur des conneries dont tout le monde se fout !

— On s'était fixé des règles, rappelle Gary, d'une voix d'outre-tombe, les épaules lourdes. Je négociais jusqu'au bout et nous ne tirions qu'en ultime recours, s'ils nous attaquaient !

— Doc, ça ne te suffit pas comme attaque ? aboie Suz.

— Doc n'avait qu'à pas faire le con avec le revolver !

— Qui l'a apporté ?

— Ta gueule !

— Je me trompe peut-être de guerre, dit Suz, mais la guerre est déclarée. Nous tuons les premiers ou nous serons tués.

Gary serre les poings :

— Je ne me venge pas en tuant des militaires payés au mois.

— Ta vengeance ! s'exclame Suz. Mais on s'en fout, de ta vengeance. C'est la nôtre qui compte !

— Si votre vengeance c'est de descendre des hélicoptères, ce n'est rien. C'est minable.

— Ah oui ?

— Nous avons tué des hommes qui ne faisaient que leur boulot, affirme Gary, pesant chacun de ses mots.

— Même si leur boulot consistait à nous allumer ?

— Ils faisaient leur boulot ! Pas plus, pas moins que nous. Des salariés ! C'est comme si nous nous étions flingués nous-mêmes.

Les vents sifflent, fouettent, l'eau tourbillonne, écume, se dresse en herses liquides, se creuse, douves insondables. Gary, sourd au mugissement des rafales, aux dislocations des vagues, baisse la tête. Il la relève, regardant Suz droit dans les yeux :

— Tu as tout gâché, dit-il.

Bonhomme crache par terre :

— Tu parles, Gary, tu parles tout le temps, mais tu chies dans ton froc quand il s'agit d'y aller vraiment !

— Me cherche pas, réplique Gary, les dents serrées. C'est pas le moment.

— Pas besoin, je t'ai calculé dès que je t'ai vu. Sans moi, vous seriez encore à vous tâter le cul dans votre atelier !

Il minaude :

— J'y va-ti ? J'y va-ti pas ? Faut-i des règles oui mais quelles règles ?

Et, content de lui :

— Eh bien vous voyez ce que ça donne, vos règles ! Ça fait pisser le sang d'un des nôtres et vous n'avez pas de Tampax pour l'arrêter !

— Arrête ! braille Suz.

L'eau ruisselle sur eux.

— Regarde-moi bien, dit Bonhomme, tu voulais savoir qui avait ouvert aux types le soir où ça a flambé là-bas ? Eh bien, c'est moi ! Et, sincèrement, je n'ai pas eu une seconde d'hésitation quand mes petits copains fachos du foot me sont tombés dessus pour me demander si je préférais leur filer un coup de main ou me faire défoncer la gueule…

Suz déboucle son harnais :

— Je vais te tuer, jure-t-il, s'avançant vers Bonhomme, le visage lavé de pluie.

Dargone s'interpose :

— Tu ne vas tuer personne. Un mort ça suffit. Monte dans le canot. Tu veux crever ici ? Allez magne, embarque, on réglera ça plus tard !

Suz le bouscule :

— Non, on va régler ça maintenant.

— Tu ne veux pas savoir qui leur a donné l'ordre ? demande Bonhomme.

— Défends-toi, répond Suz, menaçant.

Bonhomme recule d'un pas, goguenard :

— Fais pas le méchant, Suz, sans moi tu serais toujours resté un révolutionnaire de papier. Tu devrais plutôt me dire merci. Ton rêve est devenu réalité. Il te fait peur ?

Soudain, Schwartz saisit Bonhomme par le col et le fond du pantalon et, poussant un rugissement horrible, le précipite en courant au-dessus du bastingage sans que personne n'ait rien pu faire pour l'en empêcher. Sans que Bonhomme ait pu rien tenter pour se défendre, sinon crier, hurler, battre des bras en vain comme un oiseau sans plumes qui plonge dans la mer et se noie.

Canot

Suz se décide à grimper dans le canot, poussé par Dargone qui jure :

— Vous êtes dingues ! Putain, vous êtes tous devenus complètement dingues !

Il ne fait ni jour ni nuit. Le ciel s'illumine d'éclairs effrayants. Dargone, scrutant l'orage, rejoint Suz et tend la main à Gary :

— Rapplique, merde !

Gary obéit. Il a soif, peut-être a-t-il la fièvre ? Son corps ne semble plus lui appartenir. Il est terriblement fatigué, rompu, traversé de frissons qui le glacent. Tout s'effondre. Sa vengeance est salie, souillée de sang, de feu, de merde.

— Où est Amos ? demande Schwartz.

— Sur la passerelle.

— Il ne descend pas ?

— Il veut rester jusqu'au bout, répond évasivement Gary, dont les yeux se ferment pour ne pas voir Suz qui le fixe, l'air vainqueur.

Schwartz pleure comme un enfant :

— Je comprends, dit-il en reniflant. Je comprends…

Et soudain, levant son visage en feu, exalté, il crie :

— Dostoïevski avait raison, Dieu n'existe pas : le meurtre est permis !

Mais personne ne l'écoute.

Matignon

Le Premier ministre est averti de la perte des deux hélicoptères. Bilan provisoire : cinquante commandos disparus, plus les quatre pilotes, les deux navigateurs et le reporter embarqué de TFM. Très peu de chances de retrouver des survivants.

— C'est un acte de guerre, dit-il, le visage creusé, marbré de plaques rouges. L'armée française n'a pas subi de telles pertes depuis…

Son regard croise celui de Ménestrier qui se tait, les mains rageusement enfoncées dans les poches de son pantalon :

— Je signerai ma démission dans la journée, dit-il, fixant le Premier ministre sans ciller.

— Je ne vous demande rien.

— J'avais raison, assène Ménestrier.

— Et alors ?

— C'est une faute inexcusable, n'est-ce pas ?

— Vous me cherchez ?

— Soyons clairs : si je reste, je ne donne pas cher de ma peau. Chaque fois que nous nous croiserons vous lirez dans mes yeux que je sais que j'avais raison et que vous savez que je le sais. Je préfère prendre les devants.

Personne n'ose intervenir.

— Barrez-vous, dit brusquement le Premier ministre en tournant le dos à Ménestrier. Barrez-vous !

Ménestrier ramasse ses papiers et s'en va, saluant ses collègues d'un petit mouvement de tête. En passant devant le Premier ministre, il ne peut s'empêcher de glisser avec un sourire narquois :

— N'oubliez jamais que j'étais là et que je sais...

Délivrance

Au cinquième essai, la porte cadenassée du grand salon cède sous les coups de boutoir de la table lancée contre elle. Glaubert, transpirant, se débarrasse de sa cape de mousquetaire et ordonne aux passagers :

— On évacue. Pas de panique, que les plus valides aident les malades !

C'est la ruée.

Glaubert tente de canaliser la foule affolée qui se jette vers la sortie.

Massaud vient à son aide :

— Montez en ordre sur le pont ! Ne vous précipitez pas, ça ne sert à rien !

Melville repère Aurore Volumster immobile dans la cohue, comme incapable de faire un pas, tétanisée. Il la hèle, la siffle, lui fait un grand signe du bras :

— Par ici ! Venez avec moi ! Vite !

Et, comme elle ne semble pas comprendre, il se lance à contre-courant, bousculant tout le monde pour la rejoindre.

— J'ai horreur qu'on me siffle, dit-elle avec un flegme déconcertant, quand il lui prend le bras pour l'entraîner.

Melville la presse d'une voix courtoise :

— Pardon, mais le bateau va couler.

— Ce n'est pas une raison pour renoncer au savoir-vivre.

— Au savoir-ne-pas-mourir, corrige Melville, voix de velours, léger sourire.

Elle s'inquiète :

— Vous avez peur ?

— Pas vous ?

Aurore se serre contre lui comme si elle craignait de perdre l'équilibre. Il peut sentir ses épaules trembler, voir un cercle noir durcir le bleu de ses yeux.

Passerelle

Amos, la bouche sèche, les yeux froids, goûte son propre sang qui coule de sa lèvre fendue. Il ne ressent aucune douleur, aucune urgence. Il n'a rien d'autre à faire que de garder le cap vers nulle part. Ses mains s'engourdissent sur la barre. Son esprit n'est qu'à ce qu'il voit : Gary qui rejoint Suz et Dargone dans le canot, le grand Schwartz qui refuse de les suivre et manœuvre les bossoirs électriques pour mettre l'embarcation à la mer.

La manœuvre est périlleuse.

Le canot descend par à-coups le long du *Nausicaa,* assailli par les bourrasques et les vagues qui éclatent sous lui. Trois fois les hommes manquent de chavirer, drossés sans cesse contre la coque du navire. Amos sent poindre une fièvre, une honte, un malaise. Ses pensées affûtent les mots assassins d'une vengeance. Il lui semble voir s'afficher dans le ciel, en lettres immenses, son souhait de voir Gary et les autres disparaître comme Bonhomme a disparu.

Finalement le canot parvient à toucher l'eau et prend le large au milieu des lames striées d'écume, nimbé d'une poussière d'eau qui l'enferme dans une bulle.

Superman

Deux épées de néon éclairent la réserve derrière les cuisines. Elles diffusent une lumière verte, blafarde, qui accentue l'aspect sinistre de cette prison où sont enfermés ceux qui ont tenté de fuir et de prendre en otage Clémence Stroh. Couché sur le sol d'aluminium, ahanant, suant, Lerendu mord sans se décourager le bracelet Serflex qui emprisonne les poignets d'Espadioux. Le plastique résiste, plus solide que du chanvre, plus coupant que du câble. Lerendu s'acharne et, enfin, le Serflex cède à force d'être cisaillé. Espadioux, se tortillant dans son costume de Superman, parvient à se libérer une main.

— Putain de merde ! jure-t-il, se redressant pour libérer l'autre.

Lerendu, hors d'haleine, bascule sur le dos, crachant le jus amer qui lui empoisonne la bouche et l'écœure. À côté de lui, l'Allemand Becker et l'Américain ne parviennent à rien, sinon à s'écorcher.

— *Help me !* crie Greg Best, le visage cramoisi, suppliant, le corps parcouru de frissons nerveux.

Mais Espadioux n'en a rien à faire, ni de Lerendu qui se tourne, attendant d'être délivré, ni des autres, abrutis, sonnés, malades, tout juste capables de geindre, de pédaler dans leur vomi.

Il est libre, qu'ils se démerdent !

— Ne me faites pas chier !

Espadioux se précipite vers la porte de la cuisine. Lerendu s'époumone, le poursuivant d'injures :

— Enculé ! Salaud ! Pourri ! Va crever ! Ordure ! Ordure ! Vous n'avez donc aucun honneur ?

Sans s'arrêter, Espadioux s'esclaffe :

— L'honneur ! L'honneur !

Amos

Amos rencontre le regard du grand Schwartz, sortant du brouillard dans une lumière fantôme, seul sur le pont intermédiaire, décidé à ne plus bouger jusqu'à ce qu'on vienne se saisir de lui ou que le diable l'emporte.

Amos se sent terriblement fort.

Il va être celui qui chassera les marchands du temple et se sacrifiera pour le salut de tous. Celui qui va donner le coup d'envoi de la révolution contre le capitalisme, contre le libéralisme, contre l'impérialisme, la finance mondiale, les voleurs, les criminels qui ruinent et condamnent à la misère les trois quarts du globe. Celui qui va frapper le premier coup mortel ; le juge, le juste, le bras armé du peuple. Amos se crispe. Son visage se reflète dans la vitre panoramique. Il plisse les paupières, contracte ses mâchoires à s'en faire grincer les dents. C'est un spectre, un être sans corps, sans âme. Un être transparent, plus léger que l'air, délivré du poids du monde, déjà de l'autre bord.

— Fatal, murmure-t-il, sans comprendre pourquoi ce seul mot lui vient à l'idée.

Avec une lenteur calculée, Amos lève au-dessus de sa tête la petite boîte noire qui commande toutes les charges explosives. Un prototype mis au point par l'équipe de l'atelier de recherche mécanique de Mondial Laser…

Une équipe de choc, une équipe de rêve ; que des as dans leur domaine. Les sept mercenaires…

Amos presse doucement le bouton du canal n° 1, psalmodiant les paroles du prophète dont il porte le nom : « Parce qu'ils ont vendu le juste pour de l'argent et le pauvre pour une paire de souliers… »

L'outil fonctionne à la perfection.

L'explosion synchronisée des plus grosses charges soulève des falaises d'eau à bâbord comme à tribord. La déflagration volcanique projette le grand Schwartz à plat ventre sur le pont. Son corps heurte celui de Doc qui roule contre le sien. Le vivant et le mort, trempés de pluie, de sang, se cognent, se repoussent au rythme des sursauts du *Nausicaa*.

— Non ! hurle Schwartz, se relevant d'un bond.

D'un coup de pied, il écarte rageusement le cadavre. Puis il lui donne un autre coup, un autre encore pour le chasser loin de lui, comme s'il voulait le perdre, le rouler dans un torrent qui l'emporterait au diable.

— Non ! Non ! crie-t-il à chaque coup.

Sa raison l'abandonne. Il crie sa détresse face au ciel, le visage tourmenté de pluie et de froid. Ce n'est pas lui, ce ne peut pas être lui qui a passé Bonhomme par-dessus bord, c'est un autre qui a pris possession de son corps, de son esprit. Un autre qui a soutenu ses bras. Il se griffe les joues comme pour déchirer le masque incrusté dans sa chair, il saisit ses cheveux à pleines mains comme pour décoller une perruque :

— C'était une ordure ! Un facho ! Il nous a baisés comme il baise les femmes des autres !

Le grand Schwartz tourne sur lui-même. Il hurle, gémit, ses vêtements le brûlent, ses chaussures le blessent. Il se déshabille comme un forcené. Il déchire sa vareuse, repousse son pantalon, ses sous-vêtements loin de lui. Il lance ses chaussures à la mer.

Il est nu.

Des lanières d'eau cinglante le fouettent. Il s'écorche. Son nez, ses oreilles saignent. Il veut se crever les yeux, s'arracher la langue, s'étouffer de ses mots :

— Ce n'est pas moi !

Pont

La salle des machines, désertée depuis longtemps, s'embrase, traversée par un vent de feu. Les cales embarquent les tonnes d'eau verte, bouillonnante. La mer se rue sous la ligne de flottaison du *Nausicaa.* Elle envahit les soutes, ravageant tout sur son passage.

Sur le pont inférieur, c'est la mêlée pour monter dans le dernier canot.

Glaubert et Massaud tentent d'imposer des consignes, un ordre, une loi :

— Laissez passer les femmes ! Les femmes d'abord !

Mais personne ne les écoute.

C'est chacun pour soi.

Mickey se bat contre Tarzan, Terminator contre Hulk, le cow-boy australien, seigneur de l'immobilier à Melbourne, contre César-Michaud, ex-patron de Mondial Laser, Hubert Chanzeaux, milliardaire en euros, contre Harald Steinbach, milliardaire en dollars, Jim Gravelor, richissime vendeur d'électronique texan, contre Lucio di Parma, arbitre de la mode à Paris, Milan, New York, Europe contre Amérique, riches contre très riches, très riches contre encore plus riches, millionnaires contre milliardaires, spéculateurs contre financiers, or contre diamant, pétrole contre platine, fortune contre fortune. Coups de poing, coups de dents, coups de pied, morsures, béquilles, le pouvoir, l'argent, la situation, la position, la stature, le sexe, plus rien ne compte. C'est une meute enragée qui s'entre-déchire férocement pour une place sur un banc de bois gris.

Ils s'attaquent, ils s'assomment, ils se battent, ils se tuent.

Cawlpepper se souvient de son enfance à Brooklyn, des rixes, des embuscades contre les gangs adverses. Animé d'une fureur terrifiée, tirant Nicole par le bras, il se taille un chemin entre les combattants, donnant du coude, de la tête, du genou à qui se met en travers de lui. Il rage, il enrage :

— *Go away ! Go away, fucking bastards !*

Nicole suit, les yeux démesurément ouverts, bouche bée, les jambes agitées d'un mouvement mécanique, psalmodiant « Marie Mère de Dieu ait pitié de moi, c'est ma faute, c'est ma très grande faute… ». Elle a perdu ses chaussures, sa robe de cour l'entrave, sa perruque tombe, mais elle ne sent ni la pluie glaçante, ni le vent coupant. Tout coule sur son visage, les larmes, la morve, la bave. Un homme la gifle, un autre la cogne, un troisième lui donne une bourrade qui lui coupe le souffle. Elle bredouille, elle balbutie, tremblotant de tout son être. Oui, elle s'en remet à la volonté divine, oui, elle accepte, oui, elle se repend, oui, elle réclame son châtiment :

— J'ai péché, j'ai terriblement péché, mon Dieu, pardonnez-moi !

Cawlpepper se tourne vers elle, le visage d'une pâleur extrême, aigu, tranchant, fait d'un milliard de tessons de bouteilles. Son regard est celui d'une bête traquée. Ses cheveux rabattus par le vent lui font une tête d'incendie, un feu blanc. Il n'a plus pour voix qu'un grondement sourd, furieux.

Melville veut aussi se jeter dans la bataille, se battre pour Aurore, lui montrer sa force, son courage. Elle le retient :

— Non, dit-elle, non, je ne veux pas, glacée dans le tulle de son costume rincé de pluie, avachi.

— Vous devez embarquer !

— Rien ne m'y oblige…

Et, d'un demi-sourire, elle invite Melville à la suivre :

— Venez…

— Où voulez-vous aller ?

— Vous ne me faites plus confiance ? dit-elle, faisant demi-tour pour s'éclipser par la coursive des premières classes.

Melville hésite, luttant contre lui-même. Aurore s'éloigne, petit fantôme vert émeraude voletant au milieu de la tempête. Melville se tourne vers les combattants. Il voit Cawlpepper parvenir au canot, hisser Nicole à bord, la poussant, la jetant presque cul pardessus tête entre les bancs. À nouveau Melville cherche Aurore des yeux. Elle descend une échelle droite.

Où va-t-elle ?

La suivre ?

Ne pas la suivre ?

Cabine

Pleine de confusion et de songes, Cécile Beltrami se sent propre. Elle s'est lavée, savonnée, ointe de tous les parfums qu'elle a pu trouver dans la cabine. Ses cheveux sont peignés avec soin. Elle marche sur la pointe des pieds, comme si elle craignait de réveiller son mari, mort, presque froid. Soudain, elle s'arrête, soulève délicatement un coin du drap et le fait voler d'un geste brusque. Florian gît dans son costume de Richelieu, rouge, impressionnant. Sa barbe postiche ne s'est pas décollée de son visage. Cécile croise les doigts, pétrie d'émotion :

— Mon Dieu qu'il est beau !

Elle va s'allonger à ses côtés, pensant « on dirait un pape » et se signe, honteuse d'une telle pensée. Quand elle était petite et que son père la forçait à faire la sieste à côté de lui, elle se tenait la plus raide possible sur le lit, serrait les poings contre ses cuisses, fermait douloureusement les yeux et attendait. D'abord, elle sentait son corps s'élever du lit, voler au-dessus de la chambre aux volets clos, monter vers le ciel à travers les nuages jusqu'à ce qu'elle rencontre des anges. Alors seulement, bercée par eux, par leurs chants, leur douceur, elle s'évanouissait dans un sommeil sans rêve, un blanc total…

Cécile soupire d'aise, tire sur elle le drap du mort. Elle fixe un point au plafond, s'hypnotise. Cet endroit terrible n'est plus habité par la peur et l'obscénité. Elle n'est plus sous l'influence de son orgueil de femme riche ni dans le désir mystique d'être mère. Sa respiration oppressée, si pénible, a fait place à un souffle doux, tranquille. Même son cœur ne cogne plus dans sa poitrine malgré le tohu-bohu angoissant qui la cerne. Elle n'a pas commis de faute, son âme est pure, son corps sans taches. Le monde peut disparaître, l'eau les absorber, les dissoudre, elle est apaisée, sans avenir, sans passé, dans la grâce du moment présent. Elle pense aux tombes de son père, de sa mère, de ses deux frères, tués ensemble sur la route, comme à des lits moelleux et s'endort serrant la main inerte de Florian dans la sienne.

Coffres

Le temps presse, le *Nausicaa* donne de la bande sur bâbord comme s'il voulait se protéger des lames sur son flanc droit. La gîte va en s'accentuant sous les coups de roulis, les coups de mer qui s'engouffrent dans les brèches ouvertes par le C4. Il s'enfonce, sa coque craque, se fend ; ses infrastructures, ses superstructures se déchirent ; tout ce qui peut exploser à l'intérieur explose et prend feu.

Espadioux déboule hors d'haleine sur le pont inférieur alors que Glaubert et Massaud s'activent pour mettre le dernier canot à la mer. Cinq hommes ont réussi à monter avec les femmes, Vercingétorix, Roy Rogers, Batman, Gladiator et Casanova.

— Descendez, bande d'enfoirés ! crie Massaud.

Ils ne veulent rien entendre.

S'il avait été armé il les aurait tués sur place. Glaubert tente de le calmer :

— Laisse tomber ! dit-il. Envoie !

Les comptes des lâches se régleront plus tard. Massaud et Glaubert manœuvrent les bossoirs.

— Vous me le paierez, je vous jure que vous me le paierez !

— Laisse tomber, je te dis !

Espadioux se précipite.

C'est un sauvage.

Profitant de l'effet de surprise, il grimpe sur le bastingage et, sans hésiter, saute trois mètres plus bas, dans le canot qui descend lentement, ballotté par la houle et le vent. Espadioux a mal calculé sa chute.

Emporté par son élan, il n'atterrit pas au centre de l'embarcation mais sur le bord extérieur. Son poids déséquilibre le canot et le fait basculer.

Trois passagers tombent à la mer.

Espadioux gît à la renverse entre les bancs, Superman étourdi, stupéfait, le front écorché.

Nicole, la première, se jette sur lui :

— Démon ! Sale démon ! C'est un démon ! Un diable !

Elle le frappe, elle le griffe. Deux autres femmes lui donnent des coups de poing, le déchirent, plantent leurs ongles dans sa poitrine, l'agonisant d'injures, crachant sur lui. Puis deux autres encore, puis trois, puis cinq, un essaim meurtrier, excité par la peur. Sans que personne ne puisse dire qui en a donné l'ordre, dix, quinze paires de bras frappent Espadioux incapable de se défendre.

Un des deux câbles qui retiennent le canot rompt brutalement.

Les passagers sont précipités à la mer avec des cris d'effroi. Seuls Nicole, deux autres femmes et Espadioux réussissent à s'accrocher.

— Mon Dieu, aidez-nous !

Ils appellent au secours, supplient, hurlent qu'on les remonte.

Espadioux, pendu par un bras, tente de faire une traction pour se hisser à bord. Mais Nicole, placée au-dessus de lui, oubliant sa peur, le vide, la mort qui la guette, illuminée de rage, donne un coup de talon sur la main d'Espadioux et redouble ses coups jusqu'à ce qu'il lâche.

Aurore pousse la porte de la première cabine qu'elle trouve ouverte, la numéro 26, Odysseus. Elle se jette sur le lit, ignorant le drap et la culotte fendue de Mado qui pendent entre les deux éphèbes dorés. Melville entre, sur ses talons, fiévreux, possédé d'une hâte angoissée. Sans le quitter du regard, Aurore fait glisser son collant, montrant son sexe à nu.

— Baisez-moi !

Melville recule dans la cabine, effaré, repoussant ses paroles d'un geste de la main :

— Non ! Non…

Et, sans retenue :

— Qu'est-ce que vous foutez ? Nous allons mourir !

— Nous allons mourir, et alors ? répond-elle, d'une ironie sèche. Je veux mourir dans les bras d'un homme. Venez !

Melville détourne les yeux. Il se bloque, il se mure :

— Je ne veux pas.

— Vous croyez vraiment que vous avez une chance ?

— Je ne veux pas vous baiser, répète Melville, les dents serrées.

— Vous en avez bien baisé d'autres !

Melville revient vers Aurore, décidé, le front barré d'un pli profond. Il la secoue par les épaules, ses mains sont dures :

— Aurore, merde, le bateau va couler !

— Ne vous occupez pas de ça ! Faites-moi jouir. Oh oui, faites-moi jouir et que tout disparaisse si ça doit disparaître !

Aurore se redresse comme un ressort, attrape crânement Melville par la manche pour l'attirer à elle :

— Venez… Venez, j'ai envie…

Son visage est celui d'une femme conquise qui s'abandonne. Melville se dégage avec brusquerie :

— Rhabillez-vous et suivez-moi. Je crois qu'il y a des gonflables à l'arrière !

— C'est trop tard, susurre Aurore, les yeux mi-clos, la main à la fourche des jambes. Ne faites pas l'enfant, je m'offre à vous…

— Rien n'est trop tard !

Aurore réplique, retrouvant sa voix autoritaire, presque masculine :

— Si, c'est trop tard ! Il n'y a rien à espérer et vous le savez comme moi. Ils se battent comme des chiens mais ça ne sert à rien. Prenez-moi et ne me lâchez plus jusqu'à la fin !

Elle veut déboutonner le pantalon à pont de Melville, comme si elle prenait possession d'un objet qui lui revenait de droit. Il lui tord les poignets pour la faire lâcher :

— Arrêtez ça, gronde-t-il, plein d'une rage froide. Je vous ai dit que je ne voulais pas.

— Et si je veux, moi ?

Melville articule d'une voix sourde :

— Vous ressemblez à ma mère.

— Quoi ?

— Vous êtes comme ma mère ! Vous lui ressemblez !

— À votre mère ?

— Oui, vous êtes comme elle !

— Je suis une putain, c'est ça que vous voulez dire ?

Le coup part, du revers de la main, touchant Aurore en pleine face, l'envoyant s'étaler sur le lit, impudique, obscène. Elle n'offre pas de résistance. Elle l'encourage même :

— Battez-moi si ça vous excite, mais baisez-moi ! lance Aurore, essuyant le sang qui coule de son nez, écartant les cuisses.

Melville se jette sur elle à califourchon, la main ouverte, brûlant de colère. Il la gifle, une fois, deux fois, sans qu'Aurore lève les bras pour se protéger. Au contraire, elle le défie, elle le nargue, les joues marquées des coups qu'il lui donne. Et, soudain, échevelée, les yeux hors de la tête, la bouche tordue d'un affreux rictus de cire fondue, elle empoigne le sexe de Melville à travers son pantalon :

— Don Juan est impuissant ou je vous dégoûte, comme maman ?

Frégate

La tempête ne faiblit pas, elle se transforme. Ses forces ne se montrent plus, elles se déploient sans bruit, plus dangereuses à chaque instant. Le capitaine de corvette Lefrère, le pacha du *La Fayette,* ne quitte pas le *Nausicaa* des yeux, malgré la brume qui ferme le ciel d'une chape grise.

— Les canots sont à la mer ? s'impatiente-t-il, sans cesser d'observer le paquebot à la jumelle.

Son second ne répond pas, en communication avec les autres frégates :

— Bordel de merde ! jure-t-il, secouant le combiné de la radio. C'est pas vrai !

— Qu'est-ce qui se passe ?

— J'ai le *Primauguet*, leur axe d'hélice vient de lâcher. Ils sont à la dérive. Ils demandent du secours !

— Manquait plus que ça ! Appelez le *Georges Leygues*, qu'ils y aillent ! Nous, nous nous occupons des naufragés !

Le second essaye de rester calme :

— Nous avons déjà recueilli une soixantaine de personnes.

— Je m'en fous de ceux que nous avons recueillis ! grogne le commandant. Ce sont les autres qui m'intéressent !

Lefrère tend ses jumelles vers le *Nausicaa* :

— Regardez, il va couler et nous aurons bientôt trois cents morts sur les bras ! Trois cents morts, ça vous dit quelque chose ?

— J'envoie deux canots…

— Ce n'est pas encore fait ?

Life jackets

Cawlpepper, raide dans son habit de George Washington, se tient immobile, hiératique, une main sur le cœur, les yeux fixés sur le bouquet de drapeaux planté au-dessus de la passerelle : États-Unis, France, Allemagne, Italie, Canada, Australie, Espagne…

Il ne veut plus regarder la mer.

Il ne veut voir que le ciel où les fanions claquent au vent. Nicole n'a pas tenu, les trois autres non plus. Les derniers survivants du canot pendu par un câble au flanc du *Nausicaa*, épuisés de fatigue, les mains sans force, tenaillés par le froid, un à un, ont lâché et sont tombés à l'eau pour s'y perdre à jamais.

La pluie a cessé, les bourrasques faiblissent, comme si l'océan du ciel décrétait une trêve dans la bataille. La brume s'épaissit. Un étrange silence domine le pont du *Nausicaa*.

Glaubert ordonne :

— Allez prendre des brassières de sauvetage ! Et que tout le monde en enfile une !

La foule se précipite aux coffres marqués *Life jackets*, alignés le long de la coursive.

Ils sont ouverts.

— *Hell !*

— *God damn it !*

— *What is that shit ?*

— Non ! Mon Dieu, non !

— Mamma mia !

De partout montent les mêmes exclamations de dépit, de colère. Il n'y a pas de brassières de sécurité dans les coffres ! Melville les a fait déplacer pour y cacher le cadeau qu'il réservait aux actionnaires de FII : un portable marqué à l'or fin au nom de chacun, permettant de suivre en temps réel les cotations dans les différentes Bourses du monde. Habillé en père Noël, il devait les distribuer sur le pont, juste après que le bouquet final du feu d'artifice aurait inscrit dans le ciel le record des 47,3 % de profit…

De fureur, d'effroi, les passagers jettent les ordinateurs, les piétinent, les fracassent.

Plus rien ne les arrête.

Ils sont comme fous.

Les hommes et les femmes, saisis d'une fièvre de délire, courent en tous sens à la recherche de ce qui pourrait leur servir de bouée, flotter, les sauver. Cawlpepper sent sa raison l'abandonner. Ignorant le sauve-qui-peut général, solitaire, halluciné, il entonne *My Way*, la seule chanson qu'il connaisse :

Yes there were times
I'm sure you knew
When I bit off

More than I could chew
*But through it all**...

Ex-voto

Aurore sait ce qu'elle veut.

Elle quitte la cabine et dévale l'escalier pour retourner en courant dans le grand salon. Il faut qu'elle trouve une caisse de champagne ! Si elle trouve une caisse de champagne, elle s'y accrochera comme Violante au milieu des requins et sa bonne étoile veillera sur elle. Comment a-t-elle pu s'abaisser devant ce petit péteux de Melville qui a fui comme un lapin ? Pourquoi a-t-elle failli flancher ? Se laisser gouverner par son sexe ? Une du Temple Margaux ne flanche jamais et ne se laisse gouverner par personne. Le palefrenier de son adolescence, son mari, Melville, Pat, le président de la République, les ministres, les banquiers, les administrateurs, les autres, tous les autres, tous les hommes sont des lâches, des pleutres, chouinant, bavotant, grognonnant, rien dans la tête, rien dans la culotte, pisseux, merdeux. Une fois encore, elle va leur montrer ce que peut et sait faire une femme libre, dégagée de leur emprise, de leur poids insupportable de nourrissons toujours dans les langes.

Elle s'est déjà sortie de situations au moins aussi périlleuses !

Le grand salon est en feu. Les rideaux s'embrasent les uns après les autres, la collection d'ex-voto brûle, les cadres fondent ou se consument, des flammèches

* *My Way, op. cit.*

dansent en cercle sur la piste, une fumée grise, mouvante, flotte dans l'espace, âcre, irritant les yeux et la gorge. Aurore n'a pratiquement rien sur le dos, les pieds noircis de poussière et de suie, une tête à faire peur, mais elle s'en fiche. Elle slalome au milieu des flammes qui, petit à petit, gagnent la grande scène, les balcons, le bar…

Elle transpire, elle tousse, elle se hâte.

Aurore, insensible à ce qui l'entoure, va droit au bar malgré l'inclinaison de la salle qui la force à progresser à moitié pliée en deux. Elle rampe, elle marche à quatre pattes. Rien ne la détourne, ni les chaises qui valsent secouées par le roulis, ni les tables, ni la vaisselle, ni les couverts qui dans un mouvement de sac et de ressac balayent le sol. Aurore s'accroche au bar encore épargné par l'incendie et, passant derrière, les pieds bien calés, ouvre un à un tous les frigos.

Ils sont vides, désespérément vides !

Il n'y a rien non plus sur les étagères d'ébène, ni sous les éviers cernés de barres cuivrées, luisantes.

Aurore réfléchit vite :

— La réserve !

Réserve

Aurore entre dans la cuisine et fond sur la réserve.

Passé la porte à hublot, la puanteur est atroce. Un mélange de vomissures, de déjections, de sueur, de linge humide. Les prisonniers geignent. Ils se tortillent sur le sol, sans espoir de se libérer des liens qui les maintiennent.

— Au secours ! Au secours ! implore Lerendu, P-DG de la Zimex, voyant une femme auréolée de tulle vert l'enjamber sans lui accorder le moindre regard.

Aurore frôle Greg Best, le milliardaire de Chicago. Dans un sursaut de rage, il tente de la mordre au talon. Hans Becker, l'Allemand à la fortune américaine, en fait autant. Et les autres aussi, Buster Lewis, Loïc Germarch', Enzo di Marco... Ils n'ont plus de mots, plus de gestes, que des dents.

Ils grognent, ils mordent.

Ils râlent, ils mordent.

Ils gémissent, ils mordent.

Aurore ramasse une poêle pour se défendre. Elle frappe, elle cogne, tape à la volée pour repousser ces hommes-murènes qui veulent la blesser, la dévorer pour se venger du sort qui leur est fait.

Le sang coule. Il se mélange aux ordures qui traînent sur le sol, à la pisse, aux larmes.

La lumière grésille dans les néons, clignote et, dans une gerbe d'étincelles, illumine soudain ce qu'Aurore cherche !

Cinq caisses de champagne alignées sur une étagère métallique !

Secours

Melville se souvient : sur les plans du *Nausicaa,* photocopiés par Joël, il avait repéré quatre gonflables de secours stockés sur la dunette !

Il s'y précipite.

Il veut se jeter à l'eau, attendre le gonflement automatique et remonter à la surface solidement attaché au canot avant que le bateau coule.

Bonhomme et le grand Schwartz ont oublié de saboter les gonflables de secours. Il en reste trois sur quatre sur la dunette. Les sangles du quatrième sont ouvertes ; l'emplacement vide, sali de traces noirâtres.

Melville n'a pas le temps de chercher qui a eu la même idée que lui !

Il fait sauter les amarres et enroule un bout jaune et rouge autour de son bras, maudissant Aurore :

— Salope ! Mais quelle chienne !

Il enjambe le garde-corps et s'apprête à plonger quand, brutalement, le *Nausicaa* se brise en deux par le centre.

Les deux parties basculent en miroir.

Deux pans de montagnes, dressées l'une face à l'autre, qui s'intimident et se défient.

Fracas des tôles rompues, rugissement des vagues, cris de triomphe du vent.

La mer réclame son tribut.

Melville, projeté en avant, s'accroche par réflexe à la rambarde, les muscles crispés, tressautant de surprise. Le gonflable lui échappe, petit fruit blanc tombé d'un arbre d'acier qui se perd quarante mètres plus bas dans les convulsions marines. Le *Nausicaa* est un corps condamné au supplice de la roue. Ses os sont rompus, ses membres broyés sous les coups, tenaillés par le feu et le fer. Ses organes explosent, son sang noir ruisselle, il hurle sa douleur, la clame, proteste.

Le *Nausicaa* coule.

Les deux tronçons du bateau s'enfoncent droit dans la mer à la vitesse irréelle d'un rêve que le rêveur ne parvient pas à chasser de sa nuit.

Melville va mourir.

Il le sait, il le voit, il pourrait presque compter les secondes qui le séparent du néant. Brusquement, il se met à rire. Sa mère est morte en laissant le mot « Marre ! » écrit sur la glace de sa loge d'un trait de rouge à lèvres.

Il rit :

— Marre, mère, mer !

L'association est formidable ! Il rit jusqu'au paroxysme.

Un rire énorme, dément, tête levée vers le ciel aux mille visages.

Il fait nuit, il fait jour, une clarté d'orage sur l'ombre de la mer. Nuages en flammes, tourbillons d'écume mièvre, geysers en ébullition, la rage aveugle des éléments déploie toutes ses forces pour en finir. Les nuées se tordent dans d'horribles grimaces. L'océan se noie en lui-même. Il y a comme une clameur de stade. La mer devient rouge du feu des incendies, rouge des fusées de détresse qui partent d'on ne sait où. Rouge aux yeux de Melville qui la voit comme s'il sombrait à l'intérieur de lui-même, dans le sang de sa mère, dans son propre sang.

Il se sent intrépide, infatigable :

— *All honor to him who shall win the prize !*

Caisse

La cassure du *Nausicaa* l'a catapultée au large, loin de l'épave qui disparaît. Aurore s'accroche à sa caisse de champagne. Elle est sauve ! Elle va s'en sortir ! Elle ne sent pas le froid. Elle ne sent pas l'eau. Elle ne sent pas la longue estafilade qui blesse son front. Sa joue repose sur le bois râpeux dont l'odeur douce la réconforte. Sa bonne étoile ne l'a pas abandonnée.

— Merci, Violante ! Merci, mon amie, murmure-t-elle. Merci…

Elle se revoit nue sur son cheval préféré, traversant le village de ses quinze ans. Cette image lui revient toujours. Nue sur le cheval, c'est elle, c'est tout elle ! Capable de mener la bête à cru, sans cravache, sans éperons, sans rênes, par la seule force de sa volonté. Sa bouche articule des mots muets, le regard fixé sur ses doigts cramponnés aux coins de la caisse. Ils sont rouges, ils sont mauves, ils ne semblent plus vraiment faire partie d'elle. Des crabes aux aguets, des araignées blêmes. Elle s'était déshabillée devant le palefrenier qui l'avait mise au défi. Elle lui avait jeté ses habits à la tête et, d'un bond, elle était montée sur le cheval qu'il tenait par la crinière. Aurore éprouve encore cette sensation incroyable du corps de l'animal entre ses cuisses, le trouble qu'elle éprouvait de sentir son sexe, ses fesses reposer sur son dos. L'eau la berce, dormir, dormir…

Elle ne veut pas s'endormir.

— Surtout ne pas s'endormir ! bredouille-t-elle dans un tremblement du menton.

Pourtant ses paupières se ferment. Elle pense : mes paupières se ferment, mais elle ne parvient pas à les rouvrir. Oui, elle était partie au galop à travers la propriété de ses parents et ne s'était mise au pas qu'en arrivant devant les premières maisons.

Mme Quarson, l'épicière, fermait boutique. Elle l'avait vue la première :

— Doux Jésus !

Mais elle se moquait de ce que pouvait dire la mère Quarson ; et de ses cris et de ses menaces :

— Tu vas voir quand ta mère saura ça !

Ensuite, comme on disait là-bas, les portes s'étaient

mises aux fenêtres pour la voir passer, fière, hautaine, impériale dans sa nudité adolescente.

Aurore ne bouge plus les jambes. Elles flottent sous elle comme des branches mortes emportées par le courant. Elle n'a plus de corps. Ça flotte, mais ce n'est plus son corps. Sa tête oscille de droite à gauche, de gauche à droite, ça flotte, ça oscille, ça flot…

Ne pas dormir.

Aurore se répète : ne pas dormir, ne pas…

Un instant elle ouvre les yeux mais leur poids lui paraît insupportable et elle les referme aussitôt. C'était en automne. La terre exhalait cette odeur d'octobre, si particulière, mélange de feuilles baignées d'eau, de fougères, de champignons. Les arbres frémissaient au vent comme s'ils avaient froid pour elle. Leur chanson lui plaisait, « feuilles d'automne, emportées par le vent »… En sortant du village elle avait longé la forêt au petit trot. Ça, c'était drôle. Aussi drôle que de jouer au tape-cul quand elle avait cinq ans ! Une sorte de joie sauvage l'anime soudain. Le mot « tape-cul » l'enchante, la ranime. Aurore s'entend répéter « tape-cul », « tape-cul », mais elle ne dit rien, les lèvres scellées de bave et de morve gelées, les traits figés dans une placidité rêveuse. Son front saigne. Le ciel avait ce jour-là son visage le plus sombre avec, à l'horizon, une fine langue de bleu tendre et de blanc. Un sourire pour saluer l'heure magique où le jour et la nuit s'accouplent. Elle chevauchait dans la lumière dorée du soir venant. Aurore tout en muscles, tout en nerfs, tout en os, disciplinée par le sport, défiait non seulement le palefrenier, mais son père, sa mère, les bouseux du coin, le maire, le député, la Terre entière ! Jamais personne n'aurait la main sur elle ! Dans un éclair de lucidité Aurore redresse brusquement la tête. Il n'y a rien autour d'elle, rien, rien, que la lancinante monotonie des lames pyramidales, la crête laiteuse des déferlantes. Sa poitrine se soulève, l'oppresse. Elle est scandalisée : personne ne se porte à son secours ! Elle voudrait crier, réclamer, jurer, le cri ne sort pas. Un sanglot âcre lui déchire la gorge. Elle s'étrangle, avale de l'eau, la recrache, s'affole, s'agite. Sa tête retombe sur la caisse lourde de larmes prisonnières. À nouveau elle se voit sur le cheval. Il transpirait, son poil luisait, hérissé. Elle remontait le long des pins, tournait sur sa droite et le forçait dans la pente sans craindre d'être jetée à terre. Grand trot, petit galop et, après lui avoir fait sauter une haie, grand galop sur le gazon humide du parc. Le palefrenier l'attendait devant l'écurie, les bras chargés de ses vêtements. Elle sauta à terre aussi prestement qu'elle était montée sur la bête.

— Je l'ai fait, dit-elle, triomphante. À toi maintenant de faire ce que je veux…

— Qu'est-ce que tu veux ?

— Viens.

— Tu ne veux pas t'habiller ?

Aurore lui avait arraché les habits des bras et les avait jetés au loin. Elle l'avait entraîné jusqu'à un grand chêne dont les branches balayaient le sol avec grâce.

— Allonge-toi.

— Ici ?

— J'ai fait ce que tu voulais, ne discute pas, allonge-toi par terre.

Le palefrenier s'était allongé, mi-amusé, mi-inquiet de ce qu'elle pourrait encore inventer. Elle l'avait enjambé et, les pieds solidement plantés sur le sol, debout comme un homme, elle lui avait pissé dessus.

TÉLEX

L'ENTREPRISE TEXTILES WELL (COLLANTS, BAS ET CHAUSSETTES) A ANNONCÉ SON INTENTION DE DÉLOCALISER SA PRODUCTION EN ASIE, EN TURQUIE ET EN ITALIE, CE QUI DEVRAIT SE TRADUIRE PAR LA SUPPRESSION D'ENVIRON 300 EMPLOIS.

LAFARGE CÈDE SA BRANCHE TOITURE AU FONDS PAI PARTNERS. UNE TRANSACTION QUI VALORISE CETTE ACTIVITÉ DE 2,4 MILLIARDS D'EUROS.

AU DARFOUR, DANS LES CAMPS DE RÉFUGIÉS, LES FEMMES QUI SE RISQUENT À L'EXTÉRIEUR POUR ALLER CHERCHER DE L'EAU OU DU BOIS SONT ENLEVÉES, AGRESSÉES, VIOLÉES. CETTE PRATIQUE SERAIT INSTITUTIONNALISÉE PAR LES AGENTS DU GOUVERNEMENT ET L'IMPUNITÉ GARANTIE PAR LA CHARIA PUISQUE, SI LES FEMMES NE PARVIENNENT PAS À PROUVER LE VIOL, ELLES SONT PASSIBLES DE LA LAPIDATION OU DE CENT COUPS DE FOUET.

AUJOURD'HUI ENCORE 53 MORTS SUR UN MARCHÉ À BAGDAD.

Matignon

Les membres de la cellule de crise présents à Matignon encerclent Saffert en ligne avec le prémar. Le général raccroche, livide. Il parle lentement pour donner du poids à ses paroles :

— La vigie du Havre est formelle : le *Nausicaa* vient de couler. En moins de dix minutes.

Le Premier ministre réclame d'être rassuré :

— Les secours sont sur place ? demande-t-il, partagé entre la colère et l'angoisse.

— Le *Primauguet* a une avarie, on tente de le remorquer. Le *La Fayette* a mis deux canots à la mer…

— Seulement deux ?

— Ils sont dans une tempête.
— Et les hélicos ?
— Ils ont fait demi-tour.
L'éclat du Premier ministre les surprend tous :
— Qu'est-ce que c'est que ces connards ? crie-t-il soudain. Nous sommes en guerre ! Que ces abrutis retournent immédiatement sur zone ! Ils ont peur de quoi ? De ne plus avoir de bûche à la cantine ? Qu'ils y retournent sans délai et je m'en fous s'ils y restent ! Vous m'entendez ?
— Oui, monsieur.
Le Premier ministre, la mine renfrognée, inspire profondément pour reprendre son calme :
— Vous pensez qu'il y a des chances de sauver combien de personnes ?
— Je ne sais pas, avoue Saffert. Je suis très pessimiste. Tout semble aller contre nous…
Le silence s'impose, glacial.
Le Premier ministre dévisage un à un tous les membres de la cellule de crise, comme s'il cherchait à tracer le contour net de leurs visages : Rose-Marie Lamenech, Cadriaud, Sujet, de la Guillardière, Albert Avold, des Renseignements généraux, le vice-amiral de Lemme, Quelpart, Grelot…
Il peine à se contenir :
— Et on ne sait toujours pas d'où les pirates sortent leurs armes ?
— Les enquêtes sont en cours…, soupire Avold, regardant ses chaussures. La DPSD a envoyé du monde partout, nous attendons les retours.
— Rien non plus du côté de ceux qui ont monté un coup pareil ?
— Non, rien. Les perquisitions n'ont rien donné. De tous les côtés nous butons sur les types de Mondial Laser et le fils du sénateur Jeanvrain…

— Ce serait lui, le cheval de Troie ?

— Peut-être…

— Vous vous foutez de moi ? s'emporte à nouveau le Premier ministre. C'est tout ce que vous avez trouvé ? Vous croyez vraiment qu'un jeune homme de bonne famille, fils d'un sénateur catholique, est la tête pensante, l'organisateur de l'arraisonnement du *Nausicaa* et de l'assassinat de trois cents personnes ? Vous croyez ça ?

Personne n'ose répondre.

— Je suis entouré d'une bande d'incapables. Le seul type digne et intelligent a foutu le camp. Je comprends Ménestrier, je devrais suivre son exemple…

Le Premier ministre fait un grand geste circulaire du bras :

— Vous n'êtes qu'une bande d'incapables ! Des nuls ! Tous autant que vous êtes. Vous me voyez aller à la télé expliquer que non seulement nous avons été totalement impuissants à l'empêcher mais que nous n'avons pas la moindre idée de comment une telle catastrophe a pu se produire ? Vous voyez les Américains, les Allemands, les Italiens, les Anglais accepter un constat aussi stupide ? Vous vous rendez compte de ce que ça signifie sur le plan international ? Et je n'ose même pas imaginer ce qui va s'abattre sur nous ici !

Il fulmine :

— Vous n'avez rien à dire, rien à proposer ?

Claudine Corseul, sa secrétaire personnelle, l'interrompt. Elle a l'Élysée en ligne :

— Excusez-moi, monsieur le Premier ministre, le président vous attend immédiatement.

Sauvé de justesse, Pat est hissé à bord du *Primauguet* par un harnais qui sert d'ordinaire aux matelots chargés de repeindre la coque. Il est au plus mal, transi, grelottant dans son costume oriental, incapable de maîtriser les tremblements qui l'agitent. Il est transporté d'urgence à l'infirmerie du bord, dans la salle des alités, où sont déjà les deux officiers de police de la PJ, le capitaine Alain et le lieutenant Beughem, malades comme des chiens, incapables de se lever, d'interroger qui que ce soit malgré les instructions pressantes de la place Beauvau.

Volumster – œil tuméfié, œuf de pigeon sur l'arcade sourcilière –, refusant toute aide, se fait conduire sur la passerelle de commandement.

Le quartier-maître qui le guide ouvre la porte et s'efface pour le laisser entrer.

Volumster, l'air maussade, s'approche du commandant.

— Je veux être mis immédiatement en rapport avec la terre, exige-t-il, sans même le saluer.

— Qu'est-ce que c'est que ce carnaval ? Sortez d'ici ! Sortez d'ici tout de suite !

Volumster se crispe :

— Vous savez qui je suis ?

— Oui, répond le commandant Sidoit après un instant d'incertitude devant ce clown déguisé en capitaine Crochet, et je m'en fous complètement. Je vous ai ordonné de sortir. Alors sortez avant je vous fasse dégager en moins de temps qu'il n'en faut pour le dire !

— Je vous intime l'ordre de me mettre en relation avec les autorités, martèle Volumster, paré de son importance. Et surveillez votre langage !

Le commandant l'attrape par un bras et le plaque contre la vitre du poste de pilotage.

— Regardez, abruti, le *Nausicaa* a coulé ! J'ai une avarie de machine, nous sommes à la dérive et nous ne pouvons rien faire, ni pour eux, ni pour nous !

Et tirant violemment le ministre en arrière, sans le regarder, le commandant l'expédie contre le second maître Giardinelli :

— Virez-le d'ici et qu'il ne s'avise pas d'y remettre les pieds !

Volumster est trop abasourdi pour protester. À travers la vitre balayée par un grand essuie-glace, il ne voit qu'un paysage gris, mouvant, désert...

— Il a coulé quand ? demande-t-il, n'arrivant pas à croire que le navire ait pu disparaître entre le moment où il a été recueilli par la frégate, où il est descendu dans le carré des officiers et maintenant...

— Venez, dit Giardinelli en le tirant par le bras, je vous raccompagne.

Volumster résiste, mortellement pâle :

— Il y a des survivants ?

Interrogatoire 1

À bord du *Georges Leygues*, André Heureclaire est interrogé par deux des policiers expédiés sur les frégates.

— Vous êtes syndicaliste ? demande le capitaine Perrat, consultant ses notes.

— Je suis un élu, délégué du personnel.

— FO ?

— Oui, pourquoi ?

— C'est à titre de délégué ou de responsable syndical que vous êtes là ?

— J'étais sur le bateau à titre personnel. Mon syndicat n'a rien à voir là-dedans…

Le capitaine Perrat désigne l'étui noir qu'Heureclaire tient contre lui :

— Qu'est-ce que c'est que ça ?

— Mon violon.

— Donnez, dit le capitaine.

— Pourquoi ?

— Ne me faites pas chier, donnez. Si je vous dis de me donner ce truc, vous me le donnez.

Heureclaire tend l'étui à regret :

— Vous n'avez pas à me parler comme ça.

Perrat ouvre l'étui et sort le violon d'Heureclaire pour l'examiner. Le commandant Fredon intervient :

— Vous feriez mieux de nous dire tout de suite qui sont les petits malins qui sont derrière l'opération. Ce n'est pas la peine de nous énerver ni de perdre notre temps.

— Je l'ignore, dit Heureclaire. Mon rôle s'arrêtait à jouer du violon dans l'orchestre…

— Vous nous prenez pour des cons ? demande brutalement Perrat, tenant le violon par le manche.

Heureclaire veut se lever pour reprendre son instrument, Perrat le force à rester assis d'une poussée sur l'épaule.

— Rendez-moi mon violon, réclame Heureclaire. C'est un instrument extrêmement fragile.

— Moi aussi je suis extrêmement fragile, dit Perrat. Surtout quand on me sort de chez moi en plein réveillon pour aller faire le zouave sur l'eau parce que des connards insolents comme vous se croient devenus les rois du monde !

— Je ne vous parlerai qu'en présence d'un avocat.

Perrat s'esclaffe :

— Vous vous croyez dans une série à la télé ? Je vais vous dire : question violon vous risquez de ne pas en jouer avant des lustres mais d'y plonger assez d'années pour avoir le temps de réfléchir à ce que vous avez fait !

À nouveau Fredon se penche vers Heureclaire :

— Dites-nous seulement qui a organisé ça, demande-t-il d'une voix posée. De toute façon, nous finirons par le savoir.

Heureclaire réfléchit avant de répondre :

— L'assemblée générale de Mondial Laser.

— Les explosifs, le système antiaérien, tout ça a été décidé en assemblée générale ?

— Nous ne savions pas les détails de l'action, avoue Heureclaire. Nous savions seulement que nous devions remplacer tout le personnel de bord, à tous les postes, pour gâcher la soirée de ceux qui nous avaient vendus…

— Mais il y avait bien quelqu'un qui dirigeait tout ? Un leader…

— Je ne sais pas. Chacun savait ce qu'il avait à faire pour sa partie mais nous ne savions pas ce que les autres devaient faire.

— Mais vous saviez que le bateau serait détourné ?

— Non.

Perrat s'emporte :

— Vous voulez continuer à nous raconter des craques ou vous préférez que je vous pète votre putain de violon sur la gueule ?

Heureclaire l'ignore :

— Je n'ai rien d'autre à dire : j'ai accepté de monter à bord du *Nausicaa* pour manifester et de jouer dans l'orchestre, un point c'est tout.

Perrat l'empoigne et l'attire à lui presque nez à nez :

— Et les morts, vous les aviez aussi acceptés ?

Interrogatoire 2

Dans un poste arrière, Olympe est interrogée par les deux officiers de la PJ hélitreuillés sur le *La Fayette*, le lieutenant Ramier et le brigadier Vervier.

— C'est vous qui avez déclenché la première explosion, dit Vervier en pointant le doigt sur elle.

— Non. J'ai rien déclenché du tout, se défend Olympe. Qui vous a dit ça ?

— Qu'importe, nous le savons, c'est le principal.

— Si j'ai été dénoncée, j'aimerais bien savoir qui m'en veut au point de raconter n'importe quoi.

Le lieutenant Ramier feint de ne pas entendre.

— Tout le monde avait un détonateur ? demande-t-il, caressant sa barbe qui commence à pousser.

Olympe hausse les épaules :

— Tout le monde avait une petite boîte noire mais c'était factice.

— Vous voulez dire que ça ne servait pas à la mise à feu des explosifs ?

— Bien sûr que non ! Ça aurait été trop dangereux…

Ramier hoche la tête. Il fait signe à Vervier de le laisser poursuivre :

— OK, admettons : vous n'avez qu'un détonateur factice. Une sorte de jouet pour faire peur ?

— Oui, un jouet.

— Alors qui met à feu les explosifs ?

— J'en sais rien. En tout cas, c'est pas moi.

— On vous a vue.

— « On », c'est personne. Celui ou celle qui m'a vue m'a vue avec la petite boîte noire, comme on aurait pu voir n'importe qui de Mondial Laser. Tout le monde avait la sienne, vous n'avez qu'à demander aux autres. Mais personne ne peut dire qu'il m'a vue faire partir les explosifs…

— Non, grogne Vervier, ceux qui pourraient le dire sont morts noyés…

Olympe baisse la tête. Vervier lui prend le menton pour la forcer à le regarder droit dans les yeux :

— Vous savez ce que vous risquez aux Assises ? Parce que vous passerez aux Assises… Au minimum vingt ans avec une peine de sûreté, voire la perpétuité.

— Si je risque ça, tout le monde le risque !

Interrogatoire 3

Après avoir interrogé toutes les femmes sans avoir obtenu d'autres renseignements que ceux qu'ils ont déjà, le lieutenant Ramier et le brigadier Vervier interrogent Joël, particulièrement signalé.

Vervier pose la première question :

— Vous connaissez Claude Gormes ?

— On vivait ensemble. Ce n'est pas un scoop !

— Vous ne vivez plus avec lui ?

— Non, nous avons rompu.

— Quand ?

— Qu'est-ce que ça peut vous faire ?

— C'est à cause de Ricardo ? propose négligemment le lieutenant.

— Ricardo ? Je ne connais pas de Ricardo…

— Un portrait de vous signé *Ricardo* a été saisi à votre domicile.

— Alors pourquoi vous me posez la question ?

— Vous savez qui est Ricardo ?

— Vous aussi.

— Je veux m'assurer que nous parlons bien de la même personne.

— Nous parlons de Richard Dargone.

— Un ouvrier de Mondial Laser ? demande le lieutenant Ramier.

Joël rectifie :

— Un photographe de grand talent.

— Vous avez quel type de relations avec lui ?

— Qu'est-ce que ça change ?

Ramier n'insiste pas. Il poursuit :

— Vous êtes intervenu auprès de votre père pour qu'il lui facilite l'accès au *Nausicaa*, soi-disant pour préparer le tournage qu'il devait y effectuer…

— J'ai fait mon travail, c'est tout.

— Vous l'avez accompagné…

— À bord ? Non. Jamais.

— Vous avez été présenté au commandant. Il s'en souvient parfaitement.

Joël secoue la tête, ça le fait rire. Il aimerait bien savoir qui a joué son rôle.

— Ça vous fait rire ?

— Non, je pensais à autre chose.

Ramier le dévisage :

— Vous avez aussi été celui qui a organisé l'ensemble des opérations : la location des costumes, le recrutement de l'orchestre, la restauration, etc.

— J'ai été engagé pour ça.

Vervier s'assoit sur le coin de la table :

— Qu'avez-vous fait du disque dur de votre ordinateur et des dossiers ? Ils n'ont pas été retrouvés.

— Ils étaient avec moi, à bord du *Nausicaa*.

— Pour quoi faire ?

— Par prudence.

— Vous savez que la mère de M. Dargone était chilienne, dit Ramier en se plantant devant le jeune homme, les jambes écartées, les poings sur les hanches. Une militante d'extrême gauche.

— Je l'ignorais.

— Il ne vous a jamais parlé du type d'organisation à laquelle elle appartenait ?

— Jamais.

— Vous receviez vos instructions de M. Dargone ?

— Je n'ai reçu d'ordre de personne.

— Vous prétendez donc avoir tout mis sur pied à votre initiative ?

Joël s'emporte :

— Je hais cette société et tout ce qu'elle représente. Il n'y a que mensonges et hypocrisie. Mon père, le très catholique sénateur Jeanvrain, trompe ma mère depuis des années avec son attachée parlementaire à Paris et avec d'autres dès qu'il est en voyage d'études. Tous pareils, tous prêts à faire la morale, tous bien-pensants, libéraux, anticommunistes. Tous plus corrompus, tous plus répugnants les uns que les autres. Demandez à M. Volumster à quoi était destinée la cabine qui lui était secrètement réservée sur le *Nausicaa* ! Demandez à M. Mornay ce qu'il faut accepter de lui pour obtenir un emploi fixe dans sa boîte ! Demandez aux morts noyés en mer à quoi cela leur sert d'être blindés de fric ! Il faut que cette hypocrisie permanente, ces mensonges, cette quête meurtrière du profit s'arrête. Et pour que ça cesse, il fallait faire quelque chose. Il fallait que quelqu'un commence. Alors, à l'échelle du monde, ce que j'ai fait n'est peut-être pas grand-chose, mais je l'ai fait et ça restera au moins dans les consciences…

— Je ne vous crois pas. Je ne crois pas que ce soit vous qui ayez organisé tout ça.

— Pourquoi vous ne me croyez pas ? Parce que je suis le fils d'une personnalité publique ? Parce que je suis jeune ? Parce que je suis gay ?

— Parce que ça ne tient pas debout ! réplique Ramier en donnant un coup de poing sur la table.

Joël ne se laisse pas impressionner :

— Vous avez tous les e-mails que j'ai envoyés à Cawlpepper et aux autres, dit-il en fixant le lieutenant d'un air provocateur. C'est moi qui ai monté le repérage sur le *Nausicaa*, qui ait photocopié les plans du navire, transmis ce que je voulais transmettre à votre ministère et je couche avec Ricardo, pardon, avec Richard Dargone… Qu'est-ce qu'il vous faut de plus ?

— Des preuves, un mobile.

— J'ai fait ça pour me venger des hommes qui m'ont fait souffrir, comme mon père, comme Gormes qui n'est jamais là quand on a besoin de lui ou comme cette ordure de Mornay ! Et aussi pour venger ceux qui souffrent à cause de gens comme eux, les employés de Mondial Laser, ceux qui n'ont rien d'autre que leur solitude à offrir, comme moi…

Matignon

Mercœur, le directeur de cabinet de Volumster, se précipite à Matignon dès qu'on lui transmet la nouvelle du naufrage. La première personne qu'il rencontre est celle qu'il tient le moins à croiser, Ménestrier.

— Vous allez où ? demande-t-il, s'arrêtant un instant au milieu de la cour.
— Je rentre chez moi.
— C'est fini ?
— Oui, c'est fini.
Mercœur cherche à comprendre :
— Le Premier ministre est là-haut ?
— Il a été convoqué à l'Élysée.
— C'est sûr pour Claude ?
— Oui, il est sur l'une des frégates, celle qui a une avarie…
— Putain, il aura vraiment tout eu !
Mercœur fait claquer ses doigts, comme si une question lui revenait soudain :
— On le récupère comment ?
— Sans doute en hélicoptère si le temps s'arrange, sinon à Brest quand les frégates seront de retour.
— J'irai l'accueillir. Les télés sont prévenues ?
— Vraisemblablement, grommelle Ménestrier.
— Vous ne le savez pas ?
— Non je ne le sais pas…
Il ajoute, comme un reproche :
— Et, entre nous, ça n'a aucune importance.
— Aurore n'est pas avec lui ?
— Elle est parmi les disparus.
— Comment ça ?
— Il l'a laissée à bord du *Nausicaa*…
— Il l'a « laissée » ? Vous voulez dire qu'ils l'ont gardée ?
— Pensez ce que vous voulez.
Mercœur s'éloigne, poussant de grands soupirs :
— Je n'aime pas ça du tout ! Pas du tout ! Pas du tout, du tout !

Élysée

Le président de la République ne se lève pas quand le Premier ministre entre dans son bureau, il ne le salue pas non plus, triturant un long coupe-papier en ivoire, sans lever les yeux. Le Premier ministre, compassé, solennel, va s'asseoir en face de lui, dans le fauteuil où il s'assoit chaque fois qu'il est reçu à l'Élysée. Il s'éclaircit la voix :

— Monsieur le président…

Le président ne le laisse pas aller plus loin :

— Aurore…, dit-il, lâchant son coupe-papier. C'est elle qui me l'a offert.

Et, le visage sévère :

— C'était une femme exceptionnelle.

— Tout n'est peut-être pas perdu. Le *La Fayette* est sur place et…

— Je ne crois pas aux miracles, grommelle le président avec une grimace d'amertume. Vous avez des nouvelles de l'autre enfoiré ?

— C'est confirmé : il est à bord du *Primauguet.*

Le président se lève brusquement :

— Il est à bord d'une des frégates ! Aurore est morte et ce connard est à bord d'une des frégates !

Ses yeux se ferment, ses bras s'agitent, il va jusqu'à la cheminée en poussant des soupirs, des grognements et fait soudain volte-face :

— Je ne veux plus le voir. Jamais. Je veux sa lettre de démission dès qu'il sera rapatrié, décrète-t-il l'air mauvais. Et qu'il disparaisse !

— Vous aurez la mienne aussi et celle de tous les membres de mon gouvernement.

Le président fait quelques pas en silence. Puis il revient près de son bureau, prend le coupe-papier en ivoire, l'observe et le repose en soupirant.

— Ce ne sera pas nécessaire, dit-il, d'une voix neutre. Un simple remaniement suffira. Quant à Volumster, comptez sur moi pour lui faire payer sa lâcheté…

Télé

Le téléphone ne cesse pas de sonner au standard de TFM. Les rédacteurs en chef des autres télés, des journaux, des radios, exigent des explications. Des parlementaires veulent savoir comment un cameraman d'une chaîne privée a pu embarquer dans un des deux hélicos perdus en mer, alors que tout le monde ignorait l'opération. Qui a donné son autorisation, le commandant du corps ou le gouvernement ? Qui les a avertis, pourquoi eux de préférence ? De quel passe-droit bénéficie TFM ? Pourquoi, pour quel service rendu, pour quelle dette à honorer ? De Sees refuse de répondre, laissant Victor Blanc, son vice-président, se débrouiller seul.

David Fives, le directeur de l'info, vient de lui apporter une cassette déposée à l'accueil.

— Déposée par qui ?

— Ils n'ont pas fait attention : un homme, une femme, ils ne savent pas…

— Nous réglerons ça plus tard. Qu'est-ce que c'est ?

Fives l'ignore :

— Je ne l'ai pas encore regardée.

Martial entre dans le bureau, une tasse de thé à la main :

— Qu'est-ce qui se passe ?

— Une cassette a été déposée à l'accueil…

— Il n'y a aucune indication, explique Fives, sinon cette mention au feutre argenté : « À Monsieur le président de la République ».

Martial avale une gorgée de thé :

— Vous n'aviez pas l'intention de la regarder sans moi ? demande-t-il à de Sees.

— Nous vous attendions.

— J'en suis certain, ricane Martial, pas dupe.

Et, désignant le magnétoscope :

— Voyons ça, puisque vous m'attendiez…

David Fives glisse la cassette dans l'appareil et enfonce la touche *play*. Le frère de Suz, en uniforme, apparaît sur l'écran. Il regarde droit dans la caméra et parle d'une voix sans émotion apparente :

Monsieur le président,

Je suis le colonel Lantarget. C'est moi qui ai permis l'extraction de C4 et de deux missiles du camp militaire de Wurtz où je suis l'adjoint du chef de corps.

Le premier devoir d'un militaire est de s'adapter aux circonstances.

Quelles sont les circonstances aujourd'hui ?

Hitler est mort, Staline aussi, mais nous avons M. Ben Laden et Al-Qaïda, quelle que soit l'organisation qui se cache sous ce nom. La menace terroriste est la menace fondamentale qui pèse sur notre territoire. Or, par fidélité au général de Gaulle qui théorisait sur la nécessité des chars en 1935 pour assurer notre sécurité, nous construisons des chars lourds ; beaucoup plus que les Anglais par exemple qui, pourtant, investissent plus que nous pour la défense. Nous construisons des chars lourds comme si nous devions refaire la bataille de la Somme, ce qui est totalement vain, aberrant, stupide. Nous construisons aussi des avions qui correspondent aux besoins qui étaient les nôtres du temps de la guerre froide, dans l'hypothèse d'un conflit contre les Soviétiques. Ces avions comme les chars lourds ne sont adaptés en rien ni aux circonstances ni aux besoins de la guerre actuelle. Ils servent d'autres intérêts, politiques, financiers, industriels ; mais je suis certain que vous le savez aussi bien que moi. Quant à la Marine, elle est, elle aussi, totalement inadaptée à ce que ses missions devraient être.

Plus d'une fois, j'ai tenté d'alerter mes supérieurs sur l'urgence d'une défense civile conforme aux circonstances présentes ; sur la protection des populations et des biens. Les cibles potentielles sont nombreuses : dépôts de carburant et de produits chimiques, barrages hydrauliques, centrales nucléaires, moyens de transport de masse, etc. J'ai participé à des réunions, à des séminaires, à des colloques ; j'ai écrit des articles dans la Revue des armées, *sans jamais être entendu ni par l'état-major ni par le ministère. J'ai donc décidé de passer à l'action, d'appuyer mes réflexions par l'exemple. Montrer aux yeux de tous que la sécurité des personnes n'est pas assurée ; celle des personnes les plus en vue de notre société, des plus puissantes, des plus riches, pas plus que celle des simples citoyens. Il fallait qu'il soit clair pour tous que notre territoire est à la merci d'un petit groupe suffisamment déterminé et entreprenant. La force des terroristes est leur faiblesse apparente, leur isolement, leur anonymat, leur pauvreté aussi qui leur confère une justification morale.*

Je n'ai pas à juger des raisons de ceux qui ont détourné le Nausicaa.

Sont-ils des terroristes ou des résistants ?

Ou sont-ils simplement des hommes désespérés ?

L'histoire jugera.

Seule m'importe la preuve évidente qu'une action comme la leur est possible, réalisable et meurtrière.

Quand vous prendrez connaissance de ce message, la démonstration sera faite.

Monsieur le président, je veux croire que cela vous fera enfin mesurer l'extraordinaire enjeu de la défense civile, de son impérative nécessité. Je le répète : la sécurité n'est assurée ni à l'intérieur, ni à l'extérieur. Je n'aurai pas l'audace de vous rappeler votre devoir...

— C'est une bombe, murmure Martial, sans songer à reposer sa tasse vide. Un militaire de haut rang qui…

— On la met à l'antenne tout de suite ! l'interrompt de Sees, le doigt tendu vers David Fives.

Martial s'étonne, troublé, hésitant :

— On ne prévient pas d'abord la police ?

— Ce truc a dû être déposé dans toutes les rédactions ! Vous voulez que nous nous fassions griller ?

— Ça risque de nous attirer de sérieux ennuis : recel, dissimulation…

— Je me branle des ennuis ! On va cartonner, claironne de Sees. Qu'est-ce que vous voulez qu'ils nous fassent ?

Albert Avold joint le Premier ministre dans sa voiture, sur son portable :

— Ça y est. Nous avons trouvé le cheval de Troie.

— Oui, heureusement qu'il y a les télés ! fait amèrement remarquer le Premier ministre.

Avold fait le dos rond :

— Je connais sa véritable identité, dit-il, froidement.

— « Lantarget », c'est un faux nom ?

— Pas vraiment. C'est le frère de Suzanne.

— De quelle Suzanne ? Je la connais ?

— Non, Suzanne, c'est un des types de Mondial Laser. Quand il a signé dans l'armée, Lantarget a pris le nom de sa mère comme nom d'usage, pour éviter que tout le monde se foute de lui. C'est pour ça qu'on n'arrivait pas à faire le lien avec l'autre !

— Lantarget s'appelle Suzanne ?

— Oui, c'est son nom de famille. C'est la clef de tout !

— Vous l'avez arrêté ?

— Il a disparu. Il était en congé pour les fêtes, il n'est pas rentré à Wurtz et aucune trace chez son frère ni nulle part.

— Il n'a pas de famille ?

— Non, personne.

TÉLEX

DES COMBATS ENTRE L'ARMÉE COLOMBIENNE ET LES FORCES ARMÉES RÉVOLUTIONNAIRES DE COLOMBIE (FARC, EXTRÊME GAUCHE) ONT FAIT 18 MORTS (7 MILITAIRES ET 11 GUÉRILLEROS) DANS LE DÉPARTEMENT DE META. À NEIVA, PRÈS DE

LA RÉSIDENCE DE LA MAIRE, UN ENGIN PIÉGÉ A TUÉ 5 HOMMES ET 1 FEMME.

UNE UNITÉ DE RANGERS PARAMILITAIRES THAÏLANDAIS SUPPLÉTIFS DE L'ARMÉE A AFFRONTÉ DANS LE SUD DU PAYS UN GROUPE D'ISLAMISTES, LES « GUERRIERS DE PATTANI DARUSSALAM », FAISANT 8 MORTS PARMI LES INSURGÉS.

CHAQUE ANNÉE 400 000 PERSONNES EN AFRIQUE MEURENT D'AVOIR ÉTÉ PIQUÉES PAR UNE MOUCHE TSÉ-TSÉ. ENVIRON 100 000 AUTRES SONT TOUCHÉES PAR LA MALADIE DU SOMMEIL. CETTE « MOUCHE DE LA PAUVRETÉ » COÛTERAIT ÉGALEMENT 4 MILLIARDS DE DOLLARS DE MANQUE À GAGNER AGRICOLE À L'AFRIQUE EN RAISON DU BÉTAIL TOUCHÉ.

Cadavres

Les cadavres des actionnaires de FII flottent à la surface de l'eau, bercés, inoffensifs, un peuple de dormeurs qui s'abandonnent à la mer, sans rancune, sans angoisse, sans frayeur. Les deux canots lancés par le *La Fayette* naviguent dans un champ de morts, une grande prairie liquide qui exhibe ses trophées tantôt à la cime des vagues, tantôt dans leurs creux. Pas âme qui vive. Pas un cri de nageur qui appelle à l'aide, pas une main qui se lève pour réclamer du secours. Rien que le clapot des lames qui se brisent dans la houle. Les hommes d'équipage, armés de gaffes métalliques, ramènent à eux les corps qu'ils peuvent saisir et les hissent à leur bord.

Lugubre besogne.

Maudite pêche.

La brume ajoute à la corvée, comme si tout devait être effacé de leur vue pour ne laisser que ce paysage d'eau grise peuplée de noyés dont les costumes font d'étranges taches de couleur. Ainsi sont récupérés le gros Michaud dans sa toge de César, Cawlpepper en George Washington, l'Australien en cow-boy, Ermes Pastore en Dracula et des femmes, beaucoup de femmes, des fées, des princesses, des courtisanes, dont les robes en corolles s'épanouissent, semblables à ces fleurs de papier qui ne vivent que dans l'eau.

Le second maître Le Guildo écarte une caisse de champagne pour gaffer un Zorro que la tempête n'a pas démasqué. Une vague de travers lui fait rater sa prise. Elle ramène la caisse de champagne qui cogne contre le flanc du canot. Une fois, deux fois, trois fois. L'homme s'irrite contre sa maladresse, contre ce corps qui lui échappe, contre cette caisse dérisoire qui le nargue obstinément, comme si l'âme d'Aurore n'avait pas encore renoncé à être sauvée. Il frappe d'un coup sec, de haut en bas, pour la briser. La caisse éclate, se disloque, mais ne coule pas. Une nouvelle vague emporte ses morceaux au large, la suivante les relance contre le canot. Le Guildo, pris d'une rage absurde, se met à taper les débris à grands coups de gaffe, à jurer sauvagement :

— Faites chier ! Barrez-vous !

Comme s'il repoussait des clandestins qui voudraient embarquer de force.

— Eh, chef, arrêtez ! crie l'homme à la barre. Vous croyez pas qu'on est assez trempés comme ça ?

— Il y a des bouts de bois qui m'emmerdent !

— Vous occupez pas des bouts de bois, chef ! Regardez, vous avez un macchab à quinze heures !

Gonflable 2

Tapi comme une bête dans son abri de secours, enveloppé dans l'or d'une couverture de survie, Amos se recroqueville sous le ciel orange de la bâche du gonflable. Il n'a pas eu le cran de rester à la barre jusqu'au naufrage du *Nausicaa*. Des larmes de honte coulent sur ses joues.

Amos s'en veut.

Il n'a pensé qu'à se sauver.

Après avoir fait partir les charges de C4, il s'est précipité sur la dunette. Et, sans aucune hésitation, il s'est jeté à l'eau avec un des gonflables de secours alors que l'honneur commandait qu'il reste à bord jusqu'au bout. Au moment même où, comme un poulailler affolé par un renard, tous ces banquiers, ces financiers, ces raiders cousus de dollars, d'euros, de yens, couraient en tous sens, prêts à s'entre-tuer pour cinq minutes de plus à vivre, il aurait dû rester stoïque sur la passerelle et leur montrer ce que sont le courage, l'intégrité, la fierté d'un homme qui n'a plus pour bien que sa propre vie.

La fierté d'un homme noir.

Amos se sent comme une poupée brisée jetée au fond d'un sac. Il pense à la dernière fois qu'il a vu ses filles. Leur mère n'était pas là. Ils avaient joué, ils avaient ri. Il les avait fait prendre leur bain. Comme leur peau était douce, comme elles s'amusaient à s'éclabousser, à se transformer en petits monstres blancs pleins de savon…

Une déferlante chahute le gonflable. Amos se relève brusquement, halluciné. Il se voit reclus, prisonnier du ventre translucide d'un monstre marin. Il frappe la bâche à grands coups de poing pour la crever.

Pour s'échapper. La toile sonne comme un tambour de mort. Un tambour voilé, semblable à celui qui accompagne la marche des condamnés. Amos enrage, frappe, cogne, hurle, incapable d'articuler un mot. Il crie sa douleur, bave la bouche entrouverte. Ses yeux chavirent, fixes et blancs, tourné vers son mal. Il retombe sur le dos, s'arque sur le fond du gonflable. Il tressaute spasmodiquement, le corps traversé d'un champ électrique, puis se calme d'un coup et pleure à nouveau.

Amos hait cette part de lui-même qui l'a poussé à s'épargner. Cet instinct plus puissant que la plus forte de ses idées. Il sait désormais qu'il ne vaut pas mieux que les autres. Pas mieux que Suz aux rêves de révolution, pas mieux que Dargone à l'éternel sourire en coin, pas mieux que Gary prêt à sacrifier trois cents vies pour venger la mort de son fils.

Canot

Gary, Suz, Dargone naviguent vers l'horizon où le ciel et la mer se confondent. Ils se taisent, bâillonnés par les sentiments qui les assaillent. La parole ne leur appartient plus. Les mots flottent, irréels, sur la mer hostile. Ils ont encore deux armes, un missile et une caméra…

Pour quoi faire ?

Pour mener quel combat ?

Ils ne le savent pas…

Se sentent-ils libres ?

Libres de quoi ?

Ils naviguent vers le nord.

Dargone, les yeux noirs, ressasse la question que ressassait sa mère après avoir échappé aux tortures des fascistes chiliens : pourquoi suis-je encore vivant ? Suz, visage au vent, tendu vers le large, songe à Clémence Stroh qu'il aime en secret et qui l'ignore ; et sans doute l'ignorera toujours. Gary, le cœur déchiré de colère et d'amour, voit Gigi comme s'il ne restait plus qu'elle sur la Terre, comme si l'humanité tout entière avait disparu ; comme si son visage avait pris la place de tous les autres visages dans sa mémoire…

Poussé par les courants, le gonflable d'Amos vient heurter leur embarcation.

— Amarre-le ! ordonne Gary, sans soupçonner la moindre présence.

Dargone se penche et réussit à saisir un bout qu'il coince dans une dame de nage. Amos sort la tête entre les pans de la bâche qui protège le gonflable. Gary, sidéré comme s'il voyait apparaître le spectre de Hamlet, est incapable de prononcer un mot.

— T'es tout seul ? demande benoîtement Suz, plus prompt à réagir.

Une vague les soulève à son sommet et les rejette avec mépris dans un grand éclaboussement qui leur fait embarquer de l'eau.

— Embarque, dit Gary, retrouvant la parole, monte, tu ne vas pas rester sur ton truc !

— Non, venez, vous, bredouille Amos, comme s'il venait de recevoir un coup sur la nuque.

Suz n'est pas partant pour le transfert :

— Qu'est-ce que tu veux qu'on aille foutre là-dessous ?

Dargone non plus.

— Ça doit puer le renfermé !

Amos, plein de fureur contenue, les dévisage :

— Il y a à boire et des rations de survie. Et c'est insubmersible.

TÉLEX

SOUS FORME DE GÉLULES, COMPRIMÉS OU AMPOULES, LES COMPLÉMENTS ALIMENTAIRES, VENDUS ÉGALEMENT DANS LES GRANDES SURFACES OU SUR INTERNET, REPRÉSENTENT UN MARCHÉ FLORISSANT DE 894 MILLIONS D'EUROS.

LES BANQUES BRITANNIQUES SE PORTENT À MERVEILLE. LEURS PROFITS SONT EN HAUSSE CONSTANTE : + 35 % POUR BARCLAYS, + 7 % POUR ALLIANCE & LEICESTER, + 8 % POUR LLOYD TSB, + 15 % POUR LA ROYAL BANK OF SCOTLAND.

RUE MOUTANANBI : APRÈS L'ATTENTAT QUI A RAVAGÉ LE CŒUR HISTORIQUE DE BAGDAD, DES CENTAINES DE PAGES DE LIVRES FLOTTAIENT DANS L'AIR. « DÉTRUIRE DES LIVRES, C'EST ENCORE PIRE QUE DE TUER DES GENS », SE LAMENTAIT NAÏM AL-SHARTY, UN LIBRAIRE CONVAINCU QUE « LES TERRORISTES TENTENT D'ANÉANTIR LE SAVOIR ».

Mondial Laser

Milan est vengé.

Gigi sort de chez Gary et prend la direction de Mondial Laser. Elle a décidé d'aller à l'usine à pied, sans craindre la distance. Au contraire. Elle va d'un pas soutenu, les mains serrées sur deux grosses bombes de peinture, enfoncées dans les poches d'une parka bleu nuit qu'elle porte sur les tournages. Sa tête est libre de toute pensée, ses yeux grands ouverts, attentifs, ses joues roses du froid matinal.

La ville est un décor vide.

Personne dans les rues, pas un badaud, pas un SDF,

pas même une bande de noceurs ou une famille de retour d'un réveillon. Les rideaux de fer sont baissés à la devanture des magasins, les volets fermés, les stores tirés aux façades des immeubles. Il n'y a presque pas de circulation. Une voiture de temps en temps, un petit peloton de cyclistes aux maillots d'Arlequin et dans le lointain la sirène lancinante d'une ambulance.

Gigi traverse aux carrefours sans regarder. Elle avance le regard fixé droit devant elle, visant rue par rue un point à atteindre avant de passer dans la suivante. Seules les affiches de pub lui adressent leurs messages enfantins :

ON EST LÀ POUR VOUS AIDER

CERTAINS VISAGES NE S'OUBLIENT PAS,
CERTAINS COMBATS NON PLUS

L'AVENIR DE NOS ENFANTS DÉPEND D'ABORD
DE NOTRE MODE DE VIE

LE DIVERTISSEMENT EST UN BESOIN VITAL

VOUS N'IMAGINEZ PAS TOUS LES EXPERTS
QUI SE CACHENT DERRIÈRE VOS PROJETS

LA BRILLANCE DÉFIE LA LUMIÈRE

L'ENVIRONNEMENT EST UN DÉFI INDUSTRIEL

DONNEZ PLUS DE VIE À LA VIE

Gigi se sent légère.

Milan aimait marcher. Quand elle travaillait dans le XVIe, il venait la chercher et ils repartaient ensemble, sans craindre de traverser Paris d'ouest en est jusqu'à chez eux. Il lui tenait la main ou passait son bras autour de ses épaules pour régler son pas sur le sien. Il la serrait contre lui. Pour rire, il la protégeait du vent ou de la pluie, même quand il faisait beau.

Jamais il ne voulait s'arrêter, récitant Whitman :

J'ai avancé que l'âme n'était pas plus que le corps
J'ai aussi dit que le corps n'était pas plus que l'âme,
Et que rien, même pas Dieu, ne comptait plus pour
[soi que soi-même
Et quiconque qui faisait deux cents mètres sans un
[gramme de sympathie
Se rendait à son propre enterrement vêtu de son
*[linceul**...

Gigi ne s'arrête pas non plus.

Les rues puent des poubelles qui débordent. Il y a des bouteilles vides en tas autour des conteneurs pleins à craquer, des cartons écrasés, huileux, des emballages éventrés. Des chiens rôdent. Une odeur de nourriture gâtée et de couches sales flotte dans l'air, aigre, écœurante. En passant devant un immeuble, sous le porche, Gigi surprend une femme accroupie et un homme qui boit à la bouteille pendant qu'elle pisse.

Elle se hâte.

Les grands immeubles laissent peu à peu place à des bâtiments de seulement deux ou trois étages, à des pavillons plus ou moins habités puis à des hangars, des petits ateliers, des stocks de bois, de ferraille, des maraîchers. La ville se défait comme un vieux tricot. Partout des chantiers sont ouverts, laissant voir une terre jaune, boueuse. Gigi plisse les

---

* Walt Whitman, *Feuilles d'herbe*, *op. cit.*

yeux. La lumière froide durcit les ombres, augmente les contrastes. Elle oblique à travers un carrefour où le vent fait ployer un buisson décharné sur le terre-plein. Tout est silencieux. Pas de grondement de circulation, de Klaxon irrités, pas de bruits de scie électrique ou de marteau-piqueur ; pas de voix non plus, de cris d'enfants dans une cour de récréation, de musique beuglante.

Rien, qu'un silence inquiétant de fort abandonné par les troupes.

Gigi arrive devant Mondial Laser.

Son cœur bat, bat de plus en plus vite.

Le quartier est à l'agonie, le bougnat va être démoli, la pizzeria de Nino sera définitivement fermée à la fin du mois. Une palissade de tôles grises ceinture le périmètre où s'élevaient les ateliers, les bureaux, les stockages avant l'incendie de l'usine. Tout a été rasé, le sol aplani et couvert d'une dalle de béton gris, uniforme, sans aspérité. L'arbre qui a survécu à l'incendie a été tronçonné. Gigi pense qu'elle n'était jamais venue ici avant que Gary l'appelle et que maintenant elle pourrait y venir les yeux fermés, comme lorsqu'elle jouait à l'aveugle avec sa sœur.

Rien ne subsiste.

Rien n'indique que plus de cinq cents personnes travaillaient sur ce site. Au contraire, un immense panneau d'un jaune criard avertit en grosses lettres noires : **TERRAIN À VENDRE**.

Gigi se retourne brusquement pour s'assurer que personne ne la suit. Puis, rassurée, elle lève la tête pour vérifier qu'il n'y a pas non plus de guetteur indiscret aux fenêtres des deux immeubles encore debout. Nul ne l'observe, pas un fumeur mélancolique, pas une commère, toutes les ouvertures sont obstruées de parpaings gris ou de Placoplâtre. Et devant les entrées un bric-à-brac de vieux meubles oubliés, brisés, barricade les accès.

Gigi sourit, elle est tranquille, rien à craindre…

Elle est seule.

Merveilleusement seule sous le pâle soleil d'hiver.

Dix fois Gary lui a expliqué que pour avoir la pureté du cristal leur vengeance devait demeurer secrète :

— L'ignorance est le plus cruel des supplices. Personne ne doit savoir ce que nous faisons ni pourquoi nous le faisons. Il faut qu'ils soient comme emmurés vivants dans leur ignorance. Tu comprends ?

Gigi a compris.

Elle sait.

Son instinct la pousse cependant à sceller publiquement son pacte de silence. À le griffer de sa main. Elle repère deux tôles légèrement disjointes dans la palissade et souple, féline, se faufile à l'intérieur…

Shakespeare

Le Monde, Libération, L'Huma ont été avertis par un coup de fil anonyme :

— Vous devriez aller jeter un coup d'œil à Mondial Laser…

Des reporters photographes ont aussitôt été envoyés sur place.

L'inscription, tracée d'un rouge sang sur la dalle de béton, fait la une des journaux : *J'ai faim de vengeance et je me rassasie de la contempler*. La phrase n'est pas signée de William Shakespeare mais par l'anonyme et mystérieux *Nausicaa*.

Avold enrage :

— Ces salauds ont des complices ! Ils se foutent de notre gueule !

Et, chiffonnant les journaux :

— Merde, ce n'est pas possible que personne n'ait rien vu ! Un slogan écrit en lettres de un mètre de haut, ça ne se bombe pas en cinq minutes !

Il se calme :

— Je veux qu'on interroge tout le voisinage, on finira bien par apprendre quelque chose…

Luchon, son adjoint, est moins optimiste :

— C'est la zone là-bas. Tout est en vrac dans le cadre de la restructuration urbaine…

Brest

Les frégates rentrent à Brest.

Le *Primauguet* en remorque du *La Fayette* et du *Georges Leygues*. Les ordres de Paris sont formels, la presse doit être tenue à distance. Dès que les navires sont en vue, des vedettes de la Marine nationale se portent à leur rencontre pour éviter que des journalistes, des radios, des télés, les approchent par la mer. Deux alouettes de la gendarmerie patrouillent en l'air. Les rescapés du *Nausicaa* seront immédiatement pris en charge par la police après un contrôle d'identité. Trois compagnies de CRS sont mobilisées pour sécuriser les quais où ils doivent débarquer. Cinq ambulances sont également prévues pour acheminer les malades et les blessés vers les hôpitaux de la région.

L'ensemble des opérations est supervisé par Hautier, le prémar.

Coupée

Le premier maître Rosenthal de la PM* conduit Mercœur au bas de la coupée du *Primauguet* :

— C'est le sixième bâtiment à porter ce nom, explique-t-il, en le désignant du doigt, tandis que s'achèvent les délicates manœuvres d'amarrage.

Mercœur répond d'un grognement à peine poli. Rosenthal ne se formalise pas :

— Regardez, dit-il, sur le fanion de l'unité on peut lire sa devise en breton. Vous comprenez le breton ?

— Non.

— Moi non plus mais je sais ce que veut dire…

Il articule :

— *War vor ha war souar* : « Sur mer et sur terre »…

Ils arrivent alors que Volumster, emmitouflé dans un blouson de la marine, quitte la frégate, escorté par un second maître et un matelot. Mercœur demande à Rosenthal de les laisser seuls. Le policier se braque :

— Je n'ai pas le droit.

— Alors, éloignez-vous. Je dois parler en privé au ministre…

Rosenthal salue machinalement et s'éloigne de dix mètres. Volumster s'étonne de ne voir que son directeur de cabinet :

— Il n'y a personne ?

— Non. Il n'y a que moi.

— Et la presse ?

— Black-out total décidé par l'Élysée. Un hélicoptère nous attend pour nous ramener à Paris.

— Qu'est-ce qui se passe ?

* Police militaire.

— Il faut que je te parle.

Volumster s'énerve :

— Vas-y, dis-moi ce que tu as à me dire. Au point où j'en suis, je peux tout entendre…

— Plus tard.

— Allez, accouche !

Mercœur jette un coup d'œil à droite, à gauche, et, certain que Rosenthal ne l'écoute pas, se lance à voix basse :

— Le président exige que tu démissionnes aujourd'hui même. Le Premier ministre l'annoncera au vingt heures…

— Je n'ai aucune raison de démissionner ! s'indigne Volumster, étouffant sa colère.

Mercœur lève la main comme s'il devait se défendre :

— Tu es vivant, ta femme est morte.

— Elle n'avait qu'à me suivre quand je lui ai dit de venir avec moi.

— Tu ne peux pas dire ça ! C'est irrecevable.

— Pourquoi ? C'est la vérité !

— Il y a près de trois cents morts !

Volumster blêmit :

— Tout le monde regrette que je n'en sois pas, c'est ça ? J'aurais mieux fait d'y rester ? Les discours étaient prêts ? Les gerbes commandées ?

Il ricane :

— Putain, si ce connard de Gary savait qu'il avait vu juste, il n'aurait pas fini de se foutre de moi !

— De qui tu parles ?

— Oublie et sois gentil : préviens les croque-morts et les pleureuses que je suis là, et bien là, et que ça va faire mal.

— Ça ne va rien faire du tout, dit Mercœur.

Et, baissant les yeux :

— Pour tout le monde tu es un lâche.

Volumster empoigne Mercœur par le col :

— Retire ça ! Je t'interdis de me parler comme ça ! Tu y étais, toi, dans la tempête ?

— Tu veux que je te dise ce que la presse écrira demain ?

— La presse écrira ce que je lui dirai d'écrire !

— Non, Claude, sur ce coup-là, ça ne marchera pas comme ça.

Volumster s'éloigne et revient vers Mercœur pointant vers lui un doigt accusateur.

— Tu m'as trahi, vous m'avez tous trahi !

— Tu t'es trahi toi-même.

— Je ne vais pas me laisser faire. Tu peux le dire à Jean-Marc, tu peux le dire au président ! Tu peux leur dire à tous !

— Je n'ai pas de conseil à te donner, mais n'essaye pas de tenir tête, accepte, terre-toi quelque part, laisse le temps faire son œuvre. Et, quand tout cela sera oublié, tu pourras revenir…

Téléphone

Le sénateur Jeanvrain appelle René-Pierre Sujet à Matignon, à propos de Joël.

— Je vous parle comme à un ami, dit-il au chef de cabinet du Premier ministre. Je viens de lire la déposition de mon fils. C'est n'importe quoi ! Il ment, il ment sur tout comme il a toujours menti…

— C'est aussi notre opinion.

— Je crois que le mieux serait qu'il se repose, en Suisse ; je connais une clinique très convenable où il pourra reprendre ses esprits.

— C'est la voix même de la raison.

— Vous pouvez m'assurer que rien de cela ne filtrera et qu'il ne sera pas poursuivi ?

— Je vous l'assure. Personne chez nous n'a prêté foi à ses déclarations. Pour nous, il délire…

— Pour moi aussi.

— Je vous laisse agir pour le mieux.

— Comptez sur moi.

— Mes amitiés à votre femme.

— Je n'y manquerai pas. Vous savez que vous êtes invité en permanence chez nous…

— Je le sais, je vous remercie.

Le sénateur Jeanvrain a encore une question :

— À part ce colonel, vous savez qui est derrière tout ça ?

— Le personnel d'une usine, sans doute manipulé, comme le laissent penser plusieurs indices. Ceux qui ont fait le coup avaient tous des noms étrangers…

— Ça ne m'étonne pas. Nos valeurs sont en péril.

Il y a un silence.

— Comment voyez-vous l'évolution de la situation ? s'inquiète le chef de cabinet du Premier ministre.

— Sur le plan politique ?

— Oui.

— Mal.

C'est au tour de Sujet d'interroger le sénateur ;

— Le gouvernement ne vous paraît pas assez ferme ?

— Vous connaissez mon attachement à la République, je pense néanmoins qu'une bonne cure de dictature remettrait les idées en place aux Français !

Retour

Les femmes, le personnel de Mondial Laser, les musiciens, les personnalités, après un contrôle de police, sont embarqués dans des cars et reconduits à Paris en attendant d'être convoqués par un juge d'instruction.

Perrat a fini par briser le violon d'Heureclaire et par le frapper, Olympe n'a pas craqué bien qu'elle soit placée sous contrôle judiciaire, Joël est transporté à part, dans une voiture envoyée par son père…

Camille

Maxi retrouve son fils chez sa sœur qui habite un pavillon avec jardin, au fond d'une impasse. Camille avait espéré la voir à la télé mais il a été déçu. Ils n'ont montré que les bateaux de loin et personne qu'il connaissait.

— Prends ton sac, on y va !

Maxi embrasse sa sœur et la remercie mille fois.

— Tu sais, ça me fait plaisir de l'avoir ici…

— Je sais, dit Maxi.

Sa sœur a trois filles, plus pestes les unes que les autres. Heureusement, elles ne sont pas là. L'aînée est à la danse, la deuxième fait du théâtre, la troisième de la poterie.

La larme à l'œil, la sœur de Maxi l'embrasse à n'en plus finir :

— Je suis contente. Je suis tellement contente que tu sois là. Que tu sois vivante…

— De loin, c'est impressionnant mais, sur place, je n'ai jamais eu peur.

— Quand même, t'as un bleu, remarque sa sœur en passant son doigt sur le menton de Maxi.

— Ça ? C'est rien, je me suis cognée dans le canot.

Maxi prend Camille par la main :

— Allez, dis au revoir à tata, on file !

Ils rentrent d'un pas égal, Camille tenant fièrement son sac à la main, Maxi heureuse d'avoir son fils près d'elle, comme s'il ne s'était rien produit depuis qu'elle est montée sur le *Nausicaa.*

— Il est où Gary ? demande soudain Camille, sautant par-dessus une flaque pour ne pas mouiller ses baskets.

— On ne sait pas, répond Maxi, le rattrapant.

— Il n'est plus sur le bateau ?

— Non. Il n'y a plus personne sur le bateau, il a coulé.

Ils traversent un grand carrefour, trop dangereux pour qu'ils puissent se parler. Mais, dès qu'ils posent pied sur le trottoir, Camille interroge sa mère :

— Ils sont tous morts ? À la télé, ils ont dit qu'ils sont tous morts…

— Non, pas tous, corrige Maxi. Ceux de chez nous ont pu se sauver, comme moi et les filles de mon bureau…

— Et Gary ?

— Gary s'est occupé de nous mettre à l'abri.

— Et lui, il ne s'est pas mis à l'abri ?

— Je ne sais pas. Il devait s'assurer que tout se passait bien pour tout le monde.

Camille bat des cils, son visage s'assombrit :

— C'est pour ça qu'il a disparu ?

— Oui, c'est pour ça.

Camille hausse les épaules et joue à ne jamais marcher sur les jointures des dalles rectangulaires du trottoir. Il semble avoir oublié la conversation mais, dès qu'il n'y a plus de dalles à enjamber, il se tourne vers Maxi :

— Qu'est-ce que ça veut dire « disparu » ? demande-t-il, les yeux légèrement plissés.

— Ça veut dire qu'on ne sait pas où il est.

— Comme papa ?

Maxi avale sa salive :

— Non. Papa est mort, mon chéri, dit-elle, serrant plus fort la main de son fils. Il n'est pas disparu. Il est au cimetière, nous le savons. Je t'ai déjà emmené voir sa tombe.

Camille n'est pas convaincu :

— Moi, je crois qu'il est disparu, qu'il va revenir.

— C'est plutôt nous qui le rejoindrons, un jour, dans très longtemps…

— Quand on sera morts ?

— Oui, à ce moment-là…

Maxi aperçoit avec soulagement l'entrée de chez elle au bout de la rue. Elle n'a qu'une envie, se déshabiller, jeter ses habits à la poubelle, prendre une douche brûlante, se mettre en chemise de nuit, faire manger Camille et quand il sera couché se saouler au cognac pour ne plus penser à rien. Camille la tire par le bras pour qu'elle l'écoute :

— Dis, tu crois que Gary est mort ?

Maxi s'arrête net, au bord des larmes :

— Ne dis pas ça, il n'est pas mort ! proteste-t-elle, faisant voler ses mains autour de son visage comme si elle voulait se frapper ou se déchirer les joues.

Camille ne s'alarme pas :

— Moi, je crois qu'il est mort, profère-t-il gravement. Qu'il a décidé de rejoindre son fils pour pas le faire attendre…

Hôpital américain

Pat, hospitalisé à l'hôpital américain, reçoit la visite de maître Aymeric Nocturne d'Auray, son avocat. Il bout d'impatience :

— Alors ?

L'avocat prend le temps de s'asseoir à côté du lit :

— Ça doit paraître quand dans *Libé* ?

— Samedi, pourquoi ?

Maître Nocturne d'Auray remonte ses lunettes sur son nez :

— J'ai appris une chose de mon père : il y a des lettres qu'il faut écrire mais ne jamais envoyer…

— Tout ce que je dis dans l'interview est absolument vrai.

— Je n'en doute pas un instant.

Pat se redresse sur son oreiller :

— Je veux que tout le monde sache comment Volumster s'est comporté, qu'on comprenne qu'il est personnellement responsable de ce qui est arrivé, que son histoire avec Mme Cawlpepper est la clef de tout, qu'il n'a pas eu un geste pour la sauver ni pour me sauver des humiliations qu'on m'a fait subir…

Il se laisse retomber sur son lit :

— Ni pour sauver personne, sauf lui. Il a même essayé de me tuer pour que je me taise.

— Je comprends, dit l'avocat. Je comprends très bien…

Pat se défend :

— Alors ne me dites pas qu'il y a des lettres qu'il ne faut pas envoyer !

— Nous sommes à quel étage ici ?

— Tout en haut, pourquoi ?

— Parce que je pense que vous avez le choix :

vous pouvez publier votre interview ou vous pouvez sauter par la fenêtre…

Il marque un temps :

— Le résultat sera identique.

— Vous pensez que j'aurai des procès ?

— Des procès, certainement. Mais, pire que ça, vous n'aurez plus aucun client et vous pourrez fermer votre agence pour toujours.

Maître Nocturne d'Auray tient à être précis :

— Quiconque lira ce que vous déclarez à *Libé* comprendra que c'est vous, Patmore & Plus, qui avez eu l'idée du bateau, vous qui avez organisé la soirée, vous qui avez lancé les invitations, vous, vous, vous ; vous à tous les étages et à tous les postes.

— C'est pas moi, c'est cet enfoiré de Melville !

— Qu'importe. C'est de la très mauvaise publicité. Chacun sait par ailleurs les liens anciens qui vous attachent à Claude Volumster. Faire de lui le responsable de la catastrophe fera de vous au mieux un ingrat, au pire un délateur. Autre mauvaise publicité. Enfin, sachez que le gouvernement – où j'ai, moi aussi, quelques amis – veut mettre le boisseau sur cette affaire et qu'on appréciera modérément en haut lieu que vous pointiez comme vous le faites les carences, les négligences des forces armées…

— Ils ont fait demi-tour juste quand ça bardait !

— Souhaitez-vous que quelque officine mal intentionnée s'arrange pour rendre publiques les images saisies sur le fils Jeanvrain ?

— Quelles images ?

— Celles réalisées sur le bateau.

Le visage de Pat se fige d'horreur :

— Il avait la cassette ?

— Oui, le type qui filmait la lui a confiée.

— Vous l'avez vue ?

L'avocat grimace. Oui, il l'a vue à la PJ. Il soupire :

— Vous réalisez qu'elle vous met terriblement en cause, sur un terrain où les Français sont particulièrement chatouilleux…

— Qu'est-ce que vous avez vu ?

— Tout… Vous voulez que je vous raconte ?

Pat l'interrompt d'un cri :

— Ça circule ?

— Calmez-vous. Seules des personnes responsables en ont eu connaissance. Ne craignez rien.

Pat se met à chouiner comme un enfant :

— Ça veut dire que Volumster va s'en tirer ?

— Ça veut dire que vous allez prévenir le journal que vous renoncez à voir publier cette interview ; que vous allez vous en tirer sans trop de bobos à condition de prendre rapidement du champ par rapport à tout ça. Disons que vous allez prendre de longues vacances, partir au Maroc ou n'importe où, mais très loin…

Amitié

Volumster s'est enfermé à son domicile privé, avenue Montaigne, depuis son retour de Brest. De la Guillardière, le chef de cabinet du Premier ministre, est venu en personne lui faire dater sa lettre de démission déjà signée, comme c'est l'usage, au moment de sa prise de fonction. Il venait également lui signifier qu'il serait dommageable pour le futur qu'il veuille s'épancher dans la presse. Volumster n'a pas dit un mot à ce salaud. Il a fait ce qu'on lui demandait sans broncher. Il veut réfléchir, trouver comment faire de ce coup de couteau dans le dos une arme contre ceux qui l'ont donné. Comment rebondir…

Le commandant Hardinge et le commandant Ernault se présentent à lui en début de soirée :

— Nous sommes vos nouveaux officiers de sécurité.

— J'ai encore droit à des officiers de sécurité ? ricane Volumster en les faisant entrer. J'espère que vous êtes vaccinés ?

— Pourquoi ?

— Je dois avoir la peste. Tout le monde me fuit…

Le commandant Hardinge feint de n'avoir pas entendu. Il indique à Volumster que certains renseignements des RG font état de menaces qui pèseraient sur lui.

— Sur moi ? s'étonne le ministre.

Et cynique :

— À part mes propres amis et la connerie qui menace le monde, je ne vois pas qui pourrait bien me menacer…

— Vous permettez que nous visitions l'appartement ? demande Ernault, qui ne tient pas à discuter sur ce terrain-là.

— Qu'est-ce que vous cherchez ?

— Rien. Simple routine. Nous devons connaître les lieux…

Volumster n'a pas d'objection :

— Faites comme chez vous faute de faire comme chez moi ! Tout ici appartient à ma femme. D'ailleurs je ne vais pas y moisir longtemps. Vous connaissez l'Orne ?

Hardinge et Ernault se dirigent d'abord vers la cuisine au fond du couloir tandis que Volumster retourne au salon :

— Si vous voulez admirer comment le Premier ministre va annoncer ma démission à l'antenne avec des trémolos dans la voix, c'est bientôt ! Après les pubs…

Volumster s'installe dans le canapé, face à la télévision, et se sert un généreux verre de whisky. Ce n'est pas le premier.

— Je vous offre quelque chose ?

Les deux officiers de sécurité n'entendent pas ou ne répondent pas. Volumster, un peu ivre, trinque seul face à l'écran :

— À la trahison !

Hardinge et Ernault visitent rapidement la cuisine, contrôlent la porte de service et passent dans la chambre. Les rideaux sont tirés, les lampes éteintes. Hardinge se penche pour allumer celle du secrétaire quand il remarque plusieurs feuilles froissées dans la corbeille.

Il claque des doigts pour attirer l'attention d'Ernault, planté devant *Santo-Spirito* peint par Giorda, accroché au-dessus du lit.

Ernault s'approche, le regard interrogateur.

Hardinge le renseigne d'un coup de menton :

— Regarde ça.

D'un accord muet, l'un et l'autre enfilent des gants en latex. Hardinge prend les papiers et, à la lumière de la petite lampe coiffée d'un abat-jour plissé, il lit les brouillons d'une lettre que Volumster a adressée à Nicole Cawlpepper : « Je ne peux plus vivre sans toi. Je ne veux plus vivre sans toi. Sans toi ma vie n'a aucun sens. Je t'aime, je t'aime, je t'aime… »

Les deux hommes s'enthousiasment en silence de leur découverte, ils se sourient, lèvent le pouce en signe de victoire. C'est inespéré, incroyable, les dieux sont avec eux !

Le Premier ministre est l'invité de Bazailles au journal de vingt heures sur TFM. Bazailles l'accueille chaleureusement ; hors antenne, ils se tutoient :

— Monsieur le Premier ministre, bonsoir. Je vous remercie d'accepter de répondre à nos questions…

Le Premier ministre se rengorge :

— C'est la moindre des choses, dit-il en souriant. Si vous permettez, en préalable j'aimerais faire une mise au point : une sorte de polémique indécente se développe sur le fait qu'un journaliste de votre chaîne se trouvait à bord d'un des deux hélicoptères abattus.

Il marque un temps, sa voix se fait plus grave :

— Il n'y a pas à chercher je ne sais quelle théorie du complot médiatique ou de connivence politique, l'explication est bien plus simple : votre collègue, M. Minowitz, faisait un reportage sur le GIGN et le hasard a fait qu'il soit présent au moment où l'alerte a été donnée. Le commandement a pris sur lui de l'autoriser à embarquer, jugeant que ses images seraient utiles pour montrer concrètement le travail des groupes d'intervention… Il a malheureusement payé de sa vie ce privilège qui lui était accordé dans le cadre, j'insiste, de l'exercice de sa profession.

— Justement, le bilan actuel fait état de deux cent dix-sept victimes identifiées et de soixante-quatre disparus…

— En français, il n'y a qu'un mot pour qualifier ces chiffres : c'est une tragédie.

Il soupire, les yeux fermés, tête basse :

— Oui, une tragédie !

Bazailles laisse passer l'émotion avant de reprendre :

— Nous avons diffusé sur notre antenne la déclaration du colonel Lantarget mettant en cause la politique de sécurité civile et militaire de la France…

Le Premier ministre l'interrompt d'un geste et intervient très fermement :

— Le colonel Lantarget répondra de ses actes dès que nous l'aurons arrêté. Cet homme souffre visiblement de problèmes psychologiques ; il en a d'ailleurs déjà souffert dans sa jeunesse, ceci expliquant peut-être cela.

— Peut-on le considérer comme le chef du commando ?

— L'enquête nous le dira. Pour l'instant, pour s'en tenir aux faits, il semble que ce soient d'anciens ouvriers de Mondial Laser qui soient les membres actifs de cette opération.

— « Membres actifs », ça veut dire qu'il y a des « membres passifs » ?

— Vous comprendrez, monsieur Bazailles, que je ne peux vous dévoiler les secrets de nos investigations sans mettre en danger le travail de la police. Je peux cependant vous dire qu'il n'est pas impossible que cette tragédie ait sa source à l'étranger.

Volumster s'emporte tout seul devant le poste :

— C'est du vent ! Du vent. Ils ne savent rien. Rien du tout ! Il brode, il baratine ! Il dit n'importe quoi ! À l'étranger ! Pourquoi pas sur la lune ?

Justement Bazailles parle de lui :

— M. Volumster, le ministre de l'Intérieur, fait partie des rescapés du *Nausicaa*. Il a refusé de recevoir la presse et nous comprenons facilement pourquoi, mais vous, avez-vous eu l'occasion de vous entretenir avec lui ?

— Nous nous sommes vus aujourd'hui même à Matignon. Claude Volumster est terriblement choqué, affecté par le décès de son épouse dont le corps n'a pas encore été retrouvé. Ne se jugeant pas en état de poursuivre la tâche qui lui a été confiée, il m'a remis sa démission et le président de la République l'a acceptée.

— Venez voir ! crie Volumster. Venez voir l'artiste !

Le Premier ministre s'adresse directement à la caméra :

— Je tiens à saluer ici la loyauté exemplaire de M. Volumster, son courage, et l'assurer de toute mon amitié dans cette terrible épreuve…

— Mensonge ! rugit Volumster. Mensonge !

Il n'entend pas Hardinge et Ernault pénétrer dans le salon, derrière lui, trop occupé à interpeller le Premier ministre en gros plan à l'image :

— Ça t'emmerderait de dire la vérité ? Ça t'arracherait la gueule ? Tu n'es qu'un larbin, un larbin !

Hardinge glisse sous les yeux de Volumster le papier trouvé dans la corbeille de la chambre :

— C'est vous qui avez écrit ça ?

Volumster lui prend rageusement la feuille des mains :

— Vous êtes comme ma femme, vous faites les poubelles ?

— Hasard…, souffle Hardinge.

Volumster n'a pas le temps de réaliser ce qui lui arrive, Ernault pose le canon d'un revolver contre sa tempe et le coup part aussitôt.

Testament

Après être restée quarante-huit heures en garde à vue, avant même de passer chez elle, Olympe file directement chez Gary, poussée autant par la curiosité que par l'angoisse de ce qui l'attend. Gigi la fait entrer dans le salon. Il ne reste aucune trace de la perquisition. Tous les livres ont été remis en place dans les bibliothèques, le ménage a été fait, les carreaux sont propres.

— C'est là qu'il habitait ? demande Olympe, remarquant une photo de Milan bébé dans les bras de Gary, punaisée sur un mur.

— Vous n'êtes jamais venue ?

— Non, on se voyait chez moi ou à l'hôtel…

Gigi invite Olympe à s'installer dans le fauteuil :

— Je vous offre quelque chose à boire ?

Olympe ne veut rien, ni boire, ni manger, ni s'asseoir. Elle sort une enveloppe froissée de son sac :

— Je suis venue vous porter ça de la part de Gary. Excusez-moi, elle est un peu chiffonnée, mais je l'avais cachée dans ma culotte…

— C'était dur sur le bateau ?

— C'était le plus beau jour de ma vie, dit Olympe illuminée d'un sourire.

Gigi décachette fébrilement la lettre.

— Les flics vous ont interrogées ?

— Oui. Une par une. Dès qu'on a été repêchées… Moi, j'ai eu droit à un traitement spécial.

— Pourquoi ?

— Ils sont persuadés que j'ai fait partir la première charge d'explosif.

— Qu'est-ce qu'ils en savent ?

— Rien. Ils n'ont aucune preuve, j'ai dû être dénoncée.

— Par quelqu'un de Mondial ?

— Non. Je suis sûre que non.

— Par qui ?

— J'aime mieux ne pas y penser.

— Qu'est-ce que vous risquez ?

— J'attends d'être convoquée par un juge pour savoir.

Olympe s'attendrit :

— Ils auront du mal à me coincer, moi plus qu'une autre. Toutes les filles s'accusent d'avoir coulé le bateau. Nous sommes toutes solidaires…

Gigi lit rapidement le mot de Gary et le fait disparaître dans sa poche.

— Qu'est-ce qu'il vous écrit ? demande Olympe, honteuse de son indiscrétion.

Gigi hausse les épaules. Elle avale sa salive, trop émue pour dire à Olympe que ça ne la regarde pas.

— Il me dit qu'il me donne tout ce qu'il a, que je dois contacter un notaire pour les papiers d'ici et de la banque…

Olympe fond en larmes.

Gigi ne peut plus se retenir, elle pleure aussi. Trop de violence dans la tête, trop de chagrin lourd comme du plomb. Elles peuvent entendre la rumeur de la rue, attirante, lointaine. Les bruits de l'immeuble aussi, comme s'il fallait des portes qui claquent, de l'eau qui coule, des pas pressés sur des marches pour dresser un rempart entre elles et le monde. L'une brune, l'autre blonde, unies par le même désespoir, elles sont l'une en face de l'autre, secouées de sanglots.

— Gary m'a demandé de l'attendre, bredouille Olympe dont le nez coule.

Gigi cherche à la consoler :

— Il vous aime, dit-elle en reniflant, il reviendra.

— Il vous l'a dit ?

— Vous savez ce qu'il m'a lu avant de partir ?

Gigi n'attend pas la réponse. Elle va prendre le

vieil exemplaire de Shakespeare, l'ouvre à *La Tempête* et lit là où la page est cornée :

Sire, il peut vivre.
Je l'ai vu au-dessous de lui battre les vagues
Et chevaucher leur échine...

Sa voix s'enfle, passant plusieurs lignes :

Ses bras puissants ramaient avec vigueur
Vers la côte qui, sur sa base usée des vagues
S'inclinait, eût-on dit, pour lui porter secours.

Gigi redresse la tête :

Comment douter qu'il ait, vivant, gagné la terre ?

— Non. Non. Taisez-vous, gémit Olympe.

Elle pleure de plus belle :

— Ce ne sont que des mots ! Gary ne reviendra jamais, il est mort. Il m'a menti pour se débarrasser de moi. Ses dernières pensées ont été pour vous. C'est vous qu'il aime. C'est à vous qu'il lègue son amour…

Un éclat de lumière vient frapper l'écran de télévision, comme un signal. Gigi proteste :

— J'étais avec son fils, pas avec Gary ! Gary m'aime, mais pas comme on aime une femme qu'on aime !

— Vous êtes aveugle !

Olympe essuie ses yeux d'un revers de la main :

— Ça devait lui faire peur, ça devait lui faire honte. Mais je suis sûre que quand nous faisions l'amour, il pensait à vous, rien qu'à vous. Il suffit de vous voir pour le comprendre !

Olympe tombe dans les bras de Gigi :

— Je suis malheureuse, tellement malheureuse…

— Vous vous faites du mal pour rien, murmure Gigi en lui caressant les cheveux. Il y avait un mort entre Gary et moi, un mort, un cadavre, du sang, pas autre chose…

Olympe se redresse :

— Vous avez fait l'amour avec lui ? Dites-moi, je vous en supplie, je dois savoir si vous avez couché avec lui. J'ai le droit de savoir…

TÉLEX

UN DIAMANT TRANSPARENT DE 215 CARATS A ÉTÉ VENDU 8,3 MILLIONS DE DOLLARS LORS DE LA VENTE AUX ENCHÈRES À ANVERS PAR LA COMPAGNIE GEM DIAMONDS ET LE LESOTHO.

LA FÉDÉRATION CFDT-SERVICES LANCE UNE NOUVELLE ACTION « SANS BORNE AUTOMATIQUE MERCI » (SBAM) CONTRE LA MISE EN PLACE DE CAISSES SANS CAISSIÈRES DANS LES GRANDES SURFACES, UNE MESURE QUI POURRAIT ENTRAÎNER DES MILLIERS DE SUPPRESSIONS D'EMPLOIS.

LA COMMISSION EUROPÉENNE A DEMANDÉ À L'AUTORITÉ EUROPÉENNE DE SÉCURITÉ DES ALIMENTS (EFSA) DE DÉTERMINER SI LES PRODUITS ISSUS D'ANIMAUX CLONÉS POUVAIENT ÊTRE MANGÉS SANS RISQUE.

UN TRAVAILLEUR HUMANITAIRE ALLEMAND DE L'ORGANISATION NON GOUVERNEMENTALE GERMAN AGRO ACTION A ÉTÉ ASSASSINÉ EN AFGHANISTAN DANS LA PROVINCE DE SARI PUL (NORD) PAR DEUX HOMMES QUI ONT LAISSÉ PARTIR, APRÈS LES AVOIR VOLÉS, SES TROIS COLLÈGUES AFGHANS.

Paris

Deux semaines ont passé.

Ménestrier, libre de toute obligation politique, attend de reprendre un poste à l'École pratique des hautes études. Il accompagne son plus jeune fils à la maternelle comme il le fait désormais chaque jour. Puis, après avoir pris les journaux au kiosque, il va s'asseoir à la terrasse du tabac en face de l'école.

Après la très impressionnante cérémonie à Notre-Dame de Paris en présence du président de la République, de plusieurs membres du gouvernement et de nombreuses délégations étrangères, le *Nausicaa* n'intéresse plus les médias, ni ses deux cent quatre-vingt-seize morts civils, ni ses cinquante morts militaires selon le bilan définitif. Le suicide de Volumster, laissant une bouleversante lettre d'amour à sa femme, non plus ; et encore moins la découverte de Cardona, retrouvé mort chez lui, écrasé sous le poste de télévision. Un mandat international a été lancé contre le colonel Lantarget, mais l'homme demeure introuvable, en France comme à l'étranger. Le canot n° 1 du *Nausicaa*, sur lequel naviguaient Gary, Suz et Dargone, a été repêché, vide. Toutes les recherches ont été abandonnées.

Nul ne fait mention du gonflable d'Amos.

Ménestrier commande un café et, en attendant d'être servi, il parcourt distraitement dans *Le Figaro* le portrait du sénateur Jeanvrain qui vient d'être nommé à l'Intérieur. Puis il tourne rapidement les pages pour voir si sa tribune « Une guerre sous la peau du capitalisme » a enfin été publiée.

Elle n'y est pas.

Peut-être le sera-t-elle après midi dans *Le Monde* ?

Casablanca

Un émissaire de la banque Margaux vient rencontrer Patrice Mornay au *Royal Mansour*, à Casablanca. Patmore & Plus est cédée à Havas qui absorbera ses activités. L'affaire est vite réglée, Pat n'a pas le choix et le banquier n'a que la journée pour faire l'aller et retour.

Pat ne reviendra jamais en France. Avec ce que lui rapporte la transaction il a l'intention de s'établir à Tanger, où il a des amis…

Montréal

Kiki et Arno vont se marier et partir vivre au Canada où une entreprise aéronautique a recruté Arno. Ils veulent remettre les pendules à l'heure, tout recommencer à zéro, écrire leur vie sur une page blanche, sans mémoire.

Le Havre

La disparition de Doc plonge Milo dans une profonde dépression. Il veut tout envoyer promener : les dockers, le syndicat, le rugby, sa femme, ses fils, sa maison, ses copains…

Il est inconsolable, ne se rase plus, ne se lave plus, ne parle plus jusqu'au jour où, sans savoir pourquoi, il se sent à nouveau prêt à se battre.

Cassis

Après avoir fait disparaître le car chez un ferrailleur ami qui se charge de le désosser, Boni n'est pas remonté dans l'Essonne où il habite. Il est resté sur la côte, dans un petit hôtel de Cassis où, dans une chambre avec vue sur les calanques, il vit un grand amour avec Moïra, « la boxeuse », comme il l'appelle…

New York

Le conseil d'administration de l'International Investment Fund se réunit dans son bureau new-yorkais dès le lendemain de l'enterrement d'Edward Cawlpepper et de sa femme dont les corps ont été retrouvés. Après seulement une heure de délibération ce n'est pas Simon Berg qui est appelé à lui succéder, mais Kenneth Gupta, dont les performances et les ouvertures sur le marché asiatique sont saluées par tous.

Deux jours plus tard Gupta s'envole pour le Pendjab où, après avoir rencontré plusieurs prétendantes, il épouse de manière traditionnelle une étudiante, titulaire d'un diplôme de troisième cycle scientifique, Gurjeet Kaur, de Jalhandar.

Paris

Mado a démissionné du mensuel *Society*.

Grâce à la concierge qui lui a donné les clefs, Mado a pu entrer chez Melville et s'y installer en secret. Elle se souvient que Melville aimait citer cet envoi de Guitry à l'une de ses maîtresses : « Je te déteste parce que, quand je serai mort, tu fouilleras dans mes tiroirs. » Mado ne touche à rien, ne fouille pas, n'ouvre pas les placards. Et quand elle se couche, c'est sur le bord du lit, presque en équilibre, prête à se lever, à être chassée, à fuir…

Jour après jour, nourri des rencontres avec Isabelle, Maxi, Jacqueline, Patricia et les autres, ce qui ne devait être qu'un article sur « Les femmes du *Nausicaa* » devient un livre.

Ténèbres

Gigi est enceinte. Elle sort du cabinet d'échographie.

La lumière l'éblouit. Le jour la trouble. Elle a pris l'habitude de passer ses nuits étendue sur le lit, sans dormir, et de se rattraper dès que l'aube apparaît.

Elle se répète à voix haute :

— Je suis enceinte !

Heureuse d'entendre sa propre voix, comme elle entendait celle de sa mère qui l'appelait pour le goûter. Pourquoi pense-t-elle justement à ça, à ce moment précis ? Parce qu'elle va être mère à son tour ? Parce que c'est son souvenir le plus tendre, le plus sucré ? Parce qu'elle attend un appel ? Parce que, contre toute raison, elle l'espère ?

C'est un après-midi ensoleillé.

Gigi respire longuement, profondément, elle cligne des yeux ; ils ont la couleur lavande du ciel. Un léger frisson la traverse. Elle tient à la main une petite enveloppe bistre dans laquelle il y a le premier cliché de son bébé. Une image énigmatique où seul un œil exercé repère une forme humaine au milieu de volutes semblables aux brumes matinales ou aux sorcières de Macbeth.

Gigi porte l'enveloppe à ses lèvres.

— Je suis enceinte, murmure-t-elle, lui donnant un baiser.

Et, comme si elle devait encore s'en convaincre, détachant les syllabes :

— En-ceinte…

Elle ne veut pas connaître le sexe de l'enfant qu'elle porte. Fille ou garçon, elle s'en fiche. Elle est heureuse, comme s'il lui était donné de naître à nouveau, de rompre le cercle des morts qu'elle a elle-même tracé. Elle ne veut pas non plus réfléchir à un prénom, certaine qu'il s'imposera de lui-même dès qu'elle verra le nouveau-né. Elle pense aux Asiatiques qui attendent un an avant de nommer leur progéniture pour être sûrs de ne pas se tromper ; aux Inuits qui assurent que le bébé doit lui-même révéler comment il s'appelle ; au père de Tristram Shandy qui avait toute une théorie là-dessus et qui fut démenti par son fils…

Une curieuse rêverie monte en elle : elle est dans une chambre inconnue aux murs tapissés de motifs aquatiques d'un vert oppressant. Elle a faim, et soif, son ventre gargouille. Elle sent grandir dans son corps une sorte d'exaltation, comme une fleur sauvage. Son sang bout dans ses veines, ses tempes sont douloureuses. Elle ferme les yeux, pense qu'une femme mieux qu'un homme, plus qu'un homme, connaît la mort et la vie !

Cette idée la transporte.

Gigi sursaute comme on s'éveille, les paupières brûlantes.

Elle fait quelques pas sans se presser, s'arrête les mains posées sur son ventre, dévisageant les badauds.

Depuis quelque temps elle est constamment sur le qui-vive, persuadée de reconnaître Suz ou Doc ou Amos ou quelqu'un de l'atelier de recherche mécanique dans les hommes qu'elle croise.

Mais non. Bien sûr que non, ce n'est jamais eux.

Jamais…

Cette nuit-là, Gigi n'a pas beaucoup fermé l'œil. Pourtant, dans les heures tourmentées par l'insomnie, elle ne s'impatientait pas, ne sentait pas le temps lui échapper, inutile et stérile. L'obscurité se lisait comme un oracle. Les yeux grands ouverts, elle voyait ici un pique-feu, là un drapeau déchiré, là encore une tête-de-loup ou une main ouverte… Son histoire se récapitulait, se matérialisait, se réinventait dans des formes mouvantes, éthérées, stupéfiantes. Gigi se nourrissait de ces images, s'en abreuvait, puisait dans le noir les forces qui lui donneraient le courage d'affronter le matin, la solitude, le silence.

Quand le réveil sonna, elle venait tout juste de s'endormir.

Néanmoins, elle se leva sans peine.

Elle était quelqu'un d'autre, armée de nuit, drapée de sa victoire, prête à vivre. Elle se doucha d'eau brûlante et se frictionna vigoureusement avec deux gants râpeux. Puis elle s'habilla d'un chemisier blanc au col droit, montant, d'un pantalon souple et léger, de sous-vêtements fleuris de coquelicots et chaussa ses baskets dorées, celles qu'elle préférait…

La rue est calme, presque déserte, le trafic inexistant.

Au bord du trottoir, Gigi, sanglée dans une veste de cuir rouge, pense avec ferveur que ni le gouvernement, ni la police, ni l'armée, ni les médias, ni l'opinion publique ne savent ce qui s'est joué vraiment dans la nuit du 31 décembre au 1er janvier sur un bateau de luxe au milieu de nulle part, au cœur de l'hiver, sur l'océan furieux.

Milan est mort, Melville est mort, Gary n'a pas réapparu.

Leur secret vit en elle, comme notre part des ténèbres.

Gérard Mordillat dans Le Livre de Poche

L'Attraction universelle n° 9721

Ppa, Mman et Bijou quittent le Nord pour s'exiler dans un pays inconnu, à la recherche du travail et du bonheur. C'est un regard d'enfant sur le monde des adultes, un monde déchiré par l'amour et l'angoisse, guetté par la folie et l'obsession du crime. C'est aussi le désir d'une vie légère et pacifiée, légère comme la plume d'un oiseau, tachée de quelques gouttes de sang.

Les Vivants et les Morts n° 30497

Lui, c'est Rudi. Il n'a pas trente ans. Elle, c'est Dallas. Bien malin qui pourrait dire pourquoi tout le monde l'appelle comme ça. Même elle a oublié son nom de baptême... Rudi et Dallas travaillent à la Kos, une usine de fibre plastique. Le jour où l'usine ferme, c'est leur vie qui vole en éclats, alors que tout s'embrase autour d'eux. A travers l'épopée d'une cinquantaine de personnages, *Les Vivants et les Morts* est le roman d'amour d'un jeune couple emporté dans le torrent de l'histoire contemporaine. Entre passion et insurrection, les tourments, la révolte, les secrets de Rudi et de Dallas sont aussi ceux d'une ville où la lutte pour la survie dresse les uns contre les autres, ravage les familles, brise les règles intimes, sociales, politiques. Dans ce monde où la raison financière l'emporte sur le souci des hommes, qui doit mourir ? Qui peut vivre ?

Rue des Rigoles n° 30497

« Tu ferais mieux d'aller rue des Rigoles, il y a des Pompes beaucoup moins chères ! » Tel est le conseil donné à l'auteur par un copain, alors qu'il se met en devoir de préparer les obsèques de sa mère. Et c'est ainsi, entre le chagrin et l'éclat de rire, que les souvenirs surgissent. Des souvenirs qui ramènent Gérard Mordillat à l'après-guerre, dans ce Paris populaire du XXe arrondissement où il grandit entre un père employé à la SNCF et une mère venue d'outre-Atlantique, professeur d'anglais à l'école Berlitz. Un Paris où survit le souvenir des Communards, où, dans les trente cinémas de quartier qui se trouvent entre Belleville et Ménilmontant, les premiers baisers dans la pénombre se confondent avec l'éveil d'une passion pour le 7e art. Truculent, gouailleur, tendre, mélancolique, Gérard Mordillat compose un hymne à son enfance, qui ravira tous ceux qui ont aimé Robert Sabatier ou le Truffaut des *Quatre Cents Coups*.

Du même auteur :

VIVE LA SOCIALE !, Mazarine, 1981

VIVE LA SOCIALE ! suivi du MORDILLATOGRAPHE, Seuil, « Points », 2005

À QUOI PENSE WALTER, Calmann-Lévy, 1987 ; Seuil, « Point virgule », 1988

LES CINQ PARTIES DU MONDE, Mazarine, 1984

CÉLÉBRITÉS POLDÈVES, Mazarine, 1984

ZARTMO, Calmann-Lévy, 1984 (éd. hors commerce) ; Calmann-Lévy, 2004

L'ATTRACTION UNIVERSELLE, Calmann-Lévy, 1990 ; Le Livre de Poche, 2007

BÉTHANIE, Calmann-Lévy, 1996 ; Le Livre de Poche, 1998

CORPUS CHRISTI, ENQUÊTE SUR LES ÉVANGILES (en collaboration avec Jérôme Prieur), Mille et une nuits/Arte éditions, 1997

LE RETOUR DU PERMISSIONNAIRE, La Pionnière, 1999

LA GRANDE JUMENT NOIRE – LES CHEMINOTS DANS L'AVENTURE DU SIÈCLE, La Martinière, 2000

JÉSUS ILLUSTRE ET INCONNU (en collaboration avec Jérôme Prieur), Desclée de Brouwer, 2000 ; Albin Michel, « Spiritualités vivantes », 2004

JÉSUS CONTRE JÉSUS (en collaboration avec Jérôme Prieur), Seuil, 1999 ; « Points », 2000

VICHY-MENTHE, Eden, 2001

L'OMBRE PORTÉE (dessins de Patrice Giorda), La main parle, 2002

MADAME GORE (dessins de Bob Meyer), Eden, 2002 ; Grand Prix de l'humour noir

RUE DES RIGOLES, Calmann-Lévy, 2002 ; Le Livre de Poche, 2004

LES RUDIMENTS DU MONDE (photographies de Georges Azenstarck), Eden, 2003

YORICK, Eden, 2003

COMMENT CALMER M. BRACKE, Calmann-Lévy, 2003 ; Le Livre de Poche, 2004

C'EST MON TOUR, Eden, 2003

JÉSUS APRÈS JÉSUS, ESSAI SUR L'ORIGINE DU CHRISTIANISME (en collaboration avec Jérôme Prieur), Seuil, 2004 ; « Points », 2005

LES VIVANTS ET LES MORTS, Calmann-Lévy, 2005, Grand Prix RTL-Lire 2005 ; Le Livre de Poche, 2006

JÉSUS SANS JÉSUS, Seuil, 2008

Composition réalisée par PCA

Achevé d'imprimer en juillet 2009, en France sur Presse Offset par
Maury-Imprimeur - 45330 Malesherbes
N° d'imprimeur : 147939
Édition 02 - juillet 2009
Dépôt légal 1re publication : février 2009
LIBRAIRIE GÉNÉRALE FRANÇAISE - 31, rue de Fleurus - 75278 Paris Cedex 06

31/2636/4